夏甲乙 著

漫长的春天

上

作家出版社

图书在版编目（CIP）数据

漫长的春天 / 夏甲乙著. -- 北京：作家出版社，
2025. 7. -- ISBN 978-7-5212-3324-7

Ⅰ. I247.5

中国国家版本馆CIP数据核字第2025MB7004号

漫长的春天

作　　者：夏甲乙
责任编辑：宋辰辰
装帧设计：意匠文化·丁奔亮
出版发行：作家出版社有限公司
社　　址：北京农展馆南里10号　　邮　　编：100125
电话传真：86-10-65067186（发行中心）
　　　　　86-10-65004079（总编室）
E-mail:zuojia@zuojia.net.cn
http://www.zuojiachubanshe.com
印　　刷：河北京平诚乾印刷有限公司
成品尺寸：152×230
字　　数：557千
印　　张：40
版　　次：2025年7月第1版
印　　次：2025年7月第1次印刷
ISBN　978-7-5212-3324-7
定　　价：86.00元（全二册）

作者简介

夏甲乙，本名李杨松，江西南昌人，天下书盟小说网签约作家。大学本科毕业于中国人民大学新闻系，毕业后弃文从商，进入中国国际商会。后又加入世界知名广告公司，成为品牌整合营销专业人士，带领团队获得中国广告大奖金奖。因为割舍不断的新闻情结，之后参与了中国保险报业的股份制改造工作，探索行业媒体的市场化转型之路。近年转行投资，成为某知名大数据龙头企业的联合创始人。出版作品长篇小说《芳华处处》，因贴近时代、视角独特、文字洗练、故事有趣而成为天涯社区百万点击热帖。

目录

下　册

第〇章　楔子

　　在这个漫长的春天里，我们糊涂或机智地生长，直到长成现在这个模样。我们的青春，走过春天的荆棘，惊鸿一般短暂，夏花一样绚烂……

引　子

李婳要来？！

对正在筹备毕业二十周年聚会的夏天班里同学来说，陈斯凡带来的无疑是重磅消息。要知道，毕业一年多之后，李婳几乎就和班里所有同学断了联系。

毕业聚会筹备组的人努力过，甚至找到了她的中学同学，得到的也只是一鳞半爪的信息，有说她结婚去了新加坡的；有说她在美国的；也有说她中间回来过，曾经在国贸见过她的……但现在她到底在哪儿，怎样才能联系上她，谁都说不清，因此，李婳被早早列入了班里仅有的几位失联同学的名单中。

可就在聚会前几天，陈斯凡居然神奇地接到了李婳的电话，打的还是他的手机。

李婳似乎对班里筹备毕业二十周年聚会的事了如指掌，打电话给陈斯凡也只是为了宣告她的不期而至。她也许心中笃定，作为国家级媒体资深记者兼新闻发言人，陈斯凡一定会在第一时间原原本本把她将要出现的消息在班里传播开来。

李婳要来的消息，让班里绝大多数同学对这次毕业聚会多了一层期待，而夏天听到这个消息，心里更是波涛汹涌。这十几年，李婳一直是他的一个心结，他之前认为，这辈子也许再也见不到李婳了，王府井大街上的那次偶遇，李婳对自己的侧目相向，也许就是他们此生的最后一次告别。

李婳的突然出现，对夏天来说，就仿佛是永别后的意外重逢，只是不知道在这段重逢的归途中，李婳到底经历了些什么，这段归途，又把她改变成了什么模样……

为期两天的毕业聚会如期在香山别墅举行，李婳却姗姗来迟，直到聚会第二天，大团圆晚宴即将开始的时候才露面。李婳的模样并没有太大变化，身材依然苗条，一身裁剪考究的西装，一头显得干练的短发，多了几分职业女性成熟的韵味，却依然还保留了一份少女般的清澈和灵动。

晚宴上，夏天和李婳并没有坐在一桌，他们自见面后也一直没有交谈，但他们的余光却时时交会在一起。

晚宴开始后，李婳端起了红酒杯，和同学们喝成了一片，几乎来者不拒，酒到杯干，却唯独跳过了夏天。这是夏天以前从来没有见识过的李婳，李婳以前是很少喝酒的，即使喝，也是浅尝辄止，但今天，她显出了不一般的豪爽和勇敢。

很快，夏天就发现不对劲了。李婳完全是自戕式的喝法，她在很短的时间就干了十来杯，晚宴开始后不到半个小时眼神就开始飘忽，身体也渐渐变软，人几乎要趴在桌上了。女生里李婳曾经的灵魂密友诗人黄婧一直在关注李婳的动静，看到李婳昏昏欲吐的样子，赶紧扶着李婳进了女盥洗室，并用眼神命令夏天在门口候着。

过了许久，李婳才在黄婧的搀扶下从女盥洗室走出来，脸色苍白如纸。黄婧说，刚才在盥洗室，李婳都吐得快虚脱了。从盥洗室出来后，黄婧自然就把李婳交给了夏天，李婳几乎立刻瘫软在夏天的怀里，夏天半扶半抱着才把李婳安置在宴会厅靠角落的沙发上。

斜躺在沙发上的李婳，安静得出奇，夏天守在身边看着她，她睁开眼，眼神有些空洞地对夏天笑了笑，想说什么又好像没有力气说出来，夏天觉得她的笑容既熟悉又陌生，并隐约有几分惨烈的意味，不由得心里一阵悸动。

方超、大个儿等人也关切地过来察看李婳的情况，并建议干脆先把李婳送到事先订好的酒店房间让她在床上好好休息。李婳点头表示同意，黄婧说李婳已经走不动了得让人背过去，大个儿自告奋勇说我来背吧，李婳听了微闭着眼只是摇头。

方超拉了拉大个儿的衣服示意道，这事儿轮得到你吗？大个儿忽然明白过来似的挠了挠头，不好意思地笑了。

从宴会厅到酒店房间要经过别墅院内一段长长的青石甬道，甬道两旁，灯光昏暗，树影婆娑，初秋的微风，依然是暖暖的。李婳闭着眼睛，全身瘫趴在夏天背上，双手却紧紧搂着他的脖子。她带着酒味儿的粗重的呼吸喷吐在夏天的后脖颈上，让夏天身上渐渐发热，李婳似乎也感受到了夏天身上的热力和曾经熟悉的气息，把头埋得更深了……

夏天忽然意识到，李婳今天这种喝法，也许是早就计划好了的，她就是要把自己喝倒，让所有人都没有机会在今天晚上窥探这些年她所经历的一切。

有些永别，就是某次不经意的分手，而所有的重逢，都是蓄谋已久……

第一章 毕业后的四有新人

夏天毕业分配的单位，是国际商会旗下的世界展览中心。世界展览中心由一组风格简约现代，状如马蹄莲的白色建筑群构成，是当时国内占地面积最大的国际展览馆，也是改革开放后三环边新建的地标性建筑。

他上单位报到那天，是浩然陪着去的，因为派遣证手续问题，已确认分配到长安晚报的浩然此时还滞留在学校，哥俩这些天依然一直厮混在一起。

报到后，赶上正在举办的国际印刷展，他们觉得新鲜热闹，便顺便溜进了展馆。

展馆里国际印刷业巨头云集，各式庞大的印刷机器轰鸣着，印刷精美的图片随处可见。许多展台前排起了长队，人们热情高涨充满兴奋和期待地等着领取外商展台派送的宣传资料和小纪念品。

在排队人群中，有一支朝阳老太太别动队异常活跃，她们一看就不是专业人士，但明显是专业领手提袋人士，她们每个人手里都拎着一大捆花花绿绿大小不一的手提纸袋，在各个长队中辗转，互相交换着战利品的信息。

夏天以前对印刷的认知，基本还停留在学校油印诗集和参观《北京晚报》滚筒印刷的水平，进了展馆后，他发现，自己对现代印刷的了解程度，和那些拥挤穿梭在各个展台，争先恐后排队领手提袋的朝阳老太太并没有本质区别。

德国、日本等印刷业发达国家的激光四色印刷机在展馆里高速运转着，一帧帧色彩鲜艳、图像逼真、风格现代、画面诱人的巨幅海报瞬间喷吐出来，让人目不暇接，也让夏天有些目眩神迷。夏天意识到，这个世界展览中心，正向自己打开一个崭新的世界。

在面对这个崭新的世界时，夏天自认为有一个幸运的起点。单位给分配了一间单元套房里的八平方米蜗居，和办公室只有一路之隔，让他一毕业就在北京有一个自由独立的空间，且没有通勤烦恼，班里不少同学对此羡慕不已。而他每个月小二百元的收入，也比分配到新闻媒体的同学要高一些，甚至比工作了几十年当小学校长的母亲还高。

刚毕业这段时间，这种看上去有些美的小日子，让夏天心中洋溢着穷人翻身得解放后的自豪感和喜悦感，而且，这种自豪感和喜悦感，随着蜗居里各种小家电的配置齐全达到顶点。

或许是认为夏天这样的穷大学生清新可人，是标准的小鲜肉，值得拉拢关怀，办公室的几位大姐把用进口家电指标淘汰后的老旧家电一股脑儿都送给了夏天。一台九英寸图像清晰稳定的牡丹黑白电视，一台启动时噪声略大但制冷效果杠杠的雪花牌冰箱，一台甩干时如直升机发动的半自动松下洗衣机，好在洗衣机是安置在公共浴室，直升机发动时并没有给大家的生活带来太大困扰。

办公室还有一位比夏天大不了几岁即将随男朋友去法国的小姐姐陈露，她要把一台八成新的自行车送给夏天，夏天觉得自行车和闲置家电还是略有不同，自己不能无功受禄，坚持照价收购。陈露眼神有些意味地看了看夏天，轻叹一声后道，那你就给五十吧，多了不卖。夏天算是乖巧，同意五十块钱完成这台车的交易，但他清楚，在二手车行，这台车一百块也未必拿得下来。有了这台车，夏天毕业后短时间内就在北京成了有车有房有家电还有点小钱的四有新人。

夏天和陈露的关联，不仅仅是这台自行车，他很快就意识到，自己的命运轨迹的改变，完全是因为陈露。夏天在单位报到后得知，在这个单位工作，自己接替的就是陈露，要不是陈露头几个月突然提出要出国留学，也就不会有到学校招人的名额。

陈露是扬州人，比自己早四年从震旦大学中文系毕业分配到此，主要负责国际商会境内外媒体协调等相关宣传和公关工作，这些也会是夏天今后工作的主要内容。

据办公室一位大姐八卦，陈露的男朋友曾是国际商会驻法国代表处的工作人员，人长得其貌不扬，但有股蛮劲，追了好几年才把陈露追到手，如果不是他后来离开国际商会加盟一家法资外企，能把陈露办到法国去，陈露都不一定会跟他。

陈露有着南方轻熟美女的知性妩媚，因在北京待了几年，又多了几分北方姑娘的爽朗大方，初见陈露时夏天对她倍感亲切。因为夏天是要接替她的工作，夏天到单位时和各个部门的接洽便全都由她领着，她在短时间内让夏天迅速了解了工作要点，并在几番熟悉之后，还一一指点了相关人员的脾气秉性和打交道时的注意事项。夏天感觉，陈露就是他走上社会的第一盏指路明灯。

夏天从陈露以前编辑的一些宣传小册子看出了她与众不同的才情，她的文字干净、清新，有一种女性的细腻和敏锐，和大学班里女生的文笔相比较，多了一些成熟风趣。

因为专业接近，他们很容易找到共同话题，尤其是风花雪月的那些事，他们聊起来畅快奔放，夏天有时候故意语出惊人她也并不认真反驳，她会哈哈大笑顺势演绎得更加无法无天，他们感觉最过瘾又不费多大力气的事便是用语言来颠覆这个世界。

在陈露面前，夏天对于暴露自己的无知轻狂、主观武断和异想天开没有任何心理障碍，夏天甚至觉得，陈露对自己初生牛犊不怕虎的懵懂劲儿有一种毫无原则的欣赏，总是用鼓励的态度促使他更加自我膨胀。

因此，夏天不自觉地很愿意和陈露混在一起，中午在单位食堂吃，晚上有时候就在她的宿舍蹭饭，而她的宿舍其实和夏天就在一栋楼里，因为原来和她同宿舍的女孩结婚后搬离，陈露独享一室一厅的待遇。

夏天第一次去陈露宿舍时心里莫名有些忐忑，以为会碰上传说中的陈露假洋鬼子男友，陈露适时有意无意透露，她的男友基本常驻法国，估计要等她拿到法国签证他们才能会合。陈露在等待法国签证的几个月时间，时不时就叫上夏天一起去楼下农贸市场买菜，但她坚决不让夏天掏钱，夏天只负责拎菜。买回菜后，陈露洗净切好，夏天贡献从小练就的厨艺，饭后陈露负责洗碗。陈露对夏天的厨艺一直是赞不绝口，这让夏天炒起菜来更有一种乐此不疲舍我其谁的感觉。夏天吃饭没花钱，但想到自己有所贡献，再看到陈露吃起饭来开心满足的样子，也便心安理得了。

不过，夏天刚毕业这段时间，大部分注意力其实还是在大学班里同学身上，回老家或去外地的同学安顿后基本上都是通过来信或明信片告知近况，而留京的同学，则开展了各种组团走访考察活动。

第一次大型团访活动是去老马那，这个团纠集了近十个人。选择老马那的原因很简单，因为他的工作单位就在学校马路对面，他的宿舍就在单位里面，大家参观老马新单位的同时，还可以顺便重返母校。

正赶上新学年开学，大家先返校，再到老马那，而学校里也算是有一个落脚点，因为班里唯一一名研究生王克俭依然在学校上学。在读研究生这件事情上，王克俭是班里的另类，班里绝大部分同学都受新闻是实践科学或者说新闻无学的流毒影响，一个个都迫不及待投入到了火热的新闻实践当中，只有王克俭耐得住寂寞，还要在学校继续深造三年。

回到离开不久的校园，大家的心情有些复杂，原先的一草一木似乎依然熟悉，自己却已成为匆匆过客。他们特意跑到原先的宿舍楼转了一圈，故居里早已是全新的面孔，他们一彪人马在门前逡巡，迎来的是一众审慎的目光，这让他们凭吊的兴致迅速打了折扣。

夏天重点察看了一下新闻周报，看到那两块黑板报依然在教学楼前秋日的暖阳中倔强地挺立，黑板报的内容居然是开学迎新版。夏天感觉自己已经被后浪悄悄拍在了沙滩上，而且这后浪拍起前浪来简直就是手起刀落，毫不迟疑。

在王克俭宿舍完成集结后，大队人马便直扑老马住处。到底还是酒店趁房子，老马居然一个人住了一间近二十平方米的筒子楼宿舍，而这样的宿舍学校是要住八个人的。

对于大家夸奖他宿舍宽敞，老马非常不屑，说太空荡，在房间里放个屁的回响都是余音袅袅，经久不息，一个人住这么大房间，实在是浪费资源。

但对大家的到来，老马还是非常兴奋，说为了欢迎大家的到来，他将露一手这两个月练就的绝活。

老马的绝活是什锦炒饭。老马把什锦炒饭上升到一个相当的高度，他强调，一家饭店的厨师水平如何，其实就是要看他做的什锦炒饭，什锦炒饭的成败，其实也决定了这家饭店的成败。而他的什锦炒饭，是得到了他们这家五星级饭店厨师长的真传，这家饭店能屹立几十年不倒，全靠这份什锦炒饭。

老马的话让大家听得将信将疑，但确实吊起了大家的胃口，本来就已过了饭点儿，于是纷纷催老马废话少说，赶紧动手。

老马在动手做饭前，脸上忽然露出一丝诡异的微笑，说要让这饭好吃，还有一个重要的诀窍，是厨师长都没教的，这个诀窍他现在不能说，但待会儿大家应该会知道。

大家并不知道老马葫芦里卖的是什么药，只是坐等老马献艺。

老马准备得很周全，胡萝卜、黄瓜、火腿肠、虾仁、小葱、鸡蛋，还有一锅从单位食堂打的米饭。作为单身的老马，做饭的炊具实在有限，他用自己仅有的一把水果刀，在一块很小的塑料菜板上把胡萝卜之类的都切成了极小的方丁。老马坚持不让别人帮忙，说把这些配料切丁是做什锦炒饭最重要的工序之一，一般人切丁很难达到五星级饭店标准。

准备完配料，老马点燃了屋里的一个煤油炉子，把火调到最大，把锅烧热烧红，在滚油中倒进搅散的鸡蛋，鸡蛋"噗"一下迅速扩张开来，被煎得外焦里嫩，蓬松肥厚。

老马先盛出鸡蛋，又把胡萝卜放到油锅里煸炒，被油煸过的胡萝卜和煸过胡萝卜的油似乎发生了强烈的化学反应，满屋顿时异香扑鼻，也让大家食指大动。

老马不紧不慢、有条不紊地把配料和米饭都倒进锅里翻炒，并在快起锅时加入了切碎的小葱，葱香味升华了炒饭的味道，而葱花依然青的青，白的白，让整锅炒饭的品相显得新鲜活泼。

不待老马一声令下，早已饿极且被香气蛊惑了半天的团访成员们，都迅速找到趁手的工具，顷刻间就风卷残云，把一锅什锦炒饭消灭了。

看着大家还未擦干净的嘴角和已经见底的饭锅，老马故作深沉地问道：好吃吗？在得到大家肯定的回答后，又继续关切地问道：还想吃吗？看到大家不争气地频频点头，老马咧开嘴露出牙花子坏笑道：嘿嘿，没了！

这就是老马让饭觉得好吃的诀窍：饿极，味道不错，饭还不够，让你多少年都惦记着……

团访活动还去了某负责社会保障的部级媒体，该媒体接收了包括诗人黄婧在内的三名班里同学，是接收班里同学最多的媒体之一。

既然是社会保障方面的媒体，该媒体在自身的社会保障方面自然是很周全的，他们几个上班没多久，就向在京同学发出了求助信件，呼吁广大同学抓紧组团上他们单位参观指导和帮助。参观指导是幌子，寻求帮助才是真实目的，他们寻求帮助的内容非常丰富，但需要帮助干的事儿却非常简单，那就是请同学来帮助消化上班以来单位发的米、面、油、鸡蛋和火腿肠等品类繁杂的主副食品，以避免不应有的浪费。

接到求助信件，大家感到帮助这三位同学避免浪费的任务既光荣又艰巨，避免浪费自然是光荣的，但在一次拜访中就要解决浪费的问题又是艰巨的。

夏天、老廉、王克俭等人义不容辞地组团来到社会保障媒体员工宿舍所在的一处平房院落，受到了黄婧等人的热情款待，用来款待他们的自然是黄婧单位发的各种吃不完用不尽的福利产品。

他们用一口大锅煮了满满一锅富强粉面条，给每个人卧了三个鸡蛋，起锅时每人碗里还点了一大勺香油，夏天他们感觉这简直就是新姑爷上丈母娘家的待遇。吃完一大碗面和三个鸡蛋后，迎接他们的依然是热切的眼神，这热切的眼神告诉他们，如果没吃饱，面条鸡蛋香油还可以继续敞开供应。夏天、老廉、王克俭想起在老马那什锦炒饭没吃饱的待遇不禁感叹，这人和人的差距怎么那么大呢？

老廉打着鸡蛋嗝深刻地指出，你们这哪里是向同学求助，你们分明是以求助的名义救济贫困单位的老同学，老同学在得到救助的同时，还获得了帮助别人的崇高感和尊严感，你们简直就是在实践并体现社会保障的最高境界，我国社会保障事业有你们这些新鲜血液加入，一定会迈上一个崭新的台阶。

老廉的总结代表了团访小组成员们的心声。黄婧等人为了让团访小组任务完成得更彻底也更轻松，还为每个小组成员准备了一个塑料袋，塑料袋里，是需要他们带回去帮助消化的鸡蛋、火腿肠等容易过期变质造成浪费的副食品。

有了这次见义勇为的经历后，夏天他们还时时盼着黄婧等人的再次召唤，但不知为什么，黄婧等人再也没有因为这事麻烦过他们。

班里同学刚毕业时这种团访活动还是挺频繁的，通过团访，大家从各个角度了解了同学毕业后的近况，也了解了他们所在单位的情况，让大家对大部分同学还在从事的新闻事业有了更直观的认识。

当然，班里同学到夏天这儿来的也不少，因为夏天的工作内容中有很重要的一块是组织新闻发布会，而大部分同学又都在新闻单位，夏天就有各种正当理由邀请同学过来支持工作，顺便吃个工作餐什么的。

而且，吃工作餐的地方还都比较高大上，不是人民大会堂宴会厅，就是昆仑、长城饭店之类的外向型高档酒店。因为那时候，但凡是国际性展览会的开幕欢迎晚宴，都会找一个五星级酒店招待来自海外的国际友人，以彰显我们对国外先进产品和技术的重视，也表达我们拥抱新世界，求贤若渴，"有朋自远方来，不亦说乎"的热情和诚意。请新闻单位的人和外国友人共进晚餐，就是要让他们现场互动，深入切磋，在吃饱喝足之后更有干劲为改革开放鼓与呼。

招待过几次同学之后，夏天很快被班里同学打上了"饭辙"的标签。大家普遍认为，夏天已经闯出了一片吃货的天空，同学们有必要时不时过来和夏天把酒临风，比翼齐飞，共同分享对外开放的成果。

同学来访，夏天自然热情接待，但若是没有由头公私兼顾吃工作餐，他就得自掏腰包。因此，刚开始工作的一段时间，夏天总是捉襟见肘，入不敷出，却依然打肿了脸充胖子。

第二章　李婳的视察

李婳的到来，夏天并不意外。早在夏天已经确定工作单位但还未离校时，已经分手有一段时间的李婳有一天忽然主动叫住夏天，似笑非笑对夏天道，是不是找到好单位就不想再见老同学了，联络方式也不给人留一个？

夏天从李婳责备的语气中听出这其实是一个命令似的要求，他赶紧把单位通信地址和办公室电话工工整整抄在一张纸条上递给了李婳，李婳接过纸条，脸上露出一丝浅笑。

毕业离校，在留京的大部分同学都到夏天单位闹腾过之后，李婳终于出现了。出现之前，她给夏天写了一封信。

这是夏天见过的李婳字迹最潦草的一封信，仿佛写这封信，是一个极匆忙而又断然的决定。和以往的信不同，抬头并没有写夏天的全名，而是直接以夏代替，落款也是以李字代替，透出一种不由分说的随意，完全不似在学校快毕业时欲盖弥彰的生疏和拘谨，仿佛离开学校，离开了周边的各种羁绊，两人之间的关系忽然有了一个爱谁谁的全新视角。

信中一开头，李婳借班里同学对夏天单位各种夸张的描述，认定夏天算是混得不错，自己是羡慕加嫉妒。但她很快转折道，各人的福分都是天注定的，谁也不能抢了谁的。在强调自己知达天命的同时也提醒了夏天曾经和她 PK 这份工作的过节。

铺垫完这些之后，貌似开始了正题，她声明道，写这封信不是为了别的，是为了跟夏天合作，因为她即将入职经济记协下面的国际广告中心，想和夏天这位世界展览中心的公关先生建立长期联系，共同开拓业务。李婳写信的这个理由，显得极其堂而皇之，夏天根本无法拒绝，而且气势上也迅速被李婳压倒，人家并不是为"别的"主动联系夏天的，夏天自然不能自作多情，也不可以有傲娇的资本。但不管怎样，他们都是非一般关系的老同学，找老同学联系业务，夏天必须责无旁贷地给予支持和帮助，要不显得太不局气，不像个老爷们儿。

信的末尾，李婳把家里和单位电话非常醒目工整地通通留了一遍，和前面的字迹形成了巨大反差，仿佛在向夏天提示着什么。

夏天看着李婳留给自己的电话，心潮有些起伏，李婳家里的电话，他原先是知道的，这串似曾相识的数字，迅速唤起了并不遥远的记忆，让他明白往事并非如烟。他犹豫着是不是要给李婳家打个电话，他拿起电话，拨了几个号，想想又放下了，他忽然觉得不知道跟李婳该说些什么。李婳在信中说要到他单位来拜访，自己是欢迎呢还是不欢迎呢？

李婳前来拜访的速度还是超过了夏天的想象，就在接到李婳来信的第二天中午，夏天刚在单位食堂吃完中午饭，李婳的电话就打到了他办公室，李婳在电话里很匆忙地告诉夏天，她很快就会到他单位。听得出来，李婳打电话的地方周边很嘈杂，甚至有汽车喇叭的声音，夏天猜测她可能是从一个公用电话亭打过来的。李婳说的很快是真的很快，不到二十分钟，夏天单位武警站岗的传达室就有电话过来了，说有个女的找他，让他出来接人。

夏天在单位大门口见到李婳时，李婳正雄赳赳跨坐在她那辆除了铃不响哪儿都响的旧自行车上，一路骑行过来，她脸上红扑扑的，腮边的一缕头发还在湿漉漉地淌着汗。夏天知道，从李婳家到他单位，正好是三环从西南到东北的大调角儿，8 月的正午时分骑这么一路，真够她一梦的。

李婳见到夏天，眯着眼睛打量了一会儿，然后挑衅似的笑了，道，都说你天天吃大餐，也没怎么见胖嘛，难道是吃了不认账？

李婳的腔调，和他们当年刚在一起时的感觉完全一样，好像他们分手的那些椎心泣血的片段，就从来没有发生过，还是那辆车，还是那个人，还是那种无所顾忌的说话方式。夏天立刻反击道，你胆儿够肥的，这么热的天，敢骑着一辆拖拉机到处跑。

李婳瞪了夏天一眼道，是啊，你现在明白我到你这来一趟有多不容易吧，还不赶快请我上你家吃饭去。

单位食堂早已过了饭点儿，自己那个蜗居小家也是没饭的，但夏天听出来李婳说上你家吃饭的重点不是吃饭而是上你家，上夏天蜗居看看应该是李婳此行的主要目的之一。

夏天的蜗居离单位只隔一条马路，夏天主动帮李婳推起了她那辆自行车。过马路的时候，夏天还不忘了调侃李婳，说她这自行车该换了，推着这辆车过马路，就像推一台手扶拖拉机，恨不得要全世界都给它让道。

听着夏天臭贫又拿她这车说事儿，李婳做抬脚状，眼神里故意透出一股杀气，仿佛一脚就要把夏天连人带车踢翻在三环主路上。

来到夏天蜗居，夏天让李婳稍坐休息，自己抄起两个饭盆和一个小锅，准备去楼下小饭馆给李婳打包饭菜回来。李婳稍犹豫了一下说，我跟你一起去吧。

楼下饭馆环境虽简陋，但毕竟是小炒，看起来比食堂的饭还是要好吃一些。把饭打回来后，李婳吃得还挺香，显然是饿坏了。她还让夏天陪着再吃一点儿，但夏天婉言谢绝，说自己在单位食堂刚刚吃完中午饭。

李婳蛮横地说，不行，吃饱了也得再吃点儿，要不我一个人吃饭不香，到时候全给你剩下。夏天想起他和李婳在一起时多次承诺李婳吃剩下的都归他包圆儿这个梗，在此情此景下，竟不知如何应答，便只好抄起一双筷子分出一些米饭陪着李婳吃起来。

李婳露出满意的微笑，吃得更香了。

他们俩边吃边聊，毕业后一个多月未见，除了班里其他同学在新单位的八卦，便是走上社会后这段时间的粗浅体会。李婳还絮叨了她四姐和男朋友小苹果的感情波折，认为夏天原来对小苹果的判断也不是完全没有道理，老司机果然靠不住，当然她四姐也并不是一个省油的灯。

李婳也表达了对夏天的关心，她关心的主要方向是和他一起分配来的新大学生都是些什么人，夏天的业余时间都在干吗。

夏天一一如实作答，但不知道为什么还是强调了这拨女大学生感觉跟班里的同学不是一路人，自己很难找到共鸣。至于业余时间，除了接待来访的班里同学，就是挑灯夜战，不断充实自己，这段时间在狂攻用第一个月工资买的《莎士比亚全集》，很多经典台词自己已经可以倒背如流。

夏天还拿出其中一本让李婳检验自己的学习成果，要给她背一段哈姆雷特的"生存还是毁灭"。李婳笑着摇头，并没接夏天的招，说不想助长夏天的疯魔劲儿和狂劲儿。

他们聊得很多，但李婳一个字都没提她信中说的跟夏天业务合作的事。

这顿饭吃得时间很长又似乎很短，以李婳为主力，他们把两菜一汤再加一盆米饭吃得干干净净，吃完李婳还不顾形象惬意地伸了一个懒腰，完全是一副心安理得不设防的样子。

此刻的夏天心中对李婳是充满矛盾的，李婳是他刻骨铭心的初恋，但也曾经逃跑般离他而去，让他的骄傲和自尊碎了一地。他下定决心要彻底撕裂和李婳的感情瓜葛，仅仅止步于非一般的同学关系。可眼前的情景，让他感到了某种危险，他害怕会控制不住自己，不自觉地飞蛾扑火，而最终结果很可能又要重蹈覆辙。

他从李婳的眼神中，也似乎看到了一种不顾后果的任性，这种任性的后果，夏天认为自己心理上并没有准备好承受，因为他认定，自己即使再爱李婳，也不会真正原谅她，他们不可能回到从前。

想到这些，夏天狠了狠心，像对待小媳妇似的，把碗筷一推，对李婳道："吃饱了吗？该去劳动劳动洗碗了。"他想借着逼李婳洗碗，煞煞李婳的锐气，也拉开他们俩的空间。谁知道李婳根本不吃这套，而是好似浑然不觉地嗲声嗲气耍赖道："人家是客人，怎么能让客人洗碗呢？"

李婳嗲声嗲气的样子夏天以前是很少见识的，她这么一耍赖，夏天便有些气馁，只好自己收拾碗筷拿去厨房洗了，边洗边叹息道："最近就是你这样的客人太多了，吃得我都快揭不开锅了。"

李婳听了一愣，收起了耍赖的样子，道："你真要成穷光蛋了，那我还是接济接济你吧。"说着，她掏出自己的钱包，要把包里的钱一股脑儿都给夏天。

夏天看到李婳一副义不容辞的神情，内心一阵震颤，一瞬间想起了很多，想起了她添钱为自己买的那件羽绒服，想起了她求她二姐织的毛线脖领，想起了他们在一起时李婳的种种好处……他感觉自己心里的那道防线在渐渐崩溃，有一种不由分说上去就把李婳一把抱住的冲动，他要抱得她喘不过气来，他要狠狠地吻她，甚至咬破她的嘴唇，让她在他自己怀里瑟瑟发抖地求饶……

但不知为什么，夏天感觉同样有一股力量狠狠地拽住了自己，让自己挪不动半步，让自己用客气得有些陌生的语气回绝了李婳的好意："不至于，不至于，哪能用你的钱，你这刚上班还没挣着钱呢，我过两天就发工资了，忍忍就过去了。"

李婳听出了夏天态度的坚决，也就没再坚持把钱给夏天。当李婳把钱放回钱包的时候，夏天从李婳的眼神中，看出了有些失望甚至有些黯然。

李婳安静了下来，忽然没头没脑地问了一句："你说，我们还年轻吗？"

夏天不知道李婳为何有此问，于是不假思索地回答道："当然，你才刚过二十二岁，你的人生才刚刚开始展开。"

李婳轻轻摇着头，笑了笑道："我还年轻吗？我怎么觉得自己马上就要老了呢？你才年轻呢，你的人生才是刚刚展开，你还没到二十二岁，你还有无数的可能性！"

夏天对李婳说自己未来有各种可能性内心是认同的，但这些可能性会给自己带来什么，这些可能性里有没有李婳，他心里还是一片迷惘，便只顺着李婳说："也许吧……"

吃完中午饭，夏天又领着李婳上世界展览中心的展馆里转了一圈。此时展馆正举办全国优质农副产品展销会，全国各地琳琅满目的土特产让现代化的展馆充满生活气息，各色老中青年妇女们在各个展摊前流连忘返，货比三家，大包小裹，不亦乐乎。

李婳看到这热闹的场景，不禁对夏天感叹道："你真是到了一个特别适合女同志工作的地方。"

夏天忍不住又贫道："看样子在这儿上班我可以变得像女同志一样懂生活，爱生活，在工作中也能找到生活的乐趣。"

李婳撇了撇嘴道："可你还是不懂女同志……"

这天临分手，李婳才提到了工作，说她这两天想带她的领导过来，希望夏天引见一下，跟他们公关部的领导碰个面，看看有没有合作的可能。李婳强调，能不能合作全靠缘分，夏天不要有什么压力。

夏天自然没有什么压力，因为他对李婳领导和自己领导要谈的合作并没有太多概念，也没什么兴趣。

李婳的领导是一个三十多岁身材高挑的艳丽女子，脑后的发髻梳得油光水滑，未开言先咧嘴笑，笑得唇彩鲜艳醒目，说话时带烟嗓，文的眉毛如刀锋一般，有一股隐隐约约的社会气息。夏天一眼就觉得跟她气场不合，也纳闷李婳怎么会在这样的女人手底下混。

李婳领导和夏天领导是二两棉花——单谈，据说谈得非常有成效，因此谈完后，李婳领导让李婳转达，一会儿中午请李婳和夏天一起吃饭。

当李婳跟夏天说中午跟她领导一起吃饭的时候，夏天很干脆地拒绝了。

若干年后，夏天回想，为什么自己当时会拒绝得那么干脆，几乎毫无商量余地呢？其实从夏天内心来说，并不排斥跟李婳一起吃中午饭，但想到李姗领导涂得鲜艳无比的血盆大口，内心便有些抵触，自然就放弃了，但他没跟李姗做什么解释，也根本没注意李姗的反应。

夏天放弃的，是和李姗最后的午餐，尽管他自认为来日方长。

第二天，一个电话打到了夏天办公室，陈露接的，陈露故意大声喊："夏天，你女朋友又来找你了。"

夏天不明所以，边接过电话边嘟哝："我哪有什么女朋友啊？"他从陈露手里接过话筒，听出电话那头是李姗。

李姗似乎有些又羞又恼，连寒暄都没有，只期期艾艾蹦出俩字："墨镜。"

夏天有些蒙："什么墨镜？"

李姗说："我领导墨镜找不着了，看看有没有落在你们那儿。"

夏天在办公室环视一圈，说："没看见有什么墨镜啊……"

夏天话还没说完，李姗那头就传来撂下电话的咔嚓声，夏天顿时有种丈二和尚摸不着头脑的感觉。

一周之后，方超的电话打到了夏天的办公室，听口气有些气急败坏："你知道吗，昨天李姗和文迪上我这儿来了。"

夏天并不以为意，笑道："她们肯定是想你了。"

"可她们还带着白乐东！"隔着电话，夏天都能感到方超的气息正变得粗大。

夏天自己都不知道为什么，忽然有一种被子弹击中的感觉，手握着话筒怔住了。

他本以为毕业后各奔东西，大学四年所有的恩怨情仇都会渐渐平淡，直至随风飘散，他和李姗也许还会保持一种非一般的同学关系，且行且珍惜。

但李姗跟自己曾经的情敌白乐东一起去看望方超，在夏天看来，就是把他们三个之间不堪回首有很多不愉快记忆的伤疤又揭开了一个血淋淋的口子，这几乎是夏天的逆鳞或者说是命门，李姗的打击十分精准。

夏天相信李姗是了解自己的想法的，她长时间以来也一直顾忌夏天的想法而避免跟白乐东有什么接触，这回带着白乐东去见方超，她知道方超一定会在第一时间把他们见面的事告诉夏天，那么这次见面，便有了一种示威的性质，在夏天看来，甚至有一些毒辣的味道。

夏天当时不明白李姗为什么要这样做，但她这样做的效果很明显，那就是夏天既愤怒，又失落，又心痛。夏天感觉自己那点残存的骄傲和一丝若有若无的侥幸被击得粉碎，他心里的声音在说，终于彻底结束了！

这以后，夏天和李姗再也没有联系过。

他们最后一次见面是在 1990 年的春天，王府井大街的人山人海中，他们擦肩而过，李姗显然是看到了夏天，却只给他留下了一个侧目而视的眼神，没有说一句话。

再有李姗的消息是一年后的初冬，方超告诉夏天，很久没跟他联系的李姗，昨天突然给他打了一个电话，说她准备结婚了，结婚后也许很快就会出国，并特别留下了他们家新换的电话号码。

方超说，你记一下他们家的新电话号码吧，你应该给她打个电话，这也许是她希望的。

夏天没有记李姗家的新电话号码，但觉得自己一直想淡忘的李姗的面庞忽然变得清晰起来，有时候眉头微蹙，有时候掩口偷笑，笑得风情万种……

他从单位坐公交车来到学校，去找还在读研究生的王克俭，路上下起了小雨，到学校时，发现校园已被这场冬雨浇得冷冰冰，湿漉漉的，齐秦那首《冬雨》的旋律似乎在学校每一棵光秃秃的白杨树间回响：

　　为什么　大地变得如此苍白
　　为什么　天空变得如此忧郁
　　难道是冬雨
　　即将来临
　　即将来临……

第三章　鲜花插上了牛粪

在世界展览中心，会经常举办一些关注度较高的大型国际展览会，如国际汽车展、国际博览会等。这些展会，汇聚了各国民族风情和时尚科技潮流，成为当时国人放眼世界的一个窗口，也成为朝阳大妈闲暇时最爱逛的宣传口袋集散地。

夏天发现，展览会的关注度指数，基本可以通过朝阳大妈的到岗情况来判断，展馆里呼朋唤友排队领宣传口袋的朝阳大妈越多，展览会的关注度指数就越高。因为朝阳大妈们对宣传口袋有一种独特的嗅觉，她们知道，越是大牌云集的展览会，宣传口袋的印刷就越精美，口袋里随赠的小礼物就越有价值。

夏天工作的一项重要内容，就是一年要组织几十个新闻发布会，邀请全国各大新闻媒体和重要境外媒体的驻京记者报道宣传世界展览中心举办的这些国际性展览会，展览会关注度越高，要求来采访报道的媒体就越踊跃。

夏天这项工作，让他和新闻界依然保持了千丝万缕的联系，而那些还在新闻单位的大学同学，自然是近水楼台先得月。

于是，经常有一些新闻发布会，十个被邀请的记者，便有五六个是夏天班里同学或师兄师姐们，又或是他们介绍的跑口记者。夏天算是公私兼顾，既完成了和媒体沟通的任务，还能顺便畅聊同学情。同学们回去之后，自然大力支持夏天工作，发出来的稿子又快又好版面还突出。他们认为，夏天毕竟是科班出身，加上又了解情况，他的稿子不管是通稿还是巡礼或是深度报道，回去改个报头就能原文照登，几乎不用费什么力气。

夏天的工作通过几个新闻发布会下来，就得到单位领导的认可，单位领导似乎也为自己的英明决策自我点赞。他们认为，专业的事让专业的人干，才会达到事半功倍的效果，他们延揽夏天这样的专业人才，让世界展览中心宣传工作迅速上了一个台阶，也使世界展览中心的名头更加响亮。

夏天心中小有得意的同时又有些莫名空虚，几次发布会下来，他就觉得这项工作内容对自己毫无挑战性，简直是杀鸡用了牛刀。

陈露对于夏天能迅速接手她的工作表示很欣慰，但同时又有些感慨，说夏天这么能干让她反悔不去法国都没机会了。夏天不明所以地问，能去法国还有后悔的吗？去法兰西是多少国人的梦想啊！陈露看着夏天点点头又摇摇头，表情有些复杂。

有一天快下班时，陈露叫住夏天，说今天会有一个神秘的客人过来吃饭，你也可以叫上一个没对象的新毕业大学生一起参加。

没对象的新毕业大学生？这是给人介绍对象的节奏啊，你是要给我介绍呢还是给我哥们介绍？夏天再迟钝，也听出陈露话里的意思，便有些狐疑地追问。心想陈露唱的到底是哪一出呢，自己没显得那么着急找对象啊。

陈露嘴里支吾着，脸上露出隐秘的微笑，并不正面回答夏天的问题。

夏天领着跟他同一年分配到单位学设计专业的王小双到陈露宿舍时，给他们开门的并不是陈露，而是一个面庞清丽身材高挑的二十岁左右女孩儿，脖子上还系着一个有卡通图案的围裙。

夏天想，这位大概就是陈露说的神秘嘉宾了。这个女孩表情略显清冷地看了一眼夏天和王小双，把他们让进客厅后就转身进屋了。

陈露宿舍客厅的光线有些幽暗，没开灯，餐桌上两根巨大的红烛在毕剥燃烧，烛光曼妙摆舞，桌上菜肴形形色色，在光影中香气诱人，一瓶红酒已经打开。

夏天和王小双等了一会儿陈露才从屋里出来，陈露的打扮和平时完全不同。平日里陈露大多素颜出镜，衣着也基本是简约大方，这天晚上烛光下的陈露给夏天的印象非常特别。

陈露一身紫色的丝绸套装，碎花滚边的无袖斜襟上衣，把腰身掐得柔韧紧致，胳臂也显得匀停修长，九分裤的裤脚是绣着蕾丝的小喇叭口，轻移几步摇曳生姿，一双纤巧白皙的脚踝时隐时现。

陈露在脸上也做了些文章，蛾眉淡扫入鬓，微点的绛唇和紫色衣服搭配起来显得温润娇艳，烛光下眼波流转，活脱脱一个成熟妩媚体态风流的扬州美女！

夏天头一回见识陈露盛装的样子，也是头一回见到熟识的女性如此魅惑的妆容，不由得有些发呆。陈露在夏天呆呆的目光注视下，脸微微有些发红。

此时，刚刚给夏天他们开门的那位高挑个儿的女孩也从屋里出来了，看样子也捯饬了一番，但和陈露比较却是另一种风格。她脱下带卡通图案的围裙后，把头发高高绾起来，露出细长挺拔的后脖颈，一件修身的白衬衣勾勒出身体曲线，一条线条简洁的牛仔裤更显身高腿长。女孩基本素颜，脸上有一种自信飞扬的神情。

夏天暗想，要是早几年，自己也许会被这位长相清丽有初恋脸的女孩吸引，但现在把她和陈露放在一起比较，还是觉得陈露亲切一些，自己也更愿意和陈露亲近。尤其是看到陈露今晚的装扮，内心竟有几分不由自主的冲动，这种冲动似乎很长一段时间没有过了。

但想到陈露已经有男朋友，而且不久就要出国了，夏天忽然有些沮丧，这种沮丧的感觉在凌乱的烛光下被不断放大，搅得心里像长了草。夏天心里愤愤不平起来，他之前早就听说陈露一开始对那位其貌不扬的假洋鬼子男友并不是那么感冒，只是后来那假洋鬼子确定能把她办到法国她才答应的，国外就那么有吸引力？这种吸引力可以让鲜花自愿插在牛粪上，可以让好白菜主动送上门让猪拱？

他还想起那个和李姗闪恋闪分的留学生痘痘帅哥，那么轻易就让李姗迷失自己……

夏天曾经有过的所谓天之骄子新出炉小鲜肉的优越感，一瞬间便在现实面前击得粉碎，再自以为了不起，再自认为有默契的感觉，都敌不过一本薄薄的出国护照。那本出国护照，是横亘在夏天和那些花儿们之间的天堑一般的存在。

陈露给夏天他们介绍，那位年轻的女孩是广播学院大三的学生，名叫朱欢，北京孩子，是她异父异母的好妹妹。夏天觉得陈露异父异母的提法挺新鲜，但他从陈露和朱欢的熟稔和默契程度看，确认她们确实是好姐妹。

陈露还介绍说，今晚这桌菜，基本是朱欢的手艺。

因为打小带着妹妹夏雨炒菜做饭，哄得妹妹对自己言听计从，夏天一向自诩厨艺了得，但看到朱欢做的这几样菜色，发现跟自己不是一个套路的，或者说，又是很有套路的。

朱欢做的菜，刀工细致，这首先就成功了一半，加上色泽诱人，摆盘漂亮，香气四溢，让人忍不住食指大动。夏天细细品尝，发现她做的菜里有些香料是自己没用过的，尤其是那道煎牛排，外焦里嫩，鲜美多汁，椒香浓郁。

夏天意识到，这道西餐牛排，是自己作为一个多年的穷学生从未接触过的套路。自己只会做地方土菜，且只有一个套路，那就是无辣不欢，开胃下饭，可以连吃三大碗那种。而朱欢做的菜，除了好吃，还透着一股高大上的气息。

这种气息高大上的菜，当然得用红酒来配，而用来盛红酒的，还必须是晶莹透亮轻轻一碰叮当作响的高脚玻璃杯。

频频举起高脚杯，吃喝的氛围就变得优雅起来，夏天也不自觉显得庄重了许多，完全不是平日里挥斥方遒口出狂言的样子。

他们边吃边东拉西扯，席间朱欢目光闪烁斜觑着夏天对陈露低声嘀咕，看样子他还是挺老成的嘛，看不出比你小啊。

朱欢的声音低到夏天刚好能听见，让夏天不得不怀疑她原本就是故意要说给自己听的。

陈露也偷看了一眼夏天，点点头又摇摇头，扳过朱欢的脑袋对她耳语了一番，引得朱欢对陈露一通猛捶。

夏天不知道这俩葫芦里卖的到底是什么药，但还是隐隐约约嗅出一丝阴谋的味道，只是不知她们的小阴谋里自己会是一个什么样的牺牲品。

跟他同去的王小双到底是学设计搞艺术的，在这种场合很是放得开，除了足吃足喝一通海聊之外，还一眼看见了茶几上一台日本三洋牌的录放机，这在当时可是稀罕物，是要用出国回来的外汇指标才能买到的，夏天猜测可能是陈露的假洋鬼子男友送给陈露的。

王小双马上嚷嚷着说看看有没有舞曲，吃完饭可以举办烛光舞会。

陈露和朱欢对视一笑，并不反对，似乎这烛光舞会也早就在她们的计划当中。

夏天在大学四年，学校和外校的舞会是参加了不少的，他算是赶上了交谊舞盛行的黄金时代。每逢周末，学校东区食堂都有好事者组织舞会，把餐桌往餐厅四边一归置，中间腾出一大片空地，饭厅秒变舞池。虽然混合着饭菜味儿，但舞池里泛滥的荷尔蒙气息依然透着青春的蠢蠢欲动和美好。

三步、四步、探戈、华尔兹……夏天练熟了舞技，练厚了脸皮。因此，王小双的提议，让他心中暗自雀跃，好久没参加舞会了，舞技都荒疏了，很有必要故伎重演。

陈露家的舞曲带子是现成的，一曲苏联的《山楂树》很快在烛光中响起。

歌声轻轻荡漾在黄昏水面上
暮色中的工厂在远处闪着光
列车飞快奔驰车窗的灯火辉煌
两个青年等我在山楂树两旁
哦那茂密的山楂树白花开满枝头

哦你可爱的山楂树为何要发愁

……

轻风吹拂不停在茂密的山楂树下

吹乱了青年钳工和锻工的头发

他们谁更适合于我的心愿

我却没法分辨我终日不安

他俩勇敢和可爱呀全都一个样

亲爱的山楂树呀要请你帮个忙

哦最勇敢最可爱呀到底是哪一个

哦亲爱的山楂树请你告诉我

……

《山楂树》中手风琴和吉他交织的音色让整个曲调充满浪漫忧郁的气息。夏天自然是邀请陈露跳第一支舞曲，而王小双也不由分说拉着朱欢就跳了起来。

这是夏天第一次近距离接触陈露，在红酒和舞曲的掩护下，一切都显得那么顺理成章。

陈露的腰肢柔软而有弹性，手指温润滑腻，身上有一种甜甜的成熟的味道，这种味道让夏天变得自在从容又有些沉醉。

经过几个小节的试探，夏天和陈露的舞步很快就协调起来。他们轻轻旋转着，摇摆着，迅速沉浸在《山楂树》舒缓悠扬的曲调和歌词中。

陈露忽然轻声问夏天："你以前听过这首歌吗？知道歌词唱的什么意思吗？"

夏天点点头道："听过，但歌词的意思正琢磨着呢……"

跳了一会儿又听了一段歌词后，夏天忽然笑了起来，道："我听明白了，歌里是说这个姑娘同时看上了厂里的两个小伙子，一个是钳工，一个是锻工，不知道选哪个好，找山楂树拿主意呢。"

陈露也跟着笑问道："这姑娘是不是有些傻？山楂树能知道什么。"

夏天的贫劲儿立马就上来了："对哈，她再拿不定主意，这钳工和锻工哥俩儿就该好上了。"

夏天说完，自己都有些乐不可支，却不想脚下忽然被陈露踩了一下。

踩了夏天的陈露微微有些脸红，却并没有跟夏天道歉，只是变得安静了，一副若有所思的样子。

刚才夏天臭贫的那些话显然也被朱欢他们听见了，朱欢听了先是忍不住扑哧一乐，但旋即又瞪了夏天一眼。

一曲终罢，一曲再起。

夏天本来是想跟陈露接着跳下去的，但陈露却把夏天牵到了朱欢身边，说再跳我还得踩你脚，朱欢小时候可是练过舞蹈的，你们可以好好配合一下。

夏天其实并不介意陈露踩脚，但既然陈露话已经说到这儿了，便顺势向朱欢做了一个邀请的动作。

朱欢看了一眼陈露，表情看似无奈地把手交给了夏天，而陈露则主动拉起了王小双。

接下来的是调子更欢乐，节奏也更明快的圆舞曲《多瑙河之波》。

当太阳升　照耀在水面上

白云飞　浪花跳

金光闪　风儿唱

看多瑙河　滚滚流　翻波浪

给两岸　安排了　无穷尽　好风光

两岸的山峦啊郁郁苍苍

两岸的田野啊肥沃宽广

河面上船儿如行云来往

真叫人心驰神往

有多少美丽的传说在讲

有多少动人的歌谣在唱

你哺育我们的亲爱家乡

你灌溉大小村庄

……

　　舞曲刚进入的时候徐缓轻柔，就像河水源头回旋婉转的水流在汇聚、流淌，夏天轻轻扶着朱欢的腰肢，感觉她的腰肢虽然纤细但明显有些僵硬。毕竟互相间不熟，在这种氛围中突然近距离接触难免有些局促，更何况他们旁边还有一个大家都比较熟悉且关系密切的陈露。

　　夏天带着朱欢缓缓踩着步点儿，边跳边没话找话，夏天问朱欢："你和陈露应该差了好几岁呢，但你俩怎么感觉像闺蜜似的，互相配合那么默契，眼神就像带了密电码。"

　　朱欢笑道："看出来了吧，那是我少年老成，不像你看起来挺成熟，但其实挺单纯。"

　　夏天也笑道："你这么一会儿工夫就把我看透了？不会是陈露在背后老跟你歌颂我的丰功伟绩吧？"

　　"对啊，陈露就是老夸你，我看她也挺幼稚的，也不知道怎么鬼迷心窍了。"说完这句，朱欢感觉自己好像有些失言，急忙打住。

　　"小孩说大人话，你说的是什么鬼？"夏天有些不依不饶，故意追问起来。

　　"什么什么鬼，你怎么踩不上点儿了，你会不会跳华尔兹呀？"朱欢显然想赶紧糊弄过去。

　　这时候舞曲的曲调已经变成一段快乐的行板，跳跃感也越来越强，就像河水在翻滚喧哗，不可阻挡地冲过顽石和浅滩。朱欢加快了脚步的频率，要把夏天也带动起来。

　　夏天只好暂时放弃追问，打点起精神，找准节拍，加速了旋转。

　　旋转加速后，夏天才领教了朱欢的舞蹈功底，刚开始有些僵硬的腰肢变得柔软了，她的身体和夏天如影随形却又若即若离，夏天带着她跳感觉非常轻松，手上几乎不用费什么力气就能把旋转做到位，他们旋转的气涡让客厅的烛光也忽闪雀跃起来。

　　跳到最后，陈露和王小双干脆停下来了，静看他们伴随音乐高潮部分的最后几个快速有力的旋转。

音乐戛然而止时，夏天和朱欢都微微有些汗意，朱欢脸红扑扑的，忽然有些不好意思似的露齿笑了，对陈露说，我不能再跳快曲子了，还是把他还给你吧。

当客厅响起慢四的曲子时，夏天和陈露干脆把四步跳成了两步，这是一首《月光下的凤尾竹》，曲调的婀娜，让他们的舞姿，变得像月光下竹叶的婆娑。

经过刚才跟朱欢那一曲的快速旋转，夏天感觉还是跟陈露一起跳舞时自己更从容自在，不需要设防，不需要刻意表现，表达起来随心所欲。陈露对夏天而言，就像一个温暖包容的港湾，也像一片温柔漫射的清辉，夏天被拥裹着，浸润着，不自觉沉溺其中……

陈露悄声试探着问夏天："这姑娘不错吧，会做饭，会跳舞，长得好看，还挺有才的。"

夏天并不以为意，轻声笑道："黄毛丫头一个，比不上你的成熟美。"

"你这是夸我吗？你是在夸我美还是在说我老啊！"陈露摇摇头笑叹道。

夏天忽然意识到自己好像说错话了，赶紧找补道："你这样的人，将来即使老了也会美得一塌糊涂，不是一般的黄毛丫头能追得上的。"

真是千穿万穿，马屁不穿，饶是陈露成熟知性，也让夏天说得面露喜色。

但陈露喜悦的表情很有节制，她迅速回夸道："你虽然有时候还像一个大男孩，但你这么会拍马屁，一定会招女孩子喜欢，追你的女孩一定不少。"

夏天摇摇头道："你是看走眼了，我要那么招女孩儿喜欢，哪会单那么多年。"

"那是因为有些好女孩近在眼前，你却看不出来。"陈露眼睛瞟向朱欢。

"我觉得你挺不错的，可惜马上就要便宜假洋鬼子了。"夏天忽然半开玩笑半认真地说道。

陈露听得脸红了，捶了一下夏天道："你可什么都敢说啊。"

夏天轻轻一拉陈露捶自己的手，陈露身体瞬间贴上了夏天。

夏天轻拥着陈露，感觉陈露的脸颊有些发烫，呼吸也变得不太稳定。

过了一会儿，陈露好像忽然想起什么，看了一眼朱欢的方向，发现朱欢也往他们这边侧目，她很快清醒过来，迅速跟夏天的身体保持了一定的距离。

陈露微微叹了一口气道："你知道吗？这段时间我特别开心，你要早点儿来就好了，我们一定会很好的。"

夏天知道陈露说的很好的是什么意思，但他们都清楚，他们的相识就是因为陈露的即将且必然离去，他怎么可能早点来呢？不可能早点来，那很好就没那么好了。陈露为了办出国手续，已经辞掉了公职，也准备销掉国内的户口，开弓已经没有回头箭了。

夏天也意识到，陈露说的这段时间特别开心，听起来就像是对他们相处几个月的阶段性总结，总结完，一定会有什么事情发生。

果然，陈露表情看似轻描淡写，却宣布了这天晚上最重要的一个消息："我的法国签证下来了，下周就要飞巴黎，谢谢你们今天来参加我的告别晚餐。"

陈露顿了一下，看着夏天继续说道："朱欢是我在北京最亲近的一个人，她是个好姑娘，以后你不要把她带坏了。"

夏天知道陈露迟早是要走的，但没想到这一天来得这么快，而且是在他们之间有了一种莫名的感觉之后。

她在离开前，特意介绍夏天和朱欢这两个和她都很亲近的人认识，像是一种托孤的感觉，不知道是把朱欢托付给夏天，还是把夏天托付给朱欢。总之，肥水不能流了外人田。

陈露用这个精心筹备的夜晚，几乎把所有的谜底都揭开了，同时又挥挥衣袖，不带走一片云彩。

但此时的夏天，并不能领会陈露的深意，心里只有羡慕嫉妒恨。那个假洋鬼子，到底是把陈露这朵鲜花插在了他那堆牛粪上……

第四章　卓越的闪亮登场

人的一生中有很多遇见，有些遇见，注定意义非凡。

夏天和卓越的遇见，是今后很多故事的开始。

夏天遇见卓越，是在这年9月昆仑饭店举办的北京国际包装展招待晚宴上。

北京国际包装展，顾名思义，就是全世界最擅长包装的人聚在北京，向中国人民展示他们的包装之术。在参加这个开幕晚宴前，夏天平生第一次认真地把自己也包装了一番——按照外事活动的标准。

上一次在人民大会堂举办的外事活动中，夏天穿着大学时惯常的打扮，一件圆领T恤衫，一条西装短裤，一双露脚趾的凉鞋，自以为潇洒倜傥地就去了。他在媒体记者面前侃侃而谈，在外宾面前顾盼自如，却把礼宾处处长老吴吓得脸色发白。因为新人失仪，礼宾处也脱不了干系，他们起码要负培训监督之责。

这次晚宴之前，礼宾处处长老吴专门找到夏天，交代外事活动的着装要求。西服，夏天有一套，大学买的地摊货，已经穿破巴了。领带，没有，也不知道怎么系，学了半天没学会，怎么看都像是系红领巾的手法。

老吴欲哭无泪，目测夏天的身材跟自己差不多，便把自己衣柜里的备用西服借给了夏天。领带当然也是老吴贡献的，他还亲自帮夏天系上。夏天让老吴一通包装，照着镜子觉得自己像变了一个人，边百般扭捏欣赏自己的玉树临风，边没心没肺地笑话老吴，说老吴把自己打扮得跟新郎官似的，是不是想招个上门女婿。

夏天的冷笑话听得老吴直摇头叹气。

晚宴上，带着新郎官般焕然一新的感觉和原来已经基本熟识的媒体记者一通招呼，夏天忽然觉得自己有些职业范儿了，几个媒体单位的小姐姐看自己时眼睛里也是亮晶晶的。

在招呼完请来的这些记者后，夏天自觉大功告成，急忙把勒脖子的领带放松，开启了一筷子肉、一大口酒的埋头苦吃苦喝模式。在苦吃苦喝的过程中，他隐约感觉圆桌对面似乎有一双忽闪的眼睛一直在注视自己。他抬头一看，果不其然。

透过镜片，那双眼睛也清晰地传达了内心的好奇、赞赏和诚恳，这是一种一眼看去就让人倍感亲切和熟悉的眼神，因为这眼神，夏天对卓越一见如故。

我见青山多妩媚，料青山见我应如是。夏天在和卓越熟悉之后问他对自己的第一印象，卓越的回答让他非常满意，卓越的回答自然也是一见如故，和夏天希望他说出来的答案完全一样。

卓越还补充道，就欣赏你那种旁若无人自由自在有些刁的样子。夏天觉得卓越简直说到自己心坎里去了，卓越嘴里的自己，不就是自己一直在追求的人设吗?！夏天甚至觉得，卓越对自己的描述，比他本人总结得还到位。

夏天是在很长一段时间之后才领悟到，卓越其实是具有一种深刻洞悉人心的能力，这种能力，让他在和人交流的时候，人们会迅速把他引为知己，解除全部戒心和武装。卓越后来也承认，这种能力，源于他超高的情商。卓越敢于承认并赞美自己的情商，让夏天认为卓越对自己又多了一份坦诚。

夏天和卓越不知是谁先开始的，互相攀谈起来，从攀谈中得知，他们虽然之前互不相识，但他们其实是国际商会的同事，卓越是代表会里的信息部来参加这个活动的。

而且，他们都是这个夏季从学校毕业分配到国际商会的。只不过卓越是研究生毕业，夏天是本科毕业。

以夏天当时眼高于顶的心态，对卓越虽然很有好感，但印象并没有那么深刻，真正让夏天对卓越印象深刻有些小崇拜并想把他引为知己的原因，是他们初识几天后卓越在国际商会迎新座谈会上的发言。

那一年，国际商会从全国各大名校招收了不同专业的应届毕业生五十多人，作为新鲜血液补充到各个职能部门。经过一段时间的磨合后，机关党委把所有应届新生组织起来，进行一次面对面的交流。

这次交流，有国际商会历史沿革的介绍和在当前改革开放大潮中重大历史使命的宣讲，有外事纪律的强调和培训，还有历年先进员工代表的现身说法。

在交流的最后时段，头发斑白的机关党委书记隆重推出了卓越，请他代表所有新生发言。

卓越代表新生讲了什么夏天其实没有太深刻的印象，但卓越从容不迫侃侃而谈的话锋以及机关党委书记欣赏怜惜如父爱般的眼神，让夏天确信，此子将来在国际商会必成气候，未来通过国际商会的平台成为国家领导人也未可知。

通过这次座谈会，夏天和卓越跨世纪的友谊算是开始了。

国际商会机构众多，卓越在长安街沿线的总部大楼办公，离夏天有相当的距离，但好在会里安排的单身宿舍都不太远，他们约起来倒也方便。很快，他们对对方的朋友圈都迅速熟悉起来。

这年的中秋夜，月亮格外地圆。

卓越把他在京的所有好友，都招集到一起，举行了一个轰轰烈烈的大派对。

这个大派对，约在了香山，他的大学同学老秋单身宿舍的楼顶上。

在这个派对中，很多和夏天的人生有重要交集的人物开始登场，老秋自在其中，还有大宝、老白、文刚……

老秋是学历史的，当时是国内一家著名的教育出版社的编辑；大宝是学电子通讯的，后来成为国内互联网骨干网建设的领导者之一；

老白最早下海，早早就挣得了第一桶金；文刚则在没有和任何朋友告别的情况下远走他乡，从此杳无音讯，让夏天牵挂至今。

那天夜里，金风送爽，月色如水，老秋宿舍楼顶的平台就像月光下的金色池塘，在这个池塘中，汇聚了他们后来创业的几乎全部班底。

但在当时，他们看起来好像没有太多关联，只是单纯地因为卓越，才有缘聚集在一起。他们在香山脚下，就着月饼和红肠，喝着二锅头，唱着各自拿手的小调，聊着有无数可能性的将来……

卓越总是先知先觉，他说他有一个心愿，要让月亮作证。他希望我们这些人以后一定要在一起合作，干成一件值得对自己孩子夸耀的事情。说这些话时，他的眼镜镜片在月色下闪闪发亮，整个人似乎都在发光……

在这个派对以后，夏天和卓越就迅速厮混在一起，每天下班前，如果没有其他安排，他们都会相约在一起消磨时光，尤其是没有饭辙的时候，他们就带着对方到各自熟悉的朋友那去打秋风。

去打秋风最频繁的地方是老秋那，老秋那有两个妙处，一是他们单位的单身宿舍是一幢老式带回廊的小红楼，有一个硕大的公共厨房兼饭厅，做起饭来可以大张旗鼓，轰轰烈烈，大家吃起来自然也是酣畅淋漓。二是他们单身宿舍的空床位特别多，吃饱喝足不用着急回家，只要愿意就可以随便蹭宿。

当然，打秋风的他们也是比较局气的，通常会割二斤肥瘦相间的五花肉或带上单位工会发的西装鸡，到那后往厨房一扔，自然会有人打理。

打理肉和鸡的基本是老秋单位一位老家四川的同事，号称专门料理狂暴川菜。他做肉和鸡从来都是把整块肉或整只鸡直接扔到一口大铝锅里，倒上大半锅水，然后拍一块大姜，扒一根整葱盖上盖大火开炖。炖到肉香初起的时候，扔一把朝天椒和花椒继续咕嘟。把肉炖得稀烂后临起锅时，再浇上一大勺号称从老家带来的秘制红油，把热气都封在锅里，整锅肉汤表面上看起来波澜不惊。

肉炖好后他们一堆人就直接围着大铝锅开吃，每筷子下去，肉香和辣油香就呼呼往外冒，让人精神大振，食欲倍增。

有肉自然少不了酒，偶尔夏天会带上江西老家的四特，但通常是实惠够劲的红星二锅头，一口酒，一口肉，一口麻辣红油汤，回回他们都会把一口大铝锅吃得底儿朝天，把嘴吃得鲜红肿胀。

吃饱喝足后，保留节目便是敲三家。

敲起来吆五喝六，骂骂咧咧，饱嗝连连，辣气冲天……

这是他们哥几个共同度过的一段火热快乐的单身生活。

当然，他们对自己依然单身的状态是不满意的，结束单身一直是他们的努力方向。而要结束单身，大学校园无疑是机会最多的地方。因此，窜访各大校园的各种舞会，是他们这段时间业余生活的主旋律。

窜访校园的首选自然还是各自的母校，熟门熟路下手方便，尤其是内部还有人接应，各种舞会的时间地点早早就有人通风报信。

在通风报信方面，夏天的大学同班同学王克俭无疑是恪尽职守的。他的恪尽职守甚至让人觉得，作为班里唯一一名继续读研究生的同学留校的目的，就是为了给大家通风报信。为大家随时返校提供方便，他就是同学毕业后被安插在学校的一个钉子户，一座瞭望塔，一座坚强的战斗堡垒。

这年圣诞舞会前，王克俭早早就给夏天打电话告知了舞会的各项活动安排，说学校东区上下两层的四个食堂将全部开放作为舞会的会场，这四个舞会会场上下左右贯通可以随意串场，每个会场都有不同的主题和不同的主打舞曲，参加舞会的可以各取所需，各凭兴趣。

而且，这次舞会的组织者还在北京的主要高校张贴了极具诱惑力的广告，号称这次舞会将是北京高校历史上规模最大的圣诞舞会，欢迎各高校广大的交谊舞爱好者购票参加。舞会还有一项巨大的福利，那就是美女可以免费。

这无疑是一道美女征集令，本来夏天的学校就是文科学府，美女资源众多，再加上其他学校的美女蜂拥云集，这场舞会，必将呈现一道道亮丽的风景线，值得期待，尤其是对那些急于寻找机会摆脱单身的在校男生和已经毕业的社会闲杂人等而言。

在夏天看来，他和卓越、老秋之流的社会闲杂人等也许比在校男生更有机会，也更有竞争优势。相比在校男生的青涩，他们毕竟已经在社会上摸爬滚打了一段时间，他们有更多吹牛的资本和话题。

同时，他也感觉到，现在的学生后生可畏，比他们在校的时候更大胆、更有创意也更具经济头脑。他们已经掌握了美女经济的精髓，美女即是眼球，美女即是购买力和号召力，美女的号召力会让男士慷慨解囊，趋之若鹜。而他和卓越、老秋他们，就是那几只急着想扑上来的鹜，要把这些后生可畏的学生娃比下去，他们只能更加凶猛。

果然，夏天把舞会的消息跟卓越、老秋一说，他们一个个摩拳擦掌，积极准备在舞会上大显身手。

舞会当天，也就是圣诞前夜，他们相约着早早就来到了学校，先和王克俭碰面。

和平时穿衣打扮的浮皮潦草不同，他们都不约而同地按外事活动的标准穿了一身西服并打上了领带，夏天认真地用剃刀把胡子刮得黢青；老秋带了一副时髦的变色近视镜，眼神看起来阴晴不定神秘莫测；卓越则一丝不苟地给头发打了摩丝，满脑袋秀发风都吹不动，在油头粉面中透出成熟严谨。

王克俭见到他们仨，感觉自己明显不够社会，于是决定反其道而行之，从箱底翻出一条五四青年款的围巾，在脖间斜绕着一甩一甩的，透出一种倜傥的味道，让自己和其他几个穿西装打领带的比起来就像一股清流。

舞会刚开始时，他们还聚在一起对参加舞会的女生们评头论足，几首舞曲之后，他们就消失在人海中各自为战了，专挑自己看着顺眼的女生下手。

夏天想起自己没毕业时在学校的舞会上还有些瞻前顾后，缩手缩脚，可毕业不到半年，在这个曾经熟悉的舞池中已经有一种气势如虹的感觉了。他现在专挑那些长得好看，或自以为长得好看神情孤傲的女生发出邀请，即使被拒绝了也毫不尴尬，换下一个继续。他坚信，在某些女生孤傲的外表下，都藏着一颗渴望被发掘的春心，只要对上那瞥小眼神，整个春天都会对你开放。

夏天有些欣喜地发现，那些曾经看起来神情孤傲高不可攀不怎么敢照量的女神，几番切磋下来，基本上都会暴露小女生的本色，自己完全可以洋洋得意地应付裕如，尤其是当那些小女生了解到他在一家外事单位工作时，大多会显出格外的兴趣，主动挑起各种话题。

他再一次自以为得计地意识到，涉外机构的光环，会让人产生盲目崇拜和各种盲动。涉外，就意味着有机会出国，而出国，就像是一服春药，会使大多数人明显亢奋。

外面的世界，处处新奇，让人心向往之，目眩神迷，无数扑火的飞蛾，正前赴后继。而他自己，刚闻着春药的味儿，就陶醉不已。

夏天以为，国人艳羡的出国机会，距自己只有一步之遥，唾手可得。这让他迅速找到一种超凡脱俗的优越感，尽管他在单位不过是一个初出茅庐的小角色。而现在，这个小角色，在学校圣诞舞会的舞池中，信心爆棚，如鱼得水，挥洒自如，旋转如风。

和他同样自我感觉良好的还有卓越、老秋他们。

尤其是卓越，一个身材丰腴，面如满月的女学生明显已经和他谈得入港。据夏天不经意间观察，卓越和这位看起来好生养的女生已经跳了好几支曲子，在跳舞的过程中，他们交流频密，卓越的口才，把那位女生的一张脸，逗得姹紫嫣红，百花盛开。他们在舞曲间隙时，甚至自然地牵起了手，这让夏天不得不从内心深处佩服卓越如此卓越的沟通能力，他的沟通能力用在泡妞上面，同样是所向无敌。

根据夏天对卓越的了解，是否好生养是卓越判断一个女人是否可娶的最重要的标准。卓越的理想就是，找一个好看且好生养的女人，生一堆娃，一大家子住在一起，其乐融融，这就是他的世界大同，这就是他的中国梦。当然，后来卓越在实现他的中国梦的过程中道路曲折艰辛，让人感奋，催人泪下，这是后话。

老秋和卓越相比，显然就稳重得多，他看起来话不多，一句是一句，和他一起跳舞的女孩，似乎只有点头的份儿，对他带着一种骨折式的仰望，女生和他跳舞的时间越长，就会变得越安静，显出一种不可言说的默契。那个女生，看样子也和他跳了好几首曲子了。

很显然，他们两个都各有斩获。

王克俭的五四青年范儿效果应该是没有达到预期目的，因为这种范式在学校还是比较普遍，有一种明显的书生意气，对广大女生来说并没有什么新鲜感。因此，王克俭的情绪看起来没有那么高昂，干脆就找了一把椅子坐下来大口喝着北冰洋汽水。

夏天其实一直是带着一种游戏的心态，换了一个又一个舞伴，因为他自己也拿不准，是否要跟他的舞伴继续聊下去。对他来说，也许，在这个舞池中肆意旋转，不问西东，就是他最大的乐趣。

可就在他肆意旋转的过程中，他感觉有一道晶亮的目光追逐了自己好一会儿，那道目光兴奋中似乎又透着几分鄙夷。

夏天忽然意识到，是朱欢。

第五章　朱欢，欢还是不欢

朱欢和夏天上一次见面，还是他们一起到首都机场送陈露去法国的时候。看到夏天对陈露一副依依不舍的样子，朱欢的眼神里似乎也有这种鄙夷的味道。

临分别时，陈露吩咐，必须把朱欢送到家门口。从机场坐公交车回来的路上，夏天依然有些失神，心里盘算着自己居然会干亲自把鲜花送给牛粪的蠢事，感觉很是憋屈，好长时间都没想起跟身边的朱欢说一句话。

朱欢安静地跟在夏天身边，突然蹦出一句："你知道吗？你本来很有机会成为我未来姐夫的。"

"此话怎讲？"

"但喜欢并不代表现实。"朱欢看似没回答但好像又回答了夏天的问题。

"这不就是所谓的无言的结局吗？"夏天自嘲地笑道。

"对我姐陈露是结局，对你不是，你还有更加美好的未来！"朱欢居然老气横秋地边说边拍了拍夏天的肩膀。

"你拍我肩膀把咱俩搞得跟兄弟似的。"夏天笑着调侃起朱欢。

"我一大美女有那么像你弟弟吗？"朱欢不满地翻起了白眼，随即又扑哧乐得露出了粉色的牙龈。

夏天笑道："我们还是先从兄弟开始做起吧。"

"一天兄弟，一辈子兄弟，你可要把你弟弟照顾好哈！"一下公交车，朱欢一边说着，一边很自然地挽起了夏天的胳臂。

夏天对朱欢的自然大胆有些不适应，被挽着的胳臂有些发僵。朱欢敏锐地发现了这一点，故意凑得更近了，身上一股清香直钻夏天的鼻孔。她边凑近夏天边笑话道："你别想多了哈，我可是把你当兄弟呢！"

夏天觉得这个小丫头气焰有点高涨，决定将计就计打压一下，伸手直接揽住了朱欢细细的腰肢，一使劲快把她抱起来了。

让夏天斜抱了一会儿后，朱欢脸微微有些涨红，往前紧走了几步挣脱开了，边走嘴里边嘟哝："这么快就另寻新欢，连自己的兄弟都欺负……"

夏天看朱欢的窘样儿，忍不住哈哈大乐起来。

朱欢也看出夏天是在故意使坏，不好意思地笑了，边笑边往前跑，边跑边冲后面的夏天喊道："坏蛋，我们比赛跑步吧，你来追我，看我能不能逃脱你的魔爪。"

夏天自然应战，奋起直追。朱欢跑起步来很有弹性，脚底下一蹦一蹦，像小蚂蚱似的，速度也很快，夏天追上朱欢时感觉并不是那么容易。

不知不觉就快到朱欢家了，夏天发现，朱欢家居然是在国家通讯社的大院里面。

到朱欢家楼下的时候，朱欢停下来问："你要上楼坐会儿喝点水吗？"

夏天心想自己跟朱欢其实并不是很熟，突然上人家里是不是有些唐突，不禁有些犹豫。

朱欢看夏天犹犹豫豫的样子，迅速改口道："哦，你还是别上去了，我爸妈都不在，我还是别引狼入室了。"说完，她自己又忍不住乐了。

不知为什么，朱欢最后不让夏天上楼，夏天居然有一种如释重负的感觉。他赶紧替双方圆场道："就是就是，你爸妈不在，我也不用上去看他们两个老人家了。再说时间也不早了，改天我一定在光天化日之下踏踏实实请兄弟你吃顿饭。"

听到夏天貌似诚恳的表态，朱欢举起自己的手掌，对夏天说："Give me five，预祝我们吃饭成功！"

夏天也举起了手掌，被朱欢狠狠地拍了一下。

但夏天许诺的这顿饭，在这次圣诞舞会上意外遇到朱欢前，一直没有兑现。

朱欢高挑的个头在舞池边站着的人群中还是很突出的，但不知为什么，她故意用围巾挡住了半边脸，这样别人其实不太容易看清她长什么样，她却可以肆无忌惮地对周围的人进行深入观察。

种种迹象表明，她对夏天已经观察了挺长一段时间，夏天在舞会开始后挺着小腰杆儿洋洋得意走马灯般换舞伴的行径肯定被她尽收眼底。

但正因为一直在走马灯般换舞伴，夏天走到朱欢面前拉开她遮住脸的围巾才更有底气，毕竟，他并没有在舞会上和某个姑娘纠缠不休，这充分说明他是一个有原则的人，一个有品位的人，一个洁身自好的人，一个脱离了低级趣味的人。

尽管如此，当朱欢直面夏天的时候，脸上鄙夷的神色也并没有稍加收敛。她用略带揶揄的口气跟夏天打招呼："哟，舞会王子，终于认出我来了。"

夏天嘿嘿一乐道："哟，追你哥都追到这儿来了。你们学校没舞会吗？你们学校的男生同意你这么肥的水去灌溉别人家的庄稼吗？"

"你才是肥水呢。"朱欢气得给了夏天肩膀一拳道，"看样子你们学校的男生都一个德行，满世界招惹漂亮小姑娘，舞会海报都贴到我们学校去了。我今天就是来考察考察你们学校的校风，以便对你这种人有充分的认识。"

"对我进行背景调查，你还真上心了？当兄弟不用这么麻烦吧。"夏天调侃道。

"美得你，我主要是来找帅哥的，可惜，满目疮痍……"朱欢故作失望的样子。

"恭喜你，起码你把你哥找着了，至于帅不帅，你说了不算，哈哈……"

夏天不管三七二十一，一把就把朱欢拉进了舞池。

当朱欢和夏天跳在一起的时候，神色变得温柔了，脸上甚至还有一丝害羞，原先那股天鹅般高傲的劲头也暂时收敛了起来。

他们上次在陈露家是一起跳过舞的，这次再跳，很快就找到了默契。而且，因为陈露并不在身边，他们没有什么顾忌，舞蹈动作也更加自由奔放，夏天的带动坚定明确，朱欢的腰肢柔韧轻盈，周旋进退，俯仰离合，颇有些棋逢对手的感觉。

夏天头一次认真评估着眼前的对手，气质出众，身姿婀娜，脖颈挺拔，除了偶尔流露的优越感，并没有太多让人不适的地方。此刻，她一头细汗，面色绯红，自由地释放自我，显出快乐、活泼的本性。

接下来的整场舞会，他们一直没有分开。而且，不知什么时候，两人把手也牵上了。

舞会结束时，夏天和朱欢牵着手，和卓越、老秋、王克俭他们会合，而卓越、老秋俩人手里也没空着。只有王克俭略有些落寞，他自我解嘲说在学校天天看美女都麻木了，很高兴你们各有斩获。

哥几个分手后，夏天送朱欢回家。

脱离了舞会的氛围，夏天觉得再牵着朱欢的手有些不妥，于是，他放开她并悄悄拉开了一些距离，可朱欢似乎浑然不觉，很自然地又挽起了夏天的胳臂。

在路上，朱欢有些得意地笑道："我真佩服我的第六感，我就觉得今天晚上有可能会碰到你。"

夏天故意撇撇嘴道："我可没想碰到你，今天我都被你霸占了，因为你这棵小树苗，我失去了整片森林。"

"有我这大美女陪你跳了整个晚上，你还想挑三拣四，你就是根木头啊！"说着，朱欢居然闪电般弹了夏天一个脑奔儿。

"大美女是来找帅哥的，拿我当备胎，我才不稀罕呢！"夏天成心逗她并作势要弹回去。

"你这么没良心，欺负小女孩儿，以后是找不到女朋友的，要不是看我姐面子，谁稀罕搭理你！"朱欢边捂着自己脑门边翻白眼。

"原来你是在你姐的阴影下委曲求全啊？"

"对，我这么惯着你，也没听你说一句好话。"朱欢说话时已经显出有些委屈的样儿了。

夏天觉得把朱欢的气焰打击得差不多了，于是见好就收，安慰性地轻轻扶上了朱欢柔软的腰肢。朱欢刚开始还有些不乐意似的扭了扭腰，但夏天的手上一加力，也就不再挣扎了，自然地轻偎着夏天，好像突然他们之间已经有了某种不言而喻的默契。

夏天心想，也许不会刻骨铭心，但和这样一个美丽、直率、有时候有些古灵精怪的姑娘交往，或许不是一件那么乏味的事。

他们出校门，走在了夏天在学校时曾无数次走过的白颐路上。

此时，空气冷冽，星河暗淡。朦胧的月光，浸润了道路两旁高大的白杨树，光影斑驳摇曳，泛着微微的紫色，让路边松树林投射的一丛丛暗影，更加充满诱惑。

他身边的这个姑娘，并不知道这白杨树的斑驳中，有多少他曾经的欢乐和悲伤，也不知道这一丛丛树影，投射过什么样的故事，她只顾在一旁叽叽喳喳开心地诉说着。

夏天想，这样也好，也许，是时候了，找一个新欢。

夏天甚至有吻住这个姑娘的冲动，但看到周围过于熟悉的景物，还是忍住了。他感觉，这夜色中弥漫的各种气息，似乎都在提醒他，前面的路，还很长。

快到朱欢家时，天空已经飘起了零星小雪，夏天并没有把朱欢送到她家楼下，而是到有卫兵站岗的大院门口就离开了，他急匆匆搭上了最后一班公共汽车。

朱欢跟他挥手告别，眼眸中有一抹异样的色彩……

圣诞一过，元旦很快就到了。

这年元旦，是夏天多年来收到明信片最多的一回。大部分明信片，都是大学班里分配到外地的同学寄来的，明信片上的内容，基本都跟酒有关，仿佛遥相思念，唯寄杜康。

在《长安晚报》的浩然明信片上只有寥寥几个字：何日聚饮长安？！

回到济南下放到德州记者站锻炼的江驴儿的明信片如出一辙：嘿，哥们儿，啥时来喝酒？我这扒鸡管够哈！

回到天津的阿辉写道：你从北京带瓶二锅头来吧，我这儿贴饽饽、熬小鱼儿候着。

回到广东已经在广东新闻台《青春夜话》夜间谈心栏目开启了主播生涯的陈若珊在明信片上写道：赶着一群鹌鹑去会老同学的你，日子一定过得不错吧？这会儿，你恐怕在喝酒，好酒！好酒！

鹌鹑是毕业后几个同学在学校小聚时的一个梗，上学时一瓶啤酒和一块钱一串的鹌鹑是标配，超过这个标准就有大手大脚的罪恶感。那次聚会，夏天把学校门口的一个鹌鹑摊包圆儿了，鹌鹑多到让同学们吃得犯恶心。

回到新疆的程程本来是想到新闻单位却被分配给领导当秘书，心里老大不乐意，明信片上的话风就很不一样：你暂时别来新疆了，来了也是陪我喝闷酒，自己在北京吃好喝好吧！

当时程程也许不知道，这段给领导当秘书的经历，为她日后走上重要领导岗位奠定了坚实的基础。

同城的老廉也寄来了明信片：I have a dream，我们要搞一个大派对，一起喝喝酒、抽抽烟、打打牌、下下棋、侃侃大山……轻松随意，无法无天！

老廉的明信片让夏天意识到，上大学时轻松随意、无法无天的日子已经一去不复返了，那样的日子，过去只是平常，现在却像一个奢侈的梦，这么多人，已经很难再聚首团圆了……

在府右街上班的阿朗看样子确实想聚，专门发了一封邀请信，文绉绉地邀请夏天并一众同学光临其寒舍小酌。

夏天知道，阿朗一提小酌，那就是他馋酒了。

朱欢的明信片在圣诞的第二天就到了，说话的语气明显没把自己当外人：木头，提前祝你元旦快乐！没事的时候记得给我打电话，家里电话上次给你了，再给你写一遍。你承诺的大餐光天化日之下不许耍赖。

夏天感觉这小姑娘已经惦记上自己了，但自己好像并没有和她完全在一个频道上。他认为自己已经没有激情也没有能力可以和一个姑娘迅速打得火热了，于是，写给朱欢的明信片，他在措辞上很是嗑了一回牙花子。

夏天决定，还是先从友谊开始谈起：友谊是一幅凝固的破碎的画卷。这是明信片上的唯一一句话，夏天自认为这句话很有宿命感。

另外，他还就着他们圣诞夜那天的情景，在明信片上附了一首小诗《紫月亮》：

紫色的月亮

挂在树梢上

准备晾晒

昨夜的欢笑

却抖落出

一场小雪

时间

不经意地弹落在

烟灰缸里

又被你的手指

轻轻拂去

盛宴之后

最难收拾的

是友谊

……

写这首诗，夏天其实也不知道到底想表达什么，或许是一种欲拒还迎却又欲迎还拒的矛盾心态吧。

　　收到夏天明信片的第二天，朱欢就来了，直接杀到夏天的办公室，事先没有任何知会。

第六章　那年的花儿

夏天前几次见朱欢，她都是素面朝天的牛仔便装。但这天的朱欢，跟以往有很大不同。

她轻描了眼线，淡扫了眼影，加上原本就有些弯翘的睫毛，一双眼睛显得幽深明亮。她把长发绾起来，露出细长挺拔的脖颈，一副红珊瑚耳钉在耳垂上轻晃着，显得明媚生动。

她足蹬一双红色的高筒长靴，外套是一件白色的羽绒服，脱下羽绒服，里面是一条黑色紧身裤和一件驼灰色高领毛衣，把修长的身材勾勒得曲线毕露，玲珑有致。胸前一条火红的丝巾，和红珊瑚耳钉互相呼应，颇有潮范儿。

猛一见朱欢，夏天有些惊艳的感觉，原来老觉得她只是一个傲气冲天带着几分青涩的学生妹，但今天的朱欢，已经有了几分成熟性感的味道。

看着夏天见她有些惊诧的表情，朱欢得意地咧开嘴笑了，露出一口整齐的白牙和粉色的牙床。夏天想，也许自己需要重新认识一下这个姑娘。

"你怎么来了？"夏天问。

"吃饭来了呀，今年事，今年毕！这可是你答应的哈！"朱欢一副吃定了的神情。

"这月底工资早就花完了，要吃饭你也应该先打个招呼我好先借点钱请你啊。"夏天故意逗她道。

"不必，我今天是来考察你们单位食堂的，你饭菜票总有吧。"

"好吧，我要说没有你也不会相信，你就在这等着，一会儿到饭点儿的吧。"

"嗯，你先忙你的，我自己待着会很乖的……"朱欢装出一副惹人怜爱的小样儿。

在去食堂的路上，朱欢又想挽住夏天的胳臂。夏天故意表现得很抗拒，道："你离我这么近，会影响我吃窝边草的。"

"我就是来检阅你那些窝边草的，看看那些窝边草到底有多香！"尽管没挽住夏天的胳臂，但她仍然坚持和夏天挨得很近，一副当仁不让舍我其谁的样子。

逗归逗，夏天请客还是挺有诚意的，两个人要了四菜一汤还有两瓶北冰洋汽水。

在排队买菜的过程中，只要夏天跟谁打招呼，她也会在旁边跟着频频颔首，让人不得不注意她的存在，也忍不住揣度她跟夏天的关系。

吃饭时，朱欢很自然地紧挨着夏天坐下，完全是反客为主，边吃边时不时给夏天夹菜。夏天没辙，只好由着她全力施为，她夹的菜照单全收。

有时候她会用余光看着夏天没脾气的样子和周围人的反应，颇有些得意地抿嘴偷乐。因为她知道，她宣告自己的存在和宣示自己领地的目的已经基本达到。

果然，在此后几天，夏天找了一个漂亮小朋友的消息不胫而走，连王小双都特意跑过来求证。至于那些夏天本来就无意招惹的窝边草，就更加知难而退了。

吃完饭，朱欢又坚持要去夏天在单位旁边的小蜗居看看，理由是夏天写的诗读起来云山雾罩的，一看就是知识越多越反动那种，她想知道夏天的书架上到底有什么好书，她也顺便借几本回去学习学习。

虽然知道朱欢的主要目的是要考察一下他的单身宿舍，但她这个以学习为目的的考察理由貌似也不好拒绝。夏天觉得自己有点儿受制于朱欢，于是故意吓唬朱欢道："哪有女生这么主动要求到男生宿舍的？我那可是独立单间，孤男寡女你被欺负了我可不管。"

"你敢，你要敢欺负我我就告诉我姐，让你永远都没脸见我姐。"

"你要主动送上门挨欺负估计你姐连你都不想见了。"

"那可不一定，没准儿她希望有人实现她未了的心愿呢。"说这话时朱欢的耳根突然有些发红。

朱欢这话说得太直白，让夏天自己心里反而有些发虚了。他明白，自己并没有准备好跟朱欢迅速发展一段亲密的关系，尤其是想到初恋李娴和曾经心动过的陈露。自己这么快就从一个一往情深的痴心汉变成了一个朝秦暮楚的拈花郎，不得不感叹时光和生活改造起人来简直是鬼斧神工。

朱欢的考察显然达到了预期目的，她故作严肃地表扬起夏天道："从种种蛛丝马迹看，这段时间你没背着我姐和我另寻新欢，值得鼓励！奖励拥抱一个！"说着，她张开了双臂。

夏天的贫劲儿又上来了："那跟你拥抱算不算另寻新欢？"

"算，又不算！"朱欢脸上露出了迷之微笑。

"管他算不算，先抱了再说！"夏天觉得自己再不回应有点儿忒不爷们儿了，一把便把朱欢抱了起来。

感受着朱欢充满弹性沁着清香的身体，夏天觉得自己迅速沉沦了。他想，管他是不是地老天荒，他现在需要这样的拥抱，或者还需要更多，不能再让孤独把长夜侵蚀得支离破碎，不能再让年轻的日子就这么如流水般虚度。

朱欢在他的怀中渐渐变得热力十足，脸颊也开始发烫。他扳过朱欢的身体，捧住她的脑袋，对准她殷红的嘴唇吻了下去，她嘴里清甜的气息让他彻底迷醉……

几乎没有什么开场白，也没有什么山盟海誓，夏天和朱欢就心照不宣地开始交往了。比起初恋时的跌宕起伏，反侧难消，他们的进展顺利得出奇。经过初恋的洗礼，夏天感觉自己满腹的恋爱宝典，随便翻一篇儿，就是集前人之大成。而且最关键的，是自己的心态，沙子攥得太紧，反而会仓皇出逃，手掌虚空着，却总能盈盈在握。

因此，夏天并不是经常主动地跟朱欢联系，也无暇设计什么精彩桥段去感天动地。朱欢是一个充满行动力的人，总会花样百出地安排两个人的业余活动。夏天要做的，就是锦上添花，让她不是有些小惊喜就是有些无伤大雅的小惊吓，这样两人相处起来才不至于那么趣味贫乏。

夏天慢慢知道，朱欢其实也是一个吃货，尤其是对一些路边摊的小吃情有独钟。

夏天调侃她道："小时候缺什么，大了就想什么，估计你小时候家里是按大家闺秀的标准培养的，大了反而喜欢恶趣味。"

朱欢想了想点点头同时又反唇相讥："嗯，尤其是跟你认识以后把恶趣味开发到了极致，不得不为你伟大的影响力点赞！"

夏天笑道："我们的恶趣味是互相激发，日夜双修，共臻化境，我们已经当之无愧地成为街边小混混了。"

一段时间，东四小吃街、东华门小吃街、隆福寺小吃街……是他们最爱混的地方。吃小吃填饱肚子，然后在大华电影院或隆福寺电影院看个电影，或者就在隆福寺沿街的录像厅看连场的港台录像。这条街后来因为隆福大厦的一场火被彻底整治，变成一个很无趣的所谓广场，但那个年代，有无数像他们这样的红男绿女在这条街上乐此不疲地晃悠。

这条街上，充满了嘈杂和无序，有卖盗版录像带的，有开理发店的，有卖冰糖葫芦和糖炒栗子的，有卖豆汁和驴打滚的，有卖炸灌肠和炒肝儿的……每当华灯初上，街边小吃摊的蜂窝煤炉子就捅开了，黄昏中的叫卖声和烟火气，让人觉得这种混乱的小市民生活是如此美好，时间最好就这么静止，就这么一直到地久天长。

当然，这条街最具特色的，还是一家一家的录像厅。这些录像厅好像很有默契似的，在不同的时间段，放着不同的录像带，以港台片为主，让观众可以随意选择。

那时候的港台录像，是一个时代的记忆，《英雄本色》系列、《赌神》系列……让朱欢这样的女生也看得如痴如醉，热血沸腾。尤其是看到周润发梳着大背头用美金点雪茄的镜头，朱欢眼放异彩地感叹："就喜欢赌神这种视金钱为粪土同时又能挥金如土的样子！"

夏天在旁边故意打岔："视金钱为粪土的人很难有机会挥金如土。我最羡慕的是小马哥这种随时可以为朋友两肋插刀十几枪都打不死的人。"

"但我看你这样的人有可能随时被朋友插两刀。"朱欢貌似没有心机地反驳着。朱欢的这句话后来一语成谶，让夏天怀疑朱欢是不是对自己的个性和软肋早有洞察。

朱欢在和夏天看录像前，标准程序是吃一碗她最爱的卤煮。

来自南方的夏天，第一次见到卤煮时，有一种胃部被揍了一拳的感觉。在一大锅黑黢黢的酱汤中，一头猪身体里的各种器官粗暴地沉浮着，带着古老的包浆，就像从前朝一路走来。看师傅在那炮制一碗卤煮，感觉就像在上一堂关于猪的街头解剖课，猪下水们全都是以原生态呈现在大家面前。

但跟着朱欢吃了几回之后，夏天的印象完全变了，觉得卤煮在北京的小吃里，绝对是牛气的史诗级的存在，尤其是在点上一把香菜之后。

剁碎之后依然绿意盎然的香菜把酱汤里的古老气息迅速激活，让那些煮得发黑的猪下水获得了新生，也点燃了老饕们的味蕾，同时让夏天这个外乡人对北京产生了严重的归属感。

渐渐地，夏天习惯了跟朱欢在一起的感觉。走在大街上，他们看起来颇为登对，聊起天来，朱欢像一个标准的北京大妞，直率，不矫情，很识逗，但反击起来也非常犀利。而且，让夏天虚荣心膨胀的是，不知道她哪根筋是搭错了还是搭对了，她对夏天好像有一种莫名的好感，这让夏天总能建立起一些心理优势，跟她相处起来也就不觉得累。

和朱欢相处时间越长，夏天就越能发现朱欢身上的风情，他们有时会激烈地拥抱、接吻、爱抚……却没有很快进入最后一步。

夏天知道，朱欢并不抗拒，在一次快要被激情冲昏头脑的时候，朱欢突然停了下来，说："我还是处女。"说完用清亮的眼神盯着夏天，希望从夏天的脸上找到答案。

朱欢是处女这件事，夏天并不觉得意外，但看着朱欢的眼睛，他还是有些发愣。他心里知道，如果要满足自己的兽欲，此时应该说我一定会娶你的，我要一辈子跟你在一起。但不知为什么，夏天犹豫了，他抱着朱欢滚烫的身体冷静了下来，他轻拍着朱欢的后背从牙缝里挤出几个字："等到胜利的那一天。"

朱欢轻轻"嗯"了一声，把脑袋直往夏天胸前挤，夏天明显感觉胸前一片湿润。此时夏天心里是后悔的，后悔自己罪恶的企图没敢实现，但同时又有一种莫名的轻松感。

和朱欢的交往，让时间也变得匆忙起来，这年的春节，来得似乎格外地早，立春一过，便是除夕。

和家人已经有一年未见的夏天，归心似箭，和朱欢匆匆别过，就踏上了回南昌的旅途。

这次和以往不同，因为他经常给国际商会旗下的《国际贸易报》供稿，报社老总对他颇为青睐，数次表达了延揽之意，并破例给他签发了一张记者证，成为报社不在编的本报记者。夏天无意调到同属国际商会的报社工作，但拿着这样一张派司，行船走路确实方便，这样他不在新闻单位工作，也能沾上记者身份的光。

夏天上火车后，第一时间找到列车长，很快就补了一张卧铺票。这是他第一次坐火车卧铺回家，几个囫囵觉，就到了终点站。

毕业找到一个自己还比较满意的工作，算是尘埃落定，和家人也有了谈资，各种欢聚，不在话下。

但聚得最多的，还是高中的那帮同学。

在合肥科大要学习五年的刘纯，已经被推荐上国家科学院的研究生，这年9月就要到北京来，他们两个都为即将到来的再聚首而欢欣鼓舞。

在震旦大学因国际大专辩论赛而声名鹊起的徐刚，被保送读本校的研究生，这年春节留守上海没有回来，已经有了在上海滩稳踞一方的感觉。

贸大毕业的刘胖子本来完全可以留京找一家大的进出口公司工作，却因为恋爱脑和一个在上海读书的高中同桌双向奔赴到青岛安了家。夏天本来想挤对他打小就惦记窝边草，弃北京的大好前程和这帮兄弟而不顾，但看到他满面红光心满意足的样子也就不想说啥了。毕竟，日子都是自己过，谁胖也都是自己喘。

在本地读书的曹非凡，一脑门子就想着离开南昌，离开国内，已经办好了赴东瀛的签证。

王飞鸣燕大毕业后义无反顾去了深圳，迅速开启了自己的创业生涯。这次见面，他毫不掩饰自己的雄心壮志，他说要向亚洲的李首富学习，从毛绒玩具厂开始干起，积累第一桶金，逐步形成自己的商业版图。

王飞鸣还介绍，很多原来在外地或本地读书的同学，毕业后都孔雀东南飞，纷纷在广州、深圳、珠海等珠三角城市找到了自己事业的起点，将来一定会形成一个强大的同学创业帮。王飞鸣的话很有蛊惑力，让珠三角成为夏天心心念念的热土，之后一有机会，就去体验那边火热的生活。

在临离开北京前，夏天犹豫再三，还是把南昌家里的电话留给了朱欢，朱欢在除夕夜 12 点春晚快结束时把电话打了过来。

朱欢抱怨夏天一回家就把她抛在脑后，非让她主动打电话给他，她在家陪父母亲看春晚都没心思。

夏天也觉得自己有些过了，回家只顾着跟亲朋好友欢聚，忽略了朱欢连电话都没打一个，只好诡辩说他是要把思念都攒起来，等回北京时一股脑儿当着她的面倾泻出来。

他的诡辩听得朱欢哧哧直笑，问他怎么倾泻思念，夏天咬牙切齿地说等见面你就知道了。

夏天的诡辩起了效果，朱欢开始兴致高昂缠着夏天讨论起观众最喜爱的春晚节目。朱欢说她最喜欢的节目是韦唯的《爱的奉献》，好像唱的是自己一样。

夏天跟她耍贫道，他就喜欢湖南花鼓戏《补锅》，看完《补锅》后心里特踏实，这一年都不愁吃，不愁喝。

朱欢嫌他不好好讨论问题，要他认真思考后再回答。

夏天想了想说那还是杨丽萍的《孔雀舞》吧，那身段，那手势，那曲线……简直就是舞蹈的精灵，不知道谁有本事把她娶回家。

朱欢又不干了，说夏天这山望着那山高，有她这样聪明漂亮贤惠活泼的女朋友还惦记别人碗里的肉，简直就是欲壑难填，吃锅砸锅，他那锅永远都补不好。

夏天说那不叫惦记，叫欣赏，对艺术的欣赏，特纯洁那种，没有一点杂念。他对把杨丽萍娶回家的人一点儿都不嫉妒，只有真诚的祝福。

朱欢于是追问那你对我有没有什么杂念，如果有人想把我娶回家你会不会嫉妒。

夏天赶紧表态说我现在对你满脑子都是杂念，还全都是夜里睡不着觉的那种，我坚决反对来历不明的人把你娶回家。

朱欢使劲呸了一口说德行样儿，但尾音却有些变嗲了。夏天隔着电话都能想象她又恼又羞还有些小欢喜的模样。

夏天心中一动，忍不住直抒胸臆说现在还真有些想你了，没你在身边上蹿下跳还真有些不习惯。

朱欢口气有些委屈地说你就是习惯我的好了，你要学会好好爱我，等哪天我要真被别人娶回家了你就后悔去吧，你就没有胜利的那一天了。

夏天假装警惕性上来了，说，打住，我不在的这些天你必须守身如玉，回去我第一件事就是给你检查身体。

你这个流氓！朱欢继续呸，声音腻得能滴出水来。

第七章　夏日最后一朵玫瑰

转眼又过了一年，夏天和朱欢感情稳定，除了时不时被卓越横插一杠子，大部分时间都腻咕在一起，却始终没有迈出最后一步，走向胜利的那一天。

1990年暑期，格外炎热，夏天从南昌探亲回北京没两天，就得到王克俭车祸受伤的消息。

班里最先得知王克俭受伤的，是离学校比较近的老马，他在去医院前，给夏天打了一个电话。平时伶牙俐齿的老马，电话里声音都有些结巴了："快、快来，海淀医院，王克俭，出车祸了，受了重伤，流了很多血，情况危急。"

王克俭受重伤的消息，让夏天如遭雷击，他头一回感觉到，鲜血和死亡离自己和同学们这么近。他撂下电话便疯了一样骑自行车狂奔到海淀医院，挨个病房寻找王克俭和班里其他同学的身影。夏天爬到三楼，才在一间病房门前看到了老马。老马告诉夏天，大夫刚刚简单为王克俭止了血，处理了伤口，王克俭正在昏睡中，大夫说目前没有生命危险。

得知王克俭没有生命危险，夏天才算稍微松了一口气，老马也从之前的紧张情绪中缓和过来，开始给后面赶过来的同学讲述王克俭被送到海淀医院治疗的过程。

他说见到王克俭时王克俭还是清醒的，刚开始他被送到离受伤地点最近的一家小医院，但这家医院没有能力处理，只能简单包扎后呼叫救护车把他送到离学校比较近的海淀医院。

老马他们赶到时，王克俭正躺在担架上痛苦呻吟，急诊大夫在帮他紧急处理伤口。

王克俭身上有三处比较严重的伤口，都在身体左半边，是他骑自行车时遭遇连环追尾，前堵后撑，躲避不及，被一台拖拉机后车厢装载的钢筋扎的，钢筋在他身上扎了三个血窟窿，形成贯通伤，差点把他穿成了人肉串。路人把他从钢筋上拔下来后，伤口的血就呼呼往外冒。

在海淀医院，经大夫初步检查，这三个血窟窿都没在要害位置，也没伤到内脏，他骨头也没断，只是失血不少，看上去像个血人。大夫在处理伤口前，他的内裤因为被凝固的血粘在身上，根本脱不下来，老马不等护士上手，直接找了一把剪刀一条一条给剪下来了。

老马讲到把王克俭的内裤剪成一条一条的时候，又恢复了苦中作乐的本事，歪着嘴脸上露出了促狭的微笑。

老马继续报告说，在处理完伤口王克俭睡着之前，他还帮扶着王克俭的家伙什儿尿了一泡尿，差点儿滋自己一身，这充分说明王克俭没什么大碍了。

知道王克俭死不了，大家也被老马的描述逗乐了，跟着他咧嘴笑了起来，这大半天焦虑的心情才略微有些宽解。

他们一群同学都在医院守候着，等待王克俭从昏睡中醒来。

王克俭是班里四大名瘦之首，大量失血后，面白如纸，加上浑身缠着的绷带，看起来就像一个随时要飘浮起来的纸人。夏天暗忖，瘦得几乎就剩骨头的王克俭，浑身也掐不出几块肉来，被钢筋穿透后却没伤着内脏，也没伤着骨头，这简直就是奇迹！他又想，或许正是因为太瘦，才没被钢筋扎出那么多血窟窿，钢筋也找不到关键器官……

王克俭在昏睡的过程中，时不时会发出一些语调愤怒的呓语，大部分听起来都含含糊糊，只有一句听得比较真切："招呼都不打就突然刹车。"他说这话时，还伴随着手脚的挣扎，但挣扎牵动的伤口疼痛又让他安静下来，只是眉头皱得更紧了……

大家听得有些生气又有些乐，都同仇敌忾地附和他昏睡中的呓语：招呼都不打一个，这破拖拉机着实可恶，不可理喻，无法原谅。

王克俭昏睡大半天后，终于醒了，他醒来后见到一大群同学，知道自己已经死里逃生，有种恍如隔世的感觉。他的眼神由一开始的空洞迷茫，到渐渐有了些活力，他说的第一句话居然是："饿了！"

他受的伤不耽误吃喝，很快，就有人把一盒牛奶的吸管塞进了他的嘴里，虽然有伤口的牵扯，但王克俭喝牛奶的速度仍是飞快。

几个男生商议，他们轮流排班照顾王克俭，没轮到班的，回去给他准备些有营养的吃喝，帮助他快速恢复。

后面几天，夏天顶着烈日骑行在蜗居和医院之间。他和朱欢从蜗居附近的农贸市场，换着花样买了鲫鱼、老母鸡和猪蹄之类的，煲好汤，用保温瓶装着给王克俭送去。班里其他的同学，也是各尽所能。

大夫一再叮嘱，术后前几天要尽量减少活动，避免缝针的伤口绽开，因此，王克俭术后头些天的小便都是在病床上解决的，由值班的男生轮流伺候，帮他扶正，对准尿壶……

后来，老马老拿此事调侃王克俭，说他身上最要紧的部位受到在京全体男生轮番的亲切关怀和扶持，一定会继续茁壮成长。

海淀医院期间，王克俭较长时间的住院治疗，让他和医院年轻的实习大夫和护士们有了充分接触，她们给了他最温柔细致的照顾，加速了他身心的恢复。

这段大难不死的经历，也让王克俭发生了显而易见的变化。夏天当时并不能完全体会他心理嬗变的过程，但发现，原来羞涩低调看起来有些柔弱的王克俭不见了，随着身体的恢复，他已经习惯性亮出耀眼的疤痕，他的眼神里充满狂野不羁、无畏甚至讽刺的味道，就像一个上过战场死里逃生的老兵，蔑视还没拉开过枪栓的新兵蛋子。

伤势基本恢复后，他迅速发起对一个漂亮实习大夫的爱情攻势，坦率而直接，这跟夏天印象中的王克俭判若两人。他这次一上来，就使用最强火力，甚至拉上了夏天，多次组织和漂亮大夫及其上大三妹妹的四人联谊活动。夏天自然心领神会，乐见其成，总是找各种理由把妹妹带开，给他俩提供单独相处的机会。

许是缘分未至，王克俭和漂亮大夫的恋爱无疾而终，但经过此番爱情攻势的洗礼，他在女生面前已没有任何怯意，夏天感受到他的心理变化是：无所谓，大不了，再战！

王克俭的这次爱情攻势却给夏天留下了后遗症，漂亮大夫的妹妹对夏天似乎有了好感，但夏天只是把那姑娘当小妹妹，没办法，夏天后来只好搬出了朱欢。

一段时间，朱欢对夏天的白眼翻得像卫生球似的。

王克俭出车祸那天深夜，卓越突然晃晃悠悠摸到夏天宿舍。他说，他最近陷入情绪低潮，感觉诸事不顺，满脑子都是迷茫的思绪……他们在楼下小卖部买了一包花生米、一瓶二锅头、两包香烟，就着花生米和香烟，干掉了那瓶二锅头。他们聊了一夜，快天亮时，他们终于把自己聊得感觉要昏迷过去了，才草草打了个地铺，夏天睡地上，把单人床让给了卓越。

不知道什么时候睡着的，也不知道睡了多久，夏天突然听见咚咚的敲门声，他迷迷糊糊起身把门打开，发现门前站着的是朱欢。

此时屋里一片狼藉，满屋的烟酒味儿，卓越正四仰八叉躺着也不知道醒没醒，夏天没敢把朱欢让进屋，赶紧出来把门轻轻带上。

朱欢脸色苍白，头发凌乱，身上汗津津的，见到夏天，一把就抱住他呜呜哭起来，然后使劲捶他的后背，边捶边说："你快把我急死了，打电话一直找不到人，害得人觉都睡不着，我还以为你出什么事了呢！"

以前夏天和朱欢每天都会通好几个电话，但这两天他们处于失联状态。头一天夏天因忙着看护王克俭，加上卓越深夜造访，第二天上午也没去办公室，一直没跟朱欢联系。可朱欢找夏天却是找疯了，打了无数个电话给夏天办公室，得到的消息始终是不知所踪，这天中午她就不管不顾骑着自行车穿过半个城找上门来了。

夏天看到朱欢，忽然有一种很亲的感觉，他知道自己是喜欢她的，但并不觉得自己离不开她，甚至多次设想过他们走着走着就散了的可能性。他自忖，这种可能性并不会让他撕心裂肺死去活来，也许他会难过几天，可最终还是会平静接受，然后再出发到下一站。

这会儿抱着一身是汗哭得涕泪横流的朱欢，夏天意识到，这个姑娘在自己内心已经霸道地占据了一个重要的位置，自己之前的犹豫和游移，也许和初恋带来的阴影有很大关系，可现在，是时候勇敢地翻开新的篇章了。

夏天轻拍着朱欢的后背安抚她，要不是知道自己满嘴的烟酒气，也会狠狠地吻住她。

站在门口抱着夏天哭了一会儿，朱欢忽然止住了，她面现狐疑，奇怪夏天出来为什么会带上门不让她进去。

没待夏天反应过来，朱欢伸手就把门推开了。她推开门的瞬间，吓得卓越腾一下从床上坐起来了。看到屋里是卓越，朱欢脸微微有些红，但神情却已放松了。

卓越到底是人精，他利索地穿戴停当，把地铺也卷了起来，边说着把夏天交给你了，边飞快地以光速扬长而去。

卓越一走，朱欢依然揪着夏天问为什么不给她打电话，让她担心了这么久，是不是压根儿不认为她会担心，或者压根儿不在乎她会担心。

夏天看着朱欢生气着急的样子，又感动又心酸，他把王克俭突然受伤生死一线的情况向朱欢一一道来，把她听得唏嘘不已。

朱欢忍不住紧紧抱着夏天说："我害怕，这种事千万不能发生在你身上……"

夏天安慰朱欢说："放心，我不会有事的，我们还没等到胜利的那一天呢。"

朱欢听到夏天说胜利的那一天时，脸上一阵飞红，她沉吟了一下，突然眼神坚定地看向夏天道："我不管，我不想等了，我们说哪天胜利就哪天胜利。"

看着朱欢坚定的眼神，夏天好像也下了决心，道："好，我们一定要让胜利早日来到！"

朱欢认真地点了点头，脸上没有一丝羞涩和忸怩。

朱欢挨着夏天坐下，把他的脑袋抱在自己胸前。朱欢胸前的柔软和馥郁清香让夏天渐渐安静，这些天积攒的疲倦像山一样压下来，他居然不知不觉睡着了。

再醒来时，夏天发现自己一个人躺在床上，朱欢却不见了。他急忙爬起来，迷迷糊糊走出屋门，发现朱欢正在厨房忙着呢，她腰间系了一条红色碎花的短围裙，头发松松地绾着，脸上被厨房的热气蒸得红扑扑的。一口炖锅里，一只老母鸡已经被炖得皮开肉绽，四分五裂，冒着扑鼻的鲜香。夏天看看外面的阳光，知道自己这一觉睡的时间不短，在这段时间，朱欢已经完成了买鸡炖鸡的全套流程。

看到夏天睡醒后急急忙忙出来找她的样子，朱欢的眼神里透出一种小媳妇般死心塌地的温柔，这和夏天以前见识的朱欢完全不同。王克俭的大难不死让他们有所触动，他们之间的感觉更纯粹了，就像末日来临前发现对这个世界无比眷恋，对最后的时光无比珍惜，而他们互相彼此，都成了对方未了的心愿。

朱欢舀了半勺鸡汤，吹了吹，递到夏天嘴边，让他尝尝咸淡。夏天没理朱欢这茬，直接从身后抱住了朱欢，先使劲亲了亲朱欢的脸蛋，才开始尝鸡汤的咸淡。

这一觉，让夏天精气神恢复了不少，开始贫道："今天的你，就像《沂蒙颂》里为受伤战士熬鸡汤的红嫂，浑身洋溢着母性的光辉。"

"是啊，你们这些战士都还是孩子，敌人却这么凶残！"识逗的朱欢下茬接得很溜。

朱欢考虑得很周到，刚才在楼下市场买鸡时，顺便买了个保温桶。她把保温桶盛满鸡汤和鸡肉盖严实后，递给夏天，让他趁热赶紧给王克俭送去。夏天临出门前，朱欢又抱住了他，在他耳边吹气如兰地叮嘱道："路上注意安全，快去快回，我在家里等着你！"

夏天知道，朱欢说的家，就是这个小小的蜗居。

在医院的王克俭，精神明显比昨天好多了，夏天带去的鸡汤，他趁热喝了一大碗，还啃了个鸡腿。老马也到了，他说王克俭吃鸡腿是以形补形，一会儿再吃一个鸡翅和一个鸡屁股，他身上三个受伤的地方就补充到位了，人鸡结合也就完美了……

夏天回家的路上，归心似箭，把车骑得飞快。

回到家，夏天推开小蜗居的门。屋里并没亮灯，屋中间支着的小餐桌上，点了两根红烛，烛光在轻轻跳跃，借着烛光，他发现小蜗居已经发生了巨大的变化。

最明显的，是他平时随意堆叠的单人床，床上已经换了一副全新的浅粉色的被单枕套，显得温馨雅洁还有一些喜兴。原来那张简陋的小餐桌，铺了一块格子花布，花布上用酸奶瓶改造的花瓶里，插着两朵盛开的玫瑰，一红一黄，相偎交缠。

桌上还有一瓶打开的红酒和两个玻璃高脚杯，两个凉菜拍黄瓜和油炸花生米一绿一红，再就是剩下的那锅鸡汤。桌上这些酒菜，简朴中透着隆重，一如这烛光中小蜗居的氛围。

白日素面朝天的朱欢，这会儿抹了口红，嘴唇显得艳丽饱满，轻扫的蛾眉，也斜插入鬓，透出一股即将开启的风情。她目光闪闪地看着推门而入的夏天，眼神里满是温柔渴望，一切尽在不言中。

夏天心里也清楚，胜利，就在今晚。他想，外面的世界即使风雨如磐，前路未卜，只要他们两个还能好好地活蹦乱跳地在一起，那就是胜利，他们要让这种胜利一直延续下去，要让胜利成为一种习惯，他们今后想什么时候胜利就什么时候胜利！

吃饱喝足，一瓶红酒被干得见底，夏天用单位工作配置的一台单放机循环播放他最近特别喜欢的一首歌曲《夏天最后一朵玫瑰》：

> 夏天最后一朵玫瑰
>
> 还在孤独地开放
>
> 所有她可爱的伴侣
>
> 都已消失茫茫

……

你将有什么样的未来

我还有什么样的希望

无法看穿的答案

都交给悠悠时光

……

夏天在和朱欢一起倒下前，好奇地问朱欢："屋里这一切，你是怎么做到的？"

"心里想到什么，才会拥有什么，而且，朝阳百货也没有关门。"

"朝阳百货也卖玫瑰花？"

"路边的野花只许我采，不许你采！"

"只要你在，我就不采！"

"可今天，我要破产了……"朱欢似乎语带双关。

"今天就是破产清算的日子，我要照单全收，你的所有！"夏天感觉自己从来没有像此刻这么坚定。

"我破产了，会赖上你的。"

"不瞒你说，我也是今天破产，我也会赖上你的。"

在这样一个无风的夏夜，两个年轻的身体一直纠缠在一起，交织着泪水和汗水，满怀着悲伤和希望，他们呻吟着，呐喊着，仿佛要努力把黑夜驱散，把对方吞没，把自己彻底交给彼此……

天亮时，在浅粉色床单上绽放的玫瑰，是这个夏天的最后一朵。

第八章 万国博览会

这年8月下旬，夏天迎来他参加工作以来规模最大的一次展览会，首届北京万国博览会。

这次万国博览会，是国际商会花了数年时间精心筹备，首次在北京汇聚全球五大洲一百多个国家参加的经贸和文化盛会，各国将带来最具本国特色和优势的物质和文化产品，在博览会上竞妍斗艳，各展风采。预计除了占用世界展览中心所有场地外，还将搭建若干个临时场馆，展览面积将创建国以来之最。

届时，万邦来朝，我为东道，将是何等风光热闹，这将是对我国改革开放十几年来丰硕成果的一次检阅，用现在时髦的话说，也是未来建设人类命运共同体的一场预演。

但万国博览会开幕前，却面临了西方复杂的舆论场。是否要坚持举办万国博览会，能否办好办出声势，代表了中国对改革开放的态度和决心，而是否参加博览会，有多少国家参加博览会，则代表了国际社会对我国的看法和对我国未来发展的预期。

夏天为博览会能否顺利举办焦虑起来，他内心深处认为，即使有波折，改革开放没有错，改革开放的大方向也不能变。

夏天甚至产生了一种强烈的使命感，他认为，世界上任何人、任何势力，不管是东方的还是西方的，都不能用任何借口、任何方式，阻止中国的进一步改革开放，对外开放的大门绝不允许被再次关上。在这片土地上，开放意味着希望，只有继续开放，那些汗水和泪水才不会白流，才有机会孕育出未来鲜艳的花朵，为了未来的希望，自己在这个困难时刻，必须全力以赴，贡献所有的力量。

那段时间，夏天感觉自己突然间成熟长大了，收敛了所有的轻狂，展现出参加工作以来前所未有的认真努力的态度，充分发挥自己在专业方面的特长和人脉，调动了绝大部分在京的国内外媒体资源，对博览会进行了全方位多视角的展示。

尤其是针对境外驻京媒体，夏天组织了大量中英文双语稿件，尽最大努力和他们沟通。

尽管这些媒体并不会完全或大部分按夏天准备稿件的口径发表文章，但他们中的一些人却感受到了夏天鼓吹博览会的热情，并通过夏天对博览会进行了现场采访，写出了不少相对客观的报道。

这段时间，夏天和纽报的驻京记者纪思道有了不少交集。纪思道是第一个主动联络夏天要求采访博览会的西方媒体记者。尽管一些西方国家并没有参加博览会，但这并不影响他们的记者对博览会的采访兴趣，尤其是当这个记者还是个中国通时。

纪思道找到夏天办公室领采访证的时候，后背的衣服已经被汗水浸透了，他是顶着7月的骄阳在偌大的场馆里走了挺长的路才摸过来的。要不是他的鼻子略高一些，夏天认为他的形象气质更像一个中国的住家男人，乱蓬蓬微卷的头发，有些皱巴的薄牛仔衬衣，一双露着脚指头的皮凉鞋。他一张嘴更让夏天吃惊，居然透着一股地道的北京胡同味儿。

夏天不由得对纪思道产生了一种亲近的感觉，赶快给他倒了一杯凉白开，老纪也没客气，接过来就咕嘟咕嘟一口气给干了，还大大咧咧用手背擦了擦嘴。

纪思道和夏天的交流是在相对随意的气氛中进行的。夏天出于工作需要，不自觉地就把自己代入一个新闻发言人的角色。他不遗余力地介绍中国政府对这次博览会如何重视，希望通过这次博览会彰显坚持改革开放的决心。他还表达了对一些西方国家未能参加这次博览会的遗憾，认为西方国家只有继续参与到中国的改革开放和发展中，才会最后取得双赢的局面。夏天还强调，此次参会国家并不少，展会上达成的贸易合作意向依然很多，我们的朋友依然是遍天下。

老纪在夏天喋喋不休的介绍过程中，保持了足够的耐心，并频频点头，夏天感觉，自己的话有一部分他是听进去了。他在交流过程中的一句话让夏天印象深刻，他说："如果中国的大部分人都像你这样想，那他们迟早是会回来的。"

老纪说的他们自然就是那些西方的朋友们，但他把那些西方朋友说成"他们"，让夏天觉得老纪跟自己实际上是一伙的。

老纪对夏天的工作也表示了赞赏，说他提供的十几份中英文双语新闻简报对他了解博览会全貌有很大帮助，他一定会用客观平衡的视角报道此次博览会，并希望今后继续和夏天保持密切合作。

老纪在纽报对博览会的报道相当给力，没有就事论事，而是从宏观上勾勒了中国的发展趋势以及中美合作的未来前景，认为博览会就是一个管中窥豹的好机会。

没过多久，夏天还见到了老纪的夫人兼同事，一位和他同时驻扎北京记者站的美籍华裔女记者，夏天感觉他华裔夫人的中国话也不见得比他溜儿。

在很长一段时间内，夏天对老纪都一直非常关注。

老纪后来两次获得美国新闻界的最高荣誉普利策奖，而第一次获奖，就是在博览会后第二年获得的，他和他夫人合著的《中国觉醒了》，在美国的政商两界都产生了较大的影响，为美国人认识中国提供了一个很好的视角。

老纪之后还写了一篇颇具影响力的文章，《从开封到纽约——辉煌如过眼烟云》。纽报打破了开报以来的传统，第一次将中文标题的13个中文方块字印在报头，用美国读者不认识的字做标题，目的就是吸引他们的眼球，关注文章的内容。

纪思道这篇文章是想提醒及刺激一下美国人，不能再骄傲自满了。文章说，在 2000 年，美国是世界上的超级强国，纽约是全球最重要的城市，堪称整个世界的首都。作为全球唯一一个超级大国，美国人可能认为其占据世界主导地位是理所当然的，但在纽约人变得过于盲目自大之际，应该好好了解一下中国的历史。因为在 1000 年前，世界最重要的城市是黄河边上的开封。

文章写道，公元 11 世纪，开封是中国宋朝的都城，那时人口已超过 100 万，可谓盛世盛都，而同期伦敦人口只有 1.5 万。在古代开封，大街上行人川流不息，骆驼队从丝绸之路带来各种货物，茶馆生意兴隆。开封吸引了来自世界各地的人，包括数百名犹太人；即使在今天，开封还有一些人看上去跟其他中国人没什么两样，但他们却自称是犹太人后代。

文章还说，我们如果回顾历史，会发现一个国家的辉煌盛世往往如过眼烟云，转瞬即逝，城市的繁华尤其如此。如果美国人没听说过开封，那么这应该是一个很好的警示，也许未来美国人要学习汉语，因为就像标题所写的那样，"辉煌如过眼烟云"。

好一个"辉煌如过眼烟云"，夏天一直非常佩服老纪的洞察力，认为他是一个对中国充满善意，对中美关系充满正能量的伟大的美国记者，也是一个当代中华好女婿。

而最让夏天感动的，是即使日本右翼屡屡威胁他要找上门跟他玩儿命，他还是多方论证，多次宣称，钓鱼岛是中国的。

这次博览会的举办过程中，夏天还有一个意外之喜，那就是卓越被国际商会总部派过来支援宣传组的工作，而所谓支援宣传组，其实就是配合夏天工作。

夏天负责新闻发布会的组织协调、新闻稿的撰写以及每天新闻简报的统筹，而所有新闻稿和新闻简报，都要求是中英文双语的。

用英文写新闻稿，夏天的非专业英语肯定不够用，而卓越却能担此大任。夏天当时实在想不明白，卓越这个学历史专业的，怎么会被总会派来当英语翻译。后来夏天当然是明白了，因为机会总是给那些有准备的人准备的。

在这段第一次和卓越真正共事的日子里，他们俩配合默契，效率奇高，成果显著，每天几乎形影不离。因为夏天的蜗居就在展馆马路对面，卓越晚上也不回自己宿舍了，干脆就赖在夏天这儿开始了同居生活，白天忙完，晚上就在一起买菜做饭，再喝点小酒，畅聊各自的心事和国家大事。聊完，卓越依然享受睡床的待遇，而夏天则心甘情愿打地铺。

这段时间卓越和朱欢都嫌对方碍事，最终卓越还是成功地让朱欢难有见缝插针的机会，朱欢只能趁夏天和卓越白天工作的时候过来查岗，让朱欢深感欣慰的是，她确定有一个人是在打地铺的。

但朱欢认为自己通过此事对夏天的本质有了更深刻认识，那就是有了哥们儿，忘了媳妇，自己将来很可能就是夏天的一件衣服甚至是一个包袱。因此，她最大心愿就是大会尽快圆满结束，她也可以结束这段男朋友被一个男人霸占的日子。

博览会结束时总体上算是圆满，虽有一些遗憾，但基本实现了预期，关键是向世界传达了一个重要信息，那就是中国继续对外开放的决心绝不会动摇。

为此，香港一家和内地有密切商业合作的巨无霸公司专门为博览会发来了贺电，用具有相当政治高度的口吻评价这次博览会："博览会之举行，具有重大的深远的意义，影响寰球，充分体现了中国对外开放的政策坚定不移。"

这家公司如此露骨的表扬让夏天振奋，他把贺电中的话照单全收，作为最后的综合报道中浓墨重彩的一笔，写到发给各家新闻单位的通稿中。新华社的同学也是心领神会，一个字未改，电传全国媒体，一时转载无数。夏天自觉宣传效果相当不错。

夏天在此次博览会上的工作表现，得到世界展览中心陆凤春总经理肯定，认为自己选对了人，孺子可教也，应该给一些机会让他长长见识。

在博览会总结表彰大会结束后，陆总经理带领在此次博览会中表现优异的几个业务骨干开始了南巡之旅。一方面是让大家放松放松，体验一下南方经济特区的火热生活；一方面也是要考察一下广东地区的几个主要会展中心，通过市场调查，研究如何更好地巩固世界展览中心在国内展览业的龙头地位，同时尽快和国际接轨。

被领导钦点参加考察团，夏天并没有受宠若惊的感觉，他认为这是自己应得的奖励，就冲这一年陆总的讲话稿和总结发言都是自己包办的分上，他期望除了这回在南边画一个圈，不久的将来在国外也能画一个大圈。

这次南巡，夏天平生第一次坐上了飞机。

虽然是第一次坐飞机，夏天总体表现还算淡定，除了系安全带时请空姐帮忙做了下示范，其余基本可以自理，该吃吃，该喝喝，该上厕所时经过研究能从里面把门关上。在空中俯瞰云海时也不像有些人瞳孔放大，大惊小怪，因为他认为那就是天上的云应该有的样子。

飞机上伙食标准还是很高的，饭菜一般，但酒水严重超标。有从来没见过的美国进口的可口可乐，还有五十三度的国酒茅台。可乐敞开供应，茅台虽不能抱瓶喝，但只要申请空姐就会殷勤地倒上一小杯。经过一年的工作历练和各种酒会的洗礼，夏天对茅台已经没有欲罢不能的感觉了，但他对用茅台兑着可乐喝是什么滋味非常好奇。

当他把一杯茅台倒进半杯可乐中一口干掉的时候，他发现这种土洋结合中西合璧的喝法能让体内热力瞬间发散开来，四肢百骸暗流汹涌，他感觉自己像飘扬在云海之巅，乘风破浪，一往无前。以至于飞机在空中遇到气流猛烈颠簸，同行几位女将惊声尖叫时，他也浑然不觉，脸上露出的是安详自在陶然欲醉的表情，就像在摇篮中被母亲轻轻拍打。

颠簸过后飞机开始下降时，同行一位国际业务处女处长用欣赏的目光多看了夏天几眼，使劲夸他沉稳有静气。夏天认为她夸得没有任何根据，不禁暗中检讨自己是否不经意中得罪了这位总经理最倚重的业务大拿，对他进行表扬式批评。

而这时，飞机下降时耳压突然加大，夏天顿觉头疼欲裂，这完全是他始料不及的。因此，面对女处长的表扬，夏天的脸上在痛苦中挤出了勉强的微笑，让人觉得羞涩敦厚，谦虚谨慎，不骄不躁。这次出差，女处长被夏天的表面现象蒙蔽，给夏天打了高分，并在以后多次提携了夏天这个后进。

第一次坐飞机，夏天最大的经验教训是，飞机下降时，如果不想耳朵疼、头疼，就一定要使劲咽口水，想象自己面前是一盘刚烤熟的没结过婚的新疆羊娃子肉串儿……

第九章　初次踏上南方热土

从飞机落地广州后第一顿饭开始，夏天就认定这里的人们和北京人过的是完全不一样的生活。

一下飞机，在离广交会展馆较近的白云宾馆入住后，夏天一行就被接到一家外观像一艘大船的海鲜酒楼。

陆总显然很有面子，陪同的国际商会广东分会领导，充分显示了待客诚意，把这个酒店的拿手招牌菜几乎挨个儿点了一遍。

光皮乳猪、深井烧鹅、椒盐蛇段、清蒸石斑、蜜汁叉烧、上汤龙虾、虾酱鲜鲍、蚝皇凤爪、堂灼沙虫……这些菜，都尽显粤菜特色，让第一次来广东的夏天大开眼界。他以前习惯的是赣菜的鲜香泼辣，北方菜的味浓酱厚，但这些粤菜带给他的，是清鲜爽嫩滑的感觉，这似乎给他的味蕾，打开了一片新的天地，尤其是那道堂灼沙虫，让他体会了粤菜的虚怀若谷、兼容并蓄和没有什么不可能。

夏天发现，他吃粤菜时，可持续战斗力比较强，吃完歇一会儿，还能接着吃，不太容易撑着。他后来还知道，挺长一段时间一直吃粤菜，自己也不会腻。

因为这些吃不厌的粤菜，夏天一直非常喜欢广东这个地方，他甚至设想，也许某一天，为了广东菜，他会毅然南迁。

席间，让夏天印象深刻的，还有餐馆里服务员的服务。

北京的餐馆，尤其是一些国营老字号餐馆，从跑堂到点菜的再到结账的，基本上看起来都像处级以上干部，好像客人不是来消费的，而是来求爷爷告奶奶的。你想，国家干部拿着死工资，在旁边站着伺候你吃喝，让你吃得嘴油肚圆，你还期望能给你好脸色？这些服务员从牙缝里、脑瓜顶上、白眼仁的余光中，都透着委屈和不服，都写着三个大字：凭什么？！因此，在国营餐馆里，夏天从来不敢提非分要求，比如多来点醋，再来一沓餐巾纸什么的，基本都是谦恭地一问，然后自取自用。

在这个餐馆，完全是另外一种体验。

人刚一落座，一个热气腾腾的毛巾把就递上来了，夏天刚开始不知道这是干什么用的，看了别人的动作，才有样学样把脸认真擦了一遍，擦完之后感觉果然不同，热气蒸发后脸上一片清凉，顿觉神清气爽，立马进入吃饭的状态，而擦脸就像是一种开饭仪式。

吃饭过程中，夏天觉得一旁站着的服务员一直盯着自己看，让人很不自在，他不禁怀疑自己有什么地方不对，是嘴角有饭粒还是牙缝有菜叶？于是时不时自我检查以免让广东人民看笑话。到后来，他才明白，那个服务员是在盯着他的茶杯看，茶杯一缺水，就立马续上。服务员不仅盯他的茶杯，还盯他面前的骨碟儿，什么时候鱼刺肉骨头堆得多了，就及时换一干净的。

夏天头一回真正体会了什么是上帝，什么是大爷。他不禁在内心深处批判起广东人民的生活，瞧瞧他们，这都过的什么日子啊！天天被人像大爷一样伺候着，被人捧得跟上帝似的，这人的骄傲自满情绪得滋长成什么样儿啊！他们要到了北京，可怎么办啊？自己在广东要好好体验一下这种腐朽的生活方式，将来可以把回北京努力克服这种落差的心路历程一五一十分享给他们，让他们来了北京也能勇敢地生活下去。

广东分会负责接待的领导也给夏天留下不同观感，他们聊的话题，并没有什么国家大事，他们更愿意聊生意经、聊股市、聊批文、聊指标、聊水货，甚至半开玩笑半认真地邀请陆总去见识一下广州刚刚兴起的卡拉 OK……他们更在意的，是实实在在热气腾腾的生活和进一步改善提高这种生活的机会和门道。

以夏天当时的眼光看来，他们难免显得有些俗气，但看到他们能把这般俗气的生活过得如鱼得水，有滋有味，夏天对他们有些鄙视的同时又有些羡慕。鄙视的是他们好像缺乏大局意识，羡慕的是他们能从生活中找到那么多的乐趣，充满前进的原动力，不像自己一天到晚看似忧国忧民苦得跟范仲淹似的，可实际上完全无能为力只能空自嗟叹随波逐流。

夏天有一种感觉不由变得强烈起来，他想，能开始羡慕这种自己一贯鄙视的生活，也许说明这种生活正是自己想要的，自己骨子里其实就是一个俗人。

在广州，他们一行参观了流花路的广交会展馆。

从 80 年代开始，广交会和北京世界展览中心一南一北遥相呼应，互为补充，一个主打出口，一个聚焦进口，成为改革开放中我国进出口贸易的重要窗口和桥梁。

夏天他们对广交会展馆的参观，完全是带着一种兄弟般的情谊和惺惺相惜的态度而来，因此，和广交会同仁的交流自然是宾主尽欢，硕果累累，不在话下。

这天晚间，陆总果然被广东分会朋友拉走，是否去了卡拉 OK 夏天不得而知，但他显然是自由了，而这也正是他期盼的。这是他第一次到广东也是第一次到外地出差，借此机会，会会广州的大学同学几乎是他最重要的任务和愿望。

这么快就毕业一年了，毕业分配到外地的同学也已经一年不见了，广州的同学还好吗？这一年他们的变化大吗？

到广州，夏天最想见的自然是和他曾经同一个小组的亲同学陈若珊。夏天来之前已得知，陈若珊分配到广东人民广播电台后，很快脱颖而出，拥有了一档独立主播的节目《青春夜话》，据说是以年轻人为受众的夜间谈话类节目。

每当夜色深沉，星河灿烂，陈主播就上线了，她那夜莺般的声音在南粤大地的上空飘荡，青春夜话，夜话青春，无数少男少女的心事会通过热线电话向陈主播倾诉，而陈主播在电话另一端，轻声细语，温柔婉转，曲尽人意，为他们释疑解惑。这是夏天脑海中想象的陈若珊做节目时的情形。

夏天以前一直知道陈若珊是很有做主播潜质的，知道她从大学广播站开始就认真地锻炼自己这方面的能力，也从她经常早起坚持在学校运动场跑圈，知道她是一个很有毅力对自己要求很高的女孩儿，对她能迅速脱颖而出，一点都不意外。

但在此之前，他还是很难把陈若珊和一个类似知心姐姐的角色联系起来。他认为，要成为一个知心姐姐，首先必须絮叨、话密，什么话都接得住，聊起来还得是一套一套的；其次，必须人生经验丰富，尤其是恋爱经验丰富，被很多人追过，但追人时也经常失手，最好还要被渣男坑过。人生中有骄傲的资本，也有血淋淋的教训，知道什么是春风得意，也知道什么叫痛彻心扉，这样，宽解起别人来才更容易共情，更能击中要害，更有说服力。因此，知心姐姐必须是看惯春花秋月的大姐级的人物，孩儿他妈两个娃以上起步。

夏天认为，以陈若珊有限的生活阅历和恋爱经验，跟全省少男少女絮叨那些千奇百怪的情感话题，相当有挑战性。他也非常好奇陈若珊如何在一年的时间内就能直面这种挑战，并把《青春夜话》办成了一个相当有辨识度且热门的栏目。

夏天决定趁着在广州的机会假扮一位从广东北部山区来到广州这个大城市的迷途羔羊，参与到节目的互动环节，让陈主播为自己指点迷津。

酒店房间就有收音机，夏天直接调到《青春夜话》频道。如果不是事先知道栏目主播是陈若珊，夏天很难立刻把电波里的那个声音和她联系起来。电波里的声音，明显比较软糯，带着广东腔，甚至有些慵懒的味道，和夏天记忆中陈若珊在校广播站字正腔圆、端庄严谨的联播范儿有明显不同。

也许是因为她普通话中的广东腔，夏天觉得她和那些打进热线电话的听众交流起来显得非常融洽。陈若珊完全没有把自己设定成一个无所不知，满肚子鲜鸡汤，总能高屋建瓴为人指引前进方向的大姐大，而是让自己充当一个愿意倾听、善于倾听同时也愿意分享自己心事并时不时请听众中的高人指点的邻家小女孩角色，她在倾听的同时，也从自己作为一个年轻女孩儿的角度说出自己的感受和建议。

因此，她的《青春夜话》，就是一档在漫漫长夜一个邻家小姐姐陪着少男少女共聊青春烦恼，分享青春秘密，放飞青春梦想的节目，而且，这个小姐姐还那么亲切、那么善解人意、声音那么悦耳动人。夏天没听多一会儿，就明白这个节目如此火爆的原因了。

他按既定方针，用宾馆房间的电话开始拨打节目的互动热线。

确实是热线，拨了十几分钟，电话才接进演播室。

"若珊姐姐，我们山区农民工到广州这样的大城市找对象一直是个老大难问题，不知您对我们有什么建议？"夏天模仿广东口音提问，自觉还有一定的欺骗性，而且他认为，这个话题的难度在于，此处必须有鸡汤。

"这个问题不止一个人问过我，有很多听众朋友也跟我讨论过，我们不妨接下来一起继续讨论这个问题。"陈若珊没有正面回答，而是顺势把这个话题转换成公共话题，把灌鸡汤的任务交给了大家。避实就虚，避免说教，转换场景，陈若珊驾轻就熟。

"还有个问题，据说您刚从大学毕业没多久就独立主持了这档节目，您能不能分享一下您最近一段时间的成长经历尤其是感情经历呢？"夏天不依不饶，直奔要害。

"你那信号不好，我们先接进一段音乐，一会儿再来讨论这个话题，也请你和听众朋友不要走开。"怎么突然信号就不好了？这让夏天有些狐疑。

没多久，夏天房间电话就响了，夏天接起电话，劈头就听见陈若珊的声音："我就知道是你在捣乱，你来广州了？等我下播就来找你。"

夏天没想到自己这么快就现了原形，也不知道是哪儿露了破绽。

"刚才那个朋友的问题非常有意思，有缘我也许会当面和他分享我的故事。"音乐结束后，陈若珊干脆给听众朋友们卖了一个关子。

"你的声音一点儿没变，假装广东腔也没用，而且关键是那个'您'字把自己彻底暴露了。您也不想想，广东人民说话有几个是上来就'您您'的？"下播后的陈若珊第一时间赶到了夏天住的白云宾馆，并带着夏天在附近找了一个大排档，边喝边聊，有些得意地揭秘自己是如何识破夏天伎俩的。

夏天觉得自己这次偷袭非常失败，讪讪地只好自己先干了一大杯珠江啤酒，但他依然没打算放过陈若珊："咱们可是有缘又见了。说吧，我代表广大听众听你当面分享一下这一年来的成长经历特别是感情经历。"到底是亲同学，夏天觉得自己不需要拘什么礼数和忌讳，怎么耍赖甚至撒泼都可以。

陈若珊原是和夏天斗嘴惯了的，自然不会被他问住，而是立刻转守为攻，开启互撕模式，让夏天先交代自己的光辉事迹。

仿佛一切又回到从前，回到那个曾经充满温暖的小集体，大家可以毫不设防地敞开心扉，真实地暴露自己，也可以打破砂锅——问到底，不管是好的还是不好的，互相都不嫌弃，这就是亲同学间最宝贵的情感。

夏天把自己和朱欢相处的情况向陈若珊作了如实交代，陈若珊若有所思又如释重负似的评价道："这就对了，天涯何处无芳草，你这么些年就是让李婳蒙蔽了你的双眼！"

夏天他们一行离开广州后，又直奔特区珠海。

沾陆总的光，夏天他们被安排住在平时用来接待外宾的珠海度假村酒店。它是由几十栋欧式别墅和酒店主楼组成的建筑群，占据的是一块面积巨大的风水宝地。

夏天是第一次见识这样的海滨别墅群落，他觉得特区的起点就是高，可以在最美的地方建设最美的花园，就像在一张白纸上描绘最美的图画。

他站在高处俯瞰周围的风景，看到的是天高云低，青草如茵，绿树葱茏，凤凰木花灿若云霞，海风卷裹着鸡蛋花的馥郁芳香徐徐袭来，让人精神振奋。海边，一条长长的公路一直沿着海陆交接处向远处延伸，看不到尽头，就像一条飘舞的丝带，让整个城市显得既浪漫又灵动。

他发现自己很快就喜欢上了珠海这个城市，没有大都市的嘈杂，没有小地方的逼仄，却有着花园般的温馨从容和海天一色的壮阔蔚蓝。

当然，他这次到珠海出差，心心念念的，是跟老石会师。

白天跟着陆总他们到处参观，晚上时间夏天就交给了老石。他觉得，在珠海的短暂时光，睡觉就是一种浪费。他希望把所有的时间都利用起来，好好了解一下作为特区的珠海的方方面面，了解一下老石在特区一年多来的点点滴滴。

老石准备了两辆自行车，他们一人一车，夜游珠海。

夜的珠海，和白天又有所不同，老石领着夏天，骑行在他引以为傲的环海公路上。公路离海边很近，有时候，被防波堤拍碎的浪花会被海风斜吹到人身上，星星点点，让人感到说不出的惬意凉爽。海浪的喧嚣声，使他们有时候不得不扯起嗓子才能让对方听清自己的讲话。

"不留在北京跑到特区来后悔了吗？"夏天知道老石是有留京的机会的。

"北京，太大，总觉得不是自己的城市，如果留在北京，不知道自己能为北京做点什么。但珠海不一样，这个地方不大不小，很多事自己都能掺和进去，一点点变化也都能感觉到。在这儿，唯一不变的就是变化，太阳每一天都是新的，特别适合我这种喜新厌旧的人。"

"厌不厌旧我不知道，但喜新这事地球人都知道，你不是我们班著名的迎新积极分子吗？"夏天跟老石是互相挤对惯了的，哪壶不开提哪壶，立马就让老石想起他和小豹子在大二迎新时被一位胖姑娘当作苦力的悲惨遭遇。

老石显然想避开这个话题，于是赶紧补充道："而且，这个地方的饭很好吃。"说起饭来，老石露出了没出息的满足的笑容。

"不仅仅是饭好吃这么简单吧？是不是找着秀色可餐的新人了，要在短时间把大学四年失去的损失夺回来？"夏天不依不饶，穷追猛打，还故作语重心长地提醒道，"但再好的饭也要一口一口吃，不要希望一口吃成一个胖子。"

"你看，渔家姑娘！"胖姑娘也是胖子，老石对这个梗保持着警惕性，并不正面回答夏天的问题，而是突然停了下来，指向了不远处的海上。

"哪儿呢？哪儿呢？"夏天暗忖，谁家姑娘这么晚还在忙活。

他顺着老石手指方向定睛一看，才知道渔家姑娘其实是海边礁石上的一座石雕像。

此时的海边，白色的月光已经倾泻下来，这尊矗立在香炉湾畔的巨型石雕——珠海渔女，神情喜中含羞，显得既纯洁又神秘。她双手高擎着的一颗珍珠，在月光下晶莹闪亮，似乎在等着有缘人来撷取。

"看样子你的志向不小，到这儿来是想找女神级的人物，以弥补在大学四年纯洁如白纸的缺憾。"夏天嘴里调侃着老石，但其实是衷心希望他好梦成真。

后来，老石果然是得偿所愿，找了一个本地的温柔贤惠美丽的客家姑娘，这姑娘浓眉大眼面如满月，和这座雕像珠海渔女颇有几分神似。

顺着环海公路一圈骑下来，夏天和老石已经是热汗淋漓，且更是饥肠辘辘，此时最好的去处，自然是不远处海滨沙滩边上的大排档。他们在沙滩上支了一张桌子，要了一打冰镇的珠江啤酒，一大盆毛豆、一个鱼头豆腐，再加上三斤辣炒青口。

夏天认为，那天晚上他们吃的辣炒青口，虽然只要两块钱一斤，却抵得上任何山珍海味，因此，这道辣炒青口成了夏天以后每次去珠海的保留节目。

青口就酒，越喝越有。在这样一个夜晚，月光如洗，海风习习，他们光脚坐在沙滩上，追忆大学的青涩年华，憧憬即将奔涌而来还可以大把挥霍的美好时光，一直喝到后半夜老板打烊……

夏天一行最后一站是深圳，深圳刚刚建成一年的国际展览中心是他们此行考察的重点。

当然，夏天在深圳还有一个重头节目，就是和一起考到北京的高中同班同学，燕大毕业后南下深圳的王飞鸣见面。

和王飞鸣见面，场面和自己大学同班同学见面又很不同。这种场面，符合王飞鸣一贯的风格。

他们见面是夜里十点多在一个叫金碧辉煌的卡拉OK歌厅的包间里。夏天到时，包间里的人已经是乌泱乌泱的，满屋的烟酒气，有人一手端酒杯，一手拿话筒，表情投入甚至有些狰狞地唱着粤语歌，虽然夏天听不懂那首粤语歌的歌词，却听出了醉生梦死悲伤无奈的感觉。夏天是头一回进卡拉OK歌厅，觉得这种不用记歌词，抄起话筒，想唱就唱的方式非常新鲜，也非常有趣，它可以让每个人心中揣着的成为超级歌星的梦想蠢蠢欲动，不管这个人唱歌的天分是可以要人的钱还是要人的命。

王飞鸣迎上前来时，夏天感觉他还是一如既往的冷静沉着，颇有众人皆醉我独醒的味道，唯一的变化就是发际线更整齐了，脑门儿更亮了。王飞鸣说，夏天正好赶上他大请客，今天在场的都是他的关系户和一部分燕大在深圳校友会的同学。这些关系户中有工商的、税务的、政府部门的……而校友会的，主要是前几届的师兄师姐以及和他同一年到深圳的大学同学，其中一位他的同班同学，后来成了华夏第一房企金科的总裁，在当时看起来，对王飞鸣也是言听计从的感觉。

夏天看到王飞鸣这么快就在深圳打开了局面，组织了这么大一个朋友圈，觉得自己心里只有膜拜的份儿，当然也认为这是意料当中的事。

他们聊的很多话题都让夏天觉得新鲜，什么地方政府债券的托底发行、企业内部股份的认购、深市原始股的排队抢购、报关口岸的快速通关、房地产楼花的预售、外贸工厂的投资建设……

王飞鸣告诉夏天，他筹备的一个生产毛绒玩具的外贸工厂已开工，这些年生产毛绒玩具出口美国的工厂从香港迁移到珠三角是个大趋势，原因就是大陆这边劳动力成本比较低，他想抓住这个机遇赚第一桶金。

夏天觉得王飞鸣这个燕大毕业高才生和毛绒玩具不太搭调，脸上露出不明所以的表情。王飞鸣并不以为意，他目光坚定地告诉夏天，香港李首富就是靠毛绒玩具起家的，现在机会转到大陆来了，他现在要做的就是快速抓住它。

夏天虽然觉得自己还是有些不理解，但看到王飞鸣那么坚定，就迅速把思路调整到不明觉厉上来，只要相信就好了。他告诫自己，对王飞鸣在商业方面才华的崇拜应该变成自己的信仰。

王飞鸣后来自然是挣到了很大的第一桶金，但是不是毛绒玩具的功劳就不得而知了。

深圳之行，对夏天触动很大，他感到，广东尤其是深圳的商业氛围和北京完全不可同日而语。这里充满了活泼向上的力量，能最大限度激发人骨子里对美好生活的欲望和野心，让人每天早上起来都像刚打了鸡血一般，变成公鸡中的战斗机，迫不及待地要飞上蓝天，自由翱翔，随时准备一个俯冲，攫取属于自己的机会。

夏天暗下决心，以后一有机会就要到这片热土上多打几个滚，避免 out 于这个时代。他是这么想的，也是这么干的，后来不少故事都和这片热土有很深的渊源。

第十章　啊，朋友，再见！

1990 年，夏天迎来了人生中两次重要的告别。一次是和李婳，一次是和卓越。

在王府井大街和李婳的见面和告别都是夏天未曾预料到的。

自从经过上一年的几次阴差阳错和夏天认为有些狗血的剧情之后，夏天和李婳互相就再也没有联系。夏天心中，李婳尽管依然是隐隐的痛，但他认为，自己已经开始适应忘记她的生活。

在王府井大街和李婳的见面，是人山人海中的一次偶遇。当时，夏天和朱欢在东华门夜市吃了一个肚歪后，逛到了王府井百货大楼的广场前。

人群中，夏天突然就看到了李婳，和一年多前的她相比，并没有太大变化，妆容精致了一些，身形却更显苗条清减。她独自一人，脚步匆匆，似乎是刚从王府井百货大楼出来。

他们几乎是迎面而过，李婳也远远看到了夏天，当她同时看到夏天身边的朱欢时，眉头紧皱起来。

夏天有些尴尬地想跟李婳打招呼，李婳迅速瞟了一眼他和朱欢后，把脸别了过去继续走。

夏天看着李婳的背影渐渐离去，直到很远，都能感觉到她后背的僵硬。

也许，他们都没想到，这次匆匆一瞥的见面，其实，是一次长长的告别。一别，就是十九年。

从南方回到北京，生活似乎又回到原来的惯性，但不经意间，夏天的内心多了一份躁动。

和他聚得最多的哥们儿，自然还是卓越。卓越自从参加过首届万国博览会后，没事儿就往世界展览中心跑，他经常是在夏天那点个卯之后，就泡在展馆里了，美其名曰是代表总会信息部收集展会信息，以便更好地为国内企业服务。

展会闭馆后，他就等在夏天办公室，下班后和夏天一起上菜场买点小菜儿一起做饭，再喝上二两。卓越在的时候，他会撺掇夏天编造各种理由，不让朱欢过来。时间长了，只要夏天一打电话告诉朱欢没法见面的时候，朱欢的第一句肯定是：别说了，卓越又来了吧！

而每当朱欢想单独霸占夏天的时候，她总会未雨绸缪，让夏天先给卓越打招呼，避免他贸然闯过来坏了他们的好事。

一段时间，夏天感觉自己成了卓越和朱欢争抢的红人，是一个炙手可热的香饽饽，他也感觉自己很喜欢这种感觉，直到某一天卓越找到他宣布自己的重要决定。

卓越在宣布自己重要决定的同时，也带来了一个大箱子，箱子里几乎是他全部的家当。卓越告诉夏天，他已经辞去了国际商会的公职，也被赶出了国际商会的集体宿舍，这段时间，他要全力以赴办理赴美国的签证。

虽然夏天知道卓越对美国一直心中向往，但他突然如此决绝却是没想到。因为按当时的政策，要想办理个人赴美留学，必须先辞去公职，才能获得办理私人护照的资格，办完护照，才能去美国使馆申请签证。而美国的签证通过率极低，不仅需要一个好的托福成绩且最好能拿到全额奖学金，还需要有一个强有力的担保人。以上一个条件不具备，就有可能鸡飞蛋打，把自己变成一个没有公职的无业游民。而无业游民意味着什么，在一个铁饭碗为主流的社会，大家都懂。

卓越作出这样一个决定，就意味着他必须做好承受这样后果的心理准备。卓越做的这个决定，让夏天对卓越刮目相看。在他眼里，卓越固然是非常优秀，他聪明敏感善于洞察人心善于让人跟他交心也善于打动人心，但他总觉得卓越性格的某些方面还是有些柔弱，经不起惊涛骇浪的摧折。

卓越现在这个决定，不啻是拿自己的前途做了一次豪赌。因为夏天知道，卓越并非英语专业出身，他的托福成绩远未达到以往能获得赴美签证的基准线，更遑论有学校提供奖学金。放弃很多人羡慕的涉外单位的工作，冒着成为无业游民的巨大风险，去拼一次成功概率很低的机会，夏天其实是有些想不明白，他凭什么？为什么？

虽然满腹狐疑，夏天却并没有劝卓越退缩，而是决定给予他最大的支持，陪着他赌一把。

夏天能给予的最大支持，就是让卓越搬进自己八平方米的蜗居，和他开始了长达几个月的同居生活，自己依然是打地铺，并且给他配了一把房门钥匙。这是连自己的女朋友朱欢都没有的待遇，而朱欢，事实上几乎被打入了冷宫。

同居期间，卓越把自己的活思想暴露得越来越充分。他说，他如果一直耗在国内，未来十年二十年的自己已经清晰可见，他不想虚度光阴。但如果能到美国，那将是另外一个天地，美国的社会发展，起码比我们领先一百年，也就是说，如果在国内，一百年以后也赶不上现在美国的生活。而百年以后，我们早就灰飞烟灭了，何不趁着现在，拼死赌一把，争取提前一百年过上更现代文明的生活。

卓越的百年理论，夏天将信将疑，心里并不服气，但同时很受震动。原来的美国，只是一个单纯的地理概念，卓越这番说辞，简直就是把美国变成了人类对美好生活的向往。夏天以前从来没动过去美国留学的念头，更谈不上为去美国做什么准备或铺垫，因为他觉得自己在北京还没活明白呢，美国这种所谓人类理想的美好生活离自己就更是遥远。可现在，卓越正在努力想把这种美好生活变成现实，即使机会渺茫，即使有可能是偷鸡不成蚀把米，也是可歌可泣，可圈可点，自己作为哥们儿，必须全力支持。人活着，一定要有梦想，万一梦想真的实现了呢。

准备材料，提交申请，等待面签通知，等待按面签通知上通知的时间面签，如果第一次面签不过，要再等三个月获得面签机会。在等待面签的这段时间，对卓越来说，是非常煎熬的。夏天一直认为卓越机会渺茫或者下意识希望他机会渺茫，他其实是不希望工作以来好不容易交下的一个哥们儿就这样远渡重洋离自己而去的。在夏天看来，卓越就像一个秋后即将问斩的死刑犯在等待奇迹的发生，要发生此等奇迹，在旧时候，必须是老皇帝驾崩新帝登基，或者新帝娶了最心爱的女人当皇后而皇后正好奉子成婚，再或者就是地狱判官被灌了迷魂汤心情大好决定暂且寄下项上人头。

而能决定卓越前途和命运的判官自然是美国使馆的签证官，他们手起刀落，多少人的美国梦因此破灭；他们大笔一挥，多少人从此走上了追求美国梦的康庄大道。

后来夏天才知道，卓越早已未雨绸缪，也很善于抓住问题关键，在当下这个特殊时间段，托福成绩固然还是一个重要因素，但最关键的，还是要考虑如何打动签证官。要打动签证官，必须用签证官听得懂，听得进去，听进去之后会立刻充满使命感，恨不得把卓越这样的人才绑架去美国的语言来跟他们沟通，而会这种语言的，是卓越在美国的担保人 Richard。

Richard 是卓越在北京读研究生时教英国文学的外教，一个学识渊博颇有绅士风度的美国老头，若干年后夏天也在美国亲自领略了他的风采。在卓越聆听 Richard 教诲的那段时间，他让自己成了 Richard 在中国唯一的朋友，也是他唯一看好的中国学生。Richard 回美国后，一直怀念和卓越相处的日子，也一直希望卓越去美国，学习生活在自己的身边。因此，他给签证官的推荐信自然是相当给力。

Richard 推荐信的大意是：卓越是他在中国见到的最优秀的学生，他到美国，学习的是政治学，就是想深入了解美国二百多年来赖以成功，能够变得如此伟大的体制，假以时日，当他在美国学成回中国，他很有可能会是中国的部长甚至是总理，美国不应该拒绝中国未来的总理到自己国家去学习。这句话言下之意是，今天为中国未来总理大开绿灯，就是为将来改变中国的面貌，推动中美关系的发展做出巨大的贡献，这是签证官伟大而光荣的使命。

Richard 保证，卓越在美国留学期间的所有费用他都可以承担，事实上，他准备让卓越住他们家去，签证官完全不用担心卓越在美国的生存问题。他还为卓越的托福成绩做了辩解，他认为很多托福成绩好的人，都远逊于卓越的表达能力，卓越是他见过的少有的能精确表达自己意见并有非凡理解力的中国学生，他来美国，跟上学习的进度完全没有问题。

夏天以前就发现卓越特别擅长跟岁数大的领导们打交道，能赢得他们发自内心的信任和喜爱，了解了推荐信的内容后，他进一步发现，卓越居然是中外通吃。这不由得让他对卓越更高看一眼，同时也对卓越能通过签证官面试的信心指数陡升。

在等待签证的日子里，卓越也没闲着，不知用了什么招数，他成了多家美国公司在世界展览中心参展时的翻译，活儿一个接一个，有时候一天就能挣二十美金，那可是比夏天当时一个月工资都高的收入。夏天跟他开玩笑说，干脆你也别去美国了，当当翻译，日子也可以过得挺滋润的。卓越嘿嘿一笑，并不作答，但他脸上的表情立马就能让夏天想起那句话叫什么来着……燕雀安知鸿鹄之志哉。

终于等到了见签证官的日子，临出发前，卓越认真捯饬了一番。

一身合体的西服外面是一件米色的风衣，黑色的玳瑁眼镜擦得锃亮，头发梳得整齐但不刻板，关键是气场，卓越的眼神犀利坚定，有一种大将临敌、渊渟岳峙的感觉。

夏天也忍不住夸他，说他一看就有政治家的风度，一定会马到成功。

卓越的面签没有悬念，一切都按脚本进行。夏天凭想象回放了卓越见签证官时的场景：签证官用带着探究和些许崇拜的眼神，看着眼前这个可能的未来中国的领导人，他对这个人的对答非常满意，一切都像卓越的担保人说的那样，这个人天生具有领袖的潜质，如果不是隔着窗口，他应该给这个人最热烈的拥抱。但没关系，一个温暖的微笑和一句质朴的欢迎来美国，也同样可以表达他所代表的美国人民的诚挚和深情。这时候的卓越，应该是轻轻扶了一下眼镜，整理了一下风衣，向签证官很有风度地挥了挥手，在表达感谢的同时说了一句：嘿，哥们儿，美国见！

结果确如卓越所愿。但他后来向夏天老实交代，他只是表面镇定，把台词顺利背下来了，当他拿到那张签证纸走出使馆时，发现自己后背全湿了，手心里全是汗，感觉脚底下就像踩着一条河。

接下来的一段时间，就是卓越深情告别的时刻。夏天没想到的是，卓越居然有那么多的风流韵事，他恋别人的、别人恋他的、貌似刚开始互相暧昧的……这一切，都会做一个了断，卓越将会挥挥手，不带走一片云彩。

但卓越向夏天保证，夏天绝不会是那片他带不走的云彩，他希望夏天好好学外语，考托福，将来他们在美国会师，一起在美国打天下，一起回望故乡的云，而他将会是夏天最强力的接应和后盾。

榜样的力量是无穷的，自从卓越拿到签证后，夏天就像一个枕戈待旦的战士，天天手里捧着的就是《托福单词10000》，恨不得迅速把这一万单词生吞活剥了，一口吃成一个精通美国话的胖子。

在卓越到处跟人告别的这段时间，收获了无数的祝福和各种艳羡的目光，经常会被一些身份不明的人留宿，夏天也便可以自由安排自己的时间。这一点朱欢很满意，因为夏天基本可以做到随叫随到，但夏天自己倒是有点不适应老跟朱欢腻在一起的日子了，而且关键是，有时候想独处时，也找不到特别过硬的理由了。

卓越临走前几天，跟夏天说自己嘴馋了，还想再吃一顿夏天做的土豆红烧肉。夏天听后，二话不说，第二天早早下班去楼下农贸市场请了三斤五花肉、二斤土豆、一瓶红星二锅头，准备和卓越在晚上红烧肉就酒，越喝越有。

夏天烟熏火燎兴致勃勃做完这道菜后，卓越托夏天办公室同事带话给提前下班的夏天，他又是今晚有约，能不能过来不一定。这让夏天有些失落，他把炖好的红烧肉盛出来，自己也没心思吃，直接放冰箱里了。

此时朱欢也联系不上，夏天便一个人骑上自行车，直奔隆福寺一带，尽情地享受孤独。在任性地吃了各种小吃后，又在隆福寺电影院买了张循环放映的电影票，《菊豆》《倩女幽魂》《人鬼情未了》《滚滚红尘》四场连映，直看得昏天黑地，心里一片迷茫，等回到蜗居时，东方已经露出鱼肚白。

夏天一进屋，就有一种家里被打劫的感觉。被打劫的主要内容，就是那盆土豆红烧肉和那瓶二锅头。红烧肉被从冰箱里翻了出来，已经快见底了，二锅头也就剩了不到二两。打劫的人还挺局气，特意留了一个凭证，那是卓越给夏天写的一张字条，字条上交代了他们作案的全部过程。

作案人两名，一个是卓越，一个是老秋。原来他们下午一起参加了大学同班同学给卓越的送行会，不知为什么，愣是没吃饱。卓越惦记夏天做的土豆红烧肉，就带着老秋杀过来了，没想到夏天居然不在家，左等右等，肚子越等越饿。卓越凭他敏锐的嗅觉，隔着冰箱也闻出了红烧肉的味道，他也没客气，自己动手，丰衣足食，从冰箱翻出红烧肉，起开二锅头，哥俩就对撅上了，准备边喝边等，可一直没等到夏天。

卓越和老秋在临走前留的这张字条里，理直气壮解释道：都赖你，味道太好了，没搂住，酒和肉都剩得不多了……

给卓越送行是在一个刺骨冰寒的早晨，但天气再寒冷，也挡不住卓越这帮朋友欢送卓越的热情。首都机场国际出发口，大家众星捧月般，把卓越团团围住，卓越从内到外透着精神，仿佛整个人都会发光。他上身穿一件崭新的北脸羽绒服，脚蹬一双耐克球鞋，颇有国际户外运动休闲潮范儿。这一身儿，是头天夏天陪他去秀水采购时服装摊老板推荐的。服装摊老板眼神毒辣，很快就明白卓越是要出国留学，他介绍说，这都是当下流行的外贸工厂高仿产品，价格只有正品的五分之一，穿到国外鬼子们根本看不出来，绝对是花小钱办大事。

卓越推着的一个硕大灰黑色帆布箱也是那个老板推荐的，说这个箱子比皮箱子分量轻、装得多，价格还便宜不少。老板所言不虚，卓越所有的行装，也没有撑满这个大箱子，因此，这个箱子显得有些干瘪轻飘，名副其实的空空的行囊。

夏天知道，卓越所有财产，就是身上穿的，这个箱子里装的，以及贴身衣服里揣的有零有整的 124 美金，这 124 美金，也是夏天陪他在友谊商店门口找切汇的人换的，花去了他身上所有的人民币。

这个箱子后来陪着卓越在美国纵横南北东西，包括四年后第一次回国。夏天去接卓越时，一眼就认出了这个箱子，但这个箱子变化巨大的外观，写满了主人辗转颠沛拼搏奋斗的沧桑，这是后话。

带着大家的祝福，卓越走进了海关通道，海关通道后面，就是通向新世界的大门，卓越将在他眼中比我们领先一百年的新世界里，赤手空拳，拳打脚踢，为自己闯出一片天地。

送走卓越后，夏天和老秋一起坐公共汽车回城。老秋感叹，我们这帮人的总机闪得倒是真快，以后只能靠我们自己单线联系了。夏天呵呵笑道，单线联系没准热度更高，还不容易掉线。在之后几十年，夏天和老秋一直关系密切，从未掉线，成了配合默契心灵相通的挚友，后来更成了共同创业的好伙伴。

卓越离开北京赴美国留学，对夏天心理上的冲击还是很大的，他开始认真思考自己将来的路应该怎样走。像卓越一样赴美国留学，当然求之不得，但他因为非常清楚卓越取得赴美签证的全过程，知道卓越能去美国，除了天时地利人和，还需要一点点运气。这样的机会，可遇不可求，而自己并不是为这样的机会做好了准备的人。

夏天认为自己还是需要回到现实中来，先在国际商会站稳脚跟，等待属于自己的机会。另外，他还要想清楚，他和朱欢，将如何牵着手，从一个胜利走向另一个胜利。

第十一章　校友娜塔莎

把卓越送走后，夏天发现自己不再是香饽饽了。朱欢因为开始在首都电视台实习，成天忙得脚打后脑勺，只能在周末挤出一些时间跟夏天腻咕。

或许是实习期间接触社会多了，更接地气了，夏天发现，朱欢在越来越认真地思考自己的前途和命运。

她有时候会问夏天，她是不是应该在实习期间好好表现，多长点心眼，争取一个留台里的机会，继续他未竟的新闻事业。但很快她又自我否定，说她其实也不擅长写表扬稿，她和夏天是典型的不是一家人不进一家门，没有无原则吹捧的能力，是一个很大的硬伤。

夏天逗她道，两个人都有这毛病不好，我们应该有一个人做出牺牲，原则性不要那么强，这样才有互补性，两个人的关系才会更稳定。

朱欢警惕性很高，立马抓住了夏天话里的漏洞，要夏天郑重说明他们之间的关系怎么不稳定？是不是心里有把他们关系变得不稳定的企图？是不是早已暗度陈仓？夏天必须老实交代他肚子里那些不可告人的小九九。

夏天看朱欢表情认真凝重，一副明察秋毫的样子，只好避重就轻，承认自己心怀叵测，一心想把她变成对自己言听计从能最大限度满足自己虚荣心的跟屁虫，在未来他们长久稳定的关系中一直占据上风。

朱欢勉强接受了夏天的解释，说自己其实并不抵触当一个对未来老公言听计从的跟屁虫，但关键是未来老公对自己是不是赤胆忠心，是不是离开自己照样活得有滋有味，是不是有了哥们儿女人就是衣服，而且是穿旧的那种。

夏天知道朱欢说的衣服有所指，那是卓越给她造成的阴影，于是赶紧表忠心道，好哥们是一辈子的，但不是一被子的；好女人就像柔软舒适贴身穿的内衣，离开了，连觉都睡不好，即使穿旧了，也带着能让你安然进入梦乡的气息，只有傻瓜才会轻易丢弃。

但万一哪天你变傻了呢？朱欢还是有些不放心。

不会的，将来我是听老婆的话，跟党走，只要老婆不傻，我就不傻。夏天迅速把变傻的责任推得干干净净。

朱欢看起来像想明白了似的点点头，但很快又摇摇头，说将来谁是你老婆还不一定呢，你想好了将来娶谁当你老婆吗？朱欢问这话的时候，眼睛里亮晶晶的。

夏天没想马上正面回答这个问题，而是反问道，你想好了要当谁的老婆了吗？

朱欢表情明显不满，伸出手使劲掐住夏天脖子道，你又笨又坏，一句好听的话都不会说，一点诚意都没有，你这样谁心甘情愿给你当老婆啊？

夏天涎起脸笑道，诚意不能光停留在嘴上，更需要体现在行动中。他分开朱欢掐住自己脖子的手，把她狠狠地放倒，狠狠地吻住，狠狠地爱……

夏天知道，他心里其实一直在说，这辈子，就是她了！

朱欢开始在电视台实习后，明显感觉交际面扩大了，经常会领着她新结识的朋友跟夏天见面，有时候干脆就跑到夏天单位食堂蹭饭。夏天发现朱欢挺鸡贼，一般领人蹭饭都是中午，这样可以以夏天下午还有工作为由避免上外面饭馆请客，一顿食堂的工作餐就把人打发了。朱欢自己也非常得意这个小伎俩，问夏天是不是没想到她这么会过。

朱欢领到夏天这儿来的都是女朋友，而且以美女居多，夏天跟她开玩笑说："你领那么多美女来，你是在磨炼我的意志力呢吧？"

朱欢点头承认道："电视台最不缺的就是美女，我就是要让你见识各种美女，见得直腻味，见得直想吐，你就百毒不侵了，我也就放心了。"

"你还有什么不放心的，只要有你在的场合，哪怕是天仙儿我也把她们当空气。"夏天显得很委屈。

"那我不在的场合呢？"朱欢总是能敏捷地发现夏天话中的漏洞。

"你不在的场合，我就认真拿她们跟你比较。"夏天故意一顿。

朱欢的眼睛立马变得雪亮。

"我发现一个问题，她们长得都不像你，这让我非常失望。"夏天深深地叹息着。

"算你会说话！但你不要太会说话啦，见了别的美女要把你这套收起来。"朱欢点着夏天的脑门告诫道。

"当然，我这嘴也就见了你才会有灵感，见了别人，只会谨遵实事求是的校训，说不出什么让人太满意的话来，都是上这个学校给耽误了。"

"你就贫吧，你不要把你们的校训玩坏了哈！"

朱欢刚开始领过来的人走马灯似的换，慢慢就相对比较固定，到最后，她有了一个秤不离砣、砣不离秤的好伙伴，这个人是个德国美女，叫娜塔莎。

娜塔莎是朱欢在做一期关于留学生的节目时认识的，她来自东德，当她还在北京留学读书时，柏林墙倒了，而她留学的学校，就是夏天的母校，因此，她也算夏天的校友。

朱欢是以一种献宝似的兴奋心情介绍夏天和娜塔莎认识的，她认为她帮他们找到了彼此的校友，也算是立了大功一件。但她和夏天都没想到，娜塔莎的出现，为他们最终无可挽回的天各一方埋下了深深的伏笔。

夏天认为，娜塔莎是和朱欢长得最像的一个美女，尽管她是典型的金发碧眼隆鼻的日耳曼种，但她无论是身材气质都和朱欢有异曲同工之妙，她们站在一起，就像异国姐妹，非常登对和谐，让夏天有时候觉得他仨在一起，自己会是多余的那一个。

而且，她们两个越来越多地腻在一起，让夏天很快找到卓越在国内时朱欢的感觉。夏天发现，每每他想见朱欢而不得的时候，朱欢的理由都是娜塔莎，朱欢说起这个理由来，总是那么理直气壮，让夏天一点脾气都没有。

后来，据说是娜塔莎提醒朱欢，别让夏天认为她抢了他的女朋友而对她有意见，建议有些时候可以带他一起玩儿。于是，一段时间内，三人行，成了他们之间相处的主旋律。

很多时候，他们会约在东单和秀水一带。东单的小吃街，一直是朱欢的最爱，在朱欢的熏陶下，娜塔莎也爱上了卤煮，每次都要让人加很多香菜，加完香菜，再要求加一勺腐乳汁，还让人麻利儿的。夏天发现，娜塔莎只要吃上卤煮，北京的胡同口音就会往外蹦，也不知道跟谁学的。夏天确认，娜塔莎是他见过的口味最重的德国姑娘，她的这种重口味，让他倍感亲切，他觉得，如果不看娜塔莎那张脸，她就是一北京胡同妞。

逛秀水，她们俩本来是不爱带夏天的，因为朱欢知道夏天的风格是不管到哪个商场都是直奔主题。但有一天夏天勉为其难陪她们逛了一圈之后，她们就赖上了夏天，因为她们发现，夏天跟人砍价的时候特别心狠手辣，脸皮还厚，可以把她们不敢想也不敢做的事儿全办了，她们两个只需要搔首弄姿左顾右盼把需要买的衣物试好了就行。

在一个朱欢临近毕业的夏日傍晚，她们又把夏天搜来陪她们到秀水扫货，再一次大获全胜，按她们讲话，是用最小的代价换来了最大的胜利。

在扫荡过程中，朱欢和娜塔莎同时看上了一款艳红的布鞋，她们穿着热裤，露着长白腿，换上红鞋后，红的红，白的白，煞是引人注目，自我感觉也颇为良好。服装摊老板察言观色，张嘴就要八十一双。

夏天也不还价，拉起她们就跑，故意大声嚷嚷说这个老板是要抢她们钱呢，半个月工资就买一双布鞋，要买了就是典型的败家娘们儿。

老板自然很机警地把她们拦住，说做买卖讨价还价，别一言不合就走人嘛。

夏天让她们两个先走，自己留下来跟老板再探讨一下。

探讨的结果是，二十块钱，两双。

她们两个有些不相信，说刚才她们的心理价位在一双三十块左右。

她们总结道，这帮人太能欺负人了，简直就是漫天要价，看人下菜碟。以前她们照着一半砍他们还装得像吃了多大亏似的，夏天照着脚脖子砍他们却屁颠儿屁颠儿的，也不知道用的什么奇招妙术。

夏天骄傲地咧嘴笑道，主要原因当然是因为我的人格魅力啦，另外，还有一个心态问题。你们吃亏就吃亏在虚荣心太强，自以为长得美有修养不稀得跟贩夫走卒讨价还价，觉得太斤斤计较跌份儿。我就不一样，我坚定地认为自己就是一流氓无产者，没有一分钱是风刮来的，风也不可能刮来一分钱，没钱还要养如花似玉爱臭美的小媳妇儿，不放下身段儿怎么跟他们血拼？我要让他们觉得我的人生跟他们比简直惨不忍睹，如果挣了我太多钱就会有罪恶感，觉得自己就是为富不仁的资产阶级坏分子。

娜塔莎听了夸张地点点头，忍住笑对夏天阿谀奉承起来，并且完全是站在马克思主义理论的高度。她说夏天现在在她眼里简直就是一个伟大的马克思主义者，一个伟大的共产主义战士，夏天不忘初心，牢记使命，出色地捍卫了两个无产阶级美女的利益，是无产阶级美女值得信任的守护神。

夏天非常受用，也投桃报李，夸娜塔莎到底是来自卡尔·马克思的故乡，深得他老人家的真传，她不远万里来到中国，很好地完成了把马克思主义发扬光大的光辉使命，会成为像白求恩一样受中国人民尊重和爱戴的国际友人。

朱欢看他们两个高来高去地夸着，在一旁乐得不行。她很认真地对夏天介绍说，娜塔莎和马克思是正经老乡，祖上都住在莱茵省，后来才搬到东德的，现在又正准备搬回西德呢，希望他通过娜塔莎，可以更多地了解德国，最好慢慢喜欢上德国。她还提议，鉴于夏天砍价有功，她和娜塔莎晚上要好好陪他喝一杯。

夏天觉得朱欢希望他喜欢德国的想法有些怪怪的，但对于晚上喝一杯的建议自然是欣然接受。

喝酒的地方是娜塔莎找的，在工人体育场附近的三里屯后街，此时的三里屯只有零星几个酒吧，还没有出现几年以后酒吧一条街的盛况。

他们顺着工人体育场路往北溜达，发现迎接亚运的气氛空前高涨。作为亚运会主会场的工人体育场，沿路和周边已经挂满了宣传条幅，大喇叭在非常带劲地播放着刘欢和韦唯合唱的《亚洲雄风》，唱得人似乎根根汗毛都要勇敢地站起来，带着黑眼圈儿的熊猫盼盼的各种卡通形象在风中凌乱着，显得既憨厚又迷茫。

夏天给娜塔莎胡乱解释说，因为这是中国第一次办这么大规模的亚运会，又担心有国家因为去年的风波抵制，在准备大会的这段时间里，一直是在焦虑中盼望着，盼得连觉都睡不踏实，眼圈都熬黑了，你说中国人要办点事容易吗？

娜塔莎非常理解地使劲点点头说，眼圈儿黑了更可爱，全世界人民见了它都会心软。

工体路往东，娜塔莎把夏天和朱欢领到三里屯西部的一条充满烟火气的小街，她介绍说，这里就是使馆区附近著名的"脏街"，是他们这些穷留学生常来的地方。

所谓"脏街"，首先自然是脏，而且确实是脏。

夏日小街的地面上，各色垃圾大咧咧地玉体横陈，混合着汗水、酒水、油水被阳光蒸腾的气息，蠢蠢欲动中有一种滑腻腻的黏稠，仿佛随时可以把人的鞋当街脱掉。长不到二百米的街道，密密麻麻开着四五十家商铺，有卖香烟的、有卖盗版带子的、有做文身的……最多的还是那些脏摊儿，卖麻辣烫的、卖烧烤的、卖桂林米粉的……当然，还有卖酒的。它们大部分是在临建中或者干脆就在街边，处处都透着可疑和不讲究。

混迹在这条街上的，以装扮狂放的年轻人居多，各种口音各色肌肤的都有，他们身上的汗臭和香水味互相遮掩，肌肉和乳房饱绽雀跃着，一个个都像行走的荷尔蒙。

这是一个和传统的北京城完全不一样的角落，暗黑混乱中弥漫着异域蛊惑的味道。

后来，夏天多次在这条小街上游荡盘桓。他认为，如果说，曾经的三里屯酒吧一条街，是北京夜生活的魂，那么这条脏街，就是安放这些魂魄的睡不醒的梦，在梦中，众生平等，都有挥之不去的欲望和寂寞，不管你是贫穷还是富有，这里总能买到你需要的那杯酒。

娜塔莎显然是熟门熟路，直接就摸到了一家用化纤布围挡起来的烧烤店。

这家店的老板看样子跟娜塔莎很熟，一见面就用半吊子英语亲热地跟她打招呼，但娜塔莎坚持用汉语跟他交流，于是乎脏摊老板说英语，娜塔莎说汉语，把点菜点酒的事搞定了。

这家店是这条街上生意最红火的烧烤店，人气自然极旺，但老板还是尽可能把他们安排在一个相对清静的角落。菜上得很快，花生米、毛豆、拍黄瓜、烤羊肉串、烤德国香肠……夏天猜想，那份烤德国香肠也许就是娜塔莎经常光顾这儿的理由吧。当然，最重要的是啤酒，这家店的老板自我吹嘘道，他们的啤酒是自酿的慕尼黑扎啤，全北京独一份，他们这家店，是这条街的口味和颜值担当，是北京地摊儿和德意志风情完美结合的典范。

夏天心想，口味还得等吃了才知道，至于颜值，难道这化纤布的围挡真有老外所欣赏的后现代的感觉？

除了这家店的酒菜，老板还从隔壁同样红火的麻辣烫店端来一盆烫好的小菜，这显然是娜塔莎事先交代的。娜塔莎说，是朱欢先交代她的，朱欢说夏天是无辣不欢。而且，这麻辣烫可以放心吃，她那帮留学生朋友吃他们家的麻辣烫从来没闹过肚子。

夏天忍不住充满深情地夸奖朱欢，说有你就欢，辣不辣都已经不重要了。当然，他也很周到地顺便夸了一下娜塔莎，说娜塔莎一点洋人的架子都没有，已经很好地融入了北京人民的生活，完全可以说是三里屯一带合格的地保了。

夏天没想到娜塔莎连地保都能听懂，听得咧开嘴嘎嘎直乐，露出一口白牙显得嘴唇更加猩红。

别说，德国扎啤、德国烤肠加麻辣烫还真是绝配，扎啤的清爽醇冽、烤肠的甘肥汁浓、麻辣烫的麻辣鲜香，迅速让他们的味蕾产生化学反应，他们三个根本就停不下来，很快就一大扎啤酒下肚，又再要了一扎。

娜塔莎显然是喝美了，她说这儿的啤酒和烤肠确实地道，跟她家乡的味道一样一样的，她家乡也有这样的酒吧，就在莱茵河畔，虽然没有麻辣烫，但是有大猪肘子，一手端一扎啤酒，一手握着一个大猪肘子，边啃边喝，也是非常豪迈的。

娜塔莎还主动发起了干杯。她先跟夏天碰，说校友干一杯是必须的。她奇怪在学校怎么从来没碰上过夏天呢，夏天身上的劲儿感觉很像德国男子汉，到德国一定会受女孩子欢迎。夏天心里肯定娜塔莎夸自己的态度，但对她夸自己的角度却并不是太满意，心想我凭什么要像德国小伙子，我就是一地地道道的中国纯爷们儿。

于是他照娜塔莎的方法回夸了她，说她越来越像地道的北京姑娘，在中国一定会大受欢迎，赶明儿一定要介绍一中国棒小伙儿把她收了。夏天的夸奖让娜塔莎非常高兴，她表态说太好了，只要那小伙子像你这样就行，她边说还边看了一眼朱欢。

娜塔莎的话让夏天没法接，但她的自信爽朗让夏天开始反省自己，觉得自己是不是太小心眼儿了，像德国小伙就像德国小伙呗，虽然自己并不是特别了解德国小伙到底什么样儿。

娜塔莎又跟朱欢干杯，喝完还抱上了，她抱着朱欢大声嘟囔着，你一定要想办法来德国，你到了德国，我们一起喝啤酒啃猪肘子。

夏天听娜塔莎又在提啃猪肘子这茬，忍不住笑她们就这点儿出息。

朱欢显然对娜塔莎啃猪肘子的提议心领神会，而且她们显然不是第一次讨论啃猪肘子的话题，她望定夏天，端起酒杯，主动碰了一下夏天的杯子说："我们一起去德国吧！"

第十二章 一起去德国吗？

朱欢的一句去德国，让夏天浑身打了一个激灵，酒意瞬间就没了。他想起她和娜塔莎一段时间天天混在一起的种种，明白她有这想法应该不是一天两天了，潜移默化中，她的魂早就被娜塔莎勾引到遥远的德国了。

在夏天的印象中，德国就是刚刚倒塌的柏林墙，是墙两边曾经的冷战和即将到来的两德统一。娜塔莎曾经多次在他和朱欢面前眼睛发亮地憧憬两德统一的前景，说她留学回去之后，她将会生活在一个全新的德国。

德国虽好，但那是娜塔莎的家乡，夏天从来没有想过去那边留学或者生活。对于自己和德国的关系，他把想象力发挥到极限，也就是或许未来某一天，他和朱欢一起到德国旅游，找到早已回国的娜塔莎。娜塔莎在莱茵河边请他们啃肘子喝啤酒，回忆他们在北京相识的缘分和曾经一起度过的似水年华。娜塔莎身边应该会有一个帅小伙，但也有可能是一个腆着啤酒肚的大胖子。

夏天曾经想过，如果要出国留学，首选肯定是美国，这个想法在卓越离开北京前后一段时间还特别强烈，但他冷静下来，分析各种可行性时，发现自己并没有把这些想法落地的机会和能力。而现在，德国又突然摆在了自己的面前，他相信，朱欢嘴里的去德国，应该不会是空穴来风、信口开河，她一定是有了自己的老主意，才会看起来很是郑重地跟夏天说一起去德国。

一起去德国，怎么去呢？

娜塔莎给夏天描绘了路线图。

一起去的意思，是他们三个一起去。

娜塔莎这个夏天就要学成归国，她会帮朱欢找一个有实力的担保人并联系德国的学校，这个学校就在她回国居住的城市。朱欢如果现在就开始办去德国留学的签证，顺利的话，半年左右就能下来。

娜塔莎先回家打前站，等朱欢到德国时，她会帮着把一切搞定，朱欢可以没有后顾之忧地开始自己的留学生活，至于毕业以后要不要在德国留下来，可以根据当时的情况再定。

夏天去德国，她同样可以帮着申请，但也可以因为跟朱欢的特殊关系走捷径。他和朱欢要建立什么样的特殊关系，相信在朱欢那已经有了答案，现在关键就在夏天是怎么想的。

"我们结婚吧！"说完去德国，这是朱欢的第二句话，说这句话时，她的眼中竟泛着泪光，不知道是因为激动、期待、害羞还是因为有些莫名的悲伤。

夏天有点发愣。他琢磨，这一顿酒的工夫，朱欢就放了两颗重磅炸弹，自己事先竟没有发现任何端倪。看样子平时对朱欢还是太忽视了，他已经习惯了朱欢的存在和他们之间的相处方式，但并不了解朱欢内心深处的千回百转。当然，女人心，海底针，这方面，历来也是自己的短板。

朱欢的两颗重磅炸弹，对夏天的内心还是造成了很大的冲击。

和朱欢结婚过日子，夏天其实是考虑过的。他想，也许某一天，他和朱欢会和很多感情稳定的小夫妻一样，验明正身后，扯一张允许上路的执照，顺理成章水到渠成地搬到一起。他们会住进单位分配的大一点的婚房，从此开始平淡真实的家庭生活。他们会有孩子，孩子慢慢长大，学会打酱油，他们的时光就在柴米油盐中一天天蹉跎……

每当想到这些，他的心里总是既欣慰又伤感，这也许是他想过的日子，又是他怕过的日子，因此，他并不希望这样的日子马上就到来。

而现在朱欢说的结婚，和他原来设想的轨迹已经有很大偏离，或者说，是想要修正即将失控的生活轨迹。朱欢的提议，让夏天不得不马上面临结婚的问题，而结婚后，同样马上要面对的，是别离。

朱欢喝完她的杯中酒，扑倒在夏天怀里，她仰头看着夏天，目光在夏天的脸上像探照灯一样搜索着，希望马上找到肯定的答案。她边看着夏天，边嘴里嘟哝："我是不是太贪心了？我既想要你，又想要出国。"

夏天端起面前的扎啤，准备一口气干了，在仰脖干杯的过程中，他的思想剧烈地活动着。他知道，生在这个年代，在绝大部分人的眼里，出国，到欧洲，到美国……就是最幸福的事，就是一件脱离苦海功在当代利在千秋的事，就是改变自己命运一步跨入天堂的事，就是足以让周边人的眼神羡慕滚烫的事。总之，这是一件伟大光荣正确的事。

如今，朱欢要追求幸福，做这么一件伟大光荣正确的事，还不忘把他们两个紧紧捆绑在一起，以便共同创造更加美好的未来，自己有什么理由拒绝呢？

夏天努力说服自己，想对朱欢的提议重重地点点头，可他内心不知道为什么，总觉得有什么地方不踏实。他只好把自己的疑虑和盘托出："如果德国人只要你，不要我，我们两个就天各一方了，到时候就是远水解不了近渴了。"

听到夏天没有马上拒绝自己的提议，朱欢面露欣喜的颜色，但对夏天的解渴一说提出了批评："你就知道叫渴，忍忍你会死啊！"

夏天继续剖析可能的后果："如果我们先结婚，你再去德国，我却因为种种原因去不了，那咱们也许不得不分开，那样你就成二锅头了。不知道喜欢威士忌的德国人会不会珍惜来自中国的二锅头，这可是关系到你将来的幸福的事啊。"

"呸呸，你这个乌鸦嘴，还没开始办呢，你就净往坏处想，是不是我先去德国正中你的下怀，你正好可以借机自由单飞，寻找你那片翠绿的森林？"朱欢说"翠"字的时候，恨不得一口啐到夏天脸上。

"天地良心，我这是考虑最坏的结果，往最好的方向努力。"夏天有些委屈地辩解道，但不知为什么，他觉得自己的辩解有些苍白，缺乏急赤白脸疯狂抵赖的劲头。

"你就死了那条心吧，你要办不成，我就回来接着看着你，看你往哪儿跑！"说这话时，朱欢使劲攥着夏天的胳臂，恨不得把整个身体都吊在夏天身上。

娜塔莎在旁边看不下去了："你们不要在我面前撒糖好不好。你们如果决定办德国签证的话，也是对你们伟大爱情的考验。夏天你可要对朱欢好一点，朱欢可是德国小伙儿喜欢的类型，小心她让德国小伙抢跑了。"借着酒劲，娜塔莎直言不讳地提醒并敲打了一下夏天。

娜塔莎说完这番话，不知为什么，夏天和朱欢都变得有些沉默，好像各自忽然有了一些心事，而娜塔莎却不管不顾，好像遇到什么开心事似的，豪放地快把自己喝倒了，走路都有点儿离拉歪斜的。

娜塔莎快把自己喝倒的后果就是，朱欢只好独自坐公交回家，夏天必须承担起送娜塔莎回学校的任务。

把朱欢送上回家的公交车时，娜塔莎正处在欢乐迷离的状态。朱欢叮嘱夏天，说娜塔莎喝起酒来常这样，他一定要保证安全地把她送到留学生宿舍的楼门口。

夏天自然表态要不辱使命，娜塔莎也傻笑兮兮地冲朱欢挥手再见，说请朱欢放心，自己一定保证夏天的安全。

夏天带着娜塔莎从三里屯坐110路公交车到了静安里世界展览中心附近，准备换302路直达学校，到302路车站的时候，发现末班车已经没有了。夏天告诉娜塔莎这个不幸的消息时，她居然笑了起来道："太好了，那我们就接着喝，喝到有公交车为止。"

夏天可不敢照量，觉得这个德国妞疯起来没边儿，自己还是想办法把她送走为上。他跟娜塔莎说，已经喝不少了，别再喝了，他的蜗居就在附近，他去取一下自行车，一会儿用自行车驮她回学校。

娜塔莎明显不满意，嘴里咕哝着："你怕了吧，这点你就不如德国小伙子，女孩子说要喝酒，男孩子怎么能说不行呢？你知道男孩子说不行是什么意思吗？"

夏天没想到娜塔莎醉意蒙眬中还会使激将法，只好把朱欢搬出来镇压她："可朱欢教育我不许欺负别的女孩子，要欺负只能欺负她一个人，所以我也没办法，就是行也不行。"

"你到底是行还是不行？"娜塔莎好像是被夏天绕晕了，夏天认为她就算没喝酒也不一定能马上明白行也不行是啥意思。

"朱欢说我行我就行，朱欢说我不行我就不行。今天朱欢不在，肯定不会说行了，所以我们还是改天叫上她一起喝吧。"夏天坚持打朱欢牌。

"可朱欢不在，也没办法说不行啊？"娜塔莎好像又绕明白了，夏天发现自己还是低估了这位日耳曼姑娘的智商，甚至怀疑她是不是真的喝高了。

夏天意识到，半醉半醒的人最难缠，尤其是女人，尤其是一个作风豪迈天生有一定思辨能力的德国女人，跟她继续纠缠会很危险。他只好放弃逞口舌之快，向娜塔莎服软，说自己今天真是惭愧，酒量已经到极限了，实在是不行了，请她高抬贵手，放自己一马。

夏天低眉顺眼的尿样把娜塔莎逗乐了："你就装吧，估计朱欢就是这样被你骗到手的。今天就放过你，不过我要用一下你宿舍的洗手间。"

娜塔莎这个要求貌似无法拒绝，夏天只好领她上楼进自己的蜗居。路上夏天想挽回一些颜面，含沙射影地回击娜塔莎，说自己从来不骗女孩子，倒是经常被女孩骗，有时候是心甘情愿被骗，就像朱欢这样的，有时候是被逼无奈假装信以为真。

夏天说假装信以为真，其实是在暗讽娜塔莎，但娜塔莎好像又听不明白了，上楼的时候脚步开始踉跄起来，夏天只好搀住她的胳臂。楼道里灯光昏暗，娜塔莎有些害怕似的紧靠着夏天，呼吸开始变得粗重，嘴里的酒气和热气喷了夏天一脸，身上那股白种人特有的似香似麝的气息散发得更加浓烈。

一进洗手间，娜塔莎就把门反锁上，把水声开得很大，半天才出来。出来后，她告诉夏天，不好意思，刚才都吐了，现在腿有些发软。

夏天看她头发有些凌乱，金色的发梢滴着水珠，脸上还有水痕，眼眶里红红的，泛着泪光，确实是刚吐过洗了把脸的样子。

他把她领进小屋，让她斜靠着坐在床上，并给她倒了一杯温水，等她缓一缓。

吐过之后娜塔莎的醉意似乎消退了一些，但人看起来有些虚弱。

这个蜗居，是夏天跟朱欢好上之后，第一次领其他女人进来。蜗居虽小，但朱欢每次来都要收拾一番，因此显得很是温馨，各种小零碎，都经过朱欢的打点，她的影子和气息可以说是无处不在。

书桌上，朱欢放了一个相框，是她最得意的大头照，她要求夏天每天早上醒来第一件事，就是看看她的照片，说这样可以保证他一天都不会对别的女孩子有邪念。夏天曾调侃她道，你又不是钟馗，让百鬼不敢近身，再说，真有这么漂亮的钟馗，鬼全来了。

此刻，相框里的朱欢，笑容明媚，一双丹凤眼含情脉脉地瞪着夏天，一个德国女鬼子，正坐在他们的欢床上。

这个酒后的德国女鬼子，面容清减，头发金黄，长腿微微蜷曲，皮肤白得发亮，眼睛像波斯猫一样半睁半闭，似乎收敛了全部野性，显出一副弱不禁风的娇羞模样。

斜靠着坐在床上的娜塔莎，并没有马上要走的意思，她手里捧着夏天给她倒的那杯温水，一小口一小口地抿着，完全没有刚才喝酒时的豪放模样，她边喝边安静地打量充满朱欢特色的小屋，目光尤其会驻足在朱欢留下来的女孩子的小零碎上面。

夏天本着人道主义精神，考虑到她刚刚吐过，也不好太着急地催她，想让她喝完这杯水缓缓神再说。

夏天是头一回和一个外国女孩单独共处一室，又是在这样一个酒后的深夜，而这个酒后性感外露的女孩还是自己女朋友的闺蜜，他觉得已经有一种充满负罪感的暧昧在小屋弥漫，虽然他认为自己对娜塔莎没有任何邪念，或者说自己的邪念被他和朱欢的伟大爱情压制得没有任何冒泡的机会。

倒是娜塔莎先说话打破了他们之间短暂的沉默："你知道吗？这是我第一次到一个中国男孩子的家里。"

"对啊，又是大晚上的，而且这个男孩还是闺蜜的男朋友。"夏天干脆赶紧把他们目前的情形补充完整。

"虽然你是我闺蜜的男朋友，但我对你却一直有邪念，尤其是今天晚上，因为我和朱欢的眼光是一样的。"夏天没想到娜塔莎说话这么直接，而且明知道自己是邪念也要表达出来，因此，她嘴里的邪念夏天听起来又像开玩笑。

"我可不敢对你有邪念，要不朱欢非把我吃了，你可不知道，朱欢咬起人来很残忍的。"夏天半开玩笑半认真做害怕状。

"我可能很快就要回东德了，回去之后很快就会被西德统一了，那会是一个全新的世界。如果不是德国统一，我都考虑过找一个中国男孩子在中国留下来，现在看，这会是我在中国留下的一个遗憾。"娜塔莎的话绕了半圈又回来了。

"带着遗憾走你就会一直惦记中国。"

"我的遗憾还在于我没有机会真正了解一个中国男孩子。"

"你说的真正了解是几个意思？"

"就是那种真正的了解，是男人都懂的。"

"中国喜欢你的男孩肯定大把的。"

"你跟他们不一样。"

"马克思说没有爱情的婚姻是不道德的。"夏天听她越说越直接，急得把马克思都抬出来抵挡她的进攻。

"我并没有说要跟你结婚，而且，这话好像不是马克思说的。"马克思的事看样子娜塔莎门儿清，不好糊弄。

"可我跟朱欢是要结婚的，朱欢很爱我，我也爱她，我不想伤害她，让她失望。"

"但我认为，朱欢到了德国想法会变的，德国可是个资本主义国家。在资本主义社会，温情脉脉的婚纱下面，是赤裸裸的金钱关系，这才是马克思亲口说的。"

娜塔莎的这句话，正中夏天的软肋。他确认，娜塔莎在马克思主义理论方面的段位还是比较高的，而且，她的这句话，也正好点出了自己心中的担忧和疑虑。

远赴德国，首先要解决的，是面包的问题，可如果他去德国，两眼一抹黑，一切都要在德国人的地盘上从头再来，自己的专业在德国毫无优势，不改行连饭碗都找不到。而刚开始能改的行，也就是当个中国农民工，在饭馆跑堂或者洗碗，到时候，非但给不了朱欢什么，还有可能成为她的累赘。

他这段时间和卓越的通信也让他逐渐了解了一些留学生活的艰辛，美国也许是天堂，但这个天堂并不是给一文不名的外乡人准备的。优秀如卓越者，目前在美国也只有在中餐馆洗碗的资格，洗碗把手上的皮都洗秃噜了。而在国内，卓越和夏天最痛恨的就是洗碗，他俩同居时，每次为了洗碗都要猜丁壳。

"是不是朱欢一个人去德国日子会好过点，大不了她找个德国人嫁了，可以很快过上土著德国人享受的幸福生活。"夏天自言自语，脑子里电光一闪，好像想清楚了什么，但一种熟悉的沉痛的感觉又像砸夯一样袭来。他想，也许，这就是自己的宿命。

"你有一个东方男人的直觉和敏锐，这正是我喜欢你的地方。"娜塔莎酒意未消但精气神似乎恢复了，瞳孔蓝得发亮，就像一只黑暗中找到猎物的野猫。她边说边拉住夏天的手，夏天明显感觉，她的手心热得发烫。

夏天觉得自己在一瞬间变得虚弱了，心中一阵迷乱，被娜塔莎拉着的手不知道如何动作，娜塔莎顺势抱住了夏天，她的血盆大口，也向夏天逼近。

娜塔莎猩红的嘴唇，充满诱惑，同时又有一种危险的气息，让夏天在迷乱中保留了一丝清明，尤其是在她开始吞噬夏天嘴唇的时候。

娜塔莎的狂野和侵略性让夏天感觉非常被动，这反而抑制了他本能的冲动，内心的那丝清明告诉他，尽管娜塔莎性感诱人，热情如火，但这并不是他需要的宣泄方式。在充满朱欢气息的小屋，自己无法和别的女人纵情欢乐，而且，单纯的肉欲也无法让自己背叛跟朱欢的爱情，更何况，这个女人还是朱欢的密友。他不想让酒后的冲动把他们之间的关系搞复杂，或许，等娜塔莎彻底酒醒后，她自己也会后悔呢？

夏天的身体慢慢变僵，被娜塔莎吞噬的嘴唇也没有任何呼应，娜塔莎似乎感觉出什么了。她停止动作，抬头用探究的眼神看着夏天，问道："我那么没有吸引力吗？我长得很难看吗？"

夏天彻底清醒过来，他扶着娜塔莎的肩膀说："恰恰相反，你很漂亮，没有几个男人能抵挡你的魅力，如果没有朱欢，我很愿意和你当朋友，甚至你要想留在中国，我也可以考虑娶你当洋媳妇，但朱欢，她比你先到。"

夏天觉得自己这套说辞，简直如教科书一般冠冕堂皇，像电影台词一样流畅，比小曲儿唱得都好听。但这套说辞，在娜塔莎那，显然没有达到预期的效果。

"一次，就一次，朱欢到德国后，我会好好照顾她的。"娜塔莎眼神里依然充满渴望，这种渴望的眼神甚至让夏天怀疑她是不是让人下了春药，她得是多饥渴才这么不管不顾的。

"等我和朱欢分手吧，分手后我们就可以。朱欢如果能去德国，我想我会和她分手。"夏天祭出了终极杀招，但被逼出的这记杀招，似乎也是夏天内心深处的一个决断。当然，这对娜塔莎来说，其实是一个空头支票，因为按照娜塔莎所说的赴德路线图，她肯定会比朱欢先到德国。

聪明如娜塔莎，自然知道这是一张空头支票，但夏天明确说朱欢如果成功去德国，就会和朱欢分手，还是让她有些吃惊。她逐渐从情欲中清醒过来，松开了抱着夏天的手。

"朱欢如果去德国，你真的要跟她分手？那其实你现在就可以阻止她的，如果你那么爱她的话。"恢复清醒后，娜塔莎的理智又回到了日耳曼人的轨道。

"这正是我要请你帮忙的。朱欢作为一个女孩子，目前在国内找不到比去德国留学更好的出路。她去德国，会有很多发展机会。我不适合跟她一起去德国，我只会拖累她，自己也不会开心。所以我要请你帮的忙就是，一、帮她办好签证手续；二、在办成之前不要告诉她我的决定，我希望她去德国前一直快快乐乐的。而且，万一她去不成德国呢，就更没有必要让她知道了，她去不成留在北京，我还想娶她当媳妇呢。"

"我都快要被你对朱欢的爱情感动了，那我要成功帮助朱欢去德国，对你是不是太残忍？"

"因为爱她所以希望她生活得更好，在北京我无法给她像德国那样的生活。"

"但爱情是自私的，而且朱欢离开你去德国也不一定会感觉更幸福。"

"可我不想让她后悔，万一她跟我留在中国哪天感觉没那么幸福了呢？"

"好吧，我答应帮你这个忙。"娜塔莎点点头，但又好像想起什么似的嘟哝道，"我刚才还想当一个第三者，怎么这会儿会答应帮你对朱欢做这么一件伟大而残忍的事呢？"

"你这个第三者刚才可是差点成功，你知道我忍得有多辛苦吗？希望你能成为一个伟大的第三者，成全我这个残忍的人。"

"忍无可忍，其实是可以无须再忍的，我现在心里是又想让你们成功，又想让你们失败。"第三者娜塔莎说话总是那么坦诚、直率。

夏天和娜塔莎把话挑明后，两个人的关系也变得敞亮了。他们决定，晚上不摸黑大老远骑自行车送娜塔莎回学校了，他们一起在小屋好好休息一下，等有早班公共汽车的时候夏天再送她。

疲倦加酒意袭来，夏天和娜塔莎在小床上挤靠着睡着了，一夜相安无事。早上起来后，夏天主动抱住娜塔莎，在她耳边叮嘱，说昨天晚上的事是他们两个人之间的秘密，希望大家永远埋藏在心底。

临走前，娜塔莎依然吻了夏天的嘴唇，这个吻清凉芬芳，却并没有情欲的色彩。她没让夏天送，自己坐 302 路车回学校了。

这是娜塔莎在北京的最后一个夏天，夏天也许是她吻过的最后一个中国男孩。

第十三章　夏天的眼泪

接下来的日子，就进入了朱欢赴德倒计时。

他们三个喝完那场大酒后，暑期很快来临。娜塔莎结束了自己的留学生活，准备回德国，迎接两德统一后的新世界。在她回国那天，是朱欢和夏天去首都机场送的她。

这是夏天在那晚之后第一次也是最后一次见她。

即将离开中国的娜塔莎，打扮得像一个中国女孩。一双蓝靛色的高跟鞋，一件无袖滚边青花图案的旗袍，裁剪别致，腰臀各显风流，旗袍开衩恰到好处，一双长腿时隐时现。她把头发盘成了发髻，斜插着一枝青花瓷簪，满满的中国元素。据朱欢说，娜塔莎从上到下这套服饰，是她陪着去友谊商店置办的，娜塔莎几乎花光了身上所有的外汇券。

娜塔莎的妆容既立体又柔和，眉形显然是修过了，一条细长的眉线徐徐入鬓，透着几分婉约。她口红的颜色低调清淡，泛着湿润的光泽，颇有些《花样年华》里民国女人的神韵。

她见到夏天，脸上波澜不惊，像以前一样，热情爽朗地跟夏天打招呼，还半开玩笑地问："怎么样，我漂亮吗？我像一个中国媳妇吗？你现在后悔想娶我已经来不及了哈。"

夏天也装得若无其事地开玩笑道："你好不容易变成中国媳妇样儿

了，这一回德国，可找不到像我这样正宗的中国小伙子了，只能便宜你们家德国鬼子了。"

"正宗的中国小伙也不见得能娶上正宗的中国媳妇，你要小心你们家朱欢也便宜我们家德国鬼子哈。"娜塔莎明显是以当德国鬼子为荣，她还以德国鬼子式的机锋，有意无意，揭示了朱欢和夏天最有可能的结局。她的话，夏天自然听得懂。

"她真要便宜了德国鬼子，你可要保证那德国鬼子不敢欺负她哈！"夏天故意哈哈大笑，满腔苦涩却涌上心头。

"你们俩说啥呢，随便就把人便宜给了德国鬼子，美得他们。"朱欢表示很气愤。惹朱欢气愤后果很严重，因此，娜塔莎和夏天分别被朱欢掐了一把。娜塔莎和朱欢马上笑闹着互掐成一团，而夏天却被掐得神清气爽，因为他认为这是他罪有应得。

在送娜塔莎进登机口时，娜塔莎和朱欢夏天分别拥抱，和夏天拥抱时，娜塔莎也在他的腰间狠狠掐了一把，边掐边在他耳边轻声道："放心，我一定会把你媳妇拐跑的，就是要让她便宜我们家德国鬼子！"

朱欢也在这个夏天毕业，本来首都电视台是准备要她的，想把她往出镜记者的方向培养，夏天也曾带着私心劝她，说电视台也是个不少人羡慕的单位，她不妨干干试试。但朱欢赴德的决心不可动摇，夏天劝她时她还拿夏天早就脱离新闻行业说事，说夏天自己脱离了苦海，却要把她往火坑里推。

夏天说电视台这火坑有多少人想往里跳，就你觉得热。朱欢义无反顾地说，我就喜欢哪凉快哪待着，德国现在就是我的避暑胜地。

为了早日奔赴心仪的避暑胜地，送走娜塔莎后，朱欢全力以赴开始各种准备，她甚至报了一个德语速成班，天天晚上恶补德语，她给夏天也报了名，要求夏天和她共同进步。夏天不想扫她的兴，也不想过早暴露自己，便有一搭没一搭跟着上，但大部分时间是找各种理由逃课。

不过即便是逃课，夏天也力争在晚课结束时去接她。夏天心里想的是，如果她留学手续顺利，就尽量珍惜和她相处的最后这段时光。此时，夏天觉得自己对朱欢的爱情，既伟大又悲壮。

接朱欢下课时，夏天还是喜欢骑上他那辆大二八自行车，他在自行车后座上，包了一个棉垫，他跟朱欢说，这是她的 VIP 专座。

这年金秋 10 月的夜晚，夏天经常驮着朱欢穿长安街，过前门，奔宣武门到她家。

这样的夜晚，秋风微凉，扑面不寒，长安街上华灯依然闪烁，人车却渐渐稀少。

夏天会尽量把车速降下来，晃晃悠悠地骑过长安街到前门这一段儿，他们身后是天安门城楼，右侧是庄严的人民大会堂，左侧人民英雄纪念碑高耸。夏天想，他和朱欢之间的爱情，也许很快就要消逝，就像他们路过这个灯火辉煌的广场，不会留下任何痕迹，但他希望这段自行车上的浪漫和美好，可以延续得长一些，再长一些……

朱欢坐在 VIP 专座上，有点耍赖似的贴靠着夏天的后背，一只手环抱着他的腰。朱欢的手指头会不老实地调戏夏天当时还健在的六块腹肌，弄得夏天直痒痒，夏天便故意来个急刹车，让朱欢胸前的饱满结结实实顶在自己后背上。

朱欢只好抱得更紧并娇声骂道："都老夫老妻了，还这么流氓。"

"你没听说过吗，苟日新，日日新，又日新，常日常新。"夏天故意掉起文来想让朱欢听个稀里糊涂在口舌上占些便宜。

朱欢岂是易与之辈，掐指神功立马就开始发威，边掐边警告道："你就爱说这些疯话，是不是盼着我早点去德国，你就可以弃旧图新，有机会日新月异啦。"

"是啊，我现在可矛盾了，有时候希望你去不成德国，跟我在国内过苦日子，这样我就能欺负你到老。有时候又盼着你早点去德国，你去德国过上了幸福生活，就不会怪我在国内日新月异了。"夏天半真半假适时表达了自己矛盾的心情，他想用这种方式挽留朱欢，但他不知道朱欢是否能参透他暗暗下定的那个巨大的决心。

"我不管，我要先去了德国，你必须马上跟来。"朱欢依然沉浸在他们最终团聚在德国的美梦中，但夏天知道，此事并没有那么乐观。一是因为两人都办成不易，二是自己面对寄人篱下的巨大可能性时，缺乏义无反顾一往无前的勇气，即使是为了爱情。

这年的 10 月，分裂了四十多年的两德终于统一了，这让朱欢对德国的向往更增添了几分。

同样是这年 10 月，亚运村附近四环北段开通了，第十一届亚运会在北京成功举办，中国代表团大获全胜，金牌数遥遥领先，进一步巩固了亚洲体坛的霸主之位。夏天的民族自豪感水涨船高，深刻体会到主场之利是多么重要，天时地利人和才更有机会扬眉吐气。

而他留在国内的想法，也因此更加明确，因为反正也没太好的出国机会，吃不着的葡萄，自然是酸的。

在娜塔莎帮助下，朱欢的赴德手续办得非常顺利，夏天感觉，娜塔莎尽了最大努力实现让朱欢便宜德国鬼子的誓言。

这年冬天，该来的还是来了，元旦过后不久，朱欢的签证尘埃落定。

在朱欢执意要求下，夏天来到朱欢家，朱欢把夏天正式介绍给她的父母。

会见是在礼貌而不失温馨的气氛中开始的。

朱欢的父母一贯开明，朱欢虽是独生女，但他们平日对她并非大包大揽，还是尽量尊重她自己的判断和选择。可现在他们的宝贝女儿在短短时间内就做出了要远赴重洋和托付终身两项重要决定，对他们无疑造成了巨大冲击。这就好像自己珍藏了二十多年每日摩挲的掌上明珠，劈手就让人抢走了，而且从此隔着万水千山，想见一面都不易。

从朱欢父亲有些落寞的眼神，夏天能看出朱欢的父母对朱欢远赴异国他乡是既充满不舍又有颇多挂虑的。朱欢隆重推出夏天，一方面是向她的父母正式宣告夏天是她以结婚为目的的恋爱对象，一方面也是想给他们吃一颗定心丸，让他们相信不久的将来夏天办好赴德签证后，她在德国会和一个靠谱的人一起相依为命。

朱欢父母对夏天自然是早有耳闻，朱欢也没少从正面树立他的光辉形象，这回上朱欢家，夏天还是认真捯饬了一番。外套下面，是一身他出席各种新闻发布会的行头，因此，显得有几分稳重和职业范儿。见到夏天，他们还是表现了充分的热情，尤其是朱欢的妈妈，更显出了丈母娘看女婿越看越欢喜的劲头。

朱欢的父亲，大概在国家通讯社当领导有些年头了，目光便深邃了许多，跟夏天谈起的话题，免不了都是一些宏大叙事的主旋律，好在夏天有在学校辩论赛的底子，再加上这几年在国际商会也长了见识，理论跟实际有了些实实在在的联系，因此交流起来也算是四平八稳，低调从容。朱欢在旁边伺候水果，看夏天和自己父亲聊得入港，眼角眉梢都透着欣喜。

虽然只有四个人，但一桌饭菜却整得有模有样，完全是过大年的规格。朱欢父亲从酒柜翻出一瓶过期铁盖茅台，打开盖后，屋里顿时酱香四溢，倒入玻璃杯，但见酒色金黄，酒体拉黏，让人酒虫激烈蠕动。

这瓶酒除了朱欢浅尝辄止外，基本都是夏天和朱欢父亲干掉的，干完后，朱欢父亲已是微醺，夏天面不改色，但内心却已松弛了不少。

朱欢父亲对夏天酒量颇为欣赏，说有酒量有定力才是真正的男儿本色，有酒量说明身体健康，有定力才能放心托付。从朱欢父亲的态度看，他对夏天已经投了赞成票。夏天对朱欢父亲也很有亲近感，他觉得朱欢父亲和自己父亲夏山水不知道什么地方有些相似，相信他们有机会见面的话一定会成为朋友。

朱欢母亲在旁边抱怨朱欢，说朱欢应该早点把夏天带到家里来，这爷俩喝酒挺对撇子，他们要是早点认识，早就会成为一对忘年交的酒腻子。

喝完酒，话题自然转到朱欢即将赴德这个现实。夏天发现，在朱欢去德国留学这件事上，二老的态度跟自己其实很接近，一方面不愿耽误了她的前程，一方面又有骨肉分离的不舍。可如今箭在弦上，自然只能希望她安排好赴德后的生活。

大家讨论的焦点慢慢就集中到夏天如何尽快和朱欢在德国会合上来，这让夏天心中五味杂陈。夏天原是有朱欢去德国后他俩渐行渐远的准备的，而且自认为应该做一个伟大而悲壮的决断。但从朱欢父母的殷殷期盼和朱欢如此坚决地要把自己介绍给她的家人来看，自己对朱欢甚至对这个家庭似乎都有了某种责任。他只好下定决心，准备在朱欢走后，尽最大努力去拼搏一下，哪怕将来在德国道路曲折，也要勇往直前。

朱欢临走前这些天，夏天几乎天天陪着她，陪她去的最多的地方，还是秀水和红桥市场。夏天继续发挥砍价的特长，把朱欢旅行过程中和未来一段时间内要用的东西都砍齐了。砍完价后，夏天发现自己一点都没有以前的那种成就感，而且第一次为自己的囊中羞涩感到羞愧难当。

心爱的姑娘即将独自奔赴异国他乡，自己却无法为她提供任何实质性帮助，只能为这些针头线脑小零小碎抖小机灵磨嘴皮子，夏天觉得自己是如此无能和卑微，根本不配拥有这么美好的姑娘。朱欢应该过配得上她的生活，她的生活应该是富足从容，落落大方，根本不需要在跳蚤市场跟市井小贩浪费口舌，锱铢必较。

但朱欢依然是一副占了便宜后欢天喜地的样子，对夏天依然眨巴着盲目崇拜的小眼神，透露出一种不可救药的愚忠。看到朱欢这样，想到朱欢去德国即将面临的艰难困苦，夏天是既心虚又心疼。

买完东西朱欢自然是要跟夏天回蜗居，做几个小菜，喝点儿小酒，然后赖在那夜不归宿。朱欢告诉夏天，她父母已经不仅是睁只眼闭只眼，甚至是默许纵容她这样了。

那段时间是夏天和朱欢水乳交融食髓知味的美妙时光，他们把在一起的每一天，都当作最后一天来过。

朱欢的每寸肌肤，都如春花般向夏天次第开放，触手所及，敏感战栗，滚烫娇艳。她的浅吟深唱，有时波澜壮阔，有时婉转悠扬；夏天感觉自己有时是金戈铁马，有时是泥牛入江，召之能战，战之能胜，但最后终归是要缴械投降……

朱欢临行前和夏天在蜗居度过的最后一晚，在两个人几乎同时窒息般的悸动之后，夏天忽然觉得自己胸前一片湿润，然后肩头被朱欢死死咬住。此刻，夏天觉得自己喜欢这种尖锐的痛楚，欲罢不能，欲说还休，他想把这种痛楚的记忆镌刻在自己的脑海里，在骨髓中，在灵魂深处，即使将来过尽千帆，阅遍沧桑也不会忘怀。

"我好怕！"这是朱欢松开嘴后的第一句话，"昨天我做了一个梦，梦见这个小屋又来了一个女人，你被缠住了，不来德国找我了。"说罢她竟号啕大哭起来。

夏天有些心疼地使劲抱着她，忍不住用嘴堵住她的嘴，然后再亲吻她的双眼，恨不得把她的眼泪吸干。他发现朱欢的眼泪是如此咸涩，就像他此时的心情。他本想赌咒发誓，但觉得说什么都是如此苍白，他在朱欢的耳边，只轻轻说了两个字："等我。"

又是首都机场，夏天和朱欢的父母一起去送朱欢。

朱欢穿了她第一次闯到夏天办公室时的那身装扮，红色的短靴，红色的丝巾，红珊瑚的耳坠，这几抹红色，就像是跳跃在她身上的轻灵欢快的火焰，正如朱欢的名字，那是夏天第一次为她心动的颜色。

夏天心中哀叹，自己在短短一年时间，在这个地方把那么多的至爱亲朋送到了万里之外，陈露、卓越、娜塔莎……现在居然轮到了朱欢。朱欢走后，自己将独守蜗居，彻底成了孤家寡人，首都机场，简直就是自己人生的分水岭。

进入关口分手前，朱欢妈妈哭得涕泪横流，朱欢爸爸却是强颜欢笑。朱欢哭着跟她爸妈拥抱后，最后给了夏天一个湿凉的吻，同时塞给他一个信封，里面沉甸甸的，朱欢叮嘱夏天，等她进去之后再拆。

和朱欢爸妈告别后，夏天打开朱欢塞给他的信封，信封里的内容有厚厚一沓。

上面几张是办德国签证需要的各种表格，后面专门有一页是介绍办签证的详细流程：

去正义路公安局取政审表，单位盖章。

去白塔寺海关翻译公司翻译经济担保书、邀请信、大学录取通知书。

去朝阳公证处公证学历、出生证明、未犯罪记录。

去华都饭店旁边的塔院公寓德国使馆签证处办签证。

朱欢几乎把所有细节都写得清清楚楚，夏天只需照方抓药。

最后几页信纸，是朱欢写给夏天的信，信中夹着的，是二百美金。

朱欢信中写道，美金是她从她爸那打土豪要来的，应该可以覆盖夏天前期准备去德国办各种手续的全部费用，让夏天为了办正事务必把它们挥霍掉。

在信的最后，朱欢写下了大大的加粗的四个字：爱你！等你！

捧着朱欢的信和这二百美金，夏天的眼泪夺眶而出……

第十四章 酒吧关门时，我便离去

朱欢到德国几天后，信就来了。夏天忽然意识到，因为同城的缘故，这居然是他们确立关系以来的第一封长信。信中写道：

小天，想你！

于当天抵法兰克福，娜塔莎来接的我。

这几天时间非常紧，像打仗一样，但总算安顿下来了，现在向你汇报我的战斗成果。

在学校附近租了一间房，一个月300马克。房间已打扫干净也布置好了，咱们在秀水买的东西全都派上了用场。床上两个绣花枕头，一个是我的，一个在等着你。

买了一辆自行车，280马克。这是一次性投入，以后交通费就省了。

这两项花去了我一小半积蓄，但我并不担心，因为我一天就找到了两个工作。一个是在一家广东餐馆当引座员，一个也是在这家餐馆，教老板娘英文。这样不仅吃饭问题全解决了，腰包也会渐渐鼓起来。我是不是很能干？快夸夸你未来老婆吧，夸好了将来让你踏踏实实吃软饭。

在北京学的那些德语，完全不够用，好在德国人懂英语的多，基本可以对付，只是为开学后的德语授课发愁。

现在我才相信，德国的饭除了猪肘子，真的没什么好吃的，而且早晚都是西餐，凉凉的还没什么味儿，吃起来肚子疼，想起来脑袋疼。好想念北京的卤煮，你现在是不是正在偷吃？你自己偷吃可以，但不许带着别的姑娘哈。

德国的街道很干净，校园里也很漂亮，但看起来有些冷清。街上的人们行色匆匆，总是一副冷面孔，没有你在，感觉很孤独，以前的优越感也消失殆尽。

万事开头难，但我相信我会慢慢适应的。你呢，这些天好吗？娜塔莎说，这边学校给你联系好了，你可以过来学工商管理，相关材料会给你寄过去，你接到材料要加紧办哈，记着你可爱能干的未来老婆在等着你。

对了，这个周末为了欢迎我娜塔莎要举办一个家庭party，她会把她的各路亲戚朋友都请来。娜塔莎说，有很多帅小伙，但我不稀罕，我只希望你也在。

我不在的日子，你要好好保重自己，我说的保重是你首先不许瘦哦，你要代表我好好吃饭，珍惜每一顿风味纯正的中餐，把我失去的损失全部夺回来，不，要加倍夺回来！

爱你，想抱着你！

你的小蚂蚱于奥尔登堡（Oldenburg）大学城

小蚂蚱是夏天给朱欢起的外号，形容她走起路来蹦蹦跳跳有弹性，像小蚂蚱似的，以前朱欢对这个外号还有些抗拒，但在这封信中，她已经以小蚂蚱自居了，让夏天看得倍感亲切，她的音容笑貌也迅速跃然纸上，仿佛触手可及。夏天发现，他从来没有像现在这样想念她。

夏天对于朱欢提到的娜塔莎要给她介绍德国小伙子的事心里有些警觉，他意识到娜塔莎果然是言出必行，一脑门子想让朱欢便宜德国鬼子，但他又觉得有些无奈，毕竟办德国签证并不是他可以控制的事，他能做的，就是尽一切可能加快进度。

夏天在第一时间给朱欢回了信，除了汇报最近几天的行踪，主要是表达思念之情，强调自己孤枕难眠时，无论是身体还是心里想的都是朱欢。另外，就是叮嘱朱欢要好好保护自己的身体，一定要吃好喝好睡好还要不被德国鬼子骚扰。

夏天没想到，自己居然有如此絮叨的一面，和朱欢的别离，不仅让他知道自己有多么爱朱欢，而且还把这种男女之爱升华成父爱的感觉，他像每一个合格的父亲一般，对朱欢充满怜惜，不附加任何条件，只要她能幸福，自己无怨无悔。

信的落款，是被小蚂蚱撞破的大天。这也是夏天自己现在的真实写照。

信的后面，他还附上了在想朱欢的夜晚脑海里蹦出的诗句：

无题三篇　给小蚂蚱

一

小蚂蚱撞破大天

月亮连滚带爬

小星星的牙不见了

砸坏地上好多青蛙

从此再难听到

呱　呱　呱

二

一个日耳曼的老头

把新郎听成了香肠

把新娘听成了山羊

他把香肠喂给山羊

却奇怪

新娘为什么不吃新郎

三

小酒吧旋转着星空的颜色

蜡烛花蕾在自言自语

可口可乐偷喝了所有的冰块

爆米花却使劲盘问花生米

远处高楼的钟声响了吗

老板娘擦干净最后一只高脚杯

老板

为什么还不关门……

写无题三的时候，他想起了丘吉尔的一句话：酒吧关门时，我便离去。

这是丘吉尔罹患绝症，记者问他对死亡有何看法时的回答。回答完这句话，丘吉尔若无其事地抽了一口雪茄，喷出一股青烟。

在夏天看来，这句话表达了对生命的豁达与安详，它适用于死亡，也适用于他和朱欢的这段爱情。当爱情的方向自己已经无法完全把握的时候，就只能交给命运去裁决。

他现在能做的，除了按部就班加快办理赴德签证，就是在心里试着放下。

只有敢于放下，才更敢于追求；只有敢于面对失去，才能学会拥有；只有接近失去爱情，才更能看清爱情的本质；只有从爱情的墓地试着吹响口哨往回走，才知道如何更嘹亮地为爱情唱赞美诗。

当然，他也要想办法把这种豁达安详的态度传递给朱欢，要让她明白，如果将来他们能在一起，就尽情地享受他们的爱情；如果不能在一起，也要试着让她接受，生命中不仅仅只有爱情，或仅仅只有一次爱情。当缘分的天空阳光普照的时候，总会有人和她牵手，那个人也许不是夏天，但夏天一定会为她默默祝福。

只有这样，他和朱欢才会远离失去爱情的恐惧和痛苦，才会更加勇敢乐观地面对生活。

夏天感觉，朱欢此去德国，让他为了爱情这个命题绞尽了脑汁。他自己为自己炖了一锅又一锅鸡汤，并且恨不得把这些鸡汤统统打包送到德国，让朱欢滋养得白白胖胖脑满肠肥，从此只有快乐没有悲伤。

这年春节，夏天独自回到南昌，在除夕的鞭炮声中，想念着朱欢，他想给她打电话，可却没有一个找得到她的电话号码。

春晚的两首歌，让他听着黯然神伤。一首是姜育恒的《再回首》：再回首，背影已远走。再回首，泪眼蒙眬。留下你的祝福，寒夜温暖我，不管明天要面对，多少伤痛和迷惑……

一首是谭咏麟的《水中花》：蓦然回首中，欢爱宛如烟云，似水年华流走，不留影踪。我看见水中的花朵，强要留住一抹红，奈何辗转在风尘，不再有往日颜色，我看见泪光中的我，无力留住些什么，只在恍惚醉意中，还有些旧梦……

这两首歌都是让人回头看，夏天迅速坠落在这两首歌的歌词和意境中，忍不住泪眼婆娑，他想，远在德国的朱欢，肯定看不到春晚，也不知道谁在陪她吃年夜饭……

后来，很长一段时间，夏天只要去卡拉 OK，这两首歌便成了他的保留节目。

这年春晚也有让人高兴的节目，就是陈佩斯和朱时茂表演的《警察与小偷》，这个节目告诉人们，生活中的快乐和悲伤就像一对孪生兄弟，也像一枚硬币的两面，小偷偷东西得手时是快乐的，小偷被警察抓住时就只剩下悲伤了。

朱欢和夏天想偷的是这个红尘中的爱情，但红尘中的爱情如此奢侈，现实便如警察一般带来了镣铐……

事实上，这个镣铐很快就出现了。

当夏天按照朱欢的办签证指南，去正义路公安局取回政审表填好让单位盖章时，人事处老魏告诉了他一个不好的消息，按最新政策，大学生在国家单位工作满五年才能允许办出国留学的私人护照，除非你愿意付出高额赔偿。至于赔偿的金额是多少，暂时还没定，但可以肯定的是，这笔金额是一般人承受不起的，更别说是刚刚参加工作没多久的大学生。

夏天觉得不理解，说这两年刚毕业没多久的大学生出去多少了，怎么轮到他就有政策了。老魏说就是因为这两年流失的人才太多，国家才出台这项政策，夏天这是赶上了。老魏宽慰夏天，国家让你们留下来对你们来说也不见得是坏事，你们留在国内，机会应该会更多了。

也许因为夏天是他亲自从学校招来的，自认为有责任把夏天留下来好好培养，老魏第一时间把夏天要办出国留学的想法，汇报给世界展览中心总经理陆总。陆总平日对夏天的工作还是比较满意的，尤其是夏天写发言稿越来越对他胃口，他认为必须好好安抚一下夏天。

于是很快，一纸任命就下来了，夏天被任命为新闻科副科长，他是这拨大学生里第一个被提拔的。

老魏把任命书给夏天送来时，很认真地跟夏天进行了谈话，他说工作两年多就挂上衔儿，说明了中心领导对他的重视和信任，别看小小的副科长这个官在北京不起眼，这要在部队，就是副营长，到地方上，有人拼搏一辈子也就是为了这个待遇。

老魏这套说辞，对夏天其实没有太大作用。此时夏天年少轻狂，他心里想，别说科长，就是处长、局长在北京也不过如此，这并不是他的追求，他现在心心念念的，就是早日出国跟朱欢团聚。

老魏看到夏天接到任命书无动于衷的样子，继续给夏天交底，说陆总正跟业务部门协调一个出国名额，夏天近期会有机会跟团去欧洲参加一个出国巡回展览会，可以在法国、英国、德国等转一圈回来。

老魏这个说法，对夏天还是比较有杀伤力，使他暂时收起了马上辞职办出国留学手续的念头，因为，毕竟未满五年服务期限辞职的赔偿，也不是他现在能负担得起的。

夏天决定，先不告诉朱欢他办出国留学受阻的情况，他想等去欧洲参展的事板上钉钉了，给她一个惊喜，待他们在德国见面后，再商量下一步计划。当然，如何挣出国留学和交罚款的经费，也要提上议事日程。

夏天心里对陆总和老魏充满感激，从此焕发了极大工作热情，一改以前迟到早退的陋习，经常抢着为自己办公室和其他办公室打开水，表现堪当这一拨大学生的楷模。

夏天也时不时上老魏那探听消息，想知道去欧洲的那块云彩什么时候开始下雨，他好买一把大大的伞接着。

但好消息没有来，经过几个月的耐心等待后，老魏有一天灰头土脸地把夏天叫到办公室，告知欧洲行的最终结果。

陆总让业务部门协调出的出国名额，被另外一名中心领导占用了，按中心不成文的规矩，这位领导每年可以有两次出国安排，这一年，这位领导两次机会只用了一次，看上欧洲巡展了，就把夏天替下来了。陆总也不好说什么，让老魏给夏天解释一下，以后再找机会安排。

老魏还补充道，夏天吃亏在不是外语干部，虽然本人很能干，但安排出国没有过硬理由。

老魏的消息对夏天打击比较大，他本以为进了国际商会出国机会应该大把，但没想到这两年工作这么努力，且自认为比很多外语专业的综合素质更强，却一直没换来一次出国机会。这一次，已经是临门一脚了，最终还是被人换了下来。

而相比和他一起进入中心工作的外语专业大学生，却已分别有一到两次出国工作经历。每次看到他们出国回来奔走相告意气风发见了大世面的样子，夏天心里那个羡慕嫉妒恨就如滔滔江水，无法遏制。他第一次如此彻底地怀疑自己，难道自己学错了专业？如果当初他不学新闻，任何外语院校他都是可以随便挑的啊。

公费出国不顺，辞职自费留学不允，想交赔偿金又没钱，夏天发现自己在出国这件事上，已经是走投无路了，而朱欢还在德国眼巴巴地等着自己。

他找到老秋，让他陪自己喝了一顿大酒，平生第一次酩酊大醉，醉后醒来，终于清楚地意识到，他和朱欢应该结束了，酒吧关门的时刻终于来了。

因为他不可能在朱欢留学德国刚刚适应的情况下要求她半途而废，那样他就太自私了，而且，扪心自问，朱欢即使愿意回来，他能给她什么，在这样一个八平方米的蜗居里风花雪月饮水得饱？鲁迅都说过，没有物质，爱情就无法附丽，他作为一个男人，也不会有任何尊严。再说，朱欢已经见识了德国高度现代化的社会，让她抛弃眼前即将跨入的崭新的生活，也是一件拷问人性的事情，夏天在天平的这一头，已经没有任何胜算，即使有，他也不忍。

想清楚这些，夏天认为他现在能做的事，就是让朱欢接受跟他分手这个事实，是温水煮青蛙还是快刀斩乱麻，他必须做出一个选择。夏天想到的办法是，在温水煮一段时间青蛙后，再上快刀。

此后，夏天给朱欢的回信间隔时间越来越长，有时候朱欢写两三封信，自己才回一封，回信的内容也是平淡无奇敷衍了事，全然没有文采和激情。

他从朱欢来信中，知道她在德国已经渐入佳境，和同学相处得不错，朋友也渐渐多起来，社交活动也越来越丰富，他对挥出最后一刀也越来越有底儿了。

他的杀手锏，就是在信中告知朱欢他因为有服务年限要求，自费去德国留学已经不可能，他们在德国团聚的希望破灭了。面对现实，他们最好还是分手，这样他们各自都可以开始新的生活，因为远水解不了近渴，就是一个这么现实的问题。而且，他并不是一个耐得住寂寞的人，他要在开始一段新的感情前，了结他们之间的这种关系，这样也算是童叟无欺，对她有个交代。希望她放过他，原谅他，同时他也祝愿她在德国找到自己的幸福，享受在德国的生活，不要回来。

最后这封信寄出没几天，单位总机就往他的办公室转了一个国际长途，让他在线上等着，夏天知道一定是朱欢，他让总机告诉对方，这个人最近都不在办公室，不要再打电话来了。

朱欢的信也很快到了，问了他无数个为什么，说夏天即使来不了德国，她研究生毕业后也可以回国跟他团聚，她不相信夏天这么快就找到了新欢，她需要夏天做的，就是老老实实再等她两年。朱欢来信的信纸上，有明显水痕，夏天想象她泪湿纸笺的样子，心如刀绞。

但他知道，再过两年，自己也不会有太大起色，而两年后的朱欢，已经有无数可能性，自己绝对不能成为她前进路上的绊脚石，让她放弃她梦想中的现代生活回到依然是百废待兴的国内。这关乎他作为一个男人的荣耀和自尊，因此，他和朱欢这辈子注定是有缘无分。他心里清楚，自己那点可怜的自尊又开始作祟了，无药可救。

为了断朱欢的念想，他干脆到学校临时拉了一个比较熟悉长得还算水灵的学妹，跟她拍了一张貌似亲密的合影，封到信封里寄过去，一个字都没留。

从此，很长时间，朱欢再没有音讯……

2003 年春天的北京，SARS 肆虐，一个国际长途，直接打到了夏天的手机上，夏天犹豫了一下，还是接了。电话那头，是朱欢。

"你还好吗？"朱欢一开口，夏天就听出来了，虽然电话里噪音非常大，明显信号不好。

"朱欢，是你，你也还好吧？你怎么会有我的手机号码？"听到朱欢声音，夏天心中波澜骤起。

"我挺好的，谢谢你抛弃我。"听起来像是抱怨，但朱欢的声音平静优雅，云淡风轻，她并没有解释怎么知道夏天手机号的。

"是不是让娜塔莎说中了，你便宜了德国鬼子？"夏天也不知道这时候自己怎么会问出这种问题。

"嗯，本来想便宜你的……你结婚有孩子了吗？"

"女儿快一岁了，她妈妈带她回哈尔滨躲 SARS 去了。"

"我也有两个孩子了，你要多保重，注意安全……"

电话里噪音越来越大，就像有一阵狂风骤然刮起，狂风过后，一片寂静，他们还没来得及告别，电话就断了，朱欢似乎也随着这段电波从此消失得无影无踪……

第十五章　南来的风

和朱欢的分手，让夏天开始重新审视自己的工作和生活。

他不得不承认，刚毕业时意气风发顾盼自雄的夏天已经跌落到尘埃里了，在这个广阔的大社会，在他深爱的北京城，他其实什么都不是。

每一幢拔地而起的高楼里，没有一盏是属于他的灯火；每一辆呼啸而过的汽车上，都是别人在把握方向；每一场饕餮盛宴中，他喝的都是别人的酒；每一个让人蠢蠢欲动的机会前，他不是仰人鼻息就是悲惨出局；而那些能让他心动的姑娘，都想去看看外面的世界，外面的世界很精彩，外面的世界对他来说很无奈……

现在，他总算认清一个事实，即使努力奋斗了好几年，自己依然是一个无产者。

于是，有一首歌，在他心中雄浑地响起：从来就没有什么救世主，也不靠神仙皇帝。要创造人类的幸福，全靠我们自己！我们要夺回劳动果实，让思想冲破牢笼。快把那炉火烧得通红，趁热打铁才能成功！这是最后的斗争，团结起来到明天，英特纳雄耐尔就一定要实现！

是的，就是这首《国际歌》，夏天认为，他从来没有像现在这样能领悟这首歌里的精髓，他觉得这首歌简直就是那个法国人欧仁·鲍狄埃穿越百年对他的耳提面命。他就是这首歌中一无所有的劳动群众，劳动群众要想翻身得解放，绝不能依靠救世主，要创造自己的幸福，全得靠自己，要解放思想，艰苦奋斗，只争朝夕，英特纳雄耐尔才有可能实现。

为了实现英特纳雄耐尔，夏天决定对自己的生活进行重新规划，规划的重点，就是在不太长的时间内打下一定经济基础。经济基础决定上层建筑，只有经济基础搞好了，才有机会站上更高的平台，拓展自己的事业，获得更多的自由，这个自由包括不再仰人鼻息的自由，包括到外面的世界随便看看的自由……

但怎样才能更快更好地打下经济基础呢？

就在夏天苦苦思考出路的时候，一个老人在南海画了一个圈，这个圈把南海的浪花变成了全国上下的波涛汹涌，也如醍醐灌顶，让夏天有一种顿悟的感觉。

他更加坚信，百无一用是书生，他今后应该更像商人一样思考，要更加熟悉商业世界的规则，也要想办法看透国家经济和金融运行的本质。只有这样，他才能大处着眼，小处着手，快速完成原始积累。

他环顾四周，大部分人把所有激情，都投入到火热的商业大潮中，下海，像下饺子一样下海，几乎变成全民的运动和狂欢。商海中，浪花飞溅，每个人都在追逐或许有或许没有的挣钱机会，都想从浪花中抄上属于自己的大鱼。

他体会到，主观能动性确实是一样可怕的东西，它让人欲望开闸，可以激发无穷想象力和创造力，或许还有破坏力，破坏枷锁，也破坏规则甚至法律……

他很羡慕在物资系统和商贸系统的同学朋友，他们一开聊，不是钢材，就是煤炭，或者是原油和进口小轿车指标什么的，随便一笔买卖，都是打两块钱飘一个亿的，本钱很小，只要找对关系，就能发大财。

他自忖，自己资源有限，也没有可以批条子的干爹，只能发挥自己的专业和资讯优势，内引外联，捕捉机会。当然，还可以挖掘一下这几年积累的人脉和经验，用自己还算灵光的头脑努力整合，寻找突破点。当然，他所谓的人脉，也暂时脱不开他曾经的同学师友。

可谓是人同此心，心同此愿，很快，他还在读研究生的本科同班同学王克俭就找上来了。

按王克俭的说法，这几年读研究生亏大了，同学们都在上班挣钱，自己却还在吭哧吭哧写论文，一个月系里只发500元，全靠家里接济，嘴里都淡出鸟来了，实在是好生无趣。他必须想办法解救自己，而解救自己的方法，就是和夏天一起组织新闻发布会。

原来，他知道夏天这几年通过举办上百场新闻发布会，和首都各大媒体建立了相当密切的联系，很多记者都是夏天的朋友，有夏天招呼，记者的到会和发稿都有保障。于是，他就发挥自己在学校消息灵通的优势，大包大揽了财政系组织的面向全国高校的研究成果发布会暨新书推介会的宣传工作。

全国性会议又要推介新书，如果有权威媒体的报道一定会更好地扩大会议影响也更方便卖书，宣传预算自然是不在话下。

发布会圆满成功，媒体报道很踊跃，书订购量不小，财政系领导也很满意。这次发布会夏天和王克俭的劳务收入1200元，每人分得600元，相当于夏天三个月工资，王克俭十二个月研究生经费。

这次发布会让他们尝到了甜头，也赢得了口碑，从此一发不可收拾，以后学校类似会议宣传都让王克俭给包了，学校也成为王克俭和夏天合作服务的第一个稳定的重要客户。为此，王克俭还专门注册了一个广告公关公司，一方面方便走账，一方面期望今后做大做强。

这个公司，可以说是王克俭和夏天初次创业的试验田，由此，他们后来开展了其他合作。但他们后来的合作，一度让夏天陷入绝望的境地，这是后话。

远在美国的卓越也能感受国内下海潮形成的震荡，果断放弃了原来政治学专业的学习，改学了商业经济管理（MBA）。他在来信中告诉夏天，MBA其实是一种商业语言，掌握了这种语言，就相当于在商场获得了行走四方的通行证，学过MBA的人，你一开口，人家就知道有没有，所以夏天也一定要想办法补上这一课。

卓越的提点，让夏天觉得非常惶恐，自己一脑门子创业的想法，但知识短板是如此明显，一开口就有可能露怯，更别说有章法地攻城略地了，他决定想办法恶补这方面的知识。无巧不巧，他居然在单位门口报亭的书摊上，发现了一本《十二小时 MBA》。

能在报亭出现的书，自然绝对是畅销书，夏天心想，这简直就是一个人人 MBA 的时代，自己如果不能把这本书嚼巴嚼巴咽下去，就是这个时代的落伍者，就将会被这个伟大的时代抛弃。他立马把这本书请回去当《圣经》一样虔诚地研读，但发现，这本书的艰涩程度对他来说也如同《圣经》，每个字他都认识，可这些字组合起来，却语焉不详，如隔靴搔痒，短时间很难开悟，更别说十二小时。他唯一明白的，就是以他目前的商业经验，很难理解这本书里浓缩的精华，就像没有跟着使徒行者迁徙万里，很难真正理解《圣经》的要义。

卓越告诉夏天，他在美国注册了一家公司，叫世纪联洋，取意跨越新世纪，联接太平洋，他要用这个公司，为太平洋两岸的中美两国，搭建贸易合作交流的桥梁。他已经联系了很多国际商会的老同事老领导，展开各种合作项目的可行性论证，他在美国负责接应，希望夏天在国内帮着联络，他们携起手来，打开经贸合作通道，创立一份属于兄弟们自己的共同事业，实现当年他们刚认识时在中秋月夜下金色池塘中立下的誓言。

卓越的这番宏伟规划，让夏天听得热血沸腾，他把自己的大部分业余时间，都用在卓越指示的商业机会上。

卓越在美国继续发挥了善于跟人交流的特长，联系了不少想打开中国市场的美国厂家，有想出口建筑保温材料的，有想出口电流电压测量仪的，有想出口医疗器材的……总之，跨度之广泛，品类之繁杂，让夏天应接不暇。卓越叮嘱夏天，除此之外，国内任何公司有进出口需求的，都可以找他，他都会想办法在美国帮着对接上，他还很老到地提示，最好跟厂家直接联系，减少中间环节。

卓越以一种在美国学的 MBA 的视野规划他和夏天的生意模式，

让夏天对国际贸易有了更多的了解，也产生了更浓厚的兴趣。

读完 MBA，卓越从寒冷的北达科他搬到全美宜居城市西雅图。卓越说他搬到西雅图会是他人生一个重要转折点，在西雅图，意味着更多的工作机会，更高端的交流平台，更丰富的资讯，更广阔的人脉，他一定会找到更多靠谱的项目，夏天只需进一步熟悉国内外的商贸规则，到时候能接得住就行。

夏天跟着卓越忙活了一段时间，虽然成果寥寥，但对国内外市场有了比较多的了解，更重要的是，他内心那颗创业的种子迅速膨胀起来。他决定两条腿走路，一方面，要争取一次充电的机会，完成国际贸易方面知识的更新；另一方面，他也要在国内如火如荼的市场寻找发展机会，因为很多创富神话，正在全国各地如雨后春笋般上演。

争取充电的机会还比较顺利，他向中心人事处提出希望到外经贸学院脱产进修一年，以强化自己的外语能力，提升对外贸易合作业务水平，将来可以更好地为中心做贡献。陆总和人事处处长老魏可能是因为上次出国的事觉得对夏天有亏欠，一点磕巴没打就同意了。

临去学校报到前，老魏语重心长地对夏天说，你小子学成之后翅膀硬了可别不回来啊，陆总对你一直是很看好的哈。

而国内的发展机会，则和他父亲夏山水一年前奔赴海南有很大关系。

海南 1987 年建省之后，十万人才下海南，连夏天在大学毕业时都差点一冲动就上了岛，后来虽然还是选择留在了北京，但海南对他来说一直是一个充满诱惑力的地方。

五指山，万泉河，天涯海角，椰风树影，金色沙滩，奇珍异果，生猛海鲜，清新空气，热带风情，还有那插根木棍就能生长的神话……

这个神话先把他父亲夏山水吸引到海南。他父亲搞了一辈子教育，可以说是桃李满天下，在学校时，尤其擅长跟调皮捣蛋的学生打交道，他关键时刻的点拨和仁心仁念，往往对一些学生的一生都有重大影响。

把他父亲请到海南的是他曾帮助过的学生朱龙涛。朱龙涛在海南建省伊始就随十万大军杀到海口，成为第一批"闯海人"。他吃过人才交流中心组织部招待所七毛钱一顿的人才饭，睡过两块钱一晚十几人的大通铺，他来海口时全市最高建筑是只有五层楼的华侨大厦，全市最热闹的地方就是海府路和海秀路交界的三角池，那是当时人才和信息的集散地。他在几年的时间里拳打脚踢，建立了一家不大不小的公司，手里操持着几个有一定规模的农业项目，还参股了一个橡胶园。但他感觉要把公司做大遇到了瓶颈，尤其是在跟政府打交道的时候，经验明显不足经常镇不住场面，于是他想到了自己的老师兼学校领导夏山水。

夏山水此时正离退休时间不远，窝在内地城市南昌颇有些壮志难酬的感觉。自己帮助过的学生诚意相邀，加上那片热土的吸引，激发了他人生从头来过的雄心。他跨山渡海，开始和朱龙涛一起在海口打拼，担任公司总顾问，总揽政府关系相关事宜。

经过一年左右并肩作战，他们配合越来越默契，公司也得到了当地政府农业部门的认可，几个项目都成了示范项目，为公司下一步扩张打下了基础。

谋划下一步扩张时，朱龙涛想起了夏山水老在嘴边念叨的夏天，他热情邀请夏天到海南相聚，共商公司发展大计。

接到朱龙涛邀请，夏天很是兴奋，他充分研究了公司的资料后，马上在北京展开了调研和咨询。他第一个想到的就是吴敏波，这个大学时期的师兄兼散打师傅，这几年发展很好，已经是国家农村发展研究中心的一个处长了，国家很多农村发展政策方面的纲领性文件都是他执笔起草的。

夏天把海南公司的情况跟他一介绍，他惊呼真是无巧不成书，说他正在研究的一个课题就是热带农业的发展和反季节瓜菜的种植，他本来最近就要安排去海南的行程，可以顺便把海南公司作为一个典型案例进行深度挖掘。

夏天把吴敏波的研究课题跟朱龙涛一介绍，朱龙涛当即拍板，一定要夏天拉着吴敏波到海南公司来一趟，请吴敏波给公司号号脉，为公司下一步发展指出一条光明大道。

夏天和吴敏波乘坐的飞机在海口大英山机场降落，夏天没有想到，这居然是一个坐落在市中心的机场。飞机下降接近地面时，夏天几乎都能看清街上有人捧着椰子喝椰子汁的样子，而飞机的机腹，似乎也是擦着地面的楼房一掠而过。

朱龙涛亲自开着一辆丰田陆地巡洋舰来接的他们，和朱龙涛一块来的，还有夏天父亲夏山水。

夏天已经有近一年没见到父亲了，他发现，这一年时间，父亲身上发生了巨大的变化。变化最大的，是他的精气神。他的皮肤被海南充沛的阳光晒得黝黑，身材也变得瘦削结实，他的眼睛犀利有神，就像夏天记忆中他年轻时的样子，妥妥的一枚帅老头。他的举手投足，也少了文质彬彬的学究气，已经有一种潇洒自如的儒商味道了。

他和朱龙涛是第一次见面。据夏山水之前介绍，朱龙涛在上大学前当过特种兵，头脑和身体反应有超出常人的机敏，为人很讲义气，是值得一交的朋友。和朱龙涛乍一相见，夏天便知父亲所言非虚。朱龙涛给人第一印象是身形强悍，精力充沛，笑容温和，充满了男子汉魅力，夏天不由得对他产生了一种亲切感，很快便以大哥相称。

第十六章　海南岛和狮子楼

接到夏天和吴敏波时，已是傍晚，朱龙涛直接开车把他们带到当时最火爆的狮子楼大酒店接风。

从大英山机场下来到狮子楼所在的海秀大道只有三四公里，一路上车水马龙。

沿路起了不少新楼，楼顶上霓虹灯争先恐后开始亮起来，争奇斗妍地闪烁着，空气中弥漫着潮湿妖娆的气息。马路上跑的，大部分是夏天在北京没怎么见过的进口汽车，日本的、欧洲的、美国的……各种牌子的都有，这黄昏的大街上，像开了一个万国车博会，让人目不暇接。

听到夏天为满大街外国车惊叹，朱龙涛解释道，这就是中央给海南的发展红利，前几年从海南岛进口的汽车关税很低，有的甚至免税，很多从海南倒汽车到内地卖的人都挣了不少钱，成了海南的第一批淘金成功者。这两年中央把这项政策停了，进口车出不了省，很多砸手里了，要有机会到海口附近的农村参观，就会看到很多人家的后院都趴窝了不少用帆布盖着的进口小汽车。

他还介绍，现在最火的是房地产市场，海府路和海秀路沿线最近都在大兴土木，公司正考虑选择适当的项目入手。

下飞机伊始，在短短的十几分钟时间，各种新鲜的信息就混合着

炽热的海风扑面而来，

夏天感觉此时的海南真是一个热得发烫的地方，瞬间就能把人的血液点燃。

过了南大桥，就是狮子楼。名曰狮子楼，既无狮子，更非高楼，但这座看起来不是那么巍峨的二层建筑，在这条街上却有些虎踞龙盘的味道。

狮子楼跨度近百米，整个外楼面几乎被霓虹灯包裹住，霓虹灯变幻着诱人的流线，就像波浪中摇摆的舞女，一波未平，一波又起。从楼顶往下，8万盏"满天星"灯盏顺着棚顶垂落，形成闪亮的幕墙，和霓虹灯光交缠辉映，难解难分，似梦似幻，整个楼看起来就像一座平地而起的水晶宫殿，让人忍不住要探个究竟。

朱龙涛隆重推介说，当地有句话，不到狮子楼，不算到海口。狮子楼楼上楼下二百多张台面，可同时容纳上千人就餐，号称"东南亚第一大排档"，外地来海口的，到狮子楼吃一顿是必修课。

朱龙涛告诉夏天，狮子楼的雷老板跟他父亲夏山水颇有渊源，雷老板也是从南昌过来的，曾经是夏山水的学生。他在南昌狮子楼开得也是风生水起，便把南昌成功的模式移植到海口，到海口后，更是一发不可收。两年时间，狮子楼就成为海口餐饮业招牌企业，连国家电视台《东方之子》节目都采访过他，把他作为一个闯海创业的典型人物来介绍。虽然他很成功，但对夏山水非常尊敬，说夏山水对他有知遇之恩，所以夏山水每次到这儿来请客吃饭，只要他在，都会过来敬酒。

夏天听朱龙涛介绍，感觉这个雷老板好似另一个朱龙涛，觉得自己对父亲又有了另一层认识。父亲大半辈子教书育人，苦口婆心，诚意满满，在学生心目中，就像一个值得信任和依赖的老大哥，这些学生成长起来后，都把他当作朋友圈中不可或缺的一员。他这些年，算是没有虚度，将来回首往事，也一定是心安理得，平静快然。

吃饭过程中，长得敦厚微胖的雷老板果然出现了，在和夏天干杯时还戏言，将来如果有机会，要把狮子楼开到北京去，到时候夏天责无旁贷，一定要鼎力相助。

因为父亲的这层渊源，夏天对狮子楼后续的故事一直非常关注，所以几年后狮子楼刀枪相向，血雨腥风，大戏不断，最终盛极而衰，突然死亡，也让夏天唏嘘不已。这是后话。

这顿饭，夏天算是见识了正宗的海南风味。海南的四大名菜文昌鸡、加积鸭、东山羊、和乐蟹，自然是一个都不能少。椒盐文昌鸡皮薄骨酥，肉质香滑，柴而不老，让人欲罢不能；白切加积鸭肥而不腻，和北京烤鸭比是另外一种清新风味；清蒸和乐蟹膏肥肉嫩，鲜而不腥，入口回甘；最让夏天心动的是带皮东山羊，肉肥汤浓，腻而不膻，在海南辣椒的佐引之下，吃得是热汗淋漓，口水飞溅。

除了主菜，椰子饭、椰丝糯米粑、椰子酒、椰子汁……也构成了这顿饭的椰风系列，这都是只有到海南才能享受的人间美味。

当然，还有海南米粉，夏天觉得，狮子楼的海南米粉和南昌米粉有异曲同工之妙，不知是不是因为老板是南昌人的缘故。

狮子楼的另外一个特色就是堂会的演出。雷老板斥巨资在酒楼大厅中央位置搭建了一座豪华舞台，音响、电子屏幕、服装、道具、乐器都是国内一流水准，除了有自己创建的国内第一家企业京剧团——狮子楼京剧团常年驻场演出外，还遍请全国各地名角轮番表演，每周的节目都不带重样。岛内外慕名而来的食客，不仅能饱餐特色菜肴，更能欣赏到群英荟萃的精彩演出。

因此，这座狮子楼每晚都是火树银花，人头攒动，锣鼓铿锵，琴声悠扬，成为海口一景，也成为一种独特的文化现象。后来风靡全国的刘老根大舞台，也处处能看到狮子楼的套路，但和狮子楼不同的是，刘老根大舞台门票价格不菲，狮子楼却是吃喝之余常年不售票演出，来此一遭，既能满足口腹之欲，又能大饱眼福，这个地方，想不火都难。

什么事情做到极致就有机会上升为艺术，一座南海之滨的小小酒楼也如是。

带着在狮子楼精神文明和物质文明双丰收的满足和喜悦感，以及这种感觉带来的启发，吴敏波和夏天认为有必要在更高的标准下对公司进行诊断，并做好顶层架构的设计。做这种诊断和设计，吴敏波当仁不让。

作为国家研究农村发展的技术型官员，吴敏波既懂得国家制定农业政策的原则，也了解政策执行的边界，更知道如何争取国家政策的扶持，还拥有相关领域的人脉。尤其关键的，他本人正在研究热带农业的发展和反季节瓜菜培植，这一切，都和公司目前的需求无缝对接，请他过来帮忙，简直是天作之合。

吴敏波的到来，让朱龙涛精神异常亢奋。第二天一早，他就把吴敏波请到公司，把公司的家底、现阶段几个项目的进展、后续扩张遇到的问题和盘托出，请吴敏波从整体上做一个指导。

因为和夏天的关系，吴敏波也没有客套，他单刀直入，对公司的优势和劣势进行了一个客观的分析，并对下一步如何行动提出了建议。

他认为，公司在海南已耕耘了好几年，有一定先发优势，对海南的生态和环境有较深刻了解，手头有实实在在运营的农业项目，这几个项目做得比较规范并产生了不错的现金流，这些，都是下一步发展的基础。

但如果按高标准要求，公司的短板也比较明显，主要包括几方面：一、目前运营的农业项目规模还不够大，农业产品特点不突出，市场竞争也比较激烈；二、公司的业务结构相对比较单一，抗风险能力较弱；三、公司后续发展会面临资金短缺问题，目前还没找到太好的解决方法；四、公司对外贸易的合作机制尚未建立，产品销售拓展的空间不够广阔。

基于以上分析，他提出了几项建议：一、现有几个农业项目，在产品上可以做一些调整。根据他对国内外热带农业发展的研究再结合海南实际情况，他认为除了种植传统的海南辣椒和西瓜外，还可以引进一些市场上比较热销又适合海南土壤气候条件的水果品种如火龙果和百香果等。在农业技术上，也可以引进自动浇灌和灯光照射设备，既节省人力，节约成本，还可以缩短成熟期，提高出果率，增加单位面积产能，强化竞争优势。在产品管理和品牌方面，要执行绿色农业的标准，推广绿色农业的概念，提高产品附加值。吴敏波承诺，在农业技术的引进方面，他会介绍国家农科院的专家过来指导。

二、公司除农产品种植外，还要加强产业链的整合，增进上下游的协同合作，建立风险共担机制。要结合市场形势，开展多种经营，用足用好特区政策。关于特区政策的使用方面，吴敏波解释，他在北京事先联系了自己比较熟悉的省里农业管理部门的领导，这次到海口，会跟他们做一个交流，到时候公司可以当面向领导请教。

三、关于后续发展资金问题，国家现阶段对海南特区有非常特别的政策，优质企业可以发行企业内部股面向社会募集资金，他建议公司可以按照快速、稳健的策略，在不影响公司治理结构和不超出公司承受能力的情况下，面向社会募集一笔资金，一部分用于农业项目的投入，一部分切入刚刚兴起的房地产市场，迅速扩大公司经营规模。

四、对外贸易的合作机制建设，可以让夏天参与进来，借助国际商会的海外触角和资讯优势，打开农产品出口市场。为此，建议专门成立一个贸易公司，既可做自身农产品的出口，也可收购当地质量和口碑都过硬的产品扩大外销。

吴敏波对公司的分析和建议，让朱龙涛和夏山水听得频频点头，兴奋之情溢于言表，也让夏天对他骨折式的仰望更加坚定。他心里清楚，吴敏波此次为这家小公司会诊，是杀鸡用了牛刀，但谁让他是自己的师兄兼师傅呢。

吴敏波之后的行程中，和海南当地的各个相关机构进行了全方位交流，深入田间地头，获得了大量第一手资料，形成了一篇很有分量的工作报告，圆满地完成了自身的工作任务。吴敏波后来成了国家制定农业政策的关键人物之一，海南之行，夏天算是充分见识了他的聪明智慧。

朱龙涛对吴敏波的建议照单全收，而且，当即跟夏天商量，建立北京办事处，由夏天先利用业余时间帮助打理，并希望夏天在不久的将来，加入到海南公司的创业中来。

经过吴敏波诊断，通过自己在海南这些天的耳濡目染，再加上和父亲夏山水深夜长聊，同时感受到朱龙涛的热情和诚意，夏天意识到这也许是一个人生机会，而自己又正好在进修期间，时间比较机动，于是答应了下来，并开始认真考虑如何开展北京办事处的工作，做到学习工作两不误。

按照吴敏波的建议，海南公司迅速展开行动，朱龙涛首先变更了公司名称，从此，海南标特实业有限公司正式成立。朱龙涛解释，标特是英文"beauty"的谐音，取建设美丽海南，共创美好绿色农业的意思。

除了变更公司名称，公司后续还采取了两个大的动作。他们通过吴敏波介绍的农业专家指导后改进了生产技术，增加了种植品种，迅速提高了产能和产品附加值。为扩大生产规模和公司下一步发展，在得到当地相关管理部门同意后，开始向社会募集资金，受让部分企业内部股。他们听从了吴敏波的建议，在采取这个动作时，充分考虑了自身的承受能力和回报能力，避免夸大宣传，避免盲目扩张资本盘，在当时海南全省都陷入资本狂欢时保持了一份清明。这份清明让公司在一年后政策风向突变，面临资本挤兑时逃过了突然死亡的厄运。

资金募集到位后，他们又采取了第二个动作。在保证农业项目投入的情况下，大手笔在海府路的繁华地段买了半层楼。按朱龙涛的想法，本来是想买一层的，这样方便公司封闭式管理，但公司会面临比较大的现金压力，因为此时楼价已经比之前涨了不少。

吴敏波此次赴海南调研，其实也关注到海南全民炒房的现象，也看到全国各地资金参与这场饕餮大宴的疯狂，心中已经有些隐隐的担心。他从身在海里高屋建瓴的视角，认为这种现象的可持续性要打一个问号，这就是一个击鼓传花的游戏，不知道谁是最后一棒，而且，这最后一棒可能会很快浮出水面。

他把自己的担心告诉夏天，让夏天转告朱龙涛。夏天一贯深信吴敏波的判断，而且自己也有同感，便和父亲夏山水一起力劝朱龙涛放弃买下整层楼的念头。朱龙涛也算是从善如流，收敛了自己迅速做大做强的冲动。

一年多以后的现实证明了他们及时止步的正确，尽管买下的半层楼贬值了不少，但公司在现金流方面并没有太大压力，还是可以保证农业项目的可持续运转。况且，只要楼在，谁知道几年以后的价值又是怎样的光景呢？

在海口期间，夏天联络上了大学哲学系同级校友兼江西老乡钟哲峰。钟哲峰自称老表钟，大学毕业时在海南大开发热潮中主动加入了闯海大军，被分配到省政府政策研究部门工作。和他一起到海口的，还有几十个其他专业的同学，大多分配在各个省直机关，可以说，他们都是怀着共同的理想从北京跨越千山万水来到海南这块热土的。

根出同源，加上共同的理想，让这些同学凝聚力超强，这超强凝聚力，也体现在对外地来琼同学的接待上。老表钟一通电话，一场接风活动就安排妥了，这些同学，只要在海口的，一个都不能少。

因为是周末，海口这帮同学又是以单身居多，接风活动便安排在距城区三十公里左右的东寨港红树林保护区的红树林餐厅。这样，大家既可以和外地来的老同学叙叙旧，喝喝酒，品尝一下东寨港的特色美食，还可以顺便进行一次郊游，让夏天也见识一下红树林保护区内独特壮观的美景。

从市里到红树林保护区交通非常方便，坐旅游 4 路半个小时就到了，大家在红树林餐厅集合。

除了夏天和老表钟，参加聚会的还有计划系的老秦，贸易系的老龚，经管系的老姬，经济学系的阿维、阿强和阿宏，中文系的老武和阿莲，法律系的阿登，人口学系的老周，党史系的阿萍……还有一位是当年在学校有不少人暗恋的校花，哲学系的甘燕雪。

见到甘燕雪，夏天跟同是哲学系的老表钟开玩笑："毕业后大家都打听著名校花甘燕雪的去向，没想到是被你拐到海南这个天涯海角来了。"

老表钟接得很快："你看，我也没金屋藏娇，这不把她带来了，北京的同学们应该放心了吧，现在过来追也许还来得及哈。"

"你们这些个男生，当年没几个胆大脸皮厚的，要不我早就让人追跑了，也不会像现在沦落到天涯海角来。"甘燕雪说起话来也是热情大方，就像海南的天气那样明艳爽朗，全没上学时有人在背后议论的燕山飞雪大如席的矜持样。

"这我可以作证，"中文系的老武在旁边使劲敲边鼓，"我们班的团支书阿辉就是甘燕雪的忠实粉丝，一直念念不忘，见了她却从不敢搭讪更别说吐露心声，只知道在东区食堂排队打饭的时候尾随，现在估计肠子都悔青了。"

贸易系的老龚也赶紧加入揭发的队伍："我们班的郑高峰也是，上次去北京，还给我们看他专门学的画，画的全都是他记忆中的甘燕雪，找不着甘燕雪，他急得连中医也要学了，学好了好给自己抓方子熬治失眠的中药。"

几句玩笑话一开，大家很快就找到大学校园无拘无束自由自在的放松状态。老表钟悄悄告诉夏天，据说甘燕雪到海南来也是为了爱情，应该是已经名花有主了，只不过大家谁都不知道那个幸运儿是谁。夏天心想，自己回北京要是见了阿辉和郑高峰，这个不是那么美妙的消息，是告诉他们呢还是不告诉他们呢？

第十七章　红树林、青芒外交和海马歌厅

夏天和参加聚会的大部分同学在学校时并没打过交道，但因为在空间紧凑的校园无数次的抬头不见低头见，他们每个人的面孔，都感觉很熟悉，几年前他们在学校时的样子，经常穿的衣服，甚至喜欢留的发型……一下子就浮现在眼前，仿佛一切都发生在昨天。

当然，经过几年的历练，他们也有不少变化。男生的胡楂似乎更厚重了，表情更沉稳了，人也更挥洒自如了。而女生，则显得更善解人意，更落落大方，也更有风情了。但他们最大的变化，是他们的精气神儿，他们本就处在意气风发芬芳吐艳的年华，海南岛这个生机盎然的地方，似乎更给了他们一种蓬勃的力量。

他们一见面就聊得热络，夏天了解到，和绝大部分闯海大军比，这些同学是比较幸运的。毕竟是名校毕业生，他们都分配在省级单位，有政府办公厅、计划厅、宣传部、外经贸委、贸易工业厅的，有公安厅、检察院和法院的，还有人口计生局、省委党校的。夏天跟他们开玩笑道，你们这些同学凑到一起，都可以组成一个海南省影子政府了，我们在这红树林餐厅可以边吃喝边现场办公了。

钟哲峰他们对这家餐厅显然很熟悉，点的都是这儿的特色菜，有四宝琼山豆腐，此豆腐并非豆制品，而是以状如豆腐脑的鸡蛋清炮制。吹弹可破的鸡蛋清配上大补的虾球、鲜鱿片、腰花、蟹黄"四

宝",不仅味极鲜美,更让人雄姿英发。有椰奶咖喱蚵,这道菜蚵肉鲜嫩Q弹,椰奶清香爽口,再加上咖喱的独特风味,让人印象深刻。有瓦罐椰奶鸡,取的是将要下蛋的小母鸡,配椰汁、椰丝和熬制好的高汤,在瓦罐中慢火焖熟,整鸡色泽、质感和味道都恰到好处,这道菜也是大补,尤其是对渴望成长的女生。还有海南墨鱼丸,用新鲜墨鱼和土猪肉配制而成,墨鱼丸色泽洁白,富有弹性,既有土猪肉的鲜美,又有墨鱼的劲道,入口爽脆,余味不绝。这些菜,让夏天领略了海南美食的另外一种风情。

他们喝的酒,老表钟介绍,是有海南茅台之称的"山兰玉液",当地黎族人用古法酿制的一种米酒。它口味醇正,味道香甜,浓而不烈,如果是在封闭的容器内放久了,开坛时便如香槟开瓶般会发出响声,所以又叫"BIANG"酒。有消食去滞、去湿防病、驻颜长寿的功效,有重要客人来了或妇女坐月子,都要喝这种酒。

老表钟的介绍,让夏天意识到自己这次和同学见面的受重视程度,已经等同于妇女坐月子了,不免有些受宠若惊。

老表钟还旁征博引,说一千年前苏轼被贬儋州疲病交加时就爱喝这种酒,这酒可以说曾救了他一命,因此他也留下了关于这种酒的诗句:寂寂东坡一病翁,白须萧散满霜风。小儿误喜朱颜在,一笑那知是酒红。

这种酒很好喝,极顺口,微辣的甜和微甜的辣,让人一喝就停不下来,于是这帮人很快个个都是朱颜胜酒红了。

这些同学对夏天出现在海口有些好奇,因为外地同学上这边出差的还是比较少的,于是问夏天是不是也有闯海打算。夏天把标特公司的情况跟他们做了介绍。他们也认为标特公司目前在做的事还是比较有前景的,纷纷表态如果需要他们一定鼎力相助。虽然夏天一时半会儿还想不出需要他们帮什么忙,但同学们的热情和真诚还是令他感动,到底是亲同学,有他们在心里就特踏实。

老表钟告诉夏天,海南同学前两年在海风堂搞了一个盛大的校友会成立仪式,当地政府很重视,有关领导专门过来讲话,鼓励同学们真正扎下根来，踏踏实实为海南的发展做贡献。现在海南校友会有好几百人，谁有什么困难，大家都会伸手帮忙。夏天这回到海口来，帮助海南公司的发展，起码算半个海南人，校友会的大门随时向他敞开。

老表钟还介绍说，以前有个深圳速度，现在这边在宣传海南速度，按目前的趋势，海南速度一定会超越深圳速度。这种趋势只要关注《海南日报》就能明白，《海南日报》现在每天的广告版面不是十几页就是几十页，不是公司成立公告就是房地产项目广告，新公司和新楼盘每天都像下饺子一样冒出来。他作为政府机关的人经常被邀请参加各种典礼，有时候一天要赶好几场，也不知为什么，这些活动动不动就发电话机，现在他们家电话机都可以批发了。

听老表钟说得好笑，夏天就问，市场这么火爆，那我们在海南的同学是不是也很有机会一举成功？老表钟承认很多同学都在摩拳擦掌，通过各种途径参与企业原始股发行，也想方设法争取在房地产项目中分一杯羹，目前他已经小有斩获。他还表示，如果标特公司需要，他很愿意分享他的一些心得。

夏天自然是求之不得。后来他把老表钟介绍给朱龙涛，他的很多建议在朱龙涛发行企业内部股时都很有参考价值。而且，他在政策紧缩前期一次关键的预警让标特公司提前动作，避免了更大的损失。

酒足饭饱后，这帮同学红着脸在红树林里溜达，夏天和老表钟边走边聊了很多。

老表钟介绍了他上岛以后的各种经历。他说，上岛以后他最大的感受就是形势比人强，虽然刚开始条件很简陋，岛上经常停水停电，但岛上的变化却是日新月异，迅猛的发展形势一直推着人走，只要肯干，能够放下身段，就一定有机会。他帮人倒过汽车，介绍过房地产项目，策划过股票发行，甚至还把当地的水货电视机倒到江西老家，一台挣五六百块，解决了弟妹上学的学费问题。他一点儿都不后悔毕业来到海南，这里有他最真实的生活，他一定会像红树林一样在这个海岛上生根发芽，开枝散叶。

夏天一边听老表钟敞开心扉，一边欣赏红树林壮观的景色。

正赶上涨潮时分，远处红树林的树干已经被潮水淹没，只露出翠绿的树冠在随波荡漾，眼前是一片辽阔的"海上森林"。森林的顶梢，一群不知名的水鸟穿梭其间，如蜻蜓点水般，激荡起浪花，那翠绿的树冠便在浪花里摇曳生姿。

而海滩近处，依然能看到红树本来的样子，它们的树干卷曲着，根茎交错着，手挽着手，肩并着肩，互相依偎，却又独立站直，它们如狮如虎、如龙如蟒、如鹤如鹰，虽千姿百态，却又万变不离其宗，一棵棵都显出了强大的生命力。

老表钟给夏天介绍，很多红树具有奇特的"胎生"繁殖现象，种子在母树上的果实内萌芽长成小苗后，同果实一起从树上掉下来，插入泥滩只要2至3个钟头，就可以成长为新株。如果是落在海水里，则随波逐流，数月不死，逢泥便生根。

老表钟还介绍，红树林具有很多其他植物所不具备的生命力。它的根、枝像交错的蛛网，十分发达，随时可以吸取阳光和水分。它的根、叶，还可以滤去使植物死亡的咸水，因此，它是唯一能生长于热带地区沿海滩涂和海水中的绿色灌木，可以说是植物界的特殊景观。

夏天心想，这些红树像极了他们这帮闯海的同学，他们从落地开始，就已经在海南这片沃土扎下根了。他相信，假以时日，他们这些红树苗，不管遇到什么样的风吹浪打，也不怕任何咸湿的环境，终究会长大成森林，成为海南最美丽的一道风景。

这道风景里，有他们的青春、爱情、友情，和他们在海南炽热的太阳下灼灼发光的梦想！

同学聚会后，夏天留下了他们所有人的联络方式，并把他们的情况给朱龙涛做了介绍，告诉他有什么需要随时可以找这些同学咨询。虽然这些同学在海南都是刚刚站稳脚跟，手里并没有那么多的资源，但对朱龙涛总是有求必应，朱龙涛也把他们当小兄弟姐妹一样交往，渐渐成为夏天海南同学圈里大哥级的人物。以后夏天每次到海口，朱龙涛都张罗他这帮同学一起到潮江春吃潮州菜，或者找一个地道的江西菜馆吃江西菜，这些饭局，都是他们在海口的快乐时光。

夏天到海口最爱干的事，是拉上老表钟到和平南路吃辣炒田螺，几斤田螺，半箱啤酒，吃着辣，流着汗，灌着冰镇力加啤酒，说不出的痛快淋漓。

当然，他们也常去吃猪脚饭，这是老表钟的保留节目。卖猪脚饭的女老板被老表钟称为猪脚西施，是个湖南妹子，长得水灵丰满，做的猪脚也是软糯顺滑，骨酥肉香，肥而不腻。妹子秀色可餐，猪脚百吃不厌，哥俩自然是乐此不疲。

建立北京办事处后，朱龙涛往北京就跑得勤了，一般是夏天先联系好合作对象，朱龙涛便扛着几箱青芒上来。

夏天初见青芒，觉得这种芒果青皮绿脑，一副生涩的样子，不是他印象中的芒果应该有的颜色。朱龙涛跟他说，可别小瞧了青芒，青芒外表青涩，皮下却很软，一点一点撕开表皮咬下去，汁多水甜，肉质细腻，入口即化，绝对是芒果中的上品。但它有个缺点，因为肉质细软，经不起颠簸，不太适合长途运输，所以出岛的不多，基本被本地人消化了，而且卖得还挺贵。因此，北京吃过青芒的人肯定不多，但他们只要吃一回，一定会被惊艳到。

果然，当夏天陪朱龙涛给人送芒果时，朱龙涛每次都会示范青芒的正确打开方式，打开之后，大家都是赞不绝口。朱龙涛这时候会适时夸自己和标特公司，说标特公司就像这青芒一样，看起来其貌不扬，甚至还有些生涩和土气，但只要品味过，就会感受到实实在在的甜，甜得细腻，甜得顺滑，甜得没有一丝杂质，甜过之后满口余香。

夏天配合朱龙涛在北京开展芒果外交屡有斩获，不起眼的青芒可以说立下了汗马功劳。其中最重要的收获，是打开了一条通往香港的农产品销售通道。

朱龙涛在北京，也很看重夏天的同学圈，提醒夏天可以多跟有资源的同学交流，有时候商业机会就是聊出来的。

夏天盘点了一下自己在北京的同学，发现绝大部分都坚守在新闻工作的第一线，跟商业沾边的还比较少。他想来想去，觉得可以跟毕业后分配在国家新闻社的老廉聊一聊。老廉是专门负责港澳台新闻报道的，平时跟当时炙手可热的港商打交道比较多。

夏天找到老廉，把标特公司的情况给他介绍了一番，说标特公司希望打开农产品的海外市场，想听听他的高见。

此时的老廉，经过几年的摸爬滚打，已经在港澳媒体圈小有名气，他写的通稿，经常被港澳媒体采用，号称老廉出品，必属精品。他听夏天一说，马上心里就有数了。他告诉夏天，他采访过香港一家专门从事内地副食品进口生意的公司老板，等他什么时候来北京，可以约着一块儿聊聊。

香港公司的仇老板到北京时，朱龙涛也从海南上来，除了请大家吃青芒，还让夏天安排在北京的一条龙接待。朱龙涛叮嘱，规格一定要高，要以此体现公司的实力。

夏天于是先跟世界展览中心礼宾处处长老吴请教，确定了一条龙节目的内容。那就是，晚餐在香港美食城，晚餐后在海马歌厅。

老吴说，这种接待标准，跟谁提起来都不跌份，尤其适合接待港商。老吴还以长期合作单位的身份给香港美食城的经理打电话，让他们给个八八折优惠。

北京香港美食城位于王府井东华门附近，当时有"京城粤菜第一家"之称。主体建筑融合了中西方特色，茶色的玻璃幕墙和中国古典建筑的垂花门、飞檐、楼顶亭阁浑然一体，显得庄重气派、古朴典雅。

负责香港美食城经营的是当时京港两地餐饮业教父级人物张万洪，他从香港带了一大帮厨师和管理人员，短时间内就让香港美食城坐稳了京城海鲜菜肴的头把交椅，成为90年代北京四家餐饮名店"三刀一斧"（明珠酒店、香港美食城、东方明珠、山釜餐厅）之一。

老吴推荐的这个地方，朱龙涛在海南就有所耳闻，夏天跟他一说，他连声说好。

出席晚宴的有朱龙涛、港商老仇、老廉和夏天。宾主在包间落座后，朱龙涛亲自点菜，象拔蚌、澳洲龙虾、三个头的鲍鱼、石斑鱼……他把他认为上得了台面的菜品都点了一遍,在港商老仇面前显示了一个内地企业家的气魄。夏天理解,他就是想通过这种点菜的方式来显示公司的实力。

夏天从旁边观察,老仇吃得还是非常满意的,尤其是对鲍鱼的做法赞不绝口,说这个菜体现了港式海鲜的精髓,在香港要吃到这么地道的都不容易。

夏天在世界展览中心算是见了些世面。以往国际友人的招待费用都是公款支出,自己没什么感觉,可轮到他用朱龙涛提前打过来的北京办事处的经费结账时,心里着实有些肉疼,打折后将近三千元的餐费,几乎是他在世界展览中心六个月工资,生意要这样才能做成吗?要做不成岂不是太亏了?

在患得患失中,他又带着老仇转移到新的战场——海马歌厅。

坐落在知春路某个闹中取静角落的海马歌厅,和当时正在国家电视台热播的一部电视剧同名,这部系列情景喜剧的演员阵容可以说是大腕云集,随便提溜其中一个小鲜肉都是现在的大咖。这部电视剧的编剧,也几乎是爆款剧《编辑部故事》的原班人马,而海马歌厅老板,也是电视剧《海马歌厅》的编剧之一马都都。于是,海马歌厅,在一段时间内,成了北京从一线到十八线艺人风云际会的地方。

夏天认为,海马歌厅不仅是一个歌厅,还是一种文化现象,是当时北京先进歌舞厅文化的代表,有必要带香港朋友来体验一下。

他们一行到达海马歌厅时,正赶上歌厅晚高峰,歌厅楼顶上的霓虹灯招牌醒目却不张扬地闪烁着,门口停满了北京吉普212和三蹦子。进入大厅,中央舞台上,有一个长得像臧天朔的摇滚歌星在愤怒地嘶吼,不少留着长发蓄着小胡子的文艺型男携着各色飒妞在昏暗中杯盏交错,挤挤蹭蹭,扭扭摆摆,夜的暧昧和热烈在酒精和音乐中铺排得如火如荼。

在大厅感受了一下气氛后,他们被安排进了一个包间,趁着晚宴的余兴,继续边唱边喝边聊。一瓶人头马XO下肚后,老仇似乎对北京的歌厅文化来了感觉,舌头也捋直了,一曲《海马歌厅》主题曲童安格的《游戏人间》居然唱出了京腔京韵的味道：我停留在繁华人间，多少梦最后成凄凉，你将会歇脚在何方，去等待心中的渴望，笑看人生的繁华，变化无奈潇洒又何妨……何不游戏人间，不如展开笑颜，不成眠。

这首后来被批有些三观不正的歌让老仇唱得情深意切，荡气回肠，似乎有一种无处可说的凄凉。朱龙涛和夏天感觉老仇算是个性情中人，对合作的事心里渐渐有了底。

朱龙涛情绪也上来了，同样选了一首《海马歌厅》中的插曲，后来脍炙人口的臧天朔的《朋友》：朋友啊朋友，你可曾想起了我，如果你正享受幸福，请你忘记我。朋友啊朋友，你可曾记起了我，如果你正承受不幸，请你告诉我……

歌词也许没那么应景，但朋友的定义却郑重明确，两个喝醉的人朱龙涛和老仇最后紧紧抱在一起，夏天和老廉拉都拉不开，最后只好各送一人回他们各自的宾馆。

和老仇的合作后来非常顺利，标特公司成功扬帆出海，这条重要渠道的打通，是下一步发行企业内部股的底气和保障，朱龙涛对夏天这次穿针引线极为赞赏，夏天也算是在商场上胜果初尝。

通过参与标特公司的一些决策和运作，尤其是在北京的内引外联，夏天感觉自己已经找到助推公司发展的角色定位，对自己更有信心了，对企业经营方面的兴趣也越来越浓厚了。他父亲夏山水看到儿子的成长，更是老怀大畅。

不到一年时间，吴敏波介绍的农业专家，帮助标特公司的农业板块不管是产品还是农业技术都取得了一定的领先优势；出海渠道的打通，让公司盈利能力大幅提高，海内外的市场纵深更有转圜余地；企业内部股的发行，受到不少人追捧，公司账上现金让公司有了进一步扩张的基础；朱龙涛待夏山水父子不薄，他们也算是挣到了第一桶金。

仿佛后续的一切，都将花团锦簇烈火烹油般展开……

第十八章　新长征路上的相亲

但天有不测风云，海南投资过热的乱象，使中央下决心全面收紧海南的资金，资本市场和房地产市场遍地哀鸿，海南突然进入休克性萧条。

随处可见的烂尾楼，大片荒废的土地，烂在地里没人收的辣椒，大批逃离海岛的人群，让朱龙涛感到海南机会已不多，他决定收缩海南原有业务规模，把开拓重心转回他江西老家县城，并在县城中心投巨资建了一个当地最大的集贸市场。由于摊子铺得太大，政府配套因领导人变更迟迟不到位，他掉进一个回报缥缈的投资陷阱，造成资金链断裂，银行贷款一时无法偿还，被当地人限制了人身自由。

朱龙涛在操作这个项目前，夏天父亲夏山水以他对朱龙涛老家经济情况和民风的了解，曾劝他谨慎从事，要控制入资节奏。但朱龙涛头顶海南著名企业家光环，当地招商引资部门一开始便把他捧上了云端，他也颇有些衣锦还乡光宗耀祖的味道，投资自然是大手笔，一步到位押上了大部分身家。

朱龙涛身陷囹圄那段时间，夏山水为解救他四处奔走，夏天也多次飞赴他老家和海口，帮他把在海南的资产包括海府路的半层楼以及几个农业项目一一变卖，凑够一笔现金，最终他才得以脱困，但经此一役，他的大部分资产已被耗尽。脱困之后，朱龙涛心灰意冷，决定远走他乡，在海外做起了寓公，也算活得安逸坦荡。再后来，他从做寓公得到启发，发掘了国人对海外资产的需求，几个项目下来，挣得盆满钵满，这让他可以继续过潇洒痛快的人生。

朱龙涛出国后，夏天一直对他充满怀念和感激，因为他是夏天商业方面第一个真正意义上的引路人和合作伙伴，通过和他的合作，他和父亲挣得了他们家的第一桶金。夏山水直到临去世前，还念叨因去海外而失联的朱龙涛，希望和他还有欢聚的机会，但他这个愿望最终没能实现。

好在后来有了微信，经多次辗转，夏天和朱龙涛终于通过微信视频见了面。朱龙涛虽然头发比当年少多了，但依然保持了热力十足的状态，就好像海南当年的阳光已经晒到了他的骨头缝里，几十年后，他们在一起晾晒记忆的时候，依然是那么有温度，欢笑的眼泪，依然是那么灼热。

他们聊得最多的，自然是夏天父亲夏山水。朱龙涛说，夏山水一直是他人生道路上一个重要坐标，他在海外的日子，也常常想起他们师生举杯相谈的情形，尤其是他出国前夏山水给他的离别赠言：好男儿要拿得起，放得下，是金子在哪儿都能闪光。

他们也聊到了那座狮子楼，狮子楼雷老板的命运和朱龙涛几乎如出一辙。因产权争议，雷老板在狮子楼几进几出，最终与一个有背景的合作方关系破裂，几乎到了拔刀动枪的地步，雷老板也因此锒铛入狱。虽然不久有人主持公道，帮他很快脱困，但作为海口市的明星餐饮企业、城市文化名片的狮子楼，几乎在一夜之间，宣告休克死亡。其过往的风光耀目，纠缠不清的恩怨情仇，刚开始时还是人们茶余饭后热烈的谈资，但终究被渐渐遗忘……

朱龙涛远走他乡，海南公司的经营戛然而止后，夏天觉得自己一下失去了方向，于是他决定彻底静下心来，好好完成外经贸学院外贸英语和对外商务的课程，重新做一个好学生。

早起锻炼，三餐食堂，下午下课一场篮球，晚上图书馆自习。他感觉，自己的英语听力、口语和外贸专业能力得到迅速提高，尤其是英语口语，因为有这种浸润式的语言环境，已经能够比较充分地表达自己，即使错误百出，也基本不打磕巴。他很善于为自己找辙，他认为，自己能把外国话说成这样已经很不错了，相信老外能听懂，听不懂也能领会精神，即使领会不了精神，他们也不敢笑话自己，大不了咱重说一遍，他们要敢笑话咱，就让他们用中国话试试。

夏天的自我安慰法为他建立了强大而坚实的心理基础，让他的英语学习在他们培训班的同学中一马当先，并渐渐成为一个助教的角色，也收获了不少女生崇拜的小眼神。

外经贸学院的校园，比他本科学校的校园还要小很多。校园里，本科生、研究生，还有来自全国各地外贸单位的培训生有一两千人，女生比例明显高于男生，一个个都是青春绽放的样子。夏天天天穿行在这人潮拥挤的青春花园，却感觉自己非常孤独，孤独到沮丧，也许是因为有李姵和朱欢打底，他发现自己已经很难被一个姑娘晃得眼前一亮了。

夏山水此时已经从海南回到南昌，向来对夏天信马由缰的他，看到夏天毕业好几年依然没有任何好消息，便开始对他的个人生活明里暗里表达了关心；他的一些热心好友，也积极行动起来，通过自己的关系网，为夏天寻找合适的姻缘。

于是，在无法推托的情况下，夏天尝试了此生第一次也是最后一次相亲。而且，这是一次没见到相亲对象的相亲。

相亲对象是省里原领导的二闺女，领导调京赴任后，举家迁到北京，他的二闺女之所以缺席，是因为还在外地上大学，这年暑假毕业才能回京。

相亲是热心的杨叔叔极力安排推动的，杨叔叔既是夏山水的大学同班同学，也是二闺女姐夫在南昌时的领导。他认为自己对双方家庭都比较了解，大家都是从南昌出来的，现在又都在北京发展，可以好好切磋一下，将来姐夫妹夫互相有个照应。

相亲之前，杨叔叔还通过姐夫要到了一张二闺女照片寄给了夏天，这是一张高中毕业班的同学合影。在合影中，二闺女带着一副朴素的黑框眼镜，形象并不是那么清晰，感觉身材比较高大，但脸盘微胖，皮肤略黑，跟她经常上电视的父亲有几分神似。

看到照片，夏天有些犯嘀咕，因为从照片看，这姑娘好像不是自己的菜，但由于杨叔叔的穿针引线和胡乱吹捧，二闺女家长似乎对夏天还比较感兴趣，特意准备了家宴邀请他见面一叙，夏天如果不去，就是太不给长辈和领导面子了。

夏天看着二闺女照片，脑海里忽然浮现出一个人，那就是他大学同班同学，目前在党报下属市场报工作，外号"牦牛"的阿威。阿威是来自青海的壮小伙，也是皮肤略黑，身材高大，脸上经常有两片高原红，看起来和二闺女多少有那么点夫妻相，而且更关键的，他父亲也是位省级领导，他们两个可谓是门当户对。

主意已定，夏天便开始了对阿威的忽悠工作，说有位领导听说夏天有阿威这么一位同学，于是对阿威特别感兴趣，想让他上家里坐坐，大家认识认识，将来可以和他的二闺女多交流交流，都是年轻人，可以先从朋友做起。为了这次见面，他们还准备了一桌丰盛的家庭午宴，诚意邀请他们周末去好好撮一顿。

本来夏天担心阿威面子薄，说服他去相亲需要经过一番艰苦卓绝的努力，没想到他一提丰盛的午宴，阿威一个磕巴没打就答应了，好像他盼望这件好事已经很久了，只等夏天一声招呼。

位于翠微西里附近的部长楼并没想象中戒备森严，夏天和阿威拎着一大袋香蕉苹果大摇大摆就进去了，没有任何人盘问。和其他普通小区唯一不同的，就是到他们家楼下时要通过门禁按房门号上面才会开门。

二闺女姐夫把他们迎进屋，因为夏天和姐夫在南昌有过一面之缘，彼此聊得还挺投机，此番北京再见，有一种他乡遇故知的亲切感。和领导及夫人见过后，他们表达了热情却不失分寸的欢迎，让夏天很快就放松下来，因为他本来就觉得没啥好紧张的。况且，他曾经接受过的新闻专业的训练从来都是要求他敢于和任何人进行平等的对话。

阿威的到来他们并没有思想准备，但夏天一介绍阿威的身份及家庭背景，领导的态度就更显得平易近人了，很快进入一个普通父辈的角色，跟夏天和阿威海阔天空地聊起来。随着话题的不断开放，夏天感觉，领导确实是一位朴实敦厚的长者，和之前听到的省里其他人的评价完全吻合。

闲聊一阵之后，自然还是要扯上正题，领导很诚恳地抱歉道，因为自己的二闺女在外地大学进行本科毕业论文答辩，暂时回不了北京，但很快就会回来的，将来有机会可以和你们认识认识。他说你们的时候，不偏不倚地把夏天和阿威都扫视了一遍。

领导夫人不失时机地把他们的家庭相册拿了出来，相册里有不少二闺女近照。从照片看，临近大学毕业的二闺女和高中毕业时的形象已不可同日而语，人显苗条了，气质更优雅了，皮肤也似乎变白了。夏天感觉，她和阿威更有夫妻相了。他意识到，也许自己的角色需要做一些改变，自己应该从一个相亲的，转换成一个保媒拉纤的，因为他确认，这个姑娘即使有脱胎换骨的变化，也没有变成自己的菜。

心中想定，夏天开始有意无意把话题往阿威身上引，不断突出阿威的主角光环，并成功吸引了领导夫人对阿威的关注。饭桌上，阿威坐在领导夫人旁边，夫人一个劲儿给阿威夹菜，明显表现出了丈母娘看女婿越看越欢喜的态势。

二闺女的姐夫当然是更希望夏天能脱颖而出，因为毕竟他们有共同的朋友和渊源，但从夏天的表现和他丈母娘的态度看，今天这场相亲显然是一个无心插柳柳成荫的局面。看见他在旁边急得直搓手不得劲的样子，夏天忍住心中暗笑，平静坦然地频频邀他举杯共饮。夏天不仅敬姐夫，也时不时敬领导，每每都是酒到杯干，自我感觉潇洒自如，同时内心狂赞过期茅台就是酒醇味正。

一顿饭下来，阿威吃得肚歪，夏天喝得酒酣，可谓各得其所。

这顿饭后，阿威又去了领导家几次，据说也见过二闺女了，后来他们发展的情况，夏天不得而知。但经过这件事之后，再也没有人张罗着安排他相亲了……

没人安排相亲，但陪人相亲的机会却越来越多，夏天陪同相亲次数最多的，还是老秋。自从卓越去美国后，他留下的最重要财产就是夏天和老秋迅速发展且一直延续下来的友谊。因为夏天和老秋都回归单身状态，且离得又近，他们没事就约在一起活动，老秋因为比夏天要长几岁，在找对象这件事上，紧迫感明显比夏天要强。于是，老秋的相亲节目，一年四季，从不断档。

老秋的相亲节目刚开始时还基本属于开放撞大运式。

比如流窜到各高校参加周末舞会，在乌泱乌泱的人群中挑顺眼的下手，但经过多次实践证明，舞会上认识的姑娘，得手快，丢手也容易。

老秋总结道，敢在舞会上跟人搭嘎的女生，心眼儿基本都比较活泛，都是秉着普遍撒网重点捕鱼的原则跟人交往，很少有认死理一条道走到黑的。这和他的期望严重不符，因为他喜欢的，是那种一猛子扎进来，心无旁骛只等着他可劲儿怜爱的小鸟依人的类型。这种类型的姑娘，并不适应周末舞会孔雀开屏般争妍斗艳的氛围，因此，他在这种舞会，是一网捞不着鱼，两网捞不着鱼，三网还是捞不着鱼。偶尔捞上一条，也是滑不留手，很快就相看两厌。

还有一种撞大运的方式，就是组织一些聚会活动。

夏天和老秋慢慢发现，组织聚会活动制造热闹也是需要成本的，热闹过后，都是别人的累累硕果，给自己留下的，除了不断放大的空虚，还有越来越干瘪的腰包。哥俩经认真合计，确认这种方式不仅对他们摆脱单身于事无补，还容易造成人财两空的局面，应该改变策略，采用更精准的方式，来寻找他们的缘分。

所谓精准，就是各种条件的匹配。以他们的心气，自然不会去婚姻介绍所登记候补，但婚姻介绍所根据每个人条件拉郎配的思路他们却是赞同的。他们甚至展开科学幻想，如果能把所有符合自己要求的人集中到一个黑匣子，而他们又恰巧有黑匣子的钥匙，随时可以进到黑匣子里跟人唠嗑，估计很快就能唠明白，也很快能修成正果。

他们带着这双幻想的翅膀，飞行了很多年，并在若干年之后，为国内第一个黑匣子的诞生提供了技术和数据支持，帮助很多人实现了通过黑匣子跟人唠嗑喜结一世情缘的梦想。

但在没有黑匣子之前，老秋认为，有必要发动自己的亲朋好友，把触角延伸到北京各个地方，打一场大海捞针的人民战争，尽最大的可能性捕捉住稍纵即逝的战机。

老秋的朋友确实给力，他的要求在朋友中传扬开后，各种相亲机会便纷至沓来。而为了营造更好的相亲气氛，夏天当仁不让，一直在老秋身边充当五百瓦以上的电灯泡。

一段时间，夏天和老秋的足迹踏遍了四九城各种可以制造浪漫的场所，劳动人民文化宫、中山公园、紫竹院、玉渊潭、颐和园……当然，还有不少大学校园。老秋经过对自己这些年恋爱经验的沉痛总结，认为还是不要招惹那些热门学校的低年级女生，这些女生思想不成熟，感情也不稳定，需求多，懂事少，如果不以结婚为目的光为跟她们火一把，一是时间耗不起，二是容易形成孽缘，将来回首往事，有可能为今天的所作所为感到羞愧。因此，一些非热门学校的女研究生和青年女教师或许是更合适的潜在适婚人群，尤其是理科的女生，如果和他这个文科男结合，极其符合优生学原理，将来的孩子一定是文理兼备，出类拔萃。

老秋目标人群一框定，相亲行动也越来越坚决。钢铁学院、理工学院、农业大学、林业大学甚至地质大学，都在他和夏天自行车的滚滚车轮下碾过，但是很遗憾，很多条件相当的，最后都不了了之。夏天陪在老秋身边，除了通过骑自行车锻炼了身体，就是品尝了各理工科大学的食堂，这些食堂的饭菜虽然品种略单调，卖相不是特别好看，但普遍分量都比较足，肉片也切得比较厚，既实惠又管饱。夏天想，一方水土养一方人，也许这些学校出来的女生，也会有同样的特质，娶到了就是福气。

没过多久，老秋在唯一一次没有夏天陪伴的相亲活动中找到了自己的缘分，邮电学院，研究生，理工女。和老秋设定的条件严丝合缝，其后续发展，也尽在老秋的预想和预期当中。老秋后来经常在喝酒时向夏天提问，为什么你一不露面，我的缘分就来了？难道是我的缘分怕了你？

夏天也百思不得其解，这到底是为什么呢？！

第十九章　遇到小忆

又是一个冷冬，天光渐渐昏暗。

刚刚在外经贸学院澡堂子洗完澡满面红光的夏天，端着一个塑料盆，光脚趿拉一双拖鞋，不紧不慢溜达在回男生宿舍的小路上。

小路旁边的枯草，在寒风中瑟瑟发抖，但夏天面对扑面的寒风，却感觉有一种说不出的酸爽。寒风和他身上发散的热力碰撞后，让他的脑瓜顶上冒出了一圈白雾，看起来云蒸霞蔚一般。脑袋上故意没擦干的头发，迅速被冻出了冰碴儿，他头发一甩一甩，耳边便会簌簌作响，这响声让夏天心情雀跃，同时头脑一片清明。

在外经贸学院的培训已接近尾声，夏天自觉收获颇多，但却又觉得一无所获。

在外语和外经贸知识方面，他自认已上了一个台阶，可以和专业人士在一个话语体系里平等竞争，这让他对结业后回国际商会工作充满信心。可在个人感情方面，每天面对外经贸学院小而美空间里的无数青春靓女，却是万花丛中过，片叶沾不上身。非不想也，实不能也。他觉得自己在如此大好环境下，竟像在雪水中浸泡得肿胀的火柴头，哪怕擦破头皮，也碰撞不出一星火花，他不禁有些怀疑自己是不是已经失去了恋爱的能力。

因此，他喜欢这冬日的寒风，寒风吹熄了他胸中的躁动，也让黄昏中的暮色变得没那么厚重，一切都是那么朦胧，一切又似乎依然清晰可辨。

当他顺着小路拐了个弯，路过女生宿舍楼门口时，一个高大的身影突然就出现在他面前，和这个高大的身影匹配的，是一个硕大无朋的旅行箱。这个身材高挑挺拔如大树一般的女生，正颇为艰难同时又不屈不挠地把这个大箱子一级一级挪上台阶，这个箱子里，似乎装满了她全部的家当。

夏天本来有上去帮忙的冲动，但看到这个女生坚毅的面色，最终放弃了当雷锋的想法，只是在路过她身边时，认真地打量了她一番。

穿着半高跟长靴的她，明显比自己高一块，长长的直发，披散在肩头，一件浅紫色长过膝盖的呢子大衣，让整个身形显得伟岸又不失苗条。是的，伟岸，这是夏天对这个女生的最强烈的印象。

当然，除了伟岸，在暮色朦胧中，夏天也看清了这个女生面部大概的轮廓，鼻子高高的，眼睛大大的，只是那双大大的眼睛里，透着一股莫名的寒气，让夏天看了心里一激灵。

她就是小忆。

第二天的课堂上，小忆作为夏天这个班的插班生，就坐在夏天旁边的空座位上。

小忆当然不小，小忆是夏天长这么大以来认识的身材最高大的女同班同学和女同桌。作为同桌兼老师助教，夏天自然承担了帮新同学尽快跟上学习进度并尽快适应班级和学校环境的任务。

除了身高让他稍有压力，夏天认为小忆性格还是比较随和好相处的，因此，不知不觉中，夏天、小忆和其他几个人便组成了经常一起活动的小团伙，学习时是互帮小组，食堂吃饭时是帮忙占座的饭友。

在其他同学眼里，小忆因为身材高大显得有些高高在上，而她有时候略显冷淡和骄傲的眼神，也让大部分同学对她望而却步。但在夏天眼里，小忆却是另外一副样子，小忆是外语专业的，看到夏天当助教说英语时口若悬河滔滔不绝的样子，不自觉会流露出崇拜的神情，这让夏天的虚荣心得到了极大满足，也让他更加有耐心传授他的学习心得。

作为对夏天热心帮助的奖励，大课间时小忆会不时给夏天塞一个煮鸡蛋或一袋热腾腾的猪肉大葱馅包子，这让夏天给小忆和学习小组其他同学讲解起作业来更有动力，一双大手边讲边比画着，显得自信而豪迈。

有一回夏天比画得正来劲时，小忆突然叫停，对夏天说你把手给我。夏天不明所以，但还是当着学习小组全体同学的面把手给了小忆，小忆掏出一把指甲刀，抓住夏天的手，开始一个一个修剪他手上的倒刺。她边剪边解释，她见人手上有倒刺心里就闹挺，不帮人把倒刺剪了就觉得倒刺是长在自己心里似的。

夏天大咧咧坦坦然伸着手，让她把手上的倒刺一个个修剪干净，剪到最后，他忽然发现，小忆的脸慢慢红到了耳根。后来小忆解释，当时她自己都没想到，会当着班里那么多人的面捧着夏天的手剪倒刺，剪得那么自然，现在想想都觉得有些害臊。

当然，通过剪倒刺，夏天自觉没想到的是，这个身材高大看起来有些高傲的女生，居然也有如此温柔细致的一面。

小忆高傲，自然有她的资本。夏天慢慢了解到，小忆来自北国冰城，是冰城小有名气的职业超模之一。对小忆在当地的知名度，夏天后来通过跟她回家见父母时有了更深刻的了解。在冰城道里哈一百和南岗秋林商场的广告橱窗里，总能看到造型各异的小忆的巨幅照片，照片上，她目光炯炯地瞪着夏天，好像在问，这回你知道我是谁了吧？

小忆跟夏天熟悉后，唠起嗑来总是直抒胸臆，她说，当模特，毕竟是吃青春饭，此番来北京，是为将来退役做准备，巩固自己的外语专业，以后的职业道路就可以有更多的选择。夏天对小忆的想法暗暗点赞，明明可以靠颜值，却要跟人拼才华，这和自己印象中的模特略有不同。

夏天在世界展览中心，因为展览会的缘故，经常会接触国内小有名气的超模，这些超模，自然都是美丽的行走的衣服架子。大众眼里，她们总是出现在各种雍容华贵的场所，伴随着鲜花和掌声，在聚光灯下显得光鲜亮丽，高不可攀。但和她们打过一些交道后，会发现不少人的谈吐并不是那么清新脱俗，良好的自我感觉以及或多或少的虚荣和攀比，是她们在夏天心目中的印象标签。

而小忆在夏天和同学面前表现出来的，却是一个洗尽铅华的良家妇女的质朴诚恳和东北姑娘的直接爽朗。

他们学习小组几个人，有时会在校外聚餐，夏天作为北京本地学生，总想自告奋勇买单。但每次买单后，小忆都会坚持把自己应该分担的部分交给夏天，交得自然而不矫情，让夏天无法拒绝但又不觉得生分。夏天感觉自己和小忆相处起来，没有任何压力和负担。

他们短暂的同学生涯很快就结束了，小忆将在寒假后继续下个学期的学习，夏天一年的进修结业后也将回到国际商会工作。

临毕业，班里不少同学互赠照片留作纪念。小忆自然也留了张素颜照给夏天，这张素颜照上，小忆的表情一点儿都不高冷，她慈眉善目佛系地微笑着，微笑时露出的一颗小虎牙，显得有些俏皮。她的额头宽广，鼻梁挺直，眉毛弯翘，大大的眼睛里透着温柔明媚和纯情。

小忆拿照片给夏天时问，有人说我这张照片像山口百惠，你看出来了吗?

夏天回答，看出点儿来了，但你起码比她大三号。夏天忍住没说出口的是，她比李嫒要大两号，比朱欢大一号。

这年春节，夏天把小忆照片带回了南昌。当他外公外婆催问他的终身大事进展得怎样时，他掏出了小忆的照片，外公戴上老花镜，认真地看了又看，默默点了点头。这是夏天第一次在家人面前展示一个女孩的照片，尽管这个女孩跟他连手都没牵过。

这年是鸡年春晚，毛宁的《涛声依旧》和舞蹈《闻鸡起舞》让夏天印象深刻。鸡年，是小忆的本命年。

回北京在外经贸学院开学后，夏天通过女生宿舍的公共电话找到了小忆。

他问小忆，他给她留过自己办公室的电话，为什么她从冰城回来没给他打电话。

小忆沉吟了半晌道，你知道吗？如果你不给我打电话，我是绝不会给你打电话的。

夏天问，为什么呢？你难道要主动失联。

小忆有些赌气地道，不告诉你！

夏天找到小忆时，也带来几张首体举行的林忆莲演唱会的票，他邀请小忆和原学习小组的几个同学一起去看。

演唱会火爆异常，林忆莲这个矮个单眼皮魔女撩动得现场观众如痴如醉。

演唱会结束时，天空飘起了大雪，纷纷扬扬。在大雪中，随着拥挤的人群，夏天和小忆牵起了手，走在白石桥奔动物园的路上。边走，小忆边唱起了《情人的眼泪》和《爱上一个不回家的人》。

"为什么要对你掉眼泪，你难道不明白是为了爱，要不是有情人跟我要分开，我眼泪不会掉下来，掉下来……"

小忆唱《情人的眼泪》时，夏天不自觉把她的手攥得更紧了。夏天注意到，这次小忆和他看演唱会走在一起时，脚底下是一双平底鞋，这样他们的身高基本上就差不多了。

后来，在很多年以后，夏天给小忆写了一首诗《后来》：

曾记否，

相遇校门口，

树一般挺秀的身形，

拖动了，

沉重的行囊，

和我的回眸。

曾记否，

漫步白石桥头，

演唱会后夜的大街，

有大雪，

情人的眼泪，

和我们的牵手。

曾记否，

蜗居十二楼，

锅碗瓢盆交响曲，

开启了，

平凡的日子，

和半生的守候。

后来，

我们有了大竹，

后来，

我们有了小竹，

当竹叶婆娑的时节，

青春已是再回首。

后来，

在后来不知多少年，

我们还在说，

后来……

第二十章　卓越的天上人间

时隔四年多，卓越第一次从美国回到北京。

此时的夏天，和小忆刚刚结婚，搬离了原来的蜗居，租住在马甸附近的一套一室一厅里，和八平方米蜗居相比，住房条件得到极大改善。这套房子，也是海南标特公司在北京的办事处，虽然此时，随着朱龙涛黯然移居海外，标特公司在北京已经没有什么事可办了。

夏天打了一辆黄色小面，把卓越从首都机场接了过来，在北京这段时间，卓越自然还是住夏天家。为了纪念在蜗居同居的峥嵘岁月，他们决定让小忆独居卧室，他们俩大老爷们则挤凑在客厅打地铺，方便他们抚今追昔，彻夜卧谈。

和四年前相比，夏天眼中的卓越并没有太大变化，除了曾经飞扬尖锐的眼神收敛得更加沉稳，多了些沧桑外，他身上穿的衣服都依稀可见旧日的模样。尤其是他临出国前买的那个大帆布箱子，跟随着他在美国辗转南北西东，如今荣归故里，却早已没有原来意气风发清新可人的状态，处处显出懈怠松垮来。而且，箱子角上还破了个大洞，眼看着算是要完成历史使命了。

卓越告诉夏天，他已经结束了在美国的所有学习课程，和Richard搬到了全世界最宜居的城市之一西雅图，准备开启全新的职业生涯。而开启职业生涯的首选，就是找一家希望在中国开拓业务的美国公司，他作为美方代表负责中国区的业务，这样，他可以拿着美国公司的高薪，经常以出差的名义在中美之间来回穿梭，时不时就在太平洋的上空云中漫步。

在离开美国之前，他已经投递了许多简历，相信总会有一款适合自己。他此次回中国，就是提前再熟悉一下中国市场，和原来国际商会的老同事们联络联络感情，寻找更多的商业合作机会，待回到美国跟有意向的公司面试时，保证一击得中，争取拿一个好的 offer。

基于对卓越一贯的盲目崇拜，夏天认为属于卓越的春天很快就要到来，尽管卓越的衣装依然像穷学生那样简朴，出门时老抱怨夏天动不动就打面的太奢侈，下馆子时即使夏天请客只要菜一点多他都会露出肉痛紧张的表情，这些都让夏天意识到卓越在美国一定有一段苦大仇深的经历。但他依然坚信，卓越作为一枚妥妥的金领即将绽放璀璨的光芒，在这道光芒下，以前经历的所有艰难困苦都将成为浮云，而迎接他的，将是不尽的荣华富贵和各种作威作福的好日子。

因此，夏天认为，此次卓越回归，自己的任务就是伺候他吃好、喝好、玩好，做好后勤保障，将来陪他一起过那些作威作福的日子时可以心安理得，坦坦荡荡。

卓越的回归自然引起了朋友圈的轰动，所到之处，山呼海啸，一片兵荒马乱。老友旧情，把酒言欢，绿领红装，各诉衷肠，醉了肝胆，乱了心防。

卓越此次回归最大的收获无疑是曾经一度认为无法攻克且在学生时代造成了心理阴影的恋爱堡垒出现了松动甚至垮塌的迹象。在一次夏天被特邀参加的卓越研究生同学聚会上，卓越苦恋多年一直无果最后嫁作他人妇的一位女生洒泪当场，知情识趣知根知底的老秋迅速给他们腾出一间密室方便他们互诉衷肠。大家认为，在美国学成归来，即将迈向人生巅峰的卓越在感情之路上重新占据主动，剧情出现反转绝对是理所应当，顺理成章。

出现反转的不仅仅是区区男女之情，卓越的老东家国际商会的老领导、老同事们也纷纷摆下龙门阵，盛邀卓越参加各种宴席共商合作和发展大计，眼见是机会多多仿佛遍地黄金，遗憾的是时间精力有限只能挑坨大的捡。这种场合夏天也会经常陪着替卓越保驾护航，想起卓越曾经和自己一样因为是非外语专业干部在国际商会有种明珠暗投壮志难酬的感觉，如今走到哪个办公室都受到热烈欢迎俨然就是一个香饽饽。夏天被卓越这种扬眉吐气的感觉深深感染了，觉得陪在他身边也是与有荣焉。

夏天对卓越成为某美国公司在中国市场买办的情形进行了一番憧憬，认为自己很有机会狐假虎威，享受一人得道鸡犬升天的胜利成果。卓越的想法和夏天有异曲同工之妙，他叮嘱夏天，只要自己在美国公司打开一片天地，夏天便一定要做好兜底并托住的准备，他们两个一定要在中美之间杀开一条金灿灿的血路。

卓越者总是会让大家习惯他的卓越。卓越果然不负众望，回美国没几个月，就来信告诉夏天他工作的事搞定了，是一家产品具有绝对领先优势，急需开拓中国市场的美国知名医疗设备公司，任亚太区总监，不仅负责协调中国市场，还要兼顾亚太地区的其他市场。

获得这份工作后，卓越的再次回国就很有仪式感。

还是夏天去首都机场接的机，但接机坐的是卓越公司在北京办事处的丰田大霸王。这在当时的北京绝对是高端商务人士才能享受的待遇。卓越和第一次回国相比，精神气质已经有了颠覆性变化，一身挺括的西装，一双照得见人影的皮鞋，一副镀着金边的眼镜，典型资产阶级买办的形象。尤其是那一头打了摩丝的干净利落的板寸，每根头发都不怒自威地挺立着，透着来自大洋彼岸的优势和压迫感。

卓越公司北京办事处的中方雇员恭谨热情地抢过他新换的大皮箱，把他和夏天殷勤接引上了丰田大霸王。在从首都机场回城的路上，卓越再次向他们公司北京办事处的雇员强调，夏天是他的铁哥们，以后夏天有什么事找他们，要像他亲自找他们一样对待。他的中方雇员频频点头，看向夏天的目光便同样充满了他们面对卓越时的崇拜和敬畏。夏天心里的自豪感油然而生，恨不得自己的头发也能像卓越一样一根根立起来。

丰田大霸王把卓越送到了长城饭店，卓越住进了行政套房。卓越说，这房价真心不贵，一晚上也就一百多美金，美国随便找个四星级商务酒店也得这价。夏天想起几年前卓越怀揣一百多美金奔赴大洋彼岸时，还是个一文不名的穷小子，几年后回国，已坦坦住上了一晚上一百多美金的北京数得着的高级涉外酒店。这命运的变化真是翻天覆地，他不得不佩服卓越当年决绝而果断的选择，这次选择，让他站上了人生一个崭新的高度，在这个高度上，自己似乎也有机会陪着他把酒临风。

进到房间，换下西服的卓越仿佛褪下了一层坚固的外壳，又恢复了夏天熟悉的平易近人善解人意的亲切模样。他打开那个新买的大皮箱，掏摸出一个包裹来，包裹里是一件苏格兰呢的名牌休闲西服，他边递给夏天边解释，本来是想给你买一套正装的，但考虑到你自由浪荡的性格，觉得还是这款适合你。

夏天接过西服，也没客气，直接就换上了。对着镜子顾盼一番，发现这件衣服肩宽袖长腰围无一不和自己完全契合，这让他对卓越的细心周到佩服得无以复加，而且关键是，这件衣服确实适合他，镜子里的夏天，居然有了些洋洋得意的英伦范儿。夏天心中感叹，知我者，卓越也。卓越，也许是一个比夏天还了解夏天的人。在今后很长一段时间里，但凡遇到需要显摆的场合，夏天都会穿上卓越送给他的这件西服，内心总是会充满卓越式的自信。

稍事休整，卓越就嚷嚷饿了，于是他和夏天立刻下楼，踅进长城饭店后面的餐饮一条街，准备找个饭馆好好撮一顿，热烈庆祝一番。走到一家名叫"俺爹俺娘"的小饭馆，卓越就再也挪不动步了，因为饭店前的招牌上写着：正宗门钉肉饼。

就着一盘花生米、一份酱猪蹄、一个拍黄瓜，再加上一斤门钉肉饼，卓越和夏天对撅了一瓶红星二锅头。卓越感叹，这才是家乡的味道，俺爹俺娘的味道。

"俺爹俺娘"这个小餐馆后来成了卓越每次回北京的保留节目，放下行李后，由夏天陪着吃一顿"俺爹俺娘"，算是完成一次西餐口味向中餐口味的交接。

卓越告诉夏天，有了这份工作，他可以每个月名正言顺回一趟中国，在中国待腻了后再回去，然后在美国待腻了再回来，如此循环往复。卓越还透露了自己的小九九，他即使工作任务在亚太其他国家，每次也都要先飞北京，在北京待几天再去干正经事。

夏天认为，卓越的正经事其实就是每个月回趟北京，约上北京这帮兄弟一起吃吃喝喝。工作对他来说只是挣钱的手段，十几万美金的年薪，一年十几趟来来回回探亲的路费，是他轻松付出就能获得的报酬。

确实轻松，卓越发挥了他一向卓越的领导能力，让他发展的代理商心甘情愿屁颠屁颠地忙活着，迅速打开了中国市场，自己不费吹灰之力就收割了中国市场的成果，成为美国公司在海外增长最快占比最大的板块。

当然，到北京和夏天见完面后，卓越经常会鸟悄儿失联几天，行踪极其诡秘。夏天其实心知肚明，他肯定是去见那个研究生时代的爱情堡垒去了，自从卓越衣锦荣归后，这个爱情堡垒早就坍塌得稀里哗啦的，他们之间的进展可以说是一日千里。

也许卓越认为辉煌的战斗成果没有人分享是一件很无趣的事，于是一般没过两天，他就会把他的战斗经历和盘托出，和夏天一起品味细枝末节中的波澜壮阔，分析摧枯拉朽的战斗过程的成败得失，并且让夏天真正理解什么叫一日千里。

卓越经常会显出得意后的迷惘，他时不时拷问自己也向夏天求证，是不是所有那些曾经认为美出了天际的女神也都和春花一般，只可远观，不可近亵，否则，落英缤纷，零落成泥，不忍直视。

夏天故作严肃地警告卓越，中美之间的巨大落差，让他这个假洋鬼子在中国占尽优势，不管是在商场，还是在情场，都是予取予求，唾手可得。长此以往，会不懂得珍惜，尤其是在感情问题上，会出现选择恐惧症，就像狗熊掰棒子，掰一个丢一个，不知要糟蹋多少粮食，到最后有可能像猴子捞月，对影成双，触手即空，白瞎了一池春水。

夏天没想到，自己的警告后来几乎一语成谶。

自从卓越在美国公司工作后，但凡夏天和他一起吃饭，就再也没有买过单，夏天当然是心安理得，美国鬼子的饭，要狠狠吃。他认为，真正的朋友就是可以一起无怨无悔杀时间的，在杀时间的同时，把美国鬼子的饭消灭掉可谓是一举两得。

夏天也发现，饭可以吃，但自己对帮助卓越开展美国鬼子的医疗事业却没有一点兴趣，和卓越在生意上的合作，还需另找机会，他相信，一定会有一个诱人的契机在前方等着他们。

很长一段时间，夏天渐渐习惯了卓越一回北京就陪他厮混的日子，在那些日子里，他和卓越也渐渐熟悉了北京的夜生活。

三里屯的酒吧他们已经习以为常，而北京刚刚兴起的夜总会，让他们嗅到了这座城市越来越浓烈的蠢蠢欲动的气息。

长城饭店的西侧楼下，就是天上人间。

作为长城饭店的 VIP 客户，卓越躬逢其盛，赶上了天上人间最红火的那些日子。

卓越和夏天第一次进天上人间，是一个酒后的周末夜晚，在"俺爹俺娘"那个酒馆按老规矩就着花生米、猪头肉和门钉肉饼对撅完一瓶二锅头后，哥俩打着酒嗝回酒店。

经过西侧副楼，发现楼前热闹非凡，地上满是彩色喷花的碎屑，门口的落地花篮肩并肩腻咕着挤靠成一片艳丽的花海，比花还艳的是三三两两络绎而至的姑娘们，那道旋转玻璃门像一个波光粼粼的巨大漩涡，缓慢而坚定地把姑娘们卷裹了进去，这些姑娘一个个都打扮得漂漂亮亮的，一水儿的美艳、高挑、性感。

看着卓越夏天酒足饭饱无所事事东张西望的样子，穿黑色礼服的接待人员一眼就锁定了目标。他们不失时机递上了印刷精美的广告彩页，介绍说天上人间歌舞厅正在进行开业酬宾，女士免票，男士一百五一张的门票只要一百元，还带一杯酒水。

看到女士免票的介绍，卓越和夏天不禁相视一笑，当年那场盛况空前在北京高校传为佳话的圣诞舞会，用的就是这一招。在那场舞会上，卓越认识了一个新欢，夏天巧遇了朱欢。看样子女士免票这一招，简直就是放之四海而皆准的真理，总是颠扑不破，屡试不爽。

不用人劝，卓越迅速拍出二百大元，买了两张门票，并且很认真地要了一张发票。

进了旋转玻璃门，他们发现里面其实别有洞天，经过一个宽广的大厅，才是真正的天上人间的大门。那扇大门高大坚实，金碧辉煌，大门上面，霓虹灯大气磅礴地闪烁着，火焰红的背景，天上人间四个大字闪着金光，大字上方，是熊熊燃烧的太阳神阿波罗的头像，仿佛在不停地吞吐火焰；大字下面，是花体字的英文"passion"，中文热烈的意思，这几个花体字，看起来像在火焰中纠缠、扭曲、咆哮，如同欲望在煎熬。

一进大门，卓越和夏天就感觉眼前一黑，被迅速包裹进一片巨大的气浪、声浪和人浪中。

迪厅里环绕的豪华音响震荡着重金属的音乐，那是一首狂野放肆的迪曲，落地音箱颤动的鼓点声空洞而又沉重，仿佛无处不在，仿佛能渗透进每一个毛孔，渐渐感觉心脏的跳动在和迪曲中的鼓点发生共振，感觉心脏似乎在跳向嗓子眼……

黑暗中周围乌泱乌泱的人群，摩肩接踵，随着彩灯旋转，表情在不断变幻着，随着音乐的节奏，肉浪在不停翻滚着，酒精、热汗、香水和荷尔蒙的味道混合在一起，空气中弥漫着一股潮热湿滑甜腻靡荡的气息。

迪厅上方，一排巨大的球形彩灯毫无规则地旋转着，乱七八糟地忽闪着，一道道刺目的炫光在黑暗中总是出其不意重重砸在人脸上、眼睛里，透射进脑海中，让人无处躲，无处藏。卓越和夏天很快就体会到了什么叫目眩神迷，什么叫灵魂出窍。

卓越和夏天以前并非没有进过舞场和迪厅，但天上人间里面的音响和光影效果，还是让他们感到了深深的震撼，京城最豪华的歌舞厅，果然名不虚传，毕竟，那些音响设备据说是花了大价钱从英国原装进口的，这是重金砸出来的效果。

一曲间隙，灯光复明，周围的一切，才露出本来面目。整个歌舞厅的装饰是后现代风格，呈现出一种世纪末的简洁、粗粝和狂野，貌似原生态，其实充满设计感。

迪厅中央，是一个巨大的舞池，迪曲响时，舞池就如同一个沸腾的煎锅一样火爆异常，人们在舞池中扭摆蹦跳挣扎，就像一群刚下锅烹炸的泥鳅。灯光复明后，泥鳅们会如潮水般退回到舞池周围一个个错落有致的酒台前，用冰镇饮料和香烟缓解火热的煎锅带来的激动和亢奋。

卓越和夏天找到一张空着的酒台后，用门票兑现了两瓶冰镇啤酒，哥俩举瓶对吹，边吹边朝周边张望着。

美女如云，美女如林。

刚才在门口看见的三三两两的高挑性感美女们，如今云集在迪厅里，站成了一片森林。这片活动的人肉森林中，有许多双眼睛正放肆地打量着卓越和夏天，有的似乎在估摸这两个菜鸟的斤两，有的已经飘荡出魅惑的光芒。

卓越和夏天假装目不斜视镇定而正经地边喝边聊，没想到耳旁很快就响起了莺莺燕燕的问询声：先生，我们可以一起喝杯酒吗？

哥俩回头一看，身后已经站了好几位漂漂亮亮的姑娘，趁着他们假装目不斜视的时候，一小片森林已经悄悄地飘移到他们的身旁。

夏天有点发愣，心想，一起喝酒是几个意思，想我们请你们喝酒就直说呗。

卓越到底是在美国那个资本主义花花世界听过猪叫，见过猪跑的，他招呼了一个到自己身边，让夏天也招呼一个。夏天看着这一小片森林，发现在浓重的妆影下，这些婀娜多姿的姑娘的面目并没有太大差别，猛一看，长得都不碴碜；仔细一看，又说不出哪儿好，因此，一时不知道如何下手，所以，始终也没有出手。

卓越只好挥挥手，让其他树木各回各位，只留下一位姑娘陪他们说话。

留下的是位身材丰满面如满月的大连姑娘，这位姑娘大概一眼就看穿了卓越尤其是夏天的菜鸟本色，张嘴说话便开门见山，说今天周末，女士免门票，平时她买票进场陪客人喝酒，小费最少四百，今天陪帅哥，给三百就行。她还介绍说，迪厅后面还有卡拉OK包房，那边的包房三千是最低消费，进房陪酒的小费更是五百起步。

通过这位姑娘介绍，卓越和夏天明白了一个事实，就是这些姑娘来这儿上班，也是冒了一定风险的，因为她们平时要进场，也得自己掏钱买一百元一张的门票，如果没人请她们，她们就要赔进去一百块钱，这和出租司机每天一睁眼就欠几百块钱份钱是同样的道理。这也便解释了来这儿上班的姑娘普遍都比较水灵的原因，因为没有水灵灵的身体本钱，进这个门是要赔钱的，一般的姑娘根本不敢上这儿照量。

这是夏天头回在北京见识请人喝酒还要给小费，而且一给就是好几百，想想都有些肉疼，于是他立马就有打退堂鼓的想法。旁边的卓越听到三百这个数，面部表情也有些吃紧，他和夏天一碰眼神，确认这个地方并非他们的久留之地，于是决定玩一出金蝉脱壳。

所谓金蝉脱壳，就是卓越忽然想起来还要回酒店房间等一个越洋电话，需要马上离开，但考虑到这位姑娘已经陪他们说了会儿话了，便给她留下一百元现金，作为对她给他们上了天上人间第一课的补偿。

那位姑娘虽然面露狐疑和遗憾，还是善解人意地收下了一百元钱，她爽朗地笑着向他们挥手道别，说一会儿打完电话还可以来找她，小费优惠。这时候，夏天发现，这位面如满月的大连姑娘还是比较耐看的，带海蛎子味儿的普通话也透着几分亲切直率。

天上人间这一课，让夏天看透了自己社会菜鸟的本质，也对金钱的本质有了更深入的思考。金钱本身也许是不善不恶，不美不丑，不即不离，不问东西，但金钱的魔力始终是不眠不休，不依不饶，不辨雌雄，不分南北，金钱可以让鬼推磨，也可以让人变鬼。为了金钱，许多人可以赴汤蹈火，前赴后继，也可以零落成泥，卑微到尘埃里。

当金钱越来越还原其本来面目，当人的欲望越来越得到释放，当这种释放越来越暗合人们蠢动的内心，一个金钱时代就会降临。在这个全新时代，社会的很多方面都会解构、重组，一个充满未知和无数可能性的彼岸将向人们狂飙突进式地展开，在新的彼岸展开的过程中，自己必须迅速找到一个坚实的支点，否则将会被突进的狂飙冲击得七零八落，如雨打浮萍，如雪落棠棣……

后来，夏天因为各种原因多次重游天上人间，对这个销金窟有了更直观的认识。

再后来，在一次轰动京城的消防检查中，天上人间和名门夜宴、凯富国际、花都这四大名楼，进入了无限期整改当中……

第二十一章　BP 机开启的新时代

夏天从外经贸学院培训回来后，虽然并没有马上更换工作岗位到出国机会比较多的业务部门，但受到的重视无疑是空前的。

首先，他被任命为媒介科科长，是他们这拨大学毕业生第一个被提拔到正科级的，他也自然成了世界展览中心最年轻的科级干部。人事处老魏又适时对他进行了心理按摩，说这次提拔，是陆总强力主导的结果，工作刚4年就提拔成正科级，在中心历史上也属于凤毛麟角，这要在地方上，相当于县里的局级干部，这么年轻的局级干部，有多少好人家希望把自己的黄花闺女往你怀里送啊。

夏天虽然心里面是笑纳这个正科级干部的，但口头上对老魏这个不正经的比喻还是进行了驳斥，说我都有女朋友了，你说这黄花闺女有啥用啊？当这个科长不还是干活的命吗？不还是没什么机会出国吗？

老魏双目炯炯，面色一肃，继续补充第二个利好。你别小看这个科长，公关部副处长即将到党校学习，将来很可能派驻到海外机构，你实际上承担的是副处长的职责，相当于新闻中心和公关业务这一块，你是独当一面，直接向陆总经理汇报。你手底下两个助手，都比你资格老，但都得听你的，小伙子你是前途无量啊，将来出国的机会也肯定少不了你。老魏说这番话时，脸上一副仁至义尽的表情。

老魏的一通摩挲，确实让夏天心中稍定，他表态同意把新闻中心

171

的工作承担下来，以后慢慢再找更好的机会。

老魏的好消息是三连发，他接着道，一会儿你上干部处领一台集团新采购的摩托罗拉BP机，集团规定，只有副处级以上干部才能配发BP机，但考虑到你的工作性质加上陆总的特别指示，决定给你也配发一台。这机器一台要一千多，每年还有几百块钱的服务费，都是公家给报销。领到后你要低调使用，不要到处显摆，以免引起其他同事的嫉妒。

老魏的第三个好消息让夏天心中微荡。近一段时间他偶尔会在一些社交场合听到神秘的嘀嘀声，听到嘀嘀声的人不管在干什么，都会像地下党收到了生死攸关的紧急情报似的，立马撂下手头的事或身边的人，奔向离自己最近的电话。

有召唤，必回话，他们在完成这一通操作的过程中，会显出一种日理万机且智珠在握的优越感，让旁人不由心生羡慕和景仰，同时也很想探究那神秘的嘀嘀声是来自何方，而那个能发出神秘嘀嘀声并能显示一连串数字的小方盒子又是怎样的俏模样。

夏天领到的是一台新出的同时也是最早一代的数字BP机，BP机方方正正如火柴盒般，火柴盒顶部，有一小条窄窄的屏幕，有人呼叫时，可以显示对方的电话号码或者一串数字。火柴盒侧面，卸下护盖，可以更换五号电池。背面，则是一个大大的弹簧卡，可以把它别在裤腰带上。

随机器一起配发的，还有一个密码本，里面有各种姓氏和常用短语的对照表，接到数字信息后，掏出密码本一对照，就能知道是姓什么的人给你发信息或让你回电话。

每台机器都有一个单独的呼叫号码，通过126或127呼叫台人工呼转。负责人工呼转的都是声音甜美、口齿伶俐、头脑清楚的女生，她们在处理千奇百怪的呼转内容或问题时，充分显示了自己的理解沟通能力，成为当时城市空中通讯网络的一道亮丽的风景线。

据说，在BP机开始流行的阶段，呼叫台接线员的收入远超社会一般行业，是许多漂亮姑娘趋之若鹜的理想工作选择。当然，这些呼叫中心的女接线员们，也是社会男青年找对象的理想选择，找这样一个对象，相当于找到了一个声音温柔样貌好看，又有钱又善解人意的小富婆，要吗有吗，吃吗吗香。

刚领到 BP 机的一段时间，夏天感觉自己精气神都和以前不一样。他把 BP 机天天别在裤腰上，腰杆不由自主挺得笔直，就像当年八路军武工队队员腰里别着一把从日本鬼子手里缴获的二十响驳壳枪似的。他在第一时间打了一大圈儿电话把自己的 BP 机号码通告自己的亲朋好友，最后会铿锵有力地甩下一句当年最有面儿的流行语：有事儿 call 我哈！

在刚把呼机号码散出去的头几天，看着毫无动静的 BP 机，他经常会怀疑它是不是没电或者坏了。当这种怀疑无限膨胀的时候，即使是在夜里，他也会跑到楼下忍痛花上一毛钱找一个公用电话呼叫自己的号码。当腰里的 BP 机想起熟悉亲切的嘀嘀声时，他会长舒一口气，觉得这一毛钱花得很值，这一毛钱带给自己的，是一个踏实安宁黑甜的梦乡。

坐公交车时，当腰里的嘀嘀声响起，他会故意让那个骄傲的声音多响一会儿。当周围的目光都在找寻声音的来源，他才慢条斯理从裤腰上取下 BP 机，高举到眼前，对着那串数字研究良久。那些内涵丰富的目光，让他的虚荣心得到了极大满足，优越感也在爆棚，似乎连公共汽车车顶都可以掀开……

此刻，他丝毫不以自己的庸俗和浅薄为耻，因为他内心有一种按捺不住的快乐，他只想放飞自我，通过这小小的 BP 机，找寻自己参加工作以来一直找不到的存在感。

配上 BP 机后，他在世界展览中心独立担纲的第一个大项目就启动了。

这些年，中国经济和世界又你中有我我中有你地重新纠缠在一起。也许在一些西方发达国家眼里，中国市场毕竟是个潜力无限却刚刚开始分配的大蛋糕，不管在意识形态上有什么分歧，都不影响大家排排坐，分蛋糕，吃蛋糕。

在蛋糕面前，所有的争吵和不快都是浮云，这些争吵和不快如果吃一块蛋糕解决不了，那就吃两块，吃三块。蛋糕吃痛快了，彼此都满足了，连打的饱嗝都是奶油的香味儿，那些跟蛋糕关系不大的分歧就会变得越来越不重要了。

正在起飞的中国经济，也是世界的机会。中国这条刚刚苏醒的东方巨龙，此时更像一只人畜无害的大白兔。这只大白兔，在满世界寻找能让自己快快长大的胡萝卜，她吃的是胡萝卜，奉献的却是大白兔奶糖或奶油蛋糕。许多西方国家和这只大白兔越来越利益攸关、筋脉相连、优势互补，也对这只大白兔越来越趋之若鹜。

于是，一场检阅、深化和世界各国经贸关系的盛会——首届亚太国际贸易博览会，即将在北京举行。这是世界展览中心开馆以来规模最大的展览会，也是新中国成立以来参展国家最多的展览会，只要和中国沾边，和亚洲沾边，和太平洋沾边的国家和企业都可以参加，即使都沾不上边，也可以参加。中国的改革开放，就是要海纳百川，有容乃大，来者不拒。

作为全权负责博览会新闻宣传和公关活动的夏天，启动了最高级别的应对。而通过这次博览会，夏天也遇到了自己职业生涯转变的一次重要机缘。

在人民大会堂举办，有国家领导人出席的新闻发布会和开幕招待会，拉开了博览会序幕。

新闻发布会上，夏天邀请的中外权威媒体记者超过百名，长枪短炮，声势浩大。

国家电视台有一支专门的队伍，从新闻发布会开始，对博览会跟踪拍摄。这是夏天事先策划好的重点宣传项目，这支队伍中，有当时国家电视台炙手可热的栏目《一舟话题》的节目主持人敬一舟，她全程担纲出镜记者兼编导。她的出镜，将保证关于博览会三集系列专题片在国家电视台黄金时段顺利播出。

系列专题片的制片人，也是正在热播的《我想我家》大型情景喜剧的制片人，他带领的，是一个系列电视剧的专业班底，从前期策划、脚本、拍摄到后期的剪接、编辑、配音、配乐和封装，都是当时的一流水准，可以说是杀鸡用了牛刀。

而夏天，则在这部系列专题片中挂了总策划的名儿。本来夏天想抖个机灵顺便拍拍马屁，让世界展览中心的陆总挂这个名，好方便多申请点儿拍摄经费。但陆总态度很坚决，说本来就是你策划的，你必须露这个脸，而且，只要合理，经费一个子儿都不会少。

陆总还指示，这部专题片必须高站位、全视角、大手笔完成，要通过这部专题片，表现我国对外经贸领域欣欣向荣的景象，表达我国坚持改革开放的决心和信念，彰显我泱泱大国包罗万象的气度和巨大的发展潜力……

这部承载了众多使命的系列专题片，镜头聚焦最多的，还是参展热情高涨的海内外企业。这些企业，无一不把这次参展，当作宣传公司形象和产品，取得贸易成果的重要机会。

夏天带领的这支摄像摄影队伍，引起了很多厂家的关注。尤其是有国家主要领导人参观的专场，因为国家电视台有特别通行证，拍摄的角度和机位都能保证最好的拍摄效果，因此，事后不少国内外厂家纷纷找上来寻求支持与合作。

所谓支持与合作，一个是索要国家领导人参观他们展台时的照片和视频，另外一个就是希望在专题片中出现他们公司的形象和采访片段。这些需求引起了《我想我家》电视剧制片人同时也是博览会系列专题片制片人杜雷的关注，他不愧是一个专业制片人，迅速发现了其中的商机。他临时加派一组摄像机和一个专职照相师，专门记录博览会的一些重要场景，尤其是有国家领导人出现的专场。他还通过夏天和世界展览中心达成合作协议，他们不仅将保证系列专题片在国家电视台的播出，还可以减免世界展览中心准备付的制作费用，前提条件是允许他们在博览会上向参展厂商提供摄影摄像服务，明码标价，自负盈亏。

事实证明，杜雷极具眼光，这项服务一经推出，立马受到众多厂家的追捧，找他们采购照片和制作大会录像片的厂家络绎不绝。负责接待的小姑娘应接不暇，忙得小脸红扑扑的。杜雷也是兴奋得红光满面，一扫以前长期熬夜审片在脸上积攒的黑气。

他们为厂家制作的大会录像片形成了流水化生产，公共素材可以一鱼 N 吃，再补充点厂家的特色花絮和领导人参观以及和企业负责人合影的镜头，就可以为参展厂家留下珍贵的影像记录。厂家花小钱办了大事，而摄像组不太费劲就挣了不少钱。

杜雷甚至认为，这项业务比他们拍电视剧的收入更有保障。拍电视剧还有收视不佳广告卖不出去赔大钱的风险，而这项业务，一手交钱，一手交货，只要世界展览中心的展览不断，他们的收入就有保障，尤其是在无剧可拍的空档期，是养活他们团队的重要补充。

受杜雷启发，夏天认为世界展览中心可以开展和杜雷团队的长期合作，把这项服务变成一项官方服务，和杜雷团队分成，世界展览中心也因此可以获得一部分创收。达成这项合作，被认为是夏天工作中的一个亮点，陆总在员工大会上表扬夏天，说夏天身上体现了年轻干部的责任感和企业主人翁精神，愣把花钱的部门变成了创收部门，值得大家尤其是年轻大学生学习。

为了鼓励夏天积极性，夏天用了没几天的数字 BP 机被替换成最新款汉字显示的 BP 机，这种 BP 机，在当时全北京市的大街上都比较罕见。有了这台汉显 BP 机，别人找他什么事一目了然，夏天变得更沉稳大气了。嘀嘀声响起，他会不紧不慢拿起来看一眼，只要不是特紧急的事，就会神情淡然地放到一边，再也不像以前那样着急麻慌去找电话。夏天觉得自己似乎找到了一些成功人士在芸芸众生中脱颖而出后那种从容不迫的感觉。

当然，他照例还是把他的汉显 BP 机号通报给朋友们，并显摆道，有事随时短信，没事也欢迎骚扰。

杜雷团队在博览会展厅的穿梭拍摄，引起了一家德国公司西电子的关注。这家公司作为德国数一数二的商业巨头，在中国市场早就开始了布局，他们对这次博览会也很重视，派出了庞大的参展团，占据了一大片位置绝佳的展位，大力宣传他们在发电、通讯、高铁、医疗、家电等多方面综合优势。他们认为，杜雷团队拍摄的博览会专题片，和他们参展的宣传目的契合度很高，有必要进行全方位深度合作。

为此，西电子中国公关部总经理王芳亲自找到了展会主办方专题片的总负责人夏天。

对夏天来说，这是一次意义非凡的见面。

和王芳这次见面，将彻底改变夏天的职业生涯。因为这次见面，夏天和王芳后来联手在北京乃至国内广告界掀起了一个不大不小的波澜，这个波澜，成为夏天职业生涯少有的高光时刻之一。

王芳给夏天最深刻的第一印象，就是眼神的锐利和清澈。

她的目光透过镜片后锐利的感觉更加强烈，那是一种瞬间能看透事情本质的眼神，她的目光扫过之后，三百六十度无死角，一尘不染，寸草不生，没有一点儿可以含糊的地方。

但她的眼神又是清澈的，那是一种世事洞明后的澄澈和包容，让人不自觉有一种信任和安宁的感觉。夏天想，看王芳的岁数，比自己大不了几岁，但她在德国鬼子窝里能担任这么重要的角色，她的道行比自己可是深多了。

和王芳见面，碰撞到王芳的目光，夏天的头脑似乎也变得一片清明，并隐隐有一些棋逢对手的兴奋感。他意识到，和这样一个由内到外都玲珑剔透的人物打交道，越简单直接实在越好。于是，夏天在和王芳的交流中，表现了一种前所未有的干练和敞亮。

所谓干练，就是在第一时间了解了西电子公司在此时此刻的宣传需求，针对他们的需求，结合己方资源，迅速列举出专业且有效的建议，达成超出他们预期的效果。

所谓敞亮，就是不拘泥于细节，不算小账，一切以把活干得漂亮、快捷高效为前提。

干练和敞亮，也是后来夏天在自己的从商生涯中追求和坚持的风格。

和西电子公司合作的专题片中，拍摄团队除了如实记录西电子公司在博览会期间的所有重大活动，还针对一些重要场景进行多机位拍摄，丰富了镜头语言。后期剪辑更是用平行蒙太奇的手法，让一部商业专题片颇具节奏感，画面充实却不杂乱枯燥。

考虑到西电子集团总裁专程从德国赶来参加德国馆专场，陪同中国分管经贸的国家领导人参观西电子公司展台。夏天更是事先和王芳充分沟通，准备了一份颇具深度的采访提纲，并亲自充当出镜记者，全程用英文和西电子公司总裁进行对话。

夏天穿上卓越送给他的那身英伦范儿西服，自觉身形笔挺，秀外慧中，自信满满。这是他的第一次电视出镜采访，也是他的第一次英文采访。由于准备充分，加上有一股初生牛犊不怕虎的劲头，夏天面对这位气度森严的西电子集团总裁时，竟丝毫没有紧张的感觉，整个采访流畅紧凑，一气呵成。在一边陪同的王芳在采访结束后，镜片后面双目电闪，对着夏天频频颔首。

西电子集团总裁在采访中，详细阐述了西电子集团在中国的发展战略，充分肯定了中国在未来亚太经济圈举足轻重的作用，并明确表达了西电子集团将加大对中国市场投入，全面拥抱中国市场的决心。

博览会专题片总编导敬一舟看到夏天的这段英文采访素材后，果断决定把这段采访作为博览会的一个重要片段编辑到国家电视台将要播出的系列专题片里，并把西电子集团总裁的形象剪辑到专题片片头中。

这一波操作对王芳来说是意外之喜，且夏天团队没有收取西电子公司额外的费用。王芳认为夏天办事实在、到位，具有可靠的专业水准，是一个可以信赖的合作伙伴。

博览会结束时，王芳专门请夏天吃饭，并当场表态，以后公司宣传方面的事一定会再找夏天合作。而且，就在这年年底，公司将在北京望京总部举办德国西电子公司成立 150 周年和进入中国市场 125 周年的庆祝活动，届时，公司的董事局主席将亲自来华，请夏天团队做好协助宣传的准备，这次他们的宣传预算非常充分，相信一定会让夏天的团队满意。

王芳的这次邀约，是后来他们联手上演一出合作大戏的序幕……

第二十二章　日本朋友的一场大考

亚太博览会宣传工作大获成功，系列专题片在国家电视台如期播放，夏天得到国际商会主要领导表扬，加上在全会范围的一次征文比赛中名列前茅，夏天在国际商会系统算是有了些小名气，如同小荷露出了尖尖角。这个尖尖角一露，商会系统内针对小荷的各种挖"角"邀请便开始多了起来。

《国际贸易报》已经给夏天发了一张特约记者证，这回社长亲自找他谈话，希望正式收编他，并许以新闻部副主任位置。社长语重心长，说年轻人还是要发挥专业特长，这样进步会更快，新闻部副主任已经是副处级待遇，你二十七八能当上处级干部，将来前途不可限量。

国际商会宣传部部长也托人给夏天带话，说给他留了个新闻处副处长的位置，欢迎他随时加盟。甚至商会办公厅也给世界展览中心人事处老魏打电话，说会长现任秘书要去党校学习，希望把夏天作为候任秘书考查人选。

在国际商会工作四年多没捞着一次出国机会，这件事已经成了夏天的心病，他想，哪怕派他去趟柬埔寨，他也可以在亲朋好友面前自豪地宣称自己已走出了国门，是一个具有国际视野的人物。看着同一拨来的英语专业的大学生都在欧美国家进进出出好几趟了，自己还是一个蜷缩在北京东北三环的小土鳖，他心里那个郁闷啊，觉得自己就是怀才不遇明珠暗投的典型。

可现在，一个博览会下来，自己忽然成了香饽饽，倒有些不太适应了。因为他知道，在国际商会这样的机构，只要破了处，一年一次的出国机会基本是有保障的，而且，作为处级干部，就有公家配工作用车的资格，虽然不见得是太好的车，但只要有车，那简直就是另外一个社会阶层，就远不是一个汉显 BP 机所能带来的满足了。

眼看自己好像即将人五人六地云起来，夏天心里却反而没有以前焦躁了，他告诫自己要淡定，要冷静思考后再做选择。

去报社？自己大学毕业时就放弃了新闻单位选项，不就是想参与到真正的实业当中吗，现在再走回头路，岂不是有违初心？

去宣传部？那还不如去报社，报社毕竟有一定的报道选择的自由，去宣传部写命题作文，不是自己打小就无法逾越的短板吗？

给领导当秘书？是这块料吗？自己向来天马行空、自由自在惯了，如果真给领导当秘书，不是自己头大，就是领导头大，还是不要祸害自己，也不要祸害领导了，和领导保持距离，是自己在领导心目中保持美感的唯一方式。

这些机会看起来都不错，却好像没有一个真正属于自己。想清楚这些，夏天只好又继续郁闷了……

但是，很快，一场不期而至的外事活动让事情发生了巨大的变化。

夏天收到礼宾处处长老吴通知，陆总在香港美食城安排了一个小规模的外宾招待晚宴，点名让他列席，并要求着严格的正装。而且，晚宴可能会用到英文交流，要做好思想准备。

夏天在国际商会外事活动其实也参加了不少，但绝大部分都是大规模的场面上的活动，他一般都是干好自己的活儿，然后找一个不起眼的角落安静地吃喝，或找几个熟悉的朋友在不影响大会秩序和领导讲话的情况下自顾自唠嗑。

这次活动却明显和以往不同，礼宾处老吴如此絮絮叨叨地叮嘱，说明自己在这次晚宴中会充当某种角色，但到底是什么角色，没有一个人明确告诉夏天。夏天甚至冒昧地闯到陆总办公室，问自己需要做什么准备。陆总只是神态莫测地笑了笑然后含糊其辞地说，其实也不需要做什么准备，但该准备的又都要准备好。陆总的话让夏天感觉更迷糊了……

夏天心想，干脆自己也别瞎琢磨了，晚宴开始，见到真神，自然有分晓。

晚宴接待的是几位日本客人，见到他们，夏天才理解为什么礼宾处老吴让自己着严格的正装。夏天以自认为最严格的方式捯饬的一身西服、领带加皮鞋，跟他们一比，立马焕发出一种农民企业家的风采。即使是像陆总这样走遍全球的领导，跟这几个日本客人握手寒暄时，着装也明显能看出有很多不严谨的地方。

在夏天看来，这几个日本朋友打扮起来光鲜亮丽的程度，已经到了令人发指的地步。

一水儿裁剪得当的名牌西服，面料挺括发亮，又带有沉稳高级的垂感。领带的花纹简洁大方，质地细密紧致，一看就价格不菲。更可气的是，他们每人西服胸前的衣兜里，都别着一朵用丝绢叠成的胸花，胸花颜色各异，在西服上兜里如信鸽的脑袋般左右逡巡，东张西望，透着一种故作绅士和低调的张扬。

他们的皮鞋都擦得一尘不染，光可鉴人，皮鞋里基本都是短袜，裤腿晃动，很自然露出腿毛，明显是忘穿秋裤。夏天总结，冬天西裤里穿不穿秋裤，是当时日本人和中国人穿西装时最大的区别。夏天见过一些老同志令人窘迫的穿法，就是用袜子把秋裤裹得疙里疙瘩鼓鼓囊囊，或者干脆让秋裤大包大揽，寒风起处西装裤腿轻晃时，便露出秋裤的红与白。

他们的发型也都很讲究，虽然头发浓密程度和发色造型各异，但无一例外不是喷了发胶就是打了发蜡，打了发蜡的头发都是溜光水滑站不住一只苍蝇，而喷了发胶的，则仿佛每根头发都知道自己的使命和任务，在脑袋顶上倔强而光荣地挺立着，展示自己的骄傲和自信。

陆总介绍，这几位日本朋友是国际商会领导推荐过来的日本一家著名广告公司大洋广告的高层领导，他们在广告界的排名按营业额计算，是日本第三，世界第六。他们此行的目的，是想和国际商会探讨建立合资广告公司的可行性，因为按当时的国家政策，境外的广告公司想在国内开展业务，必须找到一家合适的合作伙伴，且股份不能超过百分之五十。

他们在日本本土很多重要的客户如松上、丰野、优能、西芝、东铁城、月立、日电等在中国如雷贯耳的品牌，如今纷纷到中国设厂，并在中国媒体投放了大量的广告，他们的目标就是在中国也能为自己国内的客户提供最好的服务。他们这次过来，其实是一次相亲之旅，看看能不能和中方潜在的合作对象互相相中。

他们此行由社长亲自带队，成员还有公司常务副社长、国际部部长、财务部部长和一名翻译。这是一支可以现场拍板的队伍，他们和中方接下来的接触，将决定合资公司能否顺利成立。

了解了客人身份和此行目的后，夏天立马就明白了陆总让自己参加此次餐会的深意。他估摸着，在座的中方成员中，自己很可能是第一个要跟这帮日本朋友短兵相接的人。

果不其然，酒过三巡，日方常务副社长松下常美打开了话匣子。据夏天观察，五个日方人员中，虽然松下常美排位第二，但却是这次谈判的日方主导者和话事人，而那位表情端庄矜持的社长，更多是具有象征意义，主要任务是负责买单。

松下常美留着一个颇具古风的大背头，戴着一副黑色玳瑁眼镜，面容清瘦，目光深邃，抽起烟来一根接一根，说话时喜欢用夹着香烟的手比画，比画过程中，一根根香烟灰飞烟灭，飘扬的烟灰逐渐形成一个巨大的气场，让人不由得对他的话深信不疑。

他的话翻译出来大意就是，他们这次到中国来建立合资公司，是人心所向，大势所趋，是箭在弦上，不得不发，而且，他们准备搞一把大的。当然，要把事情搞大，光靠他们自己还不行，必须找一个门当户对的合作伙伴，让我们一起搞大。

他们最大的竞争对手，在日本和世界营业额都排名第一的电联广告去年已经在中国成立了合资广告公司，注册资本达到四百万美元，是迄今为止中外合资广告公司中注册资金最高的一家。他们这次在中国寻找合作伙伴成立合资公司，准备拿出高于电联广告百分之二十的四百八十万美元作为注册资金，以显示他们在中国市场和电联广告及其他对手进行全面竞争的雄心。

四百八十万美金，在当时的广告界，确实不是一个小数字。就世界展览中心来说，一年的展会营收也不过一千多万人民币，折合美金也只有一百多万，如果拿下跟大洋广告的合作，也算是拿下了为国家招商引资的一个大单。

听到四百八十万美金这个数字，陆总眼睛有意无意朝夏天瞟了瞟，夏天接收到陆总信号，感觉后背升腾起一股热意，不由坐得更挺拔了，并下意识重新整理了一下西服领带，以示对这笔投资的重视和尊敬。

吊足中方胃口后，松下常美话锋一转，说他们此行要会见三个潜在合作对象，国际商会自然是首选，但其他两个也都很有实力且很有诚意。

松下话里把国际商会当作首选，是照顾了国际商会的面子，在一定程度上表达了自己的意愿，但故意说出还有其他两家，也是告诉对方自己还有后手，目的自然是为了在合资谈判中争取更多的利益和主动权。

果然，松下话音刚落，大洋广告的国际部部长片岗聪心领神会，马上掏出一本打印精美的企划书，说这本企划书是他们专门为即将在春城举办的世界博览会准备的，他们知道这次世界博览会主办单位是国际商会，春城将专门为这次博览会划出一大片土地进行规划设计，大洋广告因为在日本有规划类似世界博览会的经验，希望通过这次合资拿到春城世界博览会的规划设计标的。

夏天对春城即将举行的世界博览会早有耳闻，知道这是新中国成立以来首次举办的有固定场馆的长期博览会，全球一百多个国家都会参展，投资规模巨大，如果大洋能拿下世界博览会总体规划设计任务，他们在合资广告公司的投入就物超所值且一箭双雕。片冈聪的提案果然是杠杠聪明。

陆总在和日本朋友见面前显然是拿到了商会领导的尚方宝剑，他积极回应了日方的关切并承诺，如果双方一起成立合资公司，国际商会一定会优先考虑大洋广告的提案，还可以考虑把春城世界博览会的规划设计作为新公司的一项重要业务。当然，代表国际商会谈判的他话也不软，强调日方如果跟国际商会合资，也算是在中国借了一条大船出海，国际商会的很多资源将向日方敞开，包括它在中国的客户资源和媒体渠道资源。

说到媒体渠道资源时，陆总特意指了指夏天，介绍说夏天是中国一流的新闻专业毕业，在全国各级媒体都有同学，可以很好地帮助大洋的日本客户与中国媒体的合作与沟通。

陆总这一指，夏天觉得自己似乎一下子被推到了聚光灯下，被日本朋友将信将疑的目光烧烤着，他强作镇定，貌似沉稳谦虚地站起身，向在座的日本朋友点头致意，并缓缓开腔，话里却没有谦虚的意思。

夏天知道大洋国际部的部长是说英文的，便开始用英文介绍世界展览中心和国内外媒体的紧密合作关系，介绍的重点是世界展览中心每年要召开三十多场新闻发布会，和全国一百多家主流媒体建立了亲密合作关系，每个展览会都会在国内一些重要媒体刊登广告，每年的广告预算超过百万，和各媒体广告部门有很多交道和交情。他介绍起来如数家珍，并尽量用数字说话，自觉自己的英文从来没有像今天这样流利。

当然，他也没回避自己新闻专业和学校的背景，颇有些自豪地介绍说自己大学毕业后在工作上得到不少校友师兄弟姐妹关照，这些校友遍布全国各个媒体，很多都担任了领导职务，将来如果双方能一起创立合资公司，校友们一定会一如既往帮助自己，他们的帮助一定会有利于提高公司在媒体谈判方面的竞争力。

夏天感觉，自己上一次这么使劲地自卖自夸，还是大学毕业找工作接受国际商会面试的时候。如今，作为国际商会的一员，为了招商引资，毫不犹豫地拉大旗做虎皮急功近利地拿校友说事儿，算是豁出去了。

面对夏天的侃侃而谈或者说夸夸其谈，松下常美显出了浓厚的兴趣，他也抛开日文翻译，开始用英文和夏天对话，虽然他的英文有日本人无法克服的口音，但总体上表达却非常清晰。他说的是，巧了，他们的客户松上电器正好在中国有一个媒体购买计划，他们正通过以前的合作渠道询价，如果夏天有信心或者有兴趣，不妨也试着给客户报个价，显示一下世界展览中心和夏先生你的实力。

夏天没想到，自己的一番海口，换来了一次事关重大的考试，对这次大考，他心里其实也没底，有些后悔自己冲得太猛，话说得太满。但君子一言，驷马难追，这种情况下，硬着头皮也必须上。他迎着陆总关切且有些担心的目光，轻轻地点了点头说，好的，你们把媒体名单和广告的具体要求给我，我明天上班试试。

此时的夏天，虽然有些忐忑，但更多的是兴奋，他内心在呐喊，来吧，放马过来，在媒体圈，有散如满天星的师兄弟姐妹亲同学们显灵，我还就不信那个邪……

第二天，夏天拿到大考的题目时，心里已经有了七八成的把握。

他更加确信，新闻和广告对于媒体来说，就像是硬币的两面，有一种天然紧密的联系，

学过新闻专业的从事广告业可以瞬间转换视角找到另一面的玄机，并迅速发挥自己的优势。

那份媒体采购清单里，主要包括北上广和其他区域中心城市的都市媒体，基本都是当地的晚报，卖松上的家电产品，晚报必然是首选。

这些晚报中，很多都是自己同班亲同学的地盘。最让夏天感到欣喜的是，这份媒体采购清单中，浩然所在的《长安晚报》赫然在列。

经陆总特批，电话班给夏天办公室的座机开通了长途通话功能，夏天的第一个长途电话，就是打给在西安的浩然。

毕业五年多的时间，夏天和浩然虽然一直没断了通信，但总觉纸短话长，意犹未尽。当夏天拨通浩然办公室电话时，忽然有些悲伤

意识到，毕业这些年他和浩然不仅没再见过面，甚至连声音都没听到过，所以他听见电话接通后那一声喂时，心里莫名有些激动。

"浩然，是我。"夏天尽量保持声音的平静。

"夏天，是你吗？"显然，夏天一张嘴，浩然也听出来了。

夏天感觉，尽管时空分隔了这么些年，他和浩然只要一接触，立马就能找到当年的默契。简单交流后，夏天直奔主题，说明联络浩然的目的。

浩然秒懂，最后撂下一句话："放心，半个小时以后你再打过来。"

半个小时后，浩然告诉夏天，夏天拿到的价格，他保证没有任何一个广告公司可以拿到。

第二个电话，夏天打给广州的陈若珊，陈若珊在广东已经是一个小有名气的节目主持人，虽然在广播电台工作，但他相信，《五羊晚报》她一样搞得定。陈若珊果然没让夏天失望，她回消息说，她找到了《五羊晚报》分管广告业务的一个师兄，师兄支持的力度前所未有，价格极具竞争力，但有一个条件，就是要允许他请她这个主持人师妹吃顿饭。

夏天内心是希望陈若珊严词拒绝的，但想了想，还是劝她道，吃就吃，而且要放开吃，要吃得师兄山河变色，小脸儿变绿。

第三个电话，夏天打给了在济南的江驴儿。隔着电话，夏天都能感觉一股豪迈之气喷薄而出，江驴儿说，我替《泰山晚报》广告部主任做主了，你不仅可以拿到最好的价格，什么时候有机会到济南来，主任还会亲自陪你喝酒，喝他个人心齐，泰山移！

夏天觉得，短短几年，江驴儿似乎已经混成了山东济南地面上车匪路霸一类的角色了，这让夏天深感欣慰，他认为，这就是江驴儿应该有的样子。

其他的城市晚报也不必说，夏天照方抓药，各个击破，在一天之内，就把全部报价传真给了日方在京的联络人员。

日方的回复是，你确定可以拿到这样的价格吗？

夏天的回答异常坚定：你们完全可以把吗字去掉！

第二十三章　辉煌的起点和又见浩然

夏天的广告生涯开始于庄严雄伟金碧辉煌的人民大会堂。

人民大会堂新闻发布厅，穿着一身红都特别定制西装的夏天，坐上了中日合资泛洋国际广告公司成立新闻发布会的主席台，虽然叨陪末座，但他腰杆挺得笔直。除了那身西服让他自以为玉树临风，走在跟随国际化潮流的正确道路上，在公司筹备期间如鱼得水的感觉，也让他信心爆棚。

在人民大会堂召开公司成立新闻发布会，是日方极力坚持的，日方显得似乎比中方对人民大会堂的感情还要深厚。日方给出的理由是，既然泛洋国际广告公司是迄今为止在中国注册资金最多的中外合资广告公司，那一定要有一个庄严的场所作为公司出发的起点。在人民大会堂召开发布会，就是要表达大洋广告对中国市场的重视和深耕中国市场的决心，同时，也是要向竞争对手宣示，大洋进军中国市场，就是要占领中国市场的制高点。

参加新闻发布会的媒体记者，都是夏天平时工作中联系的老朋友，他的新闻通稿一发，这帮朋友自然心领神会，对这家新成立的合资公司进行了全方位立体报道。

通过国际商会，还请到一位副国级领导在发布会前接见日方社长一行，宾主畅聊改革开放、中日经济互补和中国对外商投资的重视与欢迎，国家通讯社、党报、国家电视台、北京地方电视台、在京各主要媒体等以此为由头，以注册资金最大的合资广告公司成立为卖点，对这则新闻在较重要时段用突出的篇幅进行了报道，短时间形成报道的一波流，这波流带动的节奏让泛洋国际广告的知名度一炮打响。

当然，这拨报道最成功的，就是上了《新闻联播》，《新闻联播》中，有夏天一晃而过的身影。结果第二天，就有不少夏天熟识的朋友来电话问，是你吗？是你吗？夏天压抑住内心的窃喜，故作谦虚和娇羞地解释道：不好意思，挡镜头了，挡镜头了⋯⋯

挡镜头的夏天心中暗叹，《新闻联播》硬是有影响力，充分体现了中央媒体的传播力量，这明明是一则企业新闻，但赋予了改革开放和招商引资的时代意义后，几乎没花什么代价，就造成了如此巨大的影响，这是花巨资做广告也达不到的效果，好的策划确实是有点石成金的作用。自己参与策划并成功实施，也算是在广告行业的第一次试水，这次试水顺风顺水，将来是否可以水阔波平，极目千里呢？夏天心里满是憧憬和期待。

公司成立新闻发布会的成功，也让接下来的招聘工作充满甜蜜的烦恼，百里挑一的录用概率，让泛洋国际广告成为京城广告界的热门公司，别的岗位不说，连前台小姐都是在日本留学8年学成归国，一口日语说得哟西哟西的。

此时的夏天基本上一句日语都不会，仅有的日语词汇就是从老电影《地雷战》里学到的米西米西和哟西哟西，因此，哟西哟西是他用日语表达骨折式敬仰的最给力的词语了。

成立没多久的泛洋国际广告，一时间风云际会，蓄势待发⋯⋯

按照合资公司的章程约定，中方担任法人和董事长，日方担任总经理，因为公司的客户都是日方带来的，所以公司的业务主导权完全由日方掌握，中方更多的是帮助解决地面儿上的事。

夏天作为中方四人筹备小组成员之一，是唯一一个被安排参与日方广告业务的。夏天在合资公司一开始的任务，就是学习如何为日方客户提供中国市场的服务。因为夏天真正广告从业的经验几乎为零，夏天要从最基层的AE（业务经理）营业员开始做起。

为此，日方委派的总经理中村专门找夏天谈了一次话。中村谈话大意是，在所有中方人员中，他最看好夏天，因为日本人也是很看重学校和专业背景的。名校毕业的夏天综合素质优秀，媒体资源熟悉，相信很快会成为公司业务的顶梁柱，但在成为顶梁柱之前，请先接受日方最严格的培训。培训之后，日方要把一些重要的客户交到夏天手里，希望夏天和日方的营业人员精诚团结，服务好日方的客户，帮助大洋打败在中国的竞争对手电联广告，也帮助日本的产品在中国市场取得更好的销售业绩。

中村的思想工作显然是有的放矢，他担心让夏天从一个普通营业人员做起会心里不爽，但他显然低估了夏天的觉悟。夏天心里想的是，管他从什么角色做起，自己一定要尽快掌握并精通广告业务的所有环节，只要精通了广告业务，加上合资公司品牌，在中国市场一定会有机会，自己的优势也很快能体现出来。

对夏天及新进员工培训先从商业礼仪开始，如何递名片，如何握手，如何上下车，如何上下楼，如何预约拜访客户，如何包装见面礼，开会如何排座次，和不同身份的客人打招呼鞠躬时的幅度和力度，和客户见面时忌食哪些食物，和客户见面时如果肠胃不舒服如何避免霸气侧漏，在厕所遇见客户如何避免一起面壁思过并肩战斗，请客户吃饭时如何倒酒、敬酒，如何送客，请客户卡拉OK选服务员和点歌时如何做到客户优先……

有关礼仪的培训可以说是事无巨细，细到极致，叹为观止，令人发指，让平时散漫惯了的夏天一个头有两个大。

但很快，夏天惊奇地发现，自己居然那么容易就适应了，他认为，这和自己学习的原动力有关，以一个小学生的姿态学习全新的东西，即使学不到精髓，也要学出点儿模样，希望到时候能和日本朋友好好比一比，看谁鞠躬鞠得更标准，更有范儿。但是，多年以后，夏天在鞠躬这件事上还是认栽了，他之所以认栽，是因为发现了自己的先天不足，在他的血液里，就没有随时随地鞠躬和鞠各种躬的基因，无法逆天而行。

除了商业礼仪，还有广告专业知识培训，AE（日本人叫广告担当）的基本职责，媒体调查、媒体计划、媒体购买和广告效果监测，广告创意如何从 brief（任务简报）开始，到 concept（创意概念）形成，到 slogan（广告口号）的确定，再到平面设计和 VCR（广告片）的拍摄完成……夏天如饥似渴像海绵一样迅速吸收专业知识，自认为很快摸清了广告业务的轮廓。

当然，培训时强调最多的，还是客户是上帝的理念。这是一种沉浸式的洗脑过程，洗脑成功后，就会形成一种条件反射，当客户打你左脸后，不妨把右脸也恭敬地送上，这样两边脸都灿若桃花，匀速发展，符合对称统一的美学标准。

夏天虽然认可客户是上帝的理念，但他认为要让自己达到用两边脸奋力迎击客户耳光的境界，绝非一日之功，也许这辈子都可望而不可即。

中村对夏天的努力和学习能力表示了赞赏，很快就授意日方主管业务的总经理助理安排夏天介入实质广告服务中。

日方总经理助理北野是日方最重要客户松上电器的负责人，他给夏天安排的第一项工作就是有些棘手的活动项目，这似乎也是对夏天的一次考试。因为要完成这项工作，涉及媒体计划、媒体安排、宣传物设计制作、场馆预订和现场活动组织等各个环节，需要有全方位的协调和沟通能力。

这项活动就是松上电器赞助的全国乒乓球大奖赛西安站的campaign（活动）。这是从中国乒乓外交获得的灵感，松上电器接受大洋广告的策划提案，利用乒乓球比赛在中国的普及性和认同感，邀请中日两国的顶尖高手参加重点城市的巡回比赛，从而达到吸引眼球宣传企业品牌和产品的目的，前面几站的效果都远超客户的预期。

北野强调，这是合资广告公司成立后第一次独立承担这个项目，夏天作为项目担当，主要的沟通联络工作都将由他完成，这个项目的成功，有助于以后将松上的业务全部顺利平移到合资公司来。

领到这个任务，夏天心中莫名兴奋。加入合资公司两个月后就能独立操作广告项目自然是原因之一，但最重要的原因，是他可以借这次活动，多次往返西安，从比赛准备期到比赛开始，能经常跟浩然凑在一块儿。

第一次到西安出差，是夏天独自一人到西安打前站，主要任务是考察汇总几个比赛场馆的情况供客户选择，并安排好比赛前在《长安晚报》指定版面刊登几次赛事预热半版广告，确保刊登时间和版面万无一失。因为那个时候《长安晚报》是西安最热门的城市媒体，好的版面会有一堆客户排队等位，堪比北京冬天吃涮羊肉最火的馆子牛街聚宝源。

浩然特意借了一辆红旗轿车到咸阳机场接夏天，这是他们毕业近八年后的第一次见面。

夏天永远忘不了毕业时和浩然分别的那个夜晚，绿皮火车被烟尘和黑暗卷裹着驶离站台，浩然在列车启动时看向夏天的眼神散淡中透着不舍和迷茫。夏天的目光一直追随着列车，直到它被黑暗完全吞没，独自一人留在站台的夏天，久久不愿离去……

和那个夜晚相比，夏天发现，浩然的样貌并没有太大变化，头发变短了些，但清瘦依旧，曾经总是散淡的眼神不时会聚敛锐利的光芒，像是目空一切，又像是尽收眼底，显出这些年记者生涯历练后的司空见惯和自信笃定。

恍如隔世，又好像从未走远，见到夏天，浩然嘿嘿一乐，让夏天马上想到他们在学校偷西瓜大获全胜后的相视一笑，他们之间原来所有的感觉和默契便迅速回归。

此时的浩然，已经是《长安晚报》经济周刊主编，报社响当当一支笔，而经济周刊，是报社最贴近市场的一个部门。

知道夏天要来，浩然提前把所有工作都安排出去了，夏天在西安出差这两天，他将全程陪同。

当天下午，也就花了不到半天时间，浩然领着夏天看了看他事先联络好的几个备选场馆，并特别推荐了条件最好的人民体育馆。有浩然出面，加上他让晚报体育部主任打招呼，馆租等费用相当优惠，远低于客户事先了解的价格。夏天把情况向北野汇报后，北野当时就把场馆确定了。

浩然还特意把夏天领到晚报广告部，把他介绍给广告部主任赵大姐，说夏天是自己大学同班同学兼铁哥们，请她多多关照。赵大姐一见浩然就笑眯眯的，看夏天的目光也格外慈祥。夏天递出自己的名片，赵大姐一看公司名字就说知道知道，你们公司成立都上《新闻联播》了，我还琢磨怎么才能跟你们联络上呢，浩然你又帮我办了一件好事。

看样子浩然平时跟赵主任互动很多，经常为赵主任办好事，所以浩然请托赵主任办的事自然也不在话下。毫无悬念，松上电器赛事广告拿到的价格又让北野咋舌惊呼，这是真的吗？赵主任还表示，在指定日期，她一定会安排最好的版面刊登广告，保证万无一失。

办完正事，剩下的都是留给浩然和夏天哥俩的时间，正好有车，浩然领着夏天在西安城转了个遍。碑林、大雁塔、钟鼓楼、灞桥……这都是浩然自己平时喜欢逛的地方，每个地方，都有典故，浩然介绍起来如数家珍。

碑林怀素狂草千字文，大雁塔玄奘西行带回来的佛舍利和贝叶经，钟鼓楼的巨型牌匾和晨钟暮鼓，灞桥的年年柳色……通过浩然的介绍，一个个古代圣贤的面孔变得鲜活起来，或呼儿唤酒，或笔走龙蛇，或击鼓而歌，或灞桥伤别……移步换景，每一处，都有唐诗的出处，似乎都在讲述诗圣诗仙惊天鬼才们的诗酒风流和千年神话……

当然，让夏天印象最深的，还是西安保存完整的明代古城墙，长乐、永宁、安定、安远东南西北四个主城门的名字，包含了人们对美好生活的向往，这种向往，几千年来似乎从未改变。城墙是几年前刚刚重新修葺的，但依然处处透着沧桑，就像一部无字史书，让人思接千载，迷醉于这座城市的底蕴，也让夏天更加理解浩然的散淡和内心深处的骄傲，这种骄傲在他的骨子里，在他的血液中，不屈不挠，野火难烧，而这种骄傲，也将最终决定他的命运。

除了逛，自然是吃。现在的他们，早已不是当年的穷学生，七八年的工作历练，他们也算是吃过见过的主。贾三的灌汤包、老孙家羊肉泡馍、樊记腊汁肉夹馍、魏家凉皮、德发长饺子馆……在两天里他们吃了一个遍，每顿都不带重样的。

但最让夏天有感觉的，还是他们聊到深夜肚子饿了找到的路边烤羊肉串摊。

大学毕业那年，几串羊肉，两瓶啤酒，就能让他们聊到大半夜。现在，他们时隔近八年相聚西安，似乎都有说不完的话，似乎都想在两天之内把八年来所有的故事讲给对方听。

羊肉是用细细的自行车辐条串起来的，每串又细又长，每块肉都不大，因此似乎每一丝肉都入了味，都带着炭火气的焦香，让人吃起来欲罢不能，回味无穷。他们坐在路边小板凳上，撕咬着羊肉串，横吹着黄河啤酒，回忆似水流年，交换人生感悟，针砭天下物事，不觉天光已露鱼肚白。

浩然告诉夏天，他的孩子马上就要出生了，这让他开始重新思考事业的方向，看到夏天从事的广告工作，让他对广告新业态产生了浓厚的兴趣。这些年，他已经精熟于写各种题材的新闻报道，拿了不少好新闻奖，但似乎已经很难翻出什么新花样了。

最近两年他主持晚报的经济周刊，对于新闻和软文宣传的无缝对接也早就得心应手，但总觉得这都是小打小闹，不成气候，而且违背了新闻规律，也违背了从事新闻行业的初心。报纸广告同样需要大策划、大手笔，让新闻的归新闻，广告的归广告，只有这样，才能保证媒体的公信力，才能把媒体的影响力做到极致，媒体才会有更大的话语权，市场化程度才会更高，向相关产业扩张的可持续发展能力才会更强。

浩然的一席话，让夏天感受到了浩然依然闪烁的新闻理想，也唤起了夏天心中渐行渐远曾经滚烫的记忆。那些年，他们坐而论道，青春热血。现如今，理想和现实交织，贼心还在怦怦乱跳。

夏天极力怂恿浩然道，你应该考虑找机会竞聘报社广告部主任，我可以把北京几家大的 4A 广告公司负责媒体采购的朋友介绍给你，他们一定能帮助你很快熟悉现代广告整合营销的套路，让各大国际品牌在《长安晚报》的广告投放量打从你上任起便迅猛增长。

夏天的话让浩然眼前一亮，他重重地点了点头。

两年后，浩然果然当上了晚报的广告部主任，接替了退休的赵主任。后来，更是走上了报社主管经营的领导岗位。但造化弄人，终究是一曲歌长恨，灞桥伤离别。

夏天的西安项目非常成功，让公司的日本人对他刮目相看，三个月后，便被提拔为营业部副经理，手下还管着一个资历浅一些的日方职员，而且，工资也涨了一大块儿。

中村表示，还会把更艰巨的任务和更重要的客户交给他。

但在夏天内心，感觉还是有些怪怪的，自己这么爱岗敬业，说白了，不就是一个在中国市场推广日本产品的马前卒嘛。可自己毕竟是堂堂国际商会的国家干部，也是代表中方的管理人员，如果在业务上永远受制于人，中方在合资公司的话语权就会越来越弱，中方的利益也很难得到保证，那建立合资公司的意义又何在呢？自己一定要努力帮助中方找到定位，也要想办法找到自己的独立存在价值，将来更要想办法用自己的所学为民族品牌服务。

在这个日本人主导的合资公司，夏天发现，自己的家国情怀反而更浓了，也真正理解了什么叫身在曹营心在汉，他觉得自己就是一个非典型潜伏者，一直在等待一个亮瞎自己双眼的机会。

很快，机会来了，或者说，他找到机会了。

第二十四章　放马过来

从西安回来后，夏天就接到西电子公司王芳的电话。王芳在电话里说，她要兑现自己的承诺，把公司成立 150 周年和进入中国市场 125 周年庆典活动专题片的制作任务交给夏天，这回，预算大大的。

上半年亚太博览会夏天带队给西电子公司拍摄的专题片大获成功，让王芳对夏天信任有加，这回西电子公司又有大事发生，王芳自然第一时间想到夏天。上次专题片是在预算极其紧张的情况下拍摄的，夏天团队依然表现了很强的专业能力和职业精神，拍摄效果和宣传效果远超西电子公司预期，得到了西电子中国和德国总部的一致好评。

西电子集团董事长在中国国家电视台闪亮登场的画面，也被编辑到集团的年度宣传片中供全球各分公司子公司使用，宣传片中称，这是来自中国的好消息。而带来这个好消息的王芳，在德国总部公关广告序列里也是名声大噪，被认为在德国总部和中国市场之间的沟通、协调工作中，具有不可或缺甚至是不可替代的作用。

夏天从王芳打电话时表现出来的一诺千金的气场，就能感觉她现在在西电子中国公关部领导地位稳固，话语权巨大，一言没有九鼎也有七八鼎。

和王芳见面，她的眼神依然锐利清澈，哈哈一乐时，透出一种游刃有余的爽朗和干练。王芳三言两语，就把这次专题片拍摄的主要内容和想达到的宣传目的交代清楚。

夏天和以前一样，见到王芳就会产生一种棋逢对手的感觉，不自觉头脑转得飞快。他迅速抓住西电子公司的主要诉求，也是三言两语便勾勒出了专题片的总体轮廓和拍摄时的创意思路。经过几个月的广告专业培训，夏天自觉底气十足，拿腔拿调地开始喷。

"短短十五分钟专题片，将浓缩西电子公司的昨天、今天和明天，强调一个能字，突出一个精字，表现一个诚字，紧紧抓住和中国市场消费者的沟通点，把西电子公司的博大精深演绎得淋漓尽致，也把西电子对中国市场的重视和诚意表达得掏心掏肺。

"全片将用时空交替平行蒙太奇的剪辑方法，让观众在明快跳跃的节奏中回顾西电子一百多年的历史，并轻松转换视角，聚焦现在和未来。

"画面表现时将用多机位多角度同步拍摄，让画面更丰富、更活跃，并产生强烈的对比。整部专题片一定是全程无尿点，一气呵成，人见人爱，花见花开。

"当然，专题片拍摄时还要考虑国家电视台选题标准并借势当前国家鼓励外商投资的政策利好，避免过于商业化和自吹自擂，在了无痕迹的情况下暗度陈仓，保证在国家电视台经济频道按经济新闻节目播出，这也是拍摄这部专题片一鱼两吃设计中最重要的那种吃法，一定会香得不要不要的。"

夏天的快速反应和侃侃而谈让王芳眼神更亮了，她频频点头，一副深得我意的样子。夏天确认过王芳的眼神后，很快便有了得寸进尺的想法。一鱼既然可以两吃，为什么不能三吃、四吃，甚至，整个全鱼宴呢？

说完专题片，夏天特意清了清嗓子，充满激情地向王芳介绍这几个月他加入中日合资广告公司后的变化和体会。他内心迫切地想让王芳知道，士别三日，当刮目相看，自己早已非吴下阿蒙，也是一个如今很吃香的外商投资企业高级员工了，而且，还有一个中方代表之一的身份。

他在介绍公司时，更是努力挤出一副不可一世的表情，以注册资本金目前在国内所有广告公司排第一为卖点，强调泛洋国际广告作为全案代理公司的资金实力和垫付能力，希望有机会跟西电子公司进行更深入全面的合作。

对于合作的可能性，他还从文化的角度进行了一番分析，这是他来见王芳之前就打好的腹稿：日德两国都是科技先进的发达国家，都以做事认真作风严谨著称，两国之间一向惺惺相惜，相爱不相杀，"二战"期间更是勠力同心，狼狈为奸，共同畅想了称霸世界的美梦。虽然最终梦碎，一地鸡毛，但梦碎后再出发，很快满血复活，又成为世界经济发展的两大引擎。

如果日德两家大公司能在中国地界，为中国市场经济的发展，为造福中国老百姓，为世界和平与繁荣携起手来，无疑将成为 20 世纪拨乱反正浪子回头的一段佳话。

夏天这套上纲上线胡乱联系自我拔高的说辞听得王芳直乐，她沉吟了一下，点点头说，可能还真有一些机会，就是不知道你们能不能接得住。

放马过来！！夏天心中狂喊。

王芳介绍，结合公司成立 150 周年大庆和各业务板块政府项目在中国市场的全线展开，西电子明年在中国也将有一个全方位的品牌整合宣传活动。这次活动的广告投放预算超过 1500 万马克，是西电子进入中国市场以来规模最大的一次，将全面覆盖国内主流四大媒体和重点城市的标志性户外路牌。

而且，新上任的集团市场中心老大彻底改变了以往通过德国本部操作中国市场广告投放的办法，授权西电子中国公关部独立完成这次宣传活动，总部只进行原则指导和全球统一 VI（视觉识别系统）识别的审核，目的就是让离中国市场的炮火最近的人决定广告策略，找到最能打动中国消费者内心的广告接触点。

王芳说到广告接触点的时候眼神闪亮，她盈出笑意问夏天道："你知道我为什么说你们可能会有机会吗？是因为刚才你介绍专题片创意时强调的四个字让我很有感觉。"

"哪四个字？"夏天问话的时候心中已经了然，他暗暗地使劲攥了攥拳头，心说那可是我一晚上搜索枯肠对比排除了无数个拍马屁的好词之后独活的成果，天道酬勤啊！

"博大精深！这四个字非常符合这家百年老店的气质。西电子，博大精深。我感觉我们这次广告宣传的 slogan 广告口号已经出来了，我们最起码是会为这四个字的创意买单的。"

"别啊！"夏天有些着急，"别只光要这四个字的创意啊，这四个字我们可以免费奉送，谁都知道广告投放才是大头，我们的能力也是博大精深的，不信你们也可以试试嘛。"夏天心中急切，表面上却是嬉皮笑脸坚持王婆卖瓜自卖自夸。

"广告投放我们将采用比稿的形式，看谁的媒体策略好，到达率和渗透率高，当然，最重要的，是媒体采购的性价比，性价比的比拼将决定广告投放代理商的选择。按惯例，欧美公司是不会选择日本公司当广告代理的，但冲你奉献的博大精深这四个字，我可以给你一个参加比稿的机会。"从王芳的眼神里，夏天明显看出鼓励的味道。

他的小心脏一阵狂跳，心想，难道传说中的亮瞎眼的机会就要来了吗？媒体采购性价比，不就是看谁的媒介谈判能力更强吗？这不正是自己的强项吗？就像冬天来了后面紧跟着是春天，日本人已经服了，德国人服的日子还会远吗？

夏天看向王芳的眼神无比坚定充满自信："你把媒体初步预算和计划给我，一定会有惊喜。"

王芳笑着点点头，提示道："现在国内媒体外商广告投放价格比国内厂商高一倍，如果投放量大了，不知道能不能找到突破点。"

王芳的提示像一道闪电，把夏天的心中照得雪亮，一部当时的热播剧《敌营十八年》的主题曲立马就到了嘴边，差点哼出来：胜利在向你招手，曙光在前头……

拿到西电子媒体预算和初步计划，以及王芳准予参与比稿的承诺，夏天第一时间回公司做了汇报。

全年 1500 万马克的广告投放量，在当时国内广告界，绝对是排名前几位的年度大单。北野的第一反应是眼睛睁得溜圆，反反复复用刚学没几天的中文问："这是真的吗？这是真的吗？"也许是他刚学中文口条还没捋顺，或者说中文"真"字的发音就是为了难为日本朋友的口条的，他说的"这是真的吗？"夏天怎么听都像是说"这是捡的吗？"

于是他忍住笑，一本正经地回答道："绝对是捡的，必须是捡的。"

总经理中村听了也很兴奋，连声说："捡得好，捡得好！"

北野拿出随身带着的计算器，快速计算起 1500 万马克折合的人民币来，算完之后他的眼睛睁得更大了，7500 万人民币，居然比日方最大客户松上电器全年的投放量还要多不少，如果拿下，公司的营业额将翻一倍都不止。

"夏桑，必须拿下，拿下就牛 × 了！"北野挥舞起拳头，说了一句夏天听到过的他说得最完整的中文，尤其是"牛 ×"俩字，字正腔圆，也不知道是哪位卡拉 OK 中文女教师教的。

北野的神态和表情，让夏天一下就联想到老电影里当背景板的"武运长久"四个字，日本武士们在背景板前露着胸毛，拍着胸脯，龇着大牙，一副不可一世不达目的决不罢休的凶相。他头一回对这四个字没那么反感，使劲点头道："一定要牛 ×，一定要拿下，通通地拿下！"

中日双方对这个大单都非常重视，明确由夏天全权负责这个项目，尤其是负责媒体谈判，公司将为夏天提供一切必要的支持，包括所有的交通、通信和后勤服务等。而对夏天支持最重要的举措，就是特批夏天采购一台刚刚上市没多久的诺基亚 2110 手机，一是方便夏天跟媒体和客户联络，二是向媒体展示公司实力，增加夏天谈判的筹码。

这台手机裸机加入网费及电信加价，入手超过 1 万元，可谓下了血本。拿着这台沉甸甸的手机，夏天既有压力又有动力，他下定决心，不成功，便成仁，只许成功，不许失败！

后来，夏天知道，诺基亚 2110 是一款大有来头的手机，当时的国家邮电部部长，就是用这款手机，打通了中国历史上第一个 GSM 电话，开启了中国数字移动通信网络时代。

这款手机的铃声 Nokia Tuen，来自西班牙吉他手 Francisco Tárrega 写的华尔兹舞曲 gran vals。诺基亚 2110 面世时，选取了其中一小段作为铃声，此后这段旋律被内置在每一部诺基亚手机中，见证了诺基亚手机王朝的兴起、繁荣和衰败，恰似一段传奇从童话到鬼故事的挽歌。

时过经年，夏天依然保留着自己人生的这第一台手机。粗壮性感的前壳，敦厚皮实的电池，一拉老长的天线，透着一种舍我其谁的威武霸气，重量仅次于即将被它淘汰的机型——大哥大，那曾经代表牛×的存在。

这台手机至今仍被夏天珍藏着，品相依然完好，充电插座和电池齐全，充上电手机屏幕依然会闪烁单调而倔强的绿光，而它那沉甸甸的分量，也让人很快找到熟悉的手机揣裤兜里裤子就要往下掉的感觉，思绪会不自禁地坠入曾经的峥嵘岁月，忆往昔，峥嵘岁月是真他妈稠啊……

这台手机为接下来的媒介谈判立下了汗马功劳，在和外地媒体谈判时，在和王芳的密切沟通中，这台手机经常被打得热得发烫，感觉就像战场上不断喷吐火舌的机关枪烧红的枪管一样。

长时间的手机信号刺激，夏天脑仁经常会有针扎般的痛感，但他毫不介意，这种刺痛感反而让他更兴奋，他就像一个杀红了眼的士兵，不管不顾，抱着炸药包就闷头往前冲，要轰塌面前的每一个堡垒。

当然，他也不是一味蛮干，他一直记着的一句话就是，堡垒往往是从内部攻破的。在和几十家媒体的谈判中，他总是想办法先找到内部人，充分发挥师兄弟姐妹早年就打入敌人内部的优势，把各媒体内部的规则和底价逐个摸排清楚，做到知己知彼，然后各个击破。每击破一个点，就有一个现身说法的案例，逐渐会形成羊群效应。

在所有的堡垒中，最难攻破的是外商广告和内商广告的差价。尽管国家已经开始倡导为外资企业创造公平竞争的环境并有相关政策出台，但长期形成的惯性，大家还是忍不住要对外商高看一眼，高看一眼的后果自然是，相同的消费，外商价就是高高的。

这种高看一眼贯穿在当时社会生活的各个方面，从旅游景点的门票，到旅游定点饭店的菜单，再到车船飞机的票价，甚至公共厕所的收费，都恨不得用外汇券来结算。就像如今正在逐渐打开国门山水相连的血盟邻国，中国人作为被高看一眼的老外在消费价格上总能享受超国民待遇。

为了攻克内外差价这个堡垒，夏天事前做足了功课，拿着政府已经出台的文件，拜访了在媒体界有举足轻重影响的政府机关报《国家经济报》，这家机关报的广告部主任就是比自己高几届的师兄。

看到夏天拿出来的文件，师兄长叹一声道："看样子《国家经济报》广告内外有别的价格体系要终结在你手里，终结就终结吧，响应政府号召嘛，在师弟手里终结，也没什么好遗憾的。我相信，在我这突破了，其他地方也就摧枯拉朽了。"

夏天把和《国家经济报》谈判取得突破的消息第一时间告诉了王芳，王芳难掩激动的心情，脱口而出道："这个媒体购买单子是你们的了！《国家经济报》我们几年谈判未果，相信西电子会是第一个广告价格全面享受国民待遇的外资企业，祝贺你！你们可以开始准备两周后比稿的 final presentation（最终提案）了。"

《国家经济报》取得突破后，外地媒体却并非如师兄所言，摧枯拉朽，相反，他们对内外商价格差的问题，一直咬得很死，一副不见兔子不撒鹰的样子。夏天认为，如果光是电话联系，不进行面对面的切磋，这些堡垒很难真正攻破。

时间紧，任务重，于是，夏天做起了空中飞人，开始马不停蹄对全国各主要城市的媒体进行旋风式拜访。在许多地方，夏天遭遇到了顽强的阻击，而每一个阻击点，就是那一顿顿的大酒。夏天后来回想，那段时间，自己简直就是在用生命来喝酒，所谓酒场如战场，战场就是酒场……

第二十五章　酒场如战场

外地媒体价格谈判的第一站，夏天选在了济南。

所谓得中原者，得天下。济南作为中原重镇，具有一定的标杆意义。而且，夏天认为，在济南，他还有一个重要倚仗，那就是在济南已经混成车匪路霸式人物的江驴儿，有江驴儿在，事情就成了一半。

江驴儿果然没有让夏天失望，夏天到济南后，还没来得及到省报广告部拜访，就直接上了酒桌，满满一桌十几个人，个个都透着齐鲁人民的敦厚朴实方正，唯有江驴儿依然是学校那副跳脱飞扬的模样。

酒桌上，广告部齐主任坐了主位，夏天坐在主任的左手边，江驴儿打横坐了副陪的位置。其余作陪的一拨是广告部的骨干，一拨是江驴儿这些年在济南发展的狐朋狗党。齐主任开宗明义，说咱们今天不谈业务，只管把北京来的客人陪好，客人喝好了，就你好我好他也好，大家都好。

到了山东，上的酒自然是刚刚以 6666 万中了国家电视台广告标王的秦池酒精品系列，因为中了广告标王，秦池酒在全国可谓是家喻户晓，在山东，更是引领酒坛风尚，如果客人来了喝不上秦池酒，那明显就是主人招待不周，有私藏好酒自己个儿闷得儿蜜的嫌疑。

广告部齐主任先提三杯，一杯表示对北京客人的欢迎，一杯谢谢江驴儿穿针引线，一杯祝各位新老朋友身体健康吃好喝好吃吗吗香，果然践行了不谈具体业务的宗旨。

大家一一跟随，夏天自然也是酒到杯干，不敢怠慢，只是觉得节奏有点快，满桌的青岛小海鲜还没来得及动筷，肚子里就已经是火烧火燎的。而且，他总觉得这个迅速名声大噪的秦池酒还不如北京二锅头带劲，使劲咂摸也没咂摸出好来，因此，纵使搜索枯肠，也想不好怎么夸这酒，以示对主人热情接待的尊重。后来的事实证明，夏天的嘴和肠胃还是非常诚实的，秦池酒的辉煌终归是昙花一现，因为广告的泡泡毕竟不是酒曲的醇香，好的酒会说话，草草勾兑的酒一定会露馅。

作为副陪的江驴儿很好地控制了节奏，不着痕迹地保护起夏天来。他先让夏天抓紧时间干掉一条葱烧海参，再来一只油焖大虾，最后特别推荐九转大肠，说这九转大肠下肚，酒喝下去便似进了九曲十八弯，不抢滩也不上岸，不上头也不伤肝。他在作为副陪提三杯酒的过程中，看似有意无意地走到夏天身边，用只有夏天才能听见的声音轻轻告诫夏天："一会儿大家自由敬酒的时候千万不要站起来。"

夏天听得有些纳闷，心想，不站起来敬酒是不是有些失礼啊？但江驴儿既然这么说，一定有他的道理。作为大学曾经的白酒协会的战友，他们在学校的酒场多次组团和别人拼杀，罕逢对手，早就形成了默契，即便是九转大肠，一碰眼神，所有的弯弯绕绕深深浅浅立马就了然于胸。

社会上的酒场毕竟和学校不同，再加上初来乍到，并不懂山东地面上的规矩，夏天略作思忖，决定听从江驴儿的告诫，自己先按兵不动，然后再兵来将挡水来土掩，且看山东朋友如何把这酒局一步步推向高潮。

果然，主陪副陪各提三杯后，桌上其余众人开始自由切磋起来。说是自由切磋，但夏天明显能感觉到，广告部齐主任手下的几员干将把自己当成了主攻方向，开始轮番给自己敬起酒来。夏天却之不恭，也只好奉陪，杯杯见底，顿觉压力山大。见此情景，江驴儿一个眼神，他带来的几个小弟也一个个站起来了，说好久没跟广告部的领导们好好喝酒了，这次一定要好事成双，跟每个领导都喝个双杯。

站起来敬酒的没有一个含糊的，一手拎着酒壶，一手端着酒杯，挨个打起了通关，自己人喝一杯，跟广告部的都是双杯，跟广告部那个身板儿最魁梧貌似实力最强的甚至是三杯，到夏天这儿时则都是您随意我干了。夏天自然不好意思随意，但想仰脖干时总是感觉自己的手肘被人有意无意按住了，因此每杯便干得不是那么彻底。

江驴儿的小弟几个人轮番打通关下来，广告部的干将们便顾不上照拂夏天了，夏天压力顿减，而这两拨人捉对厮杀，酒场便迅速进入高潮。夏天也彻底明白江驴儿不让自己站起来喝酒的深意了，站起来就得拎着酒壶打通关，照他那帮小兄弟的喝法，自己说不定早就上洗手间还账去了，搞不好还有可能来个现场直播。

双方激战正酣时，夏天诚心诚意端起酒杯，主动敬起了广告部齐主任，并勇敢而低调地站了起来，齐主任也不含糊，端起酒杯和夏天一起站着连干了三杯。干完后他拍着夏天肩膀说，你有江驴儿这样的好兄弟，我们也会是好兄弟。

一切尽在不言中……

在江驴儿的保驾护航下，济南行一切顺利，夏天达成了他所有的预期目标，他内心有些膨胀，自比淮海战役取得完胜。带着胜利的喜悦和满满的信心，夏天决定第二站赴沈阳这个前期谈判不太顺利的东北重镇，打响媒介谈判的辽沈战役。

因为前期并没有找到江驴儿似的人物在辽沈电视台作铺垫，夏天来到电视台广告部时，迎接他的是广告部赵主任将信将疑的目光，一个日本公司，代理德国公司广告，还想要一个前所未有的折扣，凭什么？赵主任眼镜片后面审视的目光一闪一闪的，看得人心里直发虚。

夏天有备而来，他第一时间就拍出临行前特意找王芳申请的西电子公司媒介比稿邀请函，以证明此事并非子虚乌有。

但媒介比稿邀请的不见得只有你们一家吧？赵主任自然又抛出第二个问题。果然老辣，这和夏天来之前了解的情况一点不差，这个赵主任在东北传媒广告圈乃是一个大佬级人物，见多识广，人脉丰富。

这回，赵主任的人脉丰富帮了夏天，夏天马上跟他提起了国家经济报广告部的那位师兄，因为那位师兄跟赵主任开全国广告媒体年会经常碰到一起，并且有不错的交情，这也是夏天来之前做的功课。

有了共同的熟人，有些话题便好展开了，但赵主任还是谨慎地当场给《国家经济报》的师兄拨通了电话。寒暄之后，几句话他就彻底搞清了状况，他马上吩咐手下，赶快安排工作餐，和北京来的夏先生一起吃个便饭，有什么事边吃边聊。

赵主任嘴里的便饭显然不是那么随便，满满一桌都是东北硬菜，小鸡炖蘑菇、白肉血肠、锅包肉、熏肉大饼、牛丸烧白菜、熘肝尖、饭盒蒸带鱼、多尔衮蒸肉……一个比一个硬。

陪着吃饭的也是满满一桌十来个人，除了赵主任老辣深沉，一副东北大哥模样，其余都是小姑娘大姐姐和小伙儿，长得一个比一个不软，小伙儿高大俊朗，小姑娘大姐姐苗条飒爽，不爱武装爱红装。

来之前，夏天就听说辽沈电视台广告部有一个红粉天团，是赵主任百里挑一组的团，团员一个个如花似玉，酒量惊人，很多外地广告公司负责媒体接洽的都被弄得五迷三道，不知不觉便缴械投降，完全忘了来此处的初心。今日一见，果然名不虚传，这些小姑娘大姐姐一水儿高鼻子大眼睛，眼神儿就像擎着丈八红缨枪，水汪汪，直勾勾，明晃晃，如果定力不够，一定会被照得心里发慌。

但夏天毕竟是东北女婿，这种高鼻子大眼睛范儿也是见多不怪，因此，面对红粉天团，还是保持了一种很有礼貌的平静和淡定。

红粉天团的气场没镇住夏天，但餐桌上一字排开的白酒，却让夏天不自觉倒吸了一口气。

这些白酒，是本地产的金州特曲，粗粗一数，不下十瓶之多，和桌上的人数似乎暗合。夏天暗忖，满桌就他一个客人，是典型的单枪匹马独闯红粉魔窟，今天的结局一定是不醉不归了。看着赵主任那张深沉的脸，他仿佛看见了威虎山上的座山雕，座山雕的百鸡宴与时俱进，换成了百花宴，百花盛开，杀人无形。

夏天脸上的表情依然努力保持着波澜不惊，但心中的小鼓已经敲得叮咚乱响。

随着大家一起落座，夏天发现，形势并没有自己想象中那么可怕。因为他看见，从赵主任往下，每个姑娘小伙儿都自觉地从桌上那一长排白酒中取了一瓶放在各自面前，到最后，那排白酒只剩下一瓶。夏天明白，这瓶应该是非自己莫属了。

他有样学样，取了那瓶白酒，蹾在自己右手边，同时略松了一口气。心想，东北朋友还算局气，座山雕也很讲江湖道义，白酒面前，人人平等，不靠人多取胜。既然那些小姑娘大姐姐都敢领走一瓶，自己今天作为来自北京的唯一代表，也绝不能含糊，虽然在北京自己很少这样喝酒，心里并不是很有底，或者说，是很没有底。

赵主任见夏天自觉领走一瓶白酒，微微点了点头，自己满上一杯后，便开门见山道起了开场白。他的开场白言简意赅："欢迎首都来的朋友，大家先喝酒，喝好了再谈工作！"

赵主任所谓喝好的意思，就是大家一轮一轮把酒满上，然后干掉，男女都不例外，客人自然也得入乡随俗。

在红粉天团明晃晃的目光照射下，在她们天鹅颈骨折式干杯行动的引领下，在她们一次次翻起皓腕亮出杯底所透出的优雅飒爽感召下，夏天干杯的节奏和她们一直保持同步，直到那瓶金州特曲见了底儿，一滴都没剩下。

"大兄弟，有什么要求，现在可以说了。"赵主任拍了拍夏天的肩膀。

说是大兄弟，夏天感觉东北大哥赵主任应该是认了自己这个小兄弟了，他忍住不断往上翻涌的酒意，毫不含糊地提了两点要求。第一，允许西电子公司像《国家经济报》一样使用国内客户价格。第二，西电子要拿到和美国 P&G 一样的广告折扣。

"第一条准了，"赵主任也很干脆，"第二条没戏。P&G 一年在我这儿投放预算超过一千万，是我们最大的客户，你现在的预算还不到他们的一半。"

"但你们之前报给我的广告折扣比他们差了将近二十个点，"夏天来之前做的功课同样用上了，"如果这个差距不补齐，我们可能拿不到这个单子，客户也可能放弃在您这儿投放。但如果差距补齐了，我可以向客户建议追加 100 万投放。"夏天软硬兼施，一斤金州特曲让他既兴奋又冷静。

赵主任沉吟了下来，捻了捻自己的下巴颏儿，因为他的大手挡着，夏天一时也看不清他下巴颏儿上到底有没有胡子。最后，他用细若蚊吟但又足够让夏天听清楚的声音叨叨着："这个说法还不够。"

"还需要什么说法才够？"夏天追问，"小弟已经尽心也尽力了。"

"这么的吧。"赵主任一招手，有人又递上了一瓶金州特曲，他把夏天面前三两多的口杯斟满，把其余的倒在另外两个口杯里，一瓶正好匀完。另外两杯赵主任给了桌上两个最靓的红粉战士，那两个红粉战士心领神会端起了酒杯，四目闪亮如电光般射向夏天。

"两个美女陪你喝最后一瓶酒，你一口干了，她们也一口干了，对你是个说法，对我们也是个说法了。"说完赵主任哈哈大笑起来，笑声异常爽朗，但夏天听起来，却像一只老雕在暗夜里"喋喋"的奸笑。

增加二十个点的折扣，公司的利润就能多一百万，在如此简单的算术题面前，夏天毫不犹豫地端起酒杯站起来，也不管自己能不能经得起这种说法的考验。

在一口干掉这杯酒后，夏天最后的印象是终于看清了赵主任的下巴颏儿，下巴颏儿上有几根长长的花白卷曲的胡须，在狡猾而倔强地飘舞着。

之后他沉沉睡去，蒙眬中听见赵主任吩咐："帮小夏兄弟把回北京的机票退了，把他送我家去，让我老伴给他做醒酒汤，你们几个好好伺候着……"

第二天，在回北京的航班上，夏天的座位靠着窗边，这架在辽沈航空服役的俄罗斯图 154 飞临北京上空已经有将近半个小时了，却还在一圈一圈地盘旋。夏天忍着胃里时不时还会泛上来的恶心，一遍遍欣赏着低空飞行的飞机下方北京城的万家灯火，心中疑窦渐生。

终于，"咣当"一声，飞机发出巨响的同时猛烈震荡了一下。过了一会儿，一个脑门锃亮身材高大的俄罗斯飞行员用一张大方格手帕擦着脑门上的汗从驾驶舱走了出来。

夏天听见旁边的女乘务员压抑住内心的激动用颤抖的声音喃喃低语："谢天谢地，起落架终于放下来了！"

媒体谈判的最后一站选在了成都，随着淮海战役和辽沈战役的胜利结束，其他地方确实已经是摧枯拉朽了。在夏天心里，把最后一站选在成都，算是对自己两周来辛苦穿梭的奖励。因为天府之国，一直是自己向往的地方，当年大学实习入川未果的遗憾，终于有机会可以弥补了。

临行前，他给在国家通讯社工作的老廉打了个电话，告知老廉自己即将去他的老家出差，问问他有没有当地朋友可以介绍当个向导。老廉一听，说巧啦，他正好在成都有个采访线索，完全可以和夏天结伴同行。

夏天一听高兴坏了，他相信，有老廉这个当地人加好哥们联袂入川，一定会有惊喜。

夏天和老廉一到成都双流机场，惊喜就来了。机场接站口，老远就看见两个猛一看有些陌生，但仔细一看又那么熟悉的身影，他们猛烈地冲上来，给了老廉一个热情的熊抱。

老廉赶紧给夏天介绍，说这两位是他老乡，也是同届校友，大学毕业后这哥俩一脑门子就回到了成都这个温柔乡，从此，北京少了两个帅哥，成都却多了两口帅锅。如今，他们在成都已经是混得风生水起，有他们在，这两天可以好好体验一下成都的夜生活。

一说是同届校友，夏天对这两位同学的记忆立马变得鲜活起来，毕竟四年同在一个不算太大的校园，抬头不见低头见。个高的宝哥，篮球场上、校运动会百米赛道上，夏天都曾见过他活跃的身影且印象深刻。此番再见，宝哥清秀如昨，虽然肚子略微腆起，但并不影响他玉树临风的整体形象。

个子略低一些的是兵哥，夏天印象中的兵哥瘦削、结实，有一张人畜无害天庭饱满的娃娃脸，经常在学校操场上跑圈，他总是在一群人中夺路而出，然后绝尘而去，肌肉线条优美的背影让一帮女生用火辣辣的眼神都追不上。几年不见，他身体骨骼明显更壮实了，浑身上下开始散发轻熟男的魅力。

宝哥开的一汽刚刚恢复生产的新款红旗轿车，在当时成都的街头还是比较少见的，路上车少，加上宝哥技术熟练，车速一直很快，夏天坐在车里，有种很拉风的感觉，尤其是到达天府广场附近时，更是体会到了一种老干部满世界巡视的满足和光荣。

按照日本公司套路，为了显示公司实力，经理级以上员工出差住的酒店不能低于四星级，因此，夏天入住的是天府广场旁边新开业的银河王朝酒店，成都当时少有的几个四星级酒店之一。夏天告诉老廉和宝哥、兵哥，他晚上准备在银河王朝摆一桌，好好招待下蜀都电视台广告部领导，因为在来之前，他们就几乎答应了夏天的所有要求，让夏天很没有成就感，他想通过一顿大酒，看看还会不会有新的斩获。当然，这顿大酒，他们哥仨也一定要出席。

兵哥听说夏天要在银河王朝摆一桌，点了点头又坚决地摇了摇头，说要摆酒请客，一定不能在大酒店，要去就去有特色的地方，那种去过就忘不掉，去过就老想去，去过就不想走的地方。这种地方宝哥可以安排，因为宝哥的女朋友就在那当领导，她的安排包你满意。

晚上的那一桌安排在了轩轩小院，轩轩小院因此注定成了一个有纪念意义的地方。

第二十六章　轩轩小院

轩轩小院坐落在鼎鼎大名的宽窄巷子里，门脸儿并不起眼，门口刻着"轩轩小院"四个字的木牌匾简约低调，完全没有气势轩轩的感觉，猛一看会让人以为是一个游人时不时可能误打误撞趄进去的青年旅社。

小院门口，摆着不少现吃现做的小吃，一口大油锅里，正炸着糖油果子。油锅表面上看似波澜不惊，但白色的小糯米果放进去没多久，就会翻滚膨胀起来，最后变得圆滚金黄，在油面上浮浮沉沉羞答答地勾引着过往行人。偶尔糖油果子上膨胀起来的气泡会爆裂，带着油香和糯米清香的混合气息便喷射开来，轻松俘虏路人的嗅觉。

炸好的糖油果子从油锅捞出后，再撒上红糖，顿时便有了不一样的风情，酥脆甜糯的表象下，多了一层欲盖弥彰的娇柔红润，让人垂涎欲滴，欲罢不能。

许多不明就里的路人也许要了两串糖油果子也便欢天喜地离开了，但熟悉情况的老饕们知道，这不过是轩轩小院的一道开胃甜点，真正无边的秀色要到小院深处才会一点点展开。

宝哥自然属于熟悉情况的老饕之列，而且，按兵哥介绍，宝哥还不是一般的老饕。

随着小院名气越来越大，平时电话临时预约已经很难订到房间，但他们只要找到小院的刘经理，介绍说是宝哥的朋友或同学，再亲亲热热叫一声三姐，订房便基本上有八成把握。因此，刘三姐，渐渐成为宝哥朋友圈的一个接头暗号。一提刘三姐，就是要在轩轩小院聚餐，大家不是已经到了轩轩小院，就是在准备去轩轩小院的路上。

当然，也有努着劲儿亲切地叫刘三姐不好使的时候，这种情况，就必须宝哥亲自出马。宝哥一通电话，先激情洋溢地夸张一下该次在轩轩小院聚会的伟大意义，再用温柔绵软余味悠长低八度的声音咕哝几句，三姐便总是会克服一切艰难险阻，闪展腾挪，把小院竹林深处最雅洁宽敞的包间留出来。如果雅间不够用，最后的底牌是亭子间，这是宝哥独享的待遇，只有宝哥郑重嘱咐，三姐才有可能安排人布置打点平时不怎么用来接待客人的亭子间。

夏天、老廉、宝哥、兵哥陪蜀都电视台广告部一行抵达小院门口时，早有两个长相水灵制服洁净利落的女服务生迎了出来，一见宝哥，自然而然就把这一行人往小院深处引。

进得院门，中堂之上，扑面而来的是挂得满墙的腊鸡、腊鸭、腊肠、腊鱼和老腊肉，这些腊物，透着代代相传的经年况味，有的黑沉油亮，裹着一层时光和风尘的包浆，有的红白鲜艳，渗出阳光灼烤和香茅熏制后的脂香，让人一见便迅速坠入吃饭的氛围，忍不住食指大动，口水飞扬。

穿堂过廊，转过拐角屏风，却又别有洞天，一弯小径，款款通幽，沿路几蓬翠竹，数株雏菊，再加上点缀其间的一丛丛青红辣椒，景致说不出的清悠适意。曲径最深处，便是三姐给留出来的雅间。

夏天很好奇，见面伊始，兵哥便把三姐挂在嘴边，一直强调宝哥对三姐有非凡的影响力，同时对三姐有非一般的牵挂，宝哥这些年的口头禅就一个字：渴……只要他一说渴，就一定会往轩轩小院跑。

能让玉树临风的宝哥如此牵挂的三姐，到底长什么样呢？去雅间的路上，夏天忍不住向兵哥打探。宝哥在旁边听了，使劲胡噜胡噜自己脑袋，哈哈一乐道：也就是一个勤劳朴实的普通四川女娃。

宝哥嘴里那个勤劳朴实的普通四川女娃很快就在雅间亮相了，不同于夏天印象中大部分四川姑娘圆脸圆眼睛圆圆润润的长相，三姐长得可谓独树一帜。高挑灵动的身材，细长如电的双目，立体精致的面部轮廓，一身艳而不俗的旗袍装，轻移几步，竟似一面猎猎的红旗般气场十足。

对她的第一印象，自然不能用勤劳朴实来概括，因此，夏天认为，宝哥对三姐的评价，和实事求是的校训偏离甚远，有严重故意误导之嫌。当然，又或许学哲学且擅长活学活用把生活的哲学升华为生活的艺术的宝哥，深谙先抑后扬的策略，先降低期望值，然后见到本尊便会有惊艳的感觉，不然，如何对得起宝哥朋友圈口口相传如雷贯耳的刘三姐的芳名。

三姐满面春风地和宝哥带来的这些朋友一一打招呼，给人感觉好似只要是宝哥的朋友便是自己的亲人一般。她偶尔会瞥一眼宝哥，眼神又完全不同，但见她眉目含春，羞中带俏，眼波流转时透出心中无限的欢喜。

三姐更让人惊艳的，是她张嘴说话的时候，寒暄之后，三姐开始帮着点菜，她如数家珍地介绍轩轩小院一道道看家菜的独特之处，声音软糯酥脆，竟像刚撒了一层红糖的糖油果子，叫人馋虫大发，色授魂与，不能自拔。夏天暗忖，刘三姐光说话就如此动人，不知亮出金嗓唱上一曲，又是怎样一番光景。

三姐介绍的这些看家菜的菜名和做法，夏天这个头一回到四川的外乡人听得自然新鲜，可对于蜀都电视台广告部这些吃过见过的本地人，就有些平淡无奇了。他们虽也是头一回到轩轩小院，但从表情看，显然对轩轩小院的菜品没有过多期待，甚至还有些将信将疑。而且，夏天坚持说必须是他来安排这顿饭，也让他们略有压力，他们心里或许有些后悔，之前答应夏天的合作条件有些太痛快了，夏天是不是有可能会得寸进尺呢？

上菜之前，兵哥已经在桌上摆了一排酒，这让夏天感觉自己仿佛又回到了让他心有余悸的沈阳。不过，这回的酒已经不是金州特曲，而是兵哥在泸州请到的一位酿酒大师特别调制的泸派大师酒。兵哥这些年纵横巴蜀大地的酒场，深谙酒中三昧，已经从一个酒中仙，变成酿酒客了。夏天这回心里完全不像在沈阳那样没底，毕竟有老廉、宝哥、兵哥压阵，而且，宝哥和他那位刘三姐把持的轩轩小院，也可以算作自己的主场。

按照三姐的安排，轩轩小院用一道道看似朴实家常，实则平中出奇，小处见大，以麻辣铺底，以清鲜拔萃，骨子里透着性感狂野的菜式，揭开了自己百味川菜的神秘面纱，让夏天这个初窥川菜堂奥的人忍不住多吃了几碗饭，也多喝了几壶酒，然后至今念念不忘。小院菜式表面上的朴实家常，和宝哥嘴里三姐的勤劳朴实有着异曲同工之妙，朴实之中蕴藏着的，是出其不意的风流和韵味。

第一拨小菜里，除了出手稳准狠，酸甜麻辣咸五味均衡的怪味鸡和麻辣牛肉，瞬间让人惊艳的是那款"小院凉面"。此凉面敢以小院命名，自然是体现了小院的自信。小院的自信是，只要吃了这口凉面，食客味蕾的天王山就会立马被攻下，再资深的老饕在小院的美食面前，也便只有丢盔卸甲俯首称臣的份儿。

那盘"小院凉面"初看并不打眼，蒜泥铺面，小葱点缀，糖粉轻撒，几颗黄豆毫无规则地错落着，但只用筷子略微搅拌，一派迷人的川香便四溢开来。辣椒面混合着秘制红油和椒麻酱汁，迅速把白色的面条卷裹得油亮缠绵，汁水淋漓。一口下来，面条干爽劲道，各色味道经过冲撞磨合最后呈现的是一片祥和顺滑，乖巧活泼，灿烂通透，宛如四姑娘山顶上的那道佛光，且称之为川菜之光。

小面之后，上来的还是几道家常菜，但此时的夏天，心中已然雀跃且充满期待。

一道麻婆豆腐，青蒜鲜翠，红椒艳丽，牛肋肉酥软，豆腐表面看似嫩白清新，但一口下去，鲜辣味早已穿透内里，又香又烫又嫩，此时，一碗白米饭，便是这麻婆豆腐的绝配，囫囵顺下，肚子里便有了底，什么样的酒，也都敢招呼了。

更显功力的，自然是回锅肉，回锅肉是川菜之首，而轩轩小院的回锅肉，则应是小院所有菜肴中的明珠。

一方四两左右的后腿二刀肉，肥瘦四六分，用花椒葱姜水煮至八分熟，零摄氏度急冻两分钟后改刀三指宽薄片。用猛火将油烧热，再用中火下肉，煎炒出颤颤悠悠半卷半透明的"灯卷窝"后，这道菜也便成功了一半。已经煸出了大部分肥油的"灯卷窝"，肥而不腻，瘦而不柴，此时暂且在锅中把它们推到一边，用煸出的油急火炝炒豆瓣酱甜面酱和花椒等调味料，炒出焦香再和"灯卷窝"一起翻炒，同时倒入青椒和蒜白。临出锅前，撒入蒜叶，将火势调到最大，迎着蹿出锅底的火苗浇上一大勺老酒，火、油、酒迅速燎成一片。此时，带着锅气的回锅肉就可以装盘了。

　　夏天根据三姐的介绍，脑补了这盘回锅肉的烹饪过程，趁热夹起一片"灯卷窝"，但觉微微烟火气，隐隐沁酒香，颤颤入唇齿，鲜辣有回甘，忍不住又想再来一大碗白米饭。

　　经典狂野的家常菜上罢，展示川菜清新性感的时刻便到了。

　　一道雪花鸡淖先声夺人。

　　这道菜亮相时，呈现的是一幅水墨山水画的意境。一堆莹白如云的初雪，在一个敞口的细白瓷盆中，耸立如峰。雪峰顶上，一抹猩红点染，红白相映，生动活泼。雪峰脚下，几片青翠环绕，青白交缠，清新婉约。

　　从外表看，这青翠的，是时令小白菜，茎白叶绿，软而不塌。这猩红的，是新鲜鱼子酱，红澄晶莹，颗粒饱满。唯独这堆云中白雪，却让人参详不透，像乳酪，像豆花，但好像又都不是。

　　一柄银勺破云而入，舀出一蓬白雪，送到嘴边细品。这蓬雪花如豆花般细嫩，一吸便要顺喉而下，又如乳酪般有弹力，余味总是在唇齿间流连。但和豆花与乳酪最大的不同，是霸占人每一个味蕾的鲜味儿，鲜得纯正，鲜得顺滑，鲜得浩浩荡荡，宛如处子美妙生津的雀舌，让人欲罢不能，销魂黯然。

　　三姐介绍，这道雪花鸡淖的主料是三个月的子鸡胸肉，剔筋剁茸，用刀背在砧板上铺垫的一层猪皮上捶打，捶到白筋尽脱如泥状，再和鸡蛋清搅和在一起小火翻炒，炒得如云似雪，完全没有鸡肉的模样，是谓"吃鸡不见鸡，妈妈哄孩子"。这是一道只有妈妈为了哄孩子多吃饭才肯费心费力做的一道菜。

听了三姐的介绍，夏天忍不住又盛了一碗饭，用雪花鸡淖拌而食之。

最后压轴的，是一道葱末肝片。

以夏天对川菜粗浅的认识，猪肝除了汆汤，大体上都是要用姜蒜辣椒花椒爆炒，然后做成一道赫赫有名的"土匪猪肝"，但葱末肝片显然是反其道而行之，单纯得只有葱和肝。

这道菜是三姐亲自端上桌的，她果断叫停了激斗正酣的酒局，建议大家在三分钟内把这道菜吃完。她解释道，这道菜打出锅起，每一秒味道都在变化，每一秒味道都在流失，这道菜口感最好的时间，只有三分钟。因此，她自己给这道菜起了个比较文艺的名字，叫"青葱岁月"。

夏天从三姐起的这个文艺范儿的菜名，听出一些伤感的味道。三分钟的好光景，这青葱岁月还真是短暂。这不就像每个人的青葱岁月吗，听起来故事很长，但蓦然回首，又似还没有三分钟那么长。

在三姐的劝导下，这盘青葱岁月在大家齐齐伸出的魔爪下瞬间消灭殆尽，因此，夏天对这道菜其实印象不深，只记得青翠如云的葱末卷裹下的猪肝，吹弹可破，清鲜滑腻，初尝微辛，余味回甜，当最后一筷子什么也没抢着的时候，竟似会勾起青春一去不复返的伤痛。而这，也似乎是夏天后来多次梦回轩轩小院的理由。

几道菜吃罢，夏天已是好几碗饭下肚，喝起酒来就更有底气了。蜀都电视台的朋友品完几道菜，也秒变轩粉，吃饭，啖肉，喝酒，完全不需要人劝。本来拉着老廉、宝哥、兵哥跟他们一起吃饭，是希望用这哥几个喝酒的实力给自己压阵助威的，谁知道他们的实力还没来得及发挥，那一排泸派大师酒就被喝得一滴不剩了。

夏天觉得自己在轩轩小院，有一种如鱼得水龙精虎猛的感觉，酒顺菜好情绪高，喝酒便如喝水一般，酒量比平时翻了一倍都不止。而酒桌上的每个人，似乎也跟自己相仿，虽然喝的酒都是一斤往上，却几乎都没有明显的醉意。

但酒不醉人人自醉，兵哥一向英气逼人的双眸，变得柔和散漫了许多，就像麓湖杨柳岸边清风化开的一泓碧水，泛着涟漪，裹着春潮，透着呆萌，那一低头的温柔里，有蜜甜的忧愁……

看到一个个滴酒不剩的空酒瓶，宝哥显然有些不满意，宝哥不满意，自然有话说：渴！还是渴！怎么这么渴！怎么可以还是这么渴？！来噻，搞我噻！把你们的马都放出来噻！

蜀都电视台朋友听见宝哥叫渴，似乎也有同感，他们有些莫名所以，怎么到了这个轩轩小院，喝酒便如跑马，一开闸，一群马便如山涧急流，怒波奔涌。但不管跑了多少马，渴，却怎么都止不住。看样子，这渴，不在肠胃，在心。

正所谓，酒喝干，杯见底，意正酣，心犹渴。

酒喝到尾声时，三姐就已经悄悄坐到宝哥旁边，一开始，她只是用看似严厉实则妩媚的眼神制止宝哥要求加酒的强烈呼声，但一看不好使，便轻启檀口，一字一顿：你今天的指标已经用完了。

三姐一提指标，宝哥顿时嗫嚅不能言，看样子，这是三姐和宝哥的私下约定，也是镇压宝哥的法宝。指标二字一出，便是急急追风令，宝哥作为一个纯情重诺的巴蜀汉子，就如同中了定身法，立马心如止水，静若处子，俯首帖耳。

酒不能喝了，但场面不能冷，节目不能停。兵哥当场举报，可以请三姐给唱首歌，保证比泸派大师酒还醉人。

三姐横了兵哥一眼，知道内部人举报，自己是不好推托的，便落落大方地站起来，说要唱一首《康定情歌》，让宝哥给她伴唱。

"跑马溜溜的山上，一朵溜溜的云哟，端端溜溜地照在，康定溜溜的城哟……李家溜溜的大姐，人才溜溜地好哟，张家溜溜的大哥，看上溜溜的她哟……"

三姐和宝哥显然是配合惯了的，手势眼色，气息声调，咬合得无一不是天衣无缝。兵哥在一旁击节赞叹：这马跑得好，这马跑得溜，山上的马都放出来了，宝哥应该没那么渴了！

老廉的情绪显然也被他们带动起来了，说自己这个少小离家客居北京的游子，也想表演个节目向家乡父老表示敬意，他要用自己的广安方言，模仿一个伟人跟大家说几句掏心窝子的话。

老廉入戏很快，他微微弓着腰，颤颤巍巍地站起身，举起略有些抖动的右手跟大家亲切地打招呼。

"各位父老乡亲，蜀都电视台的朋友们，大家晚上好。今天，我们在轩轩小院欢聚一堂，品美食，喝美酒，享受改革开放给我们带来的幸福生活。我希望，这种幸福的生活可以延续一万年。我也希望，通过这样的欢聚，我家乡电视台和我这位亲同学的合作可以更上一层楼，我们的友谊之花，永不凋谢，万古长青！"

老廉的节目，基本上可以算作总结性发言，他的声音、语调、形态，模仿得惟妙惟肖，呈现出伟人的即视感，让人不由得连连点头称是。

曲终人散，宾主尽欢。在轩轩小院门口告别时，蜀都电视台广告部的甘主任拍着夏天的肩膀说，放心，电视台最大的方便，是可以大量赠播，但一般人我们不告诉……

第二十七章　好事接踵而来

媒介谈判归来后，是最后的比稿陈述环节。王芳提醒夏天，因为德国总部要派人来监督观察最后比稿的全过程，所有的陈述都要求用英文，你们公司要考虑如何扬长避短。

夏天一听有些头大，己方的长处自不用说，但要说到短处，却是避无可避。竞争对手都是欧美4A广告公司，英文几乎就是他们的母语，己方除了自己，其他人的英语基本三句话以上就会露怯，而自己的英语，也撑不过十句。因为毕竟不是外语专业，自学成才的英文属于野狐参禅，根本经不起推敲，加上以前没有太多用英文演讲的实践机会，如今上来就要登大雅之堂，面对一大群德国鬼子唱独角戏，还有可能会面对各种专业性很强的刁钻的提问，这简直就是要卿卿性命的节奏啊！

没有办法，就只能用笨办法，笨鸟先飞，看看勤能不能补拙。

离最后提案还有一周时间，夏天找了本广告英语词典，开始没日没夜恶补广告英语术语，好在上大学时练就了临阵磨枪不快也光的本领，加上一着急，记性出奇地好，那些陌生别扭的单词，慢慢变得和蔼可亲起来，到最后，它们基本都变成张口就来随叫随到的好朋友了。

提案本身的准备也是很复杂的，好在套路都差不多。市场分析，竞品分析，SWOT 分析，广告策略制定，广告口号确定，广告创意提案，媒介策略制定，媒体选择建议……这些内容的 PPT 加起来就有五十多页，还不算那些作为附件的厚厚一沓几百页的调查报告。

好在广告口号已基本确定，会用夏天提的"博大精深"四个字，这让他有一点智珠在握占得先机的感觉，要不然这种无比烦琐细致的准备就属于典型的"苦大仇深"了。

提案要用英文，还是日方总经理老中村想得周到，在夏天飞来飞去到全国各地进行媒介谈判的时候，他已经给夏天物色了一个英文专业研究生毕业的秘书，让她在提案准备时随时听候夏天的调遣。

夏天认为，在整个提案定稿后的总装环节，这位刚从学校毕业，眼睛大大，身材略显单薄的小沈秘书的任务是最重的，因为需要她把所有的中文提案翻译成英文。

总装环节，是在提案准备的最后两天。

紧赶慢赶，中文的最终文本，在提案前两天交到了小沈秘书手里。小沈说，因为前期已经有一些准备，给她一天半时间，她一定可以把所有的翻译工作搞定，剩下半天，可以用来做最后的检查，同时进行提案的 rehearsal（排练）。

为了比稿提案，老中村特批花大价钱从中关村电脑城采买了一台最新款 Win95 宏碁电脑，比原来那些老旧的 486 电脑处理起文件来不知道快了多少倍，这充分显示了日本公司有钱任性的特点。看着小沈秘书在新电脑键盘上如瀑布般的打字手法，夏天对她按时完成翻译任务坚信不疑。

他一边在心里像过电影一样预先设计自己演讲时的起承转合，抑扬顿挫，一边憧憬大获全胜后大家奔走相告弹冠相庆的热烈场面。他想，自己应该会有一个谦虚却又帅气的挥手致意动作，配合脸上含蓄淡定的表情，幅度和力度都拿捏得刚刚好。

小沈秘书瘦削的身体迸发了巨大的能量，在一天半的时间里，她连家都没回，除了吃饭、喝水、上厕所，就是在电脑前啪啪地打字，晚上实在扛不住了，就和衣在办公室临时准备的行军床上眯一会儿，睡醒了接着来，人和电脑基本上都处于连轴转的状态。

提案倒计时最后一天上午，瀑布般打字的声音渐渐平息，小沈用疲惫中透着兴奋的声音向夏天报告，英文提案马上就翻译完了，比预计提前三个小时。说着，她按下保存键，准备宣布大功告成。

夏天正琢磨着怎么夸她的时候，小沈忽然发出了一声惊呼，怎么死机了？夏天心头一颤，赶快过去看小沈的电脑，电脑屏幕上一片漆黑。

不管怎么点鼠标，按键盘，捶主机箱，那块黑屏始终处于寂灭的状态，没有任何声息，小沈的脸色渐渐有些发白。

没办法，只好强行关机，然后重启。

重启以后，小沈目瞪口呆，因为那个她翻译了一天半的文件，又恢复了中文版本的模样，也就是说，她翻译的英文，一点都没有保存下来。

原来，那年新鲜出炉的 Win95 电脑，并没有自动缓存功能，小沈打从开始翻译，就没点过保存键，待全部翻译完点保存键时，或许是因为文件太大，又或许是因为开的窗口太多，处理能力有限的系统一下就卡壳死机了，死机的后果很严重，小沈翻译的内容在这台电脑的脑海里变成了一片空白。

而此时，小沈自己的脑海里也是一片空白，她愣了半晌，开始失声痛哭起来。

事关成败的决战前夜链子突然掉了，夏天虽然心里急得开了锅，但看见小沈涕泪滂沱的模样，又不好说什么，只好镇定心神，努力表现出一种领导者临危不乱，处变不惊的风范，一边安慰小沈，一边寻找解决方案。

要全部重新翻译，时间肯定来不及了，要想在第二天提案时同步提交完整的英文版本，唯一的办法就是精简提案的内容，把其余涉及细节的内容都放到资料附件中，然后让小沈在剩下的时间里能翻多少就翻多少。

时不我待，刻不容缓。夏天迅速把原来的中文提案过了一遍，选了十几页涵盖要点的 PPT，捋顺逻辑关系并标注好关键词后交给了小沈，让小沈先把这部分内容翻译出来。

小沈一边流眼泪，一边手下不敢怠慢，瀑布声更急了，但始终压不住时断时续的啜泣声。若干年过去，在和小沈失联很长时间后，夏天被小沈从主办方发布的自己第一部小说《芳华处处》读书分享会的海报上认了出来。小沈跟夏天见面说的第一句话就是，那次死机让她这些年一直生活在害怕死机的阴影里，哪怕后来的电脑有自动保存功能，她在打字时也是过不了多久就要点一下保存键，执着得就像得了保存强迫症和怕死综合征。

小沈翻译时，夏天也没闲着，他就在旁边盯着看，边看边在心里默诵英文版本，等小沈翻译完，精简版的英文演讲内容也就在胸中丘壑纵横，呼之欲出了。

夏天发现，提案精简后，重点更突出，逻辑更清晰，需要强记的英文更简洁，自己演讲的难度更低了，心里也更有底了。

他忽然有一种因祸得福的感觉，他想，也许真正好的提案，都是一次次死机或者枪毙后浴火重生的结果，越简洁，越有力！越简洁，越丰富！ Less is more ！此处可以转一下英文。

第二天的提案大获成功。

夏天没想到的是，当老中村代表公司做补充说明时，表达的内容比自己还简洁，他带着浓重口音的日式英文不管是夏天，还是那些看起来一头雾水的德国鬼子们似乎都没太听懂，但他反复说了几遍 "We are a bank（我们是银行）"之后，掌声忽然响了起来，带头鼓掌的正是从西电子德国总部来的那个满头银发高鼻子碧眼的带头大哥。

We are a bank 的意思就是我们就像一个银行，有垫款能力，你们一分钱还没付的时候，我们可以自己花钱替你们在全中国刊播广告，先闹一个满城风雨，然后，看疗效。

这个媒体投放金额 7500 万的年度广告大单就这样通通地，通通地被拿下，分管营业的北野看起来满面春风，印堂发亮，直夸夏天：牛 × 德斯累！

后来据中广协统计，这个大单排在了当年全国单一客户广告投放量的第二位。泛洋国际广告一炮而红，夏天在广告江湖声名渐显，合资公司中日双方的蜜月也正式开启。

老中村老怀大畅，在拿到中标通知当天晚上，就组织全体员工在昆仑饭店包了一个大厅，举办庆功宴。庆功宴开喝前，中村当场宣布，将营业部一分为二，由夏天和另外一个日方人员分别担任一二部经理，希望两个部门比翼齐飞，共创辉煌，引领泛洋国际从一个胜利走向另一个胜利！

这场庆功宴开成了六盅全会，大家把能买到的酒都招呼上了，白酒、红酒、清酒、啤酒、威士忌、伏特加……

老中村对敬酒的来者不拒，第一个被撂倒，在撂倒前，他拉着夏天边比画数钞票的动作边压低声音蹦着中文：你的，年底，奖金，大大的……

北野喝到最后，印堂亮得有些发紫，但他的中文在卡拉OK中文女教师的悉心调理下明显比中村好多了，他冲夏天亲热而又神秘地挤挤眼，掏着心窝子说：夏桑，以后我们要经常一起请客户吃饭，再请他们卡拉OK，预算没有问题，我来安排！还有，去日本，也是我来安排！通通的，我来安排！他猛拍自己的胸脯，再使劲拍夏天的后背，把夏天捶得半天没缓过气来。

平时看起来文文静静的小沈像变了一个人，逮谁跟谁碰杯，喝一会儿，笑一会儿，再哭一会儿，然后接着喝……

夏天心里绷着的那根弦彻底放松了，同时感觉这单拿下后，一切都变得有些不一样了，以前总觉得有些像雾里看花的广告世界，正变得越来越清晰，越来越亲切，眼前清风徐徐，花气袭人，一碧万顷……

那天晚上，夏天每种酒都招呼了，跟几乎每个人都喝了，但头脑仍然保持了一丝清明，直到出租车把他送到自己家楼下。

他一下车，模模糊糊瞅准一根电线杆子，扑上去使劲抱住，靠稳自己的身体，然后开始现场直播，直播的内容五颜六色，七荤八素，就像一锅东北乱炖加上一大杯不着调的鸡尾酒。暗夜中，他直播的声音是如此嘈杂，惊扰得附近的野猫也跟着"喵喵"叫起来。

第二天，太阳高高升起后，夏天终于醒了。醒来后，他发现自己西装板正，皮鞋套牢，领带一丝不苟勒到脖颈，身姿挺拔地躺在自家床上，他已经忘了是怎么爬上四楼的，怎么开的门，怎么上的床……

这是夏天第一次喝断片儿，正赶上他夫人小忆回了哈尔滨，虽然小忆没法见证夏天喝断片儿的伟大壮举，但也成全了他喝断片儿后在睡梦中依然保持的西装笔挺的光辉职业形象。

好事接踵而至。

西电子的广告投放开始后，夏天在广告圈的活动眼看着就多起来了，各种媒体推介会、客户联谊会、业界大佬攒的局……夏天经常被点名参加，也总是被点名要求解释一日本公司为什么会成为一个德国大品牌的广告代理。大多数人都认为，这件事听起来不科学，因此，希望夏天给他们一个科学的解释。

刚开始，夏天还会略带羞涩地解释一下这种合作的来龙去脉，顺便隐晦地夸夸自己在促成合作过程中的自强不息。次数多了，他渐渐对这种自我表扬的凡尔赛模式心生厌倦，回答便越来越简洁，他的回答是：一言以蔽之，就是王八看绿豆——对上眼儿了。

他的这句所谓对上眼儿似乎跟红眼病一样具备传染性，很快，有一个自认为跟夏天遥相对上眼儿的就找上来了，而且，是一个跟西电子同级别的欧洲品牌。

夏天见到飞云浦的赵小姐后马上便意识到，王八看绿豆这个比喻有些不妥，因为谁是王八，谁是绿豆，在他和赵小姐之间绝对不是一个可以深究的问题。

赵小姐是被一个攒局的大佬领到夏天面前的，据这位大哥说，赵小姐参加这个局，就是为了见夏天。在喝了不少酒的夏天眼里，赵小姐给人一种飘飘欲仙的感觉，高挑的个头，轻盈的身姿，水汪汪的大眼睛。

夏天有些受宠若惊，也有些迷惑，心想，虽然最近他比较风光，但还不至于高飘到让人不讲条件指名道姓生贴的程度，而且，这个人是另一个欧洲巨无霸品牌的广告总监，同时，还是一个不折不扣的年轻的美女总监。

事出反常必有妖，夏天在心里谆谆告诫自己。

赵小姐全名叫赵沄，和夏天互换名片后，表现得一切正常，她自然简洁地讲述了自己是如何找到夏天的。

首先，是她对西电子的广告表现，尤其是"博大精深"这四个字的广告语比较赞赏，认为这套系列广告，霸气中透着精准低调的专业范儿，很符合西电子的品牌调性。这让她对这套系列广告背后的操盘手产生了浓厚的兴趣。

然后，她通过熟识的媒体广告部了解到是哪家公司代理的。

知道是一家日本公司代理后，她也认为这很不科学，于是想了解这不科学的背后到底有什么故事或者事故。

她从不同渠道听到的故事有不同版本，于是她想找故事的始作俑者亲自给她还原故事里的故事。

恰巧，她认识的一个攒局的大哥跟夏天比较熟。

一切都顺理成章，一切都天衣无缝，赵沄的这套说辞让夏天可以心安理得地享受跟赵沄对上眼儿后的好处。只是夏天当时并没有想到，其实还有一个意想不到的原因赵沄没有跟他提及，而这个原因，让他和赵沄之间后来横生出一段说不清道不明的情感波澜。

这是后话，先按下不提。

夏天和赵沄认识后，很快就启动了合作流程。

首先跟泛洋合作的，是一款市场占有率排第一的显示器产品。赵沄说，虽然目前飞云浦是第一名，但后面的对手追得紧。

比稿程序还是有的，但在赵沄的详细解释下，夏天深刻领会了飞云浦的广告诉求，亲自提炼要点并和创意部一起头脑风暴后，确定了高举高打的广告策略和创意方向：找一个知性且有人气的顶流明星作为代言人，主打亲和、高端和智慧，计算机类媒体全覆盖，一个跟头翻出十万八千里，让竞争对手望尘莫及。

比稿一把通过。

之后是媒体购买比价，这又是夏天的长项。虽然公司已成立了媒介部，夏天不需要再亲自去跟人谈价格，但如果媒介部谈不下来，夏天还是会上去挥舞砍刀，确保媒体购买价具备足够的竞争力。

飞云浦显示器第一款产品一年一千多万的广告创意制作和媒体投放收入，又被夏天团队收入囊中，也就是说，他这个刚刚成立不到半年的营业部门，同时在中国本土斩获两大欧洲顶级品牌，这对一家在中国成立才一年的日本广告公司来说，确实是一个令人瞠目的成绩。即便是日本大洋总部，也认为这个成绩是意外之喜，并认为很有必要和取得这项成绩的关键人物夏天，进行一些面对面的交流。

于是，夏天的日本之行，迅速被提上日程。

北野说，我来安排，通通的，我来安排！

第二十八章　东京初印象

夏天终于有机会到外面的世界看看，飞机在东京成田国际机场降落时，正下着小雨。

登上飞机航站楼穿梭接驳的大巴，广播里放起了邓丽君原唱的日本歌曲《空港》。

"偶尔独自一人的旅行也不错，雨中的机场，我伫立在登机台上，向我挥别的你已渐渐模糊……"这首歌讲的是一对情人在雨中机场分别的伤感故事，夏天听北野他们唱过，在北京的卡拉 OK 陪日本客户的时候。当看到字幕显示作曲名字是猪俣公章时，夏天差点没忍住笑，他觉得这个名字充满喜感又有一点严肃性，因为毕竟是带了公章的嘛。

但在成田机场的空港里，在东京湾的夜雨和海洋气息中，在邓丽君清婉纯净富于磁性的嗓音演绎下，夏天还是迅速被带入情境。歌曲中那抹淡淡的哀伤，在潮湿的空气中，浸润出一种甜美迷离的味道。

下飞机后，眼前一片灯火辉煌，成田机场规模宏大干净整洁的现代化设施，让夏天一下就理解了什么叫真正的空港，首都机场当时唯一的 T1 航站楼和它相比，显然是过于简朴了，正如彼时中日两国之间经济社会发展的差距。

第一次出国，夏天心中颇多感慨。终于有机会出国看看，算是了了大学毕业后的一桩心愿。但他认为，这是一个迟到的机会，在国际商会同样是那么努力，同样是拼命展现才华，却总是和机会擦肩而过。到日本合资公司后，不到一年，就脱颖而出，这到底是为什么呢？时耶？运耶？是水到渠成厚积薄发，还是自己只有在别人的地里才有机会滋滋疯长？

这次出国行程，是日方专门为他量身定做的，这说明，他已经不是一个打酱油的角色了。北野在他临出发前特别嘱咐，松下常美常务副社长将在家里单独设宴招待他，这是大洋公司中方员工从来没有过的待遇，希望夏天好好把握机会。

北野在提到把握机会时，使劲朝夏天挤挤眼睛，仿佛一切尽在不言中。夏天出于礼貌，本来也想冲北野把眼睛挤回去，但一想，他和北野之间似乎也没有什么心照不宣的事，于是，把眼皮放松，咧开嘴，送出去一个露出牙龈的傻笑。

日本大洋对夏天的到来确实重视，国际部小池经理带着翻译小林亲自到机场接机。小池介绍，在日本期间，小林将全程陪同夏天。小林自我介绍，他是南京人，毕业于京都大学，是日本大洋公司为数不多的中国雇员之一。

细心的他们，还特意带来一部手机，说因为通讯制式不同，夏天的 GSM 手机无法接入日本的 WCDMA 网络，这部手机可以帮助他在日本保持和客户的联络通畅，同时可以及时给家人报平安。2.5G 时代和现在的 5G 时代确实不可同日而语，近在咫尺的日本，中国移动的信号当时也是漫游不过去的。

小池和小林领着夏天坐上了一辆白发苍苍的老爷爷开的皇冠出租车。小林跟夏天解释，在日本公司，很少配备公车，再高级的领导，一般也都是坐地铁出行。这次他们到机场接他打出租回去，是国际部部长片岗聪特意叮嘱的，这说明了日本大洋打一开始就定下了对夏天高规格接待的基调。

小林还说，待会儿出租车会先到著名的银座，晚餐安排了怀石料理，片岗聪部长已亲自在餐厅等候你。

对于怀石料理，夏天除了知道贵，银座的尤其贵以外，其余一无所知，到日本一上来就被用怀石料理招呼，心里还是有一些遭不住的感觉。但他想，既来之，则吃之，也没有必要紧绷警惕资产阶级糖衣炮弹，拒腐蚀永不沾那根弦，因为自己毕竟是为合资公司挣了大钱的，吃这顿大餐，也可以算是享受自己的劳动成果。

想到这层，夏天开始放松身心，睁大眼睛，安坐丰田皇冠宽敞的后排，在东京夜的车河和五色迷离的霓虹灯海洋中徜徉。

满大街都是豪车。以夏天当时对汽车品牌的认知，东京车河里的每一辆车，拿到北京都是让人羡慕眼热的存在。就拿他们坐的皇冠车来说，在北京，只有尊贵的领导才有资格坐，而在东京，皇冠却是一水儿的出租车，年轻人不愿意开出租，只好让老爷爷们发挥余热。

在北京，霓虹灯广告牌在闹市区开始有了一些，但造型和颜色都很单调。在东京，夜晚便是霓虹灯的海洋，那些鳞次栉比造型各异酷炫妖娆的霓虹灯广告牌，把夜色装点得光辉灿烂富丽堂皇蠢蠢欲动，处处透着遮掩不住的繁华和傲娇。

哇！这就是差距！夏天差点爆了一句粗口。这句粗口情绪复杂内涵丰富，既有被发达资本主义国家真实面目震惊后的感叹，也有自觉远远落后于人的郁闷和不甘。

在合资公司，虽然单从工作业绩上看，自己或许有骄傲的理由，但从国家整体经济发展水平和国内广告业刚刚起步的现状看，又处于仰视的位置。此次日本之行，在这家排名世界前列的广告公司的一大堆资深前辈面前，自己将如何表现和应对呢？夏天又开始琢磨起来时路上一直萦绕在心间的问题。

底线是不能露怯！夏天暗暗告诫自己。

但不管那些，先踏实来一顿传说中的怀石料理再说！

夏天后来意识到，他们给他在日本的第一顿饭就安排怀石料理，其实是大有深意，不愧是世界著名广告公司的人。这种安排完全是经典广告教程的套路，因为教科书上说，任何好的广告创意都要符合如下三段论：深刻的印象，突出的好感，按捺不住的冲动。这三段层层递进，广告就有必杀效果。

不得不说，层层递进的三段，这顿怀石料理都做到了。

首先说深刻的印象。从机场到城里，一下车踏足的，就是这个地球上最繁华的街道之一，东京银座。

小池指着离料理店不远的小野乐器行的楼顶对夏天说，这座楼的地价在最高峰时，曾达到 100 万美元一平方米。后来，日本跟美国等签了一个广场协议，从 1990 年起，日本房地产泡沫开始破灭，价格被腰斩，但这座楼，目前依然是世界上每平方米单价最贵的地产。

100 万美元一平方米，夏天在脑海里使劲把 100 万美元换算成人民币，然后对比了一下他所了解的国内地产价格，吃惊地发现，要买下北京著名的王府井百货大楼，也许只需要这座楼里一个大一些的洗手间的面积。哇！又是差距！

进到料理店，京都风格的装饰让夏天感觉像走进了一个传统艺术品展览会，一步一景的庭院，各种浮世绘和白描的挂轴小画，器形优雅色彩素净的花瓶，花瓶里疏影横斜错落有致的花枝，无一不是经过深思熟虑的设计和搭配，似乎哪怕稍作改动，就会谬以千里。

入得古朴简约的坐席，氛围灯把他们这几个人团团围住，立马和周边的环境隔离开来，眼里便只有满桌的美器和美食了。

还没开吃，这家店便赚足了眼球，让夏天无比期待这顿饭将如何展开。

其次，突出的好感。夏天的好感首先从盛食物的器皿开始，陶器、瓷器、漆器……不同食物搭配不同材质不同颜色和形状的餐具，每一种搭配都刚刚好，仿佛满桌摆着的，都是可以吃的艺术品。

尤其是那些陶制餐具，件件都像工艺品，朴素简约的造型，粗笨却温和的弧线，端在手里，有一种厚重踏实返璞归真的感觉，让人不由得多了一份对食物的虔诚和渴望。

于是，第三点，按捺不住的冲动自然就产生了。

还没等片岗聪白话儿完他和夏天北京结缘今日东京重逢的喜悦，夏天便开始分神对着桌上的艺术品露出蓝瓦瓦的目光，一整天飞机上的一盒定食顶到现在，他已经饿得前胸贴后背了。

片岗聪也是人精，很快截住话头，给夏天斟满一杯清酒，指着先上的几碟小菜、寿司和生鱼片说，可以开动了！

夏天自觉干掉一杯清酒润润嗓子，掂起筷子就开始战斗。风卷残云，第一拨食物很快就被消灭，夏天甚至还没来得及细品这第一顿正宗日本料理和国内日料有什么分别。

吃完第一拨，他们开始了等待。趁这工夫，片岗聪进入日本饮食文化推广大使的角色，如数家珍地介绍起所谓怀石料理的来龙去脉。

他说，怀石来自于禅道，僧人为了在长久听禅中抵御饥饿，用一块石头顶住肚子，称为"怀石"。后来生活条件好了，石头被茶点替代，再后来有了应季的各种吃食，成就了最负盛名的怀石料理。

怀石料理取材新鲜，食物颜色的搭配颇有讲究，依次八道菜色，从沙拉的拼色到龙虾的切割摆放，结合不同的餐具，每一道都缤纷夺目，在视觉上都是不可多得的享受，真正做到了"色香味"俱佳。

正宗怀石料理店，会在四季种上不同的花草，配上不同的装饰和灯光，并在菜肴中加上自种的花草作为辅佐，让食物的取材、烹饪方法和自然、节气完美地融合在一起，达成美食的最高境界……

片岗聪讲得兴起，夏天却等得着急，因为第一拨菜上完后，第二拨菜似乎遥遥无期。

夏天无奈，只好主动端起酒杯，借花献佛，要跟片岗聪干一个，祝贺他演讲成功，并趁机用酒水填填肚子。

小林一看夏天的动静，知道他并不了解怀石料理的节奏，于是露出礼貌不失尴尬的微笑，用中文轻声解释道，怀石料理还有一个说法，那就是等，像静悟禅理那样去等，等到一块块石头落了地，整个身心便空明澄澈通透舒泰了。

夏天像顿悟似的使劲点头，知道想马上填饱肚子绝非易事，并再次告诫自己不要露怯，因为怀石料理毕竟不是汁多油大葱香肉厚的门钉肉饼，几张饼就能吃成一个胖子，这种料理只能是你品，再品，再细品……

细细品完八道菜，对夏天来说，就像八块石头落了地，再加上最后一碟造型完美内容极不丰富的果盘，他感觉自己只吃了个半饱，离怀石料理理论上追求的七八分饱似乎还有一段距离。

但即使没吃饱，却被惊艳到，这让夏天在这晚睡觉前一直保持了一种饥渴感，而且从此以后很长一段时间，只要一说去吃怀石料理，夏天第一反应就是先垫补点儿东西，只有这样，他才有信心在吃饭期间始终保持云淡风轻，从容笃定，视食物为无物。

在对片岗聪和小池表达完最真挚的谢意相约明天再见后，夏天由小林陪着入住一家离大洋公司很近的酒店公寓。小林介绍，大洋公司有这家酒店的股份，到东京访问的外地客人，大洋公司基本都安排在这儿。

小林还体贴地问，是不是没吃饱？没等夏天回答，就话锋一转说，刚来日本的中国人一般都是这种感觉，过几天习惯就好了。

带着些许饥饿感和些许没吃饱的遗憾，夏天还是很快进入了梦乡，他把小林临分别前的叮嘱忘得干干净净，小林说，明天早上是公司周一大晨会，松下常美常务要把他介绍给大家，看看他是不是需要做一下准备。

第二天一早，小林准时来接夏天，他们先到酒店旁边的拉面馆用早餐。一碗拉面套餐230日元，折算成人民币后，差不多有15元。夏天觉得有些小贵，因为在北京他家楼下的马兰拉面，多加两片牛肉，也不过两块五，但他还是坚持让多加了两个鸡蛋，他和小林一人一个，加完鸡蛋后，每碗要花250日元。

多加了个鸡蛋的拉面让夏天彻底吃饱了，一种满足感在他心底油然而生，而且，他发现，拉面馆的老板用日语说拉面的时候，和江浙人说拉面的发音几乎没什么区别，这让他对拉面这种日料倍感亲切，就像在异乡吃到了家乡风味。

吃饱了的他和小林，迈开矫健的步伐，五分钟就走到了大洋公司的大楼前。

在寸土寸金的东京市中心地带有一幢自己的大楼，充分显示了大洋公司的实力。小林把夏天带到公司二楼会议室门前时，国际部片岗聪部长和小池经理已经到位了，他们先把夏天引到了会议室旁边松下常美常务的办公室。

松下常美常务好像对他和夏天这次在东京相见期待已久，作为建立合资公司的主导者，夏天的业绩和合资公司一年来的发展，无不证明他当初决策的英明。他厚厚的玳瑁眼镜后面的目光，一改以前在北京谈判时的凝重深邃，变得温暖而热烈，仿佛可以把夏天融化，夏天也顿时觉得心里暖洋洋的。

松下常务牵着夏天的手，来到大会议室门前，他侧过头用英文问夏天，你准备好了吗？今天我要把你隆重介绍给大家。

怎么个隆重法？夏天有点恍惚，可还是点点头。

但当大门推开，看到里面的阵仗时，夏天彻底蒙圈了。

大会议室里，乌泱乌泱坐了近百人，这些人的脸褶皱分明，一张张都写满了阅历、城府和不自觉流露出的自信和傲慢，目测年龄都在四五张以上。夏天一进来，他们齐刷刷的目光便聚焦在他身上，让不到三十岁的夏天立马体会到了自己的鲜嫩和压力山大。

小林在旁边快速悄声介绍，参加周一公司大晨会的，都是公司部长级以上干部，今天又赶上季度经营分析会，各分社的社长也都从日本各地赶来总部参会，这么大场面，他也是头一回见，一会儿很有可能会让你说点什么。

夏天这才想起昨晚小林的提醒，完全忘了准备，完全不知道应该怎么准备！夏天的头脑迅速开动，渐渐明白了眼前的情势，同时后背开始冒汗。

夏天想，今天大晨会在座的，是包括社长在内的所有大洋公司的高级干部，松下常务让他参加这个晨会，自有他的深意。

对夏天的到来表示重视和欢迎，体现日式待客之道，让他受宠若惊后感激涕零，也许算是目的之一。但从松下常务的角度，如果仅仅是为了讨好或者说收服他这个毛头小伙儿，岂不是太小儿科？自己是否应该站在松下常务的高度考虑这个问题呢？

想到这儿，夏天的后背不再紧绷，头脑变得清朗了一些。

松下常务安排夏天在他旁边坐下，开始主持会议。

他开门见山道，在今天会议开始之前，有一个特别的环节，是介绍一位新人给大家认识，这位新人就是来自北京的夏天君。夏天君在加盟公司不到一年的时间里，就拿下了西电子和飞云浦两个欧洲顶级品牌的广告代理，帮助大洋在北京的合资公司迅速打开局面，成为市场领导者之一。

下面，请夏天君自己介绍，他是怎么做到的。

第二十九章 是菊花，还是刀？

松下常务介绍完，掌声渐渐响起，夏天赶紧站起身，向大洋的各位前辈鞠了一躬。之前他老觉得自己学日本人鞠躬学得别别扭扭不伦不类，但在今天这个场合，他仿佛一下找到了鞠日本躬的精髓，在谦虚恭谨中利索地弯下腰，然后再利索地反弹起身，自有一番果敢潇洒和从容，他对这个躬非常满意。

如菊花般柔软，如刀锋般锐利，他忽然想起菊花和刀这个梗。

他清了清嗓子，本来要用英文发言，但他想了想，先用这些天现学的日文向大家问了个好，然后开始用中文做简短讲话，小林在旁边一句一句翻译：

一年前，我在北京有幸认识了社长、松下常务和片冈聪部长，合资公司成立一年后，我又很荣幸有机会来东京，在大洋总部给各位前辈汇报自己的工作。

这一年，我在合资公司中村总经理和北野总经理助理的支持帮助下，拿下了西电子和飞云浦两个欧洲品牌的广告代理，代理金额近9000万人民币，而西电子更是全案代理的年度广告大单，这是合资公司刚成立时想都不敢想的事情。

这个成绩充分证明，当初社长和常务坚持尽早在中国成立合资公司是多么英明的决策，中国市场的巨大潜力，一定会给日本大洋带来更多的发展机会。我们有理由相信，虽然大洋在日本广告业排名第三，但在中国市场，仍然有机会和在日本排名第一的电联广告争个高下，为此，我愿意付出自己最大的努力……

夏天认为，自己刚才的讲话，是进入职场后最面面俱到的一次讲话，压力之下，在陌生的环境中，好像忽然开窍了，以前那个心直口快有时候又有些油嘴滑舌的夏天，开始努力让自己变得四平八稳，左右逢源，这是否就是所谓的成长呢？

而且，他还学会了试着站在领导者的高度说豪言壮语，不仅感动了自己，把日本朋友也忽悠得群情激昂。

夏天讲话时，现场的掌声不时噼啪作响，尤其是说到要和电联广告在中国市场争个高下的时候，大洋广告株式会社的那些老干部们纷纷攥起了拳头，发出嗡嗡的议论声，然后是更热烈的掌声。

松下常务厚厚眼镜片后面目光的温度持续升高，他冲夏天深深地点了点头。

夏天报告完鞠个躬便在掌声中离开了，老干部们继续开会，夏天这个躬和刚开始鞠的那个躬基本可以算是复制粘贴，鞠完这个躬，他心里一阵轻松，同时，一股豪情，盈满胸怀。

接下来，夏天在日本游学两周的行程正式开启，小池和小林将为他安排打点一切。

第一天的行程，是总部参观学习。让夏天印象深刻的，是每层楼办公区里黑压压的人群，很少独立办公室，几乎所有人都在大开间办公，座位按事业群分组纵向排列，事业群的最高领导，坐在靠窗的顶端，其余按级别依次往后，形成一个等级森严层层监督的格局。在这样的环境下，即使想偷懒，也得顾忌领导们雪亮的眼睛。

上午首先安排的，是和创意部的交流。夏天后来想，这种安排显然也有其深意，因为创意部上来就放了大招，派出刚刚获得法国戛纳广告大奖金奖的小泽创意总监亲自授课，授课的主题是：什么是好的广告和更高级的广告？

小林告诉夏天，小泽总监平时是典型的艺术家风格，一般人很少能跟他说上几句话，他刚刚获得的那个戛纳大奖，是近两年日本广告界获得的唯一的世界级大奖。这次接待夏天，是小泽主动要求的，小林都觉得有些意外。

见到小泽，夏天发现他和日本著名的指挥家小泽征尔长得贼像，这让他忍不住怀疑，是不是姓小泽的遗传基因都极其强大，每个小泽都像从一个模子里扣出来的。

小泽张嘴说话时，完全收敛了所谓艺术家的狂放不羁的气息，反倒更像一个提携后进娓娓道来的师长。

他先高度概括地介绍了近年日本广告业的发展和广告创意风格的变化，然后话锋一转，向夏天抛出了他的第一个问题：在日本的媒体上经常会出现一些好的广告，但很少有更高级的广告，你知道我为什么这么说吗？

小泽提的问题，是典型的刀刃向内，一针见血，这让夏天心中有些肃然。

对于小泽的问题，夏天其实很有同感，也一直在寻找答案。

既然他敢问，那他必须敢说，于是没有犹豫，夏天便把自己一段时间以来的思考向小泽和盘托出："日本大部分广告，都是实用的产品导向，意思就是更注重表现产品外观和性能，让受众对产品印象深刻，从而最大程度促成购买行为。

"能帮着把产品很快卖出去，自然是好广告，但这些广告并不会一直让人记住，因为它们总是迅速被铺天盖地的新广告淹没覆盖掉。

"而更高级的广告则不同，除了介绍产品，更是讲故事，故事中的新意和心意，口口相传，历经岁月，依然可以让人会心一笑。

"您说的日本很少有更高级的广告，大概是因为更高级的广告创意并不是一件容易的事，如果弄巧成拙，连好的广告都算不上，会有把产品砸手里的风险，这是以产品销售为导向的日本企业所不能接受的。

"因此，更高级的广告，其实是一种选择，而大部分日企，选择的是实用。"

夏天尽量让自己的表达简单清晰，方便小林能更准确地翻译。

小泽听了夏天一通不太怯场的猛侃，赞许地点点头，紧接着，又抛出了一个连环问题："你认为在中国，更高级的广告创意是不是也像日本一样贫乏呢？你如何评价西电子最近在中国投放的系列广告呢？"

刀刃又开始向外了，夏天感觉小泽的词锋依然犀利，问的问题里面也似乎有坑。他沉吟了下道："其实在中国也一样，更高级的广告并不常常出现，这自然和中国广告业刚刚开始发展有关系，但更主要的，是因为很多厂家尤其是日本企业，在中国更关心的，是现在立刻马上把产品卖出去，而对于二十年以后的品牌力和市场格局，或许并没有那么在意。物质贫乏了很多年的中国，正进入消费欲望空前高涨的时期，消费者最渴望的，是以更快速度了解来自世界各国的先进产品，早早把它们买回家，争取和世界同步拥有它们。因此，创意是不是更高级，也并不是现阶段人们最关注的问题。"

夏天在说到尤其是日本企业时其实话里藏着锋芒，近一年和日企的接触，他也渐渐了解在中国销售的日本产品跟日本本土以及欧美市场的代际差距，产品都不是那么高级，又怎会有更高级的广告创意呢？

也许是因为深谙日本企业的海外推广策略，又或者认为日本满世界倾销产品是一件天经地义的事情，小泽并没有在意夏天话中藏着的锋芒，只是冲夏天微微一笑，然后摊了摊手。

夏天也知趣地收住话头，避免探讨过于深入，因为自我剖析和剖析别人毕竟是两种完全不同的语境和感受，何况自己还在别人家做客。

小泽在夏天回答他问题的同时，把西电子那套"博大精深"的系列广告稿打印出来了。

夏天内心惊叹小泽事先功课的细致，知道他是有备而来，因此，按小泽要求自我评价西电子的广告创意时，还是谨慎地字斟句酌了一番。

首先，他对西电子广告创意有一个不卑不亢的评价，认为这个系列广告是处于好广告和更高级的广告之间。他也算是有所准备，因为国内权威调查机构关于西电子广告效果评估的数据他早已烂熟于心，此时信手拈来，心里还是有几分底气。

同时，他也做了番解释，作为西电子这样的百年老店，更适合四平八稳精准简练的宏大叙事，用铺天盖地的媒体投放像重锤一样一锤一锤砸，砸出一片全新的认知，就能达到预期的效果。如果过于追求更高级的广告，一不小心就会露出小家子气，会完全背离西电子品牌的调性和气质，效果适得其反。因此，目前的广告创意，最适合现在的西电子，而适合，便是更好的。

看得出来，小泽并没有为难夏天的意思，毕竟来的是客嘛。而且，夏天的侃侃而谈，也没有引起小泽的反感，相反，他频频点头，并特意让小林翻译自己对夏天的评价，他说，通过夏天跟他的交流，他有些明白夏天为什么会赢得西电子这样的客户了。

小泽问完，自然轮到夏天提问了。夏天问了一个自认为看似不痛不痒顺理成章，但却有些跨度和难度的问题："我在日本公司负责两个欧洲品牌的客户，感受到欧美和日本的广告文化还是有比较大的差别，您在日本的广告公司，却获得了欧美人主导的戛纳广告大奖，这说明他们看懂了您的广告，而您又是用什么方法引起他们的共鸣的呢？"

"人性！"夏天本以为小泽会长篇大论，但他想都没想，用两个字就回答了夏天的问题。

听到小泽的回答，夏天觉得自己没有必要再问下去了，于是郑重且默默地点了点头。

临分别，小泽送了夏天一套东京邮局为庆祝获戛纳金奖特别发行的首日封和四方联纪念邮票，首日封上有小泽的亲笔签名。小林在一旁羡慕道，这绝对是限量版，只有公司最重要的客户才有机会获赠首日封和四方联，还不见得是小泽亲笔签名。

在那套四方联邮票上，有小泽获奖的广告设计稿，设计稿的主体画面，是来自喜马拉雅的一滴水……这是一个关于爱和地球的故事，似巧似拙，直指人心。

夏天后来想，他和小泽的这次会谈，让他对人性这个词有了更多的理解，而这，也许是此次东京之行最重要的收获。

几年后，他负责的一个国产品牌客户的广告，用一系列人格化、个性化的表现，获得了全国广告金奖，这时候，他又想起了小泽，那个一副小泽征尔样子的小泽。

用欧洲人的方式赢得欧洲的大奖，小泽，是菊花，还是刀？

这天下午，松下常务亲自给夏天授课，他授课的题目是：大洋的情报系统。

初听情报两字，夏天莫名有些紧张，一家广告公司也要搞情报工作？他不由得就想起了抗日老电影里特高课的特务们，他们秘密搜集情报，监视迫害抗日爱国人士。

松下似乎会读心术，上来就开始解释情报二字的含义：所谓情报，其实就是有一定价值和意义的信息，虽然有一定的秘密属性，但在和平年代，一般都可以通过公开渠道获得。

大洋的情报系统，是一个独立的信息收集和处理系统，跟中国战争电影里特高课的工作性质完全不同。

松下一提中国战争电影和特高课，夏天就知道像《地道战》《地雷战》这样的片子他没少看，要不他也不会有大洋公司中国通的美誉。夏天干笑着点点头，表示自己理解了。

松下说，他们搜集的情报，主要是为广告业务服务，情报越全面准确，对人和市场的理解就越深刻，做出来的广告就越能打动人心。

他们的信息系统里，有日本本土历年的宏观经济数据，各地区的经济增长指数，各行业的竞争排名和发展趋势研究，各年龄段消费群体的购买偏好分析……这些信息，虽然因为那个年代计算机应用并不普及，没有完全电子化，但被分门别类整理得井井有条，只要有需要，分分钟就可以输出细分领域的市场研究报告。

而日本本土以外，信息搜集量最大的就是美国和中国。美国是他们的盟国和老大哥，他们自然需要好好研究，方便投其所好。中国是他们未来潜在的最大市场和合作伙伴，他们同样需要深入了解。"知己知彼，百战不殆"，这是孙子兵法带来的智慧和启迪。

松下也没避讳夏天，把一长排书架里的中文研究资料和市场报告指给他看。夏天看后舌挢不下，那些资料里，他所知道的著名调查和研究机构的报告可以说是一网打尽，而更多的，是他从来没见过的各类年鉴和资料汇编，虽然看似像公开出版物，但怎么淘换过来的实在让人好奇并起疑。

松下指着这些中文资料笑道，我们敢于下决心大手笔投资中国市场建立合资公司，这些情报给了我们很大信心，因此，我们能在这里见面，应该感谢这些有价值的报告。

松下这么一说，让夏天觉得自己似乎都应该对着这些资料报告鞠个躬，于是，他不由得继续使劲点头称是。

最后，松下特别为他展示的，是日本国对于个人信息的网格化管理体系。

松下根据索引爬上一个高高的梯子，取下厚厚一本地方人物志，再根据姓氏找到了松下常美他本人这个词条。词条里有他的出生日期、出生地和毕业的小学、中学、考上的大学。松下强调，他并不是作为杰出人物被选进地方人物志的，因为他所有的中学同学都可以通过这种方式找到相关信息。

这是一种针对全体国民的信息管理体系。每个人按籍贯分类，中学以前的信息都可以溯源追踪，这是将来补充完整信息的基础。有了这个基础，每个人的履历很难造假，个人信息也渐渐趋向透明，对整个社会信用体系的打造和管理有巨大的帮助。而信用体系，正是目前日本公民社会稳定运行的基石。

松下的这段介绍，让夏天似有所感，但又有些迷糊，社会信用体系这个概念对他来说，既新鲜，又有些遥远，他不明白松下为什么要花这么多时间给他介绍这个。

直到若干年后，他才渐渐理解，松下其实是在告诉他中日社会经济文化发展的差距，这像是一种大有深意的凡尔赛。这种凡尔赛让人纵有不甘，仍会不自觉地心生景仰和羡慕，然后俯首帖耳，唯其马首是瞻。

全面展示优越，让夏天心悦诚服地跟大洋合作，这是不是也算松下的目的之一呢？

但不管怎样，松下的这番教化，对后来夏天离开广告行业进行个人创业是一次重要的思想启蒙，帮助建立中国自己的社会信用体系这种想法，也许在那时候就形成了一颗准备生根发芽的种子。

因此，夏天一直把松下当作自己在职场懵懂年代思想上的引路者，并心怀感激，即使后来他和大洋公司不得不分道扬镳。

第二天，是关于媒体的学习。

小林和小池一大早就把他领到了朝日新闻社，参观他们报纸付印后被迅速分发的全流程。为了抢第一时间的新闻发布，《朝日新闻》建立了自己的物流车队，可以确保读者在早餐的餐桌上看到当天的报纸。

这种摆脱传统邮局渠道，建设自有发行物流的方式，后来被国内很多都市媒体效仿，效仿成功的，几乎都在当地媒体市场大杀四方。

为了显示大洋跟《朝日新闻》合作的紧密和媒体出版的高效，在夏天他们一行到达印刷车间的同时，一张特制页面，带着墨香就送到了他们面前，在这张页面上，是他们一行到此参观的消息。

下午，他们又来到了 NHK 电视台，小林介绍，这个台基本可以算是日本的央视。

到 NHK 大楼后，电视台负责接待的人显然也有所准备，在演播厅，他们给夏天调出了最近正在播放的关于中国工农红军长征的历史系列专题片，据说是从央视交换的版权，他们说，节目的收视率比预想的要高不少。

夏天看到的演播厅，虽然规模不如他曾经参观的央视宏大，但演播设备无疑是最高端的，一水儿索尼、松下最新型的机器，毕竟，这里是专业电视演播设备的原产地。

他们重点展示的是节目收视率监测系统，这套系统覆盖所有日本电视台，节目播出后半小时内可以出收视率报告，并同步给所有用户，这让虚报收视率成为一件很不容易的事。

收获满满的一天，也是深受刺激和激励的一天。

第三十章　东京打卡串串烧

东京游学一周，学的部分是紧凑的两天整，剩下的就是游了。

在小池和小林陪同下，东京游的第一站是东京塔，当时东京的第一高度。这个高度直到 2012 年才被新地标东京天空树超越。

小池不无骄傲地介绍，1958 年建成的东京塔高 333 米，比之前的世界第一高塔，法国的埃菲尔铁塔还要高出将近 9 米，但建设时间和所费材料连一半都不到，是"二战"后日本经济恢复的重要标志之一。

站在东京塔 250 米高处的瞭望台上，小池给夏天一一指点东京的地标性建筑和景点：东京迪士尼乐园、日本皇宫、浅草寺、新宿歌舞伎町、富士山、东京湾横滨的海洋公园……他说，接下来几天，这些地方都是他们要带着夏天扫荡的目标。

夏天不由得在心里暗赞小池他们的安排精细讲究，先让你高屋建瓴，了解东京的全貌和各主要景点的分布，然后再带着逐一打卡，拼出东京大印象，这个大印象自然将会是完美如画，历久弥新。

下了东京塔，打卡第一站，是离东京城区不到三十公里的横滨八景岛海洋乐园。

让夏天印象最深的是鲨鱼馆。

他们赶上了喂食时间，当一桶桶生猛海鲜被投进鲨鱼池，一群大大小小的鲨鱼露着獠牙，四处奔突着撕咬起来，被扯裂的肌肉组织，时不时闪过血光，最后连骨头渣都一点儿不剩。场面相当震撼，但围观的小孩子们一点没有害怕的感觉，反而发出兴奋的尖叫。夏天想，这是不是也算是一种海洋世界弱肉强食的教育？

原版复刻美国加州迪士尼乐园的东京迪士尼乐园，是夏天东京游的重点。它是美国本土以外的第一个迪士尼乐园，让亚洲人不用远涉重洋，就能品味美国迪士尼文化的原汁原味，也让人体会到日本对美国文化的亦步亦趋和快速消化能力。

游园那天，小池掐准时间，让夏天正好赶上了迪士尼乐园开园的花车游行。

花车游行时，每辆花车便是一个故事主题，故事的主角，自然也要在花车中亮相。所有花车中，夏天只跟米老鼠和唐老鸭熟，因此，他忍不住追了一路。能近距离接触平时只能在电视里看到的卡通形象，夏天心里竟有一种孩童般的兴奋。

在随后的游园项目中，夏天第一次体验了坐过山车的感觉。

身体在不断攀升后突然快速下坠，眼看要落地，又被猛地抽紧。接着倒立扭转，加速度呼啸飞过，似乎要被甩向天空。再被抽紧，忽然又松开了。身体失重，五脏六腑腾起又落下，想重新聚拢，又想各自夺路而逃……

这种感觉，像极了尿意高涨时，刚想一泻千里，却被倒灌，迅速内缩，如此反复，拧巴中透着酸爽和没着没落！

夏天想，坐过山车的刺激可以偶尔体验，过山车般的人生还是要小心慎入。

小心慎入的还有日本皇宫，在东京市中心一片四面环水的绿色孤岛，便是日本皇宫。

厚厚的石墙、古老森然的树木和江户时期的护城河把日本皇宫团团围住，没赶上开放日，便无法进去参观。在小池的带领下，夏天无限接近了护城河的石桥，看到石桥下的水跟护城河边的树绿成了一片，再抬头一看，两个彬彬有礼的警察出现了，他们的制服颜色，似乎也是墨绿墨绿的。

后来，夏天多次到东京，一直都没找到机会参观皇宫，于是，这座皇宫在夏天心里，便一直是一个墨绿色的谜团，就像他打交道多年的日本人。

富士山，同样是一个谜。

作为日本象征的富士山，夏天以前只在风景挂历上见过，那白雪皑皑如扇面般的火山口山顶，终年缭绕的雾气，让人难得一窥它的真容。因此，临出发前，小林说，如果你这回能清晰地看到富士山顶的白雪，那就说明你的运气真的来了，什么都挡不住。

他们从东京出发，开车近100公里来到了箱根。小池说，因现在不是每年7、8月份的登山季，山路是封闭的，无法接近富士山顶，因此，他们此行的重点是富士山脚下的大涌谷，此处是眺望富士山顶的绝佳地点。而且，即使看不到富士山顶，也不会失望而归，因为这个地方有一种出产，知道的都说好。

小池的预防针打得非常及时，他们到达大涌谷后，很快就迷失在一片云蒸霞蔚的水雾中。

此处，是几千年晨烟不绝的火山遗迹。

从谷中望向火山半腰，但见白雾缭绕，如轻云出岫。谷中山岩大部分都裸露着，和山谷周围郁郁葱葱的绿色形成强烈的反差。山岩间有很多裂缝，就像地壳张开的口子，在不断地喷吐蒸汽，带出地壳深处刺鼻的硫黄味，同时把周边的泉水烧得滚烫。

小池带着夏天走进水雾，来到开锅般的温泉边，夏天才有些明白为什么当地人把大涌谷又称作"地狱谷"，因为在这个山谷，处处都是地心深处的气息。那无处不在的硫黄味，是在确凿无疑地宣示"地狱"的领地，那不断喷吐的热能，就像来自"地狱"深处的叹息。

此刻，它是平静的，只有温泉在汩汩流淌，但它不知什么时候，就可能暴怒起来，那时，它流淌的，将是可以熔化一切的岩浆，它的叹息，将变成喷薄而出的火山灰烬，嘶吼着覆盖天地，让世界瑟瑟战栗，变成人间炼狱。

近距离感受地球的生命运动，夏天不由得心生敬畏，他终于明白，什么是坐在火山口边的感觉。他想，每天都坐在火山口边，不就是每个日本人的日常吗？地震和火山爆发，是否就是日本人无时不在的危机感的来源之一呢？这种危机感，一方面会让人奋发图强，一方面是不是也会让人更急切地寻找现世的快乐和满足？又或者，会让他们急于逃离火山口，慌不择路地开疆拓土觊觎大陆呢？

水雾蒸腾的"地狱"深处其实别有洞天，沿着台阶走上半山平台，蒸汽愈发浓烈，但大家对硫黄味似乎越来越适应了，正应了那句，久居鲍鱼之肆，不知其臭。半山平台上，有一字排开的几个摊档，除了贩卖一些茶点，最多的便是一堆堆黑乎乎圆滚滚的东西，旁边的标牌写着：黑玉子。

黑玉子，就是黑鸡蛋，仅有本地出产，鸡蛋外壳纯黑色，放到旁边 80 摄氏度温泉池里煮熟，现煮现卖。小林说，这就是小池介绍的知道的都说好的东西，据民间传说，吃一颗就可以多活七年，但一般人们不会那么贪心，一次吃两个就可以了。

刚从温泉里捞出来的黑玉子热得烫手，敲开黑色的外壳，剥去灰色的蛋衣，里面的鸡蛋依然是莹白如玉。边吃着蛋香扑鼻的黑玉子，边欣赏随雾气飘移变化的山景，确实让人有种说不出的快乐和满足。

忽然，起风了，谷中风起云涌，一瞬间，周围所有的景物都被大雾淹没，连对面的人影都有些模糊。但很快，大雾被急剧扯开，向山谷两旁仓皇奔逃，从山谷往上，现出一片湛蓝的天空。天空不远处，便是富士山白雪皑皑的山顶，看得如此真切，似乎山顶上的白雪随时要倾倒下来，浇灭山谷里的所有热气。

好景并不长，大雾被山谷两旁的山体撞击后，渐渐回拢，风也渐渐平息，山谷又重新被蒸腾的水雾卷裹，再难看到谷外的景物。

小池说，到大涌谷看富士山，等的就是这阵风，有的人来很多次，风一次都不来。你来第一次，风就来了，什么都挡不住，这说明你是一个坐在风口上的幸运的人，祝贺你！

坐在风口上，猪都能飞上天，夏天忽然想起这个梗，但他知道，小池的本意，跟猪应该没有太大关系。

新宿的歌舞伎町是北野交代夏天必须打卡的地方，而且一定要趁月黑风高霓虹灯闪烁的夜晚。北野说，只有到过新宿的歌舞伎町，才能明白北京和东京夜生活本质上的不同，才更容易理解日本文化和中国文化的差别，才更方便和日企广告客户的互动，当然，这里所说的客户一般都是对夜生活孜孜不倦的日本纯爷们儿。

北野让夏天去新宿歌舞伎町的重点，是将来方便和广告客户的互动，可谓是三句话不离本行。这让夏天觉得如果不好好了解一下歌舞伎町，就是有一项重要的工作没有做到位。

于是，白天爬完富士山，晚上回到东京城，酒足饭饱之后，哥几个趁着夜色掩进了歌舞伎町一番街。

如果说，白天看到的白雪覆顶的富士山优雅圣洁，仙气飘飘，那么，夜幕中的歌舞伎町则是人欲横流，浊浪滔滔，人们心底暗黑中的愿望，在这里似乎都可以得到满足，只有你想不到，没有它做不到。富士山和歌舞伎町，对东京来说，就像镜子的两面，一面是高洁明亮的照耀，一面是暗欲沉沦的掩藏。

据说，在这条不足 0.35 平方公里的街巷里，开了不下 3000 家店，所有人性弱点带来的念想，都可以在这些店中得到满足，因此，亚洲最大的红灯区，它不算是浪得虚名。

当小池和小林领着夏天会合进一番街主干道熙熙攘攘的人群，在不到百米的路段中，便遭到十几拨人轮番的亲切问候。

这些人形态各异，但在周边若明若暗的霓虹灯掩映下，脸上总能看出欲望脱缰后的苍白，以及混合着夜色的暧昧和幽暗。这些人，就是所谓的皮条客。

皮条客中有操着香蕉味英语的黑人：Hey, my friends, want some Japanese young girls？ Pretty young girls.

有一口一个思密达手里拿着照片挨个派发的韩国人：Picture, picture, Japanese girl, Korea girl, don't go, simida, just moment, simida...

有费力地转着广普的香港人：先森，一个银来玩？腰不腰来我们节里，金钟艺本妹，一起放胸放胸……

也有一眼就看穿夏天陆客身份的中国大陆人，因此，对着夏天吆喝起来格外起劲：嘿，哥们儿，来日本就要泡日本妞，东京本地的，就当是报仇了……

当然，最多的还是本地皮条客，一个个头发染得如彩虹一般，穿着细腿裤，形销骨立地晃悠着，就像夜色中吟叫的瘦干狼，据说，他们很多是为自己拉客的牛郎。

小池特别叮嘱夏天，这个地方看看就可以，尤其是所谓"无料案内所"，中文意思"免费介绍所"，很多都是消费陷阱，一个不注意，就会着他们的道，最后只能是破财免灾。

夏天本就是来看看的，自然点头称是，但他的注意力很快被一群穿着深色西装的人吸引。一辆黑色的大奔沿街缓缓行驶，这群西装汉拱卫在大奔周围，跟着大奔整齐划一地慢跑着，嘴里喊着夏天完全听不懂的口号。

见到这群人和这辆车，皮条客们自觉往边上稍息，远远地行注目礼，声气收敛了不少。夏天明显感受到了这群人的威势，正要问个究竟，小林悄声对夏天说，这帮人就是管这片儿的黑社会，现在应该是黑社会老大出巡的时间。

这群人和夏天想象中的黑社会有显著不同，在他的想象中，浑身刺青，露着胸毛，表情狞恶，眼光桀骜不驯，走路晃着膀子横行，应该是黑社会的标准画像。但眼前这群人，西装笔挺，神情内敛，动作齐整，喊起口号来似乎还有些绵软羞涩，若不是皮条客们明显露出敬畏的目光，很难把他们和那些与暴力传说共生的黑社会联系起来。

小池介绍起新宿歌舞伎町的黑帮就像是个混社会的人，他说，新宿歌舞伎町是日本黑帮的兵家必争之地，近年来，随着中国大陆客人的增加，华人黑帮也渐渐有了些名气，但从始至今，势力最大的还是山口组。

山口组作为日本最大的黑帮，灰色世界的王者，对维护一番街的秩序还是起了不少作用，因此，像山口组这样的组织，是得到日本政府批准的合法社团组织，虽然他们大都干着一些灰色的勾当，而这，也正说明了日本社会的自由和多元性。

小池提到日本自由和多元性的时候，甚至有些洋洋得意的感觉。这让夏天不禁心中嘀咕，看样子日本和中国真是两个完全不同的世界，他实在无法想象在中国黑帮大行其道的样子，贩毒，洗钱，染指金融业，渗透娱乐业、电影业，进军房地产业，并不断洗白白。

他忽然想起一则新闻，前不久深圳一座号称地王的楼盘建设，就是被日本熊谷组给拿下，而熊谷组，便属于日本三大帮派之一的稻川会。看样子，日本黑帮也与时俱进，在中国改革开放的春风召唤下，改头换面，成了中国特区的投资者和建设者，相信他们在社会主义的大熔炉里，一定会有不一样的表现吧？

在此之后，夏天有多次机会光顾新宿歌舞伎町。很长一段时间，时光好像停止了一般，一番街一直保持它原有的样子，皮条客们连台词都没有任何变化，让人觉得乏味和无趣，也让人觉得山口组们的日渐式微乃是大势所趋天经地义。

直到有一天，手机一摇，出现一款APP。通过这款APP，一番街3000家店曾经的服务，被通通搬到了线上。没有皮条客，没有讨价还价，没有唾沫星子横飞的废话，也没有了羞涩和犹疑不决。在暗黑中独自点进菜单，便可以下达一个个指令，满足自己最初始的欲望，只是不知还有没有陷阱，或者是有什么样的陷阱。

这算是日本社会的进化和蜕变吗？知道有这款APP后，夏天有一种像参加了这条街的葬礼的感觉。

夏天后来还知道，在确定承办东京奥运会后，东京都政府加强对这条街的整改，这条街的夕照，便越来越惨淡。北野武式的黑帮故事，那些街头的热血和打杀，人性的扭曲和放纵，便只能留存在老电影里，以慰藉山口组那帮逐渐老去的混混们对昔日荣光的怀念。

第三十一章　浅草寺的签和关东煮

　　浅草寺，是夏天后来每次到东京都要报到的地方。小林说，很多朋友都认为浅草寺的签很灵，夏天要去了浅草寺，不妨抽一个试试。

　　夏天自认是个无神论者，向来不信所谓冥冥中的安排，因此，小池小林陪他打卡浅草寺时，心中自然没有那种诚惶诚恐的虔诚。

　　虽然不够虔诚，却并不妨碍他对浅草寺的喜欢，他喜欢浅草寺的原因很简单，就是因为它接地气。

　　浅草寺是东京都最古老的佛教寺庙，距今有1300多年历史，和国内很多古庙不同的是，它并没有在远离人群的名山深处或曲径通幽处。相反，它可以算是古老东京的发源地之一，或者说，一直以来，它就是东京市井生活的一部分。因此，逛浅草寺，就是和东京市井生活的零距离接触。

　　在浅草寺附近，虽然看不到三越、松屋、西武、东急之类大型现代百货大楼的影子，但在夏天的眼里，却处处是让人舒适、妥帖的烟火气。

　　山门外围前后好几条街，店铺一个挨着一个，各种风味的小饭馆、甜品店、杂货店、药妆店……无不透着家常却古老的气息，似乎每一面蓝白红黑蜡染交织的粗布旗幌下，都飘扬着经年的传说和时间积淀的况味，教人忍不住想挨个进去探个究竟。

这些街道上，除了外地游客，更多的是本地人，那些盘着头、穿着传统和服、趿着木屐在青石路面"笃笃"行走的年轻女孩们，让整个街景看起来更像一场 cosplay 大秀，恍惚间穿越到了几百年前的江户时代。

山门口，从老远就能看到一个巨大的红色灯笼，黑底白边的"雷门"二字霸满灯笼正面，有一种雷霆万钧威势惊人的感觉，让人不由得收摄心神。

进得雷门，里面画风突变，完全是一副雷声大雨点小的欢乐祥和景象，一条长长的叫"仲见世"的街道，连接了雷门和宝藏门，宝藏门里，便是浅草寺本堂。

过宝藏门时，夏天印象最深的是两只大草鞋，每个都有两米长，一米宽，重达 300 斤，堪称"草鞋之最"。小池说，很多人都通过触摸草鞋来祈求健康，因此，这两只草鞋人气极旺，却也人迹斑斑，每十年要换一次，并会举行庄重的草鞋奉纳式。

夏天对这双草鞋有一种熟悉和亲近的感觉，中日两国此时的社会经济有着巨大的落差，但曾经同是东方文化和农耕传统，这双草鞋要传达的也许是同样的信念和初心吧？

进得浅草寺院内，除了烧香拜佛，最重头的节目自然是求签，这套流程和国内寺庙毫无二致。而且，签文都是用汉语古诗词呈现，这让夏天真切感受到了中华文化的源远流长和对日本的影响，一种文化自信和自豪感在心中油然而生。虽然你们现在富了，但毕竟你们曾经是我们的学生，一日为师，终身为父，夏天不禁暗暗展开阿 Q 式的狂想，心里算是有一点小小的满足。

夏天抽的签为大吉，签文如下：旧用多成破，新更始见财，改求云外望，枯木遇春开。这段签文浅显易懂，仅字面意思，就和他这两年来的际遇高度吻合，这让他心中暗呼神奇，他想，自己的春天看样子确实是来了，如此大吉大利的话，自然是要全盘笑纳。

小池说，在浅草寺抽到大吉的签并不容易，在这投放的签纸，并没有一味迎合大众爱听吉利话的心理，而是模拟祸福相倚的现实，大吉的比例并不高，相反，凶签的比例却不少，其余的，是吉、小吉、末小吉、末吉和半凶半吉。因此，在这抽签的，也是几家欢乐几家愁。而这，也是大家传说浅草寺的签比较准的重要原因。

几年后，夏天第二次来抽签，那是他大女儿夏小甲即将出生的时候，这次抽的也是大吉：凿石方逢玉，淘沙始见金，青霄终有路，只恐不坚心。夏天坚信，这段吉利话，一定和夏小甲有关，他同样是照单全收。

第三次，夏天抽的是凶：火发应连天，新愁惹旧怨，欲求千里外，要渡更无船。抽签前，夏天还处于一个志得意满的状态，没想到一回国，便火发连天，欲渡无船，很快经历了职业生涯的滑铁卢，这是一段他至今不服不甘的经历。

但经过这次，他对浅草寺的签却是有点服了，于是，他后来又抽了第四、第五次，至于准不准，这是后话……

下午从浅草寺出来，小池、小林便领着夏天直奔松下常美住处，松下常务要偕夫人举行家宴为夏天送行。这是夏天游学东京的最后一个夜晚，离开东京后，他还会去京都和大阪，然后转道香港回国，以后要和松下常务见面，只能期待来年。

松下常务在日本自然属于高薪阶层，但他住的，并不是夏天想象中的豪宅。松下的家，是一幢普通公寓楼里的一套两居室，这套两居室一卧一书房都不大，客厅也不算宽敞，摆开一张长方形西式餐桌后，已经没有太多富余的空间，但四五个人围桌而坐，倒也有一种其乐融融的温馨。

夏天在脑海里迅速做了一下比对，小两居室，按国际商会福利分房标准，是正科级干部的待遇，松下常务是不是太低调了？

似乎猜到了夏天的心理活动，小池在旁边解释，松下常务以前长期负责大洋在大阪总部的工作，家也安在了大阪，据说是一幢大house，这两年因主持大洋全面工作，住在东京，但常务好像没有在东京买房的打算，只是临时租住了这套房子。

听到小池的解释，松下扶了扶自己的黑框玳瑁眼镜，哈哈笑道：

过几年我就要退休了，退休后是一定要回大阪老家的，在东京买房，并非刚需，我就别再为东京的房地产泡沫做贡献了。

夏天当时听了松下的话，也就是跟着哈哈一乐，但若干年后想起，再对比北京房价的飞涨，他觉得松下的话似乎有某种启示，这是不是也算是房住不炒的另外一种解读呢？

松下常务的夫人刚见他们的时候身上系了一个围裙，她躬身很有分寸地微笑着跟他们匆匆打了个招呼，就一脑门子扎进厨房继续准备晚餐去了，所以一开始夏天对她印象并不深，直到她搬上了全套的关东煮。

在等饭上桌的这段时间，松下招呼他们边喝啤酒边聊天，从桌上摆放齐整五颜六色的黄瓜条、胡萝卜条、红黄椒条、小西红柿、花生米和作为蘸料的丘比沙拉酱来看，这也是早就安排好的饭前交流环节。

话题自然是从夏天这几天东京游的印象说起，夏天除了感谢这几天日程安排的紧凑丰富，小池和小林相伴的周到和辛苦，便是不吝赞美之词大谈对东京的观感。

夏天说，以前只知道日本先进发达，到东京后，才知道先进和发达到底是什么样子，现代化大都市又是什么样子，东京的很多方面，都值得北京学习和追赶。要说印象最深刻的，那就是城市管理的精细化、人性化以及几乎每个角落的干净整洁。

以东京地铁为例，他这个不懂日文的外国人，只要知道目的地，就可以按照地铁里清晰准确的图标和指引顺利找到行进路线，毫无困难地转车换乘，绝对不会被搞迷糊。

东京贯穿全城的地铁，就像东京的另外一个地下世界，在地铁车站和转换处，可以找到日常所需的各种服务，地铁空间的利用，可以说做到了极致。而北京的地铁，只有为数不多的几条线路，未来还有太多需要发展的空间……因此，东京和北京，是 developed（发达的）和 developing（发展中的）这两个英文单词的最好的诠释。

在夸的同时，夏天也借机提出自己的疑问，他说，在东京街头，几乎每个地方都是一尘不染，皮鞋穿了好几天都不用擦拭，但他有一个发现，在街头的人行路口，或者候车的站台，总是能看到为数不少的烟头，而且，只有烟头，没有其他垃圾，这是为什么呢？

对于夏天的问题，松下和小池相视一笑，最后还是由小池来回答。

他的话翻译过来大意是，这其实也是日本街头的特色之一，在日本工作压力大举世皆知，因此，烟酒，向来是纾解压力的良方。日本烟民数量众多，但一般不允许在室内办公场所抽，而室外街头又很少有垃圾桶，于是，烟民们便只好借着等公交车或红绿灯的时候猛嘬两口，然后把烟头随手丢弃，这种随手丢烟头的习惯，一直以来得到了广大市民最大程度的包容，清洁工们对此也习以为常，没有怨言。

小池的解释让夏天耳目一新，他想，在规规矩矩恭谨小心不断鞠躬的表象下，日本人民其实还是有随心随性放飞自我的另一面的。而且，在这天深夜的一场卡拉OK之后，夏天更是见识到了东京人民的狂野……

在听了夏天介绍自己对东京的初印象后，松下常美点了点头，同时点上一根烟。他深吸一口，吐出一片烟雾，不紧不慢地开了腔，他表情认真的样子，好像是要告诉夏天一件很重要的事。

他说，他同意夏天用developed和developing来说明东京和北京，或者是日本和中国现在发展的差距，可他认为，这些都不重要，也许再过二十年三十年，中国同样会有很多繁华的街道，四通八达的地下铁，经济总量也可能会远超日本，但即使这样，将来的中国和日本还是会有很大不同。这种不同，最主要的不是体现在经济上，而是在文化上，确切地说，是体现在文化的传承上。

夏天觉得松下对未来的预言视角独特，很感兴趣地表示说愿闻其详。

松下顿了顿，接着道，有人说日本是合金文化，在明治维新后很好地融合了东西方文明，并通过这种融合，让战后的日本经济得到了最大程度的恢复和发展。但不管经济如何发展，从唐以来传承过来的中华文化的元素和精华一直都得到了很好的保护和保存。

日本有自己民族的神道教和神社，很多人祭祀天照大神，但从东土传播过来的佛教，也成为日本的三大宗教之一，很多佛教寺庙，都得到了很好的保护。就像你们今天刚刚参观的浅草寺，里面很多中华元素，都保留了它们一千多年前的样子，我相信，你们中国人对这种地方的感觉，应该是既遥远又亲切，既熟悉又陌生吧。

这种地方日本还有很多，不管是原来叫"平城京"的奈良，还是原来叫"平安京"的京都，都是日本在中国的唐时代仿长安城建设的当时的首都，这两个城市，虽然面积不如长安城，但几乎完整继承了长安城的规划和格局，并保留至今。因此，现代的人们要想了解中国盛唐时期长安城最原始的风貌，只有到这两个城市才有可能，而在西安，长安城曾经的所在地，却非常困难。我前两年刚去过西安，我能找到的盛唐的遗迹，除了古城墙，其他寥寥无几，而据说，这城墙也是明清时代重新修葺的。

松下说起来一发不可收拾，再一次显露中国通的本色。他又点上一根烟道，中国的古迹在清朝衰弱的时候也有很大的毁损，比如莫高窟、比如圆明园，那都是因为外族的入侵，但在当代，在中国前些年搞运动，"破四旧"和"文化大革命"的时候，传统文化遭到了系统性的破坏，这种破坏带来的损失，同样是不可估量的。

听到松下说"破四旧"和"文化大革命"的时候，夏天有些哑然，他觉得任由松下说下去，松下会越来越找到文化自信的理由，没准还会标榜日本才是中华文化的正宗传人，而他自己原本在心中暗存的文化宗主国的骄傲，将会被松下扫荡得一干二净。

他甚至有些上纲上线地胡乱联系，保不齐当年日军侵华炮制大东亚共荣圈这种宣传口号的理论基础就是顺着这个思路来的，如果让松下信马由缰，自由发挥，自己在保护传统文化这个问题上的讨论将会陷入被动。

并且，他想，对自己国家曾经错误的反思，自己人关起门来跳脚骂娘都可以，但被外人一针见血当面指摘，还是会感觉很不舒服，自己一点儿都不具备把松下这样的日本朋友当诤友的雅量。难道，这就是所谓的越出国，越爱国？

于是，他截住松下的话头道，对于"文化大革命"的错误，我们举国对其进行了反思，相信今后这样的悲剧不会再重演，也绝对不允许它重演。我们现在实行改革开放，一方面是发展经济，一方面是学习和借鉴当今世界最先进的文明和文化，让我们曾经惨遭破坏的传统文化获得新生。日本对传统文化的保护和发扬光大，给中国起到了一个很好的示范作用，因此，从这个角度说，日本现在是我们的老师，希望像您这样了解中国的日本朋友给我们更多支持和指导。我相信，中日如果一直真正地友好下去，我们两国都会有更加美好的未来。

夏天说这段话时，感觉自己有点像外交部新闻发言人附体，并自觉欣慰地暗叹毕业几年在国际商会的新闻官算是没白当。

松下听夏天说完，再次点点头，把一支抽了一半的香烟摁灭在烟缸里，并举起酒杯道，为了夏君这些话，我们大家一起干杯！我希望和夏君可以做一对忘年交，也希望夏君永远是大洋的朋友，我还希望，夏君将来有机会，可以成为大洋的一员。

松下这段祝酒词，可以说是对夏天这次东京之行的总结，也可以算是对夏天今后和大洋之间合作关系的一次点题。夏天知道，松下已经代表他本人和大洋表达了诚意，但自己并非自由身，作为合资公司中方的代表之一，将如何回应或者说报答他们的诚意呢？未来的路，又将何去何从呢？

夏天按下自己有点复杂起来的心绪，除了点头表示感谢，便是将一整杯冰啤酒一饮而尽，Bottom is up（干杯）！

喝完这杯啤酒，松下夫人准备的关东煮端上了桌，松下常务解释说，东京地属关东，他夫人就是东京人，因此，关东煮算是她拿手的家乡菜。

在此之前，夏天对关东煮不甚了了，只是觉得关东煮这个名字土气中透着亲切，待了解了它的吃法后，便忍不住有些拍案叫绝，这不就是老北京涮锅子加重庆麻辣烫吗？

一个大大的电锅子里面有五六个隔断，像极了重庆麻辣烫锅，只是没有麻辣汤。吃法和老北京涮锅子一样，汤煮开后把鱼丸、海鲜、羊肉、蔬菜等扔到里面涮，涮熟捞出来蘸酱吃或直接吃。和老北京涮锅子最主要的不同也许就是电锅里的汤料，用味噌加鱼汤熬制的汤料，有一种天然咸鲜的感觉，让人对食物的想法，既克制又冲动。

夏天认为，关东煮和之前他在东京吃的第一顿饭怀石料理，完全是一种截然不同的存在。这些天在东京的饮食，以怀石料理始，以关东煮终，是不是也代表了自己对东京的逐步了解和跟大洋这些人的渐渐熟悉呢？

反正不管怎样，互相熟稔起来的结果，就是夏天在东京吃了一顿真正的饱饭，这也是他在东京的第一顿饱饭。

在吃饭期间，松下夫人坚持不上桌，但在夏天的坚持下，她只好在桌上坚持了五分钟，然后像板凳上放着一块烙铁一样落荒而逃。夏天觉得她的风格就像自己在旧社会裹过小脚的外婆一样，即便已升级为四世同堂的老祖宗，也不习惯在家族聚会的主桌上吃饭，而只是在厨房草草对付一口，就像松下夫人现在做的一样。

带着些凡尔赛的味道，松下又一次解释，这就是日本传统女性，这就是日本一直保留下来的传统，日本，就是这样一个有传统的国家……

第三十二章　京都的罗生门和清水舞台

直到吃完晚饭，准备从松下家辞行出来，松下夫人才让夏天见识了她作为女主人优雅从容的一面。

收拾完碗筷，脱下围裙的松下夫人，换上了一身淡粉色妥帖轻便的和服，脸上补了淡妆，虽然依旧能看出岁月的痕迹，但皮肤的白皙和妆容的精致，让她的气质中透着知性和贵气。夏天后来知道，松下夫人是东京大学毕业，在大洋的员工眼里，松下和夫人绝对是一双才子佳人的神仙眷侣。

松下夫人从卧室里拿出一个包装精美的首饰盒，递给夏天说，这是给你夫人准备的一个小礼物，你出色的工作离不开你夫人的支持，希望这个礼物能让她开心，也请转告她，希望下一次她能和你一起来我们家做客。

松下夫人代替老公送礼物的时候语调温婉却带着一种令人无法拒绝的热情和干练，显示了一种娴熟的夫人外交的沟通技巧，跟之前三从四德恭谨克己又是另外一种风格，夏天只好笑纳并连称感谢。

他想，松下在大洋能有如此成就，跟夫人多方面的能力有很大关系，每一个成功的男人背后，一定是站着一个贤惠的传统女性，而要更成功，则一定是站着一个贤惠的现代女性，上得厅堂，下得厨房；系得围裙，也懂得梳妆。

松下夫人给夏天夫人小忆送的是一个别致的胸针，虽不是很贵重，但造型色调典雅大气，和各种华服百搭，即使过去了若干年，依然有一种不会凋谢的时尚感。

从松下家出来，时间尚早，小池说，这正是东京夜生活开始的时候，今晚他要完成北野交给他在东京的最后一项任务，那就是带夏天去一家卡拉 OK 歌厅，让他见识一下卡拉 OK 原产地东京的卡拉 OK 到底是什么样，看看跟中国国内的卡拉 OK 又有什么不同。

夏天依然是带着一种学习的态度跟小池小林来到一家似繁华似幽静处的卡拉 OK 歌厅，主要的学习心得体会如下：

首先，日本的卡拉 OK 歌厅和中国的卡拉 OK 歌厅并没有本质的不同，它们基本上都是人们酒足饭饱后挥发余兴的地方，每个人只要拿起话筒，就有机会发现自我兼发泄自我，并在毫无尴尬中臆想自己在演唱会现场的巨星风采。

其次，量贩式以外的卡拉 OK 歌厅的消费主力还是男性，而这些男性的消费目标基本是女性，女性在演唱会现场同时扮演服务员兼歌迷的角色，毫无原则的鼓掌喝彩是让客人找到巨星感觉的最重要的手段，也是男性因此成瘾并持续消费的动力。

再次，这些提供愉悦男性服务的女性大部分都有一部家庭贫困或情路坎坷的苦难史，让人忍不住哀人生之多艰并生出一股怜香惜玉的豪情，而这种豪情是可以通过小费来表达的。

另外，卡拉 OK 的音响设备在很大程度上关系到巨星的成败和生意的好坏，让每个人都找到巨星的感觉，巨星就会经常来光顾自己扬名立万的地方……

这天陪着夏天唱歌的是一位来自北海道的漂亮姑娘，虽然语言不通，却并不妨碍他们的交流，因为音乐本身就是一门世界通用的语言，而且，不是还有翻译小林嘛！

这位姑娘通过小林介绍了自己的身世，她出生在北海道一个普通渔民家庭，弟弟很争气，考上了东京的大学，却付不起高昂的学费。为了供弟弟上学加上自己也想走出渔村到东京见世面，她便找了这份卡拉 OK 的工作……

她还通过小林夸夏天长得像个人，是她最近正在追的一部电视剧《大地》里的男主角。夏天没看过这部电视剧，也不知道男主长什么样，但是，通过《大地》这部剧的名字，推测她可能是在说自己长得像个日本农民。

他的推测，并没有影响自己唱歌的心情，因为这位北海道姑娘的服务实在是太周到了，总是在他还没意识到的时候，照顾和体贴就来了，然后他发现，这正是自己需要的。

卡拉 OK 结束时，夏天并没有机会挥洒自己的豪情，因为小池独自把账结了。小池说，这是他作为朋友的一次私人宴请，明天夏天去京都后便只有小林陪伴，他就要和夏天分开了，希望他以后有机会去北京时，可以和夏天相约北京的卡拉 OK。

夏天自然连声说，一定，一定，到时候一定要让我好好表现表现……

从卡拉 OK 出来时，夜已经很深，街上人车稀少，他们边走边想着拦截路上的出租车，但走了很久，都没见出租车的影子。从晚饭到晚饭后的卡拉 OK，他们一直在灌啤酒，此时，肚子里已经有太多存货，加上夜风一吹，顿觉膀胱都要爆炸了。

夏天赶紧申请让他们带自己先去找厕所尿尿，谁知小池满不在乎地笑道，这种事哪还用找厕所啊，在东京，没在大街上尿过尿的，就不是东京的纯爷们儿。说罢，他也不想着找一僻静处，直接原地掏家伙就开始倾情奉献，边奉献边哼着在卡拉 OK 刚唱过的歌曲《谢谢你》，那是电视剧《血疑》里山口百惠原唱的歌曲。

小池把这首悲伤的歌曲唱出了欢乐的调调，还带着几分酒后的痴狂。夏天有样学样，和小池并排站在一起，在东京大街上纵声高歌，尽情释放。

夏天心里说，小池，真的要谢谢你！

深夜的东京街头，被他们的喧哗打破了宁静，风，也一直吹……

第二天，夏天和小林坐上了东京到大阪的高铁新干线，到大阪前，他们会在大阪前一站京都下车，先参观一下这个保存完好的微缩版长安古都。

时速二百多公里贯通东京大阪的东海道新干线，是世界上第一条投入商业运营的高速铁路，早在1964年东京奥运会时就开通了，东京到大阪五百多公里的距离，两个多小时就可速达。

此时国内还只有绿皮火车，虽略有提速，但时速七八十公里已是极限，因此，当新干线高铁列车启动时，夏天只有一个感觉，那就是晕。

东海道新干线是由北到南全线封闭的铁路，因为日本国土的狭长和沿途的寸土寸金，列车并没有太多机会在原野上奔驰，相反，它经常在逼仄的城市和近在咫尺的居民区间飞窜，各种城市风景扑面而来，又瞬间飞逝而去，让人产生一种应接不暇的眩晕感。

路旁商铺的旗幌，近处阳台上飘舞的女装，街头小吃摊的烟火，不远处屋顶天线密如蛛网的矮房……在快速移动中，这些画面还来不及定格，便仿佛消失在时光隧道里，然后眼前又是一片新的天地。

安静、平稳、干净，没有喷吐的煤烟，没有车轮和轨道摩擦时的颤抖，没有呼啸的风声和汽笛的嘶鸣，夏天面前杯子里的水偶尔会泛出几道波纹，但很快便归于寂静。夏天第一次体验似乎是贴地飞行的速度感，周围的环境越安静，内心越震撼。

此时的夏天，完全没有想到，十几年后，我们国家成了世界上的高铁大国。当他第一次坐上北京到上海时速350公里的和谐号高铁，想起自己当年坐上这趟东京至大阪新干线时内心震撼羡慕并略感卑怯的情景，不禁百感交集。

一出京都高铁站，便觉古风扑面，似乎这趟时速250公里的回声号列车，带他们穿越回了盛唐时代，倾听历史的回声。

京都，从日本平安时代起到明治维新的一千多年里，都是日本的首都。

一千多年前，日本的遣唐使们从长安东渡回来后，带着对盛唐顶礼膜拜的心情，严格按长安城的范式，规划布局了平安京也就是现在京都的建设，虽然面积只有长安城的五分之一，但它和长安城一样，也有太极宫、大明宫和朱雀门。朱雀门外，一条南北向的朱雀大街把它分成左京右京，后来，它又被两条东西向的大路分成上京下京，因此，它可以说是一个上下左右京俱全的微缩版的长安古都。

在它作为千年古都的历史中，见证了日本各个时代政权的兴衰，古城的建筑，也几经战乱毁损，能完好保存下来的，寥寥无几，现在能看到的，大多是德川幕府时代重建的。

这座古城，作为日本曾经的政治文化中心，上演过一幕幕人间悲喜剧，因此，它几乎是所有日本古典文学故事发生的舞台，也可以说，它是日本文学的发源地。

夏天读过的"日本版《红楼梦》"紫式部的古典小说《源氏物语》、现代文学经典作品芥川龙之介的《罗生门》、村上春树的《挪威的森林》……都是以京都为背景展开的人间画卷，是贯穿千年对人性的拷问和对人生的思索。因此，他认为，也许可以把京都作为日本人民包裹在古城墙里的精神家园来探究。

《源氏物语》的故事发生在平安王朝全盛时京都的宫城里，通过对多情浪漫的一代帝王源氏爱情生活的描述，塑造了深宫里以紫姬为代表的几个绝美却与愁怨相伴的女性形象，展示了日本平安时代的社会政治风情和其民族性中的阳柔之美。

这种阳柔之美，既有书中"万叶歌"的豪迈质朴，也有和歌"古今调"的缠绵悱恻和淡淡悲哀，对当今日本的民族性，同样有巨大影响，这部小说，堪称日本文学的巅峰之作。

这部小说，也折射了中国古代文化对日本的影响，就像汉唐建筑对京都古城的影响一样。它宏大的构思，主要因袭了《史记》中几代帝王以及唐玄宗的传奇，《史记》可以算是这部小说创作灵感的源泉。

在整本小说中，还处处可见中国古代诗词的踪影，而白居易的《长恨歌》，更是贯穿于小说情节的始终，一句"天长地久有时尽，此恨绵绵无绝期"，便为小说中三代人的爱情发展定下了基调。

当然，千年以后，在我国风靡一时的清宫剧，也能找到一些《源氏物语》中故事的桥段，而《甄嬛传》作者流潋紫中的那个"紫"和紫式部的那个"紫"，又或许并非仅仅是巧合。

小林作为一个京都大学毕业的南京人，对京都自然有一番不同感悟，因此，他领着夏天逛京都，也自然有一种不一样的视角。

他领着夏天第一个到的地方，是罗城门，又叫罗生门。这是一个充满鬼怪故事和阴阳师传奇的地方，是芥川龙之介小说《罗生门》的发生地，也是黑泽明导演的悬疑电影《罗生门》的案发现场。

芥川笔下的罗生门，阻隔了城里和城外，是人世和地狱的界门，一念天堂，一念地狱，充满了拷问人性的哲学意味。黑泽明的罗生门，是事实和假象的分野，恰似这个世界的扑朔迷离和无法探知真相的左右为难。

夏天带着一种探幽发微的心情亦步亦趋跟着小林来到传说中的罗生门原址，待看到罗生门的真容后，不禁哑然失笑。

因为这个罗生门已经不是一道门，真正的罗生门早已在战乱中灰飞烟灭，在原址留下的，只是一块刻着"罗生门遗址"五个汉字的石碑，石碑被一圈低矮且锈迹斑斑的铁栅栏围着，不知是为了保护还是寒碜这块不起眼的石碑。

更为搞笑的，紧挨这块石碑的，是一个简陋的木质儿童滑梯，一群孩童在叽叽喳喳喧哗着上上下下，完全不顾"罗生门"这几个字的严肃性。

夏天想，不管罗生门代表了什么，也许它本就不该那么严肃和沉重，世间的一切，冥冥中自有答案。人们要做的，就是听从内心召唤，认准前行方向，且待天道轮回，星河斗转，繁花盛开。

站在这块石碑前，此次日本之行给他内心带来的一种莫名的躁动和急切，渐渐平复下来，也让他以更恬淡的心情，来到清水寺。

清水寺是京都最古老的寺庙，日本的国宝级建筑，因寺庙下方音羽瀑布的清水得名，在夏天到此一游的前两年，刚刚评为世界文化遗产。寺中供奉的是千手观音，顺着石阶往下还有一座祈求分娩顺利的"子安塔"，这些都让夏天迅速产生了一种熟悉的亲切感。

音羽瀑布的清泉一分为三，分别代表长寿、健康、智慧的神奇力量，引得游人忍不住至少要喝上三口。

清水寺最著名的还是"清水舞台"，由139根立柱支撑，几乎悬空倚建在山坡上。舞台四周，绿树环抱，空气清新，春季时樱花烂漫，夏季时瀑布飞溅，冬季时细雪缠绵，而深秋的此时，层林尽染，红枫飒飒，如诗如画，不由让人想要融化在这片诗画中，真是一种美得要死的风景。

小林介绍，此处美景极具诱惑力，会让人义无反顾地沉溺其中，并产生抛弃一切的冲动，因此，这里是日本著名的自杀圣地，也是日本耻文化的地标性建筑。很多日本人在表决心不成功便成仁的时候，都是拿清水寺说事，最著名的一句是：我要不成功，就从清水舞台上跳下去。因此，多少年来，从清水舞台跳下去的人前仆后继，鲜血染红了舞台下的清泉和土地，让寺里不得不在清水舞台下方加装了防护网，再跳就只能跳到网兜里了。

夏天想，人想从高处纵身一跃结束自己，终归是需要一些勇气的。但在青山郁郁的怀抱里，在泉水淙淙的低语中，在清风徐徐的催促下，从清水舞台纵身一跃，似乎有了一种优雅浪漫的感觉。这个舞台，让赴死变得更从容，让赴死的决心变得更坚定，这样的舞台，还是离得越远越好，尤其是像自己这样贪恋红尘的俗人。

夏天知道，小说《挪威的森林》的作者村上春树就出生在京都，他的小说表现的是现代日本社会经济高度发达之后人们的精神危机，是在自我迷失之后的一种自我救赎。有的人在迷失之后再也找不到自己，最后选择结束自己的生命；有的人却忍受着孤独和痛苦，在漫长的人生道路上踽踽独行，完成生无可恋之后的自我救赎。

夏天猜想，村上春树一定多次登上过这个清水舞台，思考生存或者毁灭这个永恒的话题，并为他书中的少男少女安排最合理的归宿。

站在这个天堂般美丽的舞台思考人生的痛苦和无奈，或许死亡都会因此变得轻灵和跳脱些吧，就像他此刻站在这个舞台，想象跳下舞台时耳边簌簌的风声、远处的瀑布声和扑面而来的潮湿芬芳的森林气息……

若干年后，当他的同窗挚友浩然结束自己时，夏天又想到了清水舞台，想起了这片让人沉溺的风景，也更让他感叹浩然决心的可怕和坚定，即使风景萧瑟，也义无反顾，朋友，你是怎样迷失的？你心中到底有多少无奈和委屈呢？

第三十三章　大阪的客户和大阪城的姑娘

告别京都，坐不到半个小时的新干线，就到了大阪。

大阪也是夏天此次日本游学的重要一站，因为这一站，有日本大洋两个最重要的客户：松上电器和月清方便面。

松下常美在夏天离开东京时说，只有到了大阪，你才会了解日本制造业的强大，才会明白什么是贸易立国的根基，才会知道松上电器这样的客户对日本大洋的重要性。

在大阪的行程，首先是业务学习。

第一站，便是松上电器大阪总部，在进总部大楼前，先参观展示其近百年发展史的松上电器博物馆。

此时的松上电器，在普通中国老百姓的心中，就是高端和先进的代名词。要想享受现代生活，就请选择松上电器，酒井法子的一首广告歌曲《梦冒险》，带着松上电器品牌，火遍了我国的大江南北。电视、报纸、杂志、户外广告牌……地毯式轰炸的广告，让所有人都躲不开酒井法子那双扑闪扑闪的大眼睛，和那声嗲嗲的带着岛国口音的"松上电器"。

此时的夏天，也几乎是带着一种朝圣般的心情迈进了博物馆的大门。

重温松上发展史，夏天知道了松上最早是靠生产旋转灯泡的插座起家的，再后来，有了收音机、电视机、录音机、录像机、洗衣机、空调机、照相机……直至涵盖白色家电、黑色家电、音响、手机系列等几乎所有电器、电子产品，从灯泡插座，到电子、电器产品的帝国，这本身就是一个现代制造业的传奇。因此，它的创始人幸之助先生，也是现代企业中神一般的存在。

进到总部大楼，小林介绍，大洋广告有一个服务小组天天蹲守在这，随时听候松上电器企划课的人调遣。

在此蹲守的一位大洋广告的联络员早就安排好了夏天参观松上电器总部的路线。

先从老远瞭望人头黑压压的研发部，再近距离参观挂满各式海报易拉宝的企划部，最后来到最新产品展示厅，在这个展示厅里，都是夏天在中国市场从来没有见过的产品型号，和在中国销售的产品相比，这些产品功能先进，造型酷炫，制造精良，明显有几个代差。

夏天忍不住提问，这些产品在日本售价多少？什么时候在中国上市？提问完同时惊叹，如果这些产品能在中国上市，一定会引发销售狂潮。

引导参观的松上电器企划课的人面露含蓄的微笑道，这些新品在日本并不是很贵，普通消费者都能负担得起。夏天拿一台他在国内刚买过的在年轻人群中风靡一时 Walkman 迅速比较换算了一下，发现新品价格不过是国内价格的三分之二左右，这让他心里略有不爽，可想到加上运输和关税，觉得这个价格也算可以理解。

但这位引导员很快话锋一转，说因为产能有限，这些产品目前只在日本本土和欧美市场有售，要大批量出口到中国，估计是两三年以后。

这位引导员依然面带微笑，夏天努力想从他的微笑里发掘出一些歉意，但他很快发现，他的努力是徒劳的。因为从这位引导员波澜不惊职业化的微笑里，夏天可以体会出优先日本国内和欧美市场，对日本企业来说，本就是一件天经地义无可置疑的事，何须大惊小怪和有些许歉意呢？

这位引导员的微笑像一根刺一样扎在夏天心里，一直过了若干年。

若干年后，见证了大部分松上电器产品在中国市场的萎缩和败退，看到国产电器品牌从模仿到自造成为绝大多数国人的选择，再看到它们走出国门到世界更广阔的市场攻城略地，夏天回忆此时的情景，心中有一种说不出的自豪和欣慰，那根刺，也不知道什么时候悄悄地化了。他想，只要胸中有定力，坚持改革开放的正确方向，不走回头路，中国制造、中国力量就一定会迸发，没有什么可以阻挡。

就在前几年，松上电器带着收缩态势低调走过了它的百年历程，对绝大多数国人来说，它已经静静地躺在那个充满消费饥渴的火热年代曾经喧腾的记忆中，或许还会有几分温存、几分怀念，就像人们对逝去时光的眷恋，但从此再难找回昔日的荣光。

大阪学习的第二站，是参观方便面的鼻祖，月清方便面工厂。

夏天这是头一回参观日本企业的工厂，干净，整齐，一尘不染，也几乎听不到什么噪音。他们一行人沿着一条绿色走廊隔着一层落地玻璃近距离观察方便面生产的流水线。

从和面、制面、押面、压缩、烘干，再到把各种脱水蔬菜和调味料一股脑放进杯状纸盒中封装，整个过程一气呵成，流水线上的方便面像流水一样下线打包到一个个大纸箱中。

月清方负责引导的人说，这是一款打开包装倒进开水泡五分钟就可食用的杯面，以前主要供应日本市场。现在，月清方已经把同样的生产线运到了广州和上海，准备大力开拓中国市场，希望和夏先生一起努力。

经过多年单身生活的洗礼，夏天对方便面并不陌生，但他以前吃过的方便面，基本都是开锅煮后味道更佳，另外还需拆开各种调料包，吃一包方便面，恨不得撕开的调料包晒一炕，收拾起来实在不是那么方便。这种一站式搞定的杯面，绝对是懒人的福利。

按夏天理解，方便面从诞生伊始，就是为忙人和懒人准备的，但归根结底，还是为懒人准备的，人类的懒惰，是众多伟大发明的原动力。

夏天从心底，默默地向这个发明方便面的日本人安藤百福致敬。当然，这个日本人原来其实是个中国人，他从台湾来日本打拼，中文名字叫吴百福。这是一个充满乡土气息和代表吉祥的名字，让他心里有一种沾光式的自豪感。

夏天回国后，坚持向北野申请做月清方便面的业务担当，哪怕从此再也不染指松上电器。从月清方便面开始，他的广告生涯里又服务了众多方便面品牌，尤其是几年后几乎一统我国方便面市场江湖的两大源自宝岛台湾的品牌。他之所以对方便面广告如此感兴趣，如此执着，大概就源自于他内心深处的懒人情怀吧，因为想偷懒，所以更努力！

源自日本，取道台湾，再在大陆市场发扬光大，风生水起，这是某师傅品牌的成功发展路径。因为广告代理服务的关系，夏天和它的掌门人台湾的魏氏兄弟有过多次学习交流机会。如今，若干年过去了，就是这个味儿的方便面是不是还是那个味儿呢？

两天的参观学习结束后，在日本最后的行程就是游玩和购物，一直全程陪伴夏天的小林也放松下来。

夏天跟小林开玩笑说，到了日本，他才理解鞠躬尽瘁，死而后已的真正含义，一天到晚没完没了地鞠躬，不死不休，想不尽瘁都难。他还提议，这两天也不要大洋广告大阪总部的人陪着了，他们哥俩自由行，彻底放飞一下。

夏天的提议，正中小林下怀，大阪总部的人也便顺水推舟。

大阪当时最著名的游玩景点，就是从美国复制粘贴刚刚开业的环球影城。环球影城里的游玩项目，大多数自然是跟好莱坞大片关联的套路，在此不再赘述。夏天和小林在环球影城最快乐的事，就是肆无忌惮地说中文，而且绝不随随便便鞠躬。

他们肆无忌惮说的中文，充分暴露了作为当打之年青年男子无法免俗的劣根性，他们时不时对环球影城里前后左右擦肩而过的日本姑娘们评头论足并进行各种横向纵向比较，完全不用担心她们能否听懂。此处人流密集，年轻日本姑娘众多，让他们有足够的样本作为参照，他们最后得出了两个基本结论。

第一个基本结论是关于东京和大阪姑娘之比较。

东京和大阪的比较在日本也是个老生常谈的话题，有点像国内北京和上海之间的比较。夏天第一次到日本，对东京大阪两地姑娘的初印象虽然粗浅但或许更直接，他和小林互相印证之后得出的结论如下：

东京姑娘穿衣打扮普遍比较时尚，代表了日范儿的潮流，走在繁华的街头，经常有时装杂志模特的即视感。大阪姑娘打扮相对比较随性，有的朴素无华，有的艳丽夸张。

东京姑娘说的是标准日本普通话，显得文雅严谨，礼貌中给人一种距离感。大阪姑娘说话嗓门明显偏大，无拘无束中总有一些搞笑俏皮的感觉。

区别最大的是身形体态，东京姑娘身材普遍修长，妆容精致，举手投足有一种十里洋场的气派。而大阪姑娘不惧暴露原生态的腿形，不管是 X 还是 O 形，走起路来都虎虎有生气，再加上笑起来露出牙龈的烈焰红唇，同样可以夺人眼球。当然，大阪城的姑娘不是达坂城的姑娘，辫子没有那么长，两只眼睛也没有那么漂亮。

因此，好看当属东京姑娘，好聊却是大阪妹妹。

第二个基本结论是关于日本姑娘和中国姑娘的比较。

日本姑娘的衣着打扮普遍比较时尚整洁，中国姑娘的打扮即使在北京上海这样的城市，水平也是参差不齐，许多女孩在努力追赶潮流，但潮流似乎总是会傲娇地领先一步，这和此阶段两国经济发展水平的差距关系密切。

日本姑娘说起话来礼数周全，表达相对委婉，虽然点头哈腰鞠躬频繁，但却总给人一种疏离的感觉，而中国人对这种疏离感的感觉尤其强烈。中国姑娘地不分南北，人不问东西，见过日本姑娘后再见到她们，从里到外都透着亲，说话的每个标点符号，不经意甩出的一抹眼风，都有一种踏踏实实的心知肚明。

至于身材，即使是东京姑娘，也会随随便便被我们的东北姑娘虐爆，因此到了日本，见了身材过于完美的姑娘，先别着急麻慌地把她们当作日本美女点赞，可以先排除一下是不是中国留学生。

当夏天和小林肆无忌惮旁若无人海聊的时候，他们偶然发现前面有一个身材颀长的姑娘一直不远不近若即若离地引领着他们，不时还会轻轻回头嘴角露出浅浅的微笑。

小林悄悄对夏天说，他们刚才的结论马上就可以得到验证，这个好身材的姑娘一定是个中国人。

哥俩儿一碰眼神，紧走几步来到和这位姑娘并排的位置，且故意提高了说话的音量。

这位好身材姑娘一头蓬松的长卷发，步态自然轻快，表情安静从容，高鼻杏眼，面如满月，衣着虽不奢华却大方得体。她看到夏天和小林走到和她并排的位置，侧过头微微一笑，让夏天迅速感到一种亲切熟悉的气场。

夏天平时并不擅长跟陌生女性搭讪，但见到这位姑娘时，搭讪不需要勇气，他很自然就问了一句："你是中国人？"

这位姑娘也很自然地点点头说："是啊。"同时反问道："你是从北京来的？"

夏天心中暗喜，他想，自己在北京盘桓多年之后，在大阪的人流中被人一耳朵就认定为北京人，实在是一件令人欣慰的事，这说明一直以来他执着坚持模仿的北京口音破绽已经不是很多了。

他按捺住心中喜悦，带着一种自来熟的感觉继续跟这位姑娘交流："你也是从北京来的？"

"嗯。"姑娘轻轻点了点头，并认真地看了夏天一眼。就这一眼，一场老乡见老乡，两眼泪汪汪的戏码就在大阪环球影城乌泱乌泱的人群中上演了。

接下来，他们三个就像他乡故知一样一起玩遍了环球影城主要的游乐项目，并结伴回到城里。无巧不巧，姑娘住的地方跟他和小林的酒店就在一个街区，于是他们在附近找了一个叫竹亭的居酒屋继续边吃边喝边聊。

一切都是那么随意自然，没有犹豫试探，没有扭扭捏捏，就像在北京后海荷花市场遛弯儿偶遇多年不见的老友，然后不由分说就近找个酒馆，一起喝上两杯，顺便唠唠嗑。

今日之后此生也许不会再见，异国他乡人海中刹那间的因缘际会，让他们彻底放下心防或者说根本来不及筑起心防，何不今朝有酒今朝醉，且把他乡当故乡？

从聊天得知，姑娘名叫聂曼影，是来自北京的大连人。她在北京读的大学，毕业后进入一家日企，干了没两年便申请了奖学金到日本留学，学的是食品工程，现在是她到日本的第二年。平时除了上学，业余时间她会到亲戚开的一家中华料理店打小时工，当跑堂兼收银员，这可以让她手里有一些活钱。环球影城的套票是她亲戚奖励她最近工作出色出钱替她买的。

小林在日本留学生中算是老江湖，大概了解聂曼影的情况后，自然就扯到她将来在日本如何发展的问题。小林说，日本并不是一个鼓励移民的国家，留学生通常会有一个八年大限，这个大限的意思就是不管是学习还是打工，在日本待够八年后，如果不能拿到工作绿卡，就只有回国一条路，而要拿到绿卡，除非你有特殊才能或者特殊贡献，并且要表现出对大日本帝国特别的忠诚度。

这么高的门槛对普通男性留学生来说是很难逾越的，而对女性留学生而言，靠自身能力拿不到绿卡，便只有嫁人唯一一条通途了。

小林的一席话，让夏天彻底明白了合资公司北京泛洋国际招的好几任前台为什么都曾在日本留学八年，八年时间，我们结束了抗日战争，而他们留学八年，回国却只能接受前台的工资待遇，是不是有些不值呢？夏天忽然觉得，八这个数字，在中日之间，有些神奇，又有些吊诡。

小林还说，在日本留学八年，即使打工，也只能是实习生的待遇，和日本企业正式员工待遇还是有很大差距的，这些打工的实习生，基本可以算是青壮年劳工。

聂曼影对小林说的情况心中也是了然，但她显然不愿在这个话题上过多纠缠。她只是透露了自己的野心，说不管将来怎样，她都不想像日本女人一样，只能依附于自己男人当家庭主妇，她希望可以有自己的事业，做自己喜欢做的事。

对日本社会环境已经略有了解的夏天对聂曼影的想法其实是颇有疑虑的，但他心里仍然为她送上了真诚的祝福。

多年过去，他依然还记得这次不经意的邂逅，记得那个在竹亭居酒屋门前，在深夜大阪昏黄的街灯下跟他潇洒告别的苗条身影，那个美丽爽朗的大连北京姑娘。

告别聂曼影，小林似乎有些不吐不快，他说，他其实也是一个八年大限将至的人，如果不能在大洋国际通过实习考核，拿到工作绿卡，他面临的也将是不得不回国。

通过这几天接触，夏天从内心赞赏小林的朴实诚恳和细心周到，衷心希望他今后在日本一切顺利。回国后，他给松下常务和国际部的片冈聪部长写了一封长长的感谢信，感谢日方此次精心安排让自己受益匪浅的游学之旅，并表态今后一定会义无反顾维护并深化中日双方的合作，为合资公司的发展贡献自己的全部力量。信中，他还不露痕迹地说明了小林对帮助他和大洋广告沟通的作用，并希望这条沟通渠道一直保持通畅。

一年后，他再次出差东京，陪同他的还是小林，他知道，小林的八年大限应该是过去了。

这个来自对中日双方都极具敏感性的城市南京的中国人，成了大洋广告树立的中日民间一笑泯恩仇的标志性人物。以后只要中方合作伙伴来访，都是小林出面接待，然后大洋广告方面会介绍说，这位小林是来自南京的中国人，正在我们这儿愉快工作，介绍完，气氛总是会变得更加融洽。

之后几年，是夏天跟大洋广告合作的黄金期，他们一起在中国广告市场攻城略地，屡创佳绩，直到某一天无可挽回地分道扬镳，这是后话。

第三十四章　心斋桥和日式按摩

大阪的最后一天，也是此次日本行最后一天，主要任务就是采购。第一次出国，不采购些东洋货回去馈赠亲友，是不好交代的。

采购目的地明确，心斋桥，大阪最大的购物区，来大阪，就一定要到心斋桥打卡。

在夏天印象中，心斋桥就是一个混合了世界多种元素的大杂烩。

这里有英式风格的欧洲村，有个性十足且时髦的美国村，当然还有日式大百货商场以及本地的百年老店和市民小店，这些店鳞次栉比流光溢彩地拥挤在一起，一眼望去，到处都是醒目的商品价格符号。小店主们在起劲地吆喝，空气中充塞了可以让人不由自主兴奋起来的热焦糖、薄荷、烤肉和香水的混合气息。

和东京商业区相比，这是一种毫不掩饰的烟火气和赤裸裸的金钱的味道。在这里，金钱是所有商品的彼岸，似乎只要通过金钱，就能找到大同世界的钥匙。

夏天想，所谓庸俗的幸福生活，大抵不过是一觉睡到自然醒，然后优哉游哉逛山逛水逛商店，逛累了一张嘴便能饕餮天下美食，然后再接着逛。如此循环往复，岁月静好……

在这个地方，一切都可以如你所愿。

这里有日本料理，但更多是世界各地的风味，这让到日本后对饮

274

食一直略有不爽的夏天，从眼球到嗅觉再到味蕾都得到了一次深度解放，他一开始啥也没买，只是沿街吃下去，吃得肚子和脑子都开始有淤塞的感觉后，才开始计划购物的路线。

肚子饱了，才有力气走，这一走，就是大半天。

他几乎花干净了他来之前兑换的所有日元，松上的剃须刀、资宝堂的化妆品、索力的 Walkman、卡欧的电子表、八星的香烟、药妆店的小零碎……

平时花钱并不大手大脚的夏天突然迸发了巨大的购买欲望，因为他经过换算，同样东西在国内买，比这要贵将近一倍，在这儿只有买买买，才会觉得不虚此行，值回机票钱。

这也让他理解了后来很多国人为什么一出国门就立马会变成一掷千金的豪客，其实这些人不一定真那么有钱，引发他们疯狂购物举动的，是有便宜不占王八蛋的心理。国内外商品巨大的价格落差，让穷人也会毫不犹豫挥舞起收割的镰刀，把国外所有便宜的韭菜带回家。

收割完心斋桥所有认为值得收割的韭菜，夏天感觉到了双腿从来没有过的酸痛，购物的激情过后，迎接他的是举步维艰的沉重和欲望达成后的精神涣散。

一直陪着夏天的小林，对夏天表达了真诚的关切，他建议，经过两周紧凑辛苦的行程，尤其是最后一天的长距离跋涉，是时候休整一下了。他注意到，他们住的酒店可以提供按摩服务，夏天不妨借这机会体验一下原汁原味的日式按摩。小林还强调，日本女按摩师的手法还是挺特别的，可以跟国内的按摩比较比较。

小林的提议让夏天有些心动又有些犯嘀咕，因为即使在国内，夏天也从来没有到过按摩场所，压根儿不知道按摩是怎么回事，所以比较一说，并不成立。但平生第一次按摩，就来日式的，而且是日本女按摩师，起点是不是有点高啊？

回到酒店，看到床头摆放的按摩服务提示牌，发现价格并不是很贵，夏天也便咬咬牙，让小林联系了一个按摩师，夏天为自己找了一个叫按摩师的理由：体验日式按摩，也算是对日本的一种了解和学习吧。

房门笃笃轻响后，小林打开了房门。

女按摩师穿着一身轻便紧凑的蓝底碎花和服，脚上蹬着一双传统木屐，两只月白色靴袜包裹了双脚，一进门就深深地鞠躬行礼，让人第一眼只能看见她脖颈间涂抹的一层白粉。

但她终究是要抬起头的，待她抬起头，夏天定睛一看，才知道按摩师是一位年逾六旬的老阿姨。虽然她脸上、脖子上都抹了一层细粉，但岁月的痕迹终究是很难遮盖，略显粗壮的身体也显示出了劳动人民的本色。

若不是她脸上的微笑有一种长辈的慈祥温和，以及对于获得服务机会的深深期许，夏天也许会立刻退掉这项服务，避免自己人生的第一次按摩，栽到这位日本老阿姨手里。

眼前的情景和他原先的想象确实有些落差，难道日本的女按摩师岁数都这么大吗？这么大岁数还要干这么重的体力活吗？犹豫间，他眼中的失落和疑惑被老阿姨尽收眼底。

老阿姨礼貌且完全没有尴尬地微笑道："不是年轻小姑娘先生是不是有些失望？但这家酒店并没有比我更年轻的按摩师了。您这几天在大阪旅行一定很辛苦吧，相信我，我的按摩一定会为您加满油，让您浑身是劲开始下一段旅程。"

小林照实翻译，没有漏过一个字，但他翻译时脸上所有的表情都写着抱歉两个字。

夏天想，小林可能也并不知道酒店的按摩师长什么样吧，作为在日本辛苦打拼的留学生，是不会有太多机会和闲钱享受按摩服务的，他现在也许是在自责好心办了坏事吧？

把这个慈祥的老阿姨请来又退回去，是不太礼貌的，还会让小林难堪，况且自己对她并不反感。夏天一番思忖后，做了决定，还是既来之，则按之吧。

按照老阿姨的吩咐，夏天脱下外套，穿着内衣趴在了床上。

按摩前，老阿姨继续絮叨："我这个岁数的人按摩，可以让您更专心和安心地体会按摩的妙处，请您闭目养神，好好享受我的服务。"

夏天听出了老阿姨的弦外之音，意思就是如果年轻女按摩师给他按摩，他很可能会心猿意马。夏天懒得跟她掰扯，也没有力气跟她掰扯，因为这个老阿姨的手指一搭上他的身体，他就感觉被施了魔法一样，立刻就进入了梦乡，完全不知道自己身在何处。

梦中，夏天坐在新干线的高铁车厢里，高铁在飞驰，却安静得没有一点声音。车窗外并不是原野，而是他在日本这些天一路走来遇见的人和风景，如走马灯般飞掠旋转，最后汇成一片霓虹灯的海洋。

这片灯海就是一个巨大的光影的漩涡，炫目的灯光在疯狂闪烁，不断向身边挤压，最后像倒塌的山墙一样劈面而来，让人沉溺其中，不能自拔……

正当夏天在梦中挣扎的时候，他忽然感觉自己被一双有力的手拎住腰部，迅速提溜起来，又轻轻放下。如此反复几次，身体好像进入了一种失重的状态，轻松得似乎能飘在空中，人也彻底醒了。

夏天回过头一看，是那位按摩师阿姨正用一双健硕的手抬着自己后腰，自己后腰悬空着，腰肌着不上一分力，也不需要着一分力。

后来夏天知道，这一招在按摩里叫端腰，没有几分功力很难让客人体会到虚空飘荡无处着力的感觉，体会过这种感觉后，身体就算是被彻底放松了。

这位日本老阿姨举重若轻地为夏天端完腰，有些骄傲似的笑眯眯看向他，宣告这个钟的按摩大功告成。

夏天在深沉的睡眠中完成了平生的第一次按摩，一觉醒来，浑身上下有一种焕然一新的感觉，不由得连声感谢这位日本阿姨的辛苦服务，并由衷赞叹她按摩手法独到，尤其是端腰那一下，体现了不凡的手上功夫。

阿姨依然笑眯眯道："谢谢夸奖，看样子年轻时的空手道算是没白练……"

离开大阪的飞机是第二天傍晚的，这天中午，大洋广告大阪总部特别安排了一场午餐会为夏天送行。负责安排午餐会的是大阪总部总务部的亮子小姐，夏天这几天在大阪的行程也主要是由她对接的。

亮子小姐人如其名，可谓是盘靓条顺，一头整齐清爽的长直发让她显得优雅清纯。小林介绍，亮子小姐毕业于京都大学，和他是校友，在大洋工作才两年，就承担了公司重要客人的接待工作，换句话说，就是只有重要的客人，才会安排她全程做接待工作。

果然，从夏天进餐厅门的第一分钟起，亮子小姐就开始了人盯人服务。知道夏天可以说英文，她便全程用发音标准的英文跟夏天交流，完全没有大部分日本人说英文时佶屈聱牙的口音。引导落座，斟茶倒水，更换碗碟毛巾，夏天有什么需求，她总是一路小跑，没有一丁点儿漂亮女孩的骄娇二气，倒更像一个勤勤恳恳的仆妇。

亮子小姐的一举一动，让夏天有些受宠若惊，因为在国内职场，漂亮小姐姐总是会成为众星捧月的对象，很少有这样放下身段殷勤为别人服务的。在日本大洋公司，夏天毕竟年轻资历浅，有小小成绩，就享受如此贵宾待遇，让他心中产生一种无以为报的忐忑。

这些天，他一直在接受日方的怀柔和善意，但他其实压力山大，因为他隐隐知道，日方的期待是什么，而他也知道，自己的底线在哪里。也许有一天，自己的底线会和日方的期待发生正面碰撞，到那时，他现在接受的所有善意，都将变成进退失据的尴尬甚至是无可奈何的互相伤害。

想到这些，夏天在接受亮子小姐的服务时，也便没有那么坦然大方了。

小林大概能猜到几分夏天的顾虑，在旁边小声宽解道："对于亮子小姐的服务，你完全不用太在意，在日本公司，很多年轻漂亮的女孩就是做这种辅助性工作的，即使这些女孩读过名校，有很高的学历。因为在日本公司，女性晋升通道是比较少的，名校毕业的女大学生选择在大公司干几年，很多是为了钓金龟婿，钓到金龟婿，她们就收工走人，回家踏踏实实当家庭主妇。"

小林还继续开玩笑道："如果你这样的工作业绩放到日本大洋，亮子小姐就有可能把你当作钓金龟婿的目标啦，她会对你更殷勤的……"

他边说边朝亮子小姐的方向坏笑着挤眼睛，亮子小姐虽然听不懂他说什么，但以女性的敏感和直觉也隐隐能嗅出他话里的内涵，亮子小姐的脸上便微微有了羞涩。

亮子小姐迎来送往毕竟是见过世面的，她在夏天和几位大阪总部领导碰过杯后，也落落大方地举起杯，给夏天敬酒，并说了一套敬酒的话："很高兴在大阪见到夏桑，夏桑不管是工作成绩还是个人气质都给我留下了深刻的印象，是我认识的一个比较特别的中国人，也让我对中国人有了更多的了解。希望夏桑有机会多来日本，可以让我有更多机会为你服务，也希望我们有更多的机会一起喝酒！"

千穿万穿，马屁不穿，夏天认为，亮子小姐的敬酒词虽然有一定的套路，但表达的内容却不乏真诚和直率，很容易让人忍不住想投桃报李。

夏天跟亮子小姐碰完杯后一饮而尽，半开玩笑道："感谢亮子小姐的辛苦，以亮子小姐的工作态度和工作能力，如果在中国的话，很快就能当上领导，希望亮子小姐有机会到北京来指导我们的工作。"

夏天还特意再次举杯敬亮子小姐大阪总部领导："请给亮子小姐一个到北京出差的机会，我想让她见见我们北京的客户，我相信，客户见了亮子小姐后一定会更愿意跟我们合作。"

夏天这几句话，大概就是所谓的投桃报李了。

送别午餐会接近尾声时，亮子小姐的身影忽然就消失了，夏天带着纳闷走出他们吃饭的包间，到包间门口，他才明白亮子小姐刚才为什么会提前消失。

因为他们准备离席时，亮子小姐和另外一位总务部的姑娘已经早早来到包间门口存鞋的地方，把这些男士进包间时脱下的鞋一一拎了出来，放在门口地上准备好，谁出来就把谁的鞋递上。

当亮子小姐把鞋递给夏天时，他忍不住感叹，难怪好多人说找老婆就要找日本姑娘，这一个递鞋动作，就把作为一个男人的尊崇感无限放大了。日本男人在外面辛苦打拼当牛做马隔三岔五过劳，有这进进出出递的一双鞋，是否也便心甘情愿，人间值得了呢？

亮子小姐除了给夏天递鞋，还给他递了一个包，一个崭新的旅行手提包。亮子小姐说，这是她私人的礼物，她之所以送他这个包，是她看不惯她的朋友拎着一个她看不惯的包。

夏天开玩笑地问："我的包招你惹你了？"

亮子小姐第一回露出了霸气，她回答道："认我这个朋友就拿走，别问那么多为什么。"

夏天回到北京没过多久，亮子小姐就获得了到北京出差的机会。她能到北京出差跟他对她领导的建议是否有关系，夏天并不清楚，但亮子小姐到北京后，他们确实多了几次在一起喝酒的机会。亮子小姐和夏天也因此有了这份可以一起喝酒坦率面对的友谊。

喝了酒，亮子小姐会借着酒劲皱着眉头问："夏桑，我越看你越像日本人，但你为什么不是一个日本人呢？"

夏天这时候也半开玩笑道："你上辈子一定是一个旧中国的贤惠的小脚女人，这辈子生在了日本，只能便宜日本的傻老爷们儿了。"

他们之间的这份友谊即使夏天后来和大洋分手也没有中断，直到亮子小姐如愿钓到自己的金龟婿，一个有钱的日本傻老爷们儿。

第一次到日本的出国之旅，每一天都那么新鲜，每一天都有那么大信息量，夏天的思想每一天都受到巨大的冲击。但他想得最多的还是对日本这个国度的再认识，因为紧密的工作关系，让他无法摆脱对这个命题的思考。

夏天此时和大多数国人一样，对日本的感觉是矛盾和复杂的。

有太多地方似曾相识，但冷冰的现实是，双方距离甚远，无论是心理还是物质文化上，这是一衣带水的咫尺天涯。有太多地方格格不入，但透过点点滴滴，又总能看到我们过去的影子。

这个地方，对我们一贯采取囫囵吞枣的态度。当华夏文明辉煌傲世时，他们便无限景仰，然后囫囵吞枣，照搬照抄。当我们积弱多年，他们便野心勃勃，也是想囫囵吞枣，一举兼并我华夏。

这是个既熟悉又陌生的国度，就像一面镜子，映照过我们的强大，也折射过我们的贫弱和悲哀，让我们在触摸自己曾经的辉煌和骄傲时，也不得不嗟叹那令人伤怀的历史尘烟。

而今，世易时移，历经磨难后，百废待兴，我们这个东方巨人依然怀揣着光荣和梦想，改革开放正当时，日本人对开放的中国市场，是不是还会有囫囵吞枣的想法呢？

日本对我们国家来说，是菊花，还是刀呢？

一捧颤颤巍巍楚楚可怜频频低头的菊花，或是一把伺机而动见血封喉一击致命的军刀，也许就在转念间，而决定这一转念的，是我们自己的实力地位。强者听到的是风过菊花鼓乐齐奏的欢歌，弱者面对的将是狼烟四起刀光剑影的悲鸣。

"我们一定要快些强大起来！"是夏天此次日本之行最大的感受和心底的呼喊。

傍晚，告别大阪，告别日本。

从关西机场起飞，直抵香港启德机场。

在香港，夏天和他的大学同学们，经历了一次意料之外的闪聚。

香江风云，如歌如烟……

第三十五章　半岛酒店同学闪聚

夏天离开大阪回北京，在香港转机入住的酒店，是位于九龙尖沙咀坐拥维多利亚港美景的半岛酒店，这是香港乃至全球最豪华的酒店之一。

酒店四周，是香港这个购物天堂的核心地带，更是九龙最主要街道弥敦道的起讫点。

酒店是北野安排香港大洋的人预订的，夏天办理入住手续看到酒店房费时咋舌不已，住一晚要将近3000港币，这已经超越了他对奢侈的想象，毕竟，当时在北京大部分人一个月工资都到不了这个数。

北野平时就经常向夏天灌输，要能挣会花，日本公司，尤其是日本的广告公司，会花钱，敢花钱，是向客户展示实力的一种方式。受北野影响，夏天日常和客户打交道时花钱尺度已大大放开了，但此时，并没有客户在一起，奢侈到如此程度，就有些不知所以了。这种超乎寻常的待遇，让他心里有种不踏实的感觉。

香港大洋的吉野先生在半岛酒店门口迎候从机场坐出租车到酒店的夏天，吉野能说一口流利的英语，一身打扮散漫随意，不像大部分日本人在第一次见面时显得严肃、拘谨。

半岛酒店大玻璃门上雕刻的两个门神，据说是这家酒店重要的特征之一，门神前，站着一位穿戴半岛酒店标志性白帽子和纯白制服的门童，见到吉野，门童立马用日语热情地喊他名字向他问好，并殷勤地为他们拉开玻璃门。

看得出来，吉野是这里的常客，他明显很受活，随手就给门童一张港纸小费，小费金额多少，夏天没看清楚，也不好意思问。

办完入住，已经很晚了，吉野执意要尽地主之谊，把夏天领到一家港式海鲜餐厅吃夜宵，吉野说，这个点儿，正是香港夜生活刚开始的时候，也是维多利亚港周边灯光最璀璨的时候。

餐厅就在维多利亚港边上，离半岛酒店不远，但位置更高。落座之后，维多利亚港湾的夜景尽收眼底。

吉野点了一个避风塘炒蟹，一条清蒸石斑，一锅状元及第粥，两支札幌啤酒，陪着夏天边吃边喝边聊。吉野隆重推荐这个店的避风塘炒蟹，说在维多利亚港周边有很多躲避台风的避风塘，每个避风塘都说自己的炒蟹最正宗，但他来香港这么多年，确认只有这家口碑最好，口味最赞，远比名声在外的铜锣湾避风塘炒蟹风味更独特。

夏天对粤菜其实了解不多，但这道避风塘炒蟹确实让他印象深刻。

蒜蓉焦香甘口，脆而不煳，蒜香味、辣味、豉香味互相包裹，互为表里。蟹肉斩开裹上蒜蓉和调味料炸香，再加辣油、青红椒、葱姜一起猛火快速翻炒，出锅时鲜红、嫩白、碧绿、金黄妖冶成一片，新鲜清甜的蟹肉香和带着微焦炭火气的蒜香、椒香混于一体，有一种极致调和的感觉。

这时，一口热辣的炒蟹，一口冰爽的啤酒，味蕾便迅速坠于冰火两重天，让人由内而外感受到美食带来的愉悦。吃了这道避风塘炒蟹，夏天确认，吉野至少是个香港通了。

边吃边聊时，吉野似乎有意无意解释了安排夏天住这个酒店的原因，他说："半岛酒店是一个很有历史的酒店，了解了半岛酒店，你对香港也会有更多的了解，所以，对于第一次到香港的你来说，这个酒店的房价再贵，也是值得的。"

"当然，对广告人来说，住在半岛酒店，还有更重要的意义，那就是一边看着维多利亚港湾的风景，一边更快速直观地了解香港广告市场的格局和竞争态势。而了解了香港的广告市场，对整个大东亚的广告市场甚至经济发展状况也便基本有数，因为毕竟广告业本来就是经济发展的晴雨表。"说着，吉野颇有些骄傲地指点着港湾的夜景尤其是对面香港岛一幢幢高楼顶上的霓虹灯广告。

夜色中的维多利亚港，海面上波光粼粼，各种反射光交织着，又荡漾开，让人恍惚迷醉。远处停泊的大型豪华游轮上，灯火通明，像一座童话中的海上城堡；在两岸来回游弋的天星小轮，轻灵敏捷，像举着灯笼追逐的快乐精灵；岸边的船家，渔火点点，忽明忽暗，又给这夜色平添了一份神秘……

维多利亚港的夜景，和日本函馆、意大利那不勒斯并称全球最美的三大夜景，真正点燃这炫目夜景的，是对面高楼上争相辉映的霓虹灯广告牌。这些广告牌，每天都在维多利亚港的上空上演一出万国广告博览会和大型灯光秀。

全球最著名的品牌，最高的楼，最显眼的位置，最酷炫的光影变化，挖空心思的创意，极尽人间的繁华和浪漫，构成东方最美的夜景，让香港这个东方之珠熠熠生辉。

在这些霓虹灯广告牌中，夏天看到了自己在国内管理的欧洲品牌西电子和飞云浦，这让他心中不禁有些小小得意。

但他也发现，除了一些欧美品牌，中国的品牌竟没有一家亮相的，而日本品牌却占据了大半壁江山，这些品牌的产品，也正充斥着中国和大东亚市场，甚至是全球市场。

这就是当时市场竞争的格局，这就是全球经济发展的现实。他似乎有些明白吉野一定要安排他住半岛酒店的深意。

这种不经意间展示实力的凡尔赛，不就是想让人从内心敬畏，然后匍匐称臣吗？夏天从吉野观察他面部表情变化时貌似含蓄低调的笑意里，似乎又看到熟悉的松下常务式的目光，有些居高临下，却又透着对弱势群体的悲悯。

此时，夏天再次感受到自己内心深处的不甘和失落。但他在吉野面前并没有表现出来，而是举起酒杯，和吉野碰完之后，把杯子里的札幌啤酒一饮而尽。

临别时，借着酒意，吉野欲言又止地说了最后一句话："夏桑，你知道吗？对日本公司甚至对日本人来说，半岛酒店是一个有特殊意义的地方，你慢慢就会了解的……"

当时，夏天并没有太在意吉野说这句话的内涵，因此，也没有接他的话茬，而是在夜色中连声称谢后和他挥手别过。

但没过多久，准确地说是第二天，他就彻底明白半岛酒店对日本人的特殊意义了。

第二天，是自由活动时间，他联系上自己大学同班同学，从国家宣传主管机构调到香港迎接香港九七回归的阿朗。已在香港工作了两年的阿朗，在半岛酒店大堂向夏天介绍了半岛酒店的前世今生。

半岛酒店，是一座见证香港历史的酒店。

1926 年竣工时，它是英军的临时军营。

"二战"香港沦陷时，当时的港督杨慕琦乘天星小轮到此签署了投降书，并从此被日军征用为指挥中心。这应该就是吉野说的所谓特殊意义吧……帝国主义的狼子野心真是一天都没有泯灭啊，喝点小酒，就冒出来了。

而此时，随着 1997 的即将到来，它又要见证新的历史剧变。

香港，在中国政府"马照跑，舞照跳，五十年不变"的承诺下，将依然是各方势力表演和角逐的舞台。这个舞台，纵是美轮美奂，风情万种，将依然处处弥漫着看不见的硝烟，也将引来风云际会，暗潮涌动。

五十年，不长也不短，在未来的五十年，又有哪些变和不变呢？

阿朗还告诉夏天，港澳地区已经成为除北京外他们大学同班同学聚集最多的地方，最近几个月，已经有好几位同学到香港和澳门报到。

阿朗还故意卖关子说，这些同学一来就投入工作，他也没见到，夏天的到来，正好提供了一个欢聚的契机，现在，他们都在赶往半岛酒店的路上，你可以猜猜他们都是谁。

阿朗的消息，对夏天来说确实是意外之喜，在香港这个陌生的地方，一下子有这么多大学同班亲同学冒出来，幸福是不是来得有些太突然？

陆陆续续来的有陈斯凡，他毕业后一直在党报的一家子刊《时代风》工作，此次来香港的任务，是创办一家名叫《新世界》的前沿杂志，代表大陆官方的声音做深度报道和宣传；有赵靓青，毕业分配到国家海外通讯社工作的她，这回直接来到了香港这个海外地区记者站工作；有任珺，毕业同样分配在国家海外通讯社的她，到香港后转移了阵地，参与金凤卫视的创建工作。他们这几位来香港，算是深入海外报道的最前线，在不同岗位为即将到来的1997回归做舆论宣传的准备工作。

更让夏天意想不到的，是老廉也来了，他是从澳门坐船过来的。就在一周前，他调任国家联络部驻澳门机构领导的秘书，配合领导参与澳门1999年回归的接收工作。老廉说，他从北京出发前，本想跟夏天小聚告别一下，但因夏天在日本出差没联系上只得作罢，幸亏前两天他跟阿朗报了个到，要不然他们此次在香港就要失之交臂了。

大学毕业后星散到北京各个国家级宣传单位的他们，平时并没有很多见面的机会，各自联系也是时断时续，此次却因为港澳的即将回归和夏天的突访，让他们从北京闪聚到了香江，他们不禁不约而同地感叹此次见面机缘之神奇，简直就是时代的召唤。

阿朗直到大学毕业时，脸上还经常挂着让女生怜爱的腼腆的微笑，到香港历练两年后，夏天眼里的阿朗，气质已经不可同日而语了。

他现在发型是发哥的，《赌神》里打了蜡站不住苍蝇的那种；眼神是梁朝伟的，敢于深情凝视的那种；打扮是黎明同学的，一副宜中宜西南北通吃的样子；说话是一口港普，已经完全没有西北口音，时不时还蹦出几句纯正粤语，让人想起有些搞笑和无厘头的周星驰。

夏天想，阿朗应该是很适合在香港这个地方当新闻官吧，吸纳各款香港明星的精气神后，阿朗已经有自己独特的气场，假以时日，完全可以 hold 住香港舆论场的风云变幻。果然，若干年后，阿朗成了国家外宣管理机构负责港澳台的主要领导，这是后话。

陈斯凡在北京和夏天有不少机会见面，他主编的《时代风》杂志夏天还曾无意间贡献过封面女郎，通过夏天认识的几个北京名模陈斯凡全都接住了，并顺利地发展出一段工作关系。这些靓丽名模身上展现出来的时代风采，让他这本内容略显严肃的官方杂志在一段时间销量大增，他们杂志社的老编辑们逐渐接受了他的观点，官方宣传也可以寓教于乐，用青春美丽的形象代言，一些枯燥的口号也会让人心领神会，喜闻乐见。

通过办《时代风》这本杂志，陈斯凡收获了领导同事的信任，早早就被提拔了。当然，他也收获了一众名模的爱戴。有一次陈老师和他麾下名模大聚会，夏天作为介绍人只能忝陪末座，看着这些时代美女如众星捧月般围坐在陈老师周围，陈老师长陈老师短地叫着，夏天心里还是颇有些吃味的。

但这次，听说陈斯凡到香港依然要肩负主编一本官方杂志的重任时，夏天心里却有一种豁然开朗的感觉，忍不住为上级领导善于识人用人点赞。

此时的港台女星，在两岸三地都极具号召力，她们的美丽和风情，倾倒众生，让一代人都为之痴狂。陈斯凡到香港后，可以近距离以工作的名义和她们接触，他只需故伎重演，就可以让这本杂志大量收获眼球，三拳两脚，就可以踢打开一个美丽新世界。

想到这些，夏天心中充满羡慕，却没有嫉妒和恨。

他注意到，聊起这些时，陈斯凡脸上有种一本正经的淡定，好整以暇若无其事地整理了一下衣袖和脖领，并轻轻扶了扶他那副港范儿的金丝边眼镜。

这让夏天想起了他们大学时的元旦晚会，陈斯凡把一身借来的过于宽大的燕尾服穿得如量体裁衣一般，指挥大家唱他作词作曲的班歌《新闻，新闻，我们的前程》，从里到外都透着小泽征尔式的骄傲和自信。

夏天确信，新闻一定是陈斯凡的前程，到了香港，有这么多美女加持，他更将前程似锦。陈斯凡在香港办的杂志名叫《紫荆阁》，后来，他把办这本杂志的经历写成一本书，书名是《盛开的紫荆花》。这本书里，有他见证香港回归的故事，也有香港那个新世界里一朵一朵越开越美丽的花儿们……

老廉和夏天在北京时经常厮混在一起，但这次他成为大陆官方驻澳门第一首长的秘书，却让夏天觉得有些突然。老廉对夏天说，他其实也觉得有些意外，他也不知道自己是怎么被首长看上的。

可经过仔细一想，夏天认为，以他对老廉的了解，这件事虽然来得突然，有些出乎意料，却在情理之中。经过这些年在对外媒体一线岗位的历练，老廉无论是人品和能力都堪当大任，领导一定是慧眼识珠。

老廉说，从现在开始到1997香港回归，他会往香港、澳门两边跑，先协助他服务的首长参与并观察香港回归全过程，为两年后由首长主要负责的澳门回归积累经验并做好各项准备工作。

夏天想到老廉此番要连续见证并参与港澳的回归工作，实在是躬逢其盛。尤其是澳门1999年的回归，他更要亲力协助首长，为顺利过渡保驾护航，不由打心眼里为老廉感到高兴，同时还有一些小激动和小自豪。

他和老廉相约，等澳门回归，老廉要领着他在澳门好好转悠转悠，告诉他那些金碧辉煌的赌场大门都是朝哪边开的，并尝尝正宗的葡式蛋挞、马介休和猪扒包……当然，最重要的，是要好好讲讲那些故事中的故事。

后来，老廉完成他在澳门的历史使命后，为了新闻理想和夏天又并肩战斗在一起，同样又发生了很多故事……

夏天和赵靓青、任珺两位女同学已经有挺长时间没见了，在此之前，他只知道她们已经嫁作他人妇了。但他们见面后，在夏天眼里，她们又变回了大学校园里意气飞扬的学霸少女和互相窥探着一起长大的青春玩伴。尽管她们现在身着华服，颇具港范儿，举手投足已经有一线名记的从容自信和轻熟少妇的款款风韵。

因为他们班里众所周知的历史原因，夏天在大学时和这两位美女同学并没有太过深入的交流，但此次缘聚香港，许多随风而逝的往事似乎又随风飘来。

这群男生女生，他们从彼此脸上，眼眸里，看到的都是自己并未走远的青涩时光，他们也想从对方的嘴里，探索出更多的青春秘密。因此，他们一开始就是一团乱战，并迅速进入互揭老底审讯拷问的高潮部分，原来一些很私密的问题，纷纷被要求高光亮相。同时，他们发现，对方知道的比自己以为对方知道的要多得多。

半岛酒店大堂酒吧，迅速掀起一场充满青春气息的八卦风暴……

第三十六章　跑马地、铜锣湾和兰桂坊

　　他们似乎好久没有这样高声阔聊了，大堂酒吧里，不时掀起一股喧嚣的声浪，引起众人侧目，但他们却毫不在意。

　　他们聊的主要内容，就是步步紧逼盘问彼此这些年的坎坷情路和风流韵史。聊到紧要处，大家纷纷现出原形，再也没有人端着、装着。因为只要有人稍显端庄，立马就有人一针见血，抖出陈年秘闻，并威胁要爆出大料，在这些知根知底的人面前，乖乖举手投降，恬不知耻地实话实说是最佳选择。

　　在学校，赵靓青和任珺都是颇受同学尤其是男生关注的美女，因此，她们毕业后的归宿也就是结婚对象自然成为大家讨论的焦点。

　　了解了她们的现状，男生得出的结论是，以她们两个的资质，应该成为国母级的人物，可她们现在离这个目标显然相当遥远，因此，可以说，她们两个都是插在牛粪上的鲜花。但看到她们目前红润白净水灵灵的样子，应该是被牛粪滋养得不错，所以，这几坨牛粪是可以被原谅的。同时，这几坨牛粪也可以开始暗自庆幸，如果在学校时知道她们会被这几坨牛粪终身包养，他们早就把这几坨牛粪拍扁并铲进粪坑了。

　　这几个男生在发泄内心不满的时候，完全忘记了这几坨牛粪中还有自己尊敬的亲师兄，但此时此刻，亲师兄也可以假装不熟。

赵靓青和任珺听了他们充满嫉妒恨的说法似乎有些开心，又有些气愤，她们嗤之以鼻地反击道，你们在学校时连牛粪都不如，至少牛粪充满勇气敢于插花，而你们缩在阴暗的角落连大气都不敢出，是怎么也变不成青蛙王子的癞蛤蟆。

她们的说法对这几个男生侮辱性极强，伤害性也很大，但又让人觉得无可辩驳，毕竟，她们是在他们的眼皮底下被牛粪拐走的，可他们当时却毫无作为。于是只好再次把发生这种悲剧的原因归咎于男生发育太晚和遇上对的人却没在对的时间。

这个归因得到了男女双方辩手的认同，这个问题的争论也以和气收场，他们一致认定，发生这种悲剧，就是青春应该有的样子。

他们在进行无差别攻击的时候，当着夏天的面，也提到了一个敏感话题，那就是李姗。他们互相确认，李姗几乎和班里所有的同学都失联了。

一提李姗，气氛便有些尴尬，大家也很快陷入沉默。于是，这个话题被迅速转移。转移的方法自然是讨论如何安排夏天香港一日游的节目，因为第二天，夏天就要启程回北京了。

11月的香港，正值深秋，阳光灿烂，温度却不凉不热，是一年中最好的季节。此时去跑马地转转，应该是不错的选择。

而且，看看跑马地，也是夏天的一个心愿，五十年不变的马照跑，对香港人来说，意味着什么呢？也许只有亲临现场，才能理解得更深刻。

在半岛酒店大堂聚齐狂聊一阵，商量好后续节目，他们几个在附近找了一个路边小店，一人要了一碗鲜虾云吞面，算是中午饭。结账时，夏天发现，云吞面着实不便宜，这儿一碗云吞面的钱，够哥几个在北京小酌一顿了。

吃完中午饭，他们一行在尖沙咀坐地铁，从荃湾线转港岛线到湾仔站下车，步行一段就到了跑马地赛马场。

第一回在香港坐地铁的夏天，觉得香港地铁和东京又有所不同，虽然同样是干净、整洁、现代化，但和东京相比，香港地铁里的氛围更多了一份平和、从容。

此时的跑马地马场，刚刚完成重建，成为全草地赛马场，宽三十米的草地赛道，跟任何国家的赛马场相比都毫不逊色，而且关键是，这是建在市中心的赛马场，在香港岛这个寸土寸金的地方。

站在赛马场绿得让人兴奋的草地边，夏天似乎又找到了在新疆巴音布鲁克草原的感觉，在这样的草场上，人也许更愿意成为一匹飞驰的骏马，如流星般穿梭，如火焰般跳跃，这是何等的自由和幸福啊……

这个赛马场，对香港人从某种意义上来说，也是个赌场。每逢马事，各种赌盘火爆开启，这里便成为人们关注的焦点。而赌马，也就成为众多香港人的生活方式。无论是亲临现场，看众马奔腾，随万人欢呼；还是在街头拐角，买张马票，投注自己的希望；或者在茶余饭后，买一张报纸，边读边和朋友讨论马经……

这是一种以赛马为载体的生活方式，消磨生命中的闲暇时光，填充生活中空虚的缝隙，找寻未知中各种可能性，并在失望和希望交替中获得心灵慰藉。这种生活方式，让人的赌性有了巨大释放空间，因此，很多人也获得了自由和满足感，并渐渐上瘾。九七回归后，中央政府承诺的五十年不变，应该可以避免许多人的断瘾焦虑……

这天是一个周末，马场并没有赛事举行，附近人员稀少，眼前一大片绿色的草场，显得格外开阔，这片草场，也似乎成了他们几个人的专属领地。

他们找了一个地方席地而坐，一边贪婪地呼吸青草的芳香，一边继续回忆校园时的美好时光，同时展望这块土地即将发生的变化。

阿朗感叹，人的命运真是个很奇妙的东西，十几年前，他从西部一个小城到北京求学，那时候，他觉得北京真大，真先进。十年后，他从北京来到香港，又清晰地感受到了北京和香港这个地方的差距。

到北京，他是求学；到香港，他是要参与接收这座城市。这座城市，一直就是我国连接现代世界的重要枢纽和窗口，改革开放以来，更是我们奋进图强的桥头堡。这座城市，代表了远东的繁华，是万众瞩目的东方之珠和世界之都，方方面面都远比内地先进，尽管她在一百年前成为英国人的殖民地时，还是一个破旧的小渔村。

现在，我们来了，看到了，也即将把她接管过来，却一点也没有征服的感觉。这个地方，对我们这些初到的人来说，是一个令我们戒骄戒躁的存在，我们即将成为这个地方的主人，但我们这个主人面对这个失散多年的孩子，却显得有些寒酸，这种自觉寒酸的感觉，会不时给自己的内心带来巨大的冲击。

我们一直在想着如何调整自己的步点，跟上这个地方的节奏，更希望将来在和谐共振的前提下，带起我们自己的节奏。希望这个未来的将来，不需要五十年。

陈斯凡也不住颔首，有些自嘲地说道，寒酸，几乎是他们这些派驻香港的工作人员共同的心酸，也可以算是他们的通病。他们在这儿的收入，比在内地工作时自然是高了好多倍，但和当地普通白领相比，却远在平均线以下。因此，他们平时很少在外面下馆子，大都聚居在集体公寓从超市买菜轮流做饭。大家在这儿省下的港币和外汇指标，还惦记着回北京时带几个大件儿呢。

对陈斯凡的说法，夏天也有同感，他想起自己这回出国，也是有外汇指标的，来之前也在惦记，回北京，是买个冰箱，还是买个彩电呢？虽然和不能出国的人们相比，有外汇指标已经是超国民待遇，他在外企的收入，也比一般国内驻外人员高，但和日本、香港相比，差距依然明显，他自己是不是也会经常透出一种寒酸呢？

寒酸这个词，让夏天警惕性高了起来，他想，在这些富裕地方的人面前，我们可以心酸地承认自己物质上的寒酸，但我们精神上绝不能寒酸。在金钱和物质面前，我们一定要放眼将来，要有一个平和的心态，急功近利和妄自菲薄都不可取。

当然，要摆脱寒酸的现状，只有坚持改革开放，撸起袖子加油干，不断积累创造财富，加速缩短跟发达国家和地区的差距，才能让每一个国民都找到尊严感和获得感。

一句寒酸，让夏天自煲了一大锅鸡汤，还是云南汽锅的，喝得风清气正，浑身发热。

自嘲完寒酸，陈斯凡话锋一转，说，今天我们同学难得欢聚在香港，晚上这顿饭绝不能寒酸，咱们怎么也得找个大排档炒几个菜喝点小酒啊！

陈斯凡的话得到大家哄然响应，同学相聚，再穷也要吃出精彩；再穷，也要吃出自己的快乐！

他们晚上吃饭的地方，选在了离跑马地不远的铜锣湾。

在夏天眼里，铜锣湾融合了香港最热烈的繁华和最草根的烟火气，让每一个到这儿的人，都能体会世俗的美好，找到内心最雀跃的欢乐。

这里有各种档次的购物场所，顶尖精品屋，青春潮店，地下商场，露天集市，无论钱多还是钱少，大牌、杂牌还是小众，总有一款适合你，让你发光带你飞。

这里有各种风味美食，西餐、日料、泰餐、印度菜应有尽有，广府菜、客家菜、潮州菜等传统本地菜更是主打，街头小吃也是多姿多彩。一些毫不起眼的卖鱼蛋、钵仔糕、叮叮糖、鸡蛋仔的小食摊，也会赫然挂着摊主跟天王天后级明星的合影，明星们一般都是很给面子地和摊主一起跷着大拇哥点赞。

当然，最多的还是能看海景的大排档，夜色中腾腾的火苗、高油温喷溅起的镬气、暴躁刺耳的炝锅声，成就了大排档炒菜的"热、快、干、香"，而这，正是大排档的魅力和灵魂。伴随锅碗瓢盆的敲打碰撞，铜锣湾夜生活的序曲迅速奏响，人们喧哗着举杯，在海风中骂骂咧咧地感叹生活并顺便赞美隔壁桌别人家的老婆。

夏天和其他五位同学，挑了一个视野开阔人气颇旺的大排档坐下来，准备欢喝畅聊。

风沙鸡、南乳猪手、豉椒炒蚬、咸鱼茄子煲、椒丝腐乳通菜、韭菜猪红……都是这家大排档的当家菜，大家一看价格，还都比较亲民，于是一一点上，显出了一定的豪气。

有菜必须有酒，冰啤酒自不用说，先来一件，每人都倒上一大杯，一个都不能少。老廉眼尖，发现老板的酒台上居然有绿瓶的红星二锅头，建议来一瓶，男生女生都齐声响应。

老板给他们拿酒的时候，显出一种把握了世界发展大趋势的得意，他说，这两年到香港的北佬越来越多，北京二锅头已经成了他这个大排档的畅销饮品，二锅头就冰啤酒，一定是越喝越有。

这种二锅头在北京的饭馆卖，一瓶也就七八块钱，在这儿居然卖到了八十港币。但他们一点都没心疼，因为他们认为，这红星二锅头对他们来说意义重大，是他们此次香港闪聚的绝配，在香港这个地方能喝上北京二锅头，喝的不是酒，喝的是乡愁，是青春啊！

他们这群香港人眼中的北佬，此时，已走过了青涩，一个个都是风华正茂，意气勃发。他们从北京来到香港的原因，除了夏天，都和香港回归有关，见证并参与迎接香港回归，是他们共同的使命。

夏天想，当年他们从全国各地来北京求学时，几乎每个人都是一穷二白的无产者。毕业留京后各自单飞，也基本上是从零起步。但数年之后，他们的人生轨迹却在全世界最繁华的城市之一香港交叉，而且，他们的使命是要接收这座城市，这叫人不得不感叹命运的神奇。历史前进的步伐，国家发展的大潮，让他们跟着水涨船高，并有机会在高潮处殊途同归，相逢一笑。这，或许正是他们这代大学生的幸运之处吧。

这顿饭，大家都放开了吃，放开了喝，酒足饭饱，却没有一点醉意，只觉得铜锣湾岸边的海风，吹在身上，格外妥帖……

离开大排档，大家意犹未尽，他们照顾夏天的要求，又来到兰桂坊。

夏天去过北京三里屯的兰桂坊酒吧，很长一段时间，它都是三里屯最火酒吧之一，原因就是酒吧的港派风格。在那个年代，以粤语歌曲、香港电影、港台明星为代表的香港文化让无数大陆人对香港充满好奇并心向往之。因此，到香港后，看看原汁原味的兰桂坊，也便成了夏天的心愿之一。

到了兰桂坊，夏天首先明白的是，和北京兰桂坊酒吧不同，兰桂坊不是一个酒吧，而是一条酒吧街。其次，北京的兰桂坊酒吧，其实是北京人想象的香港酒吧的样子，那里面驻场歌手演唱的香港歌曲，DJ 时不时蹦出的粤语，下酒时点的所谓香港小食，到处张贴的香港明星海报……都是为了帮助没去过香港的人们拼凑出所谓的香港印象。

北京的兰桂坊酒吧，连山寨或者说盗版的兰桂坊都算不上。

充满了旧殖民情调的兰桂坊酒吧街，是沿着香港中环一条 L 形的上坡小径建设起来的，小径由鹅卵石铺成，走起来颇有些原生态的味道。

几十家欧陆风格的酒吧和日式卡拉 OK 店一个挨一个挤在这条街上，规模都不大，门脸也比较狭小，远没有三里屯酒吧街地大物博的气势。但这些店挤在一起，却很有些喝酒闲聊的气氛，对节奏紧张的中环白领来说，确实是个舒缓压力的好地方。在此消费的，除了这些衣着讲究的白领，更多的是以白人为主的外籍人士。

夏天一行到兰桂坊时，每家店都亮起或明或暗的彩灯，为这条街增加了轻松浪漫的调调，沿街酒吧门口的水牌几乎都是英文的，酒吧里不时有爵士乐和欧美歌曲飘荡出来，一些白人老外则三三两两端着酒杯或酒瓶当街而立，边喝边聊。

他们几个簇拥着在这条街上东张西望地逛着，边逛边用普通话唠嗑，有些白人老外会用异样的眼光看向他们，好像他们是一群闯入瓷器店的大象。

老外异样的目光让他们心里似乎也产生了一些异样的情绪，他们心照不宣地忽然提高了说话音量，并且把每个字都尽量咬得字正腔圆。他们不愧是师出同门，或许当时他们心里都有一个同样的想法，那就是就得让这些老外多听听来自北京的声音，听着听着，他们也就习惯了。

没有香港明星海报，没有粤语歌曲，甚至没有粤语，连服务生问候起客人来，也一水儿的英语。这原汁原味的兰桂坊，完全是一派异域情调，更是白人老外的主场，压根儿也体现不出什么港派风格。又或许，在香港，在此时，这才是主流的港派风格。

此情此景，让夏天想起大家在北京如朝圣般打卡兰桂坊酒吧，简直就是打了个寂寞。

可能是觉得自己这帮人跟这条街的氛围格格不入，再又考虑到酒吧街酒水的价格，他们几个胡乱逛了一圈之后，就匆匆离开了兰桂坊。他们意识到，这条酒吧街也许就像香港整个城市的缩影，对他们来说，要找到宾至如归的感觉，还有很长的路要走。

离开兰桂坊，他们来到夏天此次香港一日游的最后一个目的地——太平山顶。

第三十七章　太平山顶的沧海一声笑

从兰桂坊往云咸街方向，经上亚厘毕道，过港督府，他们几个夜登太平山顶。

太平山并不高，到山顶不过五百多米，和内地名山相比，这也就算是一个小山包，他们一行爬到山顶时，感觉汗都没来得及出。

从对岸九龙半岛酒店方向看维多利亚湾，看到的是香港岛的灯火璀璨高楼林立和维多利亚港的渔舟唱晚，但从太平山顶俯瞰维多利亚湾和港岛全貌，却别有一番景象。

他们眼前，仿佛是夜色中一个巨大的球形银幕，银幕上的画面随着他们的视线徐徐展开。

正前方不远，是一幢幢如森林般耸立的高楼，夜深后，高楼里大部分灯光都熄灭了，这些高楼看上去更像是一座座陡峭的山峰，山峰错落着，绵延成夜幕下神秘的峡谷，峡谷中有星星点点的萤火，那是高楼里偶然亮起的灯光。

透过高楼间的峡谷，可以看到远处的维多利亚湾，此时的维多利亚湾无比安静，海面上粼粼的波光也仿佛凝固了一般，那湾海水，显得既深沉，又纯净，就像一个洗尽铅华的处子，在暗夜中想着莫名的心事。

更远处，环绕着维多利亚湾，城市的灯光如海浪般起伏摇荡，有的地方忽明忽暗，有的地方却烂漫成片，在这灯光下，香港的夜生活正如火如荼地展开。

这些灯光，或许正是这座城市最神秘最有张力的部分。

在这些灯光里，众生喧嚣，鱼龙混杂，潜伏着野心、欲望、快乐、悲伤，流动着水一般无孔不入的金钱，收获着无数的希望和绝望，带着一股自由蓬勃的力量。

这是这座城市百年发展形成的底蕴，也是夏天和他的同学们想看却暂时无法完全看清的底牌。

夏天想，同样和他们俯瞰城市灯火的，应该还有居住在山顶周边或半山别墅群的那些人，如果在动物世界，他们属于食物链顶端的存在，在山下城市灯火里创造的财富，流动的金钱，最后大部分会汇聚到这些人手里，而这些人，目前正主宰着这座城市的发展和方向。

1997年的到来，会带来一个什么样的变局呢？五十年的时间，应该会有一个答案吧？

银幕上的天空越来越亮，他们的肩上是风，风上是闪烁的星群，星群遍布天际，同远处的城市灯火和维多利亚湾的波光融合在一起，让他们的眼前满是星辉，而他们自己，似乎也已融化在星辉里。

此时的太平山顶，在他们脚下，更像是一艘巨轮的船头，巨轮仿佛正在缓缓启动，只要穿过峡谷，前面就是星辰大海……

在山顶清凉的夜风中，爱唱歌的赵靓青带头哼了起来，几年的香港生活，让她的粤语歌唱得有模有样。

"你以目光感受，浪漫宁静宇宙，总不及两手，轻轻满身漫游，再见日光之后，欲望融掉以后，那表情会否，同样温柔，意乱情迷极易流逝，难耐这夜春光浪费，难道你可遮掩着身体，未分享一切，愈是期待愈是美丽……"

她唱的是林夕作词，蔡德才作曲，黄耀明演唱的横扫这年各大音乐颁奖礼的《春光乍泄》。这首歌被她唱得寂寞温柔，宁静浪漫，充满期待。

夏天想，虽然是深秋，但这首《春光乍泄》却应景应时。

在他们这些初到香港的人眼里，香港就像一个春光乍泄的美人，他们迫不及待要和这个美人眼神交会，温柔相拥，甚至痴心妄想能够满身漫游。但这个美人欲迎还拒，见客人来，袜划金钗溜，和羞走，一时半会儿绝不可能有倚门回首，却把青梅嗅的桥段。

因此，这个地方对他们来说，是愈期待，愈美丽；愈期待，也愈着急。

赵靓青起头唱《春光乍泄》，陈斯凡立马用张学友的一曲《饿狼传说》跟进。

"她熄掉晚灯，幽幽掩两肩……她偏以指尖，牵引着磁电，汹涌的爱扑着我尽力乱吻乱缠，偏偏知道爱令我无明天……爱会像头饿狼，嘴巴似极甜，假使走近玩玩她凶相便呈现，爱会像头饿狼，岂可抱着眠，她必给我狠狠的伤势做留念……"

陈斯凡的歌声里充满饥饿感，好像铜锣湾海边大排档那顿大餐都没把他喂饱一样，尤其是歌曲结尾部分，从"爱会像头饿狼"开始，到"狠狠的伤势"，声音越来越高亢，渐变成一声悲愤而悠长的狼嚎，直唱得太平山顶风林静止，星月无光，天地变色。把爱有多深，伤有多痛演绎得如诗如画……

陈斯凡后来在香港的经历和他唱的这首歌的意境恰恰相反，他对香港的爱有多深，他的收获就有多甜蜜，那些甜蜜都被他后来出的书《盛开的紫荆花》记录在案，在书的插页中，有一张他怀抱一大捧紫荆花的照片，紫荆花映红了他的脸，他的脸上堆满像狼外婆一样慈祥的微笑。

陈斯凡的《饿狼传说》唱得大家血脉偾张，如鲠在喉，觉得在这山顶上不大吼出来难消胸中莫名堆积的块垒，但夜深人静天地一声吼又怕把港警招来。

于是，阿朗使劲清了清嗓子，脖子一梗，大嘴一张，一曲黄霑作词作曲的《沧海一声笑》便喷薄而出。"沧海一声笑，滔滔两岸潮，浮沉随浪，只记今朝，苍天笑，纷纷世上潮，谁负谁胜出，天知晓，江山笑，烟雨遥，涛浪淘尽红尘俗世几多娇，清风笑，竟惹寂寥，豪情还剩了一襟晚照，苍生笑……"

夏天对粤语似懂非懂，他觉得阿朗虽然好像唱的是粤语歌，但歌声中似乎总是带着一股黄土高坡兰花花的调，因此，这首歌他听起来在潇洒豪迈中有那么些悲凉孤寂的乡土气息，恰似阿朗这个南下干部在香港这块陌生的土地上拼搏浮沉的写照。

豪情还剩了一襟晚照，对着沧海笑，苍天笑，江山笑，清风笑，苍生笑，一笑几多娇，一笑惹寂寥，一笑烟雨遥……

听阿朗唱这首歌，大家情不自禁地跟着唱和，仿佛那一襟晚照，照亮了他们每个人，而他们每个人，都站立在时代的潮头，任凭两岸潮水滔滔，潮起潮落。就像他们此时站在太平山顶，看山下灯火阑珊，忽明忽暗。

若干年后，经历并亲身参与香港和澳门两地回归接收工作的老廉，再次登临太平山顶，看香江如流，维湾依旧，物是人非，不禁壮怀激烈，感慨深切，赋诗一首：

> 香港澳门一水间，乘舟赴盛廿年前。
> 九七镜鉴思筹策，九九归一谋伟篇。
> 人世几回思往事，华灯依旧映维湾。
> 太平山顶今独坐，静看云霞飞海天。

何为心归宿，云霞漫天处。

饱经沧桑的太平山，是香港历史的见证与象征。

1842 年，香港成为英国的殖民地时，太平山顶竖起了英国的"米字旗"。

1942 年，香港成为日本的占领地时，太平山顶又挂上了"太阳旗"。

1997 年 7 月 1 日，香港回归祖国时，太平山顶将升起紫荆花红旗。

此时，夏天和他的同学伙伴坚信，未来的香港，紫荆花一定会开得如云如霞，映彻香江，紫荆花旗开启的世界，将永不落幕。

此次出国之旅，对夏天来说，就像是一次破壳之旅。

出国以前，外面的世界对他来说，就是雾里看花的梦，朦胧又美好，他在想象中艳羡着，在渴望中忐忑着。通过日本和香港一大圈扫荡，发达资本主义社会神秘的面纱终于在他眼前撩开了，如此真实，如此直接。

这是个崭新的世界，自由、性感、繁华。就像一位倾倒众生的富家公主，带着一种居高临下的冷艳和堂而皇之的优越。

看到这个世界，夏天感觉自己就像从古老村落里跑出来的穷小子，虽然身上有不少祖传手艺，却被人实力碾压，几乎没有用武之地和还手之力。

他自惭形秽，但又心有不甘。

毕竟，他来过了，看到了，知道了。

毕竟，他所在的那个古老村落，也曾被认为是宇宙中心，也曾是世人膜拜的地方，这让他心中一直有一种隐秘而伟大的骄傲。

他相信，撩开了神秘面纱，可以明确追赶目标。只要勇敢站起来，坚定闯出去，就一定能发现一个全新的世界。到那时，村里的小芳们，也一样能蜕变成大城市公主的模样……

不甘、愤怒、勇气、信心，或许是他此行最大的收获。

面对未来，他的内心激情鼓荡，自认为向美好生活前进的步伐不可阻挡！

第三十八章 有车有房的信息时代风口

香港回归后，1998 年的春节很快就到来了。

在这一年的春晚，王菲和那英联袂奉献了《相约 1998》。

王菲用嫩绿色的发绳把头发绑成了一个笔直的冲天鬏，额头光洁无比，一袭白衣，青葱飘逸。那英一头黑色短发，率性帅气，加上一身露肩黑色长裙，衬得脖颈间环绕的金色项链闪耀夺目，充满热力。

一白一黑，一唱一和，一个空灵婉转，一个深情澄澈，把 1998 年的这场约会唱得郑重其事，春风十里。

春晚上，李谷一和张也合唱的《走进新时代》也横空出世。

老一辈歌唱家李谷一就像完成了一次世纪交替般，把唱主旋律的任务过渡到自己的学生张也身上。因此，这首歌也唱响了一个崭新的时代。

"我们唱着东方红，当家做主站起来，我们讲着春天的故事，改革开放富起来，继往开来的领路人，带领我们走进那新时代……"

这段高度概括的歌词，勾勒了共和国几十年来的变化脉络。而夏天的个人生活，这几年也同样发生了巨大的变化。

首先，他结束了之前辗转腾挪住集体宿舍和筒子楼的生活，搬进了国际商会给青年干部分配的福利房，在北京城的万家灯火中，终于有了一盏属于自己的灯光。

这段时间，他那些分配在国家机关和事业单位的大学同学们也纷纷传来好消息。

　　因为房改房、集资房大量入市，作为各自单位的青年业务骨干，他们大部分都有机会分配到独立的套居，并以远低于当时商品房的价格获得此种福利房的产权。因此，这段时间，也是夏天和他的同学们以祝贺乔迁之喜为由相聚欢的好时光。

　　在北京城，这些同学地不分南北，房不问东西，终于一个个落地生根，开花结果，很多成了新北京人的亲爹亲妈，并因此真正找到了作为北京人的归属感。

　　他们相聚欢的话题中，除了忆往昔峥嵘岁月，更多了婴儿奶粉和纸尿裤，这让还没当上北京人爹妈的同学顿觉压力倍增，纷纷开始考虑如何奋起直追。

　　此时的夏天，虽然还一脑门子扑在伟大的广告事业上，但同学们当爹当妈的喜悦还是深深感染了他，他也开始认真考虑养娃的世纪工程。

　　因为业务繁忙，应酬太多，暂时无法封山育林，他只好先着手做一些物质准备。

　　单位分的两室一厅，家里一来人，就显得很是局促，如果要养娃，肯定更会拥挤不堪。于是，他用这些年的积蓄，预订了一套三室两厅的商品房，这样，就可以把父母接到北京来，将来方便帮着带娃，也方便和前几年已在北京落户的妹妹夏雨一家经常欢聚，实现全家在北京团圆的目标。

　　这套新房装修时，夏天和小忆倾注了全部心血和所有对于家的念想，每一处细节、每一个角落、每一种材料、每一件家具，都是自己亲自设计、亲自采购、亲自监理、亲自摆放……以至于后来再买房时，小忆坚决要求只买精装修的。她说，这套房的装修，让她就像经历了一场刻骨铭心的恋爱一般，以后再也不会有这样的激情了。

　　在搬进这套新房的同时，夏天还购买了人生第一辆小汽车，告别了自己的自行车时代。

当时的北京，大街上跑的私家车主要是三款合资品牌的汽车，分别是上汽大众的桑塔纳、一汽大众的捷达和东风雪铁龙富康，坊间俗称"老三样"。

老三样中的大哥是上汽大众桑塔纳，这款在德国销售平平的三厢车，却在中国被卖成了神车，公司用、私家用、出租车、警车、驾校教练车……无处不在，无处不拉风。

二哥是一汽大众捷达，买捷达的人，往往以懂车人自居，路上目空一切，把这款车开出了轿跑的感觉，尽管这款车在德国也仅仅是入门级经济型轿车。

小弟东风雪铁龙富康，其实原型车雪铁龙 ZX 当时在欧洲正炙手可热，大量新技术加身，尤其是后轮驱动，在今天也不过时。但这款车不土不洋、温吞中庸的造型，不太容易迅速激发消费者的购买欲望，因此销量在三兄弟中一直叨陪末座。

可不管怎样，当时的人们只要开上这三款车中的任意一款，都是让人眼热的存在，因为"有车一族"这个词，在当时就像新鲜出炉的蛋糕，甜美芬芳，意味深长。

从事广告行业的夏天自然是有标新立异的职业习惯，尤其是在造型外观方面。经过多番比较后，他舍弃了合资品牌，选了一台原装进口意大利产的菲亚特乌诺。

这是一台轻灵小巧带天窗的深红色的两厢轿跑，80 年代在欧洲曾获得过最佳汽车造型设计奖，到了 90 年代的中国，和"老三样"的粗糙样貌相比，依然具有碾压优势，夏天几乎在看见这款车的第一眼，就下定了拿下的决心，尽管车价和"老三样"比略有小贵。

这台车挂上了京 A 牌照，挂这种牌照意味着夏天属于在北京比较早拥有私家车的那拨人。有了这台车后，夏天除了自觉拉风地穿梭在城区的大街小巷，还把自己的活动半径迅速扩展到了远郊各县，甚至天津河北的风景名胜。

一踩油门，就能看山看海，夏天感觉和卓越描绘的美国资本主义的生活方式迅速拉近了距离。

此时卓越在美国开的是一辆宝马三系，在当时夏天心目中，那就是顶级豪车。一台进口宝马，几乎抵得上二环边的一套三室一厅，夏天自觉过于奢侈不敢照量，但在有车这件事上，他算是和卓越同步了，他认为，这种同步，已经是一个了不起的进步。

十几年前，那个坐着绿皮火车，背着一个军挎包进京，行囊空空的懵懂少年，对于理想社会的憧憬，还仅仅局限在楼上楼下、电灯电话的层面。进入社会这十年，虽然很多事并不尽如人意，但时代红利和人生机遇终究是眷顾了他，他的努力获得了比较丰厚的回报。

如今，他已开启了在首都北京有房有车一族的幸福生活，不得不说，他是幸运的，尽管这种幸运有一些侥幸的成分。他感恩生活，感恩时代，感恩政府，也感谢自己没有辜负。他希望，这种幸运能一直伴随自己，让他面向新时代有更多能量和底气。

随着腰包渐鼓，夏天的衣带也渐松，尤其是开上车后，运动量明显变少，上学时的八块腹肌，也呈现出和谐成一片的趋势，这让他心生警惕，不断提醒自己，一定要永葆革命青春本色，在改革开放的金色大道上，能随时随地飞奔起来。

因此，他重新开启了上学时热衷的篮球运动和游泳运动，保证自己以饱满的热情和精力，投入到市场经济和广告业务拓展的海洋中，劈波斩浪，取得一个又一个的胜利。

从日本回国后，夏天就把广告业务的主要拓展目标锁定在国产品牌，他的想法很简单，就是要把在外资广告公司的所学，服务于国内企业，让国产品牌的广告，也具备国际范儿。不仅如此，还要把国际范儿和本土文化结合起来，创造一系列高端而又接地气的广告作品。

他的想法很快就付诸了现实，在当年一款国产一线电脑品牌方达电脑的广告比稿中，他领衔的大洋国际团队脱颖而出，一举拿下一年4000万的预算。

他们能拿下这单广告，一个原因是携这几年他们连续拿下国际品牌西电子、飞云浦广告代理的余威，另外一个重要的原因，就是对信息时代脉搏的把握。

此时，信息时代正开启中国发展的一个重要机会窗口，在这个窗口上，电闪雷鸣，风云际会，不断有造富神话诞生。一些幸运的猪们在风口上被吹得上下翻飞，只要抓住机会，就能青云直上。

让夏天能时刻感受到信息时代脉动的，是每个月都在中美间往返的卓越。

此时的卓越，已经从一家美国著名医药公司亚太区的业务总监升级为分管亚太区的集团公司副总裁，除了一如既往每月往返中美间，还有了更多的决策权和调动公司资源的能力。并且，他自己个人也已经小有积蓄，随时瞄准在中国的创投项目。

卓越向夏天介绍，在美国，早在1993年，在大多数中国人还不知道高速公路的时候，就已开始建设信息高速公路。美国这项新的"国家信息基础设施"高科技计划，就是以因特网为雏形，兴建信息时代的"信息高速公路"。

这两年，随着个人电脑大量普及和基础网络的建设，信息高速公路已经四通八达，美国的信息时代已经到来。

卓越说，美国的现在就是中国的未来，中国近代曾经错过了蒸汽时代和电气时代的发展机遇，但如果在信息时代迎头赶上，中国的前景将一片光明。在庞大人口基数加持下，中国互联网经济将为中国社会发展插上一双硕大无朋的翅膀，将来弯道超车也将可期。而互联网经济的发展，就是当前中国市场最好的投资机会。

卓越站在此时的科技巅峰国美国的视角看世界，自然是高屋建瓴，充满前瞻性，迅速为夏天指明了前进的方向。而卓越的发小兼同乡大宝的身体力行，更让夏天感到中国信息时代的到来已是触手可及。

卓越这些年在中国的朋友圈中，大宝和夏天都是其中密切联系的骨干分子。

学电子科技出身的大宝，毕业后就分配到了国家邮电部，这几年的主要工作，就是参与国家电信公用计算机互联网全国骨干网的建设，并成为其中的中坚力量。

大宝介绍说，这张骨干网建成，仅比美国晚不到三年，充分说明了国家集中力量办大事的能力，也标志着中国正式站上了信息时代的跑道。

大风起兮云飞扬，夏天听到他们的说法，心中激动不已。因此，在第一台理想天琴电脑面市时，他就迫不及待地请了一台回家，想第一时间体验信息时代网上冲浪的感觉。

那时的网跟现在的网自然不可同日而语，已经习惯于在网上看高清大片的现在的我们，想想当时的网速也许就会有大哭一场的冲动。但在当时，通过调制解调器，上 169 网，用电话拨通一个号码，在漫长的不紧不慢的"嘟嘟"声伴着一阵阵杂音过后，终于听到悠长稳定的接通声时，心情却是无比喜悦和豪迈。

除了网速，还有网费。上网，不仅要交网费，电话通话费也得交，一天哪怕上网只有一小时，一个月的费用也得大几百元。

每月这笔巨大的费用，虽然让夏天有些肉疼，但通过网络冲浪获得的惊喜，他认为远不是金钱可以衡量。因此，每天晚上一个小时左右的冲浪时间，便是一天当中烧钱快乐的时光。这种烧法，烧得他印堂发亮，两眼放光。

通过网络，和世界接轨，搜索来自全世界的信息，这是以前想都不敢想的事情。而现在，全世界都向我们敞开了大门，全人类都奔跑在同样的信息高速公路上，这是一个怎样的神奇世界啊！

夏天此时确信，通过信息高速公路，人类正在突破各种藩篱，地球将变成一个天涯咫尺的村庄，而全世界的面貌，再也没有那层遮遮掩掩的面纱，正袒胸露怀向所有人展开，我们只需要尽情拥抱。

当然，后来的事实证明，刚刚接触互联网的夏天，对互联网还是有一种一厢情愿的天真。真正的互联网，折射的依然是这个气象万千、波谲云诡的世界，在这个虚拟世界里，同样是有蜜糖，也有砒霜。

这时的夏天，成了一个电脑发烧友，没事就往中关村那边溜达。中关村南大街零公里处竖立的一块广告牌让他印象深刻，"中国人离信息高速公路有多远——向北 1500 米"，广告牌 1500 米外，便是广告牌的主人——瀛海威公司所在地。

瀛海威公司，是大宝平时经常念叨的一家公司，因为同样都干着为互联网修桥铺路的工作，大宝和这家公司有很多交集。

这家公司坐落在夏天熟悉的白颐路上，广告牌刚竖立的时候，白颐路两旁树冠阴翳蔽日的白杨树依然健在，但沿街早已没有他上大学时的静谧从容。

路边的房屋，被改造成各式各样的门脸房，这些门脸房里，一水儿的都是二线电脑品牌和各种电脑配件的销售点，并渐渐形成一个远近闻名、规模巨大的"四海市场"。这个市场里，鱼龙混杂，人群熙攘，各种货品，应有尽有。而在胡同深处，更有不少盗版光盘贩子出没，呈现出一派朝气蓬勃的野蛮生长景象。

这个市场的野蛮生长，也让周边的道路变得拥挤不堪，于是很快，为了改善交通，道路两旁生长了几十年，承载了夏天和他同学们诸多美好青春回忆的高大的白杨树被仓促地砍伐殆尽，让夏天多年以后也一直耿耿于怀。

夏天认为，如果说白颐路是海淀大学城的动脉，那么，白颐路两旁的白杨树林就是这大动脉中静静流淌的血液，她充满了灵性，寄托着情怀，蕴含了无穷的生命力。这片树林一砍，这条大街就像一个迅速失血的病人一样，苍白无力，灵魂飘荡。

他想，当时一定会有更好的办法解决发展和环境的矛盾的，可惜，木已成舟，风景不在，让人无限唏嘘。

瀛海威——Internet highway，它的名字，就代表互联网高速公路。它后来的故事结局大家都知道了，作为中国互联网的拓荒者，中国第一家真正的互联网巨头，在尝试成为中国互联网布道者和修路者过程中，因为战略失误和资金链断裂，公司成立不到三年就轰然倒下，成为中国互联网发展进程中可歌可泣可叹的先烈，和白颐路两旁无数高耸入云的白杨一起，消逝在历史的尘埃中，只留下那块书写着世纪魔咒，又或是吹响世纪号角的广告牌，凌乱在中关村南大街的东南西北风中……

中国人离信息高速公路到底有多远？1500 米？

不，这时候，中国人已经蜂拥着踏上了信息高速公路，就像脱缰的野马，一路狂奔。

1998 年，是中国互联网商业化启动的元年！

这年 2 月，搜狐成立；6 月，网易上线；联众游戏开打；10 月，3721 来了；11 月，企鹅诞生；12 月，新浪网亮相。

1999 年 3 月，阿里巴巴也开始讲述四十大盗的故事。

2000 年，新浪、搜狐、网易在纳斯达克上市！

此后 20 年，是中国互联网群雄并起，快速迭代的风云时代！

瀛海威，倒在了辉煌的起点。

第三十九章　创业萌芽和电脑广告金奖

瀛海威的轰然倒下让大宝深感遗憾，作为国家互联网全国骨干网建设的主要参与者和互联网高速公路的修路者，瀛海威既是同行又有一定竞争关系，瀛海威的创始人甚至还和大宝探索过互联合作的可能性。

虽然大宝极其欣赏瀛海威那位敢为人先，具有超前战略眼光的美女创始人，但他代表的国家意志很难迁就并配合单独一家创业企业的发展方向。随着国家互联网骨干网建成，全民上网的成本越来越低，瀛海威建的那条收费不菲的高速路便越来越少人问津，其先发优势也便荡然无存，所以，结局早已注定。

大宝给卓越和夏天讲述瀛海威的故事后，除了一声唏嘘，他们还得出了一个共同的结论，那就是任何创业活动，都要讲究一个势。

首先，要看清大势。

这个大势，一个是国际潮流，一个是国家大趋势。瀛海威能脱颖而出，是他们曾在美国留学工作的创始人看清了美国引领的这股世界潮流。但最终成先烈，是因为没有研究透国家战略，国家资金大举投入的战场，自己在其中充当什么角色须得好好掂量。

其次，要善于借势。

国家战略形成后，一定会有很多建设工程，这些工程的建设，除了依靠国家队的力量，更多的还会借助社会力量，成为全民参与的项目。在参与这些项目的过程中，找到自己定位并发挥自己独特的优势，顺势而上，就能找到创业的机会。

大宝特别向卓越介绍，国家电信即将推出跨世纪的政府上网、企业上网、家庭上网三大上网工程，这三大工程，将对我国网络建设和互联网应用产生深远影响，急需国内外资金和人才参与进来。尤其是像卓越这样熟悉中美两方面情况，在两边都有广泛人脉的全球化人才，一定能发挥独特的作用，帮着一起孵化出有巨大发展前景的创业项目。

大宝的话，让卓越兴奋不已，他摩拳擦掌，很快付诸行动。他邀请他在美国公司的合作伙伴老石，在夏天的配合下，开启了他们这些哥们在国内的第一个创业历程，也算是重拾了他们初识时在香山那个中秋夜让月亮作证的梦想。

后来实践中，他们体会到，除了借势，还要敢于造势，善于造势。在万事俱备只欠东风的情况下，造势，可以迅速实现关键点的突破。一旦形势比人强，那便是"两岸猿声啼不住，轻舟已过万重山"的局面。此时，只需因势利导，成功就在眼前。

当然，除了造势，还要利用时势造人。造就企业领军人物，打造一支特别能战斗的队伍，是事业最终成功的保证。

卓越隆重推荐给大家的老石，英文名字叫 Rockey，毕业于天开大学，是中国最早一批赴美留学生，也是最早一批回国当美国公司驻亚太区首代的精英。

已回国好几年的老石，背靠美国的技术产品和资讯优势，利用在国内天然的人脉资源，把自己代理的美国产品做得风生水起，一统江湖，让自己和公司都赚得盆满钵满。

但他的想法不止于此，首代做得再好，毕竟还是给美国老板打工，如果能把美国的业务模式移植到中国，在中国十几亿人口的市场潜力加持下，那将是一番怎样的天地？

老石在卓越的引荐下，跟大宝和夏天第一次见面，就发表了一番石破天惊的演讲，听得大宝和夏天将信将疑，同时又热血沸腾。

老石留了个大背头，一副厚厚的眼镜片也难挡眼神中灼热甚至狂热的味道，演讲过程中，他经常会大手一挥，一派横扫千军如卷席的伟人风采。

他的演讲，是对未来二十年全球互联网发展前景的展望，也是对中国未来市场宏伟蓝图的描绘和渲染。

他说，现在的互联网高速公路，只是互联网发展的起步阶段。随着各国间和各国内部高速互联网的全面贯通，网速会越来越快，资费会越来越便宜，人类的交流模式、交友模式和交易模式，都会越来越网络化。

网络，让人们的空间距离迅速拉近，交流更加直接，交易更加便捷。通过网络交易平台，可以把全世界变成一个露天大集市，全球任何地方生产的产品都有展示自己的机会，而人们也能在这个网络集市上找到任何自己想要的东西。

尤其是将来移动网络的发展，手机将成为智能移动终端，一台手机在手，几乎可以搞定日常生活所需的一切。将来的智能手机，就是一个包罗万象的工具包，集通讯、阅读、拍照、办公、支付……为一体，提供一站式解决方案。

通过手机，可以找到最近的加油站、电影院、超市、口碑最好的餐馆……

手机导航，可以带你去任何想去的地方。

手机上的浏览器，可以搜索并阅读任何想获得的资讯。

手机上的数字相机，随拍随得，即拍即发……

手机会变成一个移动办公室，无论何时何地都可以线上处理公务。

手机还会是一个钱包，一个移动刷卡器，坐地铁、乘公交、过门禁、缴费、购物……都可以一刷了之，免去携带各种卡片和零钱的烦恼……

老石所说的这些手机功能，在现在看自然是稀松平常。但在二十年前，却让夏天脑洞大开，通过老石，他仿佛看到了并不遥远的未来世界的光亮和无数可能性。

老石讲完前景和宏伟蓝图，又迅速把大家拉回现实，他像考小学生一样发问：你们知道这样的发展趋势，撬动的是多么大的市场吗？

他自问自答：几百亿？No！几千亿？No！几万亿？No！这是几兆亿甚至无限大的市场，这是一个对人类命运具有革命性影响的市场，这个市场，h-u-g-e——

他把no说得斩钉截铁，把huge这个英文表示大的单词发音拖得嘹亮漫长，然后双手向身体两旁极限伸展，让人不由自主跟他一起想象没有极限的未来。

老石的演讲无疑是成功的，他成功获得了大宝和夏天对他的信任和景仰，也促使他们哥几个一起创业的第一个项目应运而生。

占领了门户就占领了人群，占领了移动门户就占领了未来，占领了人群的未来，就占领了移动互联的先机，而移动互联的先机，不就是那个huge的市场吗？

这个创业项目的逻辑，完美！

协助建设并参与运营以移动网络为基础的门户——Web169，便是这个创业项目的核心内容，也是大宝所在的国家电信广泛征集社会力量和资金参与建设的重点项目，哥几个一拍即合。

接下来便是公司取名、选址、确认投资金额和比例、工商登记、成立董事会、组建团队等一系列流程。

公司取了一个颇为响亮的名字：世纪宜科网络技术有限公司，显示了一个跨世纪网络科技公司的能力和野心。

公司办公的地方暂时借用老石的美国代理公司闲置的办公区，方便老石和团队的沟通。

公司的核心自然是懂市场善于战略规划的老石，卓越的作用则体现在黏合协调所有的参与方，保证项目在既定的轨道上运行。夏天是卓越和大宝指定必须参与并监督整个项目运行的人选，当卓越不在北京时，负责协助老石的团队和国家电信这个服务需求方对接。

因为老石和卓越的身份不便，夏天挂名了这个公司的董事长，但他深知自己能力和资源有限，在整个项目运行中，实际是个打酱油的角色，因此自嘲地称自己是不懂事长，并以此作为自己在刚刚风靡起来的各种网络论坛上的签名。

在后续发展中，世纪宜科遇到了瓶颈，并一度受挫，但在各种网络论坛上，不懂事长却渐渐闯出了一些名头。

几年后，由于国家政策调整和技术发展方向的改变，世纪宜科的使命告一段落。但通过这一段实践，卓越、大宝、夏天这些哥们儿对中国互联网市场的发展有了更深刻的了解，对自身的资源和能力有了更客观的认识，对项目的推进和把控更有心得。他们很快发现了我国互联网发展的一块空白领域，全身心地投入进去，并取得了一定的成绩，算是为社会做出了一些微薄的贡献，这是后话。

参与世纪宜科项目，让夏天熟悉了信息产业，对他正在从事的广告业也有不小的帮助。在做互联网广告创意时，相对于其他广告公司的同行，他便有了不太一样的视角，这不仅帮他在广告比稿时脱颖而出，还让他和他的团队在全国广告大奖评选中获得 IT 类唯一的金奖。这个金奖，成就了他在广告生涯中的高光时刻，也让他在黯然和不舍中退出广告界时心里有一些小小的安慰。

夏天带领团队获得这个广告大奖时正处世纪之交，由全国广告协会和全国报纸协会主办的这次评选活动，是对全国广告业发展的一次跨世纪的检阅。

全国广告协会的报告中，用一组数字展示了从 90 年代到 2000 年十年间我国广告业发展成就：1990 年，全国报纸广告经营额为 6.67 亿，2000 年，增长到了 146.47 亿，十年间，涨了 21 倍。作为经济发展晴雨表的广告业，也同步见证了这十年我国经济发展的速度。

广告业的发展和繁荣，使这次跨世纪的评选活动无论是覆盖的省市，参与的公司，还是参评的作品，都是规模空前，而大奖的评委阵容，更是大腕云集。

因为有上一年飞云浦广告获得铜奖的经历，大洋广告对这次评选也隐隐有些期待，他们参选的作品，是一举拿下方达电脑 4000 万广告大单的系列广告。

夏天自认为，这组广告即使放在今天，也不失为一组打动人心的广告。

广告介绍的是电脑，但其实是在讲一个时代的故事。在信息时代轰然而至的时候，电脑不经意间迅速走进了千家万户，并对人们的生活产生了巨大的影响。

这组广告没有高科技产品故作酷炫的表现，也没找一线明星代言，广告中的形象，都是最最普通的你我他，这些普通老百姓跟电脑产品发生的种种关联，就是这个信息时代最朴素的写真。

第一帧广告，是一个骑人力车的和开出租车的司机在唠嗑，背景是故宫熙来攘往的午门，骑人力车的似乎在不经意地告诉出租车司机：昨天，他刚买了一台 PC 给儿子上网。虽然此故宫非凡尔赛宫，但听起来确实有些凡尔赛。

这帧广告要传达的，是电脑价格的平实，任何普通群众购买都没有压力。

第二帧广告，骑人力车那位的儿子登场，背景是北海公园的九龙壁，儿子一身大众化的 T 恤牛仔裤，面部被故意隐去，他怀中搂着的戴白边眼镜的胖姑娘，一脸幸福的模样，儿子的画外音是：今天，我和网友 Linda 有个约会。

这帧广告要介绍的，是电脑强大的上网功能，一键上网，飞信传音。

第三帧广告，儿子和胖姑娘 Linda 牵手漫步在景山前街，他们和一段斜长的护城河成了画面的背景。画面前景部分，是一个穿着大裤衩子和圆领衫，脚蹬一双老头布鞋的老爷子，老爷子头发稀疏，印堂发亮，一副酷酷的墨镜后面是掩藏不住的笑意和渴望。老爷子的画外音是：明天，我也要上网交个友。

这帧广告，脱离了纯粹的产品宣传，在有些诙谐的氛围中烘托了信息时代大背景下电脑给人们开启的不一样的人生。这帧广告没有直接介绍产品，却传达了产品生产者对这个世界的善意和期待，对品牌形象有很好的加分作用。

这三帧广告喻示了信息时代的昨天、今天和明天，所有照片都是黑白基调，以老北京的标志性建筑为背景，以普通市民为形象代言，让古老和现代，市井生活和潮流科技形成强烈反差，迅速抓住读者的眼球。

曾担任过法国戛纳广告奖评委的某著名 4A 广告公司资深创意总监美籍华人莫大师亲自为这个系列广告写了点评词：在平淡朴素中讲述时代故事，古老和现代元素的冲突自然巧妙，对广告产品的宣传不动声色，不露痕迹，让广告受众不自觉地在故事中沉浸，并产生天然的亲近感……

莫大师还通过广告协会的领导捎话，如果需要，他可以帮着推荐到戛纳广告节参与广告大奖评选。很遗憾，广告协会领导把话带到时，已经错过了当年戛纳广告节报名时间，此事也便不了了之。

但不管怎样，夏天认为，这次获全国大奖，是对他广告生涯最好的奖励，也让他在世纪之交，对未来前景充满了期待和自信。

他回顾自己上个世纪 90 年代的成长历程，庆幸自己赶上了国家经济高速自由发展的好时候。在这黄金十年，举国拼经济，全民争下海，对金钱和财富的追逐产生了巨大内驱力，大家各显神通，神州处处呈现出一派野蛮生长的蓬勃生机。

他身在其中，和时代同呼吸，共命运。虽然起步没有预想顺利，但摆脱贫困的强烈愿望让他的嗅觉高度灵敏，他幸运地抓住了几乎每一个发展机会，并在这些发展机会中，丰富了自己的人生，丰满了自己的腰包。

他现在有车有两套房，可以无可救药庸俗自得地享受衣食无忧的中产生活，也可以跃马扬鞭，继续挑战人生新的高度。

他自己的主业广告业，在市场上正摧枯拉朽，势不可挡。和卓越、大宝、老石的合作，仿佛也即将开启一片新的天地……

此时的夏天，自认为已突破了青涩年代的黑暗混沌期，站上了一个崭新的平台。在这个平台上，回望来时路胸中波澜不惊，眺望山那边渐渐清晰的远方内心也更加笃定。他的身体依然灵活强壮，思维却更细致周到，他想，这是不是就是传说中人生最好的时候？

他现在走起路来已经有了一些所谓成功人士顾盼自雄的样子了，而随着腰围渐渐丰满的趋势，他感觉自己的野心也在一点一点膨胀。

但他没有想到的是，世纪之交时，他马上要面临的，是接二连三的冲击和考验，人生也开始进入一个过山车般跌宕起伏悲喜交加的阶段。

第四十章　千年虫和立体猛兽

夏天和许多计算机拥有者一样，在忐忑和期待中度过了 20 世纪最后一天，迎来 21 世纪的第一个早晨。

在此之前，伴随末日危机预言的，是千年虫病毒的预警。

传说中千年虫病毒的毒辣之处，是通过让计算机失控，使整个世界陷入末日般的疯狂中。它就像一场危机深潜四处逃逸的世纪流感，到底谁会中招，叵测难料，可一旦中招，世纪的一粒灰尘，落在每个人头上，就会变成一座山。

好在见到 21 世纪第一个早晨的阳光时，人们发现，山河无恙，大地重生，世界末日的谣言已不攻自破，千年虫的危机也烟消云散，一个崭新的世纪正熠熠生辉。

修复了 bug 的世界启动了新的千年征程，但夏天发现，自己生活中的千年虫却爆发了，事先没有任何征兆。

他收到的第一个噩耗，是小豹子的猝然离世，就在新世纪前夜。

小豹子是他大学班里年龄最小的同学，比大部分同学要小三到四岁，他身材敦圆，脸庞团圆，鼻头翘圆，一副玳瑁眼镜方圆，眼镜后面一双老神在在的黑眼睛溜圆。在大家眼里，他就是一个温良敦厚早慧且懂事的圆咕隆咚的小弟弟，自然也便成了全班班宠。

毕业后小豹子主动要求回到老家贵阳，并很快成为国家青年报驻当地记者站首席记者。一段时间，他的大块文章经常在国家青年报头版重磅刊登，班里同学虽远隔重山，通过一篇篇报道，很欣慰地看到他的跨越式进步。小小年纪，文锋老辣却有温度，叙事宏大却接地气，论理精当却融会贯通，让人毫不怀疑一颗文星正冉冉升起，无须多长时间，必将成为大家。

毕业后八年，小豹子曾专程到北京参加新闻系系庆四十周年的活动，那是班里许多同学毕业后第一次也是最后一次见到小豹子。

小豹子去世时是在下煤矿采访现场，他采访的对象是煤矿共青团红旗突击队，连日奔波和紧张的采访写作，让他突发脑溢血，没有留下一句遗言。

他去世后，国家青年报头版头条全文照登了这篇绝笔，题目是：《让团旗永远高高飘扬》，文章署名"方豹"，上面打着粗粗的黑框。国家青年报为这篇绝笔配了评论员文章，除了盛赞他常年深入边贫和矿区采访不畏艰苦的敬业精神，对天妒英才的痛惜之情更是溢于纸面。

小豹子文章的配图，除了一面团旗，更有一张他的黑白头像。在夏天眼里，小豹子跟他毕业时没有任何变化，那双乌溜溜的黑眼珠依然透着一种看破一切的早慧和调皮。

小豹子的去世，让全班同学一片哀叹，最年轻最可爱的小豹子却是第一个离开，对时年只有 27 岁的他来说，真正的生活远没来得及展开。大家含泪写下了一篇篇悼文纪念小豹子，最后汇成一本纪念小册，保留了全班最痛的记忆。

夏天忍痛提笔写的纪念文章标题是《立体猛兽》，用的是大学第一年班级元旦晚会上小豹子名字"方豹"出的谜语的题面。

立体猛兽

当西南方一颗流星急促而灿然地划过，我知道，小豹子，你将是我心中一片永远怅然若失的天空。

你的肩背依然那么敦厚，你的脸颊依然如婴孩般光滑，一个月前，你从贵州赶来参加系庆四十周年集会，我像对小弟弟一样，习惯地摸摸你的脸蛋，在你肩上轻轻拍打，就像回到八年前的同窗时光。那是我们毕业八年后的第一次见面，也是最后一次。

在我的记忆中，有你戴着粗重黑框的小眼镜，一圈一圈的镜片后面，透着早慧而温和的目光，当你在二层上铺盘腿而坐，默然诵读或者悄然凝注的时候，你俨然就像一个"小佛爷"。毕业纪念册里有你的照片，一片碧绿如茵的草海中，你双手合十，双腿盘坐，面带微笑，那莫非就是你坐佛涅槃的征兆？

在我的记忆中，有你的老头鞋、肥裆裤和那个硕大的与你的身体很不相称的书包，一串串花样百出的书单，一本本厚重艰涩的巨著，你啃起来却津津有味，好像饥饿者的饕餮大餐，你似乎非常迫切地要把书籍中的精华浓缩在头脑中，似乎特别明白光阴荏苒，人生短暂。

当你踏破冬日的晨霜去图书馆匆匆占座的时候，当你披挂夏夜的晚露踽踽独行的时候，人们也许会觉得你是孤独的，但你的目光总是那么从容、平静而安详，那是超越了孤独的眼神，那是因为你深知你在干什么。

你勤奋练笔，写作老师夸你的文风像老舍，你漠然平静，依然勤奋。你后来甚至会逃课，一些老生常谈，内容陈旧的课程已经让你无法忍受的时候，你选择了逃避。

这自然有悖于你当一个好学生的初衷。但我们知道，这是因为你珍惜时间，珍惜生命。这时候，你会去北图，去校图书馆，或者找一个空荡荡的教室埋头苦读。所有四年求学的这一切，成就了你毕业后在《贵州日报》和《中国青年报》的厚积薄发、才情显露和许多也许或者未必的传奇故事，不管怎样，你成了许多人心目中的英雄。

在我的记忆中，当然还有你冬天光着肉嘟嘟的身体在水房冲凉的情形，你的嗓子似乎依然处于变声期，哼着歌并因寒冷而声音发颤，你喜欢唱"雄伟的喜马拉雅山……"和"咱们工人有力量……"你也许羡慕高山般的雄伟或者工人们战天斗地的强健和豪迈，也许你暗暗知道自己身体某一部分的脆弱……

你常说，人活到四十岁就足够了，这也许是你悄然体会的天谶。你似乎在和命运抗争，在和时间赛跑，你忘我投入，下基层，走大山，访边贫，一篇篇报道如连珠炮般发表，影响着你热爱的那片土地和那些人们。也许你已经做完了一个人在四十岁前该做的事，但毕竟是天妒英才，刚刚二十七岁，你就去了。

三天三夜不眠不休的采访，加上那神秘莫测的遗传锁链，你终于被命运"套牢"，某天晚上的热血冲顶使你鲜花般盛开的人生戛然而止。

你就这样走了吗，小豹子？你还没有活到四十岁，这难道是你的大彻大悟和提前解脱吗？你那颗悠悠佛心真的如此超脱吗？不知你可真正体验过你总爱谈论的诗酒人生和人间林林总总的风花雪月？

也许你并不在意于此。没有结婚，不知道跟谁恋爱过，你带着永远的秘密走了。但我们知道，你一定有一个让你忘情的姑娘。那姑娘若心领神会，也一定会默默祈祷，为你远行的路祝福，道一声珍重。

"立体猛兽"，是我们班同学用你名字"方豹"出过的一个谜语。这真的是你的写照吗？也许在来世，你会像一只真正的猛兽，笑傲江湖，呼啸山林……

若干年后，夏天专程去贵州，找到了小豹子墓地，小豹子墓碑上的照片和毕业纪念照是同一张，虽然经过风吹雨打，照片上的那片草海已经有些发黄，小豹子的身形和微笑也有些模糊，但他的眼神依然透过岁月照彻夏天的心底。他的墓碑右上角，刻着他的墓志铭，只有两个字：来坐。

夏天心里悄悄说，我来了，我们又坐在了一起，我们最后一定还会坐在一起……

小豹子的猝然去世，让夏天和他的同学们第一次品尝到失去年轻同伴的痛苦，"死亡"这个词，一下子变得如此真切和具象。他们万万没有想到，在他们这个集体，最年轻的小豹子就这样"掉队了"，事先没有任何征兆。这让他们在各自兴冲冲奔向自己光辉前途的时候，不由得放缓心情和脚步，深刻体会到了生命的脆弱和无奈……

而对夏天来说，在这个世纪之交，更是屋漏偏逢连夜雨，除了要面对亲同学的死亡，还要面对同样是亲同窗的背叛和欺骗。他生活中千年虫病毒的爆发，越来越猛烈……

漫长的春天

夏甲乙 著

下

作家出版社

第四十一章　镜子的两面：友谊和背叛

当自认为正在从一个胜利走向另一个胜利的时候，往往也是最容易被胜利冲昏头脑的时候，这时候的危机，就像暗夜草丛中的毒蛇吐芯，猝不及防，一击即中。

刚刚进入 21 世纪的夏天，自我感觉良好。但很快，他就品尝到了人生中第一杯苦酒，还是有苦难言的那种……

此时的夏天，最重要的朋友圈还是他那帮大学同学。从少年相识，到一个个成熟长大，并在各自的一亩三分地里独当一面，他们时不时就搞一些跨界合作，一有机会就并肩子上。他们之间的友谊，跨越了世纪，在夏天看来，这是一种最值得依赖的友谊。

而且事实上，他们同学之间的友谊和互相扶持，也让夏天这些年来获益良多。

在广东有事，他可以找陈若珊，尤其是几年前陈若珊获得全国播音主持金话筒奖之后，提起广东，夏天不自觉胆气就会壮几分。尤其是在广告购买跟媒体砍价的时候，广东的媒体只要听到夏天抬出陈若珊这个广东人民家喻户晓的名号，气势立马就弱了几分。

陈若珊对广东媒体的知根知底和夏天遇见广东媒体广告部时的口头禅：让陈若珊亲自跟你们老总谈……总是可以让广东各大媒体的广告部望风而降。因此，夏天在广东媒体拿到的广告价格，也总是能给客户带来惊喜。

到了山东，最让夏天踏实的是江驴儿，夏天只要告知江驴儿此行的目的，江驴儿一定是酒也到位，人也到位，一切尽在不言中。夏天要做的，就是静静欣赏江驴儿车匪路霸般的表演，连酒都不用喝多，就可以把胜利的果实踏踏实实揣兜里，然后凯旋回京。

在天津，一切都有阿辉。夏天喜欢冬天时往天津跑，把事办妥后，夏天照例会让阿辉领着回他的静海老家。在阿辉家里，把火炉子烧热，先让他弟弟整一盆"嘎巴菜"，再煨上一锅贴饹饹熬小鱼，蘸着独流老醋，就着一碟小粒花生，两人对撅一瓶衡水老白干，可以一直喝到天黑。

酒足饭饱后，他们家的炕也烧得滚热，哥俩光着膀子，躺在热炕上，一聊可以聊到半夜，然后后半夜的呼噜打得痛快淋漓，响遏行云。

到了西安，自然是找浩然。或许是受到夏天的影响和鼓励，在采编岗位做得风生水起的浩然，毅然决然地参加了报社广告部主任竞聘，并一举成功。从此，京陕两地广告界媒体界的交流迅速频密起来，夏天倾尽自己这些年在京城广告界积攒的资源为浩然穿针引线，浩然所在的《长安晚报》也便成了两地交流的桥头堡，当地媒体圈老大的位置更是固若金汤。

浩然当上广告部主任的第一年，《长安晚报》的外埠广告投放量就翻了一番，而且都是国际知名品牌。从此，夏天只要一到西安，浩然就会把报社社长、总编一块儿请上，向他们隆重介绍自己亲同学为报社做的点点滴滴，并不吝溢美之词，说《长安晚报》国际品牌广告量的不断增长，夏天居功甚伟，大家都应该好好感谢他。

看得出来，社长对浩然的工作非常满意，对浩然的朋友圈也非常看重。因此，夏天在和社长喝酒时，社长的提议居然是"我干了，你随意"，这种待遇让夏天有些受宠若惊，但自然也不敢那么随意。和社长喝酒，一定要喝双杯，而且必须是大杯，一人两大杯，喝他个天翻地覆慷而慷，喝他个肝胆相照心相印。在多次二十年西凤酒的浸润和催化下，夏天和社长也渐渐变成逢喝必嗨的酒友，夏天和《长安晚报》的合作，也不断站上新的台阶。

浩然不仅把自己的领导介绍给夏天，还把这些年交的所有小兄弟都介绍给夏天。在西安这些年，浩然渐渐崭露头角，要风得风，要雨得雨，已经隐隐有江湖大哥的风范了。他总是跟他那帮小兄弟说，只要夏天来西安，哪怕他本人不在，夏天说的他们也都必须不折不扣地执行，不能有半点含糊。

因此，夏天每次来西安，除了陪他们社长喝顿大酒，其余时间便被他那帮小兄弟前呼后拥卷裹着，在各种热闹喧哗的场合聚啸，着实体会了一把当江湖大哥的感觉，这个江湖虽然是浩然的，但好像也是自己的。

夏天最后一次到西安，浩然确实不在了，但他那帮小兄弟都来了，见了夏天就号啕大哭，围着夏天说大哥你需要我们干什么就说话，浩然走了，你还是我们的大哥。

夏天心里一声长叹，没有了浩然，他在西安也便没有了所谓江湖，没有了江湖，哪还有什么江湖大哥？

当然，同学最多的，还是北京。男生中，方超、老廉、阿朗、阿宝、老马、陈斯凡、王克俭等都是平时同学聚会的常委，尤其是有外地同学来京的时候，大家便会济济一堂，抚今追昔，回味大学时的各种风情小段子，感叹现实的无奈和青春的美好。

同学们这时候都是家里的主心骨，单位的顶梁柱、正处于充满希望的上升期，但同时又面临各种各样的压力，因此，如何合作共赢，也成为大家经常谈论的主题。

除了新闻业务的互通声气联合采访主题推介，大家还会探讨其他领域的合作，寻找更多一起赚钱的机会，在洪流滚滚的商业大潮下，向钱看似乎也不是一件斯文扫地的事。

从业这些年，他们渐渐有所体会，新闻这个职业，可以看遍世间繁华，但却都是别人的热闹。烈火烹油也好，轰轰烈烈也罢，无论是惊心动魄，还是失魂落魄，自己终究是那个从摇旗呐喊大声鼓噪到百无聊赖临渊羡鱼的旁观者，很难成为故事的主角。

这种体会让夏天和他的同学们心里总有一种如地火潜行般的躁动，与其隔岸观火，不如飞蛾扑火；与其袖手旁观，不如撸起袖子自己干。

而班里唯一一个留校读研究生的王克俭，因为读研比班里同学晚工作三年，似乎更急于把失去的损失夺回来，这种躁动也更加猛烈。当然，他如此躁动，还有一个当时夏天忽略了的因素，那就是王克俭在那次连环车祸中被钢筋穿过的三个窟窿。一个自认为死过三次的人，从内到外到底发生了什么样的嬗变，是夏天严重估计不足的。

或许是毕业后夏天就投身商海的缘故，很长一段时间，他是王克俭在班里探讨商业合作最多的人。

其实，王克俭和夏天的所谓商业合作，从夏天刚毕业时就开始了，他们两个里应外合，一个负责在学校揽活，一个负责利用自己掌握的媒体资源执行，从通过校办承接学校的一个学术研讨会兼新闻发布会起步，到几乎成为校办组织的新闻发布会的独家供应商，王克俭在和夏天的合作中挣到了研究生时代的第一笔外快。

随着外快越挣越多，王克俭在学校伙食得到极大改善，不仅实现了肉龙自由、小炒自由、涮羊肉自由，连当时的时髦打卡餐厅，展览馆路莫斯科餐厅和崇文门马克西姆餐厅也是来去自由。到研究生毕业时，他已基本摆脱作为班里"四大名瘦"的传统形象，脸庞也渐渐变得圆润有光泽起来。

研究生毕业后，曾立志成为新闻学博士后的王克俭，很后悔读错了专业，更后悔花三年读了这个研究生。他认为，在当今这个世界，只有在商海里挥洒自如，真正懂得财富密码，才有可能拯救自己，才能找到自己存在的价值。而要投身商海，就要到商业机会最多的地方，就要到能总揽商业全局的地方，而能总揽商业全局的地方，自然非商贸部莫属。

进入商贸部后，王克俭开启了自己的商海生涯。找到最能赚钱的生意，找到最快挣钱的生意，成了他研究生毕业后最重要的研究课题。

一段时间，股指、期货、融资融券、大宗商品交易……成了王克俭嘴里经常念叨的话题，"我饶不了他们！""一定要把敌人干掉！"这两句话，也成为他交替出现的口头禅。

夏天每次听到他说这两句话，心里总会有一种同仇敌忾的感觉，觉得王克俭饶不了的，自己也绝对饶不了，只是一直想不清楚王克俭说的这个饶不了的敌人到底长什么样，到底有多大仇。他只知道，这种对敌人的深刻仇恨，是王克俭奋力前行的原动力，自己愿意和他肩并肩，手挽手，跟敌人战斗到底，绝不轻饶。

他当时万万没想到，后来王克俭嘴里的敌人变成了自己，他和王克俭一起全情投入，并肩战斗，连自己都没饶过，直到猝然一击把自己这个敌人干得头破血流，危机重重。

一段同学亲情，最终演变成一个诡诈欺瞒、伤心撕裂、扑朔迷离的悬疑故事。这个悬疑故事发生后，王克俭不知是无颜以对，还是无法面对，又或者有更多隐情，他先是远走天涯，后又偏安一隅，切断了跟所有本科和研究生同学的联系，仿佛那么些年最珍贵的青春记忆和同学亲情已是过眼云烟，全都一笔勾销，成为他生命中的空白。

这个悬疑故事中，王克俭的几个大学本科和研究生同学损失的是金钱，而王克俭失去的，却无法用金钱来估量。

事情发生后的很长一段时间，夏天都会在梦里和王克俭用各种方式邂逅，王克俭有时候默然无语，有时候目光闪烁，有时候嘿嘿一乐……夏天总想问他为什么，但话到嘴边，最后都会变成一句你丫现在忙什么呢？就像他不是一个闯完大祸就一走了之的逃跑者，而是一个失散多年的老朋友，没有怨怼，只有一种五味杂陈的惦记。

梦中此时王克俭的表情会变得滑稽尴尬，一副欲言又止的样子，夏天干脆似乎善解人意地阻止他说下去，并招呼班里同学们跟久别重逢后的王克俭围坐一桌，一起端起酒杯，轻轻一碰……

若干年里，夏天一直试着复盘自己变成"敌人"的全过程，并通过多方印证，发掘出不少故事外的故事，渐渐厘清了故事发展的脉络。但故事发生的真实原因，却只能通过各方拼凑的信息来猜测。

夏天想，这也许会是一个永远解不开的谜，不知还能不能等来王克俭幡然醒悟的那一天。在那一天，王克俭是否会带着忏悔的心情，讲述自己当年不可告人的糗事呢？

夏天对这个故事的复盘，是从那场连环车祸开始的……

第四十二章　王克俭的"敌人"们

夏天后来才意识到，那场车祸，对王克俭影响深远，说是让他脱胎换骨也不为过。

车祸中，王克俭算是捡了一条命，他的身体被三次洞穿，却没有伤到筋骨，不得不说是一个奇迹和不幸中的万幸。

随着身体的逐渐复原，王克俭的许多变化肉眼可见。

首先，大学四年从来没有绯闻的他，在伤口还没好利索时，就对医院里负责他这个病床的一个漂亮女实习大夫展开激烈的感情攻势，其勇猛直白，跟在大学里含羞带涩见了女生就脸红的他简直判若两人。

他的攻势由于阴差阳错无果而终，夏天本以为他会失意彷徨好一阵，但没想到一顿夜酒之后，他便元神归位，很快就有了新的目标。在这顿夜酒中，夏天第一次听到他后来经常念叨的口头禅：一定要把敌人干掉。

他也确实履行了自己的诺言，很短时间又找了一个实习大夫，而且依稀和他第一个进攻的漂亮女实习大夫有几分相像。等他把新女朋友介绍给大家时，夏天从他笃定且略显骄傲的眼神中可以看出，这个新女朋友早就被他作为亲密的敌人给干掉了。

在那之后，夏天注意到，王克俭见到任何女生，眼神里都会有一种自信甚至睥睨俯视的光芒，原来说起话来文绉绉欲语却迟的他，已经学会了花式调侃，即使有时候调侃不当招来白眼，也面无愧色，一笑了之。其神经之坚韧，面皮之厚黑，已非一般人可以比拟。

在夏天眼里，他已经成了酒场上略显疯狂但却有趣的拍档，因此，夏天很多商场上正式或非正式场合，都喜欢叫上王克俭。夏天想，毕竟是亲同学，上阵父子兵，打虎还需亲兄弟。王克俭这个同学兄弟已经渐渐有一飞冲天的态势，只要机会合适，也许可以成为自己更重要的合作伙伴。

王克俭的另一个变化就是他的交际面明显扩大了，服装打扮也越来越有潮范儿，尤其是进入国家商贸部之后。一直和夏天联系密切的他有时候会好长一段时间杳无音讯，然后突然穿着一身崭新的行头出现在夏天面前，这些行头基本都是港版或欧美大牌，穿在王克俭身上，让他有种海外归侨的即视感。夏天有时候会好奇地问王克俭这段时间的行踪，但每次夏天问起来，他都不愿做过多解释，只是笼而统之地说，又把一个敌人干掉了。

每每这个时候，夏天心里更多的是一种莫名的欣慰，王克俭把敌人干掉得越多，就说明他进步得越快，机会把握得越好，钱也挣得越多，多一个事业蓬勃发展且有实力的同学兄弟，何乐而不为呢？待他羽翼丰满，大家一起比翼齐飞，那是一幅多么美好的亲同学加兄弟团结奋进的画面啊！

当然，这时候王克俭内心的深刻变化，是夏天无法洞察的，待他后知后觉时，很多事都是木已成舟，追悔不及……

夏天和王克俭交往的进一步深化，是在他把他夫人小忆一位漂亮的模特队友兼老乡闺蜜小月介绍给王克俭认识之后。

那时候夏天单位的两室一厅还没下来，他和小忆从 8 平方米的蜗居，搬到一栋国际商会为刚结婚却没分房的上百名青年职工安排的临时过渡的筒子楼，每户 20 平方米，每层楼的厨房、厕所和浴室是公用的，条件相对比较简陋。

但一大群青年男女挤住在一起，每日共奏锅碗瓢盆交响曲，晚上床头战斗床尾和的叹息和吟哦，白天呼朋唤友喝酒搓麻的叫嚣和嘈杂，让筒子楼的群居生活显得极具烟火气。

而且，筒子楼旁边就是当年火爆京城的"Night Man 莱特曼"迪厅，筒子楼的住户也便成了各路朋友晚上进军莱特曼迪厅的据点或者说是中转站。

在夏天和小忆住在筒子楼那段时间，时不时就有各种名目的聚会，标准流程就是在楼下阿里郎餐厅吃一顿朝鲜烤肉，然后在旁边的莱特曼迪厅点上一打啤酒边喝边蹦迪，蹦得四体通泰意犹未尽时，便移师夏天住的筒子楼，继续喝酒打牌或者搓麻，如果太晚没有公交车回不去，就把牌桌一撤打上地铺，女的睡床上，男的睡地上，大家"挤挤"一堂。

当然，能在一起打地铺的，都是跟夏天或者小忆关系深厚的朋友，而王克俭和小忆闺蜜小月认识，就是在一次打地铺的聚会中。这是他们的第一次见面，而这第一次见面，就是以打地铺同居的模式开启的。

对于介绍王克俭和小月认识，夏天已经忘了是有心还是无意，那时候王克俭和他的实习大夫女友应该还在进行时。这是一次有些凑巧的聚会，小月刚刚来京不久要找小忆见面，而那天王克俭正好找夏天有事。

在吃饭时见到身材和小忆同样高大的小月时，王克俭还略有些拘谨，但在蹦迪时便像换了一个人，他开始各种买单，买各种单，酒水小吃点了一大桌，一副挥金如土的样子，说起话来，更是挥斥方遒舍我其谁。夏天感觉，他好像见到了另外一个王克俭。

起初，也许是挥金如土的土豪见得太多的缘故，小月对王克俭的热情并没有太多回应，但在蹦迪结束后到夏天的筒子楼继续搓麻时，王克俭的表现让小月的眼神渐渐有了一些探究的光亮。

麻局刚开始时小月是负多胜少，尤其是点了一把大牌的炮后，小月嘴都噘起来了。看出端倪的王克俭放慢了打牌速度，并在一局尾盘阶段沉吟良久后打出一张牌，嘴里同时念叨起哈姆雷特里的著名桥段："生存还是毁灭，这是一个值得考虑的问题……"一段中文，再来一段原版英文，让屋里这张简陋的麻将桌上充斥了华丽的舞台风。

万事俱备，只欠东风。坐在小月上手的王克俭打出的这张牌是东风，而小月和的就是这张东风，这张东风，成就了小月一副七星十三不靠的大牌，这是这天晚上输赢倍数最高的一副牌。

从推倒的牌看，王克俭是拆了一对东风打给小月的。打完东风点炮后，王克俭故作懊恼地使劲拍了拍自己的脑袋。

在后面牌局中，王克俭只要一开始念叨"生存还是毁灭"，夏天就知道，他这是要给小月点炮。好在不是赢房子赢地，夏天心中暗笑，小忆也渐渐若有所思，忍不住对他俩左相右看，而小月更是笑得面容莞尔，露出了牙龈……

等他们几个再聚到一起时，王克俭和小月是携手前来，不知道中间过程如何，但在夏天看来，王克俭和小月之间俨然已经是老夫老妻老司机的感觉了。

很快，他们就迈入婚姻的殿堂，而夏天和王克俭也似乎成了亲上加亲的通家之好。这种关系，让夏天在很多事情上对王克俭更加倚重，他们之间的交流也越来越密切。

夏天认为，"共同富裕，开创未来"这八个字，就是他们今后合作的八字方针，也是他们亲同学加连襟关系的奠基石。

之后几年夏天和王克俭之间的合作，一切顺利。

王克俭在进入商贸部门后，视野和路子显然是越来越开阔，涉及的生意也越来越多。

夏天有时候会听到他和物资部门的朋友讨论钢材和进口车指标的买卖，夏天觉得自己这种打麻将输赢十块钱的层次和几千万上亿买卖的距离实在太过遥远，基本上是一耳朵进，一耳朵出，不会往心里去。这种买卖王克俭得手的机会显然也不多或者说根本没有，因此，夏天不时能见到他恨恨发愣的表情，嘴里还念叨着：又让敌人跑了，你们等着，看你们这帮孙子往哪里跑……

有一段时间，王克俭跟人合作留学中介的生意似乎比较顺利，这让他脸上的笑容舒展奔放，他会请夏天开怀畅饮，并找个卡拉OK纵声高歌，这时候他说起"敌人"来充满爱意，让敌人来得更猛烈些吧！把敌人都送到澳洲喝红酒吃牛排泡洋妞去吧！敌人越多，我们的生活越美好！

在做各种生意的同时，王克俭似乎还注册倒腾了不少公司，每个公司都有不同经营范围。夏天不明就里，向他询问其中奥秘，他嘿嘿一乐道，敌人从哪里来，我们就坚决把他们打回哪里，这样我们什么样的酒都能喝，什么样的敌人都能对付！

于是夏天就从不明就里变成不明觉厉，深感王克俭在商场上的成长速度惊人，已经掌握了多种武器，自己很快就要望尘莫及了。

最让夏天感觉自己被拉开距离的，就是听王克俭说自己在盯盘，而且是盯国际期货大宗商品交易的大盘。此时的夏天，别说对期货交易，就是对盯盘这两个字都觉得特别新鲜。

什么是盘？为什么要盯？怎么盯？大宗商品交易是什么？期货又是怎么回事？……这一个个问号，让夏天觉得王克俭干的事情透着一股高大上的味道，王克俭从新闻行业转战商场是如此迅速、如此决绝、如此彻底，让夏天愈发认定王克俭简直就是为大买卖而生的人。

夏天曾试着和王克俭探讨期货交易的事情，王克俭总是王顾左右而言他，一副高深莫测吃水很深的样子，夏天只能从他偶尔蹦出一两句话中窥探端倪：期货的魅力在于搏杀，在于有机会用最小的代价屠掉敌人的大龙……

此时夏天对王克俭的话懵懵懂懂，但过了若干年，想起王克俭在后期提起期货交易越来越讳莫如深充满不甘的表情，忽然有一种恍然大悟的感觉：搏杀，也许会有机会屠掉敌人的大龙，但也有可能被敌人的大龙反噬。不知道王克俭最后搏杀的结果是哪一个？

再后来，夏天和王克俭之间发生的曲折撕裂的故事，从某种意义上来说或许已经是顺理成章充满必然性，当真相逐渐展开，夏天和他的同学们深刻体会了什么叫痛的领悟。

这个故事围绕着金钱展开。

因为王克俭手里现成的公司类型比较多，基于信任，夏天会把自己生意的一部分交给王克俭去做，通过他注册控制的公司，来运转一部分资金。这样既省去了自己管理公司的麻烦，也能让王克俭挣一笔不菲的佣金，可以充分体现他们之间"共同富裕"的宗旨。

当夏天决定把他们之间发生过的最大一笔资金通过王克俭公司转账时，心里是稍稍有些犹豫的，因为这笔资金的数量级，可以在当时的二环边买两套三室一厅的楼房。而且，这笔资金的绝大部分来自一个很重要的合作伙伴，自己不能辜负这个合作伙伴的信任，必须保证资金的绝对安全。

这时候，他已经有了自己的公司，这笔佣金完全可以自己挣，而通过自己的公司来运作，自然也是最安全可控的。

但想到自己和王克俭的同学兄弟关系以及这些年的商业合作，想到王克俭和小月的孩子即将临盆，夏天觉得于情于理都应该跟王克俭继续合作。

通过合作，可以让王克俭挣一笔相当丰厚的奶粉钱，也算是自己对他初为人父的贺礼。而王克俭即将拖家带口，相信他做起事来一定会更小心谨慎，资金的安全也一定会得到有效保障。

当夏天让合作方把这笔资金转给王克俭时，他自认为做出了一个正确且让自己心安的决定。可正是因为这个决定，他的事业和生活遭受了前所未有的冲击，他所理解的兄弟义气的内涵也因为欺骗和背叛被粗暴地颠覆……

第四十三章　王克俭的系列表演

夏天开始对这笔资金隐隐有些担心，是在王克俭超过约定时间半个月还没有把资金交割的时候。这时候王克俭的说法是开户行业务盘点加负责大额资金支出签字的主管领导外出，耽误了几天。

又过了两周，看夏天催得急，王克俭便告诉夏天资金已经从银行转出去了，是通过他在银行一个可靠的小兄弟加老乡提供的公司办理的，应该很快可以交割。为了让夏天放心，他还特意安排他这个小兄弟跟夏天在新兴宾馆见了一面，说他们银行的营业部就在附近。

之前夏天并不知道这个所谓小兄弟的存在，以为所有的环节都是通过王克俭自己的公司执行的。这个人的突然出现，让夏天觉得事情好像有点变复杂了。

跟这位小兄弟的见面非常匆忙，他迟迟才露面，王克俭介绍夏天和他互相打了个招呼，并告诉夏天这位赵姓小兄弟就是他的合作伙伴。

夏天跟这个小兄弟热情握手，并郑重表达对这位小兄弟的感谢，感谢他的支持和协助。小兄弟似乎被夏天的热情惊着了，只是腼腆含糊地说您太客气了。

因为正好是饭点儿，于是夏天提议和他的这个小兄弟一起吃个饭，一方面是感谢帮助，一方面也可以更详细地了解后续进程。

但王克俭这个小兄弟眼睛骨碌骨碌转了几圈，看了王克俭一眼后，当即表示，他正在一个牌局上，刚赢了点儿钱，那帮哥们不让他下桌，他还得赶快回去，就不吃饭了。

王克俭于是笑骂你小子一打牌就不管不顾的，连饭都可以不吃，将来连老婆爹妈都可以不要。王克俭的笑骂表达了对这位小兄弟嗜赌秉性的理解，夏天也便不好坚持一定要跟这个小兄弟一起吃饭。

夏天见了这位赵姓小兄弟，心里踏实了不少，但他不知怎么灵光一闪，对这位小兄弟说："这回不巧，咱们找时间踏踏实实约一回，好好感谢感谢你，互相留个电话吧。"

夏天一说留电话，这位小兄弟就有些迟疑，他又看了看王克俭。

他看向王克俭时，夏天心里一动，也立刻看向王克俭，眼神里有一种明确坚持的味道。此时夏天其实对王克俭并没有任何不信任，只是觉得多一个人跟赵姓小兄弟打交道，可以督促他后续动作更快一些。

王克俭见夏天看向他的眼神非常坚定，便向这位小兄弟轻轻点了点头。这位小兄弟把手提电话号码报给夏天，夏天当场回拨过去，让他也存一下自己的号码。

夏天当时没有想到，正是自己的这次灵光一闪，触发了不久后他对王克俭的怀疑，并有机会识破他后续的套路和谎言。

又过了十天，王克俭还是没有任何动静，夏天再催促时，他电话里听起来有些气急败坏。王克俭告诉夏天，赵姓小兄弟失联了，一直都不接自己电话。

他俩赶紧约在一起，王克俭当着夏天的面开着免提给赵姓小兄弟打电话，电话接通后，电话里传来打牌的吆喝声，但接电话的人一直一言不发。

这个电话似乎印证了赵姓小哥们爱打牌的事实，同时似乎也佐证了王克俭对这小哥嗜赌的描述所言非虚，因此，直到此时，夏天对王克俭都没有半点怀疑，虽然他已经强烈意识到这笔资金可能出了问题。

他依然认为，这笔资金出问题只是这个滥赌鬼赵姓小哥捣的鬼，他和王克俭现在最重要的就是抓紧时间，同仇敌忾，迅速找到这个赵姓小哥。

夏天又用自己的手机拨打这个小哥的电话号码，响铃接通后依然有打牌吆喝声，但立刻被挂断了。再拨时，对方手机传来的已经是该手机已经关机的提示音。

夏天想，赵姓小哥有问题已经是确凿无疑了，要想找到他，只能直接上门堵。要堵他，无非是两个地儿，一个是他单位，一个是他住的地方。

说到赵姓小哥的单位，王克俭说他每次见这小哥都是在翠微路一家工商银行的门口。

于是他们先直奔这家银行，但到银行后报这小哥的名字，银行的人说他们这儿根本没有这个人。王克俭一脸懊恼，自言自语说怎么会有这种事，他明明说他是在这工作的啊。

夏天此时心里已经有些埋怨王克俭，合作这么大笔资金，他怎么会连这小哥在什么单位都没搞清楚呢？在夏天把这笔资金转给王克俭前，曾经特意强调资金的安全性，王克俭信誓旦旦跟他说，都是知根知底的银行朋友帮他盯这个事，平时有很多合作，他们的单位和家里他都去过，跑得了和尚跑不了庙。

单位找不到人，那就只能上他家去找。

此时王克俭又有些含糊了，说他虽然去过他家，但现在只记得是哪栋楼，具体几单元哪个房间却已经想不起来了。

王克俭的含糊让夏天非常失望，他觉得有些无法理解，印象当中精明细致智商不凡的王克俭怎么会这么糊涂呢？

尽管如此，夏天依然不疑有他，于是他提议，虽然不记得几单元几号房，但他们可以上赵小哥住的那栋楼前去蹲守，不信他不回家。

连着两天，夏天都开着他那辆红色的小乌诺从下午五点开始就钻进王克俭所说的翠微路附近的那个小区，在进那栋楼的必经之路的路边上趴着。王克俭和夏天都坐在贴了膜的车的后座，保证自己视野无碍，又避免被人注意。

他们在车里备了面包和矿泉水，乏了就靠抽烟提神。因在外企工作已戒烟好几年的夏天，又开始一支接一支地抽起烟来。

在蹲守期间，夏天的精神一直保持高度戒备，恨不得把眼睛瞪得如铜铃一般大，恨不得自己的眼睛也会咬人，只要这个赵姓小子一出现，就用眼睛一口咬住他。

坐在一旁的王克俭并不像夏天那样全神贯注，他有时候会两眼发直，眼神中透着焦躁、空洞和无奈。

第一个晚上，他们一直蹲守到夜里两点，也未见赵小哥的身影。

第二个晚上，蹲守到夜里快一点的时候，王克俭好像忽然想起了什么，说赵小哥有个女朋友，他有时候会到他女朋友家住。他如果知道我们在找他，一定不敢回来了，没准这些天就在他女朋友家住呢，这么蹲守可能不会有什么结果，但可惜他也不知道赵小哥的女朋友住在什么地方。

王克俭的话让夏天有些泄气，按现在的情况看，找赵小哥似乎陷入了僵局，偌大的北京，手机关机，主动失联，要找到一个人，几乎是大海捞针。

夏天还不死心，便问王克俭是怎么认识赵小哥的，他们肯定有一些共同的朋友，也许他们共同的朋友会知道赵小哥真正的工作单位和住处。

夏天是顺着逻辑往下推演，这对王克俭来说，其实也算是步步紧逼。夏天后来想，所有找寻赵小哥的行动，都是自己在推动，以王克俭的聪明程度，如果他心里没鬼，早就应该想到这些方法，而此时，他只是一味被动应付。如果夏天警惕性稍微高一点，或者对王克俭有丝毫怀疑，早就应该发现其中的猫腻了。

在夏天的步步紧逼之下，王克俭推出了一个他和赵小哥共同的朋友，这个人居然也姓赵，叫赵书清。王克俭说，赵书清是他合作办澳洲留学中介的朋友，赵小哥就是通过他认识的，他可以带夏天跟赵书清见一面，找他打听打听赵小哥下落，但不要提赵小哥有可能卷款失联的事。

到赵书清公司，他以为夏天也是要办澳洲留学，一见面便开始介绍办澳洲留学的手续和手续费，以及他们办这事的可靠性和成功率。

夏天心思不在此，便单刀直入问他认不认识赵小哥，赵书清想了想，似是而非地点点头，说已经好久不见他了。

夏天又问他知不知道赵小哥的单位和住址，赵书清看了一眼王克俭，犹豫着摇了摇头。

夏天眼看这条线索又要断，心里有些发急，也顾不上王克俭来之前不让提赵小哥有可能卷款失联的交代，直接表情严肃地告诉赵书清，赵小哥卷了他和王克俭一大笔钱，请他务必帮忙。

赵书清面现狐疑，再次深深地看了王克俭一眼，但最终还是摇了摇头。

坐在一旁的王克俭沉默不语，对赵书清没有一句追问，当赵书清最终摇了摇头后，之前有些发紧的表情似乎变得轻松了一些。

在后来真相基本清晰之后，夏天分析，这个赵书清应该又是王克俭安排的一个工具人，就像那个赵小哥一样。王克俭和他们有某些方面的合作和利益关联，让他们同意配合王克俭演出这场大戏，但他们都不知道事情的原委和全貌。

他们的出场，都会印证王克俭的某些说辞，让夏天不疑有他。这为王克俭争取了大量的时间，让他最后有机会逃之夭夭。

在这个阶段，王克俭设计了一套精密的说辞，并推演了事情发展的各个环节，对夏天的各种提问，都能做到兵来将挡，水来土掩，让夏天一直在他的说法中转圈圈。其思维之缜密，行动之果决，表演之逼真，情绪之冷静，让人叹为观止。

他的这次行动，应该是蓄谋已久，谋定而动，一击得中，并且考虑了各种后果和退路。至于他不管不顾这么做的原因和动机，若干年后才渐渐浮出水面。事后分析，虽然这个选择让人不解，遭人唾弃，但对于当时的他来说，是自认为不得不的选择，他选择了走这条路，就选择了承担走这条路的后果。

王克俭的暴露，是因为夏天之前要赵小哥电话号码的灵光一闪。

在每一条线索出现就被即时掐断之后，夏天觉得有些茫然无措，便也开始向周边相熟的朋友倾吐自己的苦恼并求助。有些朋友听了除了深表同情更是义愤填膺，自告奋勇要跟夏天一起去赵小哥楼前蹲守，见到他先给他一板砖再说。

夏天想起在国家电信数据局工作的阿宝，自己手里有赵小哥电话号码，通过阿宝是不是可以从内部拿到赵小哥的通话记录，找到赵小哥更多的联系人呢？

阿宝毕竟是专业人士，听夏天说明原委，呵呵一乐道，告诉你一个简单还不违规的方法，你到西单电报局，说要给这个电话号码交费，就可以要求柜台打出一份这个月的通话记录，他的通话人电话号码、通话时间、通话时长都能显示出来，这个人所有的社会关系都将暴露无遗，要找到他就容易得多了。

这个获得他人手机通话记录的方法现在自然是不可行了，但在当时移动通信发展的初级阶段，却是可以利用的空隙。

夏天听到阿宝的说法，简直是大喜过望，如获至宝。他相信，有了赵小哥的通话记录，一定有办法把他刨出来，围绕赵小哥的重重迷雾也即将消散，真相很快就要大白。

他立刻像报喜一样把这个好消息告诉王克俭，王克俭电话那头的声音一瞬间有些错愕，但很快就透出惊喜。他说，他现在离西单不远，正好是饭点儿，他一会儿到西四附近的贾三灌汤包子铺等夏天，吃完包子他俩一起去西单电报大楼打赵小哥的通话记录。

跟王克俭通完话，夏天兴冲冲立马打了一辆出租车飞奔西四贾三灌汤包子铺。这个包子铺是浩然不久前来京时推荐的正宗西安美食，带他们俩来过一次，算是一个他们共同熟悉的地方。

夏天二十分钟左右就到了地方，进包子铺一看，居然没见王克俭的身影。他等了一会儿，王克俭还是没来。他心中疑惑，王克俭不是说他就在附近吗，怎么还没到呢？

夏天掏出手机，给王克俭打电话，拨通了半天没人接。又过了一会儿，王克俭打回来说，很抱歉有一个朋友拖着他谈事，耽误了，他现在马上过来，十分钟就到，不见不散。

王克俭满头大汗赶到时，夏天已经点好了四屉灌汤包子。每人一个醋碟，也倒得满满的，醋碟里，还淋了一勺辣椒油。

他准备和王克俭吃饱喝足，满嘴香辣，再一起到西单电报大楼，把这个赵小哥掘地三尺刨出来，狠狠地干他。

到西单电报大楼，王克俭明显拖在夏天身后。夏天向服务柜台的一位小姐姐报出赵小哥电话号码，说要给这个号码交费，并顺便打印一下这个月的通话记录。

这位小姐姐输入赵小哥电话号码后，忽然"咦"了一声，说这个号码半个多小时前刚交过费了，你怎么又要交啊？说完还用狐疑甚至有些不悦的眼光看了夏天一眼，仿佛已看穿夏天有什么不良企图似的。

夏天听柜台小姐姐说这个电话号码半个多小时前刚交完费，心里咯噔一下，一种不好的感觉突然就涌上心头。

他看了王克俭一眼，王克俭东张西望，故作茫然，面色波澜不惊。

近两个月以来夏天心中所有的疑问似乎瞬间都串联起来，形成一张网。这张网看似杂乱繁复，但网上每一条线索，都直指王克俭。在夏天没有起疑心之前，王克俭操纵这张网可谓是得心应手，但夏天忽然人间清醒，他便困在了这网中央。

夏天用毫不掩饰的怀疑目光直视王克俭，挤出一丝比哭还难看的微笑向他问道，怎么这么巧？问完这句话，他有一种脱力的感觉，心中无比沮丧。

王克俭努力保持一副问心无愧的样子，但脸上连遗憾的表情都没装，只是直接摊了摊手说，谁知道啊？这事怎么这么巧呢？

此时此刻，夏天和王克俭之间，其实已经有些心照不宣的味道了。

夏天确信，王克俭让他在贾三包子铺等候，就是一个缓兵之计，他利用这段时间，自己先去西单电报大楼把赵小哥通话费交了。因为今天如果他们一起来打印通话记录，一定可以看到这些天王克俭跟那个赵小哥的通话情况，王克俭的谎言立马就会被戳穿，这也是王克俭不惜暴露自己也要先交钱的原因。

现在这种暴露，是没有直接证据的暴露。而没有直接证据，夏天的怀疑就不好说得太直接并立刻跟他翻脸。

王克俭知道夏天会因此怀疑自己，但找不到赵小哥，证据就不确凿，他依然可以装傻充愣勉强扮演一个天真糊涂的受害者角色，为自己争取更多的时间，虽然夏天当时并没有意识到他为什么要努力争取这些时间。

通过查找赵小哥的通话记录，夏天终于醒过闷儿来，并确认王克俭就是整件事的始作俑者。确认这件事后，他心里对那笔资金反而没那么紧张了，毕竟一个有家有口知根知底关联密切的王克俭比那个故意失联找不到踪迹的赵小哥要可控得多。

他想，接下来要做的，就是把王克俭的一系列套路和谎言彻底戳穿，让他把黑掉的资金吐出来。而且他认为，这应该不难，大可以晓之以理动之以情，或者软硬兼施威胁利诱让他就范。

但他完全没有想到，后续的过程如此艰难曲折，最终的结局更是出人意料……

第四十四章　博弈和破绽

夏天资金被黑这件事，渐渐被老秋等不少好朋友知道了，他们纷纷帮他出主意想办法，争取尽快把这笔钱追回来。大家比较一致的意见就是最好依靠警方，他们认为，别看王克俭现在还在装傻充愣扮无辜，只要到了警察面前，警方一上手段，他分分钟就得撂。

夏天自然知道这是最快的办法，但想到进入司法程序后的不可逆性，想到王克俭可能因此会有牢狱之灾，想到他们这么多年的同学情分和王克俭正待分娩的妻子，想到他们两家之间的渊源，他觉得自己为了钱走不出这一步。

但目前的情况是，王克俭依然一口咬死是赵小哥把钱黑了，如果不把这层窗户纸捅破，他始终有抵赖的空间，那笔资金就很难追回。

而且看得出来，王克俭对这笔资金是志在必得，有强烈的动机和动力，尽管夏天暂时还无法理解他这种不管不顾的动力从何而来。他事先做了周密的策划，想好了各种说辞，并且似乎算准了夏天不会轻易把这件事交给警方处理。

夏天的朋友老秋跟王克俭也熟，毕业后他们几个混单身时一起上大华影院看通宵电影、追逐周末校园舞会、隔三差五搓麻搓大饭的经历，让老秋也把王克俭当成和夏天一样的朋友。因此，老秋知道这件事后，除了愤怒，更有深深的遗憾和困惑。他非常理解并支持夏天不想把这件事闹到警方去的想法，他也认为，如果报了警，一切都不可挽回。

但如何破这个局呢？

向来思虑周全的老秋贡献了两条计策。

第一条，打感情牌，先晓之以理，再动之以利。晓之以理时可以旁敲侧击或直接暗示，让他无法装糊涂耍赖。动之以利时可以承诺他如果交回资金或者说追回资金，可以得到更多的佣金。这条方法如果有效，那就皆大欢喜，王克俭算是迷途知返，浪子回头，这样大家不至于撕破脸面，也能给他保留一些颜面。

第二条，打感情牌不成功，自己没有确凿证据又不方便翻脸，不妨借助外力来施加压力。这个外力他有办法找到。

他们准备先采用第一条，跟王克俭当面锣对面鼓聊一次，这也可以算是他们和王克俭交锋的第一回合。

这次交锋老秋作为东道主，以帮他们出主意的名义组了一个他们仨的饭局。

在整个饭局过程中，王克俭都是嗯嗯啊啊地支应着，在夏天尽量客观地复盘事情经过时，他没有任何补充。

老秋听他们复盘，眉头故意渐渐拧起，他边听边对王克俭提出强烈质疑，说王克俭托付这么一大笔资金给赵小哥，居然不知道赵小哥的确切工作单位和住址，这和王克俭作为学霸的智商水平严重不符。

王克俭面对质疑，摆出一副虚心受教的样子，说自己疏忽了，还是吃了社会经验不足的亏，没想到人心这么复杂，也没想到赵小哥如此利令智昏。

老秋的强烈质疑就像一记重拳打在一堆棉花上，被王克俭轻松化解，王克俭此时依然是那个同样值得同情的受害者。

老秋质疑的第二件事是打印赵小哥通话记录的事，他说得也相当露骨直接。

他说，替赵小哥交电话费打印通话记录这件事只有你们两个知道，但恰恰在你们去打印前半个多小时他的通话费被人在西单电报大楼交了，怎么会那么巧呢？难道是你们两人中的一个走漏了消息？

而且，你约夏天吃饭，说你就在吃饭的地方附近，照理说你应该先到先等夏天，但结果是夏天等了你将近三十分钟。可就在这三十分钟里，赵小哥的电话费让人交了，这难免会让人对这件事起疑，你自己也很难说得清楚。

王克俭听到老秋对这件事的质疑，脸色有些发白，有些委屈又有些激动地说，可世界上也许就有这么巧的事，我也没办法。你们怀疑我，我虽然伤心，但也可以理解，可这段时间我确实是在跟我的一个朋友谈事，这个人夏天也见过，就是赵书清，他公司就在西单附近，不信你们可以当面问他。

听王克俭把赵书清这个工具人搬出来，夏天知道今天靠他和老秋要突破王克俭应该是很难了。几天时间下来，王克俭又有了一套无懈可击的辩词，还有了一个随时可以挺身而出的人证，可以看得出来，他抵赖的信念和决心坚如磐石。

对王克俭目前的态度，老秋和夏天他们事先是有思想准备的，他们俩交换了一下眼神，老秋继续说道，看样子这件事的关键还是在赵小哥，找到赵小哥，一切都会水落石出。找赵小哥这事包在我身上，我就不信，我们找不到，公安的人也找不到。

你要报警？王克俭脱口而出地问道，但面色还是努力保持住了镇静，让在一旁悄悄仔细观察的夏天不由得佩服起他的心理素质来。

老秋似笑非笑地看向王克俭道，不到万不得已，谁愿意惊动警方啊，我们不是还怕误伤你嘛，万一赵小哥胡乱攀咬，给你惹出麻烦，也是我和夏天不愿看到的啊。所以说你要还有别的办法找到赵小哥，让他把钱吐出来，这事也可以就此揭过，免得大动干戈，伤了和气。如果赵小哥能把钱吐出来，给他一定比例的辛苦费都是可以商量的。

老秋这些话可谓是软硬兼施，也给王克俭留了面子和退路，就看王克俭如何接招了。

王克俭看了看老秋，点点头问，找人帮忙又得让你破费了，那你准备怎样找公安的朋友帮忙呢？王克俭脸上露出感激和关切的神情，但显然关切的成分更多一些。而且，即使说到找公安，王克俭打死也不说的意志似乎也没有动摇，表面上看起来依然很有底气，一副你有张良计，我总是有过墙梯的感觉。

老秋故意回避了王克俭的问题，只是含糊其辞地说，就这两天，等他安排好就通知王克俭和夏天……

第一个回合，显然没有达到预期效果。

他们三个散了后，老秋打电话给夏天说，看王克俭的顽固程度，只好使出第二招，动用公安的朋友了，他来安排，看能不能在不正式报警的情况下用公安的朋友震慑他一下。

老秋说，他的公安朋友是他大学师兄，某区分局预审科科长，不妨以请公安朋友出主意的名义把王克俭请到分局去聊一聊，看看他的反应。

在去分局的头一天晚上，夏天通知了王克俭，电话里王克俭听说要去分局，嘴里有些打磕巴，但很快便镇定下来，有点为难地说，明天要带小月去产检，能不能晚一天。

王克俭的理由貌似无可辩驳，夏天只好同意说他跟老秋商量一下推迟一天。

去分局那天，老秋和夏天早早就到了，王克俭却姗姗来迟。

在王克俭到之前，夏天把事情的经过详细给老秋的同学老金介绍了一遍，老金听后眉头皱了起来说，根据我的经验，你这个同学王克俭有很大问题。

姗姗来迟的王克俭来之前显然精心打扮了一番，一身笔挺的西装，一双锃亮的皮鞋，一副金丝边的眼镜，头发梳得整整齐齐，还打了点摩丝。他这身打扮，夏天都很少见过，完全是一副成功精英人士的气派。

在互相介绍之后，王克俭貌似有意无意地跟老金说了一嘴，他有一个朋友跟分局的陈副局长挺熟的，回头找机会一起坐坐。

他们四个坐下后，把情况又捋了一遍，老金用他审讯专业人士的犀利目光仔细观察着王克俭，王克俭依然保持了表面的镇定，但夏天注意到，他的脸色比平时要苍白一些。

捋完整个过程，老金直言不讳地对王克俭说，如果找不到赵小哥，你的嫌疑就很大，你如果有办法联系上赵小哥，不妨给他带一句话，你们哥几个找不到赵小哥，公安一定有办法，让他不要有任何侥幸心理。

老金撂下这句话的时候，一直目不转睛盯着王克俭，王克俭在老金的目光威压下，起初有短暂的发愣，但他很快调整了一下坐姿，依然保持着和老金的对视，并点了点头说，行，他再想想办法看看能不能找到赵小哥。

夏天后来知道，王克俭答应老金要再想办法找赵小哥，依然还是一个缓兵之计。王克俭这次来公安局见老金，事先进行了充分的心理建设，才一直保持了表面的镇定，几乎没有露出马脚，他能做到这种程度，表现了心理素质非常强大的一面。

但到底是什么样的精神力量，让这个一直以来同学们心目中的文弱书生变得如此强悍呢？这个问题困扰了夏天多年，始终没有找到确切答案。

和王克俭见过之后，老金说他有百分之九十的把握确定王克俭有问题，这件事因他而起，但他从头到尾都没有迫切需要寻求帮助积极提供线索的表现，只是一味被动应付并竭力撇清自己和这件事的关系，跟一般受害者的表现和心理迥然不同。

老金还说，他本来想直接把王克俭带到审讯室问话吓唬他一下的，但由于王克俭一见面就提他们分局副局长，不知道他到底有没有可靠的关系能跟副局长说上话，所以他的动作还是稍微谨慎了一些。但正因为他提了他们副局长，说明他有很强的防范和反侦查意识，也更说明他这个人的问题很大。

老金还补充道，据他观察，王克俭的心理素质还是比较过硬的，智商也比较高，很难让他轻易就范。如果想让他把那笔钱吐出来，也许最后只能选择报警这条路，只要报警立案了，很多问题查起来就容易了。

夏天和老秋听完老金的专业分析，对整件事更加了然，但他们也说出了自己的顾虑，那就是不想为了钱彻底毁了王克俭。

老金听了，沉吟了一会儿说，这样，我给你们找一个可靠的刑侦的朋友，我会先跟他打个招呼，报不报警，由你们自己决定。如果你们确定报警，你们就试着带王克俭一起去找他。如果王克俭敢跟着你们一起去报警，那就说明他可能没什么问题，反之，他就会彻底暴露。

夏天和老秋觉得老金不愧是专业人士，于是决定用他这个办法跟王克俭进行第三回合的交锋，他们相信，离真相大白的日子已经不远了。

当夏天打电话给王克俭说可以去找老金介绍的刑警朋友报警的时候，王克俭稍有迟疑但很快回答说他正在东北出差，已经造成损失了，他得想办法做点项目挣点钱填补一下窟窿，等他回北京他就联系夏天。

夏天问他什么时候回，王克俭说一周左右吧。

一周后，夏天继续找王克俭，王克俭说他回来了，有点小成果，他可以给夏天拿几万块钱应应急，免得夏天的合作伙伴老追在夏天屁股后面要钱。王克俭说话的口气，显得还是很体恤贴心的。

他们的见面，王克俭约在了晚上学校空旷的运动场上。夏天到了许久，王克俭才从远处操场僻静处黑暗的树影中走出来。他给了夏天八万块钱，说他在东北的项目挣了些钱，先把他前两年找夏天借的买房钱的一半还上。他明天还要去东北出差，继续搞钱。他还说，报警的事等他这次把东北的项目迅速收尾后马上去办。

夏天虽然知道王克俭这套说辞还是在想办法拖时间，但同时心里又隐隐觉得有些希望，而且因为他给了一部分钱，也就不好催得太急，态度也不便过分强硬。

夏天没有想到，在学校操场的这次见面，是他最后一次见王克俭，如果没有特殊变化，也许就是永别也说不定。

夏天一直记得那天他们见面时王克俭的样子。

凌乱的头发，眉头微蹙，胡楂七零八落。脖子似乎更细了，让一上一下的喉结显得更加突出。他的眼神有时候警惕敏感，有时候迷离涣散，有时候又透着纠结疲惫。

是夜星光灿烂，秋风浩荡，星光透过操场旁边高大的白杨树婆娑的树叶洒下来，让他脸上的光影斑驳陆离地游弋着，忽明忽暗。他的那张脸，时而熟悉可辨，时而模糊遥远……

临别时，夏天再次表达了自己的决心，他说，他要用这笔钱，托更多的朋友想办法，一定要把赵小哥挖出来，不达目的决不罢休。

王克俭听后，说话声里忽然带出了哭腔：别浪费钱了，没有用的，能不能不折腾了……

这是夏天最后一次见王克俭时听到他说的最后几句话。

夏天后来再回想王克俭这几句话，才意识到王克俭当时其实是隐晦地承认这件事有不可告人的地方，并且有求放过的意思在里面。

但当时夏天被合作伙伴要求还钱的压力越来越大，如果这笔钱全都由他承担，那么他这些年的打拼成果，基本会处于清零状态。而且，如不能及时把钱还给合作伙伴，还可能形成一系列连锁反应，不管是对个人声誉还是后续其他合作项目都会有巨大影响。因此，他是不可能就此罢休的。

又过了两周，王克俭依然没有消息，夏天给他打电话，王克俭叹了一口气道，他们家小月预产期就在这周，看能不能等小月生完孩子之后再集中精力处理这事。

听到王克俭说小月快生产了，夏天忽然有些泄气。他知道，如果王克俭铁了心要黑这笔钱，在不采取特别手段也就是报警的情况下，所有的办法对王克俭都是无济于事的。但在他和小月的孩子就要出生的节骨眼上，自己是绝对不忍心选择报警的，而这一点，似乎也已被王克俭拿捏得死死的。

夏天心里此时已完全被矛盾纠结占据，他想，莫不如等孩子生完再说吧，总有一天他们要直面这件事情的真相，而王克俭，终归是跑得了和尚跑不了庙。

于是，他和王克俭约定，等他孩子风风光光办完满月酒后，他们再讨论此事的解决办法，到时候，去报警，也许是一个不得不的选项。

夏天笃定王克俭跑得了和尚跑不了庙的想法，后来被证明，又是对王克俭的一次巨大的误判。

第四十五章　就这样逃之夭夭

在等待小月生产的这段时间里，夏天别无他法，只好全力筹措资金，把欠合作伙伴的那个巨大的窟窿堵了个七七八八。为了堵这个窟窿，不仅他以前的存款接近归零，还不得不向父亲夏山水张嘴求助，这是他毕业以后第一次找家里要钱。

为了不让老父亲着急，他暂时隐瞒了真相，只说有一个潜力不小的投资项目，需要尽快投入一笔资金，将来一定会有可观的回报。

此时已经退休的夏山水经常是在南昌和北京两边住，王克俭这件事发生的时候，他正好在北京。他从夏天这段时间低迷的情绪和不经意的只言片语中，意识到夏天肯定是遇到了坎。但他知道夏天一直以来报喜不报忧的个性，既然不愿意说，也就不再深问。

他有时候会点上一支烟，给夏天也递上一颗，然后默默陪夏天坐着。夏山水很少给夏天让烟，给夏天让烟，一般都意味着一场比较正式的谈话。

但夏天终究没有开口把事情真相告诉夏山水，夏山水陪夏天抽完这支烟后，拍了拍夏天的肩膀用鼓励的口吻道，相信以你现在的成熟度，应该知道钱财都是身外之物，除了生死，没有大事。风物一定要放眼量，做事要对得起朋友，也能面对自己的内心。

人其实生而孤独，一个人一辈子很难有几个真正的朋友，因此，当你觉得自己一直信任的朋友背叛你的时候，也不需要太失望，更不需要恨。

一个勇于背叛至爱亲朋的人，不会有很好的未来，即使他暂时得手或者得意，他终究会变成孤家寡人，到老了回首一生时他是没有勇气面对自己的灵魂拷问的，他永远不会有真正的幸福和快乐。

你如果遇到什么困难，可以不必跟我说，但你一定要知道我对你的信任和支持。人生翻过的每一道坎，都会使你对人性有更深刻的认识，对挫折有更强大的承受力，而这些，都是为你的将来充电，为将来做更多的事、更大的事做铺垫。

夏山水的这席话，貌似没有针对事情的细节，但似乎又对夏天面临的事了如指掌，这让夏天不得不佩服自己老爷子的敏锐和洞察力。

听完父亲这席话，夏天也彻底捋清了自己的思路，并迅速调整了自己的心态，把注意力更多地放在避免此事产生衍生后果上。

在等待王克俭和小月生孩子坐月子这段时间，夏天决定不去打搅他们，而是在合作伙伴无感知的情况下，克服困难独自把窟窿填上了。因此，他们后续的合作并没有受到影响，这也算是不幸中的万幸。

而夏天正是靠着和合作伙伴可持续的合作，在一定程度上弥补了王克俭给他造成的巨大损失。与此同时，他也努力开拓更多的商业机会，让他后来有余力投资了一个崭新的项目，成就了他职业生涯中另一个自认为颇有意义的阶段，这是后话。

在王克俭和小月的孩子即将满月的前一天，夏天和小忆正商量给他们的孩子送什么满月礼物的时候，小月的电话突然打给了小忆。小月在电话里泣不成声，说王克俭要跟她离婚，而且，本来满月这天准备办满月酒的，他却在满月前一天跑回老家去了。

刚听到小月说王克俭要跟她离婚的时候，夏天第一反应这也许是苦肉计或金蝉脱壳计，但在和小月面对面详细沟通后，听了小月一把鼻涕一把泪的哭诉，他才发现王克俭要跟小月离婚已是蓄谋已久，而且是铁了心的那种。

而通过王克俭要和小月离婚这件事，他也发现，王克俭黑掉那笔资金背后的故事远比他想象的要复杂。

确定王克俭要和小月离婚，夏天非常惊讶。之前他对王克俭信任的基础，一个是他们的同窗之谊和毕业后这些年的合作交往，另一个就是小月和小忆之间的老乡兼闺蜜关系。这种信任基础让他们两家看起来就像通家之好，打断了骨头连着筋，任何一方要故意做对另一方不利的事，都会有很大顾虑。而这，也是夏天敢于把大笔资金交给王克俭运作的最重要原因。

当王克俭决意跟小月离婚这件事突然挑明的时候，夏天感觉他们之间紧密关系中很重要的一部分瞬间就崩塌了。他有些懊恼，在崩塌前，自己居然没有发现任何蛛丝马迹。

夏天也马上意识到，王克俭在比较长的一段时间里，悄悄布了一个很大的局，下了一盘很大的棋。虽然他暂时还未能窥探王克俭布的这个局的全貌，也无法得知他一步步棋的细微之处，更猜不到后续的棋会怎么走，但其中处心积虑步步为营的阴谋味道，却已是昭然若揭，呼之欲出。

而且，若干年后，通过一个偶然的机会，夏天才知道，王克俭下的这盘棋比他想象的要大得多。他和王克俭这件事，只不过是这个棋局中的一部分，真正了解棋局全貌的，应该只有王克俭本人。而王克俭本人，在与青年时期的至爱亲朋自我隔绝并偏安一隅后，也许会把这个棋局的秘密永远埋葬在内心深处，不再与外人道。

当时间过去很多年，当又有新的事实浮出水面，当更多细节被想起，夏天似乎才勉强感知到整件事的轮廓和王克俭布下这个局的主要原因。

这个局，没有赢家，是一个惨局，其中最惨的，其实是王克俭，虽然他如愿获得了金钱，但他几乎输掉了大多数人珍视的所有。

这个局，也是一个残局，就像一盘没有下完的棋。这盘棋的对手们，若非王克俭主动，应该是没有再相见的机会了。因为王克俭的对手，大都选择了无奈放弃和不屑纠缠，而夏天也实在想不出，王克俭会通过何种方式，再回到这个棋局上来……

此时的夏天，知道自己已经深陷王克俭布的局之后，更想知道王克俭后续的棋局怎么走，因为他认为，终归还是有报警这个终极解决办法在压迫着王克俭，尽管自己也许并不会走出这一步。

知道王克俭离京并和小月达成离婚协议后，夏天给王克俭的手机打电话，里面传来的是不在服务区的提示音，他又找小月要来了王克俭家里的座机号码。

电话是王克俭接的，夏天问他手机怎么关机了，他解释说手机刚没电正在充电呢，他也主动解释了他为什么突然回家，是因为他父亲身体一直不好，这次病重住院甚至报了病危，他只能回来帮着照顾，和夏天的报警之约只能延后了。电话里，他的声音沉重中带着抱歉。

听王克俭说自己父亲病危，夏天更不好提报警的事，也知道自己已经无计可施了，只能回答说那你安心在家照顾病人，等老爷子好些再说吧。

他当时完全没想到，这会是他和王克俭之间的最后一次通话。因为没过多久，小月告诉小忆，王克俭已经离开中国去澳洲了。

她说，前一段王克俭来过一趟北京，和她一起办妥了离婚手续，财产也做了分割，他把之前借夏天的钱全款买的房留给了她们母女。他去澳洲没有留下通信地址，只留了一个电子邮箱，并答应每月给女儿付 1200 元人民币的赡养费。

她还说，王克俭来北京时，特意叮嘱她不要告诉任何人，尤其是小忆，但王克俭如今已离开中国，她觉得没有必要替他隐瞒下去了。

直到此时，夏天才明白王克俭用各种理由拖延报警的原因。因为去澳洲，早就在他的计划之中；去澳洲，也正是他逃避东窗事发的终极解决方案。

去澳洲留学，需要较长时间办理出国手续，也需要提前安排留学的相关事宜。他所有的拖延，都是为了等待那个时间节点的到来，当一切安排停当后，他就逃之夭夭。而他在国内的那些苦主或者说债主们，便只能望洋兴叹，徒呼奈何了。

夏天之前各种笃定，认为王克俭跑得了和尚跑不了庙，却漏算了他有脚底抹油跑到遥远的澳洲这一招，自然也只能成为一个徒呼奈何的苦主，但此时他不知道的是，其实还有许多跟他一样的苦主存在。

若干年后，当那笔资金变得没那么重要，当时间带走了一切愤怒，当不解和怨恨变成了平淡和遗憾，当撕裂的伤口表面上已恢复如初，就像春梦了无痕。尤其是当他知道还有不少跟他一样的苦主，而这些苦主又跟他一样都曾经是王克俭关系密切的同学朋友时，夏天开始试着转换视角，以一个旁观者的心态，探究王克俭如此惊人之举的背后是否可能事出有因又或许有难言之隐。

夏天隐约知道这些苦主的存在，是在王克俭逃到澳洲后他研究生班的一位同学向他打听王克俭行踪的时候。

这位同学透露，他和学校其他几位研究生同学曾给王克俭投了一些钱，但王克俭在没有任何交代的情况下，却突然失联了。至于怎么投的钱，数额多少，这位同学语焉不详。夏天能感觉出来，这位同学还在下意识地维护王克俭的颜面，避免把事情说得太严重太露骨。

而他真正了解到这些苦主们的详情，是在有了微信之后。

校友微信群让王克俭在学校时曾经的故旧有机会成为群友并相约线下欢聚，当这些同学一起怀念青春时，一些尘封的往事自然就浮出水面。而王克俭，便成了一个绕不开的话题。

大家发现，他们当年共同的朋友王克俭利用同学朴素的阶级感情和信任，采取各个击破的策略，制造了不少苦主，只是这些苦主当时并不互知。

王克俭是以一个即将上市的项目为幌子制造这些苦主的，苦主们分别为这个项目投了几万十几万不等的资金，成了这个项目的所谓原始股东。他的研究生班班长，当时月薪只有两千元，他投的五万元，不仅倾尽自己所有积蓄，还向亲戚朋友借了一部分。

他们把钱交割给王克俭后没多久，王克俭便人间蒸发了，从此杳无音讯。即使后来他从澳洲回国，在老家西南某市偏安一隅，也没给这些同学任何说法。

在这个项目中，每个同学的遭遇都是个案，但这些个案串联起来，王克俭布的这个局的轮廓也就渐渐浮出水面。

而且，夏天认为，这个局不仅仅局限在校园内，因为他想起曾经陪着王克俭在一个光线昏暗的酒吧见的一个人，是在他把那笔资金转给王克俭不久还没意识到王克俭有问题时。

和那人见之前，王克俭神神秘秘地对夏天说，这个人有些搞头。

夏天问是什么人，王克俭只是笑笑，简洁地回答道，一个敌人。

王克俭嘴里的这个敌人是一个身上香水味儿有些浓烈，比他们岁数大不少的半老徐娘，号称从国外回来不久。她仔细描了眉，认真敷了粉底，但那层粉底已经掩盖不住眼角的沧桑，这是一个眼里写满寂寞和饥渴的女人。

从她看向王克俭的眼神和一些小动作，夏天能明显感觉他们之间的暧昧，也明显感觉出那位半老徐娘有话要跟王克俭单聊，但碍于夏天在场，又总是欲说还休。

夏天自认为很有眼力见儿地借故走开，在酒吧转了一大圈并在洗手间里耽搁了好一会儿才大张旗鼓地往回走。他们见夏天回来，不约而同停止了交谈，夏天发现，那位半老徐娘的表情明显变得有些迷惑和失落。

他们三个在沉闷和奇怪的氛围中听着歌、喝着酒，夏天本想先行离开，避免当电灯泡，但王克俭悄悄使了一个求助的眼色阻止了他，他也便只好陪着他们尴坐。中间，趁着王克俭上洗手间，半老徐娘突然讨好似的冲夏天一笑，并试探着问道，听克俭说你们是合作伙伴，生意做得不错，我可是投了不少积蓄给他，应该可以很快回本吧？

这个半老徐娘问得夏天一头雾水，完全不知道怎么回答，只好干笑着点点头，心说也不知道王克俭跟她有什么合作，还是尽量不要坏了王克俭的事。

半老徐娘看见夏天点头，脸上漾出释然的笑容，主动端起酒杯，提议跟夏天干一杯，并祝合作成功。

夏天稀里糊涂跟她碰了杯，心里嘀咕也不知道到底跟她合作个啥，成什么功，因为他与王克俭的此合作和她与王克俭的彼合作显然不是一种合作。但眼前情境下，半老徐娘看样子是把它们当成了一种。

夏天当时没有意识到，他这会儿的角色其实也是个工具人，跟他见过的赵书清、赵小哥一个型号的，很可能已经不明就里地为王克俭做了某种背书。

王克俭回来后把这个半老徐娘打发走了，临走前，半老徐娘努力朝夏天嫣然一笑，这一笑，让她眼角眉梢头绪繁密的鱼尾纹里，似乎都蓄满了踏实和期待的味道。半老徐娘走后，王克俭脸上的表情变轻松了一些，他微微哂笑道，敌人问得还挺细，想法还挺多。

夏天忍不住好奇地问，她想法怎么个多法？

王克俭没有正面回答，只是嘴角轻轻上扬表情有些玩味地继续呵呵了一声：敌人就是寂寞太久了……

夏天后来想，那个半老徐娘应该也是王克俭这个卷钱局中的冰山一角，但这个冰山到底是怎样形成的？冰山全貌又是什么样的呢？为此，他设想了各种可能性，并和一些与王克俭熟识的同学朋友包括他的苦主们进行了一番推演。

虽然很多细节尚不清晰，但他们最后还是得出了一个共识：在那段时间，王克俭一定是在运转一大笔资金，同时产生了一个巨大的窟窿。

至于怎么产生的这个窟窿，这个窟窿引发了什么样的后果，这些后果和王克俭布的局又有什么关联，夏天花了若干年时间一点点抽丝剥茧，才感觉离事情的真相渐渐接近……

第四十六章　相见，不如不见

王克俭为什么要运作大笔资金，又为什么会有那么大的窟窿呢？

夏天认为，最接近合理的解释是王克俭那段时间在进行一场豪赌，一场随时可能被拉爆的期货市场的豪赌。

当时的王克俭，已经在商场上摸爬滚打了一些年，一直在试图抓住一些成果诱人的商机，但这些商机对他来说，就像泥淖里的泥鳅，看似扑棱活泼，触手可及，可每每想伸手紧握，泥鳅们便尽显油滑本色，轻轻松松就能从指缝中溜走。而且，他使的劲儿越大，溜得就越快，只留下泥鳅逃跑时溅起的满脸泥点子。

在商场上被溅了满脸泥的王克俭，内心备受煎熬，因此，每当他和夏天提起身边一些人似乎没费多大力气就挣得盆满钵满时，便会忍不住爆粗口：操，敌人又得逞了，这些蠢材……

那么多蠢材的成功，对王克俭来说，简直就是一种巨大的羞辱，同时也深深刺激了他。对迅速成功的渴望，就像地火烧熔的岩浆一样在他的内心奔突，吞噬了一切，他下定决心，一定要尽快攫取第一桶金。

而要攫取第一桶金，当时群雄并起，流传着许多造富神话的期货市场对王克俭无疑有着致命诱惑力。在这个市场早期野蛮生长阶段，有的人靠资金坐庄，赢者通吃。有的人则利用资金杠杆以小博大，让人看到一夜暴富的希望。

以小博大，富贵险中求，乱世出英雄……或许已是王克俭此时满脑子的执念。

在夏天记忆中，有一两年时间，他经常能从王克俭嘴里听到他和一些期货大佬热络切磋的消息，每次他和王克俭约见，也都只能在期货交易所闭市的时候。

这段时间，夏天感觉王克俭的情绪就像期货交易所行情的晴雨表，有时艳阳高照，有时阴雨绵绵，有时多云转晴，然后又晴转多云……

王克俭跟夏天提的最多的便是郑州绿豆，郑州绿豆行情的一波三折，让他的情绪变化有如坐过山车一般。

又过了一段时间，王克俭在夏天面前再也不提期货交易的事了，饶是夏天好奇地再三追问，王克俭也总是先愣神，再打岔，王顾左右而言他……

若干年后，夏天认真了解了事发前也就是 1999 年期货市场的大事件，发现这年确实是一个风云变幻、几家欢乐几家愁的年份。而且，他有理由相信，后面发生的许多故事，都跟这年期货市场的变化有某种神秘而必然的联系。

1999 年 5 月，美国轰炸我驻南斯拉夫大使馆，除了欠下中国人民一笔血债，也让中美入世谈判中断，引起期货市场多空激烈交战。

半年之后，中美重启谈判，并于 11 月签署世贸协议后，市场又经历了急转直下至价格振幅收窄的过程。

1999 年底，国家重拳出击，兼并整顿，全国期货交易所由原先 14 所缩减到 3 所。与此同时，相关管理部门还出台了一系列重磅文件，规范一直以来野蛮生长的期货市场。

这些变化，都是不以普通人的意志为转移的。

纵观全年，郑州绿豆价格分四个阶段走出了一条波澜壮阔如过山车般的振幅曲线。

第一阶段，空方持续打压，价格承接上一年的狂跌趋势，郑商所不得不强行平仓以稳定市场。第二阶段，多空对峙。从2月至6月，利用出口市场看好，多头利用资金拉抬价格，而空头利用监管投机消息打压价格。第三阶段，因为东南亚经济复苏和日元升值等利好消息，价格不断上行居高不下，风险在击鼓传花，一直持续到11月底。第四阶段，由于投机风险越来越高，管理机构重拳出击，大幅提高绿豆保证金，价格应声而落。

这一年绿豆价格的跌宕起伏，暴露了早期我国期货市场的诸多问题。

首先，期货合约设计和交易规则的制定不够严谨，不能有效约束过度投机行为，使一些投机大户操纵市场目的得逞；其次，交易所缺乏风险预警措施，对恶意投机行为监管不力；最后，交易所对逼仓的控制和处理缺乏恰当手段，往往采取强制平仓的措施，容易出现不公平和伤害中小投资者利益的现象。

不那么起眼的郑州绿豆，在这年的风头，远远压过上海天然胶、大连大豆、郑州小麦等明星产品，占了我国全年期货交易额的48%。小小绿豆，引得投机客蜂拥而至，以一种粗暴的方式，开启了多空大战，搅乱了整个期货市场的江湖，成为当年的现象级产品，也让这年的期货市场，变成了一个充满现象或者说乱象的市场。在多空激战的炮火中，在投机大户的逼仓下，小散们最终的结局，就是一个个被拉爆的炮灰。

夏天无法确定王克俭在这场绿豆大战中是做多还是做空，但他能感觉到的是，在多空拉锯的挤压下，他并没有成为幸运的一方。他在交易中的情绪，从最开始的雄心勃勃意气风发，变成最后的意兴阑珊哑口无言。

现金为王的时代，掌握大笔资金的人很容易成为庄家，而庄家，总是在对自己最有利的时候做多或做空。小小散户，大部分时间都只能随波逐流，即使偶有消息，也往往是马后炮，最后的命运，就是成为交易所强制平仓的牺牲品。而王克俭，很有可能就是那个牺牲品。

所以，所谓以小博大，最终敌不过大户的碾压，就像鸡蛋碰不过石头，即使你这个鸡蛋有生命有温度。所谓富贵险中求，求来的往往不是富贵，而是鸡飞蛋打倾家荡产的风险。而所谓乱世出枭雄，出的更多的却是流寇，流离失所的草寇。

夏天有时候会想象王克俭那段时间面对平仓焦虑的感觉，为了不被拉爆，只能抓紧补仓，而要补仓，就得到处抓钱。可他到处抓来的钱补到仓里，就如抱薪救火，只会让火烧得更旺，最后落得一个灰飞烟灭的下场。

如此循环往复，王克俭就像一个愿赌不服输的赌徒，为了补仓，让自己资金的窟窿越来越大，最后无法弥补，只能设计一个个骗局，把手伸向自己的至爱亲朋。而这，也是夏天对王克俭如何捅下那个巨大窟窿的最终猜想。

那么，他是如何设计骗局向自己的至爱亲朋伸手呢？

夏天的亲身经历，自然是这个故事或者说骗局的很重要的一部分，而故事中同样重要的一部分能比较清晰地浮出水面，是在夏天近期打过一个越洋电话之后。

跟夏天通话的，是一个他很熟悉的留校的学长，也是后来跟王克俭一起读研究生的同班同学。

通过微信电话，夏天和这位远在美洲，任中央媒体驻外记者站站长的学长进行了长达近两个小时的通话，基本捋清了这个故事中夏天之前了解不太详尽的另一面。

如果说，在故事的夏天这面，王克俭讲的是资金被人骗走，然后这个人怎么也联系不上的故事，那么，故事的另一面，是王克俭跟这个学长和其他亲同学讲了一个关于购买准上市公司原始股，然后有可能数倍获利的故事。

这个故事的两面发生的时间节点非常接近，目标也完全一致，就是要攫取大笔的现金，但这故事两面的苦主们却又互不知晓。

在这个关于原始股的故事中，王克俭是以一个准上市公司股东和上市前最后一轮融资的推动者和操盘者身份出现的。

他先是组织撰写了一份数据养眼、文字动人的招股说明书，介绍这家公司的股东背景、业务构成、核心优势和未来的无限潜力。招股说明书被印刷成精美大气的小册子，见到合适的人就递上一份。

当时，夏天对这份招股说明书有一些印象，但他知道这份招股说明书的存在并不是通过王克俭，而是在这家公司其他股东那偶然看到的。因为这家公司的人夏天也算熟悉，只是对他们的业务没有太多深入了解，同时并不认为他们的业务发展和营收水平已经到了可以上市的程度。

在夏天面前，王克俭对这份招股说明书包括这个上市项目从来都是三缄其口，讳莫如深，更不会提他找了研究生同学集资入股的事。事后夏天想来，其中一定另有深意。

准备好招股说明书，王克俭又通过研究生同学的关系，在一家国家通讯社主办的证券类媒体拿到最好的折扣，投入少部分广告费，发布了他那家公司上市前募集资金的通告。

这个通告的刊登，让他的一些研究生同学对他代表的那家公司要上市这件事深信不疑，于是，他们自然就成了第一批购买该公司原始股的投资人。

他们投资的金额几万十几万不等，虽然数额不是特别大，但对于当时这些月工资只有两千元左右的工薪阶层来说，已经是倾尽全力了。对他们来说，既能帮到同学，又有上市后数倍获利的机会，何乐而不为呢？

刊登公告后，除了这些研究生同学，王克俭自然还会游说其他人参与这个项目。其他人基于对证券权威媒体的信任，对这个上市项目自然会有更高的信任度，因此，投资这个项目的也应该远不止他这几个研究生同学。

其他人的投资详情，是夏天和那些研究生同学所无法了解的。或许夏天在酒吧陪王克俭见过的那个半老徐娘，正是这个人群的冰山一角。而这个冰山到底有多大，也只有王克俭本人才能回答。

王克俭的这些研究生同学在期盼中等待上市的消息，但在长时间没有消息后，他们却听到了一个他们意想不到的消息，那就是王克俭正在办理出国留学的手续。因为出国留学要到学校开学历证明，而开学历证明的老师恰巧和他研究生班同学认识，又恰巧偶然跟这个同学提起了此事。

在同学群中揽收了一大笔资金，在没有任何说法的情况下却要悄无声息出国留学，这让王克俭的研究生同学们疑窦顿生。于是，他们马上联系了王克俭，同时，对那家拟上市公司的股东和背景进行了深入调查。

这些同学不愧是经过严格的新闻专业培训，很快就把这家公司的前世今生、相关资质、营收情况甚至涉及的合同纠纷查了一个底儿掉。他们的结论是，这家公司完全不具备上市的实力和可能性，之前的招股说明，有很多不实之处，所谓购买原始股有机会在上市后数倍获利的说法，本质上更像是一个集资骗局。

他们如梦方醒，相约着一起找到王克俭，向他讨要说法。

王克俭无可辩驳，只能承认他找他们集资的款项，一部分已经交给公司作为运营费用，他们可以找公司法人讨要，他会把法人的联络方式给这些同学，另外一部分，他一定想办法尽快还给同学们。

几个研究生同学找到的公司法人还算局气，陆续把他收到的部分还给了这些同学，但这部分资金只占他们所有投入的很小一块儿，大头还是在王克俭那里，他们只好继续找王克俭讨要。

后来的事情大家都知道了，月黑风高的某一天，在所有同学包括夏天都不知道的情况下，王克俭逃之夭夭了，没有留下一句交代。

这件事让他的这些研究生同学至今难以释怀，他们后来凑在一起议论这件事，说王克俭不管怎样，都应该给他们一个交代的。

只要有个交代，或者哪怕一句抱歉的话，他们都会选择原谅他。毕竟谁也不能保证创业一定成功，毕竟投资总是有风险，毕竟他是他们班年龄最小的亲同学，毕竟他们把同学亲情看得比金钱更重。如果他真的遇到意想不到无法克服的困难，他完全可以说出来，他们也许不仅会选择原谅他，还一定会想办法帮他。

但王克俭就这样悄无声息跑到澳洲去了，好像他做过的事，拿走的钱，从来没有发生过；好像这些亲同学，也从来没有在他宝贵的青春出现过。他就这样离开了，留下一地鸡毛和一个个待解的谜。

他的一个研究生同学在王克俭离开后很长一段时间，都在后悔帮王克俭联系了发公告的证券媒体，他担心此举会带来更多受骗者，更懊恼自己或许已沦为这个骗局的帮凶。

若干年过去，真相渐渐显露，故事的两面也合二为一，形成这个故事比较完整的拼图。

在这个拼图中，王克俭是一幅处心积虑、欲盖弥彰、左支右绌、捉襟见肘、落魄仓皇、狼狈逃窜的画像。他设了这么多的局，撒了这么多的谎，骗了那么多的人，表面上看起来像是一只青面獠牙的大怪兽。但他的内心，却是那么彷徨无依、孤独绝望，就像风箱里两头受气，四面被堵的小白鼠。

夏天想，也许王克俭并不是不想有个交代，而是背后的真相他无法交代。一走了之，对他来说，才是他面对真相，面对亲同学无颜以对时最好的交代。

当然，事发若干年后，王克俭还是从澳洲回来了，他没选择回北京，而是回到地处西南的家乡，回到他母亲身边，在一所不太知名的高校从事教书育人的行当，但当教书匠也会留下痕迹，因为互联网的记忆总是让每个人无所遁形。

在互联网上，夏天还偶然看到他写的一部以澳洲生活为素材的小说《墨尔本的秋天》，小说文笔流畅，语言生动，以主人公的第一视角描述了在墨尔本生活的点点滴滴，并在多处表达了去国怀乡之情。但小说中对主人公在国内生活经历的描述却是语焉不详，支吾闪烁，不知道他从何处来，也不知道他为什么要往此处去。

他的研究生同学知道他回来后，搞到了他的联系方式，带着原谅的心情，本想利用出差机会和他叙叙旧，他回答说当天没时间。为此，这位同学特意改签了机票，约好第二天见面，但王克俭在约定的时间地点并没有出现，手机也一直是无人接听……

夏天想，也许，相见，不如不见。

也许，让他这样安静地活着，不去打搅他，直至终老，就是对他最大的善意……

第四十七章　新的变数和赵沄的表白

王克俭离开后，夏天一家和他抛下的孤儿寡母倒是没断联系，一到周末，时不时会通过小忆邀她们一起聚餐。聚餐时，通过小月的叙述，夏天知道，王克俭和小月离婚是早已注定的结局。

他们母女还是住在原先北苑附近的房子里，这套房子是王克俭找夏天借钱买的。王克俭找夏天借钱时，夏天认为这是王克俭结婚后的刚需，应该大力支持，毕竟自己早已安居乐业，看着王克俭和小月还到处租房住实在有些不落忍。因此，王克俭一张嘴，他就答应了，而且借的是买房的全款，连借条都没打一张。

再后来，夏天见证了小月开始新的生活，带着孩子嫁到了大洋彼岸的美国，最终找到了自己的归宿。他也见证了他们的孩子一点点长成大姑娘，并考上美国一所著名的医学院校，前途无量。这个过程和王克俭无关，但结果似乎又和王克俭息息相关，正所谓，祸兮，福之所倚。

她们母女出国时，卖掉了那套房子。得益于房价上涨，比最初买房时多得了几十万现金，也算可以让她们在美国举目无亲时身边有些依傍。她们卖房时，夏天乐见其成，关于王克俭所欠房款之事只字未提。夏天想，或许这笔房款的最终结果，也早就在王克俭的计算之中，知我者，王克俭也。

她们母女出国后寒暑假有时会回北京探亲，每次回来，夏天一家都会安排和她们聚餐。夏天去美国出差，方便时也会顺道看望她们。

看着一年年长大的孩子，看着孩子眉目的轮廓，笑起来嘴角上翘的样子，甚至跑起步来手臂摆动的姿态，都依稀能找到王克俭的影子，夏天心中颇多感慨。王克俭和他自己的孩子已经形同陌路，而自己却作为王克俭曾经的苦主一直在见证他孩子的成长，这是件多么魔幻的事啊，可命运偏偏就爱这么安排……

生活还是要继续。好在王克俭离开前，夏天已经做了诸多应对，没因此造成更大恶果。但王克俭的仓皇出逃，确实让他尝到了打落牙齿和血吞的滋味，他知道，那笔资金将是永远的沉没资本，他要做的，就是尽快从这件事中走出来，开启事业和生活的新篇章。

但屋漏偏逢连夜雨，按下葫芦起来瓢。夏天之前一帆风顺的广告事业，走向也变得飘忽不定，眼看就有巨大的变数。

变数之一，是飞云浦负责广告的总监赵沄准备去美国留学了。

说起赵沄，不得不再提一下他们认识的方式。夏天第一次见赵沄，是在一个广告界大佬组织的饭局上，这个饭局，是赵沄特意拜托这位大佬安排的。

按刚见面时赵沄的说法，她请人组这个局主要是受好奇心驱使，她很想知道一个刚成立不久的日本广告代理公司为什么会在广告圈突然火爆起来，并拿下一个著名欧洲品牌的广告全案代理。她也很想认识西电子公司系列广告后面的操盘手，因为她认为这组广告的调性和水准跟他们公司同样契合，看看是否也能找到一种合作模式。

赵沄的单刀直入给夏天留下了深刻印象，面对这位身材高挑脖颈挺拔大眼有神带着仙气的年轻美女金领，夏天感觉自己的气场被迅速激发开了，一点都不打磕巴地把自己如何达成跟西电子公司合作的先进事迹又隆重报告了一遍。

赵沄听完夏天的报告，当场就表态要全力推进跟夏天公司的合作。这让夏天在心中窃喜之余，不禁有些自鸣得意，认为自己除了有两把刷子，还有两颗碧绿油亮的好绿豆，跟所有有眼力的王八都能对上眼，虽然他明知道这个比喻对赵沄来说极不恰当也极不公平。

正式开始合作后，作为乙方的夏天可以说得到了作为甲方的赵沄无微不至的关怀。

下达创意任务时，赵沄会掰开揉碎地讲解产品特点和传播诉求，尽量避免夏天这边走太多弯路。在对付各地经销商的各种琐碎服务要求时，赵沄会帮着尽量减轻夏天团队的负担。在预算控制和媒体报价时，只要在合理范围，赵沄基本上都是宽松包容，体现了一家国际化大公司的大气风范。在夏天心目中，要评选公司的最佳客户，非飞云浦莫属。

赵沄还有一个特点，那就是人多眼杂的工作宴请她从不参加，可只要是夏天的单独约请，她总是会欣然赴会，夏天很长一段时间对赵沄的感觉就是，拿捏！

但经过一段时间合作交流，夏天渐渐发现，赵沄之所以这么照顾他们公司，背后的原因或许并不那么简单。

夏天第一个发现，是在一次偶然的聊天中，他忽然意识到赵沄和朱欢是校友，掐指一算，她们的年龄居然也相仿。他后来想起，赵沄在不小心随口说出自己毕业学校时，眼神一瞬间有些游移，然后又迅速聚焦观察夏天的表情。

夏天当时没有立刻搬出朱欢，因为在他心里，朱欢是曾经美好的过往，又是充满遗憾的断舍离，虽然是他自己主动和她分手的，但背后的原因却有太多无奈和悲哀。因此，大部分时间，朱欢只是静静地藏在他心中某个角落，并不愿常常想起并提及。

而如果不是赵沄有一天突然提起准备留学美国，他也许永远不会有第二个发现。

那天，赵沄以讨论下一年度预算的名义主动约夏天一起单独吃饭。饭后，赵沄又说好久没蹦迪了，想让夏天陪她去和平宾馆，因为那里有当时北京最火的迪厅。客户的要求，夏天自然要满足，他们两个打了一辆车到和平宾馆后，便迅速投入到迪厅火热的人潮中。

夏天印象中几乎从不喝酒的赵沄上来就给自己点了一大杯"龙舌

兰日出"，还给夏天推荐了一杯名字怪怪的"螺丝起子"。赵沄说，"螺丝起子"是一种给爷们喝的鸡尾酒，"龙舌兰日出"也同样是。看得出来赵沄对鸡尾酒颇有些研究，这是夏天以前完全不了解的另一面。

夏天有些好奇地问，你为什么要喝爷们喝的酒？

赵沄大眼睛笑成一弯月牙反问道，我就不可以很爷们吗？夏天当时没有意识到，赵沄这句话里其实是很有些潜台词的，而她推荐这两款比较爷们的酒，也别有一番深意。

当赵沄手里端着一大杯"龙舌兰日出"仰脖豪饮时，夏天发现这款酒其实很适合她，这款酒就像它的名字一样，色泽绝美，如同一轮朝阳映照在酒杯当中，有一种狂野跃动的感觉，正像此时赵沄清亮得有些肆无忌惮的眼神。夏天似乎看到赵沄飘飘欲仙的气质背后，是一颗活泼自由的少女心。

赵沄给夏天解释"螺丝起子"这个酒名的由来，是跟在伊朗油田的美国人有关，美国石油工人喝伏特加时会加上大量的柳橙汁，并顺手用身边的螺丝起子搅拌，这款酒也因此得名。这款酒的名字，充分体现了石油工人的果断和豪迈，值得每个爷们学习。

赵沄在提到石油工人的果断和豪迈时，明显加重了语气，似乎在强调什么。

夏天一向喝不太惯伏特加，但他发现在冰凉酸甜的柳橙汁的配合之下，这款酒虽然还是有些豪横霸道，却顺口多了，而且似乎越喝越有感觉，不知不觉竟有些上头。

他们边喝着酒，边蹦着迪，很快就活动开了，情绪也渐渐高涨。这是夏天第一次和赵沄单独在一起跳舞，他似乎又回到了大学时代的周末舞会，赵沄在他的眼里，也变得亲切熟悉起来。他甚至觉得不知道为什么，在赵沄身上，隐隐约约似乎总能看到朱欢的影子。而想起了朱欢，夏天不由得心里一激灵。

蹦迪间隙，播放慢曲子的时候，跳热了的赵沄脱掉外套，主动邀请夏天共舞一曲。

身材婀娜的赵沄，此时面色酡红，左手放松地搭在夏天肩头，右手轻握着夏天的左手，微微有些潮湿，随着舞步轻旋，身体很自然就靠向了夏天。

这是夏天结婚后第一次和其他异性跳慢舞，当他轻轻扶住赵沄柔若无骨的腰肢时，有种久违又熟悉的感觉。随着跳舞过程中身体不经意接触越来越多，他忽然觉得好像有什么不妥，不由得动作也变得越来越僵硬。

赵沄对他渐渐变僵硬的过程洞若观火，于是半开玩笑似的调侃道，紧张啦？不像你呀，喝"螺丝起子"也不好使哈，看样子你是当不了石油工人了。

赵沄的调侃让夏天有些尴尬，又有些上头，上头之后他便放松姿态，带着赵沄快速旋转起来。赵沄显然是有舞蹈基础的，夏天带动起她来并不费劲，但快速旋转让赵沄面色更红了，呼吸也变得有些急促，身体离夏天越来越近，几乎要趴进他的怀里。

这时候，夏天又觉得好像有什么地方不对劲了，便轻轻撑开和赵沄的距离，并尽量保持呼吸平稳，让舞步慢了下来。

在慢舞中，他们都变得沉默了，这是一种默契又有些尴尬的沉默。沉默良久，赵沄抬头看向了夏天，突然说了一句，我正在办去美国留学的签证，你跟我一起办吧。

赵沄说这话的时候，泛着水光的大眼睛紧盯着夏天，满是期待和鼓励。看着她的眼睛，夏天半天没回过神。他明白，这不是开玩笑，而他也知道赵沄是知道他已经结了婚的，这样的邀请，意味着什么呢？

在此之前，赵沄在他心目中，仅仅只是一个好客户，或者说是一个美丽的年轻的女的好客户，他们配合默契，沟通愉快，但在其他方面，他从来没有深想。今天他们头一回在一起跳舞，他对赵沄确实产生了一种亲切熟悉的感觉，关系似乎也比普通朋友近了一些，但赵沄突然提出希望他跟她一起去美国留学，还是让他觉得有些猝不及防。

夏天提醒自己冷静下来，于是领着赵沄走出舞池，找一个卡座坐下。他对赵沄要去美国留学这件事，已经觉得很意外了，因为她这样的外企金领，其实已没有太多必要去美国镀金，而她还邀请他一起去，更让他一时不知说什么好。

赵沄见夏天没有表态，便继续讲述她的计划。原来她的亲哥哥早就到了美国，并已经在旧金山安家立业了，他在硅谷一家互联网巨头公司挣了一份连一般美国人都羡慕的薪水，前不久还按揭置办了一套大 house，房间多到可以把他们一大家子都接过去住。

她哥哥就她一个亲妹妹，从小就宠爱她，把她带到美国，一直是她哥哥的心愿。虽然她在国内有一份不错的工作，但此时中美之间的差距依然巨大，到美国发展，肯定依然是首选。她哥哥说，她去了之后，不需要考虑钱的问题，家里有房有车，完全不会再吃第一代留学生的苦，去餐馆刷盘子打工挣学费什么的，只要踏踏实实完成学业，加上她在国内的工作背景，毕业后很容易就能找到一份不错的工作，可以轻轻松松待下来，从此过上比普通美国人民还幸福的新生活。

当然，她也替夏天想过了，夏天的英语基础不错，考个托福应该不成问题，实在不行，以结婚探亲的名义也可以到美国，美国这方面还是很人性化的。夏天到美国，以自己的能力，一定能闯出一片天地。而且即使一开始会遇到些困难，有她哥和那些硅谷华人圈朋友帮衬，也一定会有办法克服。况且，她和夏天都不是早期的留学生，手头应该都有一些积蓄，不是那么容易坐吃山空，硅谷现在正是互联网产业蓬勃发展的阶段，挺一挺就能找到不少机会，他们在旧金山也一定能挖到新的金山。

赵沄这些话，显然已酝酿了很久，她对整件事的筹划，也不可谓不周全，但她似乎忽视了一个最重要的因素，那就是夏天本人的态度。以她和夏天平时并不是那么深入的交流，以夏天已婚成家的身份，她为什么会有如此巨大的勇气提出如此大胆的建议呢？她的底气到底从何而来呢？

诚然，以赵沄自身条件，名校毕业，外企金领，才貌双全，妥妥一枚炙手可热的白骨精（对白领女性的称呼），一定可以引无数英雄竞折腰，但她偏偏盯上已婚成家的夏天，并且没有任何铺垫就抛出绣球，这里面总让人觉得有很多不是那么科学的成分。

夏天随着这两年在广告圈有了一些小成绩，自信心确实在不断提高，但他绝不至于自我膨胀到认为自己是人见人爱花见花开那一伙的程度。因此，他设想，赵沄突然提出如此大胆的建议，背后一定有一些完全不为他所知的原因。

"为什么是我？"和赵沄坐定之后，夏天捋了捋思路，问了第一个问题。

"因为早就是你。"赵沄回答得毫不含糊。

"怎么个早法？"夏天听了似乎更加迷糊了。

"早到我们还不认识的时候。"

"此话怎讲？"

"因为我们有一个共同的朋友。"

"朱欢？"不知怎么，夏天突然灵光一闪。

"嗯！"赵沄深深地点了点头，又轻声笑道，"你要仔细一些，或许早就可以想到。"

"我想起来了，你和朱欢好像是校友，所以你认识朱欢？"

"不是好像，不只是认识，我们还是室友加闺蜜。"

"可她似乎从来没有提起过你。"

"但我知道你们所有的故事，她没提过我，也许是当时她并不希望我认识你。"说这话时，赵沄似乎有些善解人意地笑了笑。

她接着道："我知道朱欢非常非常爱你，你跟她分手，她痛苦了很长时间。"

"我那是没有办法。"夏天努力想解释。

"我能理解你当时的想法，后来朱欢其实也明白了，只是一直有些不甘心。"

"你跟朱欢还有联系？"

"知道你，找到你，就是因为朱欢，她一直知道你的事。"

"她后来又为什么让你找我？"

"因为她现在已经结婚生孩子了，但还是想帮你，她说，你跟她分手，是替她做了选择，从某种意义上来说，是你主动做了牺牲。"

"可你不是朱欢，为什么要找我？"

"因为我们是闺蜜，因为我们很像啊。"赵沄的表情看起来有些无辜有些无奈又有些耍赖。

"所以你要像朱欢一样带我一起出国。"

"想法是一样，但很多地方又不一样，因为现在出国，跟你们当年想出国时的条件完全不一样了。"

"可咱们互相了解得并不多，况且我已经结婚了。"

"我了解你已经够多了，你要了解朱欢的话，也很容易就了解我的。至于你已婚这件事，我并不在乎，我知道你现在还没孩子，你其实是可以考虑找一个更适合你的。"

"你怎么知道你更适合我？"

"你不试试怎么知道我是不是更适合你？"

"……"

这个晚上，夏天已经想不起是怎么结束这场对话的，他只记得，他回家后，一夜无眠。

第四十八章　翁炳南的江湖

在这个无眠的夜里，夏天回想起和赵沄交往的点点滴滴，发现自己太粗心大意，太自以为是，觉得一切都理所当然，他确实早就应该联想起赵沄跟朱欢之间关系的。

他和赵沄的相识与合作，看似充满巧合，其实却有某种必然。他和赵沄的关系，更像是他和朱欢之间充满遗憾的未了的缘分，是冥冥中的因和果。

牵起他和赵沄之间红线的，是朱欢这个曾经和他水乳交融，把彼此的第一次给了对方的女人，因此，她又是自己记忆中无法替代的女人。而正因为她的无法替代，让他无法再接受很多方面都跟朱欢相似的其他女人。生命在一直前行，人很难也不需要再踏进同一条河流，这是对朱欢的尊重，也是对他们那段感情的尊重。

他看着身边熟睡的小忆，想起他们从蜗居到筒子楼到半地下过渡房的辗转流离，到满怀欣喜自己设计每一个角落，一点点搬运装修材料添置家具建设他们的新家。想起他们从最初的几乎一无所有，到现在的衣食无忧，都是相携着一步一个脚印，一粥一饭，相濡以沫。他认为，这同样是无法替代的。

小忆一直是他刚认识时的那个女人，从不大手大脚，很少买奢侈品，总是一副知足常乐的样子。她从来不会去跟那些嫁给有钱人的模特队友们攀比，似乎也从来没有为钱闹心过，就连他被王克俭黑掉那一大笔钱，她也好像一阵风刮过，没太往心里去。夏天想，或许小忆认为，跟他在一起，为金钱烦恼实在是一件自寻烦恼的事。

夏天知道，他和小忆的联系已经不可分割，他认定，小忆会是那个跟他一起生儿育女的女人，或许将来的生活会越来越平淡，没有想象中绚烂多彩，但却不会有太多不必要的压力，日子也会很长，因为淡泊可以明志，宁静总能致远……

那天晚上，赵沄并没有得到自己想要的回应，而那天晚上之后，夏天斟酌再三，又给她发了一条短信：你是个宝藏女孩，也是我生命旅途中一道珍贵美丽的风景，但我的马车停不下来，只能怀着遗憾和感激，把所有的美好都珍藏在心底，谢谢你，祝福你！

接到夏天的短信后，有一段时间，赵沄都不再联系夏天，而夏天也不知道还能跟赵沄再解释什么。于是，他们两个人之间，保持了一种心照不宣的静默。

夏天再见赵沄，是她领着她老板来交接工作的时候，她老板是一个海外留学多年后回国的上海人，名叫翁炳南，驻在地是飞云浦公司上海中国总部，任大中华区营销总经理。赵沄离开后，和飞云浦的合作将由他亲自主导。夏天此时并不知道，不到一年时间内，他将亲身见证翁炳南一段血淋淋的惨烈的江湖故事。

赵沄把翁炳南直接领到了夏天公司，到公司之前，赵沄特别叮嘱，一定要让公司的日方总经理露个脸，以表示对飞云浦公司和翁炳南的尊重，翁炳南很在意也很吃这一套。

夏天自然照办，马上给日方总经理中村做了汇报。日本人在对待客户这方面向来不含糊，迅速提升了接待规格，专门布置了接待室，会议桌摆上了鲜花，并准备了水果、点心和各种可自选的饮料，日方主要干部中村、北野都亲自下楼迎接并陪同会见，给足了翁炳南面子。

中村在会见前还神神秘秘塞给夏天一块礼品装东铁城手表，示意夏天在适当的时候送给翁炳南。

在夏天最后安排车送翁炳南离开时，翁炳南当场表态道，今天的会见，夏天及大洋国际这家公司给他留下了非常深刻的印象，也印证了赵沄之前的介绍所言非虚，大洋国际是一家创意和服务俱佳的公司，即使赵沄离开后，飞云浦和大洋也可以好好地合作。他说这番话时，还意味深长地轻轻拍了拍夏天的后背。

夏天之前还对赵沄离开后跟飞云浦的继续合作有些担心，翁炳南一番话，让他心里踏实了许多。

送走了翁炳南，夏天领着赵沄在公司附近昆仑饭店大堂酒吧找了一个安静的角落坐下，他们已经有一段时间没这样单独面对面了。

此时的赵沄，素面朝天，一条牛仔裤加白衬衣，完全是一副学生妹的打扮，和夏天以前见惯的职业范儿显著不同。她脸上的表情也是云淡风轻，收敛了外企霸道总监的锋芒，多了几分温婉优雅的味道。

夏天率先打破了沉默，先客套地对赵沄表示了感谢，说要不是赵沄事先打招呼，他还真不知道用什么方式接待翁炳南，而他现在也不知道用什么方式对赵沄的帮助表达感激之情，夏天说完这段客套话，自己都觉得有点儿别扭。

看着夏天的别扭劲儿，赵沄并不以为意，只是抿嘴轻笑道，我只能帮你到这儿了，不过你只要坚持这个套路，应该可以继续保持跟翁炳南的合作。显然，赵沄对翁炳南的脾气秉性非常了解，为后续的合作也已经做了不少铺垫。

聊完飞云浦，话头自然转到赵沄即将开启的美国留学生涯，这应该是他们今天见面最想聊明白的话题。

夏天想，这次见面，或许算是跟赵沄临行前的告别，就像他之前跟一个又一个和他有缘又无缘的好姑娘的告别，所有告别的原因几乎如出一辙，那就是她们要出国。

她们都是在美丽绽放的年华，为了追逐自己理想的生活，选择奔赴大洋彼岸。她们大概率会留在那边，找一个洋鬼子或假洋鬼子嫁了，然后开始多子多福的生活。她们优秀的基因，对当地人口素质的改善和提高，将做出不可磨灭的贡献，她们对中华文化的传承，也许还会潜移默化影响几代人。

因此，出国留学对她们来说，或许并不是一个错误或者坏的选择，但对像夏天这样的中华直男来说，却是一种无法弥补的损失。中华直男们想到她们即将便宜洋鬼子时的心情，跟一个农民眼巴巴看着自家地里鲜嫩肥美的大白菜被野猪拱了时毫无二致，那是一种既无奈又无力的悲哀。

夏天认定赵沄最后也是要便宜洋鬼子的，因此，那种熟悉的既酸楚又不舍的感觉再次涌上心头，忍不住脱口而出说了一句半开玩笑的话：到美国可不许找洋鬼子，要找就照他这样找一个中华傻小子。

赵沄听到他这句大言不惭的玩笑话起初有些发愣，但很快反应过来，大眼睛狠狠横了他一下嗤之以鼻道，她才不会找夏天这样的傻小子，要找就找对她义无反顾的，管他是洋鬼子还是假洋鬼子。

夏天的玩笑话也算是打破了他们之间略显尴尬的氛围，他们又找回了像老朋友那样亲切熟悉的感觉，一如既往毫无芥蒂地交谈着。

赵沄开始滔滔不绝跟夏天介绍起她到美国之后的计划和设想，尤其是将来的职业规划。夏天仔细听，认真领会，得出的结论是：她是有备而去，志在必得，并非一时冲动或单凭对美国美好生活的向往。

夏天想，喝"螺丝起子"的姑娘就是不一样，赵沄身上那股拿得起放得下的帅气洒脱劲儿，简直比石油工人还要豪迈，有这股洒脱劲儿加上她的机灵劲儿，想不成功都难。夏天第一次对一个女孩儿的能力产生了强烈的信任和依赖感，这为他们在不久的将来在美国机缘巧合的携手合作埋下了伏笔。

当然，让夏天至今耿耿于怀的是，赵沄并没有按他的千叮万嘱找一个中华傻小子，至于她到美国后到底有些什么际遇，只能后话分解了。

临分别，赵沄留下了她在旧金山的地址和联络方式。她说，现在像夏天这样有不少出国经验的人到美国出差或旅游已不是那么难了，如果夏天有机会到美国，一定要想办法来看她。她相信，她和夏天没有姻缘，也会有牢不可破的朋友缘。

夏天也当即表态，只要逮着机会，他就会上美国来检查她的学习、工作和生活，他们俩就像两头并肩战斗过的大猩猩，将来也一定会彼此惺惺相惜，放眼世界，共赴未来。

赵沄离开时，坚持不让夏天开车送她，在上出租车前，她扑上来狠狠地拥抱了夏天，又狠狠地把他推开……

赵沄走后，夏天和飞云浦的合作，进入了翁炳南时代。

飞云浦的制造工厂在苏州，因此，北京—上海—苏州，是夏天很长一段时间的出差热线。每次出差，他都是先飞上海，跟翁炳南进行一番交流，然后租一辆车，直接开到苏州，到工厂和产品经理及品宣经理沟通，了解产品细节和具体的宣传需求，再回北京准备创意和市场营销策划提案。

在每次出差的行程中，到上海面见翁炳南，一直是重头戏。

和翁炳南见得越多，夏天就越能感觉到他身上的江湖气。他确信，翁炳南是一个有故事的人，他的故事，在他那副有腔调的玳瑁金丝边眼镜后面，也在他眼角嘴边深刻倔强但略显疲惫的褶皱里。他身上的江湖气和他作为外企高管的洋派作风混搭在一起，给人一种老上海达人的即视感，这种人在描写旧上海黑帮的电影里，经常是以穿西装和吊带裤却捧着水烟袋的形象出现的。

翁炳南喜欢海阔天空地神聊，聊来聊去，总绕不过"江湖"二字，笑傲江湖，是他最爱也最引以为傲的话题。

翁炳南跟夏天讲他交朋友的标准，就是看对方懂不懂江湖规矩，能不能拎得清，会不会轧苗头，只有拎得清，会轧苗头的人才能在江湖上吃得开，才能入他的法眼。夏天不知道他这么说是有所指还是某种暗示，因为有之前赵沄对翁炳南套路的全面解析，夏天会自觉不自觉地投其所好，因此，他自认为在翁炳南眼里还算是一个拎得清的人，至于会不会轧苗头，那就得看苗头什么时候冒头，自己能不能轧得住。

可能是觉得孺子可教，翁炳南把他对江湖的理解一股脑分享给了夏天。

他说，在江湖混就要有江湖气，因为江湖无处不在，无处不是江湖。古往今来，做人的标准有各种说法，但做人的底线，却脱不开江湖气。江湖气是什么，江湖气就是义气，就是所谓的义薄云天。就是你敬我一尺，我敬你一丈，就是投之以桃，报之以李，就是滴水之恩，涌泉相报。江湖气也是快意恩仇，是以血还血，以牙还牙，是以暴制暴，以毒攻毒，是朋友来了有好酒，敌人来了有猎枪。因此，真正成功的人，真正的大领导，都很懂江湖规矩，都有不少江湖气，因为没有江湖气，就不会有他的江湖。

翁炳南提到江湖，自然要提到自己在上海的江湖传说，在夏天面前，他夸起自己来如数家珍，毫不吝啬，显然是没把夏天当外人。

他说，他在上海是江湖上有一号的人物，这是因为，首先，他是四代以上的上海人，是爷爷辈曾被公私合营过，现在在卢湾区和静安区还各有一套小洋楼的老上海人。

其次，其实很多老上海人都很土，他们觉得上海以外的都是乡下人，可实际上，这些人除了上海老城区，或许连浦东乡下都没去过。而他对这些人却不敢苟同，毕竟他是上海改革开放后第一批英国留学生，也是最早一批具有国际视野的人。

另外，他又是引领上海与时俱进走向国际化的新上海人，飞云浦在上海设立中国总部，他是创业元老之一，因此，他在飞云浦中国总部，一直拥有举足轻重的话语权。

而且，作为世界五百强公司高管，他经常会被邀请参加市府举办的各种招商引资座谈会，也算是市里领导的座上宾。

因此，在上海求他办事的人很多，但他只会帮拎得清的人，被他帮过的拎得清的人越多，他在上海这个地方声名就越显赫，在上海江湖上的传说就越神，江湖地位也就越高。

翁炳南每每提起自己的江湖传说，尤其是谈到自己的江湖地位时，都会习惯性停顿一下，然后问夏天：我讲的你拎得清不啦？

夏天自然连连点头称是，拎得清，拎得清，有您在上海给我们撑腰，我们只需埋头拉车，不用抬头看路，一切都听您安排。

夏天看来，翁炳南嘴里的上海江湖，虽然更多赋予了他个人的主观色彩，是新派老上海人的叙事方式，但他强调义气当先，确实跟多数上海人的格调有很大不同，在上海，也确实是一个自己可以倚靠的人。

翁炳南对夏天的恭谨态度还是比较满意的，这时候他会轻推自己的眼镜，眉毛轻轻上挑，略显矜持地微微颔首并环视四周。夏天自然明白此时应该用实际行动表示自己拎得清，他会立刻殷勤地征求翁炳南的意见，翁总，您看，我们今天的晚餐怎么安排？

翁炳南在夏天面前表现出的是君子坦荡荡不扭捏作态的一面，他非常果决就拿了主意：那我们去黄河路吃避风塘帝王蟹和大黄蛇好了，澳洲帝王蟹用避风塘做法做就他们家地道，而现在正是野生大黄蛇肉最肥最厚的时候，一半椒盐焗一半清炖，再配上二十年古越龙山，绝杀！

夏天承认，在跑北京—上海—苏州热线那段时间，托翁炳南的福，几乎尝遍了上海最火的馆子、最具特色的美味、最贵的菜……那是他人生中最奢侈饕餮的一段时光。他在上海拿回去报销的单子，几乎占了他这个部门招待费用的绝大部分，回北京后，便只能勒紧裤腰带过紧日子，在其他客户那，能省就省，能混就混。

好在翁炳南也是个拎得清的人，夏天后来跟飞云浦合作的报价，翁炳南看看，只要在他们的预算之内，往往大手一挥，轻松就能过。当然，过完之后，他又会引领夏天一行人在上海开辟新的吃货战场，吃他个天翻地覆慨而慷，用翁炳南的话来形容就是，要把整个人都吃得飞起来……

夏天想，如果上海有一个吃货江湖榜的话，翁炳南绝对有一号，而若要是按夏天的排法，翁炳南说自己排第二，就没有人敢排第一。

此时的夏天万万没想到，这样的好日子会在某一天戛然而止，事先没有任何征兆。而且，让这好日子戛然而止的，是一片江湖上迷雾中的血光……

第四十九章　血光迷雾中的江湖恩仇

夏天最后一次见翁炳南，是在卢湾区一栋老式的二层木质洋楼里。

这栋楼颇具规模，外观也保留了旧上海殖民时代的风格，显示了这栋楼原主人的实力和品味。待他走进楼门，却发现里面的情形就像多国部队进驻的大杂院，原本仅属于某个大户人家的楼房，因世道变迁被众多无房户占据，变得拥挤逼仄。楼里每家每户纷纷亮出螺蛳壳里做道场的本领，见缝插针地努力拓展自己的领地，公共空间的每个角落都呈现出不同风格的杂乱无章。

天井里各家晾挂的衣物，就像万国旗一样飘扬着，楼道里的杂物摞了一层又一层，楼道狭窄得只容人侧身通过。空气中混合着南方梅雨季节潮湿发霉和垃圾腐败的味道，公共厨房蹿出来的煤烟卷裹了陈年油渍的气息，教人憋闷欲吐。

夏天一行穿过昏暗的堂屋，通过一个吱吱呀呀的木制楼梯爬上二楼，翁炳南的家就占据着二楼最里面的两个房间。

此刻，翁炳南躺在其中一个房间的一张老式笨重的黑色木床上，四肢无法动弹。

翁炳南已从他家属那得知夏天一行要来探望的消息，因此，这个房间应该是经过整理的，看起来还算干净整洁，只是空气中有一股若有若无的消毒水味儿。

通过墙上的字画匾幅、房间里古色古香的明清家具、斗柜上老式的放黑胶唱片的留声机，夏天可以感受到房屋主人作为曾经的大户人家的流风余韵和一直在尽量维持的体面。

躺在床上刚出院没几天的翁炳南跟之前江湖传说中的风云人物翁炳南已经是判若两人，他的手腕脚腕被白色的绷带缠满了，面色发青，脸庞有些浮肿，玳瑁金丝边眼镜后面的眼神也黯淡了许多。

看到夏天一行大包小裹拎着各种营养品进来，他嗓音喑哑地打了一个招呼，并努力微笑着点头示意，微笑中似乎有种莫名的羞涩和歉意。或许让夏天他们看到他现在这个样子，对他来说也是一件有些尴尬又有些抱歉的事吧。

夏天一行能过来看望翁炳南，其实是费了一些周折的。

起初，是夏天发现自己有一段时间联系不上翁炳南了，实在没办法，他只好向苏州工厂的对接人打听翁炳南的情况。他们一开始还支支吾吾不太肯说具体情况，只说翁总意外受伤在家里休养，不太方便接听电话。

听说翁炳南受伤，夏天当即表示要去他上海的家里看望他，请他们务必帮忙告知翁炳南在上海的具体住址和他家属的联系方式。也许是看到夏天诚意满满，又怕他见到翁炳南时太过惊讶，他们在给夏天地址和家属联系方式时，还是含蓄地透露翁炳南是被歹徒砍伤了手脚，目前行动不便，警方正在积极破案中。

但显然，他们是过于含蓄了，夏天完全没想到的是，翁炳南是四肢全都被砍伤了，而且，从包裹的严密程度看，应该伤得还不轻。看到翁炳南如此悲惨的样子，夏天心里满是同情和愤怒，更有深深的疑惑。

歹徒跟翁炳南到底有多大仇要把他砍成这样？这一切为什么会发生又是怎么发生的？歹徒为什么现在还没落网？带着这些疑问，夏天在询问完翁炳南伤势后，听他断断续续还原了事情发生的经过。

事发时是一个浓雾弥漫的深夜，事发地点就在离他们家不远路灯昏暗有些偏僻的小巷子拐角处，那是翁炳南每天回家的必经之路。

那几个歹徒裹得很严实，完全看不清什么样子，上来二话不说，就把他打倒并按在地上，用利刃分别挑断了他的手筋脚筋，然后扬长而去，临走时扔了一句话，得罪了张哥就是这样的下场。

他当时四肢无法动弹，待歹徒走远后拼命喊叫，才有人闻讯过来。好心人赶快帮他拨打了120，叫来救护车把他就近送到了瑞金医院。好在瑞金医院的大夫医术高超，反应迅速，马上安排了手筋脚筋接续手术。据大夫说，因为送医及时，手术也做得比较成功，将来应该可以恢复得七七八八，不会有太多后遗症，也算是不幸中的万幸。

说到此处，翁炳南还是一脸心有余悸的感觉，忍不住又看了看自己被绷带包裹的手腕，并试着微微动了动手指，再次确认自己手上的知觉。

"那你知道这个张哥是谁吗？"夏天看见他手指能动，心里踏实了一些，忍不住问了警方或许还有其他人问了无数遍的问题。

翁炳南摇摇头，长叹一口气道，问题就是他根本不知道这个张哥是谁，姓张的倒是认识不少，但有交集或是有矛盾的压根就没有。

"那是不是有其他仇人故意打着张哥的幌子报复你呢？"夏天显然又问了一个毫无新意的问题。

翁炳南仍是摇头道，自己这么些年在江湖行走，得罪人可能难免，但不至于有这么大仇。他自问既没有霸人妻女，更没有阻人前程，也尽量不断人财路。这些人堵在他家门口不远的地方砍他，显然是精心策划，有所准备的，但到底是什么人恨他恨到要让他断手断脚，也是他百思不得其解的一件事。

翁炳南接着补充道，公安机关曾让他列一份怀疑的人名单，但思来想去，怎么也找不到怀疑的目标，于是只好作罢，因为他实在不想让无辜的人牵扯进来。因此，这个案子大概率会成为一个无法破解的悬案。

"那你就这么认了吗？"夏天替他不甘心道。

否则又能怎样呢？翁炳南苦笑着反问然后又自我解嘲道，或许这就是他命中一劫，躲不过去就只能认命了，好在手脚没完全断，又接上了，一年半载后应该可以恢复得差不多，到时候还会是一条好汉。

翁炳南说这话时，感觉精气神恢复了一些，嗓音也亮了一些，让夏天仿佛又看到了江湖上曾经意气风发的好汉翁总。但他没有想到，翁炳南此时只是强撑精神，打落牙齿和血吞，背后的苦楚，实在是暂时无法向外人道。

看到翁炳南依然保持了乐观的心态，夏天心情也轻松了一些，开始跳开他被砍这个话题扯一些闲篇。

在扯闲篇时，翁炳南有意无意地提到，这栋楼以前都是他们家的，他现在还有地契呢，他希望将来政策允许时可以收复失地。听到他还有这样的雄心壮志，夏天放心了不少，觉得翁炳南就像打不死的小强，遭此大难依然还是血气方刚。

夏天扯的闲篇主要是展望他身体恢复得差不多后要继续他们在上海的饕餮之旅，翁炳南听了脸上满是向往的表情道，确实要想办法尽快恢复，受伤以来这二十多天嘴里都淡出鸭屎味儿了……

夏天同样没想到的是，翁炳南此时哪还有什么饕餮之旅的心思，他现在满脑子想的是，君子报仇，一年后不晚。

翁炳南在夏天临走时特意提醒，因他受伤暂时无法工作，夏天要多和苏州工厂那边沟通，想办法保持合作的平稳。

夏天点点头，但却有一种无从下手的迷茫，心里祈愿翁炳南能快点好起来。

回北京的路上，夏天又重新捋了一遍翁炳南给他介绍的案发全过程，越捋越觉得这件事还有不少让人无法理解看起来颇为蹊跷的地方。

他想，以翁炳南的机警敏感，不可能对整件事发生的前后完全无知无觉没有任何头绪，而以他快意恩仇的江湖气质，也不可能就此善罢甘休。因此，这个迷雾夜发生的血案看起来是那么扑朔迷离。

翁炳南目前这种偃旗息鼓甚至是息事宁人的态度肯定不是出自本心，其背后一定有无法为外人道的苦衷或秘密，但到底有什么苦衷，真相又如何，只有翁炳南自己知道，也只有靠他才能揭晓……

此后将近一年左右时间，翁炳南都处于养伤状态，并没有回飞云浦工作，夏天和翁炳南的联系也渐渐没有那么频繁了。

由于沟通不像以前那么顺畅，加上飞云浦策略调整减少品牌广告投放的力度，预算更多向经销商倾斜，夏天公司和飞云浦的合作几个月后搁浅了。因此，夏天也一直没有找到机会继续和翁炳南在上海的饕餮之旅。

一年后，翁炳南跟夏天再次失联，但在失联前，他干了一件劲爆的事情，那就是把他们公司的一个大经销商给举报了。举报内容据说是涉及海关报关单伪造和巨额偷漏税，他举报的材料证据确凿、内容翔实，为后续有关部门的查办提供了有力支持。

最后这个经销商被飞云浦彻底取消了销售资格，还被税务机关罚没了巨额款项，其主要负责人更是落得个银铛入狱的下场。

不仅如此，在警方调查的过程中，又有新的涉黑线索补充进来，该负责人不得不接受更严厉的刑事犯罪的控告，几乎要把后半辈子都交代在监狱里。

这个经销商被翁炳南举报和翁炳南被砍是否有关联，夏天不得而知，但翁炳南举报完即失联的举动，却让人不得不产生诸多联想。

夏天是从心里相信这两件事的关联的，以翁炳南快意恩仇的个性和以血还血、以牙还牙的江湖气，夏天相信翁炳南不可能放过跟自己有血仇的人。至于之前翁炳南和他的江湖仇人之间到底发生了什么，他们之间有什么恩怨，他们互相应该是心知肚明。翁炳南的举报，只不过是迟来的报复而已。

夏天猜想，翁炳南在事情刚刚发生手脚都断的情况下肯定是无力还击的，而且，有一点可以肯定，这些恩怨是翁炳南无法拿到桌面上谈的，因此，事发时他没有选择让警方介入，而是选择了隐忍，跟所有人都说这是个无妄之灾，他没有任何可以提供的线索。而实际上，他是需要一个安静的环境和一段较长的时间养伤，与此同时，他也要好好考虑报复的方法和时机，并在实施报复时做好各种准备。

他报复的时机就在一年之后，所谓君子报仇，一年不晚。

夏天和翁炳南失联后，就再也没有他的消息，直到几年后他在美国再次见到赵沄。

赵沄作为飞云浦的前高级管理人员，内部消息的渠道自然要多一些，通过赵沄，夏天的猜想基本得到了验证，他也初步还原了这场恩怨的经过。

找人砍翁炳南的后来确认就是那个经销商，据说是涉及经销商的更换问题。那个经销商一直就有欺行霸市的黑道行径，当他们确认翁炳南准备换掉他们并且无可挽回之后，便派了几个亡命之徒对翁炳南痛下杀手，一是泄愤，二是希望有新的转机。

据内部人士掌握的信息，翁炳南和这个经销商之前的合作或许有无法摆到桌面的内容，因此，当翁炳南决定换他们时，他们有些恼羞成怒。但他们砍杀翁炳南的尺度也是做了精心拿捏的，他们让人挑断翁炳南的手筋脚筋，达到了泄愤和警告的目的，但又不至于致命，而只要不是命案，被害方又无法举证，警方就不会坚持追查到底。

翁炳南受到伤害后，心里可能已猜到事情的原委，但经过权衡利弊，尤其是考虑到对方的残忍和狡猾，决定暂时不让警方介入，他要用自己的方式展开报复。这样一是可以在某种程度上保护自己，二是可以自由选择报复的时机和方式，三是可以进行充分的准备并安排好自己的退路。

后续事情的发展就是按照翁炳南的设计进行的。

他先是搜集并整理了对方大量偷税漏税的证据，把它们交给警方，同时也提供给飞云浦公司，导致飞云浦彻底断绝了跟对方的合作。警方拿到他们巨额偷税漏税的证据后，也便有了侦办的突破口。

当警方开始侦办他们的经济犯罪案时，不少涉黑的线索也转到了警方手里。这些涉黑的线索非圈中人是无法掌握的，而这也是翁炳南在近一年的时间花了大力气和大价钱搜集的。为了使这些涉黑线索更加确凿，在最后关头，翁炳南不惜现身说法，对他们进行了直接指控，坐实了他们雇凶砍人的罪名。

翁炳南非常清楚他直接指控对方的后果，那就是对方一可能还会继续报复，二应该会把翁炳南之前不愿公之于众的事情曝光出来，这些事情的曝光对翁炳南的个人形象和职业生涯或许都会有很大影响。

但翁炳南为了报仇雪恨，表现了舍得一身剐要把皇帝拉下马的气概，也做好了玉石俱焚的准备，最终把仇人送进了监狱并判了重刑。

完成报仇大业后，翁炳南按照之前准备好的退路从公众的视野中消失了，几乎跟所有的人都中断了联系，也没有几个人知道他后来的去向。

赵沄或许是少数几个能听到翁炳南一鳞半爪消息的人，综合这些消息，翁炳南后来应该是离开了中国，跑到加拿大温哥华做起了寓公，毕竟他在飞云浦那么些年的所得，让他后半辈子衣食无忧是没有问题的。

夏天对这个消息深信不疑，因为以他对温哥华和对翁炳南的了解，温哥华确实是海外最适合翁炳南生活的地方，温哥华各式各样的中餐馆和当地各种新鲜食材，能极大满足翁炳南饕餮的愿望，唯一稍显遗憾的，是他再也吃不到上海当地又肥又厚的盐焗大黄蛇了。

不过且慢，据赵沄说，翁炳南也曾回来过，他在卢湾区和静安区的祖传的两栋小洋楼，有关部门给他部分落实了政策，他因此又获得了一笔巨款，他拿到这笔巨款后，便彻底销声匿迹了。

从此，江湖上再也不见翁总的身影，却一直有他的传说。

若干年过去，翁炳南的形象还时不时浮现在夏天眼前，夏天总是会想起他高喊以血还血以牙还牙时怒目圆睁血脉偾张的样子。最终，翁炳南以一个上海老男人的血勇，践行了自己的江湖誓言，让夏天心里对他一直有一种莫名的怀念，就像他一直会莫名怀念那条又肥又厚的野生大黄蛇。

第五十章　吉川的"马耳东风"

和飞云浦合作搁浅后，夏天又收到一个不那么好的消息，那就是王芳要调到西电子公司的德国慕尼黑总部，负责协调整个亚太地区的品牌管理。她从职务上算是提升了，但却不能直接操作在中国的广告投放，因此，跟西电子的合作也很可能出现变数。

好在东方不亮西方亮，除了有不少国内品牌成了夏天的新客户，又一个日企电子巨头东日电也开始了跟夏天的深度接触。

一般情况下，跟日本客户的合作都是大洋国际的日本人联系安排的，但东日电却不同，它是东日电中国的中方翻译找上门来的。而且，他找上门时，指名要找夏天谈合作，而让他指名找夏天谈合作的，是他背后的日本人。这个日本人名叫吉川，是个中国通，负责东日电大中华区的品牌宣传。

东日电的突然出现，让夏天又一次有了受宠若惊和天上掉馅饼的感觉，但他此时完全没想到，这次这个馅饼有毒，毒性强大到成为合资公司中日双方分道扬镳的导火索，也对之后夏天职业生涯的选择产生了重大影响。

东日电中方翻译张启军找到夏天，是传达吉川的指示，希望夏天牵头代表大洋国际参与东日电在中国市场的广告比稿，这次比稿的全年预算是人民币 5000 万，和西电子全年投放量旗鼓相当。

东日电是比较早进入中国的日企，借改革开放的契机，在中国市场也算是赚得盆满钵满，这次大手笔投放广告，彰显了他们进一步拓展中国市场的雄心。他们的产品涵盖了医疗设备、半导体、电子元器件、超级计算机、通信设备、手机、笔记本电脑等，在国际上的对标公司就是德国的西电子，而这，也许正是他们找到夏天的主要原因。

张启军联系上夏天的路径和之前赵沄的路径如出一辙，这让他不得不感叹西电子的品牌示范效应，正是因为开启了和西电子的合作，和其他重量级客户合作的机会之门才一个个被打开。从这个角度来说，王芳和西电子就是大洋国际和夏天的贵人，而夏天则属于那个幸运的人。当然，夏天认为自己的努力也不能抹杀，因为幸运的机会只会留给准备好的人。

张启军下达了比稿的 brief（任务简报）后，安排夏天和吉川见了一面，和吉川的这次见面，让他们此后多年保持了一种朋友相处的方式，这是夏天和绝大多数日本人无法做到的。

吉川是夏天认识的唯一一个能同时把中文和英文说得极其流利的日本人，这让夏天跟他第一次见面就对他刮目相看。

刚见面寒暄几句后，夏天就被吉川的京味儿普通话镇住了，因为他认识的所有日本人中，就没有一个能把北京话里的卷舌音发明白的。而吉川不仅能把卷舌的地方交代得明明白白，说话还明显带有老北京的腔调："夏先生，久仰，启军联系好你们之后，我们麻利儿就来了，今后可要请多多关照了，你们可千万别认为上赶着不是买卖啊……"

吉川跟夏天刚见面时没像其他日本人那样一大堆点头哈腰拘谨严肃的繁文缛节，相反，他表现得非常松弛幽默，一下就拉近了他们之间的距离。

夏天适时自然地表达了对吉川京腔京韵的惊讶和赞美，话题也便从吉川为什么能把北京话说得这么好展开。

吉川说自己很早就对中国文化感兴趣，在东京大学学经济专业同时也选修了汉语，他的汉语启蒙老师就是一个地道的北京人。他被派到北京东日电工作后，交了很多北京人朋友，每天浸泡在这种语言环境，自然一张嘴就是北京味儿，有时候冷不丁说回日语都感觉嘴皮子不利索了。

吉川在和夏天对话过程中，他的翻译张启军只有聊到特别专业的词语时才会派上用场。有时候他会拿张启军开玩笑，并小小秀一下自己的古汉语水平，看得出来，他和翻译张启军相处时也是比较轻松随意的。

中间他假装很严肃地同时问张启军和夏天："你们知道马耳东风是什么意思吗？"

张启军听到这个问题有点蒙，又不敢瞎猜，便急智半开玩笑道："为什么是马耳，不是猪耳、牛耳，这显然不是我的菜，你可以问问夏先生，他可是文科高材生。"

这个成语并不常见，有的文科生被问蒙也一点不奇怪，好在夏天原先熟读《唐诗三百首》，在李白的诗"世人闻此皆掉头，有如东风射马耳"中见过并理解消化过，于是顺势用"马耳东风"造了一个句，一是回答吉川问题，二是表达一下合作诚意："吉川先生的话我们可不敢当作马耳东风，吉川先生有任何指示，我们都会不折不扣地执行。现在我们的合作，是万事俱备，只欠东风，就等着您发话呢！"

吉川对夏天的回答显然是相当满意，他甚至颇为得意地透露，"马耳东风"其实是他常用的一个考题，他想判断一个中国人是不是有文化，经常会用这招，跟一些广告公司创意总监交流时，这也是一个必杀技，已经有不少想合作的广告公司成了"马耳东风"的刀下鬼了。

吉川还直接表示，今天见面夏天个人已经过关了，后续他期待夏天公司在比稿环节有更精彩的表现。

夏天听完吉川的话，在高兴之余，后脊梁微微有些冒汗，没想到吉川谈笑间的一句问话，居然就是一个考题，他不由得感叹这个吉川还真是骨骼清奇，不走寻常路，要不是平时有些积累，今天还真有可能崴泥了。

见面第一道关算是过了，吉川也立马摆出了合作的姿态，由他亲自对东日电的业务概况、在中国的发展战略以及这次大规模广告投放想达成的目标进行了介绍。

进入正式业务交流时，他说日语，张启军翻译成中文，当他觉得张启军没有完全表达他的意思时，便干脆用英语表达，因为他们之前谈到过，夏天在合资公司的工作语言就是英语。

吉川的英文又给夏天带来了惊讶和惊喜，吉川一口的伦敦音，在日本人里面绝对是出类拔萃的。因为夏天知道，日本人从小学习的五十音，让他们舌头的翻转程度受到限制，除了卷舌说普通话费劲，也导致很多英文的发音发不出来，尤其是英文"L"的发音，他们绝大多数会发成"鲁"。因此，"二战"太平洋战场上有一个真实的故事，美军把口令都设成L结尾的单词，比如pool，日语中只能发音"铺鲁"，日本侦察兵就算知道口令，一说话也会被一抓一个准。

吉川流利的英文，让他和夏天交流起来极其顺畅。夏天了解到，吉川母亲是个英文同传翻译，吉川从小受到很好的熏陶，加上大学时曾作为交换生到伦敦政治经济学院学习，英文自然是过关的。吉川同时精通中文和英文，在日本人里面也算是异数，实在是一个不可多得的复合型人才，难怪东日电把他派到中国来委以重任。

吉川除了精通这两门语言，身上也打下了这两种文化的烙印，在后来交往中，夏天对此感受越来越深刻。虽然他一直提醒自己对日本鬼子要有所警惕，但最后，他认为吉川在不少事情上经受住了考验，是一位值得交往的国际友人。

后面的比稿出乎寻常地顺利，夏天通过和吉川、张启军的充分沟通，加上自己对东日电及其竞争对手的全面了解和对东日电此次广告诉求的精准剖析，很快就总结出这次广告活动的concept，也就是创意核心概念，并准备在提案中把"想得到，做得到"作为所有广告创意的slogan（口号）。

正式提案前，夏天请张启军给吉川吹了吹风，让吉川对这个口号提提意见和建议。吉川的反馈是对这个口号非常满意，认为西电子的广告口号"博大精深"强调的是传统和内涵，东日电的"想得到，做得到"注重的是态度和能力，两者都很大气，但"想得到，做得到"更亲民也更有行动力，符合东日电公司的理念和经营策略，他个人完全同意，相信日本总部那边也不会有什么意见。

他还让张启军转告夏天，创意概念和广告口号的确认是提案成功的基础，但媒体策略和报价也很关键，因为他们这次的竞争对手是日本排第一的电联广告和排第二的博云堂广告，如果在媒体策略和报价方面大洋国际没有优势，广告预算可能会被三家瓜分，谁家哪方面强就用谁，这也是日企在广告招标时常用的套路。但他自己是希望大洋国际在所有方面都表现优秀，这样可以避免他今后多头对接，影响工作效率。

听吉川说得如此坦诚，有点不把自己当外人的感觉，夏天更觉得自己不能辜负吉川期望，一定要亲力亲为，在媒体策略和报价方面投入更多时间精力，争取一把拿下。

夏天通过媒体监测公司提供的竞争对手投放报告和效果分析，发现所有竞争对手投放的策略都偏保守，基本都是在传统的四大媒体分割预算，套路单一，毫无新意。但彼时互联网广告尤其是楼宇广告正处于方兴未艾的时候，如果能找到一个好的合作伙伴，或许会有出其不意的效果。

他想起前一段分群传媒的创始人之一曾到公司介绍自己的楼宇显示屏广告业务，他听了之后印象深刻。这家公司当时占据了不少一二线城市的写字楼广告显示屏，和东日电的目标受众城市白领高度吻合，且具有毋庸置疑的强制性，在等电梯和坐电梯时躲都躲不开，可以保证极高的到达率和渗透率。

但因为他们的业务刚刚展开，在上面做广告的还是一些国内中小品牌，且大部分制作都比较粗糙，总体上还有很大的进步空间。夏天认为，如果他能说服客户做国际品牌中第一个吃螃蟹的人，以拍摄精美的广告片强势出击，很可能会有出其不意的宣传效果，一是能形成示范效应，二是跟分群传媒有很好的议价空间，最后可以形成多赢的局面。

夏天先期跟分群传媒的创始人之一兼北京公司总经理进行了沟通，他的态度非常积极，说哪怕只收成本价也希望东日电安排广告在他们的楼宇显示屏播放，不仅如此，他们还可以大量赠播，保证广告播出频次，保证客户随时随地都能看到自己公司的广告。

有了分群传媒的承诺，夏天心里有底了，他在提案时把对分群传媒的推荐作为媒介策略的亮点进行了详细解说，听得吉川和一众日本人频频颔首。加上互联网广告的精准投放策略和传统媒体夏天亲自砍下来的价格，大洋国际的提案完胜另外两家日本公司，一举拿下这次广告招标的全媒体代理。

事后吉川透露，在评标时，最给他们加分的就是楼宇广告提案，因为他们以前也注意到了这种广告形式，也有代理公司给他们推荐过，但夏天给他们报出的价格，让他们大跌眼镜，大呼便宜，因此，他们很愿意做第一个吃螃蟹的人，因为这螃蟹真心不贵。

这真心不贵的螃蟹花了他们300万人民币，和5000万人民币的预算相比，占的比重确实很低，但这300万预算对刚刚起步的分群传媒来说，却是一个不小的数目。

合作顺利达成后，分群传媒的创始人一再对夏天表示感谢，并拉着他喝了好几次大酒，酒后跟夏天吐真言，说这笔钱是他们迄今为止收到的最大单笔客户广告款，有了东日电打样，已经有不少知名品牌跟他们联系业务，局面很快就要打开了。

局面打开后，投资商也蜂拥而至，分群传媒利用资本杠杆，快速兼并和它体量几乎相等的竞争对手聚群广告以及有独特优势的框架广告，在楼宇广告的垂直领域形成了一家独大的格局，两年内就在美国纳斯达克上市了。因为这个机缘，夏天在自己的广告生涯和分群传媒一直保持了很好的合作关系。后来，即使他脱离了广告界，也依然关注着这家公司的发展并见证了他们的起起落落。

拿下东日电的比稿，夏天又一次沉浸在中标的喜悦当中，可当庆功宴的酒还没醒的时候，一场突如其来的谈话让他几乎惊掉了下巴。

找他谈话的是日方负责业务的北野。听说北野要找自己聊，夏天心里有点小兴奋，认为这时候北野找他谈话，不是发奖金，就是要涨工资。

北野依然用他自认为很爽朗的笑声开启了和夏天的谈话，他先是亲切随意地拍了拍夏天肩膀，然后诚挚热烈地夸赞了夏天的能干，说他就知道夏天会给公司带来惊喜，希望他今后再接再厉，为公司开拓更多的业务。

说到此处，夏天知道，北野应该要提奖金或者涨工资的事了。

果然被夏天猜中，北野说他和老中村商量过了，年底将给夏天多发两个月工资作为奖金，并且从下月起每个月增加 500 块钱工资。

夏天虽然理解自己作为中方管理人员不可能有过于打破常规的奖励，但还是觉得和 5000 万的营业收入相比，这种奖励方式未免显得有些小气。因此，他并没有对北野的奖励方案做出热烈的回应，只是中规中矩地点点头说了声谢谢。

北野自然是善于察言观色，紧接着略显遗憾地补充道，如果你是日本大洋的员工就好了，那样的话你就可以享受跟日方人员一样的工资待遇，这样会更匹配你的能力。

看到北野又祭出常用的招安大招，夏天觉得自己不太好接话，于是只能提高感谢的力度，并表示自己会继续努力，为合资公司的发展添砖加瓦。

夏天自加入合资公司以来，一直还是很珍惜自己作为中方管理人员的身份，从没想过要跳槽到日方，虽然跳槽到日方待遇可能会高出很大一块，但中方的身份让他更有底气也更有主人翁的感觉。而且，对抗战民族伤痛历史的了解，让他从内心深处抵触成为类似胖翻译或带路党狗腿子的角色，合作可以，唯命是从做不到。因此，每当日方向他伸出招安的橄榄枝，他总是尽量采取战略模糊的姿态，认为这样可能会更有利于开展工作。

此时夏天没想到，日方也许早已洞悉他战略模糊姿态后面真实的思想，因此，他只猜对了这场谈话的前半部分。这前半部分，并不是谈话的目的，只是对后续谈话的铺垫，后续的谈话，或许才是日方对他的一次终极考验。

很显然，他是不可能通过日方考验的，所以，这场谈话最后只能演变成他和日方的一次正面碰撞也可以说是终极碰撞。

整个谈话过程，就像老电影里演的日本鬼子进村，渡边小队长从兜里掏出糖果给小孩吃，然后让小孩给他们带路去抓八路，小孩如果不肯带路，就死啦死啦的。在现实中，日本人希望他的角色就是那个小孩，但他认为，谁也不可能把他变成那个小孩，他也不可能允许自己变成那个小孩。

当然，夏天更没想到的是，这场谈话的后果很严重，严重到成为合资公司分崩离析的最直接的导火索……

第五十一章　摘桃子导致的分道扬镳

聊完奖励，北野继续露出体贴的笑容道，这段时间辛苦了，应该好好休息一下，所以他和中村商量，后续东日电的客户服务就由夏天营业部转到由他领导的另外一个营业部，这样夏天休整一段后可以开拓更多新业务，也能把老客户维护得更好。而且，因为东日电是日本客户，由日本人领导的团队直接服务会更方便一些。

北野终于说出了他的真实目的，完全是赤裸裸地摘桃子，可夏天却没有一点思想准备。因为在整个提案过程中，日方团队几乎没有参与过，只是在提案稿最终完成的时候，找人把中文提案翻译成日文提案，并交由日本大洋跟东日电日本总部做了一次交流，这次交流吉川也回国参加了。

据吉川后来说，日本大洋派人介绍提案时，很多地方讲得稀里糊涂的，要不是他在一旁解释，东日电日本的人根本不知道提案的重点在哪里，提案很可能通不过。好在他在北京跟夏天有很多沟通，才让他有信心拍板把这项业务交给中国的大洋国际来执行。

夏天强迫自己平静下来，捋了捋思路向北野直接提问道：日本人想负责日本客户的心情他可以理解，但这个客户之所以跟大洋国际合作，却是因为日方负责人跟他本人沟通顺畅且信任他的服务能力，如果换一个他们不熟悉的团队，他们会作何感想？如果因此影响跟客户的合作关系后果谁来承担?

北野听了夏天的问题露出颇具意味的表情,然后皮笑肉不笑地回答道:这你就放心吧,日本人跟日本人总是好沟通的,我相信他们不会有意见的。

此时夏天对自己和吉川之间的默契是很有信心的,因此,他在北野面前没选择马上硬刚,而是微微一笑道,那你不妨现在就跟东日电负责此事的吉川先生沟通一下,如果吉川没意见,他自然也没意见。说着,夏天把吉川的手机号码给了北野。

北野先是有些犹豫,但眼珠一骨碌,还是拨通了吉川的电话。夏天猜测,北野一是没想到夏天会逼宫似的直接把吉川电话给他,二是他觉得现在打电话也好,免得夏天提前做工作,影响吉川的看法。

接通吉川电话,北野先是一连串热情洋溢恭谨到极致的问候和感谢,仿佛隔着无线电波他也要让吉川看到他的满脸堆笑。啰嗦了半天他才开始切入正题,说为了能提供更好的服务,他将安排一个懂日语的新的团队对接东日电,请吉川先生多多关照。

吉川是个聪明人,虽然没有思想准备,但马上就提了一个切中要害的问题,这个团队的领导人还是夏天吗?

当得到否定的回答后,吉川沉吟了一下,没有直接说"打妹(日语不同意的意思)",但用很遗憾的口气说这个决定很出乎他的意料,他们要好好评估一下再给北野答复。

通话的内容是后来吉川复述给夏天的,夏天当时虽然不知道吉川说了什么,但通过北野的表情也猜出了大概。

吉川的表态有些出乎北野的意料,因为他很难相信吉川这个日本人跟夏天沟通这么好,他作为公司日方领导人百般客气低三下四亲自给吉川打电话,吉川也不买账,这显然超出了他以往的认知。从吉川态度看,虽然不是当场给他撅回来,但否定的意思已相当明确。

北野有些羞恼地看了夏天一眼,头一次露出坚决得有些狰狞的表情对夏天说,这不仅仅是他个人的决定,也是日本大洋的决定,希望夏天理解配合并跟吉川那边解释清楚。

夏天也是第一次看到北野这种狠歹歹的表情，不禁有些发愣。北野意识到自己有些失态，因为夏天毕竟不是普通雇员，而是中方代表之一，于是又赶紧挤出一丝笑容拍拍夏天肩膀道，不管是他个人，还是日本大洋都很欣赏夏天的能力，希望夏天用自己的表现赢得日本大洋的信任，将来能真正成为日本大洋的一员。

夏天已经多次听日本人跟他说这套嗑，这次结合北野跟他的谈话内容，似乎更明白其中的弦外之音。于是，他还是一如既往地用外交辞令回答，希望我们中日双方合作共赢，创造大洋国际美好的明天。

听到夏天的回答，北野不置可否地点点头又摇摇头，最后强调，这个决定不可更改，拜托夏君了。

跟北野的谈话结束后，夏天心头莫名有了一片厚重的阴翳，这片阴翳在没有任何预兆的情况下就遮天蔽日地倾覆下来，让人感觉到风暴来临之前的窒息。

没过多久，张启军电话就打过来了，他说吉川先生希望马上跟他见一面，一起商量一下如何应对北野提出的要求。

一见面，夏天看到，吉川对北野的强烈不满已经写在了脸上。他说，北野的做法给他们这次年度宣传活动带来了很大的不确定性，站在东日电的立场是不可接受的。让最了解这次广告活动的策划人执行接下来的各个环节，可以达成最好的宣传效果，也能最大限度地保证客户的利益，这应该是一个广告代理服务公司的常识，他实在不理解北野为什么要一意孤行做出这种改变。

吉川这番话，从维护本公司利益出发，专业客观，旗帜鲜明，颠覆了以往夏天对日本人在外人面前一味抱团护短的印象。因此，他相信吉川是一个很好的沟通对象，可以敞开心扉像朋友一样探讨这件事的解决方案。

夏天首先表明了自己的立场和态度，说从他个人的角度，当然希望能继续负责东日电的后续服务，因为通过这段跟吉川和张启军的磨合交流，已经形成充分的默契，可以确保这次年度宣传活动的成功。但从北野如此坚决的态度看，从大洋国际内部是很难更改这个决定的，他非常担心这种改变引起的一系列不良后果。

吉川认真听着夏天的讲话，边听边频频点头，这给了夏天很大的鼓励，于是他干脆拿出知无不言言无不尽的劲头，从北野这件事引申开，把自己这些年对日企在华经营策略的观察和盘托出，跟吉川进行一次当面锣对面鼓的交流。

夏天说，通过大洋国际这个平台，他有机会服务了较多的日本企业，同时也服务了日企的一些来自欧洲的竞争对手，这让他可以对日企和欧洲竞争对手的市场策略进行近距离比较和观察，他发现，欧美企业产品的本土化方面总是快日企一步甚至好几步。

以汽车为例，"车到山前必有路，有路必有丰田车"，这句广告语改革开放之初就在中国脍炙人口。可丰田起了大早，却赶了个晚集，它在中国本土工厂的建设速度远远落后于欧洲企业。因此，现在中国马路上跑的主力车型就是中国跟德国合资的捷达、桑塔纳以及法国跟中国合资的富康，根本没丰田什么事。

以手机为例，松上、东日电手机技术并不弱，在日本本土看到的日本国产手机无论外观和性能都很优秀，可拿到中国销售生产的基本是差了一两代的基础版，因此，诺基亚、摩托罗拉等欧美品牌在中国就占据了绝大部分市场，因为他们的主要机型都是全球同步发售。

以白色家电黑色家电为例，这是日本曾经占据绝对优势的市场，这些年来欧美品牌加快了本土化生产，而一些中国国内企业也在迎头赶上，日本产品销售逐年下滑已经是一个很难逆转的趋势。

以大洋国际为例，合资的中方是国际商会下属的世界展览中心，不仅是一个信息集散地，也是一个机会聚集地，加上它的官方背景，可以为合资公司发展提供强大助力，是日本大洋一个难得的合作伙伴，这几年公司的发展已很好地证明了这一点。可日本大洋为了短期利益，用各种手法从合资公司收割现金，致使合资公司在中方眼里变成食之无味弃之可惜的鸡肋，这样的合作可以想象是难以持续的……

夏天本以为吉川会对他这番话进行辩驳和解释，没想到他居然照单全收，而且，这番话似乎激发了吉川谈话的欲望，他也拉开架势侃侃而谈起来。

吉川首先对夏天的话表示赞同，并继续剖析道，作为一个日本人，他对日本的资源短缺和生存焦虑感同身受，但他并不赞成依靠军国主义手段侵略扩张来争取自己的生存空间，他现在最担心的，是岛国意识和保护主义占上风。他很赞同中国的古话：人无远虑，必有近忧。得民心者，得天下。如果不能谋长远，也不能争取民心，现在的所得很可能就是昙花一现，过眼云烟。

夏天听吉川这番话，不得不再次对他刮目相看，因为这些年跟日本人打交道，夏天认为，绝大部分日本人骨子里的东西是很难改变的，而吉川绝对是日本人中的"人间清醒"。

吉川和夏天通过这次碰面，商量出来的解决方案是吉川将亲自给日本大洋国际部部长片岗聪发一封邮件，表达自己的担忧和否定意见，然后再看看他们的反馈。吉川说，如果没有得到他们的积极响应，东日电跟日本大洋的合作也许就会截止在这个合同结束时。

他们三个临分手时，吉川半开玩笑喊起了口号："打倒日本帝国主义！"他喊这句口号时，显得既滑稽又庄重，有一种洋鬼子土八路的即视感。

吉川的邮件没有得到他想要的反馈，日本大洋回复内容的关键词是感谢、抱歉和坚持，那种一意孤行的坚持。

收到吉川转告日本大洋反馈消息的第二天，夏天就和合资公司中方的主要领导人一起，把北野谈话的内容给集团的陆总做了一个集体汇报。

听了夏天汇报，陆总并没太过惊讶，也没有太多愤怒的情绪，而是一副了如指掌的样子。

他说，即使夏天不向他汇报这件事，他也准备召集合资公司外派的中方人员讨论一下合资公司的前途问题。合资公司成立到现在已经七年了，也许正面临着七年之痒，因为从合资公司的财务数据来看，虽然营业额很高，甚至超过了母公司的营业额，但从贡献的利润来看，不仅数目不大，而且逐年走低，远不能覆盖中方投入资源的价值，更无法达到中方的预期。因此，正好可以借这个事的契机好好算算账，思考一下未来合资公司的出路。

这次强制客户服务转移，表面上看只是单个客户的安排，属于日方的业务管理权限范围。但结合合资公司成立七年来日方整体运作模式可以看出，这是日方强化对业务和现金流绝对控制的最重要的手段之一。

控制业务收入资金流向，也可以控制业务成本的分摊和支出方式，并最终操控合资公司的盈利规模。这也是合资公司这些年来表面风光，中方却一直赔本赚吆喝的症结所在。

理论上，公司400多万美金的注册资本，保证公司正常业务流转是没有问题的，但日方总以资金压力大为由找和日本大洋关系密切的日系在华银行申请短期贷款，贷款利率往往高出同类外资银行和国内银行一大截，其中的关窍自然也是不足为外人道。

陆总还继续高屋建瓴地阐述道，我方和日本大洋这家合资公司出现的问题并非个案，从国际商会掌握的情况看，这些年建立的中外合资公司多多少少都会有这样的问题，尤其以日系公司为甚。日方对东日电的做法，正好给了我们进行一些改变的机会，我们可以利用这个契机，为中方争取更多的权益，也挽回一些损失。

这次会议得出的结论让夏天的心情有些沉重，虽然这些年自己在合资公司获得了机会和成长，但和合资公司中方利益相比，孰轻孰重不言而喻，自己只能坚定地站在中方立场上，迎接并推动可能的改变。

当然，在改变发生之前，夏天还是做了最后的努力，他想到了日方主导合资公司成立的主要领导松下常美。经请示集团陆总，夏天以个人名义给松下常美写了一封邮件，详细介绍合资公司现阶段遇到的困难和产生这些困难的原因，以及个人建议中日双方为解决这些困难需要做出的努力。他坦率直陈，出现这些困难的主要责任在日方，希望日方以更长远的眼光看待双方合作，并照顾到中日双方的利益平衡。

这封邮件发出后，并没有得到回馈。夏天于是找日本大洋给他当过翻译的小林沟通相关情况，小林作为一个普通的华人雇员，对这种事自然无能为力，但他告诉了夏天一个不好的消息，那就是松下常美常务已经在年前退休了。

听到松下常务退休的消息，夏天意识到，日本大洋内部唯一可能的沟通渠道已经没有了，合资公司的巨变将无法避免。

改变到来得如此之快，大部分员工都是猝不及防，甚至连日本大洋都觉得有些措手不及。东日电的签约，就像暴风雨中扇动的蝴蝶翅膀，一不小心倾覆了整个大洋国际。

最后中日双方通过谈判得出的结论是，暂时保留合资公司股份结构和名称，但中日双方各自的业务分开经营，各自计算收入和利润归属，日方客户包括东日电全部交由日方管理，中方夏天团队开发的客户和世界展览中心场地广告经营权都由中方管理，双方人员本着自愿原则进行分割和双向选择。总之一句话，就是彻底分家了，虽然名义上还在同一个屋檐下。

后来的事实证明，这是一次两败俱伤的分割，而日本大洋的损失尤其惨重。

中方重新获得原来的场地广告收益，但却证明了建立合资公司七年努力的失败，也失去了在专业广告市场的发展机会。

日方获得对日方客户的绝对控制权，但事实证明了他们的短视和狭隘。失去中方的支持加上夏天团队出走，他们在中国广告市场的口碑一落千丈，再也没有获得像样的大客户，只能靠日本大洋的支持为日本在华企业提供地面服务。

而随着日本白色家电黑色家电全面溃败于中国国内的竞争对手，日本大洋在华广告业务也日渐式微，濒于在中国市场上销声匿迹。大洋国际在中国市场的兴衰，正好印证了那句话，眼看他起高楼，眼看他楼塌了……

多年过去，每念及此，夏天都不胜唏嘘，因为起那座高楼，自己奉献了职业生涯最宝贵的青春时光和全部的智慧热情，为之添了无数的砖瓦。但这座高楼一瞬间就崩塌了，自己却无法阻止，甚至还不得不踹上一脚，这就是造化的无常。如果说合资公司的矛盾在某种程度代表了国家利益和族群冲突的话，他个人在这种冲突面前是没有选择权的，作为中方一员，他只能活着干，死了算。

好在天无绝人之路，就在夏天为合资公司的分崩离析彷徨嗟叹，发愁自己回到国际商会的体系专业广告能力不容易发挥的时候，很快，命运又向他伸出了一根橄榄枝。这根橄榄枝，依然和东日电有关，确切地说，是和东日电的吉川有关。

可这根橄榄枝同样有毒。一方面，他因此获得了更多机会，见识了更大的场面，在广告专业上又精进了一层。另一方面，他也遭受了意想不到的屈辱和职业生涯的第一次滑铁卢。从此，他下定决心，再也不给洋鬼子打工了，一定要走出一条自主创业的新路。

在后来的创业路上，夏天的人生展开了另外一幅画卷，既有聚光灯下的喜悦和光鲜，也有横遭厄运时的悲怆和愤怒，当然，还有拯救大兵时的温情和互助……

第五十二章　夏小甲的诞生和统治力

　　且说合资公司分家后，夏天原来的工作节奏也发生了巨大变化，他越来越强烈地意识到，这些年在合资公司忙忙碌碌，自己不知不觉成了大龄青年，把生孩子的大事都耽误了。现在这个状况，也许正是上苍留给自己的空窗期，应该抓住时机封山育林，完成人生升级改造的第一步。

　　这年的整个春节假期加上年休假，夏天都陪伴在家人身边，彻底放松了身心。

　　这年是马年，整台央视春晚节目围绕着"马"字做足了文章，群口相声有《马年颂马》，联欢竞唱唱的是《马字令》，戏曲合唱唱的是《马到成功》，民歌接力有蒙古族的《欢腾的小马驹》……

　　这一个个马字，像走马灯一样在夏天眼前晃悠，马身上那么多美好的寓意，被这台晚会挖掘得淋漓尽致，让他觉得如果自己不能抓住跟马字的缘分简直就对不起春晚节目组的一片苦心。

　　春节养足了龙马精神，他和小忆掐准日子，努力工作，终于心想事成，马到成功。小忆在马年刚刚开启的时候顺利怀上了一个小马驹，只待秋天欢欢腾腾地呱呱坠地。

　　小忆生下夏小甲这个小马驹是这年10月的最后一天。

　　这一天，散漫的秋阳照在人身上，不凉不热，微微的风吹着，不焦不燥，偶尔有落叶在地上轻轻打着旋儿，很快又复归平静，不紧不慢。

路边有人在卖冰糖葫芦和糖炒栗子，还有鲜榨石榴汁……吆喝声混合着糖炒栗子的热气和甜香，在街市弥漫开来，显得从容不迫，像秋阳和秋风一样和煦，像初秋的落叶一般轻柔，全世界都似乎是一副岁月静好的样子。

夏天把小忆送进妇产医院的产房，安置停当。大夫说，不用着急了，等着发动吧。看到小忆暂时没有什么动静，夏天便找了一个水桶和一块新毛巾，装了满满一桶清水，拎到医院的停车场。

陪伴他们已经好几年的红色菲亚特小乌诺乖巧地趴在停车场一个偏僻角落，车顶天窗和发动机盖都落上了几片黄叶，阳光穿过旁边高大的白杨树，随着微风中的枝叶婆娑，在车窗上留下斑驳的树影，宁静中有些轻快的跃动，仿佛在期待一场从秋天出发的长途旅行，就像此刻夏天的心情。

尽管这辆车前两天刚洗过，看不出有什么脏的地方，但夏天决定还是要从里到外再清洗一遍。他先从乌诺车内部开始，用那块新毛巾擦遍所有够得着的角落。擦完内部，他又开始擦车身，不放过每一个泥点子，甚至是汽车轮毂，也被他擦得锃光瓦亮。

清水换了一桶又一桶，直到毛巾投完后的水清澈鉴人，夏天才罢手，这是夏天长这么大以来干活最认真彻底的一次，也是最心甘情愿义无反顾的一次。

极致清洗之后的小乌诺果然不同凡响，她看起来就像一匹跃跃欲试的小红马，又像一朵即将飞腾的小红云。这匹小红云一般的小红马，精神抖擞，情绪饱满，整装待发，随时恭候着接夏小甲回家。

夏天回到产房的时候，小忆已经发动了，开了四指。

但小忆一晚上的顽强努力，没有成功，大夫说，只能剖了。

入院时彩超预测只有七斤半的夏小甲，剖出来九斤整，难怪这么费劲。

感谢新社会，感谢科学进步，这要是旧社会，后果不堪设想，夏天心中暗呼侥幸。一直自责且有些不甘心没有把夏小甲顺产出来的小忆，听到夏小甲有些出人意料的体重时，疲惫的脸上露出了苦笑。

家里重量级的人物就这样诞生了……

当护士把洗干净包好的夏小甲递给夏天时，夏天手里有忽悠一下往下坠的感觉，他小心翼翼地用之前练习过多次的抱小孩的姿势抱住夏小甲，凑近了仔细端详起来。

夏小甲眉头轻蹙，双眼紧闭，嘴唇在微微翕动，好像在努力找寻什么。她的脸胖嘟嘟的，皮肤又红又亮，小手如连藕般，尤其是那头黑发，极其浓重茂密，根根都透着营养。

按夏天以往的经验，一岁左右孩子的身形体重也不过如此。而现在，一个像一岁孩子的初生婴儿"咣当"就来到了他的面前，抱在了他的怀里，他有些恍惚，但更多的是兴奋。

他兴奋地喊起来："闺女，能听到是爸爸的声音吗？你没出生时爸爸可没少隔着你妈妈的肚皮跟你唠嗑呢。"

从夏天喊第一声起，一直双眼紧闭的夏小甲忽然就睁开了眼睛。

夏小甲忽然睁开的眼睛又黑又亮，她的眼光漫射着，又仿佛在努力聚焦。夏天想，这应该是她第一次睁眼看这个世界，她第一眼看到的是她的爸爸，她能看清吗？

大夫说，刚出生孩子的眼睛能感受到光，却并不能聚焦影像，但不管她能不能看清并记住自己，夏天心里都充满了幸福、自豪和期待，当然，也有些许忐忑。

他第一次真正体会到当爹的感觉，原来当爹的感觉是如此酸爽……

接下来的一段时间，夏天一直处在初为人父的紧张和忙乱中，当然，再紧张，再忙乱，他心里还是充满了当牛做马的幸福感。养儿方知父母心，诚不我欺也。

小忆因为是剖腹产，奶水来得比较慢，后来即使奶水来了，也供不上夏小甲豪壮的饭量。可能是因为夏小甲在小忆肚子里一直过着土豪生活的缘故，生下来之后，每顿饭哪怕少一口，立马就会哭得响遏行云，让人觉得全世界都欠她一口奶水。

没有办法，只好早早地给她把婴儿奶粉加上，而小忆的奶水，只能算是她每顿饭的开胃前菜，而且是让她越吃越饿的那种。

夏小甲的饭量，让小忆的完全母乳计划彻底泡汤，但小忆仍然坚持每顿饭前让夏小甲喝自己的母乳。通过大量的产前学习，小忆认定，婴儿出生后尤其是前三个月的母乳，含有任何牛乳所不具备的营养物质，它不仅能帮助婴儿消化，实现离开母体后的完美过渡，还能传承母体中的各种免疫物质和天然抗生素，增强婴儿抵抗力和免疫力，保佑孩子在今后的成长过程中少病少灾。

看着小忆在自己剖腹产的伤口还没愈合时依然忍着疼痛给夏小甲喂母乳时，夏天一下子就理解了什么叫为母则刚。而在平时，只要夏小甲一声婴啼，小忆即使再困再累，也会像拉响了战斗警报一样，迅速来到夏小甲面前。可谓是有哭必有响应，招之即来，来之能战。在夏天眼里，小忆浑身上下都焕发着母性光辉，他确信，他再也找不到对自己的孩子这么好的女人了。

在小忆的精心呵护下，在全家人包括月嫂和保姆的共同努力下，夏小甲茁壮成长，满月时体重就长到了11斤，后来更是一路凯歌，一马当先，在同月龄的小婴儿中充分展示了压舱石的风采。而且，她的头发又黑又密，几个月时的发量竟比一岁多的小孩还多，似乎直接跳过了婴儿发型的地中海和一撮毛阶段。因此，每每小忆带着她到楼下晒太阳的时候，都会引得一群奶爸奶妈交口称赞，说这孩子的发育不要太好哟。

出生几个月后的夏小甲，婴儿红渐渐褪去，皮肤也舒展开来，前奔儿后勺子的头型显得充实饱满，一双黑洞洞的眼睛已经学会人盯人紧密追随，任何影响她吃饭的蛛丝马迹都会被明察秋毫地发现，然后她会迅速用哭声提醒大人们纠错改正。纠错改正的完美程度她会用哭声的变化进行精准评价，当整改到她完全满意时，哭声会被一连串咯咯咯咯的笑声替代，那便是对大人们的最高奖赏，为了得到这种奖赏，小忆夏天再忙再累也甘之如饴。

夏小甲身上的肉肉长得很结实，她胳臂腿上的肉互相拥挤堆叠着，像极了米其林轮胎广告的卡通漫画形象。小忆说，她最爱干的一件事就是帮夏小甲洗澡，在给她洗澡时，她的成就感会爆棚，因为她不敢相信自己居然会养出一个这么可爱的米其林小宝宝，而这个米其林小宝宝，正在她手中被颠过来倒过去搓洗。

夏天每天下班回家，第一件事也是先看看夏小甲，只要她醒着，就一把抱起来，他喜欢抱着夏小甲时这种沉甸甸的感觉，就像农民在秋后扛着结满了穗的庄稼一般。他尤其喜欢给夏小甲举高高，这会让自己充满力量感。给夏小甲举高高时，她因为兴奋一双胖胖的小腿会在夏天头顶上胡乱踢打，笑得嘎嘎的，清亮的口水像瀑布一般随着笑声飞扬下来，让夏天对口若悬河这四个字有了更直观的感受。

当然，举高高时夏小甲也有不笑的时候，夏天慢慢越来越有经验，他知道，只要夏小甲蹙着眉头表情有些不耐烦或者若有所思的时候，她一定是尿了或正准备尿……

半岁前的夏小甲，皮肤和头发黑黑的，身体圆圆的，肉肉紧紧的，眼眶深深的，眼睛亮亮的，脑门鼓鼓的，像极了东南亚晒多了太阳的小胖孩儿。一天，夏天灵机一动，追随老家农村孩子名字越土身体越健康的理念，给夏小甲起了一个朗朗上口的外号：小黑球蛋子。对这个外号，小忆也表示很满意，于是，很长一段时间，小忆的网名便是小黑球蛋子她妈。

现在的夏小甲，早就长得亭亭玉立了，和小时候小黑球蛋子的形象已相距甚远。但每当夏天回忆起夏小甲的小时候，眼前总会浮现出她圆圆壮壮眼睛黑亮的样子。作为他和小忆的第一个孩子，夏小甲给他们带来了为人父母的初体验，也带来了很多期待和欢乐，这是一种奇妙而神秘的缘分。

夏小甲的横空出世，像飓风一般，彻底颠覆了原先家里所有的规则和秩序，也给夏天和小忆之前有条不紊渐渐有些平淡的生活带来了一种摧枯拉朽般的变化。

这种变化，首先体现在夏小甲对家庭空间的统治力和侵略性上。

原本属于夏天和小忆的卧室，摆上了一张和夏小甲身形匹配的硕大的婴儿床。为了方便月嫂照顾她们母女俩，夏天只好在书房搭起了一张行军床。

厨房里，婴儿奶粉塞了满满一柜子，奶瓶、奶嘴、挤奶器、消毒锅等夏小甲吃饭的家伙占据了厨房很大一部分操作台面，因为对全家人来说，夏小甲的饭比天大。

在浴室，有一个专门为夏小甲准备的浴盆，为了保证夏小甲米其林宝宝的身躯能舒展开，夏天跑了好几个地方，最后在奥莱找到了一个据说是经过特殊工艺处理，又大又结实的德国进口的婴儿浴盆，属于 0 到 5 岁适用款。不得不说，这款蜜汁色半透明的浴盆质量杠杠的，待到好几年后夏小甲的妹妹夏小乙用完，依然还是那副甜蜜温馨欢喜迎人的模样，真是岁月不败美人的澡盆。

在卧室、过道、客厅的地上，也早早铺上了一层婴儿卡通环保塑料泡沫垫，预防夏小甲任何可能的跌倒和磕碰。卡通塑料泡沫垫是由一个个带阿拉伯数字和英文字母的方块拼接而成，方便夏小甲将来边爬边学习。

阳台上，还拉了一条夏小甲专线，特供晾晒随洗随换的婴儿尿片和衣物，避免跟大人的衣服混合。

橱柜里，小忆囤了一大堆帮宝适的婴儿纸尿裤，不同月龄的都有。小忆把纸尿裤上升到了和婴儿奶粉同样的高度，说什么都可以缺，唯独婴儿奶粉和纸尿裤不能缺，让孩子吃得好睡得香，餐餐都不落，顿顿有出处，孩子就一定会健康苗壮成长。

再后来，家里已经到处都是婴儿挂画、玩具、漫画书……一切都体现了夏小甲的意志，她就这样一言不发吃着奶哭着笑着就成了家里秩序和规则的制定者，大人们毫无还手之力，还唯恐伺候不周。

另外一个重大变化，是夏天的作休时间和工作安排也因为夏小甲进行了很大调整。除了避免不必要的出差和应酬，夏天还把注意力更多地放在自己真正感兴趣且有意义的事情上，好把时间腾出来，可以早点回家眼巴巴地看着夏小甲一天一个模样，一月一个高度，从一坨小黑球蛋子长成一个浓眉大眼神完气足的小飒妞。

　　夏小甲出生后的这半年，是夏天尽情享受天伦之乐的一段美好时光。看着一个小生命一点点舒展开，从只会吃喝拉撒睡，到学会用黑洞洞的眼睛追随并审视自己，到见了自己就露出雀跃兴奋的表情，再到咿咿哦哦跟自己对答如流，虽然完全不知道她在说什么，夏天还是体会到了生长的奇妙和快乐。而随着夏小甲不断更新自己的模样，夏天能越来越多地看到自己和小忆的影子。也许是应了闺女多像爹那句老话，夏天感觉自己的影子似乎更浓重一些，这让他不得不感叹基因链条的神秘，并更加确信，孩子还是自己的好。

　　只是他完全没有想到，这段美好的时光会被一场突如其来的疫情打断，让他和小忆母女不得不分隔两地，几个月都不能见面，而他也错失了夏小甲一岁前这段突飞猛进日新月异的成长过程。

　　这段疫情就是当年全世界都谈虎色变的 SARS 病毒大流行……

第五十三章 SARS 来袭

夏天和当时的很多北京人一样，知道 SARS 也就是俗称的非典是从民间一些愈传愈凶的流言开始的，这些流言普及面比较广的版本是：有一种会引起发热甚至死亡的呼吸道怪病，正从广东向外扩散，很可能已经传到了北京。这种怪病一般的药对付不了，但喝板蓝根和在家里熏醋可以起到预防作用……

在这则流言作用下，夏天发现，许多单位同事每天早上到单位第一件事，由泡上一壶茶或一杯咖啡，变成泡上一杯板蓝根，用铁勺子一通搅和后，呲巴着嘴吱溜吱溜地喝。

看大家都在喝，夏天自然不能免俗，也很快加入了全社会喝板蓝根大军之中。喝了几天之后，他得出的结论是，板蓝根实在是一种老少咸宜的饮品，如果用这种方式能抗疫，简直不要太安逸。

但他没想到，疫情会持续那么久，直到喝板蓝根喝得他满脑袋头疼，闻了板蓝根的味道立马犯恶心的时候，疫情也没有结束。他只好灰溜溜退出喝板蓝根大军，并在之后的岁月中把板蓝根彻底从他的药品清单中剔除，发誓打死也不再碰这款灵丹妙药。

而关于熏醋的传说，则让全社会都处于一种酸溜溜的氛围中。大街小巷，各种楼堂馆所，原本用来炒菜的醋，变成了万用空气调和剂，让人到哪儿都觉得似乎有人在炝炒醋熘白菜或干烧糖醋里脊，又或者是蘸饺子醋泼了一地……因此，走在大街上，夏天有时候即使刚吃饱，也会莫名其妙食指大动，口中嗞嗞冒的酸水和外面的酸醋味遥相呼应，默契互动。

这种熏醋效应带火了一批山西饭馆，吃正宗的山西菜，喝地道的山西醋，闻酸爽的老陈醋味儿，既能填饱肚子，还能祛病保平安，何乐而不为呢？

小忆去了趟超市，说很多人都在抢醋，老陈醋没了，就抢香醋和白醋，所有放醋的货架都快搬空了。很多老头老太太不仅抢醋，顺带连酱油、盐、米面食油等都一车一车往家里搬，似乎鬼子即将进村，一场大战就要打响，必须赶快坚壁清野囤粮备荒一般。

看着小忆费劲巴拉抢回来的一大桶醋，夏天虽然对那则流言有些将信将疑，但还是由着她把醋倒在铁锅里烧开，然后端着热锅把家里每个角落都熏了个遍。熏完之后，屋里的空气虽然有些呛鼻子兼上头，但心里却有一种莫名的踏实和安宁，觉得自己为了预防和对付这种或许可能存在的看不见摸不着的怪病，已经表现了一种负责任的态度，也尽了自己的努力，其余只能听天由命了。

当流言越传越甚，并最终被官方证实这种怪病确有其事，且造成一些医院的医生死亡的时候，夏天才意识到这种怪病的严重性和通过呼吸道传染的可怕之处。

最早的官方消息称，这种怪病的英文名字叫SARS，是一种由冠状病毒引起的非典型性肺炎，中文简称非典。它之所以恐怖，是因为它的传播导致的较高死亡率。但此时，这种病还只是在广东局部传播，只要阻断传染源，应该是可防可控的。

过了一段时间，北京被证实也发现了此类病例，同样导致了死亡。卫生部门和北京当地相关部门宣称，目前发现的只是零星案例，依然可防可控。

再然后，疫情传播多点开花，北京成了全国乃至全球最严重的疫区，死亡人数飙升，小汤山开始建方舱医院，一场全民抗疫的战斗终于打响。

当非典在北京愈演愈烈时，夏天采取的断然措施就是给小忆和夏小甲买了两张飞机票，趁哈尔滨人民还没来得及筑起严防死守的铜墙铁壁，把她们母女送回了小忆父母身边，这样他可以没有后顾之忧地在京坚守工作岗位，独自抗疫。

小忆母女到哈尔滨后，夏天的心情彻底放松下来，并渐渐找回一人吃饱全家不饿的快乐单身汉的状态。

那段时间，他基本是公司家里两点一线。在公司上班时，他是忙碌而充实的，广告服务工作的特殊性，让他们即使在疫情最严峻的时候也无法停工歇业，相反，他们还时不时需要加班加点帮助客户策划在疫情期间的公益活动和营销举措。

下班后，他可以用最任性的方式挥霍自己的单身业余时间。

为了更自由地任性随性，他的第一个举措，就是囤了大量急冻速食品，这样基本可以保证他在烧开水后十分钟内有东西填饱肚子。

他在囤这些食品时，遵循的是一次性把冰箱填满的原则。那时候还没提倡全民戴口罩，夏天身边也没有口罩库存，因此，每次他进超市采购的时候，通常是深吸一口气，然后瞅准目标迅速精准地一一扔进购物车把车装满，不多做一秒钟停留，不到万不得已，也不再多吸一口气。这样的购物锻炼方式，让他游泳时的憋气功夫有了突飞猛进的提高，这也算是非典期间的一个重要收获。

除了囤足简易方便食品，夏天另一个也是最重要的举措就是囤了大量光盘。

他经常光顾的是家乐福门口一对安徽夫妇摆的小摊。这次非典疫情爆发，虽然对全社会造成了巨大伤害，但对这对安徽夫妇来说，却有某种里程碑式的意义。因为这段时间，他们的生意有了井喷式的增长。

这对夫妇的脸上，完全没有对非典的恐惧，有的只是财源滚滚来的满足感和对未来美好生活的向往。照他们现在的赚钱速度，在北京买套房或回老家盖幢大屋子的愿望似乎很快就能实现。

这个小摊以前只是妻子打理，非典后，由于生意忙得不可开交，丈夫把自己之前的装修业务全停了，夫妻合力同心打点光盘业务，把这摊业务干得风生水起。

适当让利，微笑服务，专业推荐，坦诚唠嗑，让这对夫妻在周边广大盘友中赢得了良好的口碑，也让他们的生意在周边五百米之内几乎没有竞争对手。即使偶有闯入者，也熬不住自己小摊的门前冷落，一个个铩羽而归。

后来，以非典为契机，这个夫妻档小摊持续了好多年，夏天开车路过时，经常会踩一脚刹车，光顾他们的小摊。

这对夫妻对光盘业务的纯熟让夏天总是有惊艳的感觉。哪些是最近的好莱坞大片，哪些是奥斯卡或戛纳获奖影片，哪些是漫威或DC系列神剧，哪些是斯皮尔伯格、吕克·贝松或昆汀·塔伦蒂诺的最新力作，哪些是丁度·巴拉斯充满争议的情色经典，哪些是国内独立制片人拍摄在国外获奖国内不允许上映的禁片，还有印度一言不合就载歌载舞的宝莱坞巨制、岛国的爱情动作片、韩国的人性探索片……他们对全世界各地经典名片可以说是了如指掌，如数家珍。

他们不仅推荐，还经常做一些点评，显示他们不是普通的光盘贩子，而是爱岗敬业做足功课的当代电影作品专业推介者、鉴赏家和评论家，和普通光盘贩子相比不知高出了多少个段位。

夏天按他们的推荐和点评一一对照，很少有失望的时候，心里不由得写上一个大大的服。从此，只要是他们推荐的，基本没有任何犹豫和纠结就拿下。让广大盘友心服口服，并渐渐对他们的推荐产生依赖，便是他们战胜所有对手的核心竞争力。

他们这个小摊持续的日子里，夏天见证了妇人渐渐隆起的肚子，见过冬日冷风中襁褓里的婴儿，然后眼看着婴儿长到打酱油的年龄，会帮着妈妈给客人递上光盘，然后直到某一天他们一家三口突然间没有了踪影……

时移世易，网络的提速让我们仿佛一夜间告别了DVD时代，光盘产业遭到不可逆转的摧毁性打击，大家都是在网络上寻找影片资源，电脑时代和电视投屏时代扑面而来，不知道这对夫妇在告别光盘产业前来没来得及实现在北京买房的伟大梦想……

在非典独自在家这段日子，夏天煮好速冻食品后，与之同时开启的饕餮大餐就是他囤的这些光盘。几个月内，他把之前遗漏的几乎所有大片都看了一个遍，自认已基本达到安徽夫妇贩卖光盘的用工标准，并且有一定把握可以在这片红海市场和他们一较高下或者说并肩战斗。

这些大片把夏天带到各种不同故事场景中，了解了电影的各种叙事方法，也使他从非典造成的紧张气氛中跳脱出来，让这段苦挨的时光苦中有乐，收获满满。

在此期间，疫情一度告急，电视播报的确诊和死亡病例激增。一天，夏天正一个人躲在家里用看大片抗拒孤独和恐惧的时候，手机接到了一个从德国打来的越洋电话。

从第一声"喂"开始，夏天就知道是朱欢打来的。她没有解释是怎么知道夏天手机号的，接通后甚至很多话不知从何说起，但夏天明白，朱欢打电话，只是想确认他是否安全，只要听到他的声音，她也许就可以放下对他的牵挂。

那通越洋电话，由于信号极差，连告别的话都没说完，就被一阵像狂风般的噪音刮断了，这是朱欢在他们当年分手后第一次给他打电话，也是最后一次。

接到朱欢的电话，夏天有一种恍如隔世的感觉，但心中一块柔软的地方却被轻轻触动。想起他们年轻时曾经的美好，那天夜晚他反侧难消，久久不能成眠。

朱欢的这通电话，在夏天看来，也是这次疫情的转折点。从那之后，疫情渐渐被控制，好消息不断传来，各地确诊数越来越少，死亡人数直线下降，而且关键是，全球疫情最严重的北京社会面病例接近清零了。SARS病毒远没有后来的新冠病毒狡猾，既没有过多变异，也没有出现免疫逃逸，掐断传染源后，就没有兴风作浪的机会了。

这次非典，就像一阵疾风骤雨般冲击了全球尤其是中国的经济，在全国人民艰苦卓绝的努力下，中国大陆终于在2003年6月24日被国际卫生组织 WHO 宣布从疫区名单中剔除，至 7 月 13 日，全球确诊和疑似病例数不再增长，这拨疫情宣告彻底结束。

全球经济出现报复性反弹，中国更是出现报复性生产、报复性消费、报复性旅游的高潮，一扫之前非典疫情造成的阴霾，成为全球经济发展最强大的驱动力。

北京非典疫情接近尾声时，夏天到首都机场迎回了小忆和夏小甲母女俩，见到从来没有分离过这么久的她们，夏天竟有一种劫后余生的感觉。

从航站楼出来时，夏小甲还在小忆的臂弯里沉沉睡着，小手塞在自己嘴里，和几个月前离开北京时比，她身体已经大了几号，头发也长了不少，向下坠着，几乎遮住了半张脸。

小忆穿着一件宽大的 T 恤，头发随便绾在脑后，已经顾不上自己的形象了，看得出来，小忆从下飞机到出港一直这么抱着夏小甲已经有些费劲了。夏天迫不及待把夏小甲接过来，横抱住，她才勉强睁开蒙眬的睡眼，她看了看夏天，眼神里有一些陌生和疑虑，于是委屈地扁了扁嘴，看向她的妈妈。小忆连忙说，是爸爸来接你了。夏天更是急切地说，是爸爸，是爸爸，你不会把爸爸忘了吧？来，爸爸给你举高高。

夏天把夏小甲高高举起，让她从俯视的角度看向自己，这一招让夏小甲迅速找到熟悉的感觉，她兴奋起来，双脚开始乱蹬，嘴里咯咯乐着，口水流下来时依然是口若悬河，只是那河床上已经冒出了好几颗白白的小乳牙……

第五十四章　跳槽电联，初战告捷

吉川在听闻大洋国际中日双方分家，夏天团队彻底离开大洋国际后，东日电和大洋国际的合作立马就变得貌合神离，这拨宣传草草结束后，东日电很快宣布将启动下一年的招标，一点和大洋国际续签合同的意思都没有。参与招标的依然是三家日本公司：电联广告、博云堂广告、大洋国际。虽然按照日本公司的惯例大洋国际还是获得了参与招标三选一的资格，但在吉川心里，应该是早早就出局了，这次招标，其实就是日本第一的电联广告和第二位的博云堂广告之间的争夺。

此时的夏天，对广告事业纵是有万丈雄心，但由于合资中日双方不可调和的矛盾，作为中方一员，也只能参与并推动和大洋国际的分家，并接受分家后两败俱伤的现实。

从大洋国际剥离出来的广告业务对他来说并没有太大挑战，他便把更多心思放在刚出生的女儿夏小甲身上，颇有点提前赋闲的感觉。

这段时间，夏小甲终于叫爸爸了，叫爸爸的时间像预谋已久一般，是在这年元旦的早晨。夏天一睁眼，发现夏小甲蹒跚着走到自己床边，先是有些害羞似的笑，然后鼓足勇气，张开小嘴，一声"爸爸"叫得清晰响亮，仿佛心里已经默念了无数次。

八个月会叫妈妈，一岁时已经可以蹦许多单词，这声"爸爸"可以说是姗姗来迟，让夏天望眼欲穿。听到这声爸爸，夏天感觉自己心都化了，抱起夏小甲又是一顿举高高，已经二十斤重的夏小甲在他手里，似乎轻得像一片羽毛，他举着夏小甲，都可以一起飞起来……

还有什么，比会叫爸爸的夏小甲让他更开心呢？

就在他每日含饴弄"儿"的时候，一通电话打来，彻底改变了他的生活状态，也让他的职业生涯发生了一次重要转折。

电话是大洋国际的一个老部下打来的，自从大洋国际中日双方分家后，大洋国际的员工纷纷跳槽，很多都跳到同类型的日本公司里，而排名日本第一，在中国市场名列前茅的电联广告成了接收大洋国际员工的大户。

或许在电联广告眼里，这几年跟他们竞争激烈甚至抢了他们几个大单的大洋国际雇员，应该还是有一些利用价值的，通过这些大洋前雇员，至少可以让他们有机会了解这两年几个大单是怎样输掉的。

那个老部下打电话来用意很明确，就是想促成夏天和她现任老板的见面。

她现任老板是个日本人，叫大河，是电联广告负责业务的二号人物，同时兼任电联广告最大的一个事业群总经理。这个事业群的业务覆盖了日本除汽车和相机外几乎所有重要客户和一些台湾的知名品牌，每年广告营业额是大洋国际的三倍以上，这还是相比前几年下滑后的数字，而现在数字之所以下滑，就是因为这两年他们接连在松上电器和东日电上丢单。

丢单后他们一直反省并寻找原因，通过大洋国际跳槽到电联广告的员工，他们似乎渐渐锁定了答案，这个答案就是夏天。

大河选择大洋国际中日双方刚刚分手，东日电的新一轮招标即将开始的时候约见夏天，其目的自然是意味深长又昭然若揭。

夏天没有拒绝大河约见，电联广告国际国内广告界巨无霸的存在，一直让夏天心生敬畏和好奇，他想当面见识一下这个巨无霸的领导人，也想听听他会开出什么样的筹码来吸引他加盟，因为借此他可以了解一下自己现在的市场价值到底几何。

大河给夏天的第一印象朴实得像个农村大叔，身材圆圆胖胖，眼睛和脸庞都圆圆大大，灰白的头发有些凌乱，衬衣敞着两颗扣子，衣袖胡乱挽着，说话时还不时掏出大手帕子擦拭脑门上的汗，身上一点日本人的味道都没有，而且，他的一口中国话只有东日电的吉川可以媲美，看起来，这又是一个非典型日本人。

见到像农村大叔一样亲切的大河，夏天整个人完全松弛下来，和大河的交流便从有一搭无一搭的闲聊开始。

从闲聊中得知，大河曾经在日本驻华使馆工作，兼职过翻译，因此他一口流利的中文也就不足为奇。大河在闲聊时还很自然地抒发了对中国人民的感情和对中国历史文化的尊重。他说，前些年他在大使馆工作时，《京城晚报》发起保护长城的活动，他把在大使馆工作时省吃俭用存下的20万人民币捐给了活动的组织机构，《京城晚报》为此特别给他写了一篇专访，并送了一块长城砖（仿制品）给他留作纪念。

说着，他从他随身带着的一个有些老旧的公文包里掏出一张报纸影印件和长城砖的照片给夏天看。显然，大河这次和夏天见面是有备而来，在夏天面前，一个朴实和蔼、亲华友爱的人设已经跃然而出。

不得不说，大河给夏天留下了非常好的第一印象，他想，这人和人的差距怎么这么大呢？大河跟大洋国际的北野相比简直就是云泥之别嘛。

东拉西扯了一会儿，大河突然问了夏天一个很直接的问题，你可以告诉我你在大洋国际的收入情况吗？

夏天听了一愣，心想这就开始谈价格了，亲切的大叔怎么这么快就直奔主题问起这么俗的问题？这样打听人的工资是不是不太礼貌？

他吭哧着不想回答，因为他自知对广告行业薪酬市场并不是很了解，说多说少好像都不合适，他其实更想听到对方直接的报价。况且，他并没有想好要从国际商会的体制中跳出来，毕竟，这是国家的铁饭碗。

看夏天犹豫，大河鼓励道，我相信你现在的薪酬并不能代表你实际的价值，我心里已经对你有一个很高且明确的评价，你说出现在的薪酬，就可以看到和我评价的差距在哪里。

大河说这话时，脸上一直保持着一种慈祥温暖的笑容，让夏天彻底卸下了心防。他自认现在的工资水平在行业里算是比上不足比下有余，因此他决定实话实说，倒是看看大河很高且明确的评价到底是多少。

夏天说完自己现在工资数，大河刚开始有些发愣，很快大眼睛骨碌了一圈后，伸出一个巴掌，巴掌上五个粗壮的手指坚定果断地支棱着。夏天不明就里，这五到底是几个意思呢？

大河不待夏天发问，直接解释道，他们准备付给夏天的薪酬在他来见夏天之前已经内部讨论过了，按之前讨论确定的数额，将是夏天现在薪酬的五倍，且每年十四个月工资，还是税后的。

夏天心里简单换算了一下，知道这个报价确实远高于自己目前的工资水平，公司里普通职位的日本人也不一定能达到，这样的报价，诚意满满，让人很难拒绝。

大河继续开价，如果夏天愿意加盟，他的职责是作为副总经理管理各个业务组，是广告业务的最后签字人。大河不在公司时，就是他的全权代表，协调事业群其他各项事务。

而且，夏天加盟后的第一项任务，就是全力组织协调相关人员参与东日电此次招标活动，如果中标，夏天将亲自负责该项活动后期的实施。如果没能中标，他也会安排其他重要业务让夏天负责。在日本公司，鼓励的是一直为公司忠诚工作，很少会主动要求员工离职，相信夏天有能力为公司提供稳定和有创造力的服务。

不得不说，大河这套说辞体现了他洞察人心的能力，诚恳，周到，不显功利，且打消了夏天的后顾之忧，起到了很好的攻心效果。

和大河的见面结束时，夏天内心其实已经有了一个初步的结论，因此，他最后的表态是比较积极的，但为了谨慎起见，还是留了一些余地。他说自己很荣幸和大河认识，也很感谢大河的诚意，对与电联的合作确实有不少期待，但此事还是需要跟家人商量，跟原单位也要有交代，希望给自己一些时间把方方面面的问题考虑清楚。

大河没有在第一时间听到自己想要的答案，表情略有凝滞，但还是很大度地说理解夏天的想法，并认为夏天这样是一种负责任的态度，让他更欣赏夏天的职业精神，也更期待夏天的加盟。

临分别时，大河用自己胖胖的大手拉着夏天的手说，相信我的眼光，只有电联才是适合你的舞台，电联需要你，你也需要电联，电联会给你机会开创广告行业真正的大场面。

正是大河临分别这一席话，彻底点燃了夏天的广告梦想和野心，让他自认为就是为广告大场面而生的人，并最后下定决心，义无反顾抛弃了体制内的铁饭碗，奔向一条充满未知和无限可能的广告逐梦之路。

他完全没想到，梦碎了一地的那天会那么快到来……

夏天一个月后离开国际商会加盟了电联。

他决定离职的消息传开后，老同事们有表示惋惜的也有表示鼓励的，连刚刚退休的陆总都特意打电话询问夏天离职的原因和离职后的去向，夏天一五一十向他做了汇报。陆总知道夏天去意已决，除了祝福，也便别无他话。

夏天入职电联后很快就明白，电联的场面确实不是大洋国际可以相比的，毕竟电联当时号称世界第一的规模并非完全浪得虚名。哪怕后来随着日本经济衰退，电联和欧美几个广告联合体相比有些式微，但也是瘦死的骆驼比马大，直到现在，依然不容小觑。

电联的大场面首先表现在公司办公区规模大，富丽大厦好几层楼已经占满，公司行政部又上旁边的楼开辟新的办公区去了。

其次便是人多且密集，办公区的排位完全是日本公司的风格，夏天作为业务负责人坐在背靠窗户的位置，面对的是自己分管的几大业务组，业务组人员分列排开，感觉眼前黑压压一片，和在大洋国际时人员短小精干完全不是一个概念。看着这群人的一举一动都尽收眼底，夏天深感日本公司的等级森严和自己突如其来的位高权重，一时压力倍增。心想，自己要是不能迅速拿出有说服力的表现，这个位置恐怕很难坐安稳。

当然，电联还有一个被业界传诵的大场面便是美女众多，尤其是媒介部，一水儿的美女，扎着堆儿地争妍斗艳，以前只是耳闻，现在算是眼见为实。

据内部人士消息，电联北京总经理井上老头对公司其他业务一向放手，唯独对人力资源抓得特紧，进的每个人最后都必须由他过目拍板。因此，面试女职员时，只要稍微长得有点对不起观众，哪怕能力再强，也难入他的法眼。相反，只要漂亮，管她能力如何，先弄进来再说，待遇还从优。井上著名的金句是，能力不行，可以培养；形象不行，是对客户的态度问题。夏天一直没有太深刻领会井上金句的内涵，相比于能力，形象对日本客户来说真的就那么重要？

这么大的场面，业务规模自然不小，每年超过 20 亿的营业额，在当时足以笑傲江湖。因此，电联也在江湖上傲娇地宣称，年营业额低于 3000 万的业务，就不要找上门来让自己服务了。

夏天所在的这个事业群，年收入超过 6 个亿，是电联业务重要支柱部门之一，想到自己要统筹整个部门的业务，夏天在略感紧张的同时，还有一种跃跃欲试的兴奋。

他认为，自己在大洋国际没有太多支撑的情况下，几乎凭一己之力就开拓了几个有分量的国际知名品牌，如今，在这个号称全球第一的平台上，一定会有大把的机会，自己一定会开拓出一个更大的场面。

入职电联，他面临的第一个大考就是东日电的比稿，在他心里，这是一个只许成功不许失败的比稿，而且，他自认为，这也是一个只会成功不会失败的比稿，他之所以敢跳出国际商会加入电联，很大一部分原因就是因为这份自信。

事情正如他所料，东日电的吉川在得知他加盟电联后，第一时间就打电话向他表示祝贺，并半开玩笑地表示，希望我们在不远的将来合作愉快。

比稿准备过程一切顺利，以夏天对东日电业务的理解加上电联东京团队的加入，很快就把新一期广告核心概念 concept 抓取了出来，电联北京庞大的创意团队在短时间就准备了多套平面和影视脚本供东日电挑选，充分体现了大公司的协同作战能力，而媒介策略则延续了上一年度夏天在大洋国际的提案……

比稿结果没有任何悬念，东日电中国区年度品牌宣传电联全案拿下，如果执行顺利，还很有可能在下半年把手机部门的新品上市广告拿下，因为手机这个项目，也是吉川在主导，那是一笔更大的投入，这两笔投入加起来全年营业额将超过1亿元人民币。

到此时，夏天不禁有点佩服大河的老奸巨猾，这样的结果，应该都是在他的计算当中，否则，他怎敢以如此优厚的待遇把夏天安排在一个看起来如此重要的位置。他这招釜底抽薪，搞定夏天一个人，削弱了对手，壮大了自己，让这一切发生得似乎有些不费吹灰之力，他对夏天所有的投入和许诺的条件，都可以称作人间值得。

比稿结果出来后，事业群在港澳中心宴会厅特意举办了庆功宴，确切地说，是一场别开生面的烛光晚宴。夏天是当然的主角，除了迎接一大片火辣辣的注目礼之外，还被有心人用香槟喷了一脸一身。他自然不以为忤，反而有一种如饮清泉、如沐清风的感觉。

大河在庆功宴的开场白中说，现在，我向事业部全体人员正式介绍夏天先生。他这话，就好像以前的介绍都不算数似的……大河此时看向夏天的目光，是那么亲切、那么慈祥。

此次比稿，夏天算是旗开得胜，一鸣惊人，这让他不由得有种踌躇满志的感觉，对未来在电联建功立业有了更多期待。

比稿结果大河特意在公司周一的高管晨会做了通报，并拉着夏天到公司各协作部门转了一圈，向各部门相关负责人专门介绍了夏天。他半开玩笑地说，东日电比稿是夏天主导拿下来的，但夏天是他挖来的，请大家同时向他们两个表示祝贺，也请大家配合接下来东日电的服务工作。

大河领着夏天在公司的这一圈展示活动就像一场声势浩大的路演一般，让夏天在各部门头头脑脑面前算混了一个脸熟，为他后续的工作节省了沟通成本，也扫清了不少障碍。夏天理所当然地认为，大场面的到来将无法阻挡，自己只需趁势而上，前方便是一曲光风霁月的水调歌头，波平海阔共潮生……

他压根没有想到，在即将接下来的东日电媒介计划的执行中，他很快就将碰上一个硬茬，还是自己完全惹不起的那种。这个硬茬，也将让自己在电联的宏图大志遭到迎头痛击。

第五十五章　惹不起的硬茬

这个硬茬是突然间向夏天发难的，在她发难之前，几乎没有任何预兆。

按工作流程和夏天以往的工作经验，确定媒介策略后，媒介部门将根据客户预算向业务部门提供媒介计划和相关媒体价格的谈判结果，业务部门由此计算出媒体投放的营业利润。

媒介部报价出来后，夏天很快就发现问题多多。

因为这几年一直在全面负责东日电的服务工作，夏天对东日电之前使用的媒体价格可以说是了如指掌，对照媒介部当前的报价和东日电前一年在同样的媒体使用的价格，夏天发现媒介部报价简直高得离谱，完全没有看出媒介谈判的成果，如果照此价格跟媒体签约，公司利润会少很大一块。而且照夏天理解，在媒体没有涨价的情况下，以电联在全行业数一数二的媒介购买量，理应得到比前一年更优惠的价格，可为什么媒介部报出来的价格会高得如此离谱呢？

作为业务负责人，夏天对这样的报价自然无法接受，于是请来媒介部的媒介计划经理，委婉提出希望他们根据客户的媒介采购量再开展一轮价格谈判，确保公司利益最大化。

看得出来，面对比自己高好几个层级的夏天，这位媒介经理并不买账，她悄声嘟哝着，我们媒介部的报价是不需要你们审批的，这是我们媒介部历来的规矩。

夏天听她嘟哝，顿时一个头有两个大，这个规矩跟他以往对广告媒体购买和谈判的认知显然有很大不同，找媒体谈判要更低的价格，为公司创造更多利润难道不是天经地义的吗？为什么电联媒介部会有不允许业务部门任何质疑的规矩呢？

他也没多想，直接到媒介部找媒介总监，再一次提出希望他们进行一轮媒介谈判的要求，以保证公司获得更高的利润。媒介总监听到夏天的要求，只是轻轻一笑道，您是新来的吧，便再没有下文。

看到他们没有任何回应，夏天也便明确表示，如果没有新的报价，他不会签字确认他们的媒介计划。

夏天没想到，自己坚持需要新的报价的表态，马上就迎来了一场突如其来的风暴。发起这场风暴的，是媒介部的总经理梅津法子。

在此之前，夏天跟梅津法子打交道不多，也就是每周一的公司晨会上照个面，彼此没有什么交集。印象最深的就是这个有日本名字的女人居然说一口地道的老北京话，而且显然是母语的那种。夏天初来乍到，也是大意了，并没有顾得上探究其中的奥妙。

在夏天眼里，梅津法子和许多四十来岁的女人一样，都在努力挽留或者说展现自己身上的年轻风韵，只是感觉她的发力比一般人更猛一些。

她略显紧绷的衣着搭配有意无意地勾勒着胸前的丰硕，似乎对好身材是勒出来的这句话有某种坚定的信念，但她胳臂上的拜拜肉却轻易暴露了她中年微微发福的事实。

离子烫的头发，蓬松有型，很好地弥补了发量的不足，只是略显干燥。眉毛精心文过，加上轻扫的眼影，让她那双本来就很大的眼睛显得目光炯炯，但在顾盼之间，总会不经意透出一抹凌厉。她的双眉间有几道若隐若现的川字纹，笑的时候还能舒展开，可只要一微蹙，霸气和煞气便同时侧漏，铺张在整张团团圆圆的脸上，气势磅礴地任性流淌，让人不由打点起小心。她的嘴唇涂得很红，笑起来爽朗、张扬，有一种舍我其谁的强大气场。

看得出来，她年轻时是有几分姿色的，尤其是那双大眼睛，颇有些勾人的味道，但经过岁月的荡涤，她眼中或许曾经有过的温柔早已被杀伐决断取代，更多时候显得空洞、漠然，并带着几分不耐烦，夏天有时候和她冷不丁一照面，竟会感觉心中微微一寒。

当她带着她的几个手下找到夏天兴师问罪的时候，她这双似乎可以照彻千里的大眼睛，仿佛随时都可以迸发出斧钺刀剑和滚滚天雷，把夏天劈个稀碎或炸个焦脆。

陪着她一块来的，是夏天的顶头上司大河。显然，在此之前，她和大河已有过一轮交锋，或者说有过一通发作。

见到夏天，梅津上来第一句话是，你谁呀，对我媒介部有那么大意见？她那句"你谁呀"，从牙缝里都透出一种蔑视，完全是一副有恃无恐爱谁谁的劲头，其表情之狰狞、语气之粗暴，就像一个吵起架来混不吝的胡同老炮，让人很难和一名外企资深高级女领导干部联系起来。

夏天有些丈二和尚——摸不着头脑，张嘴准备问什么情况。

大河赶紧抢过话头对着夏天劈头盖脸便是一通数落，说夏天你跟媒介部同事交流态度是不是有问题？把梅津小姐都惹生气了。你应该尊重媒介部的工作，有什么需要沟通的，可以通过他亲自来传达，绝不能自行其是用简单粗暴的方式和媒介部门打交道。

大河还特意瞄着梅津怒气磅礴的表情貌似由衷地赞美并强调道，梅津小姐是电联的创业元老，在媒介方面的专业性和权威性不容置疑，你要好好反省自己，绝不能让这种事情再次发生。

大河边数落着夏天，边掏出他那块大手帕擦着脑门上的汗，还不断朝夏天挤眼睛，似乎在提示夏天赔礼道歉。

后来夏天理解，大河这番话，应该是对他的一种保护性批评。但当时他面对这突如其来不分青红皂白的兴师问罪确实有些蒙圈，自己做什么了就是简单粗暴不尊重媒介部门工作？为公司争取最大利益不正是营业部门的义务和权利吗？让媒介部门配合价格谈判又何错之有呢？

夏天心里的火苗也是腾一下就上来了，本想当即掁回去，但看到大河对他挤眉弄眼着急的样子，知道事情可能没有他想的那么简单，只是道歉的话实在说不出口，于是忍了忍啥也没说，并尽量保持脸上表情的平静。

大河见夏天没任何表示，场面显得有些僵，便又赶紧对梅津赔笑道，还请梅津小姐多多谅解，夏天刚来，对公司情况不太了解，又是刚刚拿下东日电这个客户，对部门间协作流程还不熟悉，今后还要不断学习改进，也请梅津小姐多批评指教。

大河的话在替夏天做一些解释的同时也表达了请求谅解的意思，加上刚才对梅津的一番吹捧，算是给足了梅津面子。他还含蓄地介绍了夏天不久前为公司做的贡献，让梅津对夏天的能力有一些客观的认识，不至于把他当白丁一样肆意暴虐。因此，梅津的滔天怒火才稍稍平息没有立刻倾泻而下。

她皱着眉，轻哼一声，那双大眼睛里如炬的目光像刀子一样狠狠剜了夏天一眼道，夏天，我算记住你了。

如果公司里旁人让她那么亮的招子剜一眼，估计会吓得直打哆嗦，但此时夏天心里那股爱谁谁的劲头也上来了，对她那一剜直接选择了无视。同时考虑到大河刚才对自己挤眉弄眼那一通操作，知道不能再激化矛盾，便不卑不亢地对梅津点了点头道，初来乍到，好多事情还需要学习，请您今后多多指点。也算是配合着说了些场面话。

看着梅津离开时她几个手下有些得意和狐假虎威的眼神，夏天心情有些凌乱。自己好歹是营业部门的一名高层领导，大河更是日方主管业务的大佬，平日在公司似乎也是一言九鼎，居然被一个虽有日本名字却说一口北京土话的半老徐娘收拾得服服帖帖，而且是在自己完全占理的情况下，这到底整的是哪一出啊？

梅津一帮人离开后，大河才松了口气，他用他那块大手帕子一边继续擦着脑门上的汗，一边对夏天说，你差点给我也给你自己惹祸了，那个女人是不能惹的。

夏天用迷茫的眼神看着大河，傻傻地问，为什么？这个女人什么来头？

大河摇了摇头，并没有回答夏天的问题，只是强调今后夏天有什么事要绕着她走，遇事有不同意见时就按她的意见办，尤其是涉及媒体价格的时候。

看着大河讳莫如深的表情，夏天终于意识到，这个女人可能真的有些不简单，这个公司的水，也可能不是一般的深。

此事发生后，夏天才想起从多方打听梅津法子的来路。综合各方面情报，夏天对这个气焰嚣张的女人有了一个初步了解。

有日本名字的梅津法子确实是日本人，但她的日文远没有她的北京话利索，因为她从小就在北京长大。作为当年的战争遗孤二代，她在快成年时才到日本留学，待了几年后又杀回了北京。她杀回北京前，结识了日本电联负责中国市场的山村一郎，年近六十的老山村那时正筹备电联在国内的合资广告公司，她便以秘书的身份参与了合资公司筹备工作并成了电联中国的创业元老。

在筹备期间，梅津和山村互相轻易地就被对方征服了，从那以后，她和山村的八卦便是公司公开的秘密。山村在公司是王，她便是王的女人，也是公司最有权力的女人，因为公司负责花钱的媒介部，尽在她的掌握中。

21 世纪初，电联每年近二十亿的巨额媒介投放，都是通过她的一支笔流出，让她在广告圈和媒体圈具备了呼风唤雨甚至翻云覆雨的能力。梅津小姐一声吼，地球也要抖三抖，她的好恶，几乎可以决定一些竞争性媒体的兴衰，因此，无数媒体对她趋之若鹜，她走到哪儿都是前呼后拥一副女王驾到的派头。

后来，老山村因为在中国市场业绩突出，被提拔为日本电联集团领导回到日本，但仍然主管中国事务，对中国市场的人事安排依然是一言九鼎，梅津法子自然还是无人敢惹。每任总经理来华赴任都要先拜她的码头，而大河这样的高管，更是要看她的脸色行事。公司上下，背地里用她名字"梅津法子"拆分成了她的外号："没劲，没法子。"任何争执只要牵涉到她，便只能忍气吞声拧着鼻子绕着走，边走边感叹"真他妈没劲，没法子……"。

这是一个几乎站在媒体权力巅峰的女人，一向是顺风顺水，一向是顺我者昌逆我者亡。夏天初来乍到，孤陋寡闻，并不知道这位姑奶奶的厉害，就像一头闯进瓷器店里的大象，虽没有直接冲撞她，但似乎已经让瓷器店里的一些坛坛罐罐叮当乱响了，她当然会认为这是对她的冒犯，是对她权力和利益的挑战，必须立刻掐死在萌芽状态。

夏天了解到这些情况后，明白自己如果还想在这干，这个女人是自己不能惹也惹不起的狠角色。但与此同时，他之前对电联的幻想和尊敬在瞬间就崩塌了，一个所谓世界级的广告公司，竟也被裙带关系牵扯捆绑着，风骚苟且起来走位是如此妖冶飘忽，完全突破了自己的认知和想象。

好在此事过后，梅津或许是念夏天初犯，且没有给她造成实质性损失，又或许还有一些其他原因，并没有对夏天赶尽杀绝，夏天也算有了暂时的平静。但他认为，这种平静绝非是岁月静好，也许某一天，他还会是于无声处听惊雷。

与此同时，一种无力感和屈辱感彻底打败了夏天，他知道自己永远不可能成为这家公司的主人，作为一个并没有太深厚背景的中国人，光靠能力和热情想在这样一家完全由日本人主导的公司保有一份尊严和独立人格，可以说是一种奢望。

他目前的职位或许就是他在这家公司的天花板，而即便是这样的职位，看起来也是随时会有不测风云。他只是一个工资高一点的打工仔，不可能在这找到真正的归属感和成就感。他甚至有些后悔，为了所谓的广告梦自己打破了国际商会的金饭碗，跳出顺风顺水的舒适区。可开弓没有回头箭，自己到底应该怎么做呢？

他决定暂且隐忍，就当是一个潜伏者吧，他现在要做的，就是彻底摸清这家公司的底细，最大限度地开拓自己的视野，通过广告活动进一步熟悉并掌握市场规律，让自己有平视这家公司的能力，为今后更新的挑战蓄势蓄力。

也好在夏天手里有直接管理且跟自己沟通良好的东日电这个客

户，能让他忙碌且充实，找到自己的存在感。自从他代表电联比稿获胜后，和吉川沟通更密切了，吉川已经把他当成得力的合作伙伴甚至是智囊，东日电在中国市场的许多创意营销活动，他们都在一起进行过认真的研讨和论证。

夏天认为，吉川是一个具有全球化战略思维的人才，脱离了绝大部分日本人相对狭隘的岛国意识。他在中国市场的实践中，尝试以开放包容的态度引进中国本土人才和全新的管理机制，打造融入中国文化的品牌形象，一度让东日电在中国市场声名鹊起。

尤其是东日电手机在中国的行销，更是直接从摩托公司中国总部挖来华人总经理卢雨田操控全盘，使其 N8 手机迅速成为话题热点，在当年更是以超过 7000 万人民币的价格竞得央视广告标王，这是央视广告的第一个洋标王。

一时间，一支以"你心我知"为口号的东日电手机广告在央视黄金时段反复播放，东日电手机在中国市场的出货量大增，接近东日电海外通讯产品市场的半壁江山。夏天率领团队配合吉川参与了这次东日电在中国市场大张旗鼓的活动，见证了 N8 手机一时的风头无两。但很遗憾，也很快见证了它的铩羽而归。

东日电手机的铩羽而归，从根上还是日本整体产业政策和对中国市场定位的问题，这让吉川在后续的操作中阻力重重，深感凭一己之力无法挽回以东日电为代表的日企在中国市场的颓势。

几年后，吉川不得不带着壮志未酬的遗憾，黯然回国。而此时，夏天也已经和电联发生了不可调和的分歧，双方最终选择了分手，夏天从此开启了自己的一段创业征途。

回国前，吉川向夏天说了一番掏心掏肺的话，表达了一个非典型日本人的观点。他说，日本企业文化所代表的国民性已深入日本人骨髓，想有任何大的改变都很艰难，这种国民性可以帮助日本走得很远，但又不会走得太远。日本永远不可能成为美国那样左右逢源的超级大国，也不可能像中国那样成为下一个崛起的超级大国。他相信，不用多久，中国经济总量就将超过日本，军事实力也一定会水涨船高，自古以来的大国地位会越来越正常化，中国的未来，值得期待。

吉川还不无担忧地说，日本如果不能很好适应身边有一个日益强大的邻居，中日之间的问题就永远无法解决。

直到现在，夏天依然把吉川当成自己在日本人中唯一一位真正的朋友，他衷心希望吉川的担忧不会一语成谶。

第五十六章　对决宫本花

夏天在电联的最后一段时光，可以用一言难尽来形容。

广告业务总体上来说，算是得心应手。

东日电的业务稳定和谐，第二年比稿依然是大获全胜，没有任何悬念。松上电器业务量稳步上升，一年广告片就恨不得要拍二十几支，投放量更是可观。一款国产藏药和吃吗吗香的牙膏广告比稿也顺利中标，每家投放至少都是三千万以上。更有一家源自台湾风靡大陆的健师傅系列产品广告，包括方便面、乌龙茶、绿茶、饼干等，也基本全案拿下，年收入数以亿计。随着中国拿下 2008 年北京奥运主办权，借鉴电联参与东京奥运的经验，夏天还独立开发了 2008 北京奥运景观设计的业务……

作为事业群主管业务的副总，夏天几乎每个重要案子的提案和制作环节都要亲自参与，并做最后签字确认。因此，每天他几乎都是办公室走得最晚的那几个人之一，似乎一天不加班，就会觉得好像有什么不正常。这段时间，是夏天的职业生涯最忙碌的一段时光。

为了拍广告片，他几乎跑遍北京所有大型摄影棚和后期制作室，国内如果后期设备技术不行，就要到香港、澳洲或东京连续出差，而且是完全没有喘息时间的那种。他几乎跟当时市面上所有的大牌广告片导演都有过合作和深入切磋，也面试推荐了不少当红或即将走红的所谓顶流明星当产品和品牌代言人。

因为面试时要求所有演员都是素颜出现，他算见识了不少明星的真面目并见证了化妆师化平淡为神奇的功力。让一个柴火妞变得光芒四射，也许只需要一个调色盘、一支化妆笔和一块粉饼。

当然，他也确实体会了什么叫实力派演员，在台下也许就是黄脸婆一个，但化好妆，打上光，立马就戏精上身，眼神、情绪收放自如，整个人都焕然一新。这让他确信，演戏也是老天爷赏饭的行业，一般人就不要随便照量了。他还确信，那些为了上镜好看的当红女明星，个个脸小骨瘦，若是娶回家，基本是要被供起来的。普通庄户人家娶媳妇，还是找一个面如满月腿粗臀肥的为宜，起码健康好生养。

可以说，这段时间，夏天站在了国内广告行业食物链或者说生态链的顶端。因为电联的平台，他接触和合作的客户，都是国际、国内的头部企业，用资本的力量，讲品牌故事，做整合营销，高举高打，摧城拔寨，各领风骚。

当他对这些打法逐渐适应并得心应手的时候，他发现这些含金量太多的打法其实并没有太大含金量或者说能体现出多高的策略水平，基本都是人傻钱多猛砸的套路。

花别人的钱，卖别人的产品，再惊天动地，再花团锦簇如火如荼，也都是别人的热闹，跟自己并没有太大关系。广告行业跟媒体行业一样有无法突破的局限，那就是哪怕舞台再小，自己永远都不可能站到舞台中央，说自己的话，展示自己的实力。这两个行业在各种节目中都属于气氛组，一个负责吆喝，一个负责点赞，然后趁机捡点儿看客们扔的碎银子。

想到这些，夏天认为，如果自己能创造一个品牌，让它从零到一，然后一飞冲天，那才真正考验人的功力，才会有真正的成就感，那才是自己真正的梦想。

此时，夏天在不分白天黑夜累成狗的忙碌中，这个小小梦想也在渐渐萌动。

这些时间，业务上顺风顺水，又因为不再招惹梅津法子那个女魔头，和媒介部的关系也处得丝滑平稳，他都自以为已经进入岁月静好的节奏了，一场突如其来的风波，却几乎引起他领导的团队的崩盘。

这场风波的导火索是一个不大不小的日系客户，这个客户有一款在北京售卖的合资品牌啤酒。

起初这个客户并没有太引起夏天的重视，因其主打北京市场，广告投放量并不是很大，夏天也便没有在这个客户身上花太多精力，日常的客户维护和提案基本由业务担当和他的部门经理去应对。

但随着这款啤酒的临近上市，客户负责广告宣传的日方代表，一个名叫宫本花的女人，突然就打上了门，并指定要跟电联方负责业务的最高领导直接交流。按惯例，日方代表上门，大河是一定要出面的，但大河一听宫本花的名字，毫不犹豫就隆重推出了夏天，他让电联方的项目担当告诉宫本花，夏天就是最后顶缸的，哦不，最终负责的。

宫本花来之前，电联方项目担当，一位在日本留学八年的高级经理就给夏天打预防针：这位宫本花小姐简直就是易拉罐啤酒的化身，身材像，脾气更像，一言不合，便气势汹汹，唾沫奔涌，他实在是顶不住了。

尽管被打了预防针，夏天见了宫本花小姐后，还是差点忍俊不禁。在他看来，身穿短袖西服裙装体形矮壮的宫本花，简直就是易拉罐本罐，是用不同型号易拉罐拼装的人偶。

如果说，她白白胖胖敦厚圆直的小臂和大臂是易拉罐的标准版，那么，她的大腿和小腿就是易拉罐加强版，她小腿的粗壮达到了傲人的程度，好似随时要挣脱腿肚子的束缚和大腿一较高下。她的腰臀愉快地融合在一起，几乎就是一个直上直下的圆柱体，这显然是易拉罐的巨无霸版。她的头形也是又圆又方，下巴和脖子结合处几乎没有任何过渡，仿佛整颗脑袋就是两个肩膀之间鼓起的一个大包，强悍而坚定地向上膨胀着，这可以看作易拉罐的加固版。在这个加固版的面部，是浑然天成的扁平和圆阔，两眼之间距离遥远，鼻子的高度基本可以忽略不计，似乎只要她愿意，她自己的两只眼就可以互相怒视其至互殴。

她脸上唯一突出的，是两片厚嘴唇，尤其是她的上嘴唇，像刚刚打开的易拉罐罐口一样翻翘着，透过翻翘的开口，可以看到两颗门牙间一道巨大的裂缝。

第一次见面看到这道裂缝，夏天只是隐隐觉得有些不安，后来经过一场堪称激烈的冲突，夏天意识到，这道裂缝深处简直就是一个巨大黑洞，既可以吞噬一切，又可以随时喷出一堆黑暗料理，让人如鲠在喉，难以消化。

宫本花不仅长相惊奇，做派更是比绝大部分日本男人还爷们儿，完全超越了夏天对日本女人的认知。开会时，她会旁若无人点上一支烟，熟练地塞进嘴角，斜叼着猛吸几口，轻描淡写就吐出一串烟圈。她会中文，虽然能听出她没有经过科班训练，但日常口语却颇为熟练，只是带一些明显的南方口音。从她的语气中，似乎总能听到一种居高临下训斥的味道，尤其是顺嘴就蹦出来的脏字，表达了她跟别人母亲互动的极大热情。

当她开启脏话模式的时候，电联方的项目担当悄悄告诉夏天，这个女人曾在一家日企的南方工厂工作多年，大概是一个监工的角色，所以她现在跟电联的中国人说话时，也好像是面对一群打螺丝的工人。

再后来，夏天心中不安的感觉越来越强烈，这个女人总是出人意料地展示自己攻击性和破坏性，即使面对一桌好菜，她也可以随时不计后果地掀桌子。

被她一次又一次掀桌子的，是电联方给他们提供的市场策略和广告创意。

她不告诉你她到底要什么，也不告诉你掀桌子是为什么，只是告诉你不行，至于为什么不行，她也说不好，要你们自己去想。反正在她限定的时间，必须做出另外一桌好菜，同时她还保留继续掀桌子的权利。甚至有时候，她纯粹是为了掀桌子而掀桌子，掀桌子似乎能给她带来某种短暂的快感，时不时掀桌子，快感就一直能延续。

一段时间内,这家啤酒客户几乎成了所有关联部门的噩梦,尤其是创意和市场策划部门。当然,首当其冲的,还是这个项目的担当。

项目担当时不时就跟夏天嘀咕,说宫本花对广告创意的要求跟她这种大龄丑女挑剔对象的劲头是一样的,不结合自身条件,不参照自己长相,不知道自己要什么,左顾右盼,东挑西拣,永远都不可能找到中意的,我们这样陪着她玩,黄花菜迟早得凉……

有时候,夏天看项目担当被折磨得到处挠墙,便忍不住向大河汇报这个客户的情况寻求支持或者说寻求豁免。但大河一听啤酒二字,恨不得立刻抱头鼠窜,边鼠窜边留下一串空谷回声:这家是日本本土的大客户,是东京总部派下来的活,不好干也得好好干……

终于有一天,面容憔悴的项目担当找到夏天,说他扛不住了,请求公司另派一个人接替他的工作,尽管他深爱电联,但还是决定离开,因为再不离开,他就会被这罐啤酒淹死了,这和被尿憋死的感觉是一样一样的。

项目担当离职后,他部门的经理就得先顶上他的工作。当夏天准备把这个不怎么光荣却艰巨的任务交给他的部门经理时,部门经理直接将将夏天一军,说让她上这个项目,还不如直接让公司人力资源给她发一个解聘通知,这样倒来得干净利索。

面对这罐啤酒,每个人都表现了强烈的求生欲,但到夏天这儿,已经没有退路了。夏天只好先放下手头其他工作,由自己来直面宫本花,跟她对冲甚至对决……

他当时完全没想到,这个不得已的决定,很快就引发了一场不大不小可大可小的风波,并成为他后来离开电联的一个重要导火索。

这场风波发生在啤酒广告即将发布,产品上市倒计时的时候。

为了应对这个东京指派的客户,北京电联上下各部门使出浑身解数,做出了一套自认为还比较满意的悬念广告创意方案,如果顺利实施,一定会在短时间内造成轰动效应。

但就在广告片即将开拍的前两天,宫本花又来了。

她说她来的目的很简单,是想在广告开拍前看到另一种风格的脚本，和之前确认的脚本比较一下，然后安心地下最后的决心，她希望新的脚本和方案可以在两天内看到。

她这个要求当时就让创意和市场部炸了，因为之前一切准备都是围绕悬念广告展开的，如果临时再改已经和客户东京总部确认的创意，无论是发布时间还是拍摄档期都无法保证，预定的媒体版面和电视时段也无法撤回，很有可能造成重大责任事故，这种不专业不职业的要求简直是骇人听闻。

夏天和几个相关负责人经过短暂商议，当即对她晓以利害据理力争，因为在两天内很难完成这样的准备工作，而且，如果临时更改计划，会产生不可预知的风险。

宫本花的厚嘴唇迅速翘了起来，甩下一句话便扬长而去：必须完成，不然你们看着办。

按日本公司的服务理念，客户就是上帝，而东京电联派过来的上帝，北京电联更是无法抵抗，宫本花一噘嘴，夏天只能和电联的整个服务团队继续开会。

开这种会对所有参会人员都是一种摧残，因为宫本花的无理要求，根本就是一个不可能完成的任务，这是夏天这些年的广告生涯中从来没有遇到的状况。几经折中，最后大家商量的办法就是，整理几条创意新思路，在因为时间关系无法完成分镜剧本的情况下，尽量画出脚本的故事草稿，以应对两天后和宫本花的会议。

两天后，创意部加班加点堪堪画完几套脚本草稿，他们迎来了宫本花，也迎来了易拉罐的终极大爆炸。

宫本花似乎认为这是一次很重要的提案会，又一次穿上她珍爱的职业套裙，像极了一个包装过度的易拉罐。她嘴上涂了一大圈猩红色的口红，眉毛却描得很细，让她整张脸有一种严重的冲突感，好像早早就为这场提案会定下了调性。

面对她那张拧巴着的战斗脸，夏天心里有一种不祥的预感。

按提案流程，夏天先硬着头皮代表电联方介绍了此次提案的思路和准备情况，并请创意总监详细分解他们事先画好的几套创意脚本草稿。

看了创意草稿，宫本花细细的眉毛先是皱成一团，然后又如钢叉般立起来。她嘴角微撇，既像笑又像嘲讽，猩红色的口红似乎也要顺着她撇歪的嘴角滴答下来。

神情一通阴晴变幻之后，是一阵可怕的沉默，终于，她嘿嘿干笑了两声，霍然就露出了两颗门牙和牙中的那条裂缝。

正对宫本花的夏天忽觉眼前一黑，仿佛那条裂缝转瞬间就变成一个巨大的黑洞，黑洞中一条分着叉的黑红蛇信子，在肆无忌惮地吞吐，带着阵阵寒意。

"为什么没有分镜剧本？为什么用这么简陋的草稿来糊弄客户？"

"这就是你们的提案水平，这就是电联的水平？"

"你们还有没有职业素养？"

"你们怎么能言而无信？"

"你们中国人就是这么不讲信用的吗？"

"你们中国人他妈的就是这样的素质吗？"……

宫本花的一连串发问，带着劈了叉的尖音排山倒海般呼啸而来，夏天感觉她那两片猩红欲滴的嘴唇，似乎随时要挣脱腮帮子的束缚，和翻卷起的吐沫星子一块，糊到他们的脸上，让他们甩不掉，擦不净。

宫本花平时的中文也就吃吃喝喝的日常口语比较熟练，说正经事时一定是要靠翻译的，但这串发问中文之流利，可以说是出口成"脏"，层层加码，气势如虹，听起来不是事先排练过就是平时说惯了的。

如今这个年代，在中国首都，敢公然侮辱中国人，还直接问候中国人的母亲，她的胆儿怎么那么肥呢？

夏天的怒火瞬间被点燃，他的第一反应就是要上去给她一个大嘴巴子，再加一个二踢脚，每一脚都踹在她那张黑洞洞红艳艳的嘴上。

看到夏天眼中喷射的怒火和额头绽放的青筋，坐在他身边老夫子般的创意总监悄悄拉了一下他的衣角。夏天侧过头见创意总监虽被气得面色青白，但因为担心他真的动手，眼神中也透露出了极度的紧张不安，这让夏天即将爆表的愤怒指数稍稍有些回落。

此次提案会电联方并没有日本人参加，或者说该参加的日本人都躲了，作为领队的夏天，必须有所回应，无论是代表电联的立场，还是代表一个普通中国人的立场。但到底应该怎么回应呢？

刹那间，夏天脑海里闪过各种念头。

上去给她一顿胖揍？让易拉罐啤酒当场绽放成爆浆的西红柿，那将是何等的痛快淋漓！可这个可恶的女人居然是女人，夏天暗道遗憾，母易拉罐的身份算是救了她自己。

当场回掼她狗日的？以其人之道还治其人之身，像她一样上升到族群攻击，那岂不是跟她一样没风度？而且，夏天悲哀地想到，自己和在场的中国人其实都是在吃狗日的这碗饭，都在狗日的屋檐下，难怪老夫子般的创意总监会紧张不安，气势汹汹的易拉罐会有恃无恐。

但这口气绝不能就这么咽下去，被气出的老血也必须吐还给她。

夏天愤怒的目光一直盯着易拉罐没有收敛，易拉罐的表情瞬间有些慌乱，她显然没想到夏天敢愤怒地盯她那么久，眼神中没有任何畏惧和退缩。

但易拉罐很快就挺直了她坚实的脖子，嘴角歪得更厉害了，满是讥讽地笑道："怎么，不服气？你们中国人不就是这个样子吗？你们这样的中国人我见得多啦，我说得有错吗？"

沉默了几秒钟，夏天克制着愤怒，紧盯着易拉罐的眼睛用平静冷漠的语气一字一顿说了下面一段话："宫本小姐，首先，你应该感谢自己是一位女性。其次，你应该庆幸我是一个文明的中国人。你并不了解我这样的中国人，当然，我也并不了解你这样的日本人，因此，我们彼此不要随便互相评价。今天的提案会结束，告辞！"

夏天一行站起身头也不回便扬长而去，宫本花瞪着滚圆的眼睛，一脸的不可置信，嘴里气急败坏地喊道："我要投诉，我要向东京总部的日本人投诉你们，你们等着瞧……"

第五十七章　上野的樱花和浅草寺的签

这场风波，意味着北京电联已经无法单独支撑啤酒客户的服务，东京电联只好紧急派人牵头后续工作并直接和宫本花对接。宫本花在和东京电联对接时，没有再出幺蛾子，对北京电联原先的方案基本是照单全收，照方抓药，新品在啤酒季前上市，大获成功，迅速打响了知名度也打开了销路。但北京电联在此次广告推广活动中却注定是一个费力不讨好的角色，而夏天，更是能感受到风波之后周边氛围的微妙。

大河在提案会后第一时间就了解了几乎所有细节，他用若有所思的目光对着夏天打量了半天，没有说一句话。夏天并没有对自己在那场风波中的表现后悔，但他隐隐有一些不好的感觉，在狗日的窝里，撑了狗日的宫本花，会是什么样的后果呢？这是否意味着他在电联的日子就要进入倒计时呢？

他有些不甘心，因为毕竟付出很多，开拓了这么多的业务，尤其是投放量巨大的东日电，而且，吉川对自己非常倚重，个人关系也很铁。他相信，凭自己的能力，还可以开拓更多的业务，只要不是有眼无珠，就应该看到自己对公司的价值。

同时，他又有些灰心，他再努力，再能创造价值，也只能莫名其妙被一个狗日的疯女人搞得左支右绌，有苦难言。风波之后，电联几

440

乎所有的日本人见了他都是一种探究加考问的眼神。再联想起之前被梅津法子这个二鬼子女魔头修理暴虐的点点滴滴，他深感自己在日本公司的无奈和无助，心头一片迷茫。

他暗忖，也许是到了准备退路的时候了……

此后几个月，一切却出乎意料地平静。夏天自加入电联以来第一次在家过了一个完整的春节假期，一家三代同堂，也算是其乐融融。

这年春晚满文军唱了一曲《回家的人》，让夏天心有戚戚，这几年在外企工作披星戴月，早出晚归，加班加点岂止是九九六。这个春节，终于可以陪老爷子夏山水轻轻松松喝喝酒，唠唠嗑，再逗逗已经能说会道奶声奶气的夏小甲了。

春晚上，韩红一曲《天路》也是唱得高亢婉转，荡气回肠："那是一条神奇的天路耶喂，带我们走进人间天堂，青稞酒酥油茶会更加香甜，幸福的歌声传遍四方……"让人不由得对能带人走进人间天堂的神奇天路充满向往，敢问天路到底在何方？

春节过后，日本公司到3月底的财年就快结束了，与东日电的合作又将进入新的合同年，大河郑重其事叮嘱夏天要全力以赴主持好与东日电第三个财年的合作提案，只许成功，不许失败。

提案是4月初在东日电的东京总部举行，时间地点都是吉川特意安排的，北京电联带队的还是夏天。

吉川把夏天一行介绍给了他在东日电东京总部的领导和同事，话里话外透着对夏天工作的认可和信任，夏天心里清楚，这次提案内定的意味非常明显，因为在来之前他和吉川已经有过透彻的沟通，所有广告策略和创意要点都已经获得吉川和东日电中国的认可，这又将是一场兵不血刃的胜利。

因为输赢没有悬念，夏天一行很是放松，工作之余，除了喝酒，就是寻找美食。早稻田大学附近的武道家拉面，池袋主打盐渍鲑鱼子和海鳗的回转寿司，银座街头的章鱼小丸子……都是口口相传本地人推荐的当红小店，口味地道且不是很贵。

提案顺利过关后，吉川还单独带夏天去了他常去的私人酒馆，准备和夏天畅饮庆祝一番。这个小酒馆曲径通幽，古朴雅洁，让人不由自主就放松下来。吉川特别推介了他钟爱的日本烧酒和配酒的海鲜腌物，他说，这是一种非典型日本料理，和夏天之前接触的日本料理应该有很大不同。

吉川推荐的日本烧酒酒精度将近 40 度，接近中国白酒，比通常 15 度左右的清酒味道要浓烈许多。但它的喝法和中国白酒迥然不同，要用冰块和柠檬水调制，口感冷冽微辣，沁出一种独特的米香。海鲜腌物则是按古法炮制，鲜滑顺爽，味厚不咸。最绝妙的是它们搭配在一起的感觉，烧酒和腌物的味道互相激发，余味幽深绵密，叫人欲罢不能。

夏天很快半瓶烧酒下肚，胃里渐渐升起一团火，这团火也逐渐上了头，让他感觉就像在阳光下温暖清浅的海水里载浮载沉，全身都浸润在一种莫名的愉悦中……

这是夏天唯一一次在日本喝得摇摇欲醉，吃着非典型日本料理，和一个非典型日本人在一起，竟有种酒逢知己千杯少的感觉。

酒后第二天，是这次到东京最重要的一个节目，去上野公园看樱花。

吉川之所以安排夏天他们在这个时间段来东京提案，就是为了让他们能赶上花期，好好感受一下东京的樱花季，可谓是用心良苦，周到备至。按吉川的说法，看看漫天漫地的樱花，可以看到一个不一样的东京和日本。

樱花季，不止是东京，日本九州、四国、纪伊半岛、伊豆半岛沿岸的樱花也是次第开放，最终连成一线，整个东瀛国就像一片绯红和粉白云海中托起的海市蜃楼，美得如梦如醉。

而鲁迅先生早年写到的："上野的樱花烂漫的时节，望去确也像绯红的轻云……"就像一段历久弥新的经典广告语，寥寥几笔，便激发出无穷想象，让樱花季的上野公园成为国人心心念念的网红打卡地。

夏天他们一行抵达上野公园的那天，正是一年中花开最盛的时候。

绵延近两公里的樱花大道，虽未见先生笔下那片绯红，但粉白如云的花树一丛丛开放着，密密匝匝，层层叠叠，绵延成片，岂止是"烂漫"二字可以形容。上午的阳光斜照进这片如云如梦的花海，点点光晕荡漾开来，让人心旌摇荡。偶尔有一阵微风吹过，几片花瓣轻轻飘落，像一声声沉醉的叹息……

徜徉在这片花海里，夏天他们对这座公园里其他风景基本选择了忽视。

不忍池中终年栖息嬉戏追逐的野生鸳鸯、大雁、黑天鹅、野鸭，池中央弁天岛上膜拜弁才天女神的善男信女，绿植掩映中若隐若现的古舍、寺庙、神社、博物馆，随风吹动的成排的纸灯笼，东照宫参道两旁的95座石灯笼和195座青铜灯，还有那些穿着和服、趿着木屐、簪着发髻、涂着红唇、迈着细细碎步的东洋女子……似乎都是这些花树的背景，让一切变得古雅、祥和，组成一幅胜日春景图。

只有园内动物园作为中国"友好使者"的熊猫宝宝，能让他们稍作驻留，但看到要等一个多小时的长长队伍，他们选择了放弃，还是把机会留给喜爱熊猫宝宝的世界各国人民吧。

来之前，夏天对日本樱花是做了一些功课的，他知道，樱花在华夏自古就有，距今已两千多年的历史，"樱花"的名字，便是战国时一位道家所起，他见此花同开同落，不惧不媚，忘乎生死，不与百花争艳，不为外物所动的风骨，达到了"婴宁之境"，遂以"婴"字加了草木的"木"，起名为"樱花"。

烂漫的樱花从战国开到秦汉，到盛唐时蔚然成风。皇族深宫，闺阁庭院，随处可见樱开樱落。而日本遣唐使带走的盛唐文化中，就有樱花。奈良时代起，樱花便在这片土地上繁衍盛放，渐渐被奉为守护水稻生长与收获的"花神"。

每年樱花盛开的时节，人们便会来到樱花树下祭拜"花神"。摆上美食，斟上美酒，围着樱花树载歌载舞，迎接花神的降临，祈福新的一年风调雨顺，五谷丰登。这时，樱花代表了和平与富足的美好愿望。

再后来，经过武士时代，樱花被赋予了更多的含义，成为日本国花，深刻影响了日本人的生活和价值观。

"正因凋谢故，方显樱花美"，短暂的樱花七日，盛开时花团锦簇，满树如云，凋谢时却如花吹雪，转瞬间云散雪落，遍地花泥，有一种极致的"物哀"之美。其凄切悲怆，并由哀物至哀人，竟有几分黛玉葬花的味道。

每年樱花从南到北次第开放的季节，人们会根据媒体的"开花预报"，争相奔赴"樱前线"，做樱饼，品樱酒，赏樱景，享受樱时空。日本人看到樱花抱团开放的盛景，深悟集团意识的精髓，每片花瓣也许都是平淡无奇，但一大片樱树，千万朵樱花在一起的场面便如云如霞，蔚为壮观，这就是集体的力量。

樱花短暂美丽的生命，也影响了日本人的生死观。花开如梦，但梦却会片刻间随风凋零，拼尽全力开出最美的花朵，在最灿烂的时刻纷纷飘落，决不枯烂枝头，即使飘落一地，也是洁净无瑕。这种脆弱的美，通过死来获得永生，就像村上春树在《挪威的森林》里对生死的阐述，而这，也是对日本自杀文化甚至武士道精神的一种诠释。

"晓报樱桃发，春携酒客过。绿饧粘盏杓，红雪压枝柯。天色晴明少，人生事故多。停杯替花语，不醉拟如何。"看着眼前的美景，想起日本樱花的种种，白居易的一首《同诸客携酒早看樱桃花》便浮现在夏天的脑海。一千多年前的白居易和一群朋友把酒赏樱，应该是在大唐的长安吧？一千多年后的今天，自己和一群人也在赏樱，地点却是日本的东京。

"停杯替花语，不醉拟如何。"此情此境，似乎花都在问，岂能无酒？又岂能不醉呢？

夏天他们在花海中盘桓流连，一直不忍离去，最后找了一个山坡上可以观景的居酒屋，边慢慢喝着烫热的清酒，边从另外一个视角静静欣赏眼前的美景。

从高处看，满眼花树连绵不绝，浩浩荡荡，奔向远方。似流淌的红霞，又似随时要飞腾起来的轻云，让人忍不住想趁着酒意，融化其中，但愿长醉不复醒。

酒至微醺，暮色将临，他们才依依不舍沿着樱花大道离开上野公园，此时终于等来一阵不大不小的风，花树依旧繁盛，但花瓣却也飘下了成千上万朵，落在人们仰起的脸上、惊奇的眸中、紧挨的肩头，落到如白雪覆盖的地面！那一刻，好像所有的人商量好了似的，一切声息都停止，整个世界都安静下来。只有风吹，只有花落……

为了这一刻的到来，它准备了一个冬天。

为了这七天短暂的盛开，它用尽了全力。

为了这离去瞬间的壮美，它义无反顾……

曾经来过，就要灿烂地活一场，即使凋零，也有毁灭时的夺目光芒。

就在那一刻，夏天似乎读懂了日本的川端康成，读懂了中国的海子，似乎也读懂了樱花背后的光荣梦想人生苦短好景无常……

东京之行最后一天，夏天还是按惯例去了一趟浅草寺，照样抽了一回签。和前几次大吉不同，这回抽的签却是大凶：火发应连天，新愁惹旧怨，欲求千里外，要渡更无船。

要渡更无船?！刚抽到这支签，夏天心里不由得一紧，但很快甩甩头，心想，怪力乱神，且姑妄听之，哪有那么准的。

回国后，和东日电的年度新合同顺利签署后，大河第一时间把夏天请到自己办公室。

和宫本花那场冲突似乎已渐渐被人淡忘，将近一个亿的单子又搞定了，大河这是要表扬自己，还是要给自己涨工资呢？因为工作合同续约期眼看就要到了，进大河办公室前，夏天心里胡乱猜想着，并没有察觉到危机迫近，相反，还带着些许兴奋和期待。

进到大河办公室，夏天没有见到大河常常挂在脸上的和蔼的微笑，相反，他的表情明显有些紧绷，期期艾艾半天没有开口，大大的眼睛很无辜地看着夏天，目光却有些躲闪，并且掏出了他那块大手帕子开始擦脑门上的汗。

看到大河用大手帕子擦汗，夏天忽然意识到什么，看样子，那个躲猫猫般几次一闪而过的凶兆，隐忍多时，终于还是浮出了水面，并即将露出自己的青面獠牙。

大河下意识清了清自己的嗓子后，先是对夏天进行了一番浓墨重彩的夸赞，然后又表达了自己的感谢之意。当然，最后的结论是，公司还是准备终止跟夏天合作。他强调，按程序本来应该是 HR（人事）找夏天直接谈的，但他认为，还是他先谈比较好，一是表达他本人对夏天的尊重，二是想听听夏天有什么要求，只要在他能力范围内，他一定想办法满足。

夏天听大河叨叨完，并没有马上表态，这个猝然临之的结论，虽然让他有些吃惊，甚至感到有些屈辱，但却并非完全在意料之外，因为和宫本花的冲突，终究是需要一个了结的。

只是这个了结的时间节点，让他觉得又好气又好笑。

日方显然是经过精准评估且蓄谋已久的，拿下和东日电的合同后，可以把夏天离职可能带来的风险降到最低，而在夏天工作合同即将到期时提前通知他，付出的赔偿金额可以降到最少，这个算盘可以说是打得既精明又冷酷。

只是这点儿起子和小算计，却让夏天有种被气乐了的感觉。如果冲突发生后立马让夏天走人，夏天还会觉得他们够直率，够爷们儿。可他们一直忍到了这会儿，也太能忍辱负重，顾全大局了，这忍者神龟的功夫，也是没谁了。

在大河貌似艰难而痛心地宣布公司决定后，夏天由最初的吃惊，很快便平静下来，最后，他一句废话都没有，马上表态说自己当天就可以交接工作，请他指定一个交接人。

看到夏天平淡而痛快的表态，大河有些错愕，甚至莫名有些不安，本来已收起来的大手帕子又被他抖搂开，继续擦脑门上的汗。他还继续解释道，这并不是他个人的决定，他本人对夏天是非常认可的，但北京电联甚至东京电联最后得出的结论已无法更改，请夏天理解，如果夏天有需要，他可以为夏天的下一份工作亲自写一封推荐信。

此时的夏天，早已波澜不惊，而且忽然有一种解脱的感觉，他认为，大河的这次谈话，实际上是帮他做了一个选择，一拍两散，也许就是各自安好，一别两宽。

到底这些年在日本公司没白待，最后，夏天有模有样用颇为日式的风格对大河表达了感激之情，感谢他慧眼识珠，给了自己在电联一段不一样的工作经历，也感恩他给了自己一个施展的舞台，让他开拓了视野，了解了自身能力边界和兴趣所在，可以帮助他为人生下一站找到更适合的方向。

夏天发现自己越说越谦卑，越说越真诚，越说越有格局，只是大河却越来越蒙圈，夏天难道不生气吗？连一个 why 都没问，还使劲感谢他，这是几个意思？

吉川听到电联和夏天不再续约的消息后，当场震怒，不仅马上操起电话就拨通北京电联总经理井上表示反对，并且代表东日电中国立刻写了一封正式邮件给北京电联同时抄送东京电联强调夏天在与东日电合作中的重要性，他重点表达的是，他对今后和北京电联合作能否顺利进行，非常，非常，忧虑！

显然，夏天和吉川对此事的反应都超出了北京电联日方管理层预料，这难免让他们有些犯嘀咕，于是，稍显戏剧性的一幕出现了。在夏天办理离职手续的那天，人力资源突然拿出一份竞业限制合同，大意是夏天两年内不能跳槽到和电联有直接竞争关系的广告公司，如能遵守，会有一笔可观的补偿金；如不能，不仅要退回补偿金，还要赔偿因此造成的损失，并承担相应的法律责任。

夏天看到那笔天外飞来的补偿金的数额，欣然落笔签字，因为他知道，离开电联后，他的广告之梦就已经结束了，他压根就没想要再去入职另外一家广告公司。

而且，是时候，干自己的事了！

告别电联同事时，北京电联一位中方高层私下跟夏天透露，对和夏天解约，日方内部也是有争议的，但有一条，他们始终无法说服自己，那就是夏天对日方的忠诚度。忠诚不绝对，就是绝对不忠诚，在日方的政治正确和大是大非面前，夏天所表现出来的个性，恰恰是他们最忌惮最不喜欢的，这是一个早已注定的结局。

这天离开公司时，北京下起了冰雹，夏天躲进簋街路边一家小酒馆，独自要了几个小菜和两瓶啤酒，看冰雹把大街上的人和车砸得惊慌逃窜，地上一片狼藉……

第五十八章　万事俱备，只待签证

离开电联，夏天十年的外企生涯，就这样画上了句号。

这十年，由一脑门子羡慕崇拜，到如饥似渴吸收新的知识，到逐渐发现自身优势和价值，再到有能力和外籍同行在业务上掰手腕，到最后无可奈何面对无法突破的天花板，夏天走过了一个完整的外企职业生涯的周期。

这十年，也可以说是改革开放最红火的十年，夏天躬逢其盛，勤劳肯干，努力向上，完成了初步的财富积累。如今，外企颓势渐显，他也渐渐迷失了方向。

到底应该干点什么呢？之前一直看好的互联网行业怎样才能顺利切入呢？夏天开始了比较严肃认真的思考。

他先是盘点了这些年积攒下来的愿望清单，有两项很快就呼之欲出，去一趟美国，再考一个纯英文授课原汁原味的 MBA 课程。

他之所以会有这两个愿望，完全是这些年经常往返中美间的卓越给他洗脑的结果，卓越总是诲人不倦地跟他叨叨，只有深入地了解美国，才能更好地理解互联网，才能找到在中国互联网行业发力的方向，而只有系统地学习 MBA 课程，才能更好地掌握这门商业语言，和世界的商业潮流接轨。

夏天找了一个可以同时拿到中美两国研究生文凭的 EMBA 班，顺利通过了入学考试，开学在9月。而在那之前，就是抓紧时间办签证，完成在美国的一次深度游。

这些年，夏天已经走遍了世界许多国家，唯独还没去过美国，其中一个很重要的原因，就是美国签证出了名的难办，卓越当年去美国办签证时的各种艰难曲折，简直都快成了夏天的童年阴影，而外企的忙碌，更让他不愿费心费力干这种失败概率比较高的事情。

但卓越为了鼓励督促他赴美特意跟他设的一个赌局，再加上忽然有大把时间，让他下定决心踏踏实实做好去美国大使馆办签证的各种准备。

这个赌局源于他和卓越在长城饭店的一次谈话。

"你小子对美国是不是有偏见啊？"

"此话怎讲？"

"上次给你的邀请函好好的就作废了，你怎么不去办啊？"

"我舍不得100美元，要签不下来，耽误工夫不说，签证费还白花了，你知道100美元能买多少斤大米吗？"

"你不试试怎么就知道签不下来呢？你不是有那么多去过别的国家并且没有畏罪潜逃的记录吗？美国可是一个重个人表现的国家。"

"就你们美国签证难办，你们美国也忒牛了，我准备等美国敞开国门哭着喊着让我们去做客的时候再去，免得签不下来我小小心灵受伤害。"

"这样吧，我们赌一把，我赌你肯定能签下来，签不下来100美元你还得掏，但签下来我就欠你200美元，你那100美元就当是风险投资。"

长城饭店大堂酒吧，基本上每月中美间来回一趟的卓越又聚集了他在北京的一众老友，还第一次把和他一起来的名叫 Ale 的白胡子老头介绍给大家，这是一个来自肯德基故乡，有着雪白头发和雪白胡子酷似肯德基代言人的德裔美国老头。此时的夏天完全没想到，这个老头在不远的将来会和他们一起在中国市场昂首阔步，走上共同投资，共同创业的道路。

北京的老友中有全家也准备办美加签证的大宝，这些年因为卓越这个串联总机的作用，夏天跟大宝也早已熟稔起来，通过大宝，夏天对我国的互联网行业已经有了更多更新的认识。

卓越锲而不舍的劝说，加上大宝一家也要办签证的现身说法，让夏天的心思渐渐活动起来。而卓越蛊惑的招数，也越来越上段位："你办妥签证后，可以和大宝约好时间一起到西雅图，我在美国找一帮朋友，搞一个规模空前的派对，把你们一勺烩了，那盛况想想就让人高兴。"

"无论是中国还是美国，彼此都会成为对方最需要重视的国家，这么重要的朋友或敌人，你应该去了解。"一直在认真听卓越两边翻译察言观色的 Ale，忽然对着夏天一本正经插话道，并且一本正经地用了"should"（应该）。

看着 Ale 正经且坚定的眼神，夏天忽然觉得这个肯德基老爷爷的话很有权威性也很有说服力，他下定决心，准备闯一闯美国大使馆。

Ale 第二天就把他亲笔签名的邀请函和担保函给了夏天，赴美的主要理由是他以某公司 CEO 的身份邀请夏天去参加董事会云云。

几天后，夏天来到京城大厦美国大使馆办理赴美签证的合作银行中信实业银行的柜台，交了八百多 RMB。柜台小姐给了他两张申请赴美 B1\B2 签证的表格，一张是正表，一张是补充内容，要求用中英文填写。

买完表正转身要走，柜台小姐忽然提醒道："你跟美国使馆预约面见签证官的时间必须用专门的电话卡联系，否则他们不受理。"

"有这事？那买张卡吧。"

"电话卡有两种面额的，一种是 32 元的，可通话 8 分钟……"

"买 32 元的就行。"夏天打断她的话，心想 8 分钟约个见面时间足够了。

"但这两天我们这儿的电话卡已经卖完了，你可以上我们长虹桥附近的支行去买。"

"还得跑那么远，你们怎么不及时补充？"这不是逗你玩吗？夏天心里嘀咕着，感觉有股小火苗忽悠冒了一下。

"对不起，我们也得申请，还不知道哪天才到呢。"

柜台小姐咬了咬嘴唇，露出一丝歉意。

小火苗……咳，算了，赶紧买去吧。

拨完电话号，输入密码，接通美国使馆服务热线，对方录音机里传来甜美的女声：

你好，这里是美国大使馆签证服务处，需要汉语服务请按1，英语服务请按2，录音信息服务请按3………人工服务请按8（大意如此）。

汗，这一会儿工夫两分钟就快出去了。

终于和一个声音还算温柔的活人通上了话。

"请问您贵姓？"

"您的名字拼音是？"

"您的护照号是？"

"您户口所在地是？"

"您想什么时候去美国？"……

接线小姐问了夏天一堆问题，查一底儿掉。

"您什么时候见签证官会比较方便呢？"

"签证官什么时候方便我就方便。"夏天有点急了，这8分钟眼看就要过去了。

"您不用着急，您的时间虽然快到了，但我会帮你把面签时间确认完。"

接线小姐对夏天的心理洞悉入微。

"请记住，您的预约编号是×××××，面签时间是7月21日下午2时30分。"

"哦，谢谢，那您看我面签需要准备什么资料呢？"

"对不起，您的时间已经到了，您如果还有其他问题，请换一张卡再跟我们联系。"

夏天张了张嘴还想说，那边电话已传来清晰的咔嚓声，挂了。

这么关键的问题没有答案，肯定还得再问呀，只好出门，大老远又买了一张 32 元的卡。

买完电话卡回来，已是下午 5 点多，按卡上标注的时间，使馆衙门的爷爷奶奶们已经下班了，只好等到第二天上午接着打。

照例拨号，输密码，这回夏天学乖了，接通后直接摁了 8，另一温柔的女声响起：

"您好，有什么可以帮忙的吗？"

"我已经确认面签时间，希望了解面签需要准备什么材料。"

夏天为自己的单刀直入感到有些暗暗得意，时间就是金钱，绝不能让她问那些烦琐的问题浪费金钱，现在全是自己的提问时间。

接线小姐还算知趣，一一列举了夏天需要准备的东东，该详细的详细，该简明的简明，基本做到了不厌其烦。

要准备的东东可真不少呵：工作单位派遣函、公司营业执照副本复印件（需加盖公章）、户口本原件、结婚证、学历证明、工资证明或存款证明、房产证原件……总之，就是要证明你在北京有房子有地有牵挂，打死你也不会硬赖在美国不回来。

快到 8 分钟时，接线小姐适时收住了话题，夏天不禁有些佩服她的职业素质。

"谢谢您，我明白了，真受教育。"夏天由衷地夸了她。

"别客气，应该的，其实您也可以在美国使馆的网站上查询，那上面有专门的网页介绍，比我说的还详细。"

网页上的白纸黑字确实比接线小姐说的更明确、更详细，早说上网查不就完了吗？！接线小姐一句挺实诚的补充说明并没有给夏天带来愉悦的心情，但他已经顾不上为本来也许能省下来的 32 元郁闷了，这么多要准备的材料让他的脑子有点乱。他告诫自己，不能烦，开弓没有回头箭，一定要把这些东东捋清楚，绝不能因为自己的低级错误而被拒签。

接下来的一些天，夏天花在了准备这些材料上，填表和准备资料基本顺利，只是其中有一次填表时，夏小甲在旁边捣乱，害他填错了好几个地方并进行了多次涂改，他只好胡乱填完，把这张表当作草稿，再到中信银行要了一张新表重新誊抄了一遍。

三周后的一天上午，是大宝全家去使馆面签的日子，他们约的时间比夏天早了三天。他们一家三口准备在温哥华办完事后，再到西雅图来和夏天会合，这两个城市虽分属加拿大和美国，但车程只有三个小时，他们在西雅图聚几天后，会计划下一步的行程。

下午，夏天估摸着大宝早该面签完了，给他手机打了个电话，没人接。

过了一个多小时，大宝的电话终于来了。

"使馆不让带手机进去，据说是怕手机炸弹，我干脆把手机放家里了。"大宝上来先解释。

"怎么样？"

"还行，我和小孩的都签了。"

"你媳妇呢？"

"也没拒签，但需要补交一个工作简历，然后等通知。"

"什么时候通知？赶趟吗？"

"说不好。"

"签证官可爱吗？"

"不太可爱，你要记住，最好躲开一个看起来像新加坡人的华裔签证官，这哥们特能拒。"

"哦，还有，你填的表里名字不要用汉语拼音，要用电报码，你得上银行找一本密电码查去。要不你到使馆临时再查就费劲了。"

多亏大宝的提醒，夏天还真用的是汉语拼音，赶紧又跑了一趟银行，把电报码填上了。

办完这些事，夏天自忖万事俱备，只差和签证官刺刀见红这一哆嗦了。但其实，三天后的下午，在即将面对签证官的时候，夏天忽然发现，自己犯了一个简直无法原谅而且无法解释的低级错误……

签证那天下午，开车出门前，为了谨慎起见，夏天还是决定把皮鞋上的土好好擦了擦。

路上挺顺，只是骄阳似火，日头正毒。

离美国使馆秀水北街路口还挺远的辅路边，一穿制服晒得黝黑的老乡笑眯眯指挥夏天停车："办签证的吧？前面没地方了，你把车停这儿往南走 300 米路口右拐有很多人的地儿就是美国大使馆。"他从夏天手里拿着的文件夹一眼就看出是干吗来了。

"祝你好运，先交 10 块钱。"

"……？"

"我们这儿是黄金地段，1 小时 5 块停车费，您至少需要两小时。"

拐过路口，果然看见密密麻麻一群人扎着堆儿，一道铁栅栏挡着他们，栅栏前有武警战士维持秩序。美国使馆的大门在哪儿呢？怎么转一圈也没看见呀？夏天不觉有些纳闷。

一问，原来这只是通往美国使馆的巷口，因为使馆签证处人满为患，这些人还不让往里放呢。夏天挤进人堆儿，环顾四周，发现大家伙儿都尽量穿得挺体面的，皮鞋也基本跟他一样擦得光可鉴人，在正午阳光下显得分外刺眼。可看着一个个晒得满面通红，四脖子汗流的狼狈样，夏天不禁对他们有一种惺惺相惜的难友的感觉，同志啊！

这堆人挨着的马路旁边，几把遮阳伞一溜排开，分别插着不同的幌子，算是美国使馆衍生出来的各种产业。

在代人填写中英文表格的牌子下，一戴眼镜的哥们正光着膀子，挥汗如雨，奋笔疾书，他的前面，居然也排了一小溜人。

而另一块牌子下面，排队的人更是火爆，牌子上写着：石大妈存包处，美国使馆权威论证！以下物品：……（包括手机）禁止带入使馆，存包费每位 10 元。

一个看着像石大妈的人正乐不滋儿地忙着收钱……

第五十九章　签证病病人和大夫

经过半小时强日光浴，武警战士终于示意他们这拨人可以去美国大使馆门口排队了。

终于看到美国使馆的大门，终于正式排上队了，每次那钢灰色的铁门一拉开，就意味着排成长龙的队伍中有 5 个人可以正式进入签证大厅。

又等了快一个小时，夏天走进那道铁门，一台仪器前，工作人员示意他把手中文件夹放上去扫描检查，检查完毕后，经过另一道门，再拐过一段走廊，终于来到有十几个服务窗口的签证大厅。

这里面的人才称得上是乌泱乌泱的，居然挤了好几百口子，难怪不让他们那么早进来。接待人员和签证官都坐在窗口里面，每个窗口前人都排得满满的。

夏天忽然觉得这儿特像医院的专家门诊，而他们就像一群亟待确诊的病人。只是不知是拿到签证算有病，还是没拿到签证算有病。

1、2 号窗口是收申请表的，3 号窗口是扫描指纹的，其他窗口是见签证官的。最左边的窗口是当时领取签证的，从目前来看，那是一个人烟最稀少的地方。

夏天排在长长的交表队伍当中，前面还有四五个人的时候，他忽然想起应该再看看带的这些资料，包括填的申请表。

这一看不打紧，他终于发现自己犯的低级错误了。这是他走上革命工作岗位以后从来没有犯过的错误，至今也没总结出犯错误的原因。

他的大学毕业文凭没带，可他明明记得让小忆从箱子里翻出来了给装上的，可翻遍了文件夹却没有，看样子，只有"明明"记得这个事了。

更让他吃惊的是他带的补充信息表格（据说是最重要的表格），居然是填错了 N 处的草稿，而那张他投入了极大热情，重新誊抄过，清清爽爽，一字不差的新表却不翼而飞了。

没有手机，不可能通知人送过来。回去取，路上来回时间已经来不及了。而不管是让人送还是自己去取，都必须确认那些东西确实在家里。

冷静，冷静，夏天在傻眼的同时不断地告诫自己。

他翻来覆去地看着这张脏拉吧唧的旧表，除了填错的 N 处，涂改的 N 处，在表的某些空白处还分别记了一个天客隆送东北大米的人的电话和一个朋友的通讯地址……

听天由命吧，也许和美利坚的缘分未到，那 100 美元本来就不属于自己，那 200 美元更跟自己没关系。夏天咬了咬牙，找了支笔，把送大米的电话和通讯地址狠狠地划掉，然后坚定地把表甩到了那位收表的美国大婶的手里。

那位美国大婶几乎看都没看，或者是只瞟了一眼，就把夏天的申请表甩到一沓表中，然后给他发了一张蓝褐相间的大塑料片，示意他找到同样持这种颜色塑料片的一组人，继续排队等候扫描指纹。

怎么觉得有点热，夏天一边用塑料片扇着风，一边找他同组的人。

前面排队的每个人手里，都拿着一张带颜色的塑料片，相同颜色组成一组，由同一个签证官面签。

由于人太多，又乱，有一个在使馆工作的中国员工出来帮他们整队，一种颜色排一队，基本上每队是 6 个人，按顺序排，他们这种颜色几乎排到了最后一队。

这位工作人员还谆谆告诫他们，你们别太闹哄了，这帮签证官烦着呢，这些天一天 1000 多人面试，没准哪根筋不对付了就给你拒了。

乖乖，一天 1000 多人，一个人 100 美元，一天就是 10 多万美元的收成啊，这还烦？

终于轮到夏天按手印了，擦擦汗，放在扫描仪上，左手食指，右手食指。

按完，那位黑人姑娘对夏天嫣然一笑，还说了声谢谢。黑人姑娘表情温暖，眼睛明亮，嘴唇黑润，牙齿雪白，夏天都有些被打动了。

可忽然想到自己在中国都没留下过指纹给人当把柄，却在美国人民的数据库里记下了重重的一笔，基本断绝了在美国做坏人的念想儿，不禁有些暗暗不爽。

当然，今天如果被拒了，他们要他的指纹也没用，白忙活，夏天又自我解嘲地想……

按完手印，夏天排在了等候面签的方阵里。

他忽然想起大宝的话，千万别碰上那个特爱拒像新加坡人的华裔，他发现那哥俩果然就在某扇窗口的后面。可队列如此之多，排到哪个签证官就算哪个，他们好像也无法选择。管他呢，爱谁谁吧，填错了表，证件不齐，见谁都一样。

等候当中，正好可以看看面签时的一幕幕悲喜剧：

一个眼眉文得如刀一般，身材丰满，紧裹中式旗袍的 40 多岁的大姐用高亢的京腔驳斥签证官的无耻谰言：你看我这样像要非法移民的吗？你以为是女的就想赖在美国不走啊，我告诉你，我们家养的狗都盼着我回来呢！

那女的一阵咆哮之后，签证官居然没生气，又让她再拿别的材料证明她没有移民倾向，那位大姐不知又给了签证官一堆什么东西，过了一会儿，还真给她签了。大姐收拾完东西，边转身边对签证官说：哥哥，谢谢啊，这才像话嘛！

一个腆着小肚子，头发微秃，皮鞋锃亮，鼻架金丝镜的中年男人摇头晃脑地走向当时就取签证的窗口，一副不费吹灰之力的样子。

一个着运动装、身材挺拔的年轻姑娘在窗口前一声惊叫，忽然一抬腿一人多高紧接着一个亮相抱拳，唱喏道：谢了——！她也签了。

一个看着像大学教授的60多岁老太太被很干脆地拒了，气得哆哆嗦嗦往外走，眼镜都快掉了：太无知了，你们美国人太无知了！我是代表学校去开会的，邀请函也是你们美国人发的，你们真是太莫名其妙了，太莫名其妙了……

一个颇具风韵、打扮入时的少妇如数家珍似的向签证官摊开了一大堆自己的证明材料：这是我的收入证明，这是我去欧洲旅游的护照，这是我的房产证，这是我的存款证明，这是我和美国邀请人的合影和通信……

看她胸有成竹、娓娓道来的样儿，夏天心说这姐们儿签证肯定拿下了。

可这姐们儿突然像被踩了尾巴的猫，温柔滑腻的嗓子立马就破了音儿：怎么又不给签？这回材料都这么齐了。

敢情还不是第一次被拒，窗口玻璃后面的签证官撇撇嘴，耸耸肩，算是回答。

"保安请过来一下，保安请过来一下……"某个窗口的扬声器里忽然发出呼叫声。

原来，一对70多岁的老人从外地来签证，老太太给签了，老头儿却被拒了，老头扒着窗口，就是不走，只见他花白的头发奓拉下来，脸色灰败，神情激动，一个劲儿重复一句话：给我签了吧，给我签了吧，我都好几年没见我儿子了……

两个保安半搀半架地把老头带离了窗口，老头边走边用干枯的手擦着湿润的眼眶。

边看着热闹边排队，并不觉得时间过得太慢。夏天也不时地看看从新加坡华裔签证官窗口离开的人，他们大部分都直接奔了使馆大门口，而不是取签证的窗口。

忽然间发现该华裔签证官的窗前已没有人排队了，也忽然间发现他们这组前面已没有等待的队伍了。

他们这组六个人被带到该签证官的面前，夏天排在了第六位。

第一位是一个戴眼镜，个子瘦瘦小小的学生模样的小姑娘，好像上去什么也没问就给她签了，看她表情酷酷地直接去领签证的窗口，前面一小伙儿用艳羡的口气骂了一句：丫可真幸！

第二拨上去三个，他们一个单位的，去美国是为了一个和韩国合作的工程项目，两个粗壮一些像工人模样的签了，那个文质彬彬翻译模样的却没签，据说是材料不齐，补齐材料可以再约一次，不用另交签证费。那翻译苦笑着说，我要签不下来这俩咋去啊？

第五位就是夏天前面这位小伙子了，从排队开始他就显出对周围环境和签证程序很熟的样子，他拿到了一个学校的 offer（录取通知），办的是学生签证。他上去还没等签证官开口，就自顾自急切说起来，他一边说，那位签证官就一边摇头，看样子，被拒的命运无法避免。下来后，他用手比画了一个三字，意思是他已经是第三次被拒了。

终于轮到夏天，在排了近三个小时的队之后。

考虑到没带大学文凭，为避免签证官想起有关自己文化程度的问题，夏天决定坚持用英文跟他对话，尽管据说签证官的中文都不错。

"你去美国干什么去？"非常蹩脚的中文发音。

"开董事会。"夏天的语气听起来还算平淡。

"是什么公司？"他也开始用英文了。

"××××××××××××"，公司名字很长，夏天说得很快，也不管他听没听清楚。

他好像挺明白似的点点头，又问："董事会讨论什么？"

"在中国的一次重要的市场推广活动。"

"房产证带了吗？"

夏天拿出一份购房合同，说："这是我们新买的房，房产证还没办。"

"这个没有用，要红色的大房产证。"

"大房产证，给你。"得亏有所准备，把老房子的红本本儿带来了。

"你材料上不是说你去过欧洲很多国家吗？护照上为什么没有？"

"你可以看出来，我刚换了新护照。"夏天基本上还算对答如流。

他的表情突然有些不耐烦起来，冲夏天把手一挥：

"去，上那边去！"

"……？"夏天有点发愣。

"上那边窗口去领签证。"

哦，敢情这算是签了。不管怎样，夏天心里还是有点高兴。收拾东西转身要走。

"By the way（另外），"这哥们又把夏天叫住了，"你们市场推广活动的 slogan（口号）是什么？"

"Slogan（口号）？"这个问题有点突然。

这哥们眼睛一眨不眨地盯着夏天并渐渐地浮上了一丝坏笑，好像夏天要回答不出来他就立马会把签证给收了似的。

"没有！现在还没有！"这回轮到夏天表现出一些不耐烦了，"我们这次开会的内容之一就是要决定 slogan（口号）用什么。"

他终于没话了，脸上的笑容还颇为真诚："OK，go ahead（好吧，继续）。"

20 分钟后，夏天在领签证的窗口拿到了贴着美国使馆签证的护照，在那张蓝绿调子，印刷精密得像美钞的签证纸上，他的大头像被印在一个很醒目的位置，仿佛在愣愣地提醒他：你终于被验明正身了，你终于可以在美国开展 ×× 之旅了（什么旅还不知道，打叉叉先）。

毫无怨言补交 10 元停车费，开车往家走，路上接到卓越从美国打来的电话，时间掐得还真准。夏天告诉他自己拿到一年多次往返签证，他故做吃惊状："哇，你这仅次于绿卡呀！你赢了，祝贺你，欢迎来美国！"这小子，就是有这样的本事，总能把人忽悠得高高兴兴的，搞到最后谁输谁赢都糊涂了。至于签证成功赢的 200 美元，夏天自然是不好意思提，而且事实上后来在美国，卓越为夏天做的贡献远非 200 美元所能比拟的，所谓友情无价嘛！

还是在路上，夏天的手机收到一条短信：中国政府宣布，自即日起，人民币汇率上调，人民币相对于美元升值百分之二……

看完短信，夏天感觉自己腰包忽然就鼓起一小块，暗叹这次签证来得正是时候。

接下来的日子，就是订机票，准备出行衣物，联络美国各地的同学和朋友，买了一些茶叶和绍兴老酒。茶叶是在洛杉矶的大个指名要的，大个是夏天大学的同班同学，曾是校篮球队队员，毕业后在国家电视台干了一年，1989年奔了美国，他说在洛杉矶买的绿茶总觉得差点行市。夏天在张一元茶叶店买到了当年产的特级狮峰龙井，闻起来确实很香，价格也决不像张一元的店名那样便宜。夏天认为很值，让海外游子进一步体会中华茶文化的博大精深，从而进一步激发他们的爱国热情，是一件多么有意义的事啊！

绍兴老酒是夏天认为比较适合带到美国和美国人民共享的一种中华传统美酒，后来的事实也证明这种酒确实有很好的催化作用。

夏天还换了款三模手机，原来的手机只能在欧洲漫游，而这款手机在美国也可以接打电话，收发短信。在美国用手机漫游接打国际长途有点烧包，他准备只在紧急状况下用手机通话，平时只收发短信，在美国中国移动全球通收短信免费，发短信一次人民币2元，估计用这种方法省下来的通讯费都能覆盖买手机的费用了。但他后来还是用这部手机在睡梦中（因为时差关系）接了几个不该接的电话，一个是推销东北大米的，一个是介绍盗版光盘的，还有一个是找人打错了电话的……这为他本已沉重的话费添上狠狠的几笔。此时他无法想象，若干年后，微信横空出世，只要有Wi-Fi，通话视频都免费，国际漫游长途费就这样走进了历史的垃圾堆，科技真是改变生活啊。

此行中，他还有一个一定要见的人，那就是住在旧金山硅谷的赵沄。赵沄五年前赴美至今，人生已经有了一番全新气象，听说夏天要来美国，立马重新调整了赴欧洲休假的计划，让夏天把离美前的最后一站，放在旧金山。她强调，夏天此次在美国的最后几天时间，必须完全属于她。

夏天没想到的是，在旧金山和赵沄的相聚，让他有机会近距离聆听硅谷的创业故事并坚定了后续回国创业的方向，而他和赵沄以资本为杠杆的携手合作也因此开启。

行前一番规划沟通，夏天初步决定了自己的行程，第一站先去西雅图，最后一站放在旧金山，中间则分别安排东部和西部全线游，这一趟，可谓是时间紧，任务重。

正值暑期赴美交流旺季，好不容易把机票搞定，没有直达西雅图航班，飞机是美联航 888 次北京飞旧金山再转西雅图。

临行前两天，夏天接到大宝从首都机场打来的电话，他们一家三口即将登上赴温哥华的航班，但直到刚才，都没有接到美国使馆的通知，他夫人补交的材料是否有效，是否可以拿到赴美签证都不得而知。当然，从目前情况看，他夫人这次去美国已没有可能性了。这为他们原来一起畅游美国东部的计划蒙上了一层阴影，也直接导致夏天孤身一人跨越美国东部和中部的单飞拉练……

第六十章　旧金山通关的一波三折

出发那天，办完安检和出关手续，夏天独自一人拖着行李来到登机口前的候机室。

等候登机的人还真多，终于找到位置坐下。隔着一个座位，忽然感觉有人似乎很警惕地看了自己一眼，把他们座位中间的包拿起来，抱在胸前。

"不会吧，难道我是坏人挂相这么容易让人提高警惕性？"自觉戴个眼镜长得还算斯文的夏天暗自嘀咕，并赶紧冲旁边的人礼貌地笑笑，算是打个招呼。

看夏天如此客客气气，隔座那人略窘地点点头，并打量了他一眼，神情略微有些放松。这是一个年纪二十七八的瘦瘦的姑娘，太阳帽压得低低的，显得一双眼睛尤其大，带着一丝疲惫和不安。

"你是去美国吧？"夏天纯属没话找话。

"嗯。"

"去哪个城市？"

"西雅图。"她惜话如金。

"我也是去西雅图。"说这话时夏天觉得还真有点巧。

"真巧呵！"她眼睛突然亮了一下，不安似乎也消失了。

反正也是等待，他们开始有一搭没一搭聊：

"你去那儿干吗呀？"夏天问。

"玩儿。"

"够潇洒，你办的是什么签证？"

"旅游签证。"

"美国好像还没开放旅游啊？"

"我就是这么办的呀。"

"美国有人接待你吗？"

"在西雅图和费城都有同学。"

"这两个城市一个东岸一个西岸，你跑得够远的。"

"玩呗，既然来了一趟。"

"签证费劲吗？"

"不费劲，去了就签下来了。"

"你在哪儿签的？"

"成都领事馆，我们成都不少人都是这么签出来的。"看样子当时的成都领事馆还是为西南地区的人民办了一些好事的。

"成都人民还真挺幸福的，北京像你这种情况就挺难签的，所以好多女孩签完后就琢磨在美国'黑'下来，免得下次签证费劲。"

说到这儿，她不接话茬了。

过了一会儿，她突然问：

"你英文怎么样？"

"应该不会迷路。"

"在旧金山转机会不会很麻烦？"

"还好吧，就是在旧金山进关的时候老美可能还会盘问一下。"这是临出发前卓越跟夏天提到的。

"转机的时候你可以跟我一起走，到时候好有个照应。"夏天善解人意地提议道。

"太好了，我怕我的英语不太够用。"她声音变得有点儿低，但明显透出高兴的意味。

终于登上了飞机，波音747，400多个座位，座无虚席。

465

美联航的空姐，不，确切说是空嫂和空妈，脸上都挂着非常职业的微笑，虽然长得远没有国内航空公司空姐标致。飞机起飞前，她们花了很长时间确认每一个坐在紧急舱门前的乘客即使有能力打开舱门也不会那么做。

当飞机驶出跑道，轰鸣着抬头冲向蓝天时，夏天才确切意识到，美国之旅真正开始了，11个小时后，将到达大洋彼岸，美利坚的国土。

夏天的座位靠过道，坐在里面的是一对70多岁的老年美国夫妇，脸上总是带着慈祥的微笑，每次上厕所，都会像犯了特别大错误似的一个劲儿跟夏天说对不起，让他觉得很不好意思，恨不得找个地方把自己挂起来免得妨碍别人进出。

甚是无聊……

那位成都来的姑娘坐在后面几排靠窗户的位置，不是呆呆看着窗外的风景，就是盖着飞机上发的毯子昏睡。

几个考上加州某校 PHD（学术研究型博士）的 20 岁出头的年轻留学生聚在飞机中部一块空当叽叽喳喳地狂聊着，脸上洋溢着志得意满和憧憬。

一队美国中学生模样的人几乎每隔一两个小时就会从座位起身，手拉手沿着飞机过道走圈活动身体，活像游行的队伍。

偶尔有蹒跚学步的小孩儿跟在中学生后面咿咿呀呀的，带来几分童趣。

中间吃了三顿饭，夏天觉得那顿中式盒饭过于平淡，吃几口就撂了，看见那对老夫妻狼吞虎咽颇为酣畅的吃相，心里油然生起对美国人民的同情，这么一般的中餐都吃成这样，可见平时一定是没吃过什么像样的中餐，受苦啦！

在对中餐的自我膨胀中，夏天没有意识到，他浪费的这盒饭，是他未来几天中能见到的最地道的中餐。到西雅图不久后的某天深夜，他梦见了这盒盒饭，刚张嘴想吃，就醒了，使劲强迫自己继续睡接着吃，却怎么也睡不着了……浪费可耻呀！

当地时间早上 8 点多，飞机抵达旧金山。

在出关口，那位成都姑娘被海关官员盘问了许久，始终没被放行，夏天一直在她后面排队等候。

那位姑娘和美国海关官员的沟通似乎非常不顺，黄线外的夏天能清晰地看到海关官员的脸上堆满了疑云，那位姑娘向夏天投来求助的目光，那位官员看她一直在看夏天，就招呼他过去。

"我在纽约报了一个旅行团，他要我提供在纽约的住址和联系人的电话，可这旅行团是我同学替我报的，我什么都不知道，同学也没告诉我。"她急切但简单地说了一下原委。

夏天照她的意思给海关官员翻译过去。

"可她在西雅图的地址也不知道。"海关官员觉得难以置信。

夏天问她为什么。她说她同学会到机场去接她，所以她也没去记具体地址。

照这意思又给那官员说了一遍。

"No，她刚才说是她的丈夫会来接她，怎么变成了同学？"官员的整张脸都开始长得像一问号了。

这不现了嘛，夏天也是头一回听说她丈夫在这儿，在海关官员面前撒谎并被当场揭穿绝对是非同小可的事。

夏天回过头用质疑的目光飞快看了她一眼，她脸微微一红却并没有解释什么，也不知她是否听明白了海关官员的疑问。

这时候夏天觉得什么都不能问她，便张嘴就来："她的意思是她同学和丈夫是一回事，她的丈夫也是她的同学。"夏天不知道这算不算自作聪明。

海关官员将信将疑地看着她，她又看了夏天一眼，很快使劲点了点头。

海关官员没再说什么，指了指他身后的通道让她过去了。

轮到夏天了。

"你和那个女孩是一起的吗？"海关官员看似漫不经心地问。

"我也是在北京等飞机的时候才认识她的。"还是实话实说心里最踏实。

"这次你准备在美国待多久？"

"我的回程机票是三周后。"

"请你用眼睛对准这个镜头。"

要照相？照的是眼睛的虹膜，他××生物识别技术，这点隐私全让他们明火执仗掏走了，还要忙不迭密切配合，夏天真希望有勇气抽自己大嘴巴子，让他们知道社会主义国家的公民对人权也是很敏感的。

这位官员没再多说什么，"啪啪啪"盖上章并在夏天的入关申报单上写了一个大大的1字就让他走了。

夏天顺着刚才成都女孩走的那条通道往前走。

通道还挺长，怎么这么冷清？他忽然觉得有点不对劲。一拐过通道，抬头一看，赫然有一块牌子映入眼帘：Security Office。保安室？这对他来说显然不是什么好地方。

刚进保安室门，就有一长得跟肉塔似的警察模样的人把他拦住了，表情严肃，油黑的肌肉仿佛要从那身神气十足的制服里迸出来，夏天的心脏不禁怦怦乱跳了两下……

夏天忽然想起前一段国内媒体热点新闻里提到的赵燕，那个跑美国来被当作毒品贩子遭到一群警察围殴的可怜的女人，这一个保安就让自己感到不小的压力，而她面对那么多人的老拳，听着自己皮绽肉破的声音时，心里该是多么绝望。夏天开始胡乱猜测可能会遇到的各种状况。

"你到这来有什么事吗？"肉塔边问边盯着夏天手上的入关申报单，态度还算客气。

"我也在想我为什么会在这里。"夏天的样子看上去一定是很无辜的。

"你真的没有什么事需要帮忙吗？"他好像没有要把夏天留下来的意思。

"我想应该没有。哦，对了，现在应该算有了，请告诉我离开这儿以后怎么才能转机去西雅图。"

"你应该走 A1 通道。"他指着夏天入关申报单上那个大大的 1 字说。

"原来是这样,谢谢你。"敢情是走错了道,夏天还以为自己犯了什么事栽在美国的警察叔叔手里呢,这不做贼也会心虚呵,看样子心理素质还需要进一步提高。

他心里一下就踏实了,借此机会大大方方打量了一下保安室的情况:屋子靠里的几排座椅上,分散坐着五六个人,有单身女人,也有带着孩子的女人,她们都安静地待着,不知道在等待什么。后来他从一美国的朋友那儿才知道,这些都是下飞机后被留置的人员,以妇女和带小孩的居多,如果她们不能提供进一步说明没有移民倾向的文件或证据,就有可能被遣返原籍。

那位成都姑娘站在一个长长的柜台前,和几个海关官员模样的连说带比画,但他们看起来都一脸的茫然。

夏天还想上去问问情况,那个黑胖的肉塔客气但是坚决地把他请出去了。

夏天只能离开并祝这位姑娘好运。

通过 A1 通道,夏天来到去西雅图的安检柜台前。

从旧金山到西雅图是美国的国内航班,安检的队伍排成了一条长龙,进展缓慢,机场工作人员高声吆喝着安检的注意事项。

这些注意事项中除了通常的项目,还需要脱鞋和除下有金属扣的皮带检查。

一位女士穿一双极薄的凉拖鞋,示意希望直接通过,但被机场安检人员坚决甚至可以说是蛮横地拒绝了。于是她那双无辜的片儿鞋也有幸在透视仪里被扫描了一遍。

夏天前面一个长相文雅、衣冠楚楚的白人小伙儿,一边嘴里换着花样骂着美国国骂,一边脱了鞋,解下腰带,提着裤子往安检门里走。

而不少女士,除了要脱鞋光脚,还要在大庭广众之下含羞带愤地解下有金属扣的腰带,提着裤子进安检门,这算是夏天到美国后见到的第一道亮丽的风景线……

在以后的美国之旅中，夏天发现，这样的安检无处不在，美国各种重要的、公众密集的场所都高度警戒，执行严格的安检措施。这些措施不仅针对外国人，也同样针对本土人士，给大家的出行和活动带来诸多不便和不爽的感觉。

"好像我们都是本·拉登化装的。"讨厌布什发动伊拉克战争和反恐政策的 Ale 谈到此事时幽默道。

入乡随俗，夏天不折不扣按他们的要求做了，顺利通过了安检。

在转机的候机室，周围都是陌生面孔，到截止登机的最后一分钟，夏天也没看到成都姑娘的身影。通过检票口时，他心里不禁惋惜道：这姑娘就这么折了？真是太冤了！

夏天放好行李，找到座位坐下时，离飞机起飞还差 5 分钟。他拿出手机，准备关机，发现有几条未读短信。

都是中国移动 1868 发的，第一条短信提示：您已漫游到 T-mobile 网络，当地电话每分钟 6.57 元，国内电话 18.94 元每分钟，短信每条 2 元。夏天仔细琢磨了一下确认这个元应该不是美元。

第二条短信是祝他在美国旅途愉快，并且告诉他有急事可拨打中国大使馆电话 ××××××××，也可直接拨打 911。

夏天希望这两个电话都不需要打，但还是很郑重地把这条短信存起来了，同时对中国移动心生感激，1868 及时把祖国的温暖送到大洋彼岸的美国，还告诉如何联络组织，让他这样的海外游子心里倍感踏实。

这使他想起卓越曾跟他聊起过，Ale 在多次访问中国后，得出了一个结论：如果说中国经济发展在很多方面都落后美国若干年的话，电信领域也许是个例外。

Ale 的观点，在夏天后面的旅途中得到印证：美国的高速路网非常顺畅发达，可坐旅行大巴穿越东部时，手机却经常没有信号。据导游解释，美国各州通讯设施建设起步有早晚，技术先进程度不一，再加上网点设置的盲区，出现这种现象也就不足为怪。

而中国通讯行业，曾经几乎是一张白纸，改革开放后，在大规模基础建设初期，世界各大通讯巨头就蜂拥而至，在中国市场展开激烈竞争，这种竞争使我国通讯基础设施在技术方面有较高的起点。再加上国家集中投入，全面铺开，终于形成较为完备和发达的通讯网络。呵，好像有点扯远了。

　　超过起飞预定时间10分钟了，飞机还是没有动静，乘务员解释说，在等最后几位乘客登机，很快就可以起飞。两分钟后，那位成都姑娘出现在机舱门口，后面还跟着一个胖胖的墨西哥老太太。成都姑娘脸上红扑扑的，一路着急赶过来看样子出了不少汗，表情明显带着轻松和兴奋。

　　居然有人为她们的到来鼓了掌。

　　终于可以起飞了。

第六十一章　西雅图的夜宴，人在画中

飞行过程中，这位姑娘向夏天叙述了刚才的经历。

她简单概括道："我把西雅图同学的电话给了海关官员，他们跟他聊了快一个小时，在飞机起飞 5 分钟前才决定让我上飞机。我当时都想，如果他们不让我上这班飞机，我干脆就直接回中国了，这一辈子都不会到这个地方来了。"

"也许是海关的人觉得要送你回中国太麻烦了，干脆让你混进来算了，反正你也干不出多大的坏事来。"夏天开玩笑道。

"我这次要不是时间紧还真有可能琢磨搞点破坏呢。"她做恨恨状。

"你干吗搞得那么紧？反正你老公也在这，一起'黑'下来不就完了。"夏天有点恶意试探的味道。

说到这个话题，她还是不接茬。

停了一会儿，她问夏天道："你会去东部玩吗？"

"应该会，但时间还没定下来。"夏天想起大宝夫人的签证没下来，真不知道下一步怎么安排。

"我在东部报了一个 6 天的团，4 天后从西雅图出发。"

"我在西雅图待几天后，也会去别的地方，但还没想好怎么走。"

两个小时后，飞机抵达西雅图国际机场。

他们一起走过一段较为复杂的地形，来到行李提取处。

她问："有人接你吗？要没人接可以让我同学送送你。"

"不用，谢谢啦，我一哥们儿会来。"卓越说好会开着他的 BMW 来接夏天。

"留一个手机电话吧，我们可以短信联络。说不定还能碰上。"

"是呵，从北京来一飞机人就我们两个是到西雅图的。"

互留了电话，她最后补充道："我姓明。"

来到接机口，有两个亚裔男士迎向明姑娘，其中一个戴着眼镜脑袋圆圆的，另外一个稍微瘦一些眼睛笑眯眯的，明姑娘指着瘦一点的说："这是我同学。"又指着胖一点的说："这是我老公。"

然后她又把夏天介绍给他们，说是在北京机场认识的，路上帮了不少忙。

他老公特客气地上来跟夏天握手捏得特使劲儿。

看样子他老公和同学还真不是一个人，夏天不禁哈哈大笑起来。

跟他们告别后，等到了卓越，坐上他那辆数年前买的宝马 323，他颇为惭愧地指着路上一辆宝马 X5 对夏天说："我的车马上要换了，准备换这辆最新款的 SUV。"

"这车留着开呗，再买一辆不就完了，以你现在的身份两辆宝马换着开才合适呀！"

夏天的话虽然有些讽刺的味道但主要还是嫉妒，这个美国人，说起换一辆宝马跟换一件大衣一样容易，这样凡尔赛，让一直羡慕宝马车的夏天之流情何以堪？此时的夏天当然不会想到，若干年后，许多当年人人仰望的品牌会渐渐变成北京的街车。

在去卓越家的路上，卓越先把夏天领到一个据说是西雅图最贵的高尔夫球场，球场的会所建在山顶，从山顶可以俯瞰西雅图的地形地貌。

西雅图是华盛顿州首府，只有 50 多万人口。从山顶往下看，蓝色海水环绕着翡翠般的西雅图市，城市东部有奥林匹克山，西部有喀斯喀特山脉的群峰包围。

西雅图介于普吉湾和18英里长的华盛顿湖之间一块窄小的土地上，普吉湾和华盛顿湖的水经过水道在西雅图市中心北方交汇于联合湖中。整个城市可以说是城中有湖，湖中有城。

卓越指点着沿湖岸建设的一圈大 house 和湖面上游弋的各式私人游艇，不无艳羡地说，这都是西雅图最有钱一撮人住的地方，包括那个大名鼎鼎的比尔·盖茨，也在湖边某处僻静的半岛港湾建了自己的豪宅，把老婆孩子、丈母娘、老丈杆子都圈到一起住……

在山顶这么一鸟瞰，夏天最强烈的感觉是，西雅图这座城市美得让人肃然起敬。无边的绿意，纯净得让人迷醉的湖水，山上荡涤人肺腑的清甜的空气，都说明它曾被评为世界上最适合人类居住的城市确实是当之无愧！难怪卓越以前每次跟他提起西雅图来总是有些趾高气扬的，他骄傲得有理呀。

让他骄傲的还有他的山中豪宅，能买得起山中豪宅的其实和湖边那一撮人实力不相上下。卓越新买的豪宅掩映在半山间一大片参天的树林中，在山下时车内还有些燥热，可一盘绕上林中甬道，空气就立刻变得沁凉可人。

"Welcome to Seattle."（欢迎到西雅图。）和卓越一起住的 Richard 见到夏天时手里正拿着把小铁锹，75 岁的老人握起手来很有分量，他嘴里叼一个大烟斗，脸型削瘦，镜片后面的眼神睿智、坚定，有点麦克阿瑟的味道，可咧嘴一乐时却又像孩子般顽皮可爱，是夏天很喜欢的那一路美国老头儿。在他们两层楼的大宅子周围，是一个几百平方米的缓坡庭院，种植着各式花草，缓坡下面，是他们领养的上千平方米的原始森林。

那么大的庭院，每天当园丁的工作应该是比较辛苦的，退休前，Richard 是华盛顿大学的教授，现在，基本上是一个劳动人民了。

卓越执意把他的带独立卫生间的卧室让给了夏天，说是尊重夏天的隐私权。这让夏天想起卓越出国前挤住在自己 8 平方米小屋的情形，十几年时间，他已经发生了翻天覆地的变化，已被国内某权威媒体认定为在美国的杰出的成功华裔人士。

撂下行李，简单参观了一下房前屋后，卓越很严肃地告诉夏天：现在是我和 Richard 的下午茶时间，你要参加吗？听他那意思，这是他们雷打不动的生活习惯。

夏天跟着他们开车下山，来到一家星巴克咖啡店。

西雅图是全球连锁店 Starbuck' Café 的总部，第一家星巴克店就是在这开张的，没事儿找个地方喝咖啡是西雅图人很重要的生活方式之一。

店里咖啡名目繁多，夏天就认识卡布其诺（Cappuccino），卓越给他强力推荐了另外一种，叫法布其诺（Fuppuccino），打碎的冰末泡在咖啡里，又凉又苦又甜的感觉。天热时喝这种咖啡，确实很享受，北京的星巴克可能也有，但夏天以前确实没注意过。

喝着咖啡，夏天手机响了……

电话是大宝的，大宝估摸夏天应该到了，打电话过来商量后面的行程，目前他和老婆孩子正在温哥华到处转悠，因为他夫人没拿到美国签证，原来一家三口逛遍美国的计划显然成了泡影，他们临来时换的大把美金肯定也是花不出去了。

电话里他们非常痛恨美国人的死心眼，一方面抱怨中美贸易逆差，一方面又不让中国人到美国去花钱。他们认为拒签大宝夫人和美国阻挠中海油收购美国第九大石油公司优尼科基本上是一个性质的问题，一个丈夫的妻子，一个孩子的母亲，怀着对美国人民的友好感情，不远万里，从中国来到加拿大，想从加拿大进入美国，带着在国内都不舍得花的大把的钞票，准备去刺激美国的消费市场，平息美国大爷对中国的愤怒和戒惧，如同平息一个地主对一个吃多了窝头打饱嗝的长工的不满。这是一种什么样的精神，这简直就是一种国际主义的精神，一种共产主义的精神，一种毫不利己，专门利人的白求恩精神，可如今白求恩却被他们拒之门外！如果不是因为担心电话费太贵，他们应该还能把美帝国主义的真实面目分析得更透彻，但就这么粗粗一分析，一两百人民币的话费也出去了。

摆在他们面前的情况是，原定的旅行计划必须大幅度修正。

最后的结论是，西雅图大宝还是准备带孩子来一趟，但美国其他地方他们是没法去了，他们不可能把孩子他妈一个人扔在加拿大太久。这也意味着西雅图后面的美国之旅夏天必须单飞。

喝完咖啡，Richard 和卓越带夏天逛了他们平时常去的地方：看电影的小剧场、图书馆、面包店、小商品店，还有一个陶器店。陶器店卖的全是越南进口的各种粗糙的陶器，绝没有诋毁越南产品的意思，确实粗糙，而且是仿中式的，居然很贵，一个看着像腌泡菜用的水缸要 80 美元。Richard 围着水缸直转悠，一副跃跃欲试的样子，夏天赶紧跟 Richard 说，下次他到中国来，同样的产品 80 美元给他买十个，只要他扛得动。夏天用英语劝 Richard 时，店里老板显然也听到了，可他并不生气，依然笑眯眯的，一副买不买随意的样子，让夏天不得不佩服店老板的涵养。他暗忖，店老板的涵养不知道是修炼出来的还是天生如此，如果天生如此，那真是一种值得好好学习的生活态度。

他们转到一个叫 fish hatchery 的地方，西雅图产的三文鱼从大海洄游到淡水区域排卵就在这个地方。产卵季节，三文鱼们饱满的身体，黑压压一片，顺着林间清澈的溪流逆势而上，跳越各种阻碍，进入相对平缓安静的产卵区，场面蔚为壮观。

当地的人们顺势把这片水域保护起来，建成了一个展览馆，供人参观，游览。他们在展览馆转悠着，居然转到一户人家门口，被他们家周围种植的各种奇奇怪怪的植物吸引住了。这家主人特热情跟他们打招呼，卓越一个劲儿夸他们家植物种得太棒了，还把夏天介绍给他，说是刚从中国来的朋友。这家主人不知道是不经夸还是对中国人民特别友好，居然又热情地把他们让到了自家内院，如数家珍地介绍起家里的各种植物。Richard 听得极其羡慕和敬仰，告诉他自己也有一个花园，可就是没有那么多植物装点，这家主人二话不说，拎起两盆花就让他们拿走。看着卓越和 Richard 心安理得捧走花盆的样子，夏天心里不禁感叹，美国人民确实是有非常热情淳朴的。

最后他们到了超市 Costco，买了一大扇澳洲羊排，准备晚上的 barbecue（烧烤）。

卓越家有一个烧烤露台，配备了专业的烧烤炊具，烧罐装天然气的，火苗可随意调节。当烧烤露台周围沁鼻的草木香和嗞嗞冒油的羊排扑鼻的肉香混在一起时，口水和心情也跟着一起放飞了。卓越在屋外阳台餐桌铺上了号称从意大利带回来的桌布，开了一瓶在酒窖珍藏多时的法国红酒，这顿饭应该说是吃得美极了。

透过阳台前青翠挺拔的冷杉林，华盛顿湖的湖水闪着粼粼波光，游弋的帆船桅杆扯起了晚霞，洇染了远处喀斯喀特山脉群峰间的薄雾，随着光线的变化群峰的山形似乎也在不断变幻，而更远处，是隐约可见的雪山峰顶……

刀叉碰击盘子的声音在鲜活的空气中似乎能传到很远，清脆悦耳，惊动了松鼠在树中跳跃嬉戏，人似乎是在一幅美丽的画中，画中人在吃饭，而吃饭的人也在看画。

吃完饭，外面的空气已经变得有点凉，他们把战场挪到了客厅，因为，刚才的那点肉和酒只是卓越和 Richard 每天晚餐的前奏。

透过客厅巨大的落地玻璃，他们可以继续欣赏夜景：刚才的山和湖似乎已经沉寂下来，但白天不怎么引人注目的远方公路却变得格外抢眼，密密的车流来回穿梭着，车流的灯光像绸缎般飘舞，又像无数条赤练在游动，显出了夜色黄昏中的繁华和忙碌。

卓越拿出一大堆甜点，说这是每天晚饭后的功课，又开了一瓶红酒，就点心的。Richard 还翻出了好几种咖啡，让夏天挑一种。咖啡夏天是不敢喝的，怕晚上睡不着觉，他觉得奇怪，到美国后，居然没有时差的感觉，照理说他早该困了。Richard 操作一台看起来有些古老的咖啡机慢悠悠地煮上了咖啡，看得出来，他非常享受煮咖啡的过程，放咖啡豆、搅拌、研磨、加水、控温、控时……仿佛这样煮出来的每一杯咖啡，都是一件艺术杰作，总会带来不一样的惊喜。卓越在夏天面前经常夸耀他和 Richard 是如何享受人生的，以前是耳听为虚，现在算是眼见为实了。

但后来夏天到洛杉矶见到卓越的发小阿敏时，阿敏对他们的这种吃饭方式进行了激烈抨击：我最不能忍受他们那种吃法，有那工夫我都干了多少事了，简直是浪费生命！

夏天跟他们吃着，喝着，聊着，觉得如果没什么急事的话，这种感觉其实也不错，让一切都慢下来，把食物、点心、美酒、咖啡当作生活本身来品味，并且专注于这个过程，这会不会是自己退休后想过的日子呢？

九点多钟的时候，阿海来了。

人未到，声先至。他叫门的声音像打劫的，Richard听得却笑眯眯的，忙不迭开门让他进来。阿海进门就把塑料兜里的东西倒了一桌说，快尝尝，刚摘的布朗李，千万别洗，洗了就不新鲜了！

阿海粗豪的样子，和夏天印象中的上海人很难画上等号，但他确实是一个从上海来的旅美华人。他曾经是西雅图当地很有名的一家中餐厅的老板，据说挣了不少钱，但他最近把自己餐厅卖掉后，又跑到另一家餐厅打工去了。按他的说法，他从此获得了可以随时炒老板鱿鱼的自由，还可以随时回老家上海看看社会主义建设的日新月异。

阿海带的李子确实好吃，清新沁甜中有一股奶香味，阿海说这李子下酒最好，Richard于是打开一坛夏天带来的绍兴老酒。真是李子就酒，越喝越有，大家对老酒赞不绝口，就势又把家里存的另外一大坛老酒都喝了。喝到后来，夏天越来越坚信，阿海绝对是上海人民的叛徒，因为他又把Richard藏在酒柜犄角旮旯里的一瓶白酒翻出来了，华盛顿州是禁止白酒销售的，他们偷偷喝白酒在华盛顿是否也算是犯法的干活？

这瓶华灯头曲，是产自北京但在北京已很难找到的老牌子白酒，被他们就着李子吱儿咂儿几下就干掉了。Richard的鼻子都喝红了，阿海滔滔不绝，卓越像沉默的羔羊，而夏天连最后是怎么摸上床的都忘了，只记得阿海一直嚷嚷着说下次见面必须接着喝……

第六十二章　走马观花到纽约

因为时差的关系，漫长的一天过去后，夏天迎来在美国的第一个早晨。

卓越教会了夏天怎么用他们家的厨房设备，夏天忽然意识到，卓越家厨房里是不能做中餐的。用的是电磁炉，基本上只能烧烧水，煮煮面条，煎个鸡蛋什么的，而且 Richard 很反对在厨房煎炸食品，因为厨房是敞开式的，怕油烟味窜到其他地方，所以夏天也了解了卓越在美国很少吃中餐的事实。

夏天曾经问卓越老不吃中餐想不想，他显得觉悟很高地回答说，在美国就要适应美国的生活嘛，西餐很健康呵，老不吃中餐没什么感觉呀。但夏天对他的这种高调很不以为然，因为卓越每次回到中国来都会忙不迭地摸到"俺爹俺娘""渝乡人家"或者"三家村"之类的地方吃得满嘴流油，而且从来没听他说过想念西餐之类的话。

早餐他们各吃各的，也各做各的。

Richard 用搅拌机把香蕉、麦片、牛奶等搅成了一碗糊糊喝下去了。

卓越开始煎鸡蛋，敲开几个鸡蛋后就说要把这些鸡蛋扔掉，夏天很不理解，这些鸡蛋不是挺新鲜的吗？卓越说这些鸡蛋受过孕了，他指着敲开的鸡蛋里米粒大小胚胎状的东西对夏天说，受孕的鸡蛋他是不吃的。夏天说这算什么呀，你们美国人民也忒惜命了，在中国还专门有人找毛鸡蛋吃呢，就是这胚胎长大后带毛的那种，而且别说鸡蛋的胚胎，人的胚胎都有人从医院偷偷弄出来回家炖汤喝或者炒辣椒下酒。

卓越坚决放弃了鸡蛋，在酸奶里再加上牛奶、麦片，然后烤了两片面包吃了。

夏天把卓越敲开的四个鸡蛋都煎了，出锅前还用酱油炝了一下，鸡蛋显得黑红黑红的，这让他食指大动。这顿早餐夏天吃了四个鸡蛋、两片面包、一杯酸奶、一杯牛奶、一杯橙汁，之所以能吃这么多，夏天认为主要应该归功于炝锅的酱油。他一直坚持认为，酱油被油爆后的色香味是中餐吸引人的重要原因之一。

早餐过后，夏天和卓越去了趟山下的银行，银行办完事后，再去机场接 Ale，Ale 今天从中国回来。在银行的时候，夏天试了一下招商银行的 Visa 卡是不是好使，结果发现非常顺利，这家银行的 ATM 提款机居然有中文界面。这让他心里非常踏实，看样子在美国旅游不用担心用钱不方便了，实在不行就透呗！

Ale 的包裹绝对是重量级的，据说他每次从中国回来都这样。把 Ale 送回家，夏天开始畅想，以后只要来美国，都可以像 Ale 一样在北京红桥市场大包小裹地采买，然后交给 Ale 妹妹的店在美国分销，国内一元人民币的东西在美国基本能一美元出。如此穿梭于中美之间，即使挣不到大钱，覆盖机票的费用应该是有富余的，这简直就是一条新丝绸之路啊。

路上跟大宝联系，卓越希望第二天去温哥华把他和他儿子接过来，这样卓越就可以带他们三个在西雅图各旅游景点转悠了。可大宝的答复是温哥华那边事还没办完，三天后才能过来，待两天就回温哥华。看样子夏天和大宝在西雅图一起玩的时间也很难凑上，因为夏天计划要去的地方太多，他只能四天后出发，但好歹他们能见上一面。

夏天想起了明姑娘，他记得她说报了四天后去东部的团。夏天拨通明姑娘留的电话，想让她问问她报的那个团是否还有空余名额，如果有如何报名。

明姑娘接到夏天电话，明显有些高兴，说那我赶紧让我同学替你问问，你要能报上就太好了。

五分钟后，夏天接到明姑娘在西雅图的同学打来的电话，说他问了之前联系的旅行社，很遗憾，明姑娘这个团已经满员。但这个旅行社又新开了一个团，也是四天后从西雅图出发，在东部的行程和明姑娘那个团基本一致，只是住的酒店各不相同，你们有很大概率会经常在各个景点碰面。

最后，他意味深长或者说语重心长地对夏天说："明姑娘是个好姑娘，我跟他老公其实也不熟，祝你旅途愉快，Good luck！"

夏天在明姑娘同学帮助下，搞定了东部团的报名流程，同时也等待三天后他和大宝在西雅图的匆匆一见。

这所谓的匆匆一见，后来被卓越赋予了极其重要的意义。他认为，他们这次在西雅图的见面，对后来的创业公司来说意义重大。这次见面，决定了他们回国后立刻就要开启的创业项目，决定了大宝在创业项目中的核心地位，也决定了今后十几年他们共同努力的方向。

那天卓越把大宝和他儿子从温哥华接到西雅图时已是傍晚了，夏天在 Richard 的帮助下，早早做好了他到美国后的第一顿中餐，等待大宝父子的到来。

因为只有电磁炉，调料不全，不能放辣椒，且大部分菜只能用橄榄油，夏天颇为自得的中餐厨艺在夹缝中发挥，大部分菜都做得形似而神散，吃起来不知所谓，唯有一道家乡菜三杯鸡，却有超水平发挥。之所以能有超水平发挥，最关键的是在一家华人超市买到了一只芦花鸡和一瓶香油。芦花鸡和麦当劳、肯德基卖的白羽鸡口感差别巨大，而有了香油，就不用橄榄油了。在夏天看来，橄榄油虽然健康，却是中餐的天敌，加了橄榄油的中餐，总感觉有一种不伦不类的味道。

江西正宗的三杯鸡做法，应该是一杯米酒、一杯酱油、一杯茶油。在美国，只能因地制宜，因陋就简。美国酱油自然是有的，茶油可以用香油替代，但没有米酒怎么办呢？夏天异想天开地想到了红酒加可乐。

如此炮制的三杯鸡大获成功，成为当天晚上最快盆干碗净的一道菜，Richard 赞不绝口，说这道菜体现了中餐的精髓，也证明了夏天的非凡厨艺。他这种夸法把夏天夸得志得意满，恨不得以后即使没有机会也要创造机会奉献自己所有的拿手好菜。只是他突然醒过味儿来，怎么 Richard 的夸人配方和卓越一样一样的？他俩也不知道到底是谁影响了谁？

酒过三巡，菜过五味，结束了各种闲扯，卓越的表情突然郑重起来。他看向夏天说，刚才在接大宝的时候他们聊了一路，他忽然想明白了大宝正在尝试的一件事，这件事在中国能看到的或许只是一个雏形，一个前景不是很明朗的契机，但在美国，却是一个非常成熟的体系。如果我们能借鉴美国的经验，把这套体系成功地复制到中国，对中国社会这个领域的建设一定会有不小的促进作用，而同时带来的商机，也是 huge（巨大）。卓越说 huge 的时候，显然得到了他之前老板 Rocky 的真传，或者已经是青出于蓝胜于蓝，只见他两眼炯炯发光，语气坚定狂放，有一种压抑不住的兴奋和激动。

夏天的情绪迅速被感染，赶忙说愿闻其详。

大宝接过话头，说他所在的电信数据局和有关部门的合作中，发现虚假信息的问题给老百姓造成了很大困扰，给社会也带来很多不安定因素，如果能通过网络提供一个安全可靠的核查机制，分分钟辨别信息真假，对打击犯罪，保护老百姓生命财产安全，建立社会信用体系都将具有非常重要的意义。

夏天想起大学母校东门天桥台阶上牛皮癣似的办假证广告，顿时就来了兴趣，说如果真有这样的核查机制，大的不说，找保姆都方便多了。他家夏小甲当年找月嫂，看了身份证，看了户籍所在地派出所证明，其实心里还是不放心，最重要的原因，就是无法核实。如果想核实，除非到当地派出所查原始档案才行，可这一来一去时间和金钱成本……如果有大宝说的这种核查机制，简直是善莫大焉。

大宝继续高屋建瓴，娓娓道来：建立这种机制，可以帮助国家建立全国信用信息库，这是我国信息化建设最重要的基础建设之一。将来个人信用评分、个人信息保护，都离不开这套机制。而建立这套服务机制，需要电信和政府相关管理部门通力合作。电信提供网络通道，政府管理部门要整合相关数据，中间还需要一个管理服务平台，建立一种合理、可靠、反应迅速的服务模式。所有条件具备后，才能正式面向社会服务。

目前部分条件已经具备了。电信网络通道是他在协调支持，应该没有问题。信用信息数据这块，还面临数据不全，数据准确性有待完善，整合全国数据需强力推动等问题。中间管理服务平台这块，则是运营经验丰富、技术开发能力出众的团队才能胜任，而目前，这个团队刚刚起步。

卓越插话道，建立并完善这个团队，是否可以算是我们的责任和机会？

话已经铺垫到这儿了，大宝深深点了点头道，建立并完善这个团队，需要有资金支持，操作这样的项目，只能和值得信赖、能力出众且社会资源丰富的朋友加兄弟合作，这也是他特意到西雅图找卓越和夏天聊的初衷。

因为卓越了解美国信用体系，知道信息运营和保护的规则、法律边界，以及面向大众服务的模式，可以帮助团队结合中国国情迅速复制并形成可持续的商业模式。而夏天在国内市场和媒体方面的资源和经验，可以帮助团队通过舆论的力量加速项目进程，避免舆情踩坑，毕竟新服务模式的诞生，大众需要有一个接受理解的过程。

不得不说，大宝在央企这么些年的锻炼，话术基本到了登峰造极的地步，他循循善诱的阐述，让卓越和夏天马上明白了需要做什么，应该怎么做。

卓越和夏天一起做天使投资人，注资这个团队，成为团队的新股东，这是他们当场就达成的共识。他们还约定，回国后就请律师拟好投资条款，确定持股比例，完成注资和工商变更，所有动作两个月内结束，以便迅速推动项目的实施，一万年太久，只争朝夕。

这个夜晚，又是一个开怀畅饮的夜晚，天生酒精不耐受的大宝，喝得满脸发紫，心跳加速，呼吸都有些窘迫，直到第二天夏天离开卓越家时还在酣睡……

决定了这件大事后，夏天心无旁骛，以一种轻松笃定的心情放空自己，迎接期待已久的美国东部之旅。

第一站，飞纽约，五个小时，充分体现了美国的宽度。

纽约的第一站，华尔街。

当他们排着队摇着小旗的旅行团到华尔街时，似乎赶上了早高峰，华尔街衣冠楚楚的金领上班族们人头攒动，黑压压从四面汇集过来，一个个表情冷漠，眼神空洞，像看乡下人似的看着他们这群充满好奇、叽叽喳喳的异乡游客，让人迅速感觉到某种威压和阶级的差距。

夏天没想到，大名鼎鼎的华尔街，居然只是曼哈顿南部一条长不到 500 米，宽不足 11 米的小巷子。巷子两旁，摩天大楼林立，人在巷中，如同身在山势陡峭的大峡谷，抬头只能见一线天。

可就是这一线天，却是梦想家的天堂，国际金融业的神经中枢。全球金融业的巨擘们在这里翻云覆雨，布阵斗法，某些大佬弹指间，也许就能挑动国际金融业的滔天巨浪；有的人一步登天；有的人一枕黄粱，金钱如流水，金钱永不眠……

夏天想起临出发前卓越跟他说的话：希望将来我们投资的公司也会去华尔街，也能在纳斯达克敲钟，我相信这不仅仅是梦想。

看着眼前的情景，想着卓越的话，夏天心中一热，他问自己，梦想真的能照进现实吗？如果梦想实现了，会是一种怎样的情景呢？

带着这种狂想，夏天被导游带到了华尔街著名的标志物华尔街铜牛旁，看着这头牛尾如鞭，牛角张扬，鼻头发亮，象征力量和勇气的铜牛，他很难免俗地和团友一样，使劲拽着牛角，摩挲着圆润的牛鼻子，和铜牛愉快地照了张合影。照完之后，他迅速意识到，牛鼻子原来是这样亮起来的……

接下来，纽交所、美联储，这些过去在财经新闻耳熟能详的地方，终于可以一睹真容。高楼峡谷里的建筑，虽然没有想象中气势堂皇，但依然透着神秘嚣张。

这天，还有一个重要行程，就是参观原世贸中心的双子塔遗址。

此时，9·11事件刚过去没两年，世贸中心的双子塔遗址还基本保持着劫后的原貌，遗址周边只是用铁丝网简单做了围挡。透过铁丝网，可以看到原来全城最高的两栋楼，已变成了全城最深的两个坑，而挖这两个坑的始作俑者拉登，此时依然逍遥法外，还没被海军陆战队发现并击毙。而这也便能解释，夏天所到之处，尤其是机场等公共场所，还是能感受到浓厚的反恐气氛，翻包、脱鞋、解裤带，已经成为一种新常态，美国人民的心情，还很难从那场劫难中平复下来，美国人民的神经，依然紧绷。

在遗址正面铁丝网的围挡上，贴挂着一排黑底白字的布告背板，背板上的文字和图片，详细描述了整个事件发生的时间节点、概况，以及恐袭后双子塔和五角大楼的现场，那炼狱般的场景，仿佛在告诫人们，不要忘记！最让人唏嘘的，是一长溜背板上那份长长的名单，3000多位瞬间消逝的死难者的名字，一一在列。

就是这场恐袭，成功把美国的注意力从亚太重新吸引到中东，从此开启了将近二十年的反恐大战。而在这近二十年，美国无暇过于关注或者说打压的中国，低调做人，埋头苦干，隐忍着被美国为首的北约轰炸南斯拉夫大使馆的屈辱，成长为世界第二大经济体，体量大到藏都藏不住。这其中的关联，既有命运的吊诡，似乎又是历史的必然。

2011年，9·11十周年之际，双子塔原址建成了两个大水景池，这是充满悲情的以色列建筑设计师迈克·阿拉德以"倒影缺失"为概念设计的。两个下沉式空间，象征两座大楼留下的倒影，随着水流一直往下，再往下，让人强烈感受到"失去"的痛苦和无法挽回的迷惘。水池四边，刻满了3000多个死难者的名字，名字下面的池壁，则是一直流淌的水幕，就像美国人民眼里长流的泪水和心中永远的痛……

2015 年，新世贸中心建成，成为纽约最高的建筑，却并没有建在原址。

原址除了两个大水景池，周边是一片空地，在摩天大楼见缝插针的地方出现这片空地，就像一幅画中恰到好处的留白，让纽约金融区有了更多可以仰望蓝天或者星河的空间，也许地球上很多未解的答案，就在广阔的蓝天里，悠悠的星河中……

第六十三章　大瀑布，又见明姑娘

接下来两天，百老汇、自由女神像、中央公园、大都会艺术博物馆、时代广场、帝国大厦、第五大道……这些过去只在电视里财经新闻和国际新闻看到听到的著名打卡地，夏天他们都走马观花遛了一遍。

夏天的初步印象是，纽约和上海的风情确有几分相像，只是上海更新一些，纽约更有积淀也更古老一些。而纽约更古老一些的印象在他抵达肯尼迪国际机场时达到了顶峰，那条通往机场的快速路之陈旧颠簸让他至今记忆犹新。

走马观花的过程中，夏天时不时就能碰到明姑娘和她的团队，有时候是在景点排队的过程中，有时候是在吃团餐的饭店里。但他们时间往往是岔开的，那队刚来，这队就要走了，而且导游要求团员不能脱团，即使在同一个景点游览，各自都得跟着团队走。因此，他们虽经常见面，但总共也没说上几句话，通常只是远远打个招呼，点点头，然后擦肩而过，一个向左，一个向右。

夏天看到，明姑娘在他们团队里总是形只影单地走着，每次碰到夏天，都会略显兴奋，但眼眸深处的落寞和茫然，也是一目了然。

随团浮光掠影看这些景点也是乏味，好在来之前老廉把他在新泽西的表弟阿波介绍给了夏天。老廉说阿波在美国待了十几年，基本上算是一个地头蛇，让阿波领着夏天好好转转，和跟着旅行团走肯定是有不一样的感觉。

因此，吃了好几天团餐，嘴里都快淡出鸟的夏天对和阿波的见面充满期待。

阿波开着一辆丰田花冠如约在帝国大厦附近接到夏天，他住在新泽西，和纽约也就一桥之隔。

跟团跑了一天的夏天早已饥肠辘辘，阿波善解人意地在第一时间找了一家川菜馆请夏天吃饭，水煮牛肉、夫妻肺片、麻婆豆腐、宫保鸡丁……这些在国内非常普通的川味儿家常菜，此时显得弥足珍贵，夏天的身心也因此得到极大抚慰。

在美国吃到地道川菜确实是一种美好的体验，只是这种美好在看到账单时戛然而止了，四菜一汤加小费居然要 150 美金，夏天迅速换算成人民币后发现超过 1000 元之巨……

阿波仿佛洞悉夏天的心理，笑道，他刚来美国时总喜欢把美元换算成人民币来估量价格，买什么都觉得肉疼，时间久了，就麻木了。后来，他已习惯把一美元当一元人民币来看待。150 元人民币在国内基本也就四菜一汤的水平，在美国，150 美元亦如是，按购买力平价算，150 元人民币就等于 150 美元，想到这些，就再也不肉疼了。当然，在美国挣了美元回国内花，那就不要太美了，有时把国内的价格换算成美元，便宜得简直就像是抢劫。这些年他时不时就往国内跑，隔三差五光明正大地打劫一番，这种感觉，谁遭得住啊？

他越说越兴奋，透露目前正和几个旅美同学筹备一个基金，时机成熟，就彻底杀回国内，国内才是创业的热土，国内才有迅速做大做强的机会，带着金钱，带着美国已经成熟而国内还是空白的商业模式或产品回国创业，可以说是在美留学生最大的念想，也是他们身在曹营心在汉的最重要的原因。

夏天也趁机给阿波介绍了他和大宝、卓越正在筹备的项目，阿波听了眼睛一亮，说以他的认知，这个项目大有可为，如果他的基金能及时筹备好，他一定会加一棒。

阿波的态度对夏天是个鼓舞，也让他进一步坚定了对项目的信心，他和阿波相约，将来如果有缘，一定携手合作。

吃了一个肚歪，打包了没吃完的水煮牛肉和宫保鸡丁。阿波说时间还早，可以带着夏天开车转转，因为老廉特意叮嘱过，一定要把夏天陪好，看看夏天有什么想法。

因为阿波是老廉表弟，夏天自然没打算客气。他说这次来，一是想看看阿波的生活环境，了解一下他这个美籍华人的生存状态，回去好向老廉报告。二是希望阿波这个本地人带着他体验一下纽约的夜生活，看看纽约夜生活究竟腐朽到什么程度，好让他带着批判的眼光学习，毕竟他人生地不熟，自己一个人不敢随便造次。

第一个要求，阿波没打磕巴就答应了。他说美国城镇很多是组团式的，由一个个卫星城组成，住在市中心的人很少，卫星城里有不同社区，他住的社区以华裔和韩裔为主，是房产价格中等偏上相对比较安静的。

确实安静，当他们到达阿波住的小镇，还不到晚上九点，镇子里几个小饭馆就已经准备打烊了，只有一家超市和日杂店开着。掠过镇中心，到他住的小区，但见小区街道灯光幽暗，户外鲜见人影，只有路过街边亮灯的窗口时偶尔听到有人轻声低语。显然，住在这儿的人们下班或放学后基本都是各回各家，各找各妈。

安静得有些无聊，夏天不想多待，继续委婉提醒阿波带自己去他平时喜欢的酒吧坐坐。

阿波听夏天执着地提到酒吧，面露难色，吭哧了一会儿，选择对夏天实话实说：下班后回家待着刷国内热播过的电视剧，或者通过付费有线电视追看中央台《新闻联播》等中文节目，就是他的夜生活。至于酒吧，他和大部分华人一样是不去的，因为热闹的酒吧都在纽约市区，且都是白人酒吧或黑人酒吧，华人去那样的酒吧，往往格格不入，基本没啥好果子吃。而且，他们家方圆几十里范围内，他都不知道哪有酒吧，更谈不上有平时喜欢的酒吧。

阿波的话，打破了夏天对纽约夜生活纸醉金迷的幻想。纽约这个所谓欲望都市，对多数旅居华人来说，并不是温柔乡，他们往往是偏居一隅，过着一种朝九晚五清心寡欲好山好水好无聊的生活，国内喧闹嘈杂欲望蠢动的烟火气对他们来说，就像故园的梦，遥远、温暖，却渐行渐远。

与此同时，夏天的出国梦也彻底破碎。他忽然明白，对他这样一个在国内野蛮生长惯了的人来说，已无法适应国外的生活了，即使这样的生活曾经是自己和某些国人眼里的天堂。因此，他相信，国内烟火气中的那些小欢喜、小确幸，加上死不悔改的中国胃，再加上我的地盘我做主的感觉，一定会对阿波这样曾经满怀壮志的海外留学生有致命吸引力，只要时机和条件合适，雁归来，将是必然的选择。

果然，几年之后阿波带金回国，孵化了好几个极有潜力的项目，在长三角干得风生水起，这是后话。

去酒吧无望，夏天忽然觉得肚子又饿了，此刻，他无比想念老北京的炸酱面和卤煮火烧，要是再配上猪头肉、花生米和二锅头就更好了……

第二天，离开纽约，大巴车 400 公里，抵达华盛顿国家广场。

华盛顿的精华，其实就在国家广场（National Mall）。它始建于 20 世纪初，位于华盛顿市中心，是由数十个地标性建筑组成的地标群。这个地标群，几乎就是一部立体的美国历史、政治和文化教科书，其中每一个地标性建筑，都是这部教科书里值得大书特书的一页。

因时间有限，夏天他们只是重点打卡了白宫、国会山庄、林肯纪念堂、华盛顿纪念碑、越战纪念碑、朝鲜战争纪念碑、马丁·路德·金像、国家历史博物馆等。

第一次隔着铁栅栏近距离打量白宫，夏天发现自己之前是被"宫"字误导了，白宫虽然白，但远达不到自己心目中宫殿的规模，还是英文原意中的白房子更贴切一些。

在这座并不太起眼的白房子前，人们纷纷拍照留念，但更吸引人眼球的，却是隔着一条窄马路和白宫遥遥相对的一顶白色的帐篷。

白色帐篷两边，各立着一块黄底黑字的大牌子，牌子上是两句英文的反战口号："Live by the bomb, die by the bomb（因炸弹而生，因炸弹而死）"，"Ban all nuclear weapons or have a nice doomsday（禁止所有核武器，否则就有一个美好的世界末日）"，这两句口号，朗朗上口，通俗易懂，而"美好的世界末日"，更有一种视死如归的幽默感。

牌子前，还立着一张因风吹日晒已久而褪了色的大头像照片，照片上那个人戴着阿拉伯头巾，留着阿拉伯大胡子，照片上方用巨大黑字标注着："The real terrorist（真正的恐怖分子）"。那头像猛一看像本·拉登，但仔细一看眉眼，却俨然是对面白房子的主人小布什。

这样也可以吗？当夏天正考虑要不要为这个帐篷主人捏一把汗的时候，导游拿起大喇叭为夏天和团友们解释了一切。

帐篷主人是一位远近闻名的反战老太太，只要天气允许，她就在白宫前立起反战标语牌和白帐篷。她在此盘踞多年，已成为白宫前一道不可或缺的亮丽的风景线。这些年她和警方以及白宫主人遥相对应却相安无事，就是当局想把她打造成美国式民主下表达自由的典范，因此，她现在想不来都不行了。她来了之后，除了在帐篷里待着，就是不时拿着面包喂附近草地上的鸽子，所以，给她赞助一些 quarter（25 美分）买面包是可以接受的。

夏天快离开时，反战老太太从帐篷出来了，戴着头巾，一身白衣，手里拿着一大块面包，表情安静、平淡。游客像追网红似的跟着她拍照，她把手里面包捏碎，撒向空中，一群鸽子迅速聚拢，抢得不亦乐乎。这群鸽子边抢边咕咕着，一个个身形肥壮，器宇轩昂，吃饱后的鸽子并不离开，而是围着老太太踱方步，边踱边毫不畏惧地打量周围游客，从里到外都透着和平、安详。

离开白宫，其他打卡点照例是走马观花。"我来了。我拍照。我离开。"几乎是每个景点的三部曲，也是跟团旅行的主旋律，虽有浅尝辄止的遗憾，也有填补打卡空白的满足。

这些打卡点，从中国人的视角，夏天印象最深的还是朝鲜战争纪念碑和越南战争纪念碑。

朝鲜战争纪念碑，其实是一个小小的纪念园区，由三部分组成：

19个与真人尺寸相仿的美国军人雕塑群，一座黑色的花岗岩纪念墙，一组置于地面的小方座。

美国军人雕塑群的雕像为不锈钢质地，散开在绿色的草地上，形成散兵线。雕像与真人等高，头戴钢盔，身披雪地伪装服，手持各种武器装备，以一副搜索前进的状态定格。这些雕像的表情，或惊恐，或无奈，或紧张，有一种战场上惊魂不定的即视感。

黑色花岗岩纪念墙上则隐现众多士兵面孔，都是根据朝鲜战争相关新闻照片里美军无名士兵的真实面目临摹刻画的。墙的尽头，上书一句耳熟能详的名言："Freedom is not Free（自由总是要付出代价的）"。

置于地面的小方座，则刻上了战争中死亡美军人数、联合国军人数等，其中一块还刻着一句触动美国人泪点的碑文：Our nation honors her sons and daughters who answered the call to defend a country they never knew and a people they never met.（我们的国家以她的儿女为荣，他们响应召唤，去保卫一个他们从未见过的国家，去保卫他们素不相识的人民。）

看到这句碑文，夏天心中颇多感慨：当年我们的志愿军跨过鸭绿江，又何尝不是去保卫一个他们从未见过的国家，保卫那个国家他们素不相识的人民呢？如今半个世纪过去，那些逝去的英灵能想象现在这样的世界吗？

越战纪念碑是在离林肯纪念堂左侧几百米宪法公园的小树林里，由著名美籍华裔建筑师林璎（林徽因侄女）设计。纪念碑用黑色花岗岩砌成的长151米的V形碑体上，依每个人战死的日期为序，刻着美军58000多名1959年至1975年间在越南战争中阵亡者的名字。和朝鲜战争纪念碑不同，这里没有成片的塑像，只有黝黑的石头默默铭刻着牺牲者的名字，毕竟越南战争给曾经参与其中的年轻人带来无数伤痛，他们不知为谁而战，为何而战。

已经仙逝的百岁老人美国前国务卿基辛格曾说："越南战争也许是一场悲剧，美国本来是根本不应该闯进去的。"美国前国防部部长麦克纳马拉在《回顾：越南的悲剧与教训》一书中写道："无论是我们的人民，还是我们的领袖，都不是万能的。我们并不拥有天赋的权力，来用我们自己的理想或选择去塑造任何其他国家。可是在世界上许多地方，我们仍然在重复着类似的错误。"这座纪念碑，应该算是美国人民对那场战争反思的一部分。

一路走来，夏天发现美国人似乎很喜欢建纪念碑，每打一场战争，每一次惨痛悲剧之后，就要建一座新的，总结的都是血和泪的教训，都是对逝去的生命的哀悼，越战纪念碑亦如此。他想，如此深刻的反思之后，是否能引起足够的鉴戒？历史的悲剧，还会不会重演呢？

离开华盛顿，他们继续坐大巴前往水牛城布法罗的尼亚加拉大瀑布。

这是一段漫长的旅程，全程650多公里，将近9个小时。沿途漂亮的山景才让这段路显得没那么枯燥，只是在山区附近时，经常会长时间没有手机信号，这让夏天理解了大宝说的美国电信网络覆盖在很多地方不如国内好。大宝解释，出现这种差别的原因是美国各地都有独立的电信运营商，如果使用率低，挣不回成本，就没有人愿意投资建电信网络，而中国的电信运营商都是国企，按要求必须全覆盖，即使暂时收不回成本，也要完成任务，这大概也算是举国体制的某种优势吧。

到达布法罗后，夏天发现，明姑娘团队居然和他们住在同一个酒店，这是这趟东部之旅第一次也是唯一的一次。

在酒店大堂办入住手续时，夏天后背被人轻轻地拍了一下，他回头一看，正是明姑娘，明姑娘的眉眼里，跟自己有着同样的惊喜。

安顿完，他们默契地约在了酒店大堂吧。这个酒店是他们此行住过的规模最大的酒店，这或许也是他们有机会住在同一个酒店的原因。

他们各自的团队里真正的大陆人很少，一起从北京出发的，更只有他们两个，这次入住同一个酒店，确实有一种他乡遇故知的感觉。

但等他们真在大堂吧落座后，似乎又感觉有些不知从何说起。

第六十四章　敞开心扉后的告别

出乎夏天意料，印象中谨慎内向的明姑娘显出了从未有过的开朗，很快就打开了话匣子。她说这些天连个聊天的都没有，快憋坏了。他们团虽然是中文团，但大部分人都来自台湾、香港或美国本土，她跟这些人在一起，总感觉对不上点儿。尤其是从台湾来的，看她就像看统战干部，生怕多说一句话就会泄露惊天秘密似的。

对明姑娘的话夏天有同感，因为这个年代纯上美国旅游的大陆人并不多，他这个团几个台湾人，平时和他们互相帮着拍拍照还行，但稍微聊几句家常，就是一副讳莫如深的样子。看样子，那道海峡，不仅分隔了两岸，更成了两岸人民情感和心理上的天堑。

夏天借机调侃明姑娘道："估计是他们看你眼大深沉，容易洞察人心里的秘密，故意躲着你。"

明姑娘听了莞尔一乐道："难道我挂相吗？平时做心理咨询，大家还是很愿意跟我敞开心扉的呀。"

做心理咨询？夏天忽然有了兴趣。眼神里经常有一种迷茫之色的明姑娘居然是一个心理咨询师，这倒是出乎他的意料。

果然，明姑娘很快显出心理咨询师的本色，笑道："你肯定不信吧？"

"你怎么知道？"

"因为刚认识我的人，就没有相信的，但我确实是，而且还比较受欢迎。"从她的语气中，这句比较受欢迎，听起来竟好像留了很大余地，是一种谦虚的说法。

"哦，要不你先给我咨询一下，看看我的心理状况如何？"夏天故意开玩笑道。

"我咨询有点小贵，但看在他乡遇故知的分上，你请我喝酒就可以了。"明姑娘表情活泼地答应了。

确实，他乡遇故知，没有酒怎么行？入乡随俗，先来两瓶加州红酒，一人一瓶先吹着。

喝了酒，明姑娘眼神变得明亮甚至有些犀利起来。夏天心想，明姑娘这个姓看样子不是白给的。

明姑娘明人不说暗话，并没有向夏天问东问西，而是单刀直入说结论，仿佛她已洞悉了许多："第一次在首都机场见你，觉得你是一个温文尔雅容易让人放松警惕的人，但其实，你自己也是一个容易放松警惕的人，因此，你不是一个特别精明的人，可正因为你不是特别精明，所以朋友反而会多一些。"

明姑娘这段话说得有些曲折，夏天虽然对她断言自己不够精明略有不服，但总体还比较受用，毕竟傻人有傻福并不是一个太坏的结论。

明姑娘继续道："你有时会犹疑，会举棋不定，会有些散漫，但有足够的压力，或者说有足够的动力时，你做事又会比较坚定果决。你的散漫会浪费你的时间，但你的坚定果决，又可以帮你做成一些事。你什么时候坚定果决起来，就会是你成功的机缘。"

明姑娘几句话看似轻描淡写，实则内藏机锋，夏天于是笑道："那你现在看出我有坚定果决的苗头吗？"

"看出来了。"明姑娘认真且坚定果决地点了点头，"这些天偶尔相见，你给我一种心中笃定的感觉，应该是好事将近了吧？"明姑娘看向夏天的目光有种探究却又了然的意味。

夏天忽然觉得这个明姑娘并不简单，她的身体看似单薄，却能量满满，此刻，她的能量，正通过她那双明亮的大眼睛迸发出来，虽然那双大眼睛有时候也会显得空洞迷茫。

夏天联想起跟卓越和大宝谈的项目，承认明姑娘说的有些道理，并向她简单介绍了项目情况。明姑娘轻轻点头的样子貌似淡然，但在夏天看来却有种果然不出所料的骄傲，他暗暗反省自己脸上真是藏不住事，正好印证了明姑娘说自己不够精明这个结论。

与此同时，他的好胜心也被激发起来，虽没学过心理咨询，但毕竟跟名师学过几天相面，用相面回应一下明姑娘跟相面一样的心理咨询，是不是也会更有趣一些呢？

于是夏天主动出击道："让我也来说说你吧，也是不需要提问的那种。"

明姑娘眼睛又是一亮，笑着鼓励道："说说看，说错了保证不笑话你。"

"你看起来是个敏感且缺乏安全感的人。"夏天开场白选择了保守且有些投机取巧的策略，哪个姑娘不是缺乏安全感，又有哪个姑娘不敏感？而且，不敏感怎么可能成为一个好的心理咨询师呢。

听了夏天的话，明姑娘并没太多反应，只是微微点头。

夏天话锋突然一转："但这仅仅是看起来，从你内心来说，其实更像一个男人。"

明姑娘目光微动，好像并不反感夏天的说法。

"你是一个很有主意的人，很难为别人做出改变，只有崇拜你，对你言听计从甚至愚忠的人才能跟你和谐相处。但这和你的择偶标准又是矛盾的，因为你内心是想找一个更强大能被你依靠的人。因此，在感情问题上，你经常陷入迷茫和混乱中。"

"可每个女人不都是这样吗？"明姑娘的话听起来像反驳，但似乎又是同意了夏天对她的分析。

"比如你和老公现在的关系就比较微妙。"夏天决定乘胜追击。

"此话怎讲？"明姑娘眼睛明显睁得更大了，一副不要听又想听的样子。

"我甚至觉得你和你老公的关系已经走到了危险的边缘。"看到明姑娘睁大的眼睛，夏天干脆用危言耸听来赌一把。

在西雅图机场匆匆一面，夏天认为她那位个子不高脑袋圆圆的老公跟她并没有夫妻相，这是他作为一位资深相面爱好者的直觉，而她那位帮着联系旅行社的同学临行前祝夏天好运那句话的潜台词，更是有些意味深长。

当然，他还有一个很重要的判断依据，可以通过接下来跟明姑娘的对话印证。当年他的相面师傅雕塑大师钱绍武曾谆谆教导他，所谓相面，其实就是对各种细节的观察和结合人生经验的分析，未卜先知的把戏本质上都是障眼法。

"你怎么知道？"明姑娘脱口而出，几乎是直接承认了，完全没有掩饰的意思。

"我很好奇你为什么是独自报团旅行，而不是和你老公一起。"夏天没有正面回答，却提了一个致命的问题。夏天认为，如果是关系正常的夫妻，久别重逢，妻子又从未到过美国，丈夫在她有限的签证期内，一定会想办法全程陪同，而不是刚见面没两天就把她孤零零丢在一个旅行团里。

"我这趟来美国的主要任务就是离婚，然后顺便旅个游。"明姑娘没有回答夏天的问题，但实际上已经说出了答案，夏天没想到明姑娘说出离婚俩字时是那么痛快利索。

说到离婚，明姑娘举起酒杯，颇为由衷地夸夏天道："这么快就让你看出来了，看样子你也有当心理咨询师的潜质，刚才说你不精明的话收回，哦，也不要说你精明，精明不见得是个好词儿，说你有慧根或许更准确一些。"

明姑娘的话夏天听得非常受用，但想到自己有时聪明有时迷茫的情形，自认慧根也不是那么稳固，于是谦虚道："我的慧根就像六脉神剑，有时候剑气如虹，有时候却像泥牛入海，全凭机缘。"

"没有无缘无故的缘，即使这个缘分很短暂。"明姑娘敛神道，"今天我们或许可以互为心理咨询师，把心理垃圾都倒出来，不吐不快。"

此时，他们都知道，今夜之后，或许再难相聚。因此，之后的话题，超越了性别之分，变得非常开放，就像无话不谈的老朋友，又像面对心理医生的病人，甚至像面对神父忏悔的罪人。他们毫无保留地相信对方，坦承自己的所思所想和之前不愿为人知的所作所为，他们认为，即使说出来的想法罪恶滔天，或者自己曾经干的事恶贯满盈，也可以得到对方的理解、接纳并互相严守秘密。

明姑娘告诉夏天，她在人生道路选择上其实是犯了一个错误，前几年川大刚毕业时，她和她的许多朋友一样，一门心思就想来美国，认为到美国就是人生的终极目标，并没有考虑到美国后自己能过一种怎样的生活，在美国的生活是否适合自己。因此，在众多的追求者中选择了她现在的老公，她老公是个理工男，跟她这个学社会学的并没有太多共同语言，只是因为那个时候，他刚刚获得了赴美留学签证。

这几年她边工作边办赴美签证，她发现自己越来越喜欢自己的工作，虽然她的工作很多时候是在接纳别人的心理垃圾，有时候心理垃圾接收多了，感觉自己都要郁闷了，但当她把别人聊明白的时候，她会有小小的成就感，也会找到自己存在的价值。

另外，国内这些年已经发生了很大的变化，她自己对生活也有了更多的理解，因此，在获得签证的那一刻，她忽然明白了自己内心的真实需求。

她从事心理咨询工作的经验在美国毫无用武之地，她也习惯了在成都摆龙门阵吃火锅打麻将的巴适生活，为了老公放弃成都的一切在美国从头再来，或者靠老公养活无所事事相夫教子，她根本做不到。而且，赴美路上在旧金山关小黑屋的经历以及亲眼见到老公在美国的生活状况，也更坚定了她留在成都的决心。所以，这趟在美国的旅行，其实就是告别之旅，告别美国梦，告别之前错误选择的婚姻，告别自己曾经的盲目幼稚，去寻找一种适合自己的踏踏实实的生活。

夏天听了明姑娘如竹筒倒豆子般的叙述，内心颇为感慨。他想，那些和自己曾经有缘的青春美好的姑娘当年都义无反顾地奔赴海外，便宜了洋鬼子或假洋鬼子，也不知道她们现在过得怎样，是否也会有和明姑娘一样的感悟呢？明姑娘的迷途知返，让一个好姑娘又回归了祖国的怀抱，是否也算是一种值得欣喜的变化呢？

夏天发现，自己其实一直有一种让他这样的中华直男面对洋鬼子或假洋鬼子时扬眉吐气的执念，这么多年，他盼望着，盼望着这种执念能够早日实现。

夏天跟明姑娘也聊了很多，包括自己的执念、蠢蠢欲动的野心，也包括鲜为人知的遗憾和曾经欲哭无泪的愤懑不张，仿佛自己面对的，真是一个坐堂心理医生。明姑娘只是静静地听着，并没有太多置评，更没有什么宽慰的话。可聊完之后，夏天感觉自己心里放空了很多，也轻松了许多……或许，一个好的倾听者，就是一个真正的良医。

聊到最后，酒喝干，眼也睁不开，他和明姑娘一致的结论是，今晚他们互为心理咨询师，无药病除，疗效不错。

离别的时候，明姑娘主动拥抱了夏天，很温暖纯粹的那种。明姑娘在他的耳边轻轻说道："我发现，你是一个邪中有正，正中又有邪的人，所以，我并没有完全看透你，但我想说，喜欢你，祝福你！"

这个拥抱，告别了他们之间短暂的缘分，留下了穆如清风般美好的记忆。明姑娘最后说的那几句话，却让夏天时不时就反躬自省，默然回味……

回国后，他们默契地互相没有再联系，因为留白，从来不是多余。

后面的旅途，看完尼亚加拉大瀑布，他们又转道波士顿，参观了著名的哈佛和麻省理工，大家都顺手在约翰·哈佛先生铜像光滑的皮鞋头上摸了一把，据说是因为他的脚气约等于某种仙气儿。在波士顿，旅行团就地解散，各自飞往新的目的地。明姑娘回了西雅图，夏天则又开始了一个人的西部之旅。

明姑娘和夏天真正的最后一次见面其实是在尼亚加拉大瀑布下面的水雾中，淋成落汤鸡的他们又擦肩而过，明姑娘看着夏天的窘样，开心地笑了，大眼睛亮得跟探照灯一般……

第六十五章　西部之旅和赌城零元购

从波士顿飞圣迭戈，夏天开始了自己的西部之旅。

第一段旅程，夏天还是一个人跟团，从圣迭戈开始，沿途经科罗拉多大峡谷等，最后至拉斯维加斯。

圣迭戈是一座美丽的海港城市，也是重要的军事基地，被称为"海军航空兵的诞生处"。美军现役三艘航空母舰：卡尔·文森号、西奥多·罗斯福号、罗纳德·里根号就是以圣迭戈为母港。而就在一年前，已退役的中途岛号航空母舰改造成航母博物馆后也停泊在此。

夏天在圣迭戈的第一个节目，就是参观中途岛号航母。

中途岛号是为纪念"二战"著名的中途岛海战而命名，是美国"二战"时建造的最大航母，也是世界上第一艘有飞行甲板的航母，只是它生不逢时，等它入列时，"二战"正好结束了。因此，它没有经过一天的战斗洗礼。

登上中途岛号，夏天第一次体会了一艘船一座城的感觉，再想到美国还有十几艘这样的航母，深觉美国的军事实力确实是独步天下，因为此时，我国第一艘航母的舰体还在乌克兰，名字还叫瓦良格。

中途岛号改造成航母博物馆后，更像一座功能齐全的娱乐城，餐饮、商店、影音设施等应有尽有，在大型电子屏幕上播放的影音内容有很多"二战"时的战争场景，夏天印象最深的，是日本神风特攻队自杀式攻击美军舰船时惨烈而疯狂的画面，和航母博物馆轻松祥和的气氛形成鲜明对照。

参观人群中，有一队打着小旗首尾相衔的日本游客，正亦步亦趋跟着导游，严肃认真地听导游讲解，他们脑袋晃悠着，像点头，又像摇头。夏天暗忖，在中途岛号航母上回顾"二战"日本失败的转折点中途岛海战，这些日本朋友会是一种什么样的心情呢？

参观完航母，夏天他们转道号称世界最大的海洋主题公园——圣迭戈海洋世界。

这里完全是一片欢乐的海洋，人和海洋生物水乳交融，呈现一个个美妙的瞬间。

最刺激的莫过于杀人鲸虎鲸的表演，体重超过两吨的虎鲸直立在水面上像海马一样分波而来，它的头顶嘴边，骑坐着一个光头训鲸人。快靠近观众时，虎鲸猛一甩头，把训鲸人甩向天空，张开血盆大口，露出一大排锋利的牙齿，作势要活吞训鲸人。训鲸人却不慌不忙，身体在空中划出一道高飘弧线后，一个潇洒的展腹空翻避开虎鲸，一猛子扎进了水里。虎鲸咬了个空，似乎有些恼羞成怒，又掉头扑向池边观众席。可它猛冲后突然急停转身，用尾鳍拍出一排巨浪，铺天盖地撞向池边的观众，引起一片惊呼。夏天想，如果虎鲸会笑，此刻它露出的，一定是最坏的笑。

夏天暗暗庆幸自己听人劝吃饱饭，提前穿上了塑料雨衣，虽然坐在前排没沾上多少水，但旁边一个正吃汉堡的小朋友却未能幸免，那个巨浪直接把他手里的汉堡拍在他脸上，海水混着面包泥和生菜叶从他脸上往下淌，小朋友撇着嘴想哭最后却不好意思地笑了……

公园里还有一个拯救海牛馆，海牛也就是俗称的美人鱼，夏天之前很难理解美人鱼这么浪漫的名字中文却叫海牛，待他见了活的美人鱼，觉得确实还是叫海牛比较贴切，因为它们分明就像海里的牛嘛。此刻，两只海牛在池中各自孤独地游弋着，老死不相往来，远看有些朦胧美，近看美得其实很朦胧……

场面最壮观的是被誉为企鹅之家的企鹅馆，这里汇聚了来自南极和亚南极区的 250 多只企鹅，是世界上除南极之外唯一的企鹅繁殖基地。企鹅馆里，黑压压一片的企鹅显出一种不可一世的呆萌，它们不是左顾右盼迈着八字步，就是迈着八字步左顾右盼……

离开圣迭戈，他们继续坐长途大巴奔亚利桑那州的科罗拉多大峡谷。

抵达大峡谷的观景平台上时，夏天感觉自己仿佛看到了另一个世界，另一个星球。

以红褐色为基调的大峡谷中，绵延着一座座姿态各异、高低不同的山丘，这些山丘保留着被洪流冲刷过的痕迹，山体周围可以看到无数断面，如同被大自然的鬼斧神工劈开的千层蛋糕一般。亿万年前，这里和喜马拉雅山一样，还是一片汪洋，经过漫长的造山运动，山丘崛起，断面裸呈。通过这些断面，人们可以观察到从古生代到新生代各个时期的地层，就像看一部活的地质教科书。

正午阳光下，红色山丘的颜色不断变化闪耀，山体逶迤向前，渐渐湮没在远处一片轻薄的雾色中。在这片雾色中，仿佛有无数神秘的力量在聚集、潜伏，伺机而动，好似一眼万年的远古魔幻世界里处处隐藏的杀机。

观景平台下面，是峭壁边缘的深渊，即使隔着护栏，也叫人胆寒。深不可测的深渊仿佛有种让人不能自拔的魔力，想定睛凝视，却又不敢直面来自深渊的回眸，就像害怕看到地狱的入口和世界的尽头，害怕自己孤单单被世界抛在身后。

离开观景平台，夏天脱离大部队，找到一条下山小道，一个人向峡谷深处疾走。他认为，这种亿万年前就存在的美景更适合一个人独处，他在此地的一呼一吸，一动一静，都可以让他思接千载，连脉古今。在大自然面前，人固然渺小，但在时间面前，大自然的沧海桑田也不过是转瞬间。

他还试着走近谷底，去看看依然在奔腾咆哮的科罗拉多河。正是红色的科罗拉多河亿万年的冲刷，才成就了大峡谷的美景，可如今在远处看，科罗拉多河却波澜不惊，毫无声息，它的真实面目到底是什么样的呢？

从大峡谷出发，穿越内华达州漫无边际的沙漠和戈壁滩，抵达拉斯维加斯时已近黄昏。全城灯光紧追着暮色被一盏盏点亮，全长超过六公里的主干道拉斯维加斯大道成了霓虹灯的海洋，大道两边的建筑几乎被各种标新立异造型独特的霓虹灯包裹起来，灯光闪烁处，弥漫着狂野招摇，充满热力的魅惑。

赌博之都、娱乐之都、结婚之都、美食之都、购物之都，以前只在好莱坞电影和小说里见识过的赌城突然就在面前，让夏天有一种乱花渐欲迷人眼的感觉。

来之前，夏天对拉斯维加斯除了好奇和向往，其实还是保持了一定的警惕性的。之所以保持警惕性，一是从小就被教育赌博不是一件好事，赌钱更是一种考验人性的游戏，输急了的赌徒什么都干得出来，那么大街上、赌场里就会有各种潜伏的危险；二是担心自己经不住纸醉金迷灯红酒绿的考验，万一在窜游各个赌场时，气氛一到，脑子一热，手一松，很可能就会有不可预见的后果。

他的第一个顾虑在一踏上拉斯维加斯大道上的时候就解除了。在这条拉斯维加斯最奢华的主干道上，行走的大都是来自世界各地的游人，大家三五成群，东张西望，表情欢快祥和。大道两旁，隔不远就有全副武装的警察站岗，这些警察神态轻松，有时候还跟游客礼貌地打着招呼。导游告诉他们，内华达州几乎一半的警力都布置在赌城里，因此，大家都尽量不要搞事情，当然，也没什么人会在这儿搞事情。

至于他的第二个顾虑，或许只有到真正的赌场才能见分晓。

夏天对拉斯维加斯最粗浅的认识，就是从拉斯维加斯大道开始的，在这条全世界最狂放不羁的大道两旁，汇集了全世界三分之二最奢华的酒店。一整晚，夏天就像一只野蜂一样，挨个酒店流连窜访，采撷着各具风情的花蜜。

米高梅大酒店，酒店外的巨大雄狮是米高梅集团的象征，这座高45英尺的铜狮子也是全美最大的铜塑，让人自然而然想起米高梅电影片头中那几声震慑人心的狮子吼。

纽约酒店，把纽约曼哈顿完整地搬到了拉斯维加斯，有点重温纽约一日游的感觉。

巴黎酒店，按原比例缩小的埃菲尔铁塔和凯旋门耸立在酒店门前确实吸睛，主打奇妙的时空错位。

曼德雷湾酒店，拥有近5000间客房的巨无霸的存在。

蒙地卡罗酒店，以文艺复兴时期米开朗琪罗巨幅雕塑群为拓本，进行了惟妙惟肖的复制，让人觉得似乎只有文艺界的人士才有资格在这儿赌一把。

百乐宫酒店，门前的巨型音乐喷泉灯光秀每半小时表演一次，场面壮观，气氛浪漫，引无数人驻足停留，因为人群拥挤，很多情侣或之前还不是情侣的自然而然便牵起了手……

让夏天印象最深的还是威尼斯人酒店，在这个规模宏大的酒店里，居然装进了一座水城。威尼斯著名的钟楼、圣马可广场、叹息桥、贡多拉以及贡多拉漂流的水系……都在酒店进行了完美复刻，走进酒店，就像走进一座梦幻威尼斯城。

这座城有自己的人造天空，天空中流云飞舞，霞光妙曼，和深远的蓝融为一体，每20分钟就变化一次，让人有一种天堂般的视角，自觉超凡脱俗，看云卷云舒。

这家酒店同样很接地气，酒店里复制的圣马可广场更像是人间天堂，云集了世界各地的精品名店和一流餐厅，让人们在欣赏了天堂般的美景之后可以疯狂购物和大快朵颐，满足在俗世中的所有欲望。这是一家梦想和欲望交织的酒店，最美的梦境和最赤裸的愿望，诠释了最真实的人性，在这家酒店里，大家都是威尼斯人。

到了赌城，自然要试水赌一把。夏天的想法是，在拉斯维加斯赌一把不叫赌，叫消费，而且，在这儿消费，看起来是花钱，可也有时候是挣钱，因为万一有了万一呢？经过这样的心理建设，夏天顿时有一种跃跃欲试的感觉。

转悠完各个酒店的赌场之后，夏天对各种赌博项目大概有了了解，并对自己进行了比较准确的定位：菜鸟加小白。适合菜鸟加小白玩的游戏项目只有几种或者说只有一种，那就是吃角子老虎。

尤其是到卢克索酒店后，他更坚定不移地确认了自己菜鸟加小白的身份，他不求上进地认为，适合自己的才是最好的。

卢克索酒店是一家以古埃及为主题，以各种精美的古埃及塑像作装饰，充满阿拉伯异域风情的酒店，也是他自认为气场最合的酒店，因此，他停止了在各个酒店的窜访，把大半个夜晚都交给了这家酒店。

这家酒店没有其他酒店的拥挤嘈杂，却不乏人气；装修不是那么富丽堂皇，却有一种简洁神秘的韵味；服务不像其他酒店那么热烈夸张，却让人感觉体贴到位。酒店的赌场大厅场面开阔光线柔和，空气中有一种淡淡的薰衣草和玫瑰混合的香味，让人心神舒缓，而客人似乎也因此多了一份从容甚至懒散，好像输赢已经不是那么重要，重要的是享受从下注开始到结果揭晓的过程。

所谓生死有命，富贵在天，在这赌一回，更像是一种挥金如土的修行。在修行过程中，命运的齿轮一遍遍转动，人们一遍遍体会命运的跌宕起伏。若要修成正果，便需从大喜大悲，到不喜不悲，恰如历经千载的古埃及雕像脸上的微笑，像风吹动，其实风吹不动。

在这个酒店中，夏天印象最深的，是一个守着吃角子老虎机的老太太。她颤颤巍巍坐在一个安静角落，目光透着散淡，脸上写着寂寞。她身边没有人陪伴，看起来像是本地的孤身老人，因为长夜漫漫，便到赌场打发时间。

据陪着夏天一块来这个酒店的导游说，老太太是这个酒店的钉子户，他几乎每次来都能碰上她。她一晚上雷打不动的预算上限就是一百美金，一百美金花完，绝不恋战，抬腿就走。而一百美金之内如果有比较大的收获，也从来是见好就收。她似乎摸熟了这个酒店老虎机的脾气，总是能找到容易出成绩的老虎机，因此，她可以算是这个赌场以胜率高而著名的赌博博主，甚至成了这个赌场的隐性代言人。她的存在似乎就是为了告诉人们，连老太太都能赢，你为什么不试试？

导游的介绍让夏天来了兴趣，他决定先近距离观察一下老太太玩老虎机时是如何一顿操作猛如虎的。

老太太每次都是把 100 美元换成 5 张 20 美元纸币，先用其中一张换一堆 25 美分硬币，选定一台机器，要一杯免费的咖啡，然后开始慢条斯理地把硬币一轮一轮塞到老虎机嘴里，然后一推一拉，等待老虎机的消息。老虎机并非总是一副吃骨头不吐骨头渣的样子，老太太那台机器时不时就能听到欢快的中奖音乐和硬币哗哗往外吐的叮当声，但总体上每次中奖的金额都不大，因此，老太太会立刻把中奖吐出来的硬币投入到下一轮的推拉中。

据夏天观察，老太太今天的手风并不太顺，一直没有太大起色，兑换了几次 20 美元的硬币接近预算上限后，老太太决定收手。她嘴里念念有词："Last chance！（最后的机会！）"然后开始最后几轮的推拉，然后就没有然后了，因为 100 美元已经用完了。

老太太脸上波澜不惊，毅然决然地站起身准备离开。她显然也注意到夏天在她身边待了不少时间，起身后，她指着自己用过的机器微笑着对夏天说："Maybe you can keep trying."（也许你可以接着试试。）

试试就试试，夏天点点头，有样学样换了 20 美金硬币后，在老太太余热尚存的座位上坐下来，开始了一轮一轮新的推拉。老太太没有立刻离开，而是饶有兴味看着夏天操作。

就在 20 美金硬币即将用完的时候，一件意想不到的事情发生了，因为此时全场的音乐忽然炸雷般响了起来，夏天这台机器也发出了急促的铃声，许多人停下来往他这边看，夏天懵懂中暗暗惊喜，难道这就是传说中的中大奖？

也不知道硬币往下哗哗掉的声音持续了多久，等夏天清醒过来，他面前铁槽里硬币都快满了。老太太满脸乐开了花，一点都没有把座位让给夏天错失中奖良机后的懊恼，她真诚地祝贺夏天，夏天也忍不住给这个陌生老太太一个热情的拥抱，饮水思源，好运传递，老太太功不可没。

夏天找了一个塑料袋，把铁槽里的硬币边数边往里装。将近300美元硬币，沉甸甸的，头一回上赌场的夏天，用20美金挣到了10多倍的利润，这笔钱，够他往返拉斯维加斯和洛杉矶的机票钱还有富余。这趟拉斯维加斯，基本可算是零元购了。

看着沉浸在喜悦中的夏天，老太太不容置疑地提示道："Change money，then go home."（去换钱，然后回家。）

夏天深以为然，马上照章执行。不恋战，小富即安，他觉得自己一瞬间便领会了老太太赌钱哲学的精髓，同时，他认定，在金钱面前，他和这个老太太其实是一个风格的。

离开被自己薅过羊毛的拉斯维加斯时，夏天有颇多回味，这个荒漠上建立起来的城市，就像一个真实存在的海市蜃楼，可以最大限度满足人们俗世的愿望。你想结婚，花55美元登记费，就可以在教堂互相说"我愿意"；你想饕餮，这里有廉价的美食；你想血拼，这里有打"骨"折的名牌；你想看秀，这里到处都有舞榭歌台……

支撑这一切的，是每个毛孔里都透着血腥和贪婪的金钱，金钱，是这个地方的通行证，也是让人疯狂的致命毒丸。在这里，人们随时可以体会什么是一念地狱一念天堂。

但不管是地狱还是天堂，这都是一个让人来了还想再来的地方……

第六十六章 "笨贼一箩筐"和幸运的受害者

从拉斯维加斯直飞洛杉矶,来接机的是夏天大学同班同学大个。

大个十几年前赴美,大学学的新闻专业自然是毫无用武之地,他便重新选修了会计专业。因为以中国人的数学程度,不管在国内大学是学文科还是理科的,到美国后拿个会计专业的文凭几乎都是手拿把攥的事。

大个拿到文凭,并没有老老实实找个公司当会计,而是靠自己天然的亲和力或者说黏糊劲儿,加上新闻专业培养的沟通技巧,迅速走上能发挥自己特长的销售岗位,在洛杉矶最大的一家丰田汽车 4S 店干得风生水起。十来年工夫,在洛杉矶不仅买了车和房,还娶妻生了俩漂亮闺女,已经是一枚妥妥的优质中产。

夏天从机场出口出来时,老远就看到目标明显的大个,毕业十几年后头一回见面,夏天觉得岁月并没有给他带来太大的变化,只是因为略微有些发福的缘故,他的身形显得更伟岸,气质更美国化了。

大个身边,还有一个身材同样高大却比他精壮结实许多的男子,和大个边聊着,也边朝出口张望,夏天觉得有些面熟,但第一时间又不敢贸然确认。

大个见到夏天,上来一把搂住,来了个美国式熊抱,边抱边说:"兄弟,想死哥们了。"

夏天见大个虽然也是倍感亲切，但被一个胸怀宽广的男人抱成小鸟依人的样子还是有些不适应，他迅速脱离亲密接触改成握手模式，边握边看向大个身边这个男子。

男子脸上露出亲切温和同时有些促狭的微笑，道："是不是认不出我了？"

"陆少峰？"电光石火间，一个名字迅速在夏天脑海蹦出来，当年大学多栖全能体育明星，让无数男生嫉妒的少女偶像，一个给自己留下深刻印象的帅小伙，他怎么会和大个一起来接自己呢？

"这是给你，不，这是给你们俩准备的惊喜。"大个喜滋滋地乐道，并颇为得意地揭开了所谓惊喜的谜底。

原来，陆少峰是他们的大学同年级世界经济专业的同学，也是大个中学时的同班同学，陆少峰从香港飞洛杉矶的班机只比夏天飞机早到不到一个小时，大个正好把他们一起接上，然后准备在洛杉矶把他们一勺烩了。不仅如此，他还通知了洛杉矶所有能联系上的大学校友，这天晚上迎接他们的，会是一个盛大的party。所谓有朋自远方来，本地人不亦说乎，两个国内校友的同时到来，是洛杉矶当地校友欢聚的最好的理由。

大个接夏天和陆少峰开的车，是一辆最新款丰田雷克萨斯SUV，从机场到大个罗兰高地（Rowland Heights）的家有一小时车程。车上，夏天和陆少峰聊了起来，离开学校这么多年，绝大部分同学都星散了，以前专业不同交集较少的同学更是难得一见，如今他们以这种方式在万里之外的美国聚到一起，确实是难得的机缘。

交谈中，夏天了解到，世界经济专业的陆少峰在一家国有外贸公司工作多年，经常独自在世界各地出差，年纪轻轻就经了风雨见了世面。这些年，随着自身经验和财富积累，他们几个合作多年的朋友一起下海创业的想法越来越明确。他们希望利用全球飞速发展的互联网高速公路，建设跨国服务平台，开创全新的物联网贸易模式。他这次来美国，就是考察合作伙伴，并准备马上建立一个驻美办事处。

说到建办事处，陆少峰下意识拍了拍腰间横着的一个鼓鼓囊囊俗称腰里横的小包，笑道，现金都带来了，条件合适，立马开干。

驶近罗兰高地，道路变得有些拥挤狭窄，大个车速明显慢了下来，道路两旁繁体中文的招牌也渐渐多起来，华人聚集的社区特有的烟火气让夏天有种熟悉亲切的感觉。

从中文招牌可以看到，街上有可以文眉的美容院，能拔罐针灸的中医诊所，隔不远便有一个规模不大但品类丰富的华人超市或杂货店，一家"香港超市"门口宣传牌上写着：新到十三香。还有可以做足底按摩的洗脚屋，半个小时优惠价60美元，夏天默默换算成人民币再和国内68元一个钟的价格比较一番后，打定主意回国后要好好珍惜捏脚自由的幸福生活。当然，最多的还是各种风味的华人餐馆，川湘粤一应俱全，居然还有个叫"小Fat羊"的内蒙古涮肉，此时国内小肥羊连锁餐厅才刚刚兴起，难道这是他们在美国的分号？

大个给陆少峰和夏天介绍道，除了一些韩裔公司和餐馆，罗兰高地基本是中国人的天下，即使一句英语都不会说，在这也绝不耽误吃喝。要不是香港超市后面一片区域住了不少收入较低的新移民和墨裔居民，时不时发生治安问题，这个地方可以说是完美。

迎接陆少峰和夏天的大派对在大个家屋外院子里举行，他们车到时，老远就看见院门口装饰的气球和彩条，院子里已经摆上了两张大的长条桌，一张堆满啤酒、红酒和饮料，好像还有几瓶北京二锅头，一张则摆满各式冷餐凉菜肉肠面包和杯子碗碟，院子一角架起了一个大大的烤炉，各种烤肉，正滋滋冒着油烟。

洛杉矶的校友们都提前过来帮忙了，桌上很多菜都是大家各自贡献的手艺，院子里氛围其乐融融，热闹非凡，有一种校友欢聚共度佳节的感觉，连路过的邻居都时不时好奇地驻足观看。这时大个会热情洋溢地主动跟他们打招呼，并介绍说中国国内几个成功的企业家同学特意上美国来看望他，同时也准备在美国寻找一些投资机会。

陆少峰和夏天虽然对大个的介绍感到很有些压力，但还是配合着向他的邻居展露出亲切自信的笑容，并像成功的企业家一样把腰杆挺得笔直。

十几个校友围坐在长条桌周围，边吃边喝边聊，话题打开就刹不住了。

通过校友的自我介绍环节夏天了解到，这些年到洛杉矶留学并定居的同学数量不少，在加州的更是规模庞大。

这些校友并不仅仅满足在美国有车有房的中产生活，也非常关注国内的发展。信息高速公路时代，互联网领域美国的今天或许就是中国的明天，而且是并不太远的明天，一张白纸，可以画出更新更美的图画，如果抓住机会，未来的中国弯道超车也并非不可能。因此，他们跟陆少峰和夏天聊得最多的，就是在中国的投资机会。

聊到投资机会，陆少峰颇有些意气风发，他说他之所以敢带着一包现金来美国设办事处，就是因为对中国市场的信心，中国的互联网尤其是物联网还处于起步阶段，借鉴美国模式，整合以美国为中心的北美信息服务平台，填补或者说利用国际国内信息不对称的鸿沟，形成跨国贸易供应链，面对美国市场巨大的购买力和中国 13 亿人的市场潜力，将会是无与伦比的机会。

陆少峰的介绍引起热烈反响，好几位校友都表示接下来要深度切磋，共同探讨合作路径。大个也是跃跃欲试，表态自己甘当北美战线马前卒。

夏天自然也把正在筹划的项目介绍了一番，同样获得积极反响。他心中感慨，美中经济现阶段强烈的互补性，使美中间的经贸合作空前繁荣，这是美中两国共同的福祉，自己躬逢其盛，如果能分一杯羹，也算是抓住了时代机遇。如果这种合作一直持续下去，对这个星球来说，确实是幸莫大焉。

若干年后，夏天和陆少峰一起抚今追昔，却不胜唏嘘，因为后来的事实证明，这段时间，是中美间再也回不来的蜜月期，当中国经济体量越来越大，大国间的竞争远比想象更残酷。

同学相见，大家很快就找到大学校园里逸兴遄飞、挥斥方遒的感觉。

这天大家都喝得非常尽兴且到位，曲终人散时，留下夏天和陆少峰挤住在大个家。或许是连日奔波的缘故，疲劳至极的夏天最后连自己是怎么上的床都忘了。

第二天醒来，已经日上三竿，按原来计划，大个准备开车带夏天和陆少峰去趟好莱坞，到贝弗利山和星光大道转悠一圈后，找一家有皮蛋瘦肉粥和豉汁凤爪的中餐馆安慰一下他们的中国胃。

三人出门时，大个突然有些迷茫地看向陆少峰和夏天，嘴里嘀咕着："门口停的车怎么不见了？"

难道昨天喝断片儿了大个把车停别的地方了？夏天疑惑地猜测着。

"怎么车钥匙也不见了？"大个浑身上下各个兜乱捏着，屋里屋外到处乱翻着，表情开始有些紧张。"我的天，车可能是被人偷了！"大个好像突然明白过来。

陆少峰和夏天也感到很诧异，一顿大酒后，在大个家里居然能赶上这事，这损失是不是有点大啊？

经过短暂的慌乱和紧张后，最先放松下来的倒是大个，他有些庆幸地说："得亏前两天刚上的保险，如果车找不回来，最该着急的应该是保险公司了。"大个此时，满脸都是损失转移之后的获得感。

夏天和陆少峰听了大个的话，也稍稍松了一口气，看来作为一个资深的汽车销售人员，大个处理汽车盗抢这种事还是游刃有余的。

打电话报警，联系自己的保险公司，大个有条不紊地把这套流程走完，一副云淡风轻的样子。他有些遗憾地对夏天和陆少峰说："好莱坞估计今天够呛了，一会儿警察和保险公司可能会来勘察，明天我借个车咱们继续走起。"

夏天和陆少峰正不知道怎么安慰大个，自然是很有觉悟地点点头，并对大个的处乱不惊暗暗点赞。

可这个赞还没点完，大个突然脸色大变，他摸着自己平时放钱夹的牛仔裤后裤兜，失声喊道："钱包也不见了，里面还有刚取的1000美元现金呢。"说完他又拉开家里平时放贵重物品的抽屉一通翻看，更是跺足不已，抽屉里的首饰盒被连锅端了，其中还有一颗价值不菲的钻戒。

大个这一嚷嚷，陆少峰也紧张起来，他赶快扑向自己放在床边的腰里横，腰里横还在，可已经成了瘪瘪的一片。一把拉开，发现里面已经空空如也，他脑门上的汗眼看就冒出来了。他又赶快去翻自己的行李箱和一件衣服的夹兜，里面的东西也没了。

他说，带到美国设办事处用的三十几万港币现金是分三个地方放的，全部让贼掏干净了。他之所以带那么多港币现金，是因为国内外汇转账手续繁杂，周期较长，带港币现金可以在美国直接兑换付款，方便办事处的迅速设立。这笔钱是他在香港出发前跟几个合伙人凑的，要丢了损失可就惨重了。而且，贼把他的护照也拿走了。

陆少峰发现丢东西的同时，夏天也有不好的预感，他发现，衣服兜里的钱包没了，现金和 VISA 卡也都没了，好在现金不超过 1000美金。

唯一让他稍感踏实的是护照还在，昨天晚上他把穿脏了的裤子扔在大个家的洗衣筐里，因为喝大了的缘故，还没来得及洗，而那条脏裤子里就有自己忘了掏出来的护照。从这点看，偷东西的毛贼也不是那么算无遗策嘛，夏天安慰着自己并暗暗庆幸。

可当他再仔细检查行李时，却有一种欲哭无泪的感觉。他发现自己一台最新款佳能数码相机丢了，来美国这些天拍摄的所有照片都在里面，一路看过的风景，见过的人，都被这台相机定格过，如果相机找不回来，很多记忆就会变成一片空白，这是金钱也买不回来的啊。想到此，夏天顿时心如刀割，大脑也马上变成一片空白。

报警、继续报警、上警局报警，跟警局的人死磕，一定要让他们拿出办法抓到盗贼。

大个又赶紧报了一次警，详细说明他们除了一辆车外，还有其他巨大的财产损失。他们三个还迅速达成一致，由大个借一辆车，直接上最近的警察局堵门去，让他们好好认识一下事情的严重性。

大个借到车，他们三个满怀焦灼就往警局飞驰。可车开了没几分钟，警察的电话就来了，说他们刚抓到一个驾驶他们被盗车辆的嫌疑犯，需要他们到警局去指认核实。

这个电话让他们的情绪从谷底迅速攀上了巅峰，美国警察叔叔办案效率是这么高的吗？从报案到找到被盗车辆抓住盗贼不到两个小时，这简直是让人膜拜的节奏啊！

等见到办案警官，了解了抓到盗贼的经过，他们才意识到，他们可能算是这天最幸运的受害者了，也不知道是哪辈子烧过的高香显了灵。

到了警局，一个面相威严、肌肉饱绽的黑人警官把他们带到警局的临时拘留室，让他们辨认一下那个被抓到的犯罪嫌疑人。隔着铁栅栏，他们看到的是一个三十出头，身材瘦高，面色苍白的白墨（墨西哥裔白人），他上身穿一件晃晃荡荡的蓝白格子衬衣，下身一条皱皱巴巴的牛仔裤，他的眼睛布满血丝，望向他们的眼神有些发直，但又透着不甘。

警官先问他们是否认识这个盗贼，大个代表他们回答说从来没见过。警官又问他们丢失的财物都有哪些，他们一一陈述。当陆少峰提到丢失的现金中有三十多万港币时，警官脸上露出了然的神色，他搬出一个塑料盒，让他们辨认一下自己的东西。

塑料盒里的东西和他们描述的遗失物高度吻合，除了大个钱包里的美金少了100块，其余分毫不差，尤其是陆少峰的三十万港币，连捆扎的方式都一点没变，可以说是完璧归赵。陆少峰看着失而复得的那捆港币，脸上洋溢着感激之情，他抽出一沓，直接就要往那位黑人警官手里塞。

那位警官露出憨厚甚至有些羞涩的笑容，连连摆手，谢绝了陆少峰的好意，然后像雷锋叔叔一样表态道："不用谢，这是我们应该做的！"

在警局，他们从那位警官那儿了解了案发和破案的全过程。

原来这个盗贼是吸毒的惯犯，大个家昨天晚上的大 party，很快就吸引了在附近晃荡的盗贼的注意，美酒、烧烤、豪车、爱揣现金的中国人，简直就是完美的下手目标。

在下手前，这个盗贼做了充分的软硬两手准备。软的是强力迷药，趁着夏天他们喝了酒加上人困马乏，往屋里吹入迷药可以让他悄无声息兵不血刃地把屋里屋外搜刮一遍，360度无死角。硬的是大口径手枪，一旦有人惊醒，他可以用枪进行威吓，如有反抗，格杀勿论。好在强力迷药把他们哥仨迷得服服帖帖，大口径手枪也便没了用武之地。

或许是因为断顿好几天了，得手后，盗贼第一时间就开着大个的车去了附近的贩毒点，用大个钱包里的现金买完可卡因迫不及待地当场就在车里服食，然后当场就找到腾云驾雾的感觉，然后他腾着云驾着雾在开车回家路上就把车撞了，然后事故现场正好有警察，警察也正好发现撞的车是刚刚报失的车辆。

撞完车的盗贼还沉浸在吸食可卡因的欢喜中，所有赃款赃物还没来得及转移，就被警察逮了个正着。在这个现代版的"笨贼一箩筐"的故事中，夏天他们成了最幸运的受害者。

拿回失窃的财物，为表达感谢，哥几个在罗兰高地中华街特别制作了一面锦旗送到警局，上书"洛城干探，警民一家"八个鼓胀饱满的汉字。黑人警官收到锦旗，虽然看不懂汉字，但还是露出不明觉厉的神色，同时笑出了一口白牙。

此事过后，大个成了狂热的拥枪爱好者，先后采购了长短枪若干，包括AK47、史密斯威森M10型左轮手枪、柯尔特M1911半自动手枪……甚至还有一支雷明顿霰弹枪。他咬牙切齿地说，我要做一个武装起来的中国人，朋友来了有好酒，豺狼来了有猎枪……

第六十七章　硅谷的第一顿饭和赵沄

美国之行最后一站，是去旧金山见已分别五年的赵沄。

夏天来美国前，赵沄曾霸道地对夏天说，他美国之行的最后几天必须都留给她，而她也特意缩短了去欧洲度假的行程，为夏天的到来提前做一系列准备。

赵沄开着一辆红色的大众甲壳虫在离硅谷比较近的圣何塞机场接到了夏天，她的家就在离这不太远的山景城（Mountain View），而山景城，也是谷歌总部所在地。

赵沄到美国后，两年之内就把结婚生子的事搞定，嫁的是硅谷某大厂高管，生的是一对龙凤胎，在旁人眼里，妥妥的人生赢家。

几年不见的赵沄并没有太大变化，已为人母的她化了一个精致却不着痕迹的淡妆，虽比以前略微丰腴了一些，但身材依然苗条，一袭露背斜肩黑色真丝长裙也让她的皮肤更显白皙。她脚上是一双透明水晶高跟凉鞋，恰到好处地露出纤细坚韧的脚踝和粉嫩剔透的脚趾，让她更有一种轻熟优雅的女人味儿。见到夏天，她眸光闪动，笑靥绽开，迎上来给了一个自然而热烈的拥抱，好像他们依然是当年那对搅动过北京广告圈风云的默契的搭档。

和赵沄拥抱时，夏天发现，她这么些年连香水牌子都没换过，还是那种木香和花香混合的味道，前调温暖清新，余韵却幽远似兰。

拥抱完，她用清亮的眼神毫无顾忌地上下左右端详了夏天一遍，笑道："到底是当爹的人了，像个爷们了。"

　　"我是个爷们也不是一天两天了，你不会才知道吧？"夏天笑着反驳道，很快就找到原来他们在一起时轻松随意张嘴就来的感觉。

　　"那是因为你一直是别人的爷们儿！"赵沄微嗔着并故意翻起了白眼，然后又哈哈大笑，似乎把他们之间曾经有过的波澜一笑揭过了。

　　夏天也跟着哈哈大笑，五年的时光，他们的人生都已翻开新的篇章，已为人父为人母的他们，迅速找到了最舒适的相处状态。

　　夏天彻底放松了下来，心安理得地把自己通通都交给赵沄来安排。

　　赵沄先把夏天拉到她家附近的希尔顿酒店办理完入住，然后径直前往硅谷颇具传奇色彩的巴克斯 Buck's 餐厅就餐，这是赵沄为夏天在硅谷安排的第一个节目。

　　在去餐厅的路上赵沄介绍说，巴克斯 Buck's 餐厅是目前硅谷最火爆的餐厅，没有之一。之所以如此火爆，是因为近年很多著名的风险投资案都是在这家餐厅谈成的，这家餐厅可以说是成就和见证了一段又一段硅谷创业神话，俨然已成为当今风投时代的圣地。

　　网景、雅虎、PayPal、谷歌……这些传奇公司的共同之处就是都在巴克斯 Buck's 的饭局上获得了风投资金，从而开始书写自己的辉煌。杨致远从这里拿到红杉资本 100 万美元创办雅虎，马克·安德森（Mark Andreeseen）在这里融得了网景的资金，PayPal 的埃隆·马斯克（Elon Musk）在这里创办了 PayPal。

　　赵沄如数家珍似的娓娓道来，看样子她在来之前做足了功课。只是他们此时还不知道，那个创办了 PayPal 的马斯克，后来又连续创办了特斯拉 Tesla，并成为全球首富。

　　巴克斯 Buck's 餐厅离硅谷被称为"VC 一条街"的沙丘路（Sand Hill Rd.）也就 10 分钟车程，餐厅的外部毫不起眼，一脚油踩猛了都有可能错过。但进得餐厅，却有一种别有洞天的感觉，而且是脑洞大开的那种。

餐厅里，飞机和汽车模型被挂在天花板上，飞机是一种向下俯冲的姿态，汽车则是倒悬在屋顶游弋。一条大白鲨标本挂在墙面高处，和环屋顶的一幅大型海滨生活组画完美地融合在一起，大白鲨看起来像是正恶狠狠地盯着画中悠闲享受生活的欢乐祥和的人群，随时准备撕碎这一切。

从屋顶低垂下来的，是一盏古旧的波斯风格彩花玻璃吊灯，像一把倒置的大雨伞。或许是因为触手可及的缘故，吊灯底部的包浆油滑黑亮，让人忍不住想上手再摸摸。

除此之外，墙壁上更是琳琅满目，各国油画、照片、古代刀剑、火枪、京剧脸谱、老式矿石收音机……餐厅老板年轻时游历各国收藏的纪念品几乎可以开一个万国博览会，在这个餐厅吃饭，一次两次肯定是看不全的，而这，或许正是这家餐厅回头客多的原因之一。

进了餐厅，夏天似乎一下子就理解了它为什么会火爆创投圈。大开的脑洞，在不同高度和维度呈现的空间，跨越时空的多元文化，不协调元素的融合，甚至还有一些阴间视角……这无一不是创业者的标配，也是创业成功的关键。

这是一个有独特气场的餐厅，无论是对创业者，还是投资人。

赵沄看着进了餐厅后有些愣怔的夏天，露出会心的微笑。她明白，夏天对她安排在这儿就餐的深意应该已经有所感悟，但夏天感悟的，目前也只是其中的一部分，因为夏天不知道，在这个餐厅，她将会有惊喜带给他。

就座后，一看赵沄点餐的熟悉程度，就知道是这儿的常客。赵沄给他隆重介绍的是两个招牌前菜：法国吐司和蟹肉沙拉。

夏天认为，法国吐司最成功的地方就是吐司表面裹着的奶酪煎至微焦恰到好处，带着锅气上桌，点缀几片香艳的草莓、几颗饱满的蓝莓和一小撮嫩绿水灵的薄荷叶，再浇上一勺金黄的枫糖，咬一口微微烫口，奶酪香、果香、薄荷香被充分激发并高度融合，色香味俱全，确实不同凡响。

那道蟹肉沙拉最惊艳的自然是完整剔出来的一堆阿拉斯加蟹肉，夏天对沙拉中的土豆、菜花包括虾仁直接选择无视，一筷子下去，夹上一大坨蟹肉，蘸一点特别配制的酱料，满口清鲜甜嫩中透着微微的酸爽，让人欲罢不能。吃到最后，夏天发现，蟹肉啥也不蘸其实味道也很不错，原汁原味的新鲜食材同样是造物主的恩赐。

吃完这两道前菜，夏天已经感觉很饱了，但赵沄说，主菜澳洲黑椒小牛排也是五星推荐，一定要尝尝，但考虑到两个中国胃的食量，她只点了一份。

黑椒小牛排是燃烧着送上来的，赵沄很有面子地请到厨师长介绍这道菜的做法：小牛排是澳洲空运的牛娃子肉，提前一天用加州红酒腌制，用奶油刷锅底后涂抹意大利西西里海盐猛火煎烤，牛排表面迅速变焦但内里水分却被完全锁住。煎至五成熟，撒上印度马拉巴尔产黑胡椒，再泼上一小杯高度苏格兰威士忌，用喷枪点火燎烧后即送上桌。

厨师长天花乱坠的介绍，让夏天感觉这道牛排整个一多国供应链加食物链融合的产物，他肚子再饱，也不能错过此次开洋荤的机会。

点火后的牛排表面进一步焦化，黑胡椒椒香更加浓郁，一口下来，外酥里嫩，鲜美多汁，椒香、酒香、焦香、奶香四香混合，入口即化，味道层次丰富，让一直以来对牛排兴致不高的夏天竟有一种意犹未尽的感觉。

这顿饭下来，他们两个人均也就四十美元左右，以美国人民的收入水平，简直不要太美！夏天不禁感叹，全球化让美国站在食物链的顶端，也让美国人民过上了牛排自由的美好生活。

美国用资本、科技和军事力量主导世界，世界各国则源源不断给美国提供物美价廉的商品以换取美国人自己印的美元，这便是此时世界的格局，也不知道中国人的牛排自由，何时才能实现？

吃完牛排，夏天充分体验了美国人民的获得感和满足感，但他没想到，这道牛排依然只是赵沄给他准备的前菜，真正的大菜，是赵沄饭后的一席话。

在享用饭后甜点的时候，赵沄目光闪闪地笑道："你知道吗，这是我这几天在这儿吃的第三顿饭，前两顿饭，我是跟红松资本和凯盈的人吃的，他们是美国风险投资领域最炙手可热的两个投资商，拿到他们的投资，就很有机会畅想一下纳斯达克的敲钟。让人兴奋的是，他们都对你们的项目表示了强烈的兴趣，说等你们回国后可以马上安排他们在国内的团队跟你对接。当然，这两家投资项目都是要做领投的，因此，你们只能二选一。我的建议是，谁的速度快条件好你们就选谁，正好让他们 PK 一下，加速项目的进程。"

原来，夏天在离开西雅图前，给赵沄详细介绍了他和卓越、大宝正在筹划的项目，赵沄听后秒懂，也立马判断出这个项目的价值。她在硅谷这几年的经历，让她对创业公司从起步、融资、发展、成熟到进入资本市场直至上市的各个环节有清晰的洞察，尤其是对企业的价值判断，她站在中美之间，可以做横向比较，迅速发现商机。她的价值判断逻辑是，在美国有巨大市场规模和发展前景的商业模式，如果结合中国国情迅速复制，并匹配美国市场对标物，就会有同样广阔的发展前景，且非常容易受到美国资本市场的青睐和追捧。因为美国版本的中国故事，美国的资本家们一听就明白，这也是近年美国的风险投资越来越关注或者说下注中国市场的原因。

赵沄继续分析道："你们筹划的项目，讲的是关于未来中国信用市场建设的故事，这对美国人来说是打小就熟悉的场景。如果一个人信用不好，买房贷不了款，买车不能做分期，税费无法减免，在美国社会几乎是寸步难行，因此，大多数美国人为了维护自己良好的信用记录，在纳税、还款、缴费之类的事情上往往非常小心谨慎，与之配套的社会诚信服务机制和市场都相对成熟完善。美国现在这套诚信服务的机制和市场模式，就是未来中国可以借鉴的样本，你们定位自己为中国信用市场建设的先行者或者说第一个吃螃蟹的人，是美国很多投资人愿意听到的故事，也是我前几天跟他们沟通顺畅的重要原因。"

赵沄从投资角度对这个项目的分析，让夏天有种拨云见日的感觉。之前他只是直觉这个项目有前途，听完赵沄介绍跟硅谷投资人沟通的情况，他意识到大好钱途似乎也是近在咫尺，这让他恨不得赶快回国，撸起袖子加油干，一张蓝图绘到底，帮着大宝早点把项目整出模样，把第一笔美国人的投资收入囊中。

讲完风险投资的事，赵沄继续上菜道："A轮风险投资是项目的一道大菜，而我也愿意和你一起，做这个项目的天使投资人，算是一道私房小菜。希望有我们这些小菜垫底，大家在上大菜之前不至于饿出个三长两短。当然，很多时候上了小菜却不一定能等到大菜，因为有些故事看起来很美，如果执行力不够，也常常会化成泡影，这便是当天使的风险。我相信你和你朋友的能力，但也有投资打水漂的准备。不管结果如何，能和你再一次并肩战斗拼搏，即使赔掉一笔钱，也是千金散尽还复来。"

赵沄的话诚意满满，还透着一股豪气，让夏天颇为动容，他头一次对一个女生有种发自内心的钦佩，恨不得立马给这位天使一个同志加兄弟般的热烈拥抱……

赵沄给夏天安排的第二个节目，就是带他回家。

赵沄说，老友相见，又敲定了大事，必须有酒，可她开着车也没法陪，因此，她要安排一个人好好陪陪他，至于是谁陪，到她家自然会见分晓。

赵沄住的社区是个闹中取静的地方，从外围看更像一个庄园，汽车爬上一段缓坡再经过一条安静的引道就到了社区门口，从社区门口保安的制服考究程度和态度的恭谨有礼来看，这是一个富人区无疑。

赵沄家是一幢托斯卡纳风格的二层独栋别墅，有一个500多平方米的院子，老家苏州的赵沄把院子拾掇得就像一个微缩版的苏州园林，假山、池沼、凉亭、回廊、卵石小径、错落的高低树、墙上蔓延的爬山虎、墙角摇曳的芭蕉叶，间杂在院中移步换景的丛丛修竹，进得院中，整个一梦回江南的感觉。

夏天不禁调侃道："看样子你已经过上了自己想要的生活，楼上楼下，电灯电话，还有个院子，随便种南瓜。"

赵沄听了哈哈大笑："你怎么知道我们家有南瓜？就在凉亭后面，

平时看不见，一般人我也不告诉。"

"所以咱们不是一般人，今天也不是平时。"夏天没想到自己居然蒙对了。

赵沄更加兴致勃勃地道："确实是个特殊的日子，今天的酒必须安排……"

进得屋里，夏天见了赵沄的父亲母亲，还有她的一对漂亮的混血龙凤胎儿女，正由一个面容憨厚嘴唇也挺厚的菲律宾女佣领着，却唯独不见她传说中的洋鬼子先生。

赵沄的父亲母亲见了夏天，立马像在深山里见了远方的亲人一般，对他一顿嘘寒问暖，仿佛有许多话要说。

赵沄在旁边看了，会心地笑道："他俩在美国可是憋坏了，不会英语，跟周围邻居聊不到一块，跟我老公也只能连说带比画，想教两个小孩中文，可小孩很抗拒，即使听懂了他们说的中文，也用英文回答他们，急得他们干瞪眼，今天你可要陪他们说中文说痛快了。"

赵沄的话说到了她父母的痛处，她母亲拼命点头，眼圈都有点红了。

她母亲显然也感觉到夏天和赵沄交情匪浅，一边打量着夏天一边拉开了话匣子："小沄非要上美国来，我们好几年都见不上。好不容易把我们办到美国，可我们在这儿就是睁眼瞎，除了小沄，连个说话的人都没有。她一上班，我和她爸就只能大眼瞪小眼。当年要是在国内找一合适的不也挺好吗？"

赵沄看了夏天一眼，半开玩笑道："我要是早认识他几年，说不定就留在国内了，现在说啥也没用了。"

老两口听赵沄说完，眼神里竟毫不掩饰地流露出和莫须有的女婿失之交臂的遗憾。夏天不知道如何回应，只能略显尴尬地陪着他们干笑。

夏天跟赵沄父母聊天的时候，赵沄的两个混血儿女一直盯着夏天看，两兄妹长得很像，只是她儿子的瞳孔是蓝瓦瓦的，女儿的却是黑洞洞的。儿子很活泼，在赵沄的鼓励下，试着跟夏天沟通，说英文的时候，会偶尔蹦出一两个中文词。她女儿则一言不发，黑黑的眼眸一眨不眨地看着夏天，似乎是在思索着什么。

赵沄悄悄告诉夏天，她女儿经大夫诊断，是得了暂时性失语症。她刚开始学说话的时候还没问题，后来家里语言环境太复杂，把她整蒙圈了。他老公说英语，她教孩子中文，菲佣说英语有口音有时候还说粤语，她爸妈互相聊天时用的又是苏州方言，所以这段时间她干脆不说话，看你们一天到晚瞎叨叨啥。大夫说不用担心，过一段时间慢慢就会好。

夏天想，看样子多元混杂也是需要一定消化能力的，这孩子聪明，消化不了，直接闭嘴，让你们干着急。

他们热闹地用中文聊了一会儿后，赵沄的洋鬼子老公杰克登场了。

第六十八章　洋人杰克的酒量

在夏天想象中，硅谷大厂高管，要么就是着装考究，眼神犀利，充满压迫感的精英范儿；要么就是顶发略秃，镜片厚重，不修边幅的程序员范儿，可赵沄的白人老公杰克，和这两者却有明显不同。

夏天目测杰克的个头和身材都和自己相仿，虽然有一张白人面孔和一双蓝瓦瓦的眼睛，但整个人却透着一股内敛含蓄的东方气质，尤其是和夏天握手打招呼时，轮廓清秀的面庞上竟露出腼腆羞涩的表情，让人不由自主解除戒备，产生一种亲近的感觉。

夏天向来对国产美女嫁给洋鬼子有抵触情绪，但在见到杰克的瞬间，他几乎立刻就原谅了赵沄的病急乱投医，甚至想，或许杰克就是赵沄的对症良药也未可知，这么快就能让赵沄心甘情愿为他生儿育女的人，一定有他的过人之处。

从外面进来的杰克手里抱着一个华人超市的纸袋子，和夏天寒暄后，把纸袋的东西一一掏了出来，这一一的意思就是纸袋里只有两样东西，一样是一瓶洋河大曲，一样是一包红皮盐焗花生米。

他邀功似的看了一眼赵沄，然后认真跟夏天解释道："这是赵沄安排的任务，要我今天陪你喝个痛快，这是超市老板推荐的中国白酒，不知道你能不能喝得惯？"

居然问自己能不能喝惯中国白酒，夏天听了杰克的客气话心里直乐，该担心喝不喝得惯的不应该是杰克先生本人吗？难道杰克天赋异禀，是一个能对付中国白酒的白人朋友？

赵沄早就准备好了两个三两的玻璃口杯，都满上后，一副看热闹不怕事儿大的样子看着他们偷乐道："你俩今天必须把这瓶酒撅了哈，喝完我负责送夏天去酒店。"

赵沄的话既起到了下达任务鼓励喝酒的作用，又把自己完美地择了出来，看样子这瓶酒他俩不喝完，今天晚上的热闹就不会收场。

杰克主动端起了酒杯，夏天自然大方呼应，于是他俩互敬互让，有来有往，吧唧一口酒，嘎嘣一粒花生米，喝得不亦乐乎。头一回这样喝中国白酒的夏天，发现这种喝法自有其迷人之处，那就是会让人专注于喝酒本身，并享受这么喝酒的氛围，尤其是对着喝的人也是一副很享受的样子的时候。

夏天完全没想到，杰克对中国白酒这么适应，这在白人里面绝对是个异类。赵沄在旁边乐开了花，得意地笑问夏天："怎么样，我的训练成果不错吧？"

原来，自从杰克和赵沄认识后，赵沄就老让他陪自己喝中国白酒，几年之后，杰克除了中国白酒，喝别的酒都感觉不是味儿了。这既说明了赵沄训练的成功，也说明赵沄对杰克的完全拿捏。想通这一层，夏天对赵沄嫁洋鬼子这件事不仅释然而且彻底放心了，有一个可以驯服和拿捏的"白奴"，她在美国的小日子应该是比较舒心的，更何况这个"白奴"还是某硅谷大厂的高管。

杰克对夏天正在筹划的项目显然也有所了解，在喝酒的过程中，他站在一个美国互联网从业者的角度对项目前景做了一番分析："中国是互联网产业发展最有潜力的地方，未来的信用市场前景也同样广阔，中国现在或许更多的是复制美国的模式，可一旦找到自己的节奏，发挥出自身优势，一定会创造自己的互联网生态。也许有一天，中国将成为美国最强劲也是唯一的对手，但我乐见中国的成功，因为中国是我爱人赵沄的故乡。"

杰克说这番话时，看向赵沄的眼神满是温柔和爱意，看得赵沄都有些不好意思了。夏天觉得自己这个电灯泡陡然间变亮了，而且亮得有些刺眼。

那瓶洋河大曲，被他俩喝得一滴不剩，那包花生米，也只剩下一堆红色的花生皮……

喝完酒，在送夏天去酒店的路上，赵沄告诉夏天，这段时间跟硅谷投资人的接触，杰克也帮了不少忙，有他硅谷大厂高管身份背书，投资人自然多了一份信任，这也是她和投资人谈合作时迅速出成果的一个很重要的原因。

夏天心有所感，便借着酒劲直抒胸臆："来之前，我还很担心你的跨国婚姻，现在看来，出国这一步你算是走对了，你要知道，并不是所有的女孩都像你这么幸运。"

赵沄沉吟了一下，道："有时候婚姻也是一场赌博，我是凑巧到目前为止运气还不错。我之前没见过像杰克这样腼腆温柔的白人，也没想到一个看起来那么腼腆的人居然可以那样死缠烂打。这是不是也算是赖汉娶花枝？"说完赵沄自顾自咯咯笑了起来。

"从男人的角度看，杰克绝对不算一个赖汉，他给人第一印象的腼腆单纯，是他赢得朋友的最重要的法宝。喝完这顿酒，我立马就觉得可以跟他做哥们了，这便是他的厉害之处。而你最终被他拿下，也就一点都不奇怪了。"夏天发自内心地夸赞杰克。

赵沄轻叹一声："有时候得相信命运，这或许也叫失之桑榆，收之东隅吧。"

夏天点点头，心中唯有祝福。

之后很长一段时间，只要赵沄回国，杰克一定会相伴左右，也一定会跟夏天喝一顿大酒，喝酒时，不管菜式多么丰盛，红皮盐焗花生米都是绝不能缺席的"硬菜"。

接下来在硅谷的两天，夏天把自己完全交给赵沄，所有的节目都由她安排。夏天没想到，赵沄给他安排的节目，居然还是吃。

赵沄说，福利午餐已经是硅谷各大科技公司的一大文化象征，她带夏天去几个硅谷大厂参观的一项重要内容，就是吃一顿免费午餐，让他通过吃，更深刻地了解硅谷和硅谷文化。

在夏天到美国后这段时间，他见的最多的还是汉堡、薯条、热狗、可乐之类的美式快餐，或者是偏甜酸口不伦不类的改良中餐，这让他的中国胃大部分时间处于无可奈何的煎熬中。因此，他对赵沄说的免费的午餐并没有太高期待。

可在禾歌总部食堂的经历，彻底颠覆了他对美国饮食文化的认知，也让他对硅谷公司的企业文化，有了一个全新的认识。

禾歌总部位于山景城（Mountain View）一处安静开阔的地带，整个园区与其说是一家公司，倒不如说更像一个环境清幽的大学校园，满园参天大树，草地上的松鼠一点都不怕人，蹦来蹦去到处找吃的，小河里的鸭子悠闲地游来游去。

园区的总部大楼并没有太多存在感，大部分建筑是一幢幢分散式小楼，都有各自的编号，代表不同的业务模块。所有建筑中，最蔚为壮观的便是员工餐厅，有十几家之多，坊间一直享有"全球最牛公司食堂"的美誉。

据说，这些餐厅的100多名专业厨师都是高薪从各大星级餐馆挖来的，可以提供中餐、日餐、印度菜、墨西哥菜、法国菜、意大利比萨、南美烤肉、各式甜点等花样繁多的美食，足以满足全世界各地饕客的需求。因为伙食太好，禾歌也连续数年被员工评为自己心目中的"美国最佳雇主"，公司的很多码农们恨不得找各种理由加班，就为了能一天三顿都在公司吃，顺便也把自己吃成"美国最佳雇员"。

中午饭点儿时，负责接待的小何把赵沄夏天他们领进了园区最火爆餐厅之一的中餐厅。小何是水木大学本科毕业斯坦福硕士毕业后加盟这里的，负责公司的数据处理和挖掘模块，他说，这家餐厅之所以火爆，一是公司华人雇员数量庞大，这些华人很多都是他水木大学的师兄弟。二是中餐做得确实地道，只要馋中餐了，到这儿来胡吃海塞一顿，就能极大地缓解思乡病 homesick，这也是他这些年安心在此当码农的一个很重要的原因。

进得这家中餐厅，夏天发现这家餐厅简直就是一中华美食超市，感觉在这儿吃一个月都可以不带重样的。餐厅里除了黄皮肤的，其他肤色的人也是乌泱乌泱的。

因为有公司内部员工领着，赵沄夏天也享受免费吃饭的待遇，夏天一进餐厅，便有一种不知从何下嘴的感觉，是吃呢，还是吃呢？

这顿饭，是一段时间以来夏天吃得最饱的一顿饭。他想，要是天天这么吃，只会渐渐对这家公司毫无抵抗力，压根不会去想外面的世界有多精彩，然后想方设法赖着不走。而这，或许正是这家公司资本家老板的险恶用心所在？

吃人嘴短，抓住了胃，就抓住了心，原来是放之四海都颠扑不破的真理。最能体现硅谷公司企业文化的，其实也是一日三餐，吃吃喝喝，人性之下，没有国界。

后来，夏天多次访问硅谷，找一个硅谷大厂，蹭一顿免费午餐，便成了他的保留节目。夏天认为，能和禾歌媲美或者说有过之而无不及的是硅谷后起的独角兽面书公司。

在面书办公园区的建筑群中间，隐藏着一条有十几家餐馆的美食街。面书员工每天只需推开自己的办公室门，就可以在加州灿烂的阳光下享受美食，每逢周五下午还可以无限畅饮啤酒。美食街上除了一家名叫富贵寿司的外来餐馆，其他所有自营餐馆都完全免费，连员工带来的客人也不例外。

值得一提的是，面书甚至还有油条包子这样的中式早点。硅谷几乎没有中餐馆会在上午营业，只有周末才会提供油条包子，面书的这一待遇，对数量众多又不习惯西式早餐的中国码农来说，简直是良心福利。面书能成为华裔员工占比最高的硅谷大厂，油条包子们可以说是功不可没……

在旧金山的最后一天，依然是赵沄陪着，夏天像一个真正的游客一样打卡各个网红景点，当然，打卡之余，主题还是吃。

说到吃，自然少不了渔人码头，渔人码头的标志是45号码头前一个画有大螃蟹的舵轮形状的广告牌，找到"大螃蟹"，就到了渔人码头，这里是旧金山品尝海鲜的首选地点，也是旧金山最热闹的地方。

赵沄熟门熟路找到一个免费停车的地方，领着夏天从螃蟹标志往东，穿过一条以蟹肉为主打食材的特色小吃街，直奔人气最旺的网红打卡地 39 号码头。

一到码头附近，一股自由欢快的气息就扑面而来，闻着沿街飘出来的煮螃蟹和烤面包的香味，刚吃过早饭的夏天也忍不住食指大动。

赵沄看到夏天直咽口水的样子，轻轻一笑，却不为所动，挽着或者说是拉着夏天的胳臂一直往里走，直到临近海边听到一阵阵此起彼伏的"咕咕"声才停下脚步。

她领着夏天挤进观景台前密集人群中的一处空隙，出现在他们眼前的，是近岸处海面上的一排排木质浮台，浮台上，堆叠拥挤着近千只棕褐色圆圆滚滚的胖家伙，一眼望去，蔚为壮观。这是夏天第一次见如此多的海狮集体躺平晒太阳，一个比一个慵懒，一个比一个长得富态，它们浑身的皮毛油光水滑，在加州的阳光下闪闪发亮。

海狮们晒舒服了，就发出满足的"咕咕"声，躺久了想活动一下，便故意推挤身边的海狮。把同伴挤下浮台推进海里后，它会发出得意的"吼吼"声，然后翻个身继续晒太阳。被推挤进海里的海狮迅速跃上浮台，却并不报复推挤它的罪魁祸首，而是洒脱地甩一甩身上的海水，在肉缝中找一块空隙继续晒太阳……

赵沄说，这是旧金山她最喜欢来的地方，每次来，她都把自己想象成一只在木台上躺平的海狮，吹着海风，晒着太阳，身心立马都变得自由了，超级解压。

肚子有点饿的夏天忍不住借题旁敲侧击道，你这么苗条的海狮，很容易破坏族群的和谐，还是应该多吃点东西，快点把体重搞上去。

赵沄听话听音，调皮地一笑莞尔道，在海边多走走路，再吹吹风，你会吃得更多更香的。

此刻，海边的风刮得更大了，一路上吹了不少海风的夏天看着光腿穿薄羽绒服的本地人，忽然明白海狮为什么那么爱晒太阳，也更加深切地体会到马克·吐温那句话：世界上最冷的冬天是旧金山的夏天。

他肚子咕咕叫得更欢了，和海狮的叫声响成一片。

赵沄终于把夏天领进了码头上的一家叫"Crab House"螃蟹屋的餐馆。赵沄解释道，并非她不想早点带夏天来吃，而是这家餐馆太火，她只预约到这个时间的座位。

好饭不怕晚，也不担心眼大肚子小，被海风吹透了的他们感觉自己饿得能吃下一匹马，一顿丰盛的海鲜大餐自然是不在话下。

赵沄放手盲点，只选星号多的，好像她今天的任务和责任就是把夏天吃撑。开边龙虾、黄油青口、清蒸海胆、海鲜蛤蜊汤、酸面包……一样都不能少。

主打的珍宝蟹（Dungeness Crab）仅生活在阿拉斯加的阿留申群岛到南加利福尼亚的太平洋东北部一带水域，以个大味鲜被全世界的老饕追捧。一般情况下，两人点一只就足够吃了，但今天的情况显然很不一般，赵沄毫不犹豫点了两只。

负责点餐的服务生好心提醒，说珍宝蟹个头挺大的，你们确定要两只？

赵沄迎向服务生的目光无比坚定，服务生如顿悟般面露喜色忙不迭去下单了，也不知道他想到了啥。

旧金山的龙虾完全可以和波士顿的媲美，个大肉多，吃完龙虾，他们心里一下就踏实了。夏天在国内也是爱吃青口的，但这里的青口明显大了好几号，肥白美嫩，也不知道是吃什么长大的。海胆也是如此，或许正值海胆季，胆儿肥得不要不要的。海鲜蛤蜊汤加酸面包则是绝配，海鲜汤溜缝，酸面包解腻，一切都刚刚好。

珍宝蟹隆重登场时，夏天还是被它的个头惊着了，一只居然有两斤多重，大咧咧地占满一个大盘子，虽然被蒸得浑身通红，却依然保留了一副耀武扬威不可一世的样子。

夏天正不知道如何下嘴的时候，赵沄帮他轻轻掀开了蟹壳，并提示他看看已被动了手脚的曾经强硬坚固的蟹钳。原来，珍宝蟹在端上桌前，服务生已经用特制工具给它全身松了骨。客人只需轻轻一掰，蟹壳就会应声而落，然后用特制的铁勺，一挖一大勺，一吃一大口。

珍宝蟹的肉质嫩得有些透明，入口即化，带着一丝丝清甜，确实对得起"珍宝"这个名字，不愧为蟹中珍宝。

赵沄那只珍宝蟹只吃了一半，剩下的都推给了夏天，夏天也没客气，通通照单全收。

一顿饭吃完，夏天发现自己已经撑得挪不动步，赵沄也如一头娇憨的海狮般瘫坐，他们互相搀扶着离开餐馆，抚着滚圆的肚子，倚着海边的栏杆，眺望远处的金门大桥和恶魔岛。

海风渐渐收敛，加州阳光变得更加滚烫，照在海面上泛着金光，他们相视而笑，好像满眼都在说，在美国吃饱了饭，该回国好好干活啦！

第六十九章 万事俱备，国信通进入快车道

夏天从旧金山坐飞机到北京的时候，卓越竟比他先到了。在夏天到之前，他和老秋已经先切磋了几轮，把之前和大宝在美国商量的项目说了个天花乱坠。以卓越的鼓动能力，老秋自然是蠢蠢欲动，但老成持重的他还是特意给夏天打了一个电话求证。夏天的回应更无异于火上浇油，老秋听后只有一个字：干！

于是，投资这个项目的天使们各就各位：卓越、老秋、夏天、赵沄、Ale 及他的乡亲们。这个项目被他们命名为国信通。项目的短期目标：通过参与建设全国人口信息库，打通互联网传输服务通道，使全网身份辨识成为可能，并为下一步国家信用体系建设提供必不可少的数据基础。

夏天没想到，Ale 这个美国退休教师也会参与到中国的投资项目中来，他不仅自己投钱，还把在西雅图市中心开百货商店的妹妹妹夫一家也拉了进来。Ale 每次从北京红桥市场大包小裹背回美国的东西，基本上都是以人民币乘以美元汇率通过他妹妹的店变现的。

毫无疑问，这是卓越忽悠的结果。卓越给他们讲的故事是：在美国这个高度发达的国家，资本家们的老钱早已霸占了美国各行业的关键资源，普通人不可能参与有机会暴富的投资。而中国不一样，一切都是方兴未艾，只要提前卡位，今天投的钱就会像种子一样，一茬一

茁长起来，最后变成一个又一个金蛋。这样的投资机会，只有跟中国有缘的人才能获得，而这一切缘分的开始，就是因为他和大宝作为发小知根知底的关系，有了这种关系，一切决策和选择都会变得天经地义，毫不犹豫。

卓越还说可以跟他们签承诺书，虽然任何投资都是有风险的，但如果这个项目失败导致血本无归，他本人会给予他们补偿。卓越对"中国关系"的现身说法让 Ale 他们对古老的东方文明有了进一步认识，自然没有让卓越签承诺书，基于对卓越的信任，加上作为土生美国人在美国信用市场的耳濡目染，他们对国信通的前景没有任何质疑。

天使轮投资后，由于股东结构的改变，国信通貌似已经成了一个有外资股份的所谓国际化公司，这几乎是卓越凭一己之力做到的。

钱到位，国信通立马焕然一新。不用为人员工资发愁，办公地点从北太平庄一个小格子间搬到了中关村中心地带的银网中心，占了整整一层楼，同时，加大了招兵买马的力度。

大宝作为国信通的发起人，已下决心脱离体制，工作重心越来越向国信通倾斜。卓越和夏天作为股东投入的时间和精力同样越来越多，他们把国信通当成自己孩子一样，掏心掏肺地动用一切资源帮助它成长。Ale 也不时陪卓越来公司巡视一番，他神形兼备的肯德基大叔形象，仿佛有一种神秘气场，让不明觉厉的员工对公司有了更多想象和期望。

前期一切顺利。和管理人口信息的数据中心达成了共识，要在最短时间启动项目实施。

大宝协调好了电信网络管理部门，将为项目提供全网通道和单独的服务号。产品形态和服务模式基本确定，测试版很快可以上线。双方技术团队开始对接，联合开发网络接口部署数据安全体系。和国家立法机构、各高校有关民法方面知名权威进行了项目合法性论证。跟外汇管理和工商管理机构进行了外资准入和设立 VIE（可变利益实体）架构的论证。

而且，双方团队利用已有的静态数据开发了一项能迅速抓人眼球的姓名查重测试：输入姓名，即可知道现有数据库中和自己重名的有多少。不仅能满足人们的好奇心，看看全国有多少跟自己同名同姓的人，还对新生儿取名有重要的参考价值。这项测试在运营商SP（应用服务提供商）系统同样获得一个全网服务通道后，形成病毒式传播的一波流，国信通品牌在短时间内就有了一定的知名度。

因为有这项测试的直观演示，国内外一些著名的风投基金跟大宝他们开始了前期接触，其中也包括赵沄曾提到的红松资本和凯盈在中国的基金管理团队。一段时间，只要有饭局，大宝最爱干的事就是掏出手机，替客人向运营商服务号发送服务请求，在大力普及姓名查重服务的同时，宣传公司的使命担当和未来发展前景。于是，公司里流行的一句玩笑话就是：查名字，找大宝，大宝明天见，大宝天天见。天天查重名的大宝因此每个月交的电信服务费就得好几千。

可是，当一切基础工作准备就绪，查重服务也渐渐风靡，便越来越凸显项目的最大短板：目前所有产品开发和查重测试都是基于一个并不完整的数据库，这个数据库中，连全样本量的三分之一都没到。而就这不到三分之一的数据，也是花了好多年从各地收集的。

如果还按原来的方式和节奏收集数据，全量数据入库不知道要等到猴年马月。而国信通的运营资金一旦消耗殆尽，这样一个看起来很美的项目就很有可能半途夭折，他们这些天使的投资打水漂自不必说，国家人口信息库的建成也将是遥遥无期。

如何才能突破眼前的僵局呢？

数据中心的领导意识到，在申请不到财政拨款的情况下，想有一番作为建成全国人口信息库，便只能依靠广泛的社会力量和高层的强力推动。

国信通算是他们依靠的主要社会力量之一，但高层的强力推动又要靠什么来推动呢？

他们苦寻对策，一致看法是：只有让高层领导充分了解建设全国人口信息库的重要意义和紧迫性，形成国家战略，才有可能加速数据的集中和完善。而要让高层领导快速获取信息，一篇论据确凿、说理充分、逻辑严密的内参将会起到事半功倍的作用。当然，要把内参递到领导案头，并请领导做出明确批示，则必须有可靠的报送渠道。

说到内参，大家的目光自然都投向了夏天。他们认为，学新闻出身的夏天肯定明白内参写作的路数，递送内参的途径他也应该门儿清。

看着大家殷切期望的眼神，夏天顿感责任重大，同时又暗暗兴奋。学了四年新闻，一直没有太多用武之地，这回看样子要派上用场了，一篇锦绣文章，真的能发挥大炮的功效吗？

夏天第一时间想到在国家宣传部门负责新闻发布的阿朗，香港回归后，阿朗回北京干回老本行，职务也更上一层楼，步入了局级干部的行列。他相信，在新闻管理部门浸淫多年的阿朗，一定可以帮他设计出递送内参的最佳路径，一举获得强大助力。

夏天把阿朗请出来面商，已经是局级干部的阿朗早就不是上学时那个说话爱脸红的青涩小伙子了。经过香港这个资本主义销金窟的历练，加上新疆复杂民族环境下挂职和主持无数个新闻发布会的洗礼，阿朗浑身上下显示出一个局级干部应有的沉稳干练和举重若轻。

听夏天介绍完情况，阿朗微微点头，并直接给这件事上了高度："这是利国利民的好事，必须支持。你等等，我打个电话。"

电话打完，他找了一张笺纸，写下一个人名和联系方式，轻描淡写同时又很笃定地说："你直接跟这个人联系就行，相信他不会让你失望。"

阿朗的电话是打给国家通讯社内参部主要领导，那张纸条上的联系人是领导手下的得力干将小谭。

接下来一番操作如行云流水一般。夏天和小谭直接沟通后确认此篇内参可作为重要选题向上报送，小谭向夏天介绍了国家通讯社内参写作的格式规范和注意事项，夏天迅速拉出了大纲并获得小谭认可。

大纲的要点是：西方发达国家身份信息的管理办法和信用市场发展状况，我国身份信息管理的现状和假身份证泛滥造成的社会危害和经济损失，为什么加速建设全国人口信息库是唯一的解决方案以及由此带来的社会和经济效益，解决方案实施过程中遇到的困难和挑战，实施解决方案的风险分析，法律、通信、人口学等方面专家对解决方案的权威解读和背书，最后是希望得到的支持，此乃通篇文章的落脚点。

根据大纲，夏天除了汇总整理材料，便是和权威专家直接对话并在之前准备好对话提纲。

一切都是按曾经无比熟悉却已渐渐淡忘的采访流程进行。夏天知道，这不是一次普通的采访写作，在前期采访和后期执笔过程中，夏天甚至找到了大学写毕业论文时的感觉。这篇文章，承载了团队的期望，它能否使命必达，让他们有机会为这个社会某些特定领域的进步贡献绵薄之力呢？

文章如期完成，几乎没什么改动便定稿了。小谭顺嘴夸了夸夏天，说到底是科班出身，出手就有。夏天听了非常受用，嘴上谦虚，心里却暗暗表扬了自己好几遍，都恨不得夸自己宝刀不老了。

一切如他们所愿，不到半个月，相关高层领导的批示就下来了，批示内容是：此乃利国利民的好事，各级机构应予大力支持协助。

批示对项目的评价跟阿朗如出一辙，夏天一方面佩服领导英明，一方面也为阿朗的认识高度点赞，认为假以时日，阿朗一定有机会站上新的高度。

领导批示批转给了相关各级领导，各级领导也逐一表达了对项目的支持。数据中心算是领到了尚方宝剑，他们把留有领导真迹的批示文件复印件小心存档，然后开始大刀阔斧名正言顺地向各地方数据管理单位征集数据。

夏天算是亲身见识了行政的力量，不到半年时间，全国13亿人口信息全部在数据中心入库并进行了结构化整理，这也意味着全国人口信息库的建成。

人口信息库正式建成后，数据中心联合几家电信运营商和国信通在国家会堂举办了一场高规格的新闻发布会，相关副国级领导和部委领导均在主席台就座。夏天邀请的十几家中央级媒体都派记者出席了发布会，现场架起了长枪短炮，在闪光灯的照耀下，数据中心领导和国信通的代表大宝都是春风满面，容光焕发。

发布会后，国家电视台在联播节目有将近一分钟的报道，国家通讯社也配发了长篇通稿，标题是:《我国建成全球最大人口信息库》。通稿中除了介绍人口库建设的过程、意义及产生的社会经济效益，还特别宣告，人口库的建成让全网身份比对核查成为可能，从此假身份证将无以遁形。

这个标题非常吸睛，以当时我国人口基数，国家人口信息库一旦建成，就必然是最大的。而全球最大这样的消息，是媒体最爱传播，老百姓也最喜闻乐见的。因此，很短时间内这条消息就实现了全媒体覆盖，四五百家地方媒体进行了转载，各大门户网站也都作为焦点要闻做了推送。

而且，消息中关于假身份证将无以遁形的宣告，也引起了广泛关注，毕竟假身份证为祸已久，这个库真有这么灵吗? 于是，人们纷纷尝试利用数据中心、国信通和运营商联合开通的服务通道进行查询，比对身份证真伪，尤其是那些找居家保姆和月嫂的，这项服务成为一种强需求。从前要了解居家保姆身份的真实性，避免可能的风险，需要找本地派出所开证明，然后长途奔波到外地派出所调查核实，会花费大量时间和金钱。如今只要上网，利用运营商服务通道，几秒钟就能出结果。

而夏天最切身的感受是，母校附近双榆树地铁站那座四通八达的过街天桥，曾经是假证贩子发布信息的重要集散地，每次拾级而上，映入眼帘的便是台阶上横七竖八贴着的"20 元制作身份证，联系电话×××"的小广告，一张张雄赳赳气昂昂接受检阅一般，不管如何整治，却总是野火烧不尽，春风吹又生，比牛皮癣还顽固。可自从数据中心分分钟能查假身份证的比对核查服务上线后，这些小广告几乎一夜之间就销声匿迹了，只剩下制假贩假一条龙的小老板们如过街老鼠一般在过街天桥上的风中凌乱……

人口库的建成和比对核查服务的上线，说明数据中心与国信通合作初见成效，但要维持这个系统长期安全稳定运营并扩展新的服务功能，依然有巨大资金缺口，而这也是数据中心靠自身力量无法解决的。

杀疯了的国信通此时又当仁不让地站了出来，确切地说，是卓越的发小老白站了出来。服务上线后，卓越底气更足了，在所有发小和亲朋好友圈里都吆喝了一个遍，大力鼓吹国信通的未来钱景，要大家走过路过不要错过，搭上天使轮的末班车。

又是一拍即合，事业成功手有余粮的卓越发小老白不仅自己投入2000万，成为天使轮的最后一块拼图，还成功帮国信通从银行贷到一笔足够数据中心更新服务平台维持长期运营的巨资。这笔巨资交割后，数据中心建成了自己功能强大的数据基地，搬迁了新的办公场所，国信通也正式成为数据中心的合作伙伴，共同拓展服务市场。

当然，在确定与数据中心合作关系以及分工的过程中，国信通通过和相关权威法律专家的深入讨论，为自己和人口数据之间划定了一条严格的红线。即国信通只充当提供服务通道的角色，且只提供比对核查服务，数据中心所有数据不出门，国信通也绝不留存数据，避免任何数据泄露的可能性。后来的事实证明，正是这种未雨绸缪的防风险安排和规则制定，让他们在一次重大危机中全身而退，减轻了不必要的损失。

服务上线后在电信和金融领域的应用，让嗅觉灵敏的资本大鳄仿佛闻到了血腥味，和国信通早就眉来眼去的美国风投巨头凯盈比它的对手红松资本捷足先登，和刚入主阿木巴巴的日本软金作为A轮联合投资人，斥资过亿，成为国信通新股东，这在北京房价只有数千元每平方米的当时无疑是一个大手笔，国信通在资本市场的估值也一举达到数亿元。当然，这两家经验老到的投资巨头和国信通一致行动人特别签署了一份对赌协议，为后续股份结构的转换和一言难尽的阴晴风雨埋下了伏笔，这是后话。

受到资本市场的追捧后，国信通的发展进入快车道，转眼就到了北京奥运年……

第七十章 难忘 2008，只要有水，便能相见

2008 年春晚节目并没有太突出的记忆点，所有的节目似乎都是为了 8 月份即将开始的北京奥运会做铺垫，这从节目的名单可以看出来，《百年圆梦》《火炬手》《心想事成》《盛世雄风》……这些节目用不同形式表达了全国人民对奥运会的期盼和喜悦之情。同一个世界，似乎已经是同一个梦想了。

但 2008 年，注定是不平凡的一年，对夏天来说，更是刻骨铭心的一年。

年初，一场 50 年不遇的突如其来的雨雪冰冻灾害，开始在以往习惯了温煦冬阳的南方各地肆虐，而此时正值一年一度全民大迁徙的春节前夕。南方多个枢纽城市春运期间的交通几近瘫痪，成千上万有家不能回的人们只能滞留在机场、车站等待疏散。而能源供应、电力传输、通讯设施的损坏也使很多偏远地区陷入断水、断电甚至断粮的困境。

此时，已身体抱恙的夏天父亲夏山水身在北京，却心系南方，每当在电视里看到一张张渴望回家的困顿而焦灼的面庞时，他总是皱着眉，感同身受地长声喟叹，嘴里念叨着：有钱没钱，回家过年，这些人可怎么办哪？

夏山水 8 年前在一次输血事故中感染丙肝导致不可逆的肝硬化，

因医学上当时没有对症药物，原本结实强壮的身体每况愈下，加上为曾经倾注无数心血的师院附中撰写校史时消耗了大量心力体力，更是雪上加霜。当他如小学生交作业般奉上自己一笔一画撰写的 15 万字手稿时，脚肿了，而南昌民间的老话是，男怕穿靴，女怕戴帽。

雪灾之后，5 月 12 日，汶川又发生了地震。

这次震级 8.0 的地震，造成 8 万多人遇难，近 40 万人受伤，直接经济损失超 8500 亿，是唐山大地震后伤亡最严重的一次地震。

电视新闻里，不时出现搜救人员在一片片废墟中寻找生命迹象的画面，播报的死亡人数不断攀升，被发现的伤者也越来越多，许多伤情严重的灾民在跟死神搏斗，全国的医疗队伍从四面八方调往灾区，医疗资源全面告急。

此时的夏山水身体状况更不如前，肺部已出现积水现象，活动稍微一多，便呼吸急促，这让夏天愈加焦虑。父亲不可逆的肝硬化，这几年一直是他的一块心病，看着父亲被残酷的病魔一点点侵蚀生命，自己却无能为力，他有一种欲哭无泪的感觉。

自他懂事以来，父亲就把他当知心朋友一样对待，几十年父子连心，有过无数次的长夜漫谈，这几年即使在病痛中，父亲也总是微笑着宽慰他，让他不要为了自己的病太过分心。可夏天心里知道，自己事业再成功，如果没有父亲的陪伴，又有多大意义呢？

看着精神有些涣散越来越吃力的父亲，夏天干脆把工作放在一边，到处寻医问药，期待奇迹的出现。当他打听到西四环附近有一家颇有些名气的肝病专科医院时，便毫不犹豫带着父亲前往医院住院治疗。他希望经过专家们的调理，让父亲的病况有一个较大的改善，然后踏踏实实在家里观看即将开始的北京奥运会的盛况。

第一次专家会诊，全面检查后，有位胖胖的专家大夫颇为乐观地对夏天说，你们来得还不算太晚，经过住院治疗和对症用药，老爷子身体一定会慢慢缓过来的。大夫的话让夏天如饮甘霖，感觉脑袋顶上一天的乌云都散了，心里顿时充满了希望。

大夫说，本来准备立刻给他父亲打几支免疫球蛋白，先缓解一下目前病状，可因为汶川前线吃紧，这类药严重缺货，医院的药房也已经空了，他们会特别申请从别的地方调些过来，但可能要等两天。

两天的时间说长不长，说短不短，当医院的大夫说免疫球蛋白终于到了的时候，父亲却开始发起烧来。听说父亲发烧，胖专家的脸色明显有些变化，他马上下医嘱做一个肺部 CT，并对唾液细菌进行分析。然后，然后就是下达病危通知书！

拿到病危通知书，夏天感觉就像一声焦雷炸在自己耳边，前两天还希望满满，怎么突然就病危了呢？

大夫解释，夏山水是肺部感染了，感染的还是一种超级细菌，他们已经用上了顶级的抗菌药，看能不能起作用，如果作用不明显，就非常危险。大夫还说，如果抗菌药不起作用，病人剩下的时间可能也就是三天左右。

三天？！夏天眼前一黑，脑海里一阵眩晕，眩晕中，一条面目狰狞的暴龙骤然出现，伴着电闪雷鸣，裹着龙卷风猛扑过来。暴龙伸出利爪，一把就要攫走夏山水，夏天乱舞着手臂，想推开暴龙，救出父亲，可暴龙似乎更愤怒了……

高烧一直在持续，看样子所谓顶级的抗菌药并没有起作用，夏山水虽然烧得满面潮红，但意识依然清醒。夏天握着他的手，他居然会用力回握，看着夏天焦急沮丧的表情，还努力微笑着安慰夏天说："别怕，看样子这个病要跟我掰掰腕子了。"此时，夏山水并不知道医生已经宣布他病危了。

掰掰腕子是夏天小时候生病时夏山水经常鼓励他的话，夏天在夏山水的鼓励下，每次都掰赢了，可是这次，夏山水能掰赢这个腕子吗？

第二天，高烧依然持续，医院给夏山水上了血氧监护仪。大夫说，夏山水的血氧在慢慢往下掉，他们已经用尽各种手段，恐怕已经无力回天了，家属可以把实际情况告诉病人，趁他意识还清醒，和家属做最后的告别。

还有什么比亲口告诉父亲即将死亡更残忍，毕竟，就在几天前，夏天还在憧憬着夏山水康复后和全家人一起喜迎奥运的情景。

夏天泪眼婆娑，紧握着夏山水的手，感受着他手上传来的温度，艰难地张口道："爸，你不要害怕，我们都在陪着你呢。可大夫说，你肺部严重感染，救不了你了，已经给你下了病危通知书。你有什么话要跟我们说说吗？"

夏山水愣怔了一秒钟，随后露出有些遗憾的表情，点点头道："我想到了，看样子这回我掰不过它了。你们也不要怕，人总会走到这一天，我前世是个罗汉，赤条条来去无牵挂，只是有些舍不得你们。"

说这话时，他的眼睛缓缓扫过夏天和夏雨兄妹俩，眼里依然像平时一样充满怜惜。此时，夏雨早已哭成了泪人，扑倒在夏山水身上，使劲拉着他的胳臂，偎在他的胸前，像她小时候撒娇时一样。

夏山水努力抬起胳臂，抚着夏雨的肩膀说："你要学会坚强，女孩子也要有自己的事业，自己站得住，就不怕风吹雨打，爸爸也就放心了……"

夏山水最后的告别是对夏天说的，高烧和肺部感染已经让他的呼吸越来越急促了，尽管意识依然非常清醒。夏山水的话似乎酝酿过，他尽量调整呼吸道："我有很多话想跟你说，因为咱们两个总是聊不够，但今天我拣要紧的跟你说三句话。第一句话，以后你要照顾好你妈妈，她性格内向，不善表达，但她心地善良，也很爱你们。"

夏山水说这句话时，夏天的母亲只是在旁边默默地流泪，突然就要和老伴告别，她仿佛一夜间苍老了许多。

夏山水说第二句话时，把小忆也叫了过来："一个孩子太孤单了，不管怎样，你们都要多生一个孩子，而且多多益善。"夏天和小忆都使劲点了点头。因为夏山水这句话，两年后，他们迎来了第二个孩子，名叫夏小乙。

夏山水的第三句话是对着夏天说的，和家人的对话，已经耗费了他大量精力，但他仍然使劲睁大眼睛，端详着夏天，仿佛想把对自己儿子的记忆带到另外一个世界，这样他们将来依然可以经常在一起彻夜长谈。

"我喜欢你，儿子！"这是夏山水对夏天说的最后一句话。说完这句话，他嘴角露出微笑，然后沉沉睡去。他这一睡，就再也没有醒来……

听到这句话的夏天，顿时泪崩，他恨自己无能，竟眼睁睁看着死神这么快就要把父亲从自己身边抢走，他们还有那么多想说的话，他还有那么多地方想带父亲去看看，可就连即将开幕的奥运会，父亲也赶不上了……

此后的两天一夜，夏山水都在昏迷中，夏天守在他的床前，一分钟都没合眼，只是一直盯着监护仪上他的血氧指数。血氧指数在一点一点但却不可阻挡地下降，91，90……83，82……74，73……63，62……51，50……45，44……夏天知道，自己深爱的父亲正在一点一点离自己远去，无力挽回，却实在不愿放手。

两天一夜，夏天拉着夏山水的手，一直不舍得松开，直到他的手一点一点变僵硬，一点一点失去温度。

当医生正式宣布夏山水死亡时，他的胸膛尚有余温，夏天看到，夏山水的眼角突然滚落了一滴泪珠，像是最后的不舍和悲伤……

夏山水的去世，让夏天告别了此生最好的一个朋友，也告别了人生中最好的一段时光。在此后的很多日子里，夏天依然会在梦里和夏山水相会，也总是相谈甚欢。梦里，夏天不再觉得那么孤单，于是，那些梦，便总在如水的夜里悄然而至。

按照夏山水遗愿，他的骨灰被撒到了海里，就像他的母亲，夏天的奶奶把骨灰撒到滔滔赣江一样，没有留下一块墓碑。

当海撒船驶进渤海湾深处时，夏天和家人来到船尾，把夏山水的骨灰和一瓣瓣鲜花顺风扬进了碧蓝的海水里，骨灰瞬间就溶化在大海的怀抱中，鲜花瓣却载浮载沉。

跟在夏天身边即将上小学的夏小甲用稚气未脱的声音悄悄问夏天："爷爷骨灰撒到海里，他是不是就可以像鱼一样在海里自由自在游泳了？"

夏天轻轻捏了捏夏小甲的小脸蛋道："是的，爷爷自由了，以后跟我们见面也容易了，因为百川归海，有水的地方，我们就能见到爷爷。"

夏小甲似懂非懂但却认真地点了点头。

夏山水去世第二年的清明，夏天回到南昌赣江边祭奠自己的父亲，想到他老人家以教育为事业，桃繁李茂，却半生清贫，最终洋洋洒洒，魂归大海，不禁感慨万千，遂赋诗一首：满园春色争桃李，半生清贫叹伶仃。碧海销骨浮沉去，一缕忠魂归故城。

夏天心里依然在默默念叨着那句话：亲爱的父亲，只要有水，便能相见！

在南昌老屋夏山水书房里，夏天翻看了父亲以前的日记，他在满篇只看到了一个字：爱！爱妻子、爱儿女、爱家人……夏天相信，只有得到过真爱的人才会如此爱人，这让他不禁又想起自己无比慈祥的奶奶，整整一天，夏天的眼睛都是因为泪水模糊着。

夏山水的日记本里，还抄录了夏天 20 年前写给大学同学来顺的一封信。夏天尽管依然深深怀念风华正茂时死于非命的来顺，但对自己写的这封信已经毫无印象。夏山水在随后的补记中专门对这封信进行了点评，其对夏天的关切和担忧溢于纸面，只是夏天一直毫不知情。夏天时隔 20 年再看到这些文字，可谓是百感交集。

夏天写给来顺的信是这样的：

来顺，你好！

屈指一算，假期已经过半。家事俗情琐碎而纷扰，难得有平静的心境，往往是提起笔又放下，不知荼毒了多少纸张，也未能成句。

思考似乎一直没有停止，但都是电光石火般短暂支离的片断。在以往一次次耀目的烟花迸放中，生命原始的油彩一片片剥落，燎成遍体焦黑，只是在那黑暗深处，仍有一颗火炭般的热心在闷闷地跳动。这，也许算是我生命长流中瞬间的镜观吧。我真想把自己定格成一张照片，用火烧去，然后

544

将这灰烬，涂抹成一幅简练的白描，挂在墙上，冷静地观看世相百态，不哭、不笑、不说话，带着永恒的苍凉和洒脱。

只是我可能天生就不是个洒脱的人，我就像嗜酒如命的醉汉一样，发疯般地追求幻想和产生幻想时空明澄澈的氛围，那是一种醉酒时晕晕沉沉欲仙欲死的感觉。也许我并不希望幻想的实现，也许我会毫不犹豫地把到手的东西弃如敝屣。这是一种什么样的心情呢？对自我实现的向往？个人表现欲的膨胀？抑或是对自己不经意的丑化？

凡此种种，既矛盾又无奈，只是确实感到疲倦了。真元流散，难以聚复，我如一匹虚脱得走形的烈马，在一片空旷的铁色荒原飘飘摇摇地走着，连眼珠也沁出汗水，低回、嘶哑地呜咽着，知道休息是最好的药方，但仍然向前挣扎。这是一种古怪而诡秘的漫画形象。

生命只有一次，如始如亘。茫茫太空中，我们这个星球孤独地旋转着，豢养生命，然后交给死亡，最后连自己也得交出来。人类渺小得如一片草叶，生命一结束，即化作尘埃到处飞扬，谁能辨清谁是谁。若能偷得片刻的孤独，着实体验一下生命存在的真实，也不枉在这大世界走了一遭。可真正的孤独却需寻找……

我依然睁大眼打量这迷茫而深邃的太空，希望找到生命的表现形式，珍惜那点幻想，只是却想戒酒了，也许本来就没有酒瘾。

拉拉杂杂写了这么些，相信你能理解或者是会试着理解。

祝椿萱和睦！

夏天　匆草

夏山水的补记写的是：

"长时间未翻开这本日记，今天夜里，我又随手拈起它。它已闲搁在我的书房案头很久了，封面上落下了一层薄薄的微尘，我用手掌抹抹干净，然后翻开它。正好翻到了天儿今年寒假回家过春节时写给他同学的信。当时，这封信的草稿原是放在我书房的书架上的。无意中，我拿来读了读。越读，我的心情越感沉重。因为，它使我看到了孩子的一个沉重难负的内心世界。我的心慢慢下沉了，震颤了。我欲哭无泪。这是一种怎样的青年心态呢？今天这个时代，怎么会让一个青年生活得这般沉重呢？天儿的这封内心世界写照的信，不是偶然的。像天儿这样的青年，也大有人在。怎么办？为了这一连串问号，我将天儿写给他同学的信的草稿，抄在了我的这本日记里。

"今天，我又仔细地读了这封抄在我日记本里的信。

"我想，当时他写这封信的时候，正是站在人生十字路口上，他的头还是抬起来的，眼睛闪现的目光是等待，是寻找，饱含着实现人生社会价值的渴望。虽然，他还没读懂自己用心写的属于他自己内心世界的那本书。

"他会读懂的。"

看完夏山水的日记本，这天夜里夏天在梦中一直和夏山水在一起。

他先是笑着告诉夏山水："爸，我懂了！"

然后又哭着问："你怎么这么快就走了呢？"

第七十一章　奥运开幕和香山之约

2008年8月8日晚8时，这个中国人寓意发了还要发的良辰吉时，第29届奥运会终于在北京拉开序幕。

此时，夏天和大宝、卓越、老秋有幸进入了鸟巢主会场，和9万名现场观众一起，共同见证盛会的开幕。

开幕即高潮，当鸟巢灯光突然暗下去，在雷鸣般的击缶声中，全场观众随缶上数字变换一起大声倒数：10、9、8、7、6、5、4、3……

当数到1时，鸟巢屋顶和周边的烟花顿时如火山喷发一般，直冲云霄，击破被轻霾锁住的夜空，并把整个鸟巢淹没在烟花的海洋中。烟花也点燃了现场观众激情，每个人的眼眸中，都似乎有七彩光波在跳跃起舞。夏天身在其中，感觉自己已经化为一朵小小的浪花，在喧嚣烂漫的海洋中荡漾，飘忽，心潮起伏。

烟花一落，2008位小伙击缶而歌，齐声吟诵"有朋自远方来，不亦乐乎"，声波如阵阵滚雷。吟诵声停，第二拨烟花再起，29个五彩烟花组成的巨大足印在空中次第绽放，穿过天安门广场，一路向北，轰隆隆走进主会场鸟巢。足印溅起的烟花恰如漫天星雨，被风吹落到体育场中央，在地面聚拢成闪闪发光的梦幻五环，再冉冉升起，高挂在鸟巢上空。

开幕式表演正式开始，这是一场美轮美奂、构思巧妙的时空大秀。

水墨丹青，文房四宝，四大发明，体现的是东方美学和中华古老文明。而现代声光电的变幻，则让一幅古老的《千里江山图》焕发了生机，充满灵性和神奇。飘浮的蓝色液晶星球，让人们看似在地球上行走，却又像脱离了地心引力，如同美妙的太空漫步……

让夏天印象最深刻的，是节目中对汉字"和"的诠释。

孔子的"三千弟子"，吟诵《论语》中的名句——"四海之内，皆兄弟也"，一语道破"和"的精髓。

孔子弟子手中竹简上的汉字组成活字印刷的字盘，变幻出不同字体的"和"字，既表现了汉字的演化过程，也表达了孔子一直推崇的人文理念，"和为贵"。

无数个"和"字，组成为了边关和平安宁而建的古老长城的轮廓，春去秋来，岁月茫茫，终化作长城内外漫山遍野的桃花，浪漫、柔美，充分说明了中国人民对和平的热爱。

动静结合、刚柔相济的太极拳表演，则体现了中国功夫中人与自然和谐相处，和才能合，从而达到天人合一境界的哲学理念。

《星光》一幕，1000名身穿绿衣的表演者，周身亮起银光，宛若万点繁星，组成一支振翼欲飞晶莹剔透的和平鸽，把新时代的"和"字演绎得活灵活现，凸显了中国人民一直以来对和平的珍视和执着。

同一个世界，同一个梦想。和则圆，和为贵，和即美。和谐，和平，和和美美，或许是中国通过这届奥运会最想给世界传递的声音。

开幕式后，夏天和大宝、卓越、老秋哥几个意犹未尽，继续转场丽都附近的亿多瑞酒吧，准备开怀畅饮一番，同时也畅聊一下参加奥运开幕式后的感想。

他们先是一人要了一杯酒吧特别推荐且应景的鸡尾酒"奥林匹克"。这款鸡尾酒据说是1924年巴黎举行奥运会时著名的丽晶大饭店首席酒保调制出来的，色调柔和、口感清新，只是喝完稍觉有些不过瘾。

于是，他们又按各自口味点了自己喜欢的鸡尾酒，并打开了话匣子。

老秋先点了一杯龙舌兰日出，这款酒的色泽金黄剔透，和它的名字一般绝美，有如朝阳映照在酒杯中。老秋说，日出的感觉很符合他看开幕式后的心情，开幕式展示了我们的实力和进步，这对国人来说是鼓舞，但在国际上却难免招来嫉妒、警惕甚至打压。因此，开幕式节目中特别突出一个"和"字，是我国韬光养晦策略和高层政治智慧的体现，只要坚持下去，等到日上三竿，咱们国家也便如龙舌兰日出一般，灿烂美丽，无法阻挡。

老秋不愧是名校学历史的，上来就宏大叙事，却又精准点题，听得哥几个频频点头。

卓越点了一杯曼哈顿，他解释道，这款酒最早是在纽约曼哈顿流行起来的，之所以点它，就因为它叫曼哈顿。通过奥运会开幕式，我们已经可以看到中国大国崛起的势头，目前可谓是天时地利人和，他相信，我们的国信通也一定会因势而起，到纽约曼哈顿纳斯达克敲钟的日子很快就会到来。

借着酒意，卓越继续畅想未来，他说这次回国之前，把西雅图他家附近几栋别墅都认真考察了一番，只要公司上市，大家都可以轻轻松松把它们买下来，这样哥几个就能聚在一起，每天东家窜到西家，七嘴八舌，喝酒唠嗑，岂不快哉。当然，除了买房，卓越也表达了自己更崇高的理想，那就是他要和 Ale 一起到中国搞教育，帮助老少边穷地区的孩子们学好英语，开拓视野，将来有机会走上世界更大的舞台。

大宝则点了一杯加挂机车，这款鸡尾酒据说是根据第一次世界大战中非常活跃且实用的加挂机车命名的。大宝或许是顾名思义，想到自己作为公司的"始作俑者"兼 CEO，责任重大，必须要加挂机车才能把国信通这辆战车拖到成功的彼岸。大宝显示了顽强的战斗精神，喝完这杯度数不低的加挂机车，酒精不耐受的他面色红紫，满眼血丝，可以说是尽兴也尽力了。

夏天照例还是点了他一直喜欢的螺丝起子，这款鸡尾酒是因为在伊朗油田工作的美国人将柳橙汁加入伏特加后，再顺手用螺丝起子搅拌而得名。夏天很喜欢这个传说，因此，每次喝这种酒时都有一种很酷的感觉。他想，酸甜的和辛辣的被冷冰冰的金属一搅拌，是不是更接近生活本来的滋味呢？

这天夜里，他们边喝边聊，一直到酒吧打烊。此时的夏天相信，真正的朋友是可以一起成事的，也是可以用来杀时间的。但他没想到，他们共同的事业国信通还会面临一次次风云激荡，他们的朋友关系在金钱和利益面前更会经受种种考验，而这个亿多瑞酒吧，居然一直是一个见证者。

当然，这是后话，又或许会在另外一个故事里展开。

奥运会后，金色的10月很快就到来了。这个10月，对夏天和他的大学同学来说，是回归的日子，也是重逢的日子。国庆假期，他们班和整个年级筹划已久的毕业二十年庆终于拉开了序幕。

他们班为期两天的活动首先在香山别墅举行。班级活动结束后，他们会一起回到校园，参加学校组织的他们这一届全体毕业生的庆祝活动，对学校来说，毕业二十年，或许也正是检阅或者说检查毕业生成色的最好时机。

对夏天班里的同学来说，香山是给他们留下无数青春记忆的地方。

他们一帮外地同学入学到京后游玩的第一个景点就是香山，香山带给他们的，是北京的初印象。每年黄栌红了的时候，他们都会不约而同一起去爬香山，直到爬上鬼见愁，任秋风漫卷，看万山红遍。给外地亲朋好友在信中夹上一片新摘的红叶是他们表达思念之情的最好方式。从大二开始上摄影课时，香山更是成了最佳取景点，他们几乎跑遍了香山每一个角落，这里的一草一木对他们来说都透着亲切熟悉。当然，香山还是约会的好地方，他们曾经青春懵懂的爱情很多都是在携手登鬼见愁时萌的芽。

因此，当班里二十周年庆筹备小组甄选活动地点时，香山就是不二之选。而香山脚下的香山别墅因为能满足聚会的各种条件，他们提前几个月就预订了场地。国庆假期的头两天，香山别墅将成为他们的专属领地，让他们在没有任何打扰的情况下忆往昔峥嵘岁月，放肆地重温一下曾经放肆的青春。

二十周年庆筹备小组成员主要由在京同学组成，所有筹备工作在半年前就开始了，除了预订地方，联络同学，确定流程等一应杂务，最重头的就是毕业纪念册的编撰。离开学校附近那家五星级酒店不再当公关先生的老马后来还是回归了新闻行业，此时已是一家著名企业家杂志主编，他自告奋勇也是当仁不让地成为毕业二十年纪念册的总策划。在党媒工作多年已经站上了一定级别领导岗位的陈斯凡也主动承担起监督审查的职责，以保证纪念册的内容生动活泼，雅俗共赏，且有正确舆论导向。

他们早早就发布了征稿令，获得全班同学的热烈响应。于是，各种回忆加揭秘的文字被炮制出来，这些文章的爆料据说有很多是闻所未闻甚至是骇人听闻的。除了文章，还有一些秘照，也是之前从未曝光的，是班里曾经流行的绯闻和传说的最实锤的证据。

老马收到大家的投稿后，觉得奇货可居，于是卖足了关子，也吊足了大家胃口，说这些文章和秘照暂时不会示人，但编辑成册后一定会让大家耳目一新。那些在学校期间的风流韵事比较多，或者是偷摸独享美事以为人不知的同学尤其要小心，这本小册子的出笼将会让某些人脸红耳热加小心脏狂跳。

老马做杂志成精后忽悠读者的手法在同学里也同样奏效，甚至效果不是一般的好，因为毕竟知根知底，太了解广大同学的所思所想所惧所盼。因此，这本毕业纪念册备受大家期待，也让部分心虚的人暗暗犯嘀咕。

夏天也是积极投稿的同学之一，他洋洋洒洒写了一篇"偷"字系列的文章，企图为"读书人偷东西不算偷叫顺"这个歪理邪说正名。这篇文章，记载了他们大学四年顺西瓜、顺柿子、顺白菜、顺鸡蛋、顺女生饭盆的桩桩劣迹，有时间、有地点、有人物、有后果，完全是一份不打自招的自白书。如果这篇文章当年就出炉，只要按图索骥，某些人的人生轨迹会因此而改变也未可知。好在时过境迁，这篇文章在纪念册里曝光后，竟赢得满堂喝彩，连以顺东西著名的江驴儿都非常羡慕，同时也有一些不满，他不满的主要原因就是有些伟大的场面居然没有他的参与。

当然，从劲爆的程度来说，夏天的这篇文章只能算是一般般，主要是因为他文章的视角太单一，完全不能涵盖大学四年里同学们丰富多彩的个人感情生活，更不要提那一股股不为大部分同学所知的汹涌暗流。这些暗流在某些人肚子里憋了整整二十年，眼看就要烂在肚子里了，却忽然有了一个释放的时机和出口。于是，在各种添油加醋的情况下，这些爆料基本凑足了全本的现代章回体小说：《一勺池拍案惊奇——大学四年疯狂启示录》。

受这本启示录启发，夏天产生了创作小说的强烈冲动，下决心要把那些青涩年华里荒诞放肆但同时又珍贵美好的故事记录下来，凭吊他们即将消逝的青春和那个再也回不来的 80 年代。在他后来出版的小说《芳华处处》里，处处都有他盗用这本毕业纪念册素材的痕迹，却居然没有一个同学告他侵权或索要稿费，有的甚至以被盗为荣。因为或许大家知道，这部小说是用他们共同的青春芳华谱写的篇章，不仅属于夏天，也属于他们每个人。

毕业纪念册在行将定稿的时候，老马发现少了一篇序言，而恰巧夏天曾给老马发过一篇涂鸦，于是，这篇涂鸦就被老马盗用或者说征用了。老马说，居然还挺应景。

这篇涂鸦的标题是《二十年》：

二十年，在时间的长河，不过是一朵浪花、一湍暗流或一声逝水的叹息。

二十年，却流淌过了我们金子般的青春年华。

二十年，成熟了我们的体格和思想。

二十年，也侵蚀了我们曾经飞扬的年轻面庞……

二十年，我们追逐过光荣与梦想。

二十年，我们也经历了挫折和悲伤。

二十年，我们的友谊或者曾经青涩的爱情，已经是一幅凝固的破碎的画卷。

二十年，我们淡忘了少时的恩怨情仇，却依然能摸索到青春玩伴的温存。

二十年，我们匆匆茫茫。

二十年，我们殊途同归……

是的，殊途同归。

整整二十年，大家在各自的旅途上奔波，走过不同的山水，领略了不一样的风景，当又回到曾经一起出发的原点时，会是一种什么样的情形呢？

为了毕业二十年后的第一次大聚，筹备小组的同学想方设法，把好几个曾经失联的同学都找出来了，全班51名同学，除了已去世的老康和小豹子，加上因出国断联的几位，绝大部分都承诺一定要赴这场香山之约，粗粗一算，已超过40人。

而且，就在国庆将至之时，因早年出国已失联十几年的李婳突然联系了陈斯凡，说也要上香山跟同学见面。这个消息，对大部分同学来说，是意外之喜，但对夏天来说，却是极大的震撼。因为李婳跟班里所有同学失联已久，他以为此生再也见不到她了，但同时又设想过无数次跟李婳重逢的情景：或许在北京某个人潮汹涌的街头转角，他一回头就看到那个熟悉的身影；或许在某个安静的餐厅，他们忽然大眼瞪小眼；又或许他们已经老到谁也不认识谁，只是听旁边的人介绍说，这个人就是李婳……可如今，李婳马上就要出现在眼前。

和李婳重逢的情形在本书开篇的时候已经描述过了，不再赘述。夏天后来知道，这些年，李婳经历了很多，同时，她现在在上海过得很好。而这，也就足够了。

在香山见到李婳的第一眼，看到她平安归来，夏天心里知道，他终于可以把她放下了。而他们曾经的故事，终究会变成一个故事。在这个故事里，没有所谓的恩怨情仇，只有感激和祝福。

这天的晚宴，因为李婳上来就把自己灌醉了，夏天只好把她背到房间然后陪着。第二天，李婳酒醒后依然头疼，他又直接开车把她送回了北京她母亲的家。因此，对晚宴开始后发生的很多事夏天都不太清楚。后来，通过海量照片和录像以及各位同学绘声绘色添油加醋的口口相传，基本还原了当时的情景。

陈若珊作为金话筒主持不自觉又充当了主事或者说挑事的角色，在她的挑动下，所有人完全失去了中青年干部应有的稳重和端庄，纷纷抢着站在椅子上甚至酒桌上发表演讲或表演节目。原来班里耳熟能详的经典歌曲因为被醉酒同学跟唱跑了调，但声音却是响遏行云甚至要掀翻屋顶。于是，方超的《三月里的小雨》变成了狂风暴雨；阿辉的《小白杨》被吼成了大灰狼；老廉和阿成一起起头的《妹妹你大胆地往前走》，被唱成了妹妹的把你往死里揍；陈斯凡作词作曲并亲自指挥的班歌《新闻，新闻，我们的前程》倒是唱得比较整齐，但因为像曾经的小豹子一样模仿陈斯凡指挥的人太多，陈斯凡还像以前一样被气得抱头鼠窜，因此，这首压轴的歌虽然听起来依然慷慨激昂但已经不是那么充满虔诚。

为这次聚会，班里著名诗人黄婧又赋诗一首《给我的同学》，算是对这次聚会的点题：

> 我看见你，看见最年轻的自己，嗅到最清新的空气，触到最柔软的情绪。
> 我看见你，眼角的细纹，可那有什么关系，你的眼睛里，一直有我青春的证据。
> 我看见你，唱起了熟悉的歌曲，这些，又将成为故事，装进日渐沉重的行囊里。
> 我看见你，从不想起，永远也不忘记，曾经的你，曾经的我，曾经的再也回不去的年纪。

班里聚会结束，黄婧回到南京，特别给夏天发了一个短信：今日返回。难忘相会。彼此牵挂。别再失散。

后来，夏天的小说《芳华处处》出版后，黄婧也以一个女诗人敏感细腻的视角创作出版了另一部小说《只与她有关》，同样怀念那个再也回不去的年纪和再也回不来的年代。

夏天同样在心里说，可那有什么关系，你的眼睛里，一直有我青春的证据……

第七十二章　再过二十年，我们来相会

　　香山之约只是毕业二十周年纪念活动的前戏，从香山回学校之前，他们班集体爬香山，绝大部分人都登顶了鬼见愁。虽然一个个都爬得汗流浃背，但也正好消解了昨天晚宴的残醉，让他们神清气爽地奔赴心心念念的海淀路59号，他们此次纪念活动的最终聚集地。

　　毕业后二十年，无论他们走到哪里，都会有海淀路59号出品的标签，如今，他们跨越山水，带着二十年的风尘和故事，又回到曾滋养他们并带给他们人生高光时刻的母校，迎接他们的，是一次怎样的盛典呢？

　　进得校门，蓝天如昨，那一排排白杨树却明显更高大茂密了，在猎猎秋风中，路边彩旗飞扬摆舞，欢迎的条幅也被鼓荡得张力满满，兴奋难捺。一些年轻的学生志愿者承担了引导师哥师姐的任务，夏天看着他们的脸，就像一次青春的回望，年轻志愿者脸上的阳光自信，处处都有他们当年的影子，但仔细端详，似乎又有很大不同，就像已经大变样了的校园。

　　新建的知行楼群、品园楼群已经拔地而起，他们当年集中住宿的东风楼群却被调侃成了"东风破"。新的图书馆设施先进，原先的图书馆已改名叫藏书馆，从重修厚装的门楣来看，似乎依然是个学习的宝藏之地。最醒目的是巍峨庄严的明德楼群横空出世，帮助学校完成了西部大开发，也让学校的重心从东转到了西。而规模宏伟可以举办各种大型活动的世纪馆，更是学校鸟枪换炮的明证。在这些钢筋水泥的楼群中，一直保留着一泓深不及半米，长不到10米充满灵性的水池，名曰"吞吐三江水，怡然一勺池"，那是新老同学心目中最深的海。

他们返校的集合地点，并没有占用新的世纪馆，而是仍然安排在当年的800人大教室，这个对他们来说无比熟悉且有特殊纪念意义的地方。在校四年，学校几乎所有的大事件都是在这发生，只要走进这个地方，过去的点点滴滴一下子就变得鲜活起来，仿佛一切都未走远，往事和青春就在眼前。

当年，他们这届学生共有800多人，分属17个专业院系，基本上每个专业只有一个班，属于小而精的招生规模。这800多人里，会聚了全国各地的文科高分考生，其中不乏各省高考状元。如今，二十年后，这些人再一次把800人大教室挤得满满当当。

庆典活动是在学校的前身陕北公学的校歌声中开始的，一勺池校园合唱团年轻的团员们被特别安排过来帮唱，离开学校已久的他们很快就融入到那熟悉的旋律中：

> 这儿是我们的祖先发祥之地，
> 今天我们又在这儿团聚，
> 民族的命运全担在我们双肩，
> 抗日救亡要我们加倍努力，
> 忠诚团结，紧张活泼，战斗的学习。
> 努力！努力！……

这座抗日烽火中成长起来的大学，一直有着特殊的血脉和光荣的使命，唱着这首老校歌，夏天顿时有一种血脉苏醒的感觉。

在社会打拼的这二十年，他们也许并不是一帆风顺，有的或许还是遍体鳞伤，但他们都有各自的故事，也活出了自己的模样，在这样一个欢聚的盛典，这群同出一脉的曾经的天之骄子会碰撞出什么样的火花？又会有怎样的新故事呢？

毕业庆典筹备小组的热心同学显然事先做了大量筹划和准备工作，因此，800 人大教室上演的这场盛典给参会同学留下了深刻印象，也成为他们再续前缘的契机。

这场盛典其实是在感伤的气氛中开始的，随着舒缓低沉的大提琴曲响起，舞台上大屏幕出现了一张张年轻的面庞，这些面庞看起来是那样青春飞扬但名字周边却打着黑框。二十年，他们 800 多人的集体里已经有二十人离开了，大屏幕上的照片，就是他们永远定格的青春的模样。

放大的照片，一张张缓缓切入，又渐渐淡出，引来大家阵阵唏嘘，泪水不知不觉就湿了眼眶。这二十人中，有夏天班里的小豹子和老康，而其他人当年的样子，也很快浮现在夏天眼前。毕竟，曾经那个团结紧密的校园里，他们有四年时间抬头不见低头见。

陈若珊作为主持人说的话也很煽情："今天的庆典，是一次一个也不能少的团聚，我们一起迎接这二十位同学归队，希望他们在天国，也能感受到我们最深切的思念。"

同出一门，却英年早逝，他们的人生，本来会有更多的可能性，如今却只有壮志未酬的遗憾和留给亲人的无尽悲伤。想到这些，夏天不禁感慨，或许活着，也是一种幸运。

缅怀完早逝的同学后，是谢师恩的环节。当年耳提面命教导他们的老师，很多都是国内各个学科的泰山北斗，如今大部分已是耄耋老人，为了看望曾经的弟子，他们不顾自己年老体弱，都来到 800 人大教室的舞台。人口系的邬老师、新闻系的方老师、经济系的卫老师、法律系的高老师……这天的舞台，可谓是群星荟萃，群贤毕至。若干年后，卫老师和高老师还获得了国家颁布的"人民教育家"的称号，能获此殊荣的，举国只有三人。

夏天这些毕业二十年的学生，除了献上鲜花，便是像 18 岁孩子一样，睁大渴望的眼睛，再次聆听恩师的教诲。在这个场合，恩师的教诲言简意赅，总结起来有两点，一是要像无数为理想和新中国流血牺牲的先辈一样，成为国之栋梁，担负起民族的兴亡。另外一点，就是要永远坚持实事求是，不管国内外风云如何变幻。

在校期间，他们一直听着恩师们的教诲成长，二十年后，他们才更理解这些话沉甸甸的分量。夏天想，不管他们毕业后如何被社会污染甚至毒打，这两点，都是他们这群人的底色和基因。而正是因为这样的底色和基因，他们的学长前辈才能以梦为马，执笔为剑，撰写了拨乱反正时期对共和国的发展起到积极推动作用的《实践是检验真理的唯一标准》这篇文章，才会有90年代初改革开放关键时刻《东方风来满眼春》这篇时代强音的出现。这些底色和基因的传承，造就了他们的使命感，让他们即便跨越时空，也总有相见如欢携手并进的理由，此生都不愿辜负。

送恩师回去休息后，他们把自由放肆暴露本来面目的时间留给了自己。这是庆典最欢快热烈的分享环节，大家主要分享的，就是这二十年的时光是如何把原先他们这些精神的姑娘小伙变成各路神经的大仙儿。

女生的旗袍秀首先登场。当年青涩、单薄且颇为矜持的小姑娘们，如今已经出落得饱满、挺拔、落落大方，顾盼间，莲步轻摇，电眼如炬，粉面如霜，手中一把香扇，难掩凌厉锋芒，活脱脱一群混不吝美娇娘。这引得台下一帮男生尖叫、跺脚、痴狂，也终于明白什么叫先下手为强，后下手遭殃，以及此生无望。

紧接着登场的是男生的礼服秀。曾经一身军绿便装打天下的他们，如今穿上了配烟咖色马甲的黑色紧身燕尾服，燕尾服胸前斜兜，坠着一枝鲜艳欲滴的风流玫瑰。下半身是宽大的马裤，被利落地扎进了高可过膝黑色锃亮的长筒马靴。他们迈着哥萨克骑兵的骑马步登场，一上来就声势惊人地在舞台上跺起一阵尘雾。他们脖子上打着黑色领结，鼻子上架着墨镜，脑袋上戴一顶黑色牛仔帽，举手投足间，都洋溢着一种装酷扮黑的豪迈，和本来应该是成熟稳健温文尔雅的他们形成巨大的反差。最后的亮相，是把帽子一甩，然后口衔玫瑰，向台下女生单膝下跪。台下女生也纷纷尖叫，大喊遭不住，感叹若是当年他们有这般勇气和风采，她们何至于花落别家，让牛粪们捡了头彩。

群体秀先声夺人，个人分享则是各具风采，于是，各路神仙纷纷登场。

首先登场的是米神。国政系的涛哥曾经满脑子都是国际风云变幻和世界战略格局，年过不惑才更深刻认识到民以食为天，于是在东北老家黑龙江五常产粮核心区找了一块黑土地，亲自下田种出了稻花香。他给大家分享的，除了自己的心路历程，就是庆典之后大家聚餐时白花花、香喷喷的东北大米饭。味道好不好，一吃就知道，经此一吃，涛哥的稻花香便成了广大同学的当家饭，同学们一见涛哥，就忍不住要唱涛声依旧。

米神之后登场的是酒神，酒神其实是一对组合，他们中一个酷爱喝酒，一个除了喝酒，还自己酿酒。多年来，这对组合经常联袂在巴蜀大地的酒场上大杀四方，在全国各地同学的酒友群里更是声名显赫，因此，酒神的称谓对他们来说也算是实至名归。

酷爱喝酒的是宝哥，他哪怕喝了一万杯，也总是喊口渴，他的这种口渴，代表了对美好生活的渴望，又因为对美好生活的渴望，让他活成了生活艺术家。多年来，他都热衷于展示他自我标榜的所谓底层人民的生活，总结起来无非就是每天不是在酒桌上，就是在奔赴酒桌的路上。或者还有一些高端局，就是在酒前斗一会儿地主，收割一捆韭菜，然后酒桌上就会加一个大菜——韭菜炒土鸡蛋。酒后自然也有安排，酒后不血战，等于没吃饭，血战的丰硕成果，宝哥经常不动声色地在同学群里展示，什么金钩钩、清龙七对、杠上花、海底捞……在宝哥那都是信手拈来的家常便饭。

当然，宝哥对韭菜一向很有悲悯之心，从不干赶尽杀绝斩草除根的事，因此，他的大胜也总是三天打鱼两天晒网，时不时就会卖一些破绽，引得韭菜们很快就鼓起余勇，前赴后继。除了卖破绽，宝哥还深谙以德服人的道理，每次血战之后，他都会主动邀请韭菜们到某著名桥洞底下的老妈蹄花店，嗍一碗肉烂骨脱皮滑汤鲜的奶白色大补蹄花汤，以帮助韭菜们迅速回血。

除了喝酒打牌，年轻时爱运动的他联络上了一群风华正茂爱打篮球的女学妹，在"发展体育运动，增强人民体质"的口号引领下，每周两次在篮球场上跟学妹们演练空切掩护背身单打挑篮，动作依然如少年般矫健，让学妹们很快就能脑补出他当年的英姿。

不仅如此，他还把这些年的所作所为写成了系列小作文《迷人的往事》，除了揭秘一些活色生香狂放不羁的往事，还让人体会到了其内心的细腻、孤独和用所谓底层劳动人民身份掩盖的情怀和骄傲。

正是因为他的身体力行，他成了同学中爱生活、会生活的典范，他把生存的哲学变成了生活的艺术，受到无数同学膜拜。连远在广东已成为一家银行行长的歌神凡哥，只要想起他，就会忍不住去KTV开个包房，点一首百唱不厌的歌曲《爱如潮水》，以排遣心中的思念和烦闷。而宝哥似乎和凡哥有心灵感应，只要凡哥去KTV，宝哥必会在同学群里发问：凡哥，你现在在哪里？为什么我会心跳加速，感觉如此慌张？凡哥自然不紧不慢如实回答：我正在KTV唱《爱如潮水》，引来一群漂亮小姑娘潮水般的掌声，她们说，名校出来的小哥哥就是不一样，把一首老歌唱得这么风骚，一定是动了真感情。

酒神组合的另一位是兵哥，除了喝酒，还自己酿酒，他投资酿造的泸派大师伍拾壹坊，不仅包圆了若干年同学的酒桌，更是在全国拓展了销售连锁，成为独树一帜的酱酒新势力。他倡导的骨折式干杯，也成为同学聚会喝酒时的标准动作。酿酒的酒神跟酒打交道多年后，同样悟到了生活的真谛，春耕夏种，秋收冬藏，生命轮回，能量守恒，有得必有失，有纳就必须吐。当然，他这个吐不是喝醉了吐，而是喝多了吃胖了的吐。因此，但凡一段时间因为酒肉过量导致体重超标，他就去山林和野地奔跑跳跃，在大自然里吐故纳新，于是，便一直保留了一张清秀的脸和一身精壮的腱子肉，他也因此有了另外一个神号：跑神。只是不知这两年跑神是否依然奔跑如故。

宝哥和兵哥这对组合前几年陪着夏天和老廉在成都领略了代表川菜之光的"轩轩小院"，在那趟难忘的会面之后，"轩轩小院"便成了同学们到成都的网红打卡地，打卡后，大家都会发自内心地振臂高呼："无小院，不成都。"

宝哥和兵哥分享时，宝哥应广大同学要求，坦诚说明了和年轻女学妹一起打篮球的相关事宜，最后得出的结论是一定要跟年轻人多交流，这样可以让自己身心都保持年轻，四十岁的身体，二十岁的心脏，这是一个生活家应有的觉悟和状态。

兵哥分享的是跳饭的故事，讲的是少年时他母亲在一个锅里同时煮大半锅红苕和小半碗白米时，总能自然而然分离出满满一碗白米饭给他吃。分离米饭的诀窍是开锅后放一个碗在锅中间，红苕重，进不到碗里，米粒轻，随着沸腾的汤水，会一粒一粒跳进碗里，米粒又比汤水重，进得碗里，基本就不会出去。米粒越来越多，汤水越来越少，最后得到满满一碗从红苕中跳出来的白米饭，就叫跳饭。故事里的母亲无师自通，巧妙利用热加工和蒸汽动力学原理，让儿子顿顿能吃上白米饭，吃得高高壮壮考上名校，自己却总是喝红苕粥，不仅毫无怨言，还满眼只有欣慰和慈祥。

兵哥的故事讲得声情并茂，让同学们感叹母爱伟大的同时，也倍加珍惜几十年改革开放带来的有酒有肉白米饭随便造的好日子，并下定决心，绝不能吃二遍苦，受二茬罪，让那种只能吃红苕饭的日子重演。

接着分享的是模神威哥。威哥上大学时满脸正气身姿挺拔特像电影《红色娘子军》里的洪常青，让他身边很多女孩都希望自己是吴琼花。二十年后，吴琼花们都长了辈分，可威哥依然还是洪常青，只是眉宇间收敛了一些锋芒，却一点都不显得沧桑。

威哥其实不愿别人叫他模神，因为模神猛一听会让人不明所以，他更喜欢的代号是野模。他认为，光是野的字面意思，就可以让人产生无尽联想，野路子的模特，打野的模特，狂野的模特……一个野字，会给他带来更多的腾挪空间，他可以不按常理出牌，可以野蛮生长，可以报复性掠夺。

威哥作为一个大学学数学专业的理科男，一个在南美做了多年大豆贸易的生意人，一个担任过两家A股上市公司总裁的商业精英，在模特行业却一直是一个小白，他年轻时最具实战性的演艺经历也就是在大学班里元旦晚会参加的男声小组唱。可早已解决了吃饭问题的他，从上市公司功成身退后，却跑到要靠脸蛋和身材吃饭的模特行业来撒野，出道即巅峰，报复性掠夺了无数国际大品牌的代言机会，活出了另类的精彩，他是怎么做到的呢？

野模的分享亮出了他作为"斜杠青年"的底色。他坦承，大学时他是一个跟人说话都容易脸红的乖小孩，初次出国时更是一个西服袖口商标都舍不得拆的社会素人。他的野性，是在他当年常驻南美时激发的，阳光、沙滩、热情的比基尼女郎、魔幻的桑巴足球、浪漫缠绵的情歌，让他那颗年轻的心早就变成了驿动的心。他意识到，人其实可以有很多种活法，也有无限的潜能，只要敢于拥抱梦想，就能获得灵魂的自由。尤其是经历过职场沉浮，喜欢二字，便成了选择的标准。

于是，洪常青（威哥）就和职业大模完成了无缝对接，而无缝对接的资本，便是他本身的学养，闯荡世界的生活阅历、职场金领的光鲜履历和身材管理的刻苦自律。代言那些高端品牌，他几乎就是本色出演，只要做好自己，一切都是水到渠成，顺理成章。

大屏幕上，循环播放着威哥代言的各款豪车和大牌家电的广告，威哥那张脸，在灯光下和朴素正义的洪常青渐行渐远，显出满满精英范儿，十足霸总型儿，今天，威哥为自己代言。音乐声中，威哥拿起话筒，一曲浪漫忧伤的西班牙语情歌《鸽子》，在舞台上响起：

> 当我离开可爱的故乡哈瓦那，你想不到我是多么悲伤。
> 天上飘着明亮的七色彩霞，心爱的姑娘靠在我身旁；
> 亲爱的我愿同你一起去远洋，像一只鸽子在海上自由飞翔；
> ……
> 亲爱的小鸽子啊，请你来到我身旁，
> 我们飞过蓝色的海洋，走向遥远的地方。
> ……

夏天相信，年过不惑的威哥找到另外一种活法后，他那只温柔可爱的鸽子，一定会一直陪在他身旁。他们一起乘风破浪，在海上自由飞翔……

第七十三章　向健康快乐出发

个人分享之后，是致敬青春的环节，最具代表性的节目，是20年前自行车队的队员们重新集结在一起，表演诗朗诵《向青春致敬》。

舞台灯光渐暗，悠远的笛声低回，回忆的氛围感拉满。追光灯点亮了一张张脸，当年的自行车队队员每人一件红色T恤和一条洗得发白的牛仔裤，随着音乐声娓娓道来，让大家仿佛又回到那个激情浪漫的黄金时代：

> 那一年，我20岁
> 那一年，还不流行说"世界那么大，我想去看看"
> 那一年，把一腔"吾将上下而求索"的豪迈装进行囊
> 那一年，我甚至来不及修一修我那辆除了铃铛不响哪里都响的自行车，我们出发了
> 目标：陕北！延安！
> 太行之上，我们越过千山万壑倾听自由之神的歌唱
> 黄河之滨，我们拥抱惊涛拍岸卷起的浪花怒放
> 在杏花村，牧童的手指指出了最美的诗酒年华
> 华山之巅，那喷薄的日出辉映着我们的骄傲
> 终于，我们在黄土高坡灼热的阳光下走进延安……

今天，带着对激情的坚守，带着对浪漫的依旧渴望，我
们回到母校

这里有我们的原点

这里有我们的初心

这里有我们风情壮美的青春……

他们朗诵的同时，大屏幕播放的，是一帧帧自行车队队员当年一路骑行的照片，他们从北京天安门广场出发，一路跨太行，过黄河，诗酒杏花村，登顶华山之巅，历时 20 余天，骑行 1000 多公里，最后到达母校前身陕北公学的诞生地，延安。

照片上，他们一个个浑身精瘦，面庞黝黑，一脸的风尘和疲累，但他们眼里有光，浑身透着一股吾将上下而求索的使命感和倔强，简直就是那个年代大学生的典型形象。

诗朗诵原稿的执笔者是陈若珊，领颂的自然也是作为金话筒的她，照片上的她面容黑红清减，甚至有些蓬头垢面，和舞台上吐字如玉气度雍容的她形成巨大的反差。二十年，回到出发的原点，每个人都有巨大的变化。但夏天相信，因为那曾经风情壮美的青春，又有很多东西根本不会变。

自行车车队的这段历史夏天其实是很熟悉的，因为当年浩然也是这个自行车队的一员，他每到一个重要地标，都会给夏天寄一张明信片，太行山、黄河、杏花村、华山，那个暑期，夏天回南昌家里闭关读书，心里却一直追逐着他们骑行的印迹。让夏天感到遗憾的是，浩然并没有回京参加毕业二十周年庆典，成为班里仅有的几位缺席人员之一，也是自行车队唯一的缺席人员。浩然解释说，刚刚上任长安晚报社总经理，百废待兴，实在脱不开身。夏天没想到，浩然的缺席，最后终究是成了一个无法弥补的遗憾。

庆典的压轴大戏，是"羽星队"全体队员的登场。

夏天没想到，在美国和他共同历险几年没见的陆少峰，在学校校友会的支持下，居然搞出了一个巨大的动静。上学时就是体育明星

擅长跑跳投足篮排各项运动号称全能战士的他，利用自己在学校体育圈中广泛的影响力，牵头成立了校友羽毛球协会，成为校友中人数最多，覆盖面最广，活动最频繁，且最具凝聚力的协会。而以本届同学为主的羽星队，更是陆少峰花了大量心血浇灌的羽队之花。

他和自己那位很负责的同班同学兼夫人任真是这支羽队分列男女金牌杀手榜第一位的神雕侠侣，同时也是许多新队员的启蒙老师。他不仅自己身体力行，每次羽队训练时坚持为大家熏球，成为名副其实的"酋长"，还调动多数同学的积极性把羽星队打造成一个组织机构完善，职责分明，活动规律，人气旺盛，经年持续的运动队。

一位法国脸美女苏小菲被推选为羽星队大总管，大大增加了男队员的出勤率，其他年级的男生常常因此假装落单到羽星队蹭球，即使被打得落花流水，也乐此不疲。而年级其他的运动达人也都分别当上了领队、队长、男生教练、女生教练。这些运动达人都是曾经的男神，个个身怀绝技，自然吸引了大量女队员加入，即使某些女队员是运动小白。因此，女生教练上岗竞争显得尤为激烈，但几番 PK 下来，满教练上岗毫无悬念。女生们的评价是，满教练备课认真，讲解细致，手把手教起来让人很容易上手。尤其是小球技术，满教练手法轻柔，妙到毫巅，稍一示范，女生们便心领神会，迅速入港。在羽星队强大的感召下，从来是只打大球，鄙视小球的夏天后来也加入了羽星队，且坚持了下来，尽管很长时间他的羽毛球技术都处于球队鄙视链的最底端。

加入羽星队的夏天不久就见识了陆少峰牵头校羽毛球协会组织的全国校友羽毛球大赛，来自全国各地的近六百位校友羽毛球选手，在世纪馆的羽毛球馆展开捉对厮杀，参赛的队伍多达三十余支，几乎每届校友都有一到两支代表队，年龄跨度更是从二十二岁到七十二岁。这种超越半个世纪三代校友同场的交锋和交流，成为世纪馆上演的一段佳话，也为这项每年举办的校友羽毛球联谊活动，赋予了不一样的精神内核。当夏天被那位七十二岁的大师兄虐心虐腿打得疲于奔命的同时，也深刻感受到了榜样的力量，他因此忍不住畅想，打羽毛球，他还可以向天再借三十年。

当然，此时登台的羽星队队员并没有夏天，初次见识羽星队的夏天在台下迅速被羽星队队员的青春气息撂倒。女队员穿着运动短裙，腿部线条坚韧流畅，挥舞着球拍，正手推挡，反手接杀，姿态轻盈，步伐灵动。男队员一身短打，肌肉饱绽，身材却瘦削，大力跃起扣杀，网前跨步截杀，动如脱兔，猛如下山之虎。一个个都像训练有素的追风少年，完全没有中年人的赘肉和疲沓。

展示完羽毛球专项，他们便开始了载歌载舞的经典老歌串烧。

罗大佑《光阴的故事》：遥远的路程昨日的梦 / 以及远去的笑声 / 再次的见面 / 我们又历经了多少的路程……

小虎队《星光依旧灿烂》:星光依旧灿烂 / 真心依旧没有改变 /……终于回到我们相约的地方，实现我的诺言……

俞静《相逢是首歌》：你曾对我说 / 相逢是首歌 / 眼睛是春天的海 / 青春是绿色的河……

刘文正的《何年何月再相逢》：相识无人懂 / 今日相聚 / 何年何月再相逢……

编排这组串烧的人可谓是用心良苦，每一首歌，都唱出了大家的心声。因此，台上在唱，台下也跟着和。当最后压轴的歌《年轻的朋友来相会》开始唱时，800 人大教室更是变成了歌声的海洋。

年轻的朋友们，今天来相会，荡起小船儿，暖风轻轻吹……再过二十年，我们重相会，伟大的祖国该有多少美……但愿到那时，我们再相会，举杯赞英雄，光荣属于谁?

当年，这群人就是唱着这首歌离校的，二十年后，他们又相会在一起，光荣和自豪依然是属于他们的吗? 或许，大教室里的每个人都有自己的答案……

羽星队的表演像一股清新的风吹得 800 人教室春意盎然，欢呼声中，羽星队发起者兼校羽协主席陆少峰也满面春风走到台前，他将作为优秀校友代表接受校友会授予他的新版学士服，学校的张书记和校友办主任融师姐专门到场主持了授服仪式。

当陆少峰把那身黑红色调相间，颇具设计感的现代学士服穿上后往台上一站，顿时引来一众同学艳羡的目光。要知道，当年他们毕业的时候根本没有学士服学士帽那么一说，唯一给他们留下念想的服装，就是毕业前在校门口花三块钱买的印有学校名字的T恤，夏天至今还保留了一件在家里箱子底压着。夏天后来有机会近距离欣赏了陆少峰这套为优秀校友定制的学士服，除了剪裁得体，宝塔山、延河水、玉兰花、山丹丹花这些具有特殊意义的符号都作为设计元素被巧妙地融进了学士服的每一处细节中，让学士服内涵丰富又充满现代气息，值得拥有和珍藏。

在台上，融师姐亲切贴心地为陆少峰整理好了学士服的穿搭，张书记则负责把学士帽上的流苏从右侧拨到了左边，并宣布礼成。陆少峰难掩激动的心情，除了感谢，自然还有不少感言。夏天对陆少峰的感言大多已印象模糊，只有一个画面让他记忆犹新：穿着特制学士服的陆少峰在台上大手一挥，嘴里高呼，向健康快乐出发！！他挥手和呼喊的时候，学士帽上的流苏一直在颤悠着……

后来，陆少峰的这句"向健康快乐出发"，成为同学们高度认同的理念，即使世事沧桑，命途跌宕，追求快乐健康，他们一直在路上。

对于这次庆典活动，被同学公认为词神的档案系的武晓文用一副对联进行了高度总结：

古今中外功名利禄全归档
湖海江河雪月风花尽同窗

寓意纵览古今中外，功名利禄皆为浮云，可全数归档，而走过湖海江河，阅尽雪月风花之后，还得是当年同窗。

这副对联代表的是一种态度和情怀，分别二十年后重逢，即使每个人的命运和际遇不同，功名利禄始终不是衡量价值的标准，保留少年同窗时的初心，携手相伴下一个二十年，才是大家共同的心声。

毕业后在深圳担任招商局局长长期致力于招商引资的武晓文，一直有一种难以割舍的文人情结，在很多人眼里，时间就是金钱，但在他眼里，时间是一篇篇隽永的诗词和文章，思接千载，谈笑古今，指点江山，顺便凡尔赛，简直就是滚滚金钱和恋恋红尘中的一股清流。

此处有他的词为证：

> 北倚青山南面海，风来雨去一而再，执念与时容易改。
> 不奇怪，星移物换云天外。
>
> 小酒一杯加道菜，无风无雨无成败，自主无非心自在。
> 凡尔赛，担霞挑月沿街卖。

好一个"担霞挑月沿街卖"，此等凡尔赛，愧煞那些患得患失蝇营狗苟只知为稻粱谋的俗人也就不奇怪了。

武晓文原创的古体诗词里，常有金句："自笑三杯醉倒，醉罢倒头酣睡，枕月卧松云。明月犹撩我，泼我一溪春。"此句撩得好，泼得妙，尤其一个泼字，把一溪的春天写得妖冶动人，肆意烂漫。

"岸上踏歌，水中掬月，冷眼观迂腐。远山如画，画中多少白骨？"看着如画的远山，想到的却是累累白骨，可谓是深刻入骨的冷眼旁观。

"自笑耽于问有无，回头一望尽区区。兴亡不抵姜葱蒜，血肉终归山海湖。冷对北邙生野草，闲谈南岭换新符。人生三万余千日，除了今天是须臾。"除了今天是须臾，所谓人生大事，大抵不过柴米油盐葱姜蒜，这是一种绚烂归于平淡后的通透。

武晓文的诗词已登堂奥，经常在《诗刊》等权威杂志上发表作品，成为颇负盛名的当代诗词作家，这和他多年在唐诗宋词中浸淫有很大关系。他对唐诗宋词的研究体会，后来被他整理成《共君一醉一陶然》和《只有香如故》两本专著，揭秘唐宋时期那些伟大诗篇背后的故事，成为畅销一时的文化读本。

受武晓文影响，同学中掀起了一股写古体诗的热潮，他们专门建立了一个叫"清风雅韵"的QQ群，每日在群里舞文弄墨，吟哦唱对，一些著名的词人相继涌现，南康北杨中联神，都是群里的高产作者和现象级人物，领一时之风骚。

第七十四章　大聚餐时的拦截和拥抱

庆典活动结束后，是全体同学的大聚餐。尽管学校有汇贤居这样高大上的酒楼，但仍然把聚餐安排在曾给大家留下了深刻记忆的东区食堂，当年学校所有的周末舞会，都是在这个食堂举办的，这是他们摇摆青春的地方。东区食堂和他们上学时相比并没有太大变化，依然是上下各两个分区的格局，校友办为方便大家交流，把二楼的两个分区打通，六七十张圆桌一溜排开，让所有人都能济济一堂。

全年级集体聚餐由校方请客，他们毕业后是第一次享受这种待遇，这让他们有一种回家吃团圆饭的感觉。

桌上菜肴的丰盛程度和他们上学时候比已经有了天壤之别。除了油焖大虾、烤鸭、松鼠鳜鱼等硬菜，校友办还贴心地准备了怀旧系列菜：熘肝尖、鱼香肉丝、红萝卜白萝卜炖肉、木须肉……这都是他们当年改善伙食时常点的菜，而棒糖粥配油饼、馒头夹红腐乳以及暄腾肥壮的肉龙，更是经典早餐搭配，这曾经无比熟悉的味道，让他们一下就仿佛回到从前。

据校友办融师姐说，学校食堂已经很久没有这样安排伙食了，这个菜谱，是特别为返校同学定制的。另外，学校还专门定制了一批纪念红酒，在桌上大家可以敞开喝，聚餐结束，每人还可以带两瓶回去留作纪念。

聚餐刚开始时大家还是以班为单位就座，酒过三巡之后，场面就彻底乱了。

人人都是一副寻老友、诉衷肠的架势，且不说原来相熟的，多年不见，自然是西皮流水，打开了话匣子。就是原来因为排队买饭或者抢电影票起冲突互相殴打过的，也觉得格外亲切，仿佛当年拳拳到肉的重击，都是为今天温柔小拳拳轻捶的铺垫。更多的是广大的膜拜者们，那些他们曾经暗恋或者在宿舍晚间卧谈会上经常八卦的风云人物，二十年后又出现在眼前，他们绝对不会再错过表达自己或拷问八卦的机会。于是，曾经的女神们被醉醺醺端着酒杯的男屌丝一把拦下的场面便不时出现，并渐渐蔚然成风，当年的男屌丝，已自认不是吴下阿蒙，以前脸红害臊不敢说的话，现在可以张口就来，打一点儿磕巴都算输。

在拦截女生的膜拜者中，夏天班里的老马和江驴儿就是典型代表。在800人教室举办庆典仪式的时候，他俩就不老实，中间借故去了好几趟厕所，在大教室前后左右转了好几圈，就是为了盘点到场的都有哪些他们当年痴心妄想可望而不可即的女神，一旦发现目标，就会在变天账上记一笔，然后伺机进行报复性交流。在大教室碍于座位固定，走动不便，无法全力施为，但到了食堂敞开的宴会厅，他们顿时就得了烟儿抽。

老马盯中文系的段红叶已经很久了。段红叶是中文系的一枝花，典型的四川美女，长得肤白貌美、身材窈窕，眼神灵动。她就在离新闻系不远的那一桌，当她手里捏个酒杯，起身离座不知道要去干吗的时候，老马就赶紧招呼从珠海专程回京的老石，迅速尾随而上，这是他们期待已久的段红叶落单的机会。

老马以前在和班里男生点评那些年的那些女神时，只要提起段红叶，都是满嘴荒唐言，一把伤心泪。他不止一次讲过和段红叶在323公交车上邂逅的故事：那是一个深秋的上午，他和同宿舍的老石和小豹子逃了政治经济学课，一人背个小书包，坐上了通往香山的323路公共汽车，期待在万山红遍的季节，会有一段从天而降的艳遇。

果真是求仁得仁，香山红叶还没看到，他们却发现，在学校被他们觊觎已久的红叶本尊段红叶就在同车厢的不远处。这个发现让他们莫名兴奋，哥仨默契地向段红叶靠拢，并成功挤到她能听清楚他们每一句谈话的地方。此时，背身而立的段红叶似乎并未察觉他们的存在，只是自顾自和身边一个长相朴素的女孩有一搭没一搭地聊天。

不好意思直接跟段红叶打招呼，毕竟都有逃课之嫌，且之前从来没打过交道，甚至或许段红叶根本不知道学校里有他们哥几个的存在。于是，他们决定用夸夸其谈吸引她们的注意，再相机搭讪。

他们先是聊了一通国内外发生的大事，从美国挑战者号航天飞机失事，七名宇航员罹难，到苏联切尔诺贝利核电站泄漏酿成的人间惨剧，再到我党刚刚结束的十三次代表大会确认把全党的工作重心转到经济建设上来，让全国人民无比振奋，也让他们热血沸腾。

但他们聊的内容显然没有吸引红叶的注意，从上车开始，段红叶连头都没回过，好像他们就是几团会叫嚣的空气。

尬聊无效，老石突然心生一计，拿腔捏调很严肃地批评起老马来："我说老马，有个事要好好批评你一下，你说你都不会游泳，昨天却敢跳昆明湖捞掉到水里的小朋友，你难道没想过这么做的后果吗？万一你没把小孩捞上来，却搭上自己一条命，你对得起你父母的养育之恩吗？对得起党和国家这么多年对你的培养吗？你知道会给未来的社会主义建设带来多么不可估量的损失吗？你这不是见义勇为，是愚蠢莽撞，是不负责任……"老石越说越气，最后连气儿都捯不匀，嗓子都劈叉了。

小豹子也补充道："而且天气这么凉，你连衣服都没换，就着急麻慌把小孩送到医院，万一你着凉感冒得了肺炎，也很可能会搭上半条命。"小豹子的补充让老马在一会儿工夫就搭上了一条半命，同时一个活雷锋的形象也跃然而出。

老马心领神会，立马满脸惭愧语带呜咽地点头认错，并且对自己穷追猛打："我还觉得自己对不起关心我爱护我的同学们，尤其是我那位还没来得及表白的女朋友。如果带着这样一个不可告人的秘密离开这个世界，我只好托梦给你们去转达我的心意了。"

"别价，你还是自己亲口去说吧……"老石小豹子异口同声让老马打住。

这段对话效果显著，背对他们的段红叶肩膀开始微微耸动，最后憋不住扑哧乐了出来，并回过头笑着打量了哥仨一番。从她的表情看，哥仨的对话她其实是尽在掌握，只是不稀得搭理，但刚才的对话实在是太感动人了，不，是太浮夸好笑了。

段红叶的回眸一笑，让老马如遭电击，这是老马事后描述的自己的感受。老马被电击后，感觉整个人都不好了，不，是太好了。但正因为感觉太好，便更不知道如何跟段红叶搭讪了，毕竟，一个活雷锋，怎么能在公共汽车上和一个没打过交道的女孩子随便搭讪呢？

汽车到香山公园站后，哥仨目送段红叶她们施施然下了车，眼看着她们又回头看了他们一眼，并渐渐走远，却始终没人敢上前提议一起游香山，爬鬼见愁。对于自己的怯懦胆小，他们自我评价，鬼见了都愁。于是，这件事就成了他们一直以来的遗憾，每次班里同学聚会，只要提到此事，他们都是耿耿于怀，羞愧难当。今天，他们终于迎来为自己正名的机会。

这回老马的表现很潇洒自然，多年新闻采访的功力，让他跟人套起瓷来有一种春风化雨的感觉，即使面对失联二十年的段红叶也不例外。他几步就追到了段红叶的前面，然后假装一回头看见了当年的老朋友一般，亲切地招呼道："你好，段红叶同学。真的是你吗？"

段红叶听老马叫得亲切，看起来又有些面熟，便停下脚步，礼貌却不无尴尬地一边回应："你好，你好！"一边在脑海里搜索，这哥们谁呀？跟自己很熟的样子。

不用段红叶费脑筋，老马迅速用关键信息唤起段红叶的记忆："我是新闻系老马，我们在一个班上过公共英语课，你们中文系男生跟我们住隔壁，我在广播站当编辑时你还给我们供过稿。"

老马的这几句话基本属实，一下就拉近了和段红叶的距离，让段红叶自己都觉得跟老马算是老相识，只是因为时间太久，记忆有些模糊，于是她的表情也变得亲切起来。

老马打蛇随棍上，继续回顾他们源远流长的友谊："咱们还一起去过香山，在公共汽车上聊了一路，记得你当年特别平易近人，性格特别开朗，给我们留下了深刻印象。"

老马说着，老石也在一旁捧眼："对，给我们留下了深刻印象。而且这么多年你的样子一点都没变，还是那么清纯漂亮。"老石的油嘴滑舌看样子也非一日之功。

老马说的聊了一路，完全是偷换概念，模糊真相，但他煞有介事的样子加上老石的伪证，让段红叶有些恍惚，并陷入自我怀疑当中：自己的记性那么差吗，怎么没什么印象呢？实在是太不好意思了。

此刻老马需要的就是段红叶略带愧疚的心理，利用这种心理，他就可以达成拦截段红叶后要实现的小目标。他的小目标纯洁又大胆，就是在大庭广众当中公然拥抱一下当年的女神，了却这么多年的一个心愿，从此再没有遗憾。

老马诚恳平静但是毫不含糊地说出了自己的心愿："段红叶同学，为了庆祝我们的重逢，让我们亲切地拥抱一下吧。"

段红叶初听还有些错愕，但随即爽朗地笑了起来，主动张开双臂，轻轻但亲切地拥抱了一下老马，然后又接着拥抱了老石。

二十年后再相见的这个拥抱，既云淡风轻，又充满温情，当年有些傲娇的小公主，经过岁月的沉淀，已经变得大气解人，举重若轻。拥抱完段红叶，平时像话篓子一样的老马回到座位后，一下子安静了，他默默又开了一瓶红酒，吱溜就喝了一大口。

老马这边一消停，江驴儿的表演便开始了，他接触女生的方法可谓是别开生面。

江驴儿这回返校，带了两大箱东西，一箱是现挖的章丘大葱，这两天已经被同学们蘸着大酱吃得差不多了，另外一大箱东西，他一直秘不示人，说是要到全体同学聚餐时再揭晓。酒过三巡，菜过五味之后，江驴儿打开了箱子，里面居然是一箱子光盘。

江驴儿说，这两箱东西，代表了他毕业二十年后的人生感悟：好吃不过大葱，好听莫如佛音。这箱光盘刻录的，是他最爱听的经典佛歌，如果说大葱让他入世，享受凡间五味色相，那么这些佛歌，则让他忘烦祛忧，清新出尘，浑身一点儿葱味儿都没有。佛说，好物要分享（佛说没说有待考证），这便是他带着这些光盘到北京的目的。

江驴儿派发光盘的目标，显然是有选择性的，这些目标他大都在大教室时相过面，到了食堂宴会厅，更在他一扫而过的视野中。他派发光盘时完全是一副得道高僧普度众生的派头，让夏天忽然明白他这回怎么剃个光头就来了。只见他把光盘装进一个斜背的明黄布兜，左手执礼，口中唱诺，禅步轻移，在宴会厅迅速漂游了一圈，便把那些光盘布到了一众女同学的手中，他跟那些女同学是一触即走，不作半分停留，很快就发完回到座位。

江驴儿的举止让夏天耳目一新，上学时以顺东西和跟女生搭讪见长的江驴儿现在是一句废话都不愿跟女生多说了吗？真的是洗心革面，放下屠刀，立地成佛了吗？

可随后情势的发展让夏天明白是自己想多了，因为没过多久，就陆陆续续有女生过来跟江驴儿打招呼，其中很多都是刚才被江驴儿精准锁定的当年的女神。这些女神满心欢喜甚至面带虔诚地过来跟江驴儿热情攀谈，交换联系方式，而江驴儿则是一副姜太公钓鱼——愿者上钩的架势，在云淡风轻的浅笑后面有一种老神在在的笃定。

女神们散开后，江驴儿感叹，佛祖不打诳语，这些都是有慧根的人，自然也都是有缘人。夏天看到这些光盘居然有如此神奇的功效，便从江驴儿仅剩的几张光盘里硬扣下一张，带回家认真聆听并学习了一番，确实有一种醍醐灌顶的感觉，但心里却纳闷一贯嚣张跋扈在齐鲁大地都快修炼成车匪路霸的江驴儿为什么跟此等神曲有如此机缘。

这些神曲中，有《大悲咒》《阿弥陀佛在心间》《如是我闻》《见与不见》等，但让夏天最心有所感的是《一切都是最好的安排》和《我是佛前一朵青莲》。

《一切都是最好的安排》："在你没有意外，我们不能使自己的一根头发，变黑或变白。相信这一切，都有你的美意，是最好的安排。"

这首歌里，命运不可抗拒，但让人相信生活的美意，把一切都当作最好的安排。这种带有宿命意味的内容夏天二十年前或许会不屑一顾，但在蹉跎了二十年后，却不得不承认，命运的有些安排，它就是最好的。

《我是佛前一朵青莲》，则是一个痴情女子的吟唱："我是佛前一朵青莲，静静绽放忘忧河边，我在佛前祈求了千年，才换来这一次擦肩，凋落在你温暖的指间，此生已无悔无怨……"这首歌唱得清冷温柔，楚楚可怜，仿佛在告诫人们要怜香惜玉，珍视缘分。夏天高度怀疑，其中或许便隐含着江驴儿推荐佛歌的深意。

但一段岁月，真的会让江驴儿这样的人性情大变，万念俱灰吗？对江驴儿来说，是否也算是最好的安排？很快，江驴儿就用自己的实际行动打破了夏天的幻想，宴会后，看着驾轻就熟顺走一箱纪念红酒且笑得爽朗得意的江驴儿，再看他横嚼一口大葱，咕咚一口红酒的赖模样，夏天忍不住满怀欣慰地偷偷乐了……

渐渐地，食堂宴会厅乱成了一锅粥，到处都是三三两两叽叽喳喳扎堆聊天的场面，夏天感觉自己耳朵里嗡嗡的。

人群中，夏天忽然发现了当年和他一起坐绿皮火车进京的财政系的南昌老乡张倩。张倩和毕业时已经有了巨大的变化，原先朴素低调的小清新如今已是满满英伦范儿，一身精致的大牌服装说明了生活的优渥，头上扎着的一袭爱马仕方巾则更显异域风情。在毕业即失联的年代，能和少年时的同伴重逢，也算是不小的惊喜。但此时的她，也被一个高大威猛的身形拦截了，看轮廓，大概率是当年校排球队的队长。夏天不敢打扰，在他们身边转悠一圈之后又回到了自己的座位。

落座没多久，一阵熟悉的数落声就在夏天身后耳边炸响："见面也不打个招呼，你怎么还是那么清高？"

不用回头，听声音夏天就知道是张倩过来了，也只有张倩跟他说起话来没轻没重，少有顾忌。虽然多年失联，但毕竟是当年多少趟一起坐绿皮火车的革命友谊，夏天自然不以为忤。他只是含蓄地指出，当她被猛男围猎的时候，他实在拿不准是该救还是不该救，就像当年在学校时候一样。

听到夏天含糊其词的回答，张倩先是狠狠瞪了一眼，随即哈哈大笑起来。夏天更加确信，江山易改，本性难移，张倩还是像以前一样，有一种大户人家孩子略带凶猛的直率和大气，而且不记仇。

夏天从之后跟张倩的聊天中得知，她早年已经移居英国，且生了一儿一女凑了一个好，也算是人生圆满。近年她开始在英国、北京来回跑，回北京的时间越来越多了。

夏天借机直率地向她指出：跟英国佬有什么好混的，一定要想办法早点回到祖国的怀抱，回到同学们的怀抱，跟亲同学一起吃吃饭、唱唱歌、打打牌，再顺手为祖国的社会主义建设添砖加瓦，这才是有意义的健康快乐的人生。

听了夏天的话，张倩使劲点了点头，在夏天面前头一回显得那么虚心，注意，不是心虚。

第七十五章　丹哥的饭局和君姐的牌局

毕业二十周年的庆典可谓是一个契机，让千头万绪的前缘，一一复联。同窗时大家懵懂骄傲，离开学校时万丈雄心，以为迎接自己的，将是星辰大海，前尘往事，终究化为云烟。待走过千山万水，回到出发的原点，才猛然发现，他们这群血脉相通，同样在社会上打拼的人身上，处处都有彼此的影子，这是一份值得珍惜的情缘。他们虽然专业不同，际遇各异，但都在努力活着，他们每个人都有故事，故事里悲喜交加，一言难尽。在毕业后二十年这段漫长的春天里，他们糊涂或机智地生长，直到长成现在的模样。

一张张年轻的面庞渐渐从夏天的记忆中苏醒，和眼前这群人成熟长大的样子对应重叠，让他更加相信，命运齿轮的转动，很多都起始于年轻时的蛛丝马迹。在舞台上表演的，自然是各擅胜场的大神，在台下欢呼鼓掌的，也不乏不显山显水的大咖，他们在各自的领域搅动风云，成为江湖上的传说，而这些传说在学生时代，总是有无法抵赖的端倪。

夏天感受最直观的就是曾和自己住同一个混合宿舍的法律系的丹哥。

丹哥在学校时给夏天的第一印象是少年老成，言谈举止特像校内辅导员，因此，当他拿着一大沓油印的海淀区高考模拟试卷在办公楼红楼门口售卖时，让人觉得有一种不可辩驳的权威性。而且，他吆喝得也很到位：高考出题老师亲自捉刀，为高考学子的人生加分。

既然上升到了为人生加分的高度，夏天自是毫不犹豫，慷慨解囊，怒花两块钱，为远在南昌复习备考的表弟买了两套，这两块钱，基本相当于他三天的伙食费。据夏天目测，一个中午下来，丹哥卖试卷的收入两三百块钱肯定是有的，而当时，夏天一个月生活费也就五十左右。

丹哥不仅倒卖高考模拟试卷，还倒卖北影厂附近小西天电影馆的外国电影观摩券，这些电影都是国内无法公映的，票上也印着未经剪辑，仅供内部参考的字样。"未经剪辑"四个字太有杀伤力，也激发了同学们的无穷想象力，于是，有钱的捧个钱场，没钱的借钱也要捧个人场，每次小广告一出，很快便一票难求。夏天大四时因为跟丹哥一个宿舍，也跟着蹭看了一回，但见放映厅里，全是丹哥精准营销的对象。看完出来，一个个都像眼睛偷吃了冰激凌一般，有一种不可告人的满足和愉悦，纷纷打听下次什么时候，一定要继续。

夏天发现，丹哥在校园里做的生意基本上都属于高端商务，和粮票换鸡蛋、卖麦乳精、首日封以及照片冲扩之类的生意有云泥之别。他善于找到一般学生很难搞到的资源，同时也深刻了解大家的需求以及为这些需求所愿意付出的代价。无论是高考模拟试卷还是内部参考电影票，都超越了吃喝拉撒初级阶段，更注重人们追求进步和内在升华的渴望，因此，生意想不好都不行，而且，还净是回头客。

丹哥因为挣了钱，便养成了爱请客的好习惯，时不时就招呼同宿舍的人跟他去教工餐厅吃小炒，大四那年，把夏天的嘴都吃刁了。

丹哥出色的组织协调和沟通能力，深得系领导青睐，于是，出乎意料地被强制留了校，这和他想在商场大展宏图的意愿大相径庭。很快，他便施展手段，把自己运作到国家物资部。他认为，离重要物资越近，就越能闻到大钱的味道，而离大钱越近，他的机会就越多。

一段时间，夏天只要跟丹哥吃饭，听他聊的都是千万起步飘好几个亿的生意，多少吨钢、多少辆重卡、多少车皮煤炭……丹哥一手一个大哥大，左手接进，右手呼出，这些大买卖他只要抄上一个，就立马能变成大款。

夏天从后来丹哥请客的频率和档次看，感觉他应该是抄上了好几回。作为一个胜利消息最愿意和知心同学分享的人，丹哥的饭局往往就变成了庆功宴，同学们也因此患上了庆功宴综合征，总是盼着胜利的消息早点到来，即使没有胜利消息，也要提前庆功，因为大家相信，经常庆功，便能成功。于是，只要一段时间丹哥不摆庆功宴，便会被觉得工作不努力，像欠了大家伙儿什么似的，绝对不能容忍。

丹哥爱请客的习惯保持了许多年，直到悄悄去了澳洲，让夏天好长时间都为找不到不劳而获无功受禄的饭辙而苦恼。直到他不久前又悄悄从澳洲潜回，夏天才感觉自己的蹭饭生涯渐渐重回正轨。丹哥对自己为什么去澳洲待了那么长时间一直讳莫如深，但夏天猜测，丹哥应该是遇上难事了，然后又摆平了，既然能摆平，事儿应该也不是太大。

经过事儿的丹哥说话办事更是滴水不漏，也更加进退有据，早年挣的第一桶金已经让他衣食无忧，他之后要追求的，便是从心所欲。

他的生意模式渐渐从倒买倒卖、中间拼缝，变成了战略合作和价值投资。

所谓战略合作和价值投资，就是发挥丹哥人脉深厚的优势，找到具有战略高度的项目和具有战略执行能力的合作伙伴，然后基于价值判断进行股权投资，保证对项目的足够影响力和掌控能力。

这种生意模式充分发挥了丹哥嗅觉灵敏善于洞察人心的特长，深度挖掘市场盲点，解决客户痛点，满足未来期许，服务即插即用。

丹哥投资的好几个项目后来都获得了资本市场的青睐，他也顺利地套现了大笔现金，为他后来当独立投资人铺平了道路。

如今的丹哥算是已经实现了人生理想，除了为老家湘西大山里的贫困县捐献了一座希望小学，还组织了飞跃彩虹少数民族合唱团，专门帮助挖掘流散在民间的少数民族歌曲和文化艺术，让它们得以传承和发扬光大，也算是一件功德无量的大好事。

丹哥的饭局依然在继续，但已不再是充满铜臭味儿的庆功宴，而是充满艺术气息和使命担当的文化盛宴，他现在张口便来上几句少数民族山歌，说是去山区采风的成果。夏天一直认为丹哥有些五音不全，但看到他摇头闭目陶然欲仙的样子，便总能从那呕哑嘈杂声线跳跃的大嗓门中找到动人的旋律……

夏天同传说中的君姐渐渐熟悉起来，则是在毕业二十年庆典之后同学们隔三差五组织的牌局上。君姐，大名君同玉，很早以前，她美女不霸道总裁的声名便在同学圈中广泛流传。毕业二十周年庆典上，因为江驴儿的关系，夏天一眼便把君同玉和二十年前那个明眸皓齿、双目如电的金融系美女联系上了。

在当年夏天班里男生的卧谈会上，君同玉毫无争议入围年级十大美女，并被江驴儿取了一个代号叫"电眼辣妹"。起因是某个夏季的早晨，睡眼蒙眬的江驴儿在去食堂的路上劈面碰上了穿短袖热裤的君同玉，君同玉白得晃眼的长腿和电力十足的大眼睛一下就驱散了江驴儿的睡意，人立马就来了精神，眼睛也瞪得跟铜铃一般大，从此便不时念叨"电眼辣妹"。

他把君同玉收录在自己的美女变天账中，保持着密切关注，并时刻寻找和制造擦肩而过的机会，甚至幻想某天能撞个满怀，以期给美女留下不可磨灭的印象。大二开始上摄影课后，江驴儿觉得机会来了。

摄影课给每两位同学配一台珠江牌相机，江驴儿恨不得天天霸着这台相机，一有机会，他便把相机往脖子上一挂，然后满校园乱窜。那个年代，珠江牌单反相机也算是个稀罕物，脖子上挂着相机的江驴儿，人都神气了几分，他皱着眉眯着眼撅着屁股装模作样取景对焦的样子，给人一种不明觉厉的感觉，只要从他身边经过，都会忍不住多看一眼，而这，也正是江驴儿希望达到的效果。

一段时间，江驴儿总是在他早已打探明白的君同玉的必经之路上逡巡，寻找合适的搭讪机会。但在正面出击之前，江驴儿已经做了多次预演，专挑长得好看的女同学下手，他搭讪的那套嗑如出一辙：同学，帮个忙好吗？我是新闻系的，要完成一组人像摄影作业，你不仅长得好看气质还很特别，能否配合我拍几张照片，照片出来后将免费给你冲洗扩印一套。

这套嗑很有杀伤力，既利用了美女同学助人为乐的善良热情，又深得千穿万穿马屁不穿的精髓，再加上免费照相冲印的小恩小惠，可以说是屡试不爽，也让江驴儿信心爆棚。于是，在一个阳光灿烂的下午，江驴儿在小操场的花园里大刺刺拦住了君同玉。

让江驴儿深感欣慰的是，君同玉也未能免俗，很爽快答应了他的请求，分别在紫藤园和一勺池拍了一组照片。在紫藤园细碎的阳光下，穿着洒花短裙的君同玉电眼如炬，浅笑嫣然，白得发光。江驴儿则是小鹿乱撞，心花怒放。

但在两组照片拍摄临近尾声时，君同玉突然有些羞涩地放低声音，说自己有个不情之请，想再去找一位朋友跟自己拍一张合影，不知他能否帮忙。江驴儿心中窃喜，自然满口答应，暗忖她是不是要把自己的闺蜜叫来，这岂不是更为他的狼子野心增添了胜算。

待君同玉把她那位朋友叫来，江驴儿一下就傻了眼。

君同玉口中的朋友并不是她的闺蜜，而是一位玉树临风的白面书生。这位白面书生印堂发亮，目光高远，细皮嫩肉，一看就是个江南才子。君同玉依偎在他身旁，眼神早已收敛了锋芒，婉转四顾，一副小鸟依人的模样。

君同玉介绍说，这是他的同班同学兼男朋友，他们还没在校园里拍过合影，今天有专业摄影师拍照，实在是太幸运了。君同玉的几句话，分寸拿捏得恰到好处。

江驴儿心下气苦，但却未失风度，上去跟白面书生热情地握了握手，只是握手时悄悄使了点暗劲。被江驴儿握着的手虽然细腻绵柔，但江驴儿稍一加力，立马便有一股刚猛的力道反弹回来，江驴儿知道，自己是遇着对手了。

好在江驴儿向来是个洒脱之人，名花已有主，且是她身边人捷足先登，自己尚未吐露的心意，只好化作三声大笑，再在心里唱一曲《迟到》。

江驴儿给君同玉拍的这组人像作品获得摄影课老师高度称赞，老师让全班同学传阅学习并点评道：镜头就是拍摄者的眼睛，眼里有光，拍摄的对象才会闪亮，这组照片，拍摄者和被拍摄者的情绪交流非常到位，让画面有一种说不清道不明的美好，是一组妙手偶得的佳作。

若干年后，夏天有机会上君同玉家里做客，发现江驴儿给君同玉和那位白面书生拍摄的合影依然摆放在书房的案头，就好像青春从来没有走远。

毕业二十周年庆典的结束，是广大同学复联后密切交往的开始，以本年级同学为主力的羽毛球队和合唱团很快就应运而生。打球、唱歌、掼蛋、吃饭、再掼蛋，基本上是每个周六的一条龙活动，大家见面越来越频繁，夏天也渐渐跟同为活动积极分子的君同玉熟络起来，尤其是经过多次牌局上的切磋，让夏天对君同玉有了更多的了解，认为她确实当得起江湖上这"君姐"二字。

君姐当年是以高考数学满分的成绩被学校的王牌专业金融学录取的，因此，在牌局上，眼风依然犀利的君姐每每能展现出充分的算力，和几个号称超一流选手的男生硬碰硬博弈。而且，看得出来，这种博弈，给她带来了极大乐趣，就像她在男性主导的世界，博得了属于自己的一片天地。随着掼蛋队伍越来越壮大，并单独组建掼蛋团后，君姐便成为掼蛋团铁打的主力，几个喜欢且擅长抱大腿的选手在每周六牌局开始前，就早早声明必须和君姐搭档，旁人不可染指，也不管君姐愿不愿意。

而且，君姐掼蛋的战场不仅仅是在校友掼蛋团，社会上还有更广阔的掼蛋天地任她翱翔，当然，君姐在社会上的掼蛋局往往不只是单纯的掼蛋，以牌会友的高端局才是君姐的常态。作为一个大型上市医药公司独当一面的高管，工作起来千头万绪，处理的关系也是千丝万缕，通过牌局上严肃又活泼的切磋和交流，可以抽丝剥茧，化繁为简，于云淡风轻中尽享丝滑，不战而屈人之兵。君姐精湛的牌艺是手谈的底气，巧笑倩兮的轻言细语是交锋时的润滑剂，再加上爽朗真诚大气，君姐在牌局上收放自如，长袖善舞，遇到难题要解决起来自然是无往而不利。

君姐善谋大事，也关注细节。每次同学聚会的掼蛋局，她似乎都会随身携带一个百宝箱，像变戏法般掏出一堆好吃好喝好玩的，瞬间让氛围感拉满。牌局上，君姐依然认真，每打完一局，都会仔细复盘，总结得失，此时的君姐，是一个纯粹的牌手，没有俗事的牵绊，只有单纯智力的比拼和牌技的较量，这是君姐最放松也最享受的老友记欢乐时光。

君姐关注细节，更多聚焦在人命关天的大事上，同学或同学家人但凡有疑难杂症或危重病况，君姐总是尽其所能利用她在医疗行业的人脉帮大家排忧解难。尤其是在新冠肆虐横行的那几年，君姐简直就是救命药的代名词，她想方设法调配腾挪紧缺的试剂和特效药，分发给最需要的人，让大家在风雨飘摇中多了一份依靠。

夏天也曾参加过君姐组织的精英校友掼蛋局，这些校友都在各自的领域崭露头角，有的是互联网大咖，有的是投资圈传奇，也有的是一方诸侯。但在君姐的掼蛋局里，都不约而同显得很松弛和亲切，体现了一种经过事儿和时间积累后形成的互信互认。大家对君姐的一致评价是：不愧为中华热心好校友，值得校领导亲自给她颁发一套优秀校友特制礼服，以表彰她人美心善牌技高，再加上急公好义有担当。

如今的君姐依然在东西南北的牌局上纵横捭阖，她的目光时而犀利，时而迷离。她奉行两个小单张，不打不健康。对家要啥就给啥，拼尽全力也送上。坚信敌人不要的，都是我们喜欢的。她经常采用的策略是，当牌占绝对优势时，示人以弱，引君入瓮。当牌占相对优势，则放长线钓大鱼，欲擒故纵。当牌毫无胜算时，便倾其所有，帮助对家获胜或逃出生天。

君姐在牌局上悟道，在悟道时参详牌局，让她深刻领悟了牌局如人生，当打则打，当放则放，审时度势，风物远量，不较一时之短长，这才会有牌局上的华丽潇洒和漫漫人生路上的自由欢畅。

第七十六章　秋风教主朔东，那个悲伤的逃兵

夏天跟朔东第一次见面，是在毕业庆典后给四川来的宝哥和兵哥安排的送行宴上。宝哥把低他一届的亲师弟朔东隆重介绍给夏天和老廉，说朔东是一位著名媒体人，且懂酒又好酒，跟学新闻的他们一定会有共同语言，也一定能喝到一块儿，将来可以多多交流。

朔东的大名夏天早有耳闻，尤其是他在南方系媒体工作的经历，让夏天颇有感慨。自己作为一个学新闻专业的人，早已当了逃兵，可一个学哲学的师弟，却在传媒业干得风生水起，实践着他心心念念的新闻理想。

送行宴上，除了标配的过期酱酒，夏天还带了两瓶60度的金门高粱。这两瓶金门高粱可有点来头，是夏天多年前去台湾访问时一位蓝营的"立委"朋友送的，说是台湾地区领导人就任所谓"总统"时的"国宴"特供酒，市面上根本买不到。物以稀为贵，平时夏天请客，宁愿带过期酱酒也不愿贡献这两瓶酒。可宝哥和兵哥既然说朔东是懂酒之人，且夏天一直对坚守新闻岗位的人有一种特殊的敬意，这酒被贡献出来也算是得其所哉。

这顿大酒喝得非常痛快。朔东乃江苏武进人氏，典型的南人北相，他那壮硕结实的身体，一看就是对酒精有极大的包容度，碰起杯来，基本是酒到杯干，来者不拒。在场的几位，都算是比较善饮的，

很快气氛便热烈起来，纷纷表演骨折式仰脖干杯。

酒喝到位，话题也渐渐开放。朔东仅比夏天他们低一届，可以算是曾经同窗三年，越聊，当年的印象便越清晰；越聊，共同的话题就越多。在80年代他们一起经过的大事件，曾经读过的思想启蒙书籍的清单，大学四年对人格的重塑以及现代国家和公民意识的觉醒，学校东门简陋却食客盈门的海丰餐馆和门钉肉饼，还有作为外乡人初到北京的糗事……

最让朔东耿耿于怀的糗事，就是他没想到北京的馒头跟江苏的馒头居然如此大的差别。开学头几天，当他听到同宿舍的同学买两个大馒头的同时又要了一个炒菜，第一感觉就是这同学太奢侈，有馒头吃还要炒菜，这在他们武进乡下是要让人戳脊梁骨的。因此，他买馒头吃的时候绝对不会浪费钱去加菜。他第一次吃北京的馒头，一开始时是觉得北京的馒头馅儿太小，吃了半天，也没吃到馅儿。待把馒头都吃完，他认为北京的馒头简直就是一个骗局，因为这馒头压根就没有馅儿。直到后来好心的北京同学告诉他才明白，有馅儿的在北京不叫馒头，叫包子或饺子，甚至干脆就叫馅儿饼。

能够共享糗事，朔东和夏天他们之间的距离拉得更近了，后续交往也越来越多，夏天也因此见证了朔东传媒生涯的跌宕起伏。

朔东少年时便怀揣新闻梦想，可大学毕业并没有进入新闻单位，而是分配到某印刷学院当哲学教员，不过也算跟新闻出版行业沾了边。常在河边走，难免会湿鞋，更何况他不仅想湿鞋，还想一猛子扎水里。数年之后，机缘得至，他调入国家新闻出版的管理机构，有机会对传媒行业进行深度研究，并从一个较高的起点，躬身入局，正式进入媒体单位，开始实现自己的新闻抱负。

主导《媒体》杂志改版，为朔东赢得行业声誉，而一篇深度分析文章《凯风自东　吹彼棘心——解读"东风窗"20年》，则让朔东进入相关管理机构视野。在全国一纸风行具有重要影响力的杂志《东风窗》，彼时正经历换帅后的动荡期，急需一位新主将在稳定军心的同时推陈出新。

任《东风窗》总编辑的几年，是朔东新闻从业生涯的高光时刻，也是我国媒体业发展的激情燃烧的岁月。夏天后来意识到，同期的他和老廉也正参与并策划一家国家级金融媒体的市场化改制和资本运作，准备杀回新闻行业一展拳脚，只可惜阴差阳错，结局一言难尽。

朔东在《东风窗》算是临危受命，面对媒体和社会的转型，依然坚持以政经新闻为主的发展方向，坚持做一本有理想，有担当，负责任的杂志的办刊宗旨，尽量做到理性而不偏颇，勇敢而不鲁莽，在转型的中国社会里，与读者一起关注中国社会的成长和转变。

同时，他也强调因时而变，重塑新媒体时代杂志的灵魂。他的几个重要举措是：继续用新思想、新观念来引领社会的潮流，坚持《东风窗》的新闻性；对已经发生的新闻事件进行再过滤，强调新闻的所谓"第二落点"，发挥做长线新闻的优势，用观点来影响社会；继续做原创性的社会调查报告，用对社会的深度观察和第一手新闻资料，突出典型事例，以点带面，推动社会的变化。

朔东在《东风窗》的成功可以用他自己讲的一个小故事来总结：奥运会前的一天下午，他正在东风窗杂志社的办公室，需要总机转接的座机响了：

"喂，你是朔东吗？"

"是，您哪位？"

"你是某某大学的朔东吗？"

"是，我是。"

"你是哲学系武进那个朔东吗？"

"是，我是。"

"朔东，我是王大伟。我在中山挂职，我从北京来的飞机上读《东风窗》，一看版权页，总编辑朔东，就想到这杂志的风格像我同学朔东，到中山按版权页上的电话打，果然是你。"

王大伟是朔东江苏老乡，曾一起上过英语课，朔东还通过王大伟介绍考过党史系研究生，可英语和政治都没过，弄得自觉无脸见他，毕业后便一直失联。多年后，他们以这样的方式重新联系上了，并成为经常在一起欢聚的亲同学加酒友。

通过这个小故事可以看到，朔东渐渐用自己的风格为这本杂志打上了烙印，《东风窗》也因此进入新的发展阶段。而这些，都是一直满怀新闻情结却只能为孔方兄战斗的夏天想做却没有机会做到的。

几年后，朔东到底还是离开了《东风窗》，休养一段时间后，就任《华夏周刊》总编辑。

朔东接手《华夏周刊》的背景，是进入新世纪以来，随着中国经济社会快速发展，中国在世界上的影响越来越大，但中国媒体的话语权和影响力，在国内社会生活中，都还比较小，更不用说在世界上有话语权了。中国需要有与新的变化相匹配的新媒体，新声音，需要一本适应现代社会，有世界视角和中国立场，同时有人性温度和文化深度的杂志。

这本周刊，显然比《东风窗》承载了更多使命，也更宏大叙事一些。

尽管定位要宏大叙事，但《华夏周刊》却落脚解读个体命运。朔东的想法是，国家社会由个体组成，唯有个体成长，国家才会进步，社会才有发展。每一个个体都代表着一个活的中国，通过个体在大变革时代跌宕起伏的命运，讲述中国故事，折射中国社会变迁，"触摸活的中国"，可以让人更深地感受到这个国家蹒跚前行的伟大力量和精神内涵。

朔东无疑是一个有情怀的新闻人，但五年之后，他还是去职《华夏周刊》。其个中缘由，朔东一直语焉不详，夏天认为，或许同样是因为一言难尽吧。

去职《华夏周刊》后，朔东告别了奋斗长达十几年的纸质传媒业，并最终彻底"熔断"了职业生涯。从此，他自称"潦倒路边摊无业游民"和"秋风教主"，翻开了人生新的篇章。夏天认为，"秋风教主"上位后，朔东才真正活出了自我。但有时候看到没有固定收入，且不屑于为固定收入打工的朔东在打秋风的路上为多付了几十大毛打车费懊恼的时候，心里也免不了一声叹息。

从朔东朋友圈可以看出，他每日里不是在打秋风，就是在打秋风的路上。他自我设定了一个"打秋风指数"，认为事关自己对社会的信心指数，只要他还能打到秋风，他就充满信心。相反，若无秋风可打，那便是朋友没钱请了，或是不敢请了，自然就是至暗时刻。离开职场的这些年，朔东一直是秋风浩荡，可见他的朋友从来没有让他失去信心。

朔东分析自己无权无势打秋风却能长盛不衰的原因，无非有四条：一是改开余荫。自己的朋友都经历了中国历史上最好的时期且抓住了机会，在各方面都各有成就，奠定了打秋风深厚的经济基础。二是人品。自己对朋友无论顺逆向来诚实以待，因此，朋友们会自觉自愿主动让他打秋风。三是个人见识。无论是在和朋友的日常交流，还是在和机构的沟通分享中，从来不藏私，认真回应朋友们乃至企业的关切，并引发共情，让朋友们认为这场秋风来得正是时候。四是不请不打。打秋风并非"因人丰富而抽索之"，而是喜欢细水长流，堆积情感，秋风便总是箭在弦上，不得不发。有了这四条原则，哪怕是身在蛮村，也风流自存。

当然，打秋风对好酒懂酒的朔东来说，永远是流水般的酒局，很多时候，他会自带好酒。因着他多年来跟著名酒企的关系，每有大的场面，他便会安排酒企赞助并借机宣传，有时候，成箱的酒会比他本人先被当地经销商送到酒局上。而这，或许也是他总能理直气壮打秋风的原因之一。有一次夏天和一帮同学几十人从全国各地飞到成都，跟宝哥兵哥等四川同学闪聚，朔东拍马赶到，并调来了两大箱高端好酒，让大家喝得酣畅淋漓，纷纷为好酒点赞。朔东跟师兄师姐们一起忆当年共话同学情，也为这些白酒做了很好的宣传，把事情办得妥帖敞亮。夏天由此感慨，秋风并非人人能打，亦非人人能打明白。

每年末，朔东都会习惯性地做一番总结，标记自己打秋风涉及的区域，包括四川、上海、贵州、江苏、浙江多个省市，而北京、成都、上海、杭州、常州、无锡、南京、贵阳、宜兴、仁怀等城市，则是他铁打的秋风基地。多年做新闻报道养成的严谨细致的作风，让他对每个酒局的流水都会有详尽统计，到年底一看，可以说是琳琅满目，蔚为大观。

以某年的统计为例：全年喝白酒 263 次，计约 147.9 斤，为近年最高。涉及品牌有茅台、五粮液、国窖、舍得、郎酒（红云郎、青花郎）、毛铺、汾酒、国台、梦六、麓鸣荟、西凤、习酒、董酒、远明、甲骨文、二锅头、古井贡、水井坊、衡昌烧坊、钓鱼台、摘要、安酒、国宝、谷美酱酒、赖鼎，以及其他各种镇酒。另有米酒、黄酒、啤酒、威士忌若干。其中，名列前五的分别是茅台，35.8 斤；五粮液 17.5 斤；郎酒（青花郎、红云郎，尤以红云郎为主）8.4 斤；国窖 1573 为 5.6 斤；舍得和国台并列第五为 4.2 斤；成都兵哥宝哥参与的麓鸣荟系列也有 4 斤。

这个统计数据一出来，连他自己都觉得有点疯狂，认为严重超出了预估。竟然比上年多喝了近 50 场酒，多消耗白酒近 33 斤！他深刻反省道，酒还是要继续喝，但书不能少读，字不能少练，文章更不能少写，也不知道他这种反省是深刻呢，还是深刻呢？

不过朔东喝酒，确实没有影响他读书、练字和写文章。

每次奔赴酒局的路上，他都会带一本新书，一目十行，留下心得，因为他认为，阅读即自由。喝完酒宿醉未消的第二天早上，他会自制一碗笃烂面葱花白菜醒酒汤再点上几滴香油，醒完酒便开始自己的日课，书法晨练。他鼓励自己的说法是，坚持，则有万水千山。至于写文章，朔东可以说是多年如一日，每天除了写流水账，还有流酒账，珍惜余生每一场酒局，是朔东每次喝酒必喊的口号，既然喝了，自然要认真记录在案。而已出版的《人民的饮食》《江南旧闻录》等随笔散文集，则是在他喝大酒打秋风的业余时间写就。他的观点是，美食是饥饿的记忆，饮食才是最大的政治，因此，人民的饮食应该大书特书。他的《江南旧闻录》是以描写故乡人物、风土民情及饮食特产等题材的系列书目，分别有《故乡的味道》《故乡风物长》和《故园归梦长》。因为文字朴实、涉笔成趣、娓娓道来，获得了众多拥趸，连一向选稿严格的某著名财经新媒体也长期连载，可见其文章的吸引力。

朔东还和自己〇〇后的女儿合著了一本《让孩子好过你的世界》，

书中充分展示了一个爱忆苦思甜的六〇后老父亲的苦口婆心絮絮叨叨，和一个〇〇后女孩的单刀直入坚持自我，是一种隔着代沟的对话，这种对话有爱和温情，有迷惘和冲突，还有对未来的期许。有两个〇〇后女儿的夏天看完书后很有感触，觉得天下父母心确实有些可怜，同时也好像明白了为什么孩子们就是那么不领情。

颇有太白遗风的朔东打秋风打出了名堂，每日里煮酒论英雄，江湖上也便有了天下酒徒的名号。而作为一个资深酒徒，他也毫不掩饰对国产优质白酒的偏爱，因此，几家国内头部酒企纷纷邀请他当形象大使和文化大使，酒业的各种圆桌会议、论坛、酒博会、诗酒文化会，朔东都是炙手可热的特邀主讲嘉宾。构建中国白酒新叙事，讲好中国白酒故事，朔东自然也是当仁不让的意见领袖。

这些头部酒企，是朔东多年来坚定的支持者。他主持的各种读书会之所以能坚持下来，便得益于酒企的长期赞助。朔东通过建立书酒秋会，把读书、喝酒、打秋风完美地结合起来，于酒中论诗书，以诗书抒豪情，在满怀豪情中打秋风，自有一番快意销魂的书酒风流。

当夏天的第一部小说《芳华处处》面世时，朔东也特意为他在北京的如新书店里举办了专场线上读书会，读书会的直播间里，酒意盎然，人气鼎沸，大量读者和好友因酒因书而来。在 80 年代，大家青春过，自由过，热血过，但终归是一晃而过。为了值得怀念却再也回不来的 80 年代，新朋老友各抒己见，频繁互动，激情碰撞，创下了一段时间以来的直播记录，让书和酒的主题变得馥郁芳香，余味绵长……

夏天通过这场读书会的直播，更直观地感受到了朔东对待好书的热情真诚和为人的简单纯粹，从此以后，也更加关注朔东的动向，尤其是打秋风的酒局和酒局背后的故事。

在旁人看来，朔东简直就是在用生命来喝酒，或者说是把喝酒当作生命。他珍惜人生的每一场酒席，每次喝酒，都是竭尽全力地多喝或者喝多，就像他为自己好杯中物辩白的一首诗里写的："谁能更拘束，烂醉是生涯。"这两句诗，透着朔东对酒的热爱和依赖，和一种有了酒之后混不吝的憨态，从字面意思理解，烂醉就是我的生活，看谁能管得了我。

但夏天看到，在一场场秋风和大酒之后，即使头一天他喝得烂醉如泥，第二天早上也要想方设法睁开惺忪的睡眼，坚持完成每天练字的晨课。这让这种坚持充满仪式感，并赋予了一种重新唤醒生命的神圣。这是一种无奈之下的坚持和放飞之后的警醒，是一种随波逐流后的逆行和身心疲惫时的反省，也是一种暗夜里的展望和沉没在水中的呐喊，而有时候，寂静无声的呐喊同样会震耳欲聋。

朔东喜欢把自己比喻成一块落入河底的石头，这块石头如今只能和淤泥、水草、鱼虾们为伴，但它依然可以每天见识不一样面孔的水流，河水冲刷了它的棱角，却没那么容易让它随波逐流。它安静地沉没在河底的黑暗，却保留着许多美好的记忆，曾经的山海湖光，曾经的春风沉醉，曾经的阳光灿烂月色撩人，还有曾经走过的路和不动声色或者大张旗鼓的抵抗，当然，更有那些温婉的友情，至亲的兄弟姐妹和回不去的故乡……

朔东的人生际遇，让夏天一直心有戚戚焉。朔东说自己是已故媒体人，夏天却更是一个胎死腹中的媒体人，从某种意义上说，他们都同样是逃兵。就像孟庭苇《谁的眼泪在飞》里的歌词："那个悲伤的逃兵，怎么能够实现我许过的愿，谁的眼泪在飞，是不是流星的眼泪。"

那个悲伤的逃兵，不，那些悲伤的逃兵，就像流星，划过天际，自己，却留在了原地。但不管怎样，还得好好活在人间，即使跌落到尘埃，也要珍惜余生每一天。因为，再怎么逃，也无法逃避一个父亲的责任。

夏天相信，下面这段对话情景，是他和朔东以及其他许多父亲共同的心声：

当孩子长大成人，面对这个世界，满是疑问看着父亲道："爸爸，你为这个世界的改变努力过没有？"

父亲希望自己可以毫无愧色地回答："爸爸努力过，尽管效果不彰。"

第七十七章　校友合唱团的华彩乐章

夏天加入穆如清风校友合唱团是老廉介绍的，多才多艺且交游广泛的老廉早已是合唱团的一个重要角色——男低声部长兼助教。毕业这些年夏天和老廉一直保持着密切联系，有一段时间，为了实现少年时就埋藏在心底的不甘泯灭的新闻理想，他们重新杀回新闻行业，联袂策划并参与了一家国家级金融类媒体的股份制改造，希望探索一条媒体市场化转型的新路。这次探索的结果是阴差阳错，一言难尽，老廉和夏天从此下决心从新闻行业彻底转型。夏天把精力更集中在与大数据相关的国信通公司的创业运营，老廉则趁势进入金融领域实务操作，成为一家大型国有股份制银行的高管。

穆如清风合唱团是毕业二十年庆典最重要的成果之一，也成为同学们保持长期联络交流的平台。合唱团不仅会聚了本年级的文体活跃分子，跨年级加盟的也不在少数，由于经常性的排练演出和聚会活动，合唱团员们每个人的故事都在其乐融融欢歌笑语的氛围中被分享，让夏天能更直观地感受到他们这群人生活和命运的变迁。

合唱团取名穆如清风，出自《诗经·大雅·烝民》，是和美如清风可以化养万物的意思。准确诠释了合唱时众声同气、和鸣共振、如沐清风的氛围，也高度契合合唱团团长穆小风的网名晴雪清风。

夏天认为，晴雪清风这个网名，是穆小风这位小个子却有大能量的东北美女准确的自我写照。就像她每次往排练场前台一站准备说点啥的时候，都会让人莫名忐忑和期待，总感觉要有大事发生，如同北方雪后晴空的风声，交织着肃杀冷冽和明媚轻柔，却不时有一种出乎意料的清新。

穆小风在某国家机关担任相当级别的领导干部，平日里工作繁忙，大部分时间，不是在出差，就是在出差的路上。可尽管如此，她还是会把排练演出相关事宜安排得井井有条，并让自己准时出现在周六的排练场上。从穆小风身上，夏天深刻体会了领导干部尤其是女领导干部是怎样炼成的。

合唱团本质上是一个松散的群众团体，团员们来自四面八方，能在一起唱歌，全凭共同的兴趣和爱好。这样一个团队，经常会接到演出任务，每次都是来之能战，战之能胜，除了团员们身为学霸的素质，更和这个团队的凝聚力有关。

而团队凝聚力的关键，除了穆小风自己身先士卒、事无巨细地操持，并采取严格的考勤登记等管理手段，也因为穆小风身后那个神秘的闺蜜团。

穆小风的身先士卒事无巨细体现在日常的点点滴滴中，每次聚会，其他人早已甩开膀子掼蛋去了，最后收尾并站在洗碗池边打扫残局的，必定是穆团那个瘦削挺拔甚至有些倔强的身影。而每次有人过生日，总会收到穆团特别定制刻有寿星本人大名的专属茶杯。至于那套考勤登记管理办法，往往会让没有正当理由缺席排练演出的人汗颜和肝颤，并自我怀疑是否又回到了幼儿园大班。

很长时间，夏天只知道穆团，却不太了解她身后那个神秘的闺蜜团。但经过羽队和合唱团多次联合互动后，夏天才发现，合唱团和羽队其实是一脉相承，羽队几个关键人物，居然也是合唱团的核心骨干。羽队大总管法国脸美女苏小菲，同样是合唱团的 CEO；羽队第一女单任真，是合唱团的学习委员；羽队的财务主管木子琴，则是合唱团的 CFO。所谓文体不分家，在羽队和合唱团体现得淋漓尽致。

正因为有穆团和她的闺蜜团这套坚强的领导班子和多位招牌美

女，穆如清风合唱团就像清风般在校友中浸润弥漫，迅速发展壮大并跨年级网罗了大量活跃分子，一时间群贤毕至，众星璀璨，成为校友团体中一道亮丽的风景线。

合唱团打一成立，就是高起点，因为北京得天独厚的优势，请来的声乐辅导老师兼指挥是某部队文工团的男高音歌唱家海老师。海老师少年成名，以一曲《祝酒歌》和《在那遥远的地方》唱红海内外，后来在意大利帕瓦罗蒂的故乡摩纳德游学，深得在高音区飞翔的精髓。近年投身于公益事业和群众演艺活动，成为京圈著名的音乐导师和合唱指挥家，被北京几所顶尖高校的合唱团争相邀约。打从跟穆如清风团开始合作后，海老师便对合唱团员们的悟性赞不绝口，说学霸就是学霸，如果这些合唱团员们早点接受专业训练，很多专业的文艺团体就有可能被抢了饭碗。

被海老师亲切忽悠后的团员们信心倍增，唱歌的底气更足了，在舞台上小胸脯也总是挺得高高的。每次登台演出，只要舞台中央穿着黑色立领中山装的海老师巨星范儿手势一起，指挥棒一扬，团员们立马便来了精神，平时训练时唱得再磕磕绊绊的歌，此时也会被演绎得气势磅礴，丝滑无比。

特别是有一次参加国家电视台的一二·九特别节目，载歌载舞演唱《少年》的时候，不仅歌曲录音一遍过，连事先没排练过的舞蹈也是现学现演，让电视台专业的编导们都刮目相看。同学们通过这场演出，再次找到少年的感觉：我还是从前那个少年，没有一丝丝改变，时间只不过是考验，种在心中信念丝毫未减……

演出大获成功，事后也大肆庆了功，喝庆功酒时，海老师双目圆睁，一声大喝：到底是学霸，遇强则强，见事不慌，学霸们，我们交朋友吧！

几年的合作，海老师和同学们建立了深厚的友谊，在生活中也成了好朋友。从此以后，和穆如清风团员的聚会，永远是他的优先选择。尤其是有掼蛋局的时候，他更总是推掉一切邀约，早早就来到合唱团的活动据点南长城酒店，急不可耐地和大家炸成一片，并用男高音歌唱家高八度的吆喝声，掀起掼蛋的高潮，连家里老伴，他嘴里的哈马斯队员的电话，也敢不管不顾地不接。

在合唱团，除了管理团队和音乐指挥，各声部的声部长也都是实力派人物。男低声部长老廉作为唯一的助教自不必说，男高声部长刘峻岭也是球帅声靓，因为在羽队和满教练竞争女队教练失利，他便把全部精力和热情放在了合唱团，他是合唱团出勤率最高的团员，他的演唱也当仁不让成为男高的标杆，穆团每次一见到他，眼睛就笑眯眯的满是慈祥。

女高声部长却是比夏天他们低一年级的师妹向晓雯，她因为人美歌甜舞艺精成为合唱团的台柱子，许多重要演出她都担纲主持人、领唱或者领舞的角色。让夏天印象深刻的是她在某次建国庆典领唱校友乔羽作词的《我的祖国》的那一幕，她的声线像极了年轻时的郭兰英，在唱到"朋友来了有好酒，若是那豺狼来了，迎接它的有猎枪"的时候，夏天有一种血脉偾张的感觉，恨不得手上立马有一把猎枪，不，机关枪，照着那豺狼脑袋就是一梭子……

女中声部长是个值得一书的人物。同学们习惯性地叫她林妹妹，但在夏天眼里，她其实是宝姐姐。

林妹妹长得一点都不娇弱，在当年从北京奔赴延安的自行车队里，她一直是和带队老师领骑的人物，一般男生都追不上她。夏天看过他们自行车队的合影，一群晒得黑里透红满脸疲惫的人里面，只有林妹妹依然保持英姿飒爽的状态，就好像1000多公里的骑行对她来说，只是顺路飘过。在学生时代，林妹妹留下了许多脍炙人口的事迹，比如她曾经苦练推铅球。有一回校园里有人追小偷，小偷在林妹妹身边飞快掠过，可小偷突然就定住了，然后是快速倒退，再然后是原地起飞，最后像铅球一样在地上滚了好几滚，怎么也爬不起来。林妹妹在校报采访报道她见义勇为的先进事迹时总结道，推铅球的要点是在推之前使劲往回拉，这样发力才充分，抓小偷也如是。

林妹妹是个天生自带气场的人，任何场合，只要有她出现，就会整得贼有氛围。林妹妹也是羽队队员，不管是在场上还是在场下，她一个人就可以顶一个啦啦队。在场上的时候，但凡打了一个好球，或者预感要打出一个好球，她都会发出欢快的带三腔共鸣的惊叫声，给队友极大的鼓舞，给对手极大的打击，同时也让自己的预感成真，因为她一叫唤，会让对手石化当场，能打过来的球，也给整不会了。她在场下的时候，完全不是女中的嗓子，她加油喊叫的音量之高，只有作为男高音歌唱家的海老师可以媲美。因此，只要有她的加油声在，羽队队员们总是精神倍增，干劲十足，就连隔壁场地一些八竿子打不着的人，也会突然加快动作频率，显示出昂扬的斗志。

掼蛋的牌桌上自然也少不了林妹妹。北京同学的掼蛋局，一般是三桌起步，在掼蛋前或掼蛋中，林妹妹会一通拍照，将此等盛况，在集合了全国各地同学的闪聚群现场直播，引得外地同学好不羡慕，说北京同学到底是人多势众，玩什么都是大场面。掼蛋时，林妹妹边打着牌，边回着信息，不时还抢个红包，恨不得有八只手和无数个分身。分身太多的结果自然是要分心，所以林妹妹并不太计较掼蛋的输赢，而是自觉把自己归入了娱乐组。夏天窈以为，林妹妹之所以那么积极参与掼蛋活动，其实并不是对掼蛋本身有多么热爱，而是太热爱人多扎堆热闹的氛围，因为在这种氛围中，缺了林妹妹，大家总会感觉缺了点啥。

林妹妹的不可或缺，更多地体现在一些大场面中，比如生日会，比如外地同学来京闪聚，比如重要节庆日。只要有林妹妹在，动筷子之前各种摆拍和造型是不可省略的程序，林妹妹亲自指挥，亲自设计，亲自安排，亲自拍摄，亲自 PS，因此，每次重大活动，都有海量的视频和照片为证，为大家留下了许多美好的回忆。大家对配合林妹妹的拍摄要求也越来越有心得，那就是在摆拍开饭之前，一定要找点干货先垫补垫补。

在合唱团，作为女中声部长，林妹妹是声部长当中最认真负责的一个，没有之一。但凡林妹妹在，女中团员永远是最后下课的一拨，因此，全团合练时，女中的声势也往往会压过其他声部，或者把其他声部带跑了，这时候，海老师的手势就很重要，他会冲女中方向使劲做往下压的动作，一场排练下来，胳膊肘都会因为压得太狠感觉要抽筋。

林妹妹的热情负责不仅体现在合唱团，同学群里的大事小情也都逃不过林妹妹的法眼，外地同学来京看病，谁家新生的狗娃想要送人，哪位团友要打官司，只要有林妹妹在，她都会掘地三尺找出帮得上忙的人。她手里握着的，几乎就是年级全体同学的变天账，一有情况，她啪啪一翻，一切都会水落石出。

林妹妹尤其对同学们的生日记得牢，因为同学的生日会，往往就是大家欢聚的理由，也是林妹妹可以亲自设计摆拍的重要场合，生日会或但凡有林妹妹参加的餐会，永远都不会有吃剩浪费的食物，因为这些食物林妹妹会精挑细选，亲自打包，然后带回给自家小区的保安。林妹妹的逻辑是，外地来京打工的保安，在北京可以算是基层劳动人民，关爱劳动人民群众，是每一个有使命担当的同学应尽的义务。她的这种逻辑，让夏天耳目一新，她说的基层劳动人民，和酒神宝哥自我标榜的天天喝大酒斗地主搓麻将摆龙门阵的底层劳动人民显然有很大不同，酒神何时会吃人剩下打包的食物，但这些保安们却不然。

有一次夏天有幸参观了林妹妹地处金融中心的高档小区，从小区门口保安对林妹妹热烈期盼和欢迎的眼神中，夏天明白了一个道理，要想得到劳动人民群众的爱戴，其实也没那么复杂，自己少喝点大酒，让劳动人民时不时能吃几顿大餐，哪怕是打包带回来的，社会也会欢乐祥和得多。

当然，林妹妹的使命担当更多体现在她工作的国家机关里，作为单位的学习强国标兵，她也是个爱张罗的人，单位参与的国家机关序列各项竞赛活动，基本上都是林妹妹亲自协调指挥。就像广播体操大赛，她挨个手把手矫正动作，一举获得了全国冠军，便是她无数次为单位立功的缩影。

由于几十年如一日的优异表现，林妹妹被选为优秀妇女代表，参加了全国妇女大会，在国家电视台《新闻联播》节目中，林妹妹出现的镜头至少超过十秒。镜头里的林妹妹，含蓄深沉，平稳有余，活泼不足。但在同学心目中，她一直都是活力四射的样子，就像一面迎风飘扬、猎猎起舞的红旗，红旗不倒，林妹妹不老。

合唱团像林妹妹这样的中坚力量还有很多，可以说是藏龙卧虎，二十多年的岁月积淀，他们大多已经走上了领导岗位，都有了自己的一方天地。他们有的是在国家机关或央企身居要职，有的是上市公司高管成为打工金领，有的抓住机会自主创业挣了人生好几桶金，有的留校当老师教书育人成为教育界名流，有的在媒体行业呼风唤雨成为社级领导，还有的在隐蔽战线屡立功勋成为二级英模……当然，他们当中也有一些人并没有太耀眼的成就，还曾历经人生的艰难坎坷，甚至遭受过社会的毒打，却依然可以笑着唱歌，在歌声中体会平安喜乐，这又何尝不是一种战胜自我的成功呢？

在合唱团这个集体，每个人都愿意谦虚低调地默默奉献，虽然他们音色各异，禀赋不同，但都努力让自己的发声，一直在靠谱的调上，他们的声音，最终汇成了合唱团的声势浩荡。他们在一起唱了一首首歌，一起走过许多年，这些歌声和一起走过的岁月，注定会成为他们人生大合唱中的华彩乐章……

第七十八章　夏小乙的闻闻香不香

夏小乙的突如其来，对夏天和小忆来说是一件计划当中却又出乎意外的事，当年小忆怀夏小甲，花了近两年才备孕成功，而怀夏小乙，几乎是一击得中。

能如此顺利，夏天认为，他们从生养第一个孩子夏小甲获得的经验教训起了至关重要的作用，精准的时机、适宜的温度、良好的身体状况，以及其他各方面的准备，都是保证成功的关键。这也从另外一个角度证明，如果只生一个孩子，之前获得的所有宝贵经验将是多么巨大的浪费。

他们唯一有些困扰的，是计划生育政策问题，彼时二胎还没放开，而夏天正参与一家金融媒体的股份制改造工作，如果走漏风声，除了夏天个人要受处分甚至丢工作，所在媒体也可能被牵连。因此，小忆怀孕甚至生下夏小乙后很长一段时间，他们都有一种怀揣巨大秘密和喜悦却无人可以分享的苦恼，即使心中暗爽，也只能憋出内伤。

事实上，夏天并不害怕走漏风声。他认为，与多一个孩子比起来，那些所谓的后果全都微不足道，因为，人，才是最宝贵的，更何况是血脉相连基因传承的孩子。他唯一后悔的，是没早点听父亲夏山水的话，早点要，甚至多要几个。

夏小乙的出生，是在鲜花盛开的 5 月立夏时节。她的出生，意味着如夏小甲所愿，从此有了一个可以陪她玩耍的小妹妹，也意味着夏天和小忆总算达成了夏山水的心愿。

上小学二年级的夏小甲，已学会了游泳和骑自行车，钢琴拿到了一级证书，同时也显露出绘画方面的天赋。看着她小心翼翼有模有样抱着刚出生黄疸还未褪净的夏小乙时的表情，夏天有种当两个孩子老父亲的满足感。他认为，生下夏小乙，或许是他这辈子最正确的决定之一，尽管这个决定让他最终付出了交20多万社会抚养费才能为夏小乙办户口的代价。

此时的世界，还在美国次贷危机引发的金融危机的阴影中，而中国经济的增长率却依然超过了9%，对世界经济增长的贡献度更是超过了50%。中国经济俨然是地球村最靓的仔，同时也是全村人民度过危机的希望。

这种背景下，整个国家都洋溢着未来世界舍我其谁的乐观氛围，再加上有近2万亿美元外汇储备托底，中国人在全世界开始了暴走抄底模式。欧美国家奢侈品的原产地，到处都能看到中国人扫街的身影，毕竟在原产地，关税就能省一大笔。许多有想法的企业家，也开始了世界范围的"买买买"，矿产、资源、土地、新技术……抄的底越多，自己底气就越足。

夏天躬逢其盛，觉得自己应该顺势而为，一定要把两件事做好。一是抓住机会的风口，和兄弟伙伴一起把国信通做大做强。二是为夏小甲和夏小乙的茁壮成长创造更好的条件。这两件事相辅相成，互为表里，是夏天充满干劲的最大动因。

夏小乙出生时体重只有七斤三两，远不及夏小甲的重量级，这是小忆吸取怀夏小甲时的经验教训，孕后期减少饮食和糖分摄入的结果。夏小乙身长虽比夏小甲少两公分，小脚丫也更细一些，但发育足够充分。夏小乙出院时也在妇产医院做了一个跟夏小甲同款的水晶球，在水晶球截面拓上了她的小脚印和出生时间身高体重等关键信息。这两个水晶球并排摆放在家里书柜开放的柜格里，随时可以参观比对。而这，或许也正是生两个孩子的乐趣之一。

因为有夏小甲参照，可以看到夏小乙成长过程中跟姐姐相似的地方，但也会发现她们的不同。同样的基因在不同时间和条件下的组合，竟有如此变化，让人不得不膜拜造物的奇妙和伟大。看到姐俩惊人相似的地方，夏天和小忆自然会感叹到底是一个爹妈生的！而夏小甲看到夏小乙跟自己有那么多不同时，同样会感叹，我妹这是怎么长的？

夏小甲和夏小乙出生间隔的这七八年，正是国家经济飞速发展的时期，人们的生活也在不断更新迭代中。

夏小乙出生时，因为改善性的需求，夏天小忆已经搬离了他们置办的第一套商品房，在一个虽不是那么奢华但运动设施齐全的小区新买了房。搬进新家后，夏小甲如鱼得水，经常在各种运动项目中切换，夏天相信，这么多运动设施，总有一款适合将要长大的夏小乙，父亲夏山水倡导的运动习惯，一定会在这个新家发扬光大。

在这十年，中国的汽车市场也发生了翻天覆地的变化，原来的合资品牌老三样"捷达、富康、桑塔纳"，已基本被德系、日系的中高端车型取代。夏天在90年代购置的第一台小车，曾立下过汗马功劳并把夏小甲从妇产医院接回家的小红马菲亚特"乌诺"，在前几年已经功成身退。所以，这次到月子医院接夏小乙回家的，是一台车身宽敞屁股圆翘的奥迪A6。这台车当时的价格，基本等同于100平方米左右的三室两厅，夏天之所以咬牙努着劲买了这台车，一是因为工作需要，二是因为虚荣心作怪。

彼时的奥迪A6，是公认的官车，所到之处，保安或警卫首先想到的是举手敬礼，轻易不会盘查，出入各种场所比其他车型要方便许多。开上这台车到政府机关办事时，夏天多次莫名其妙享受了首长待遇，让他的虚荣心空前膨胀。不过十年后房价飞涨，夏天却只能浩叹世上没有后悔药。如果不买这台车，而是买一套三室两厅，现在已经价值大几百万了，而这台车经过十年的折旧，残值也就剩不到十万。这种云泥之别，实在是值得总结和深思。

坐着大车回家的夏小乙经过在月子医院近20天的调理投喂，身体已经胖了一圈，眼睛也会聚焦了，虽然每天都是足吃足喝，但依然倔强地把小手塞进嘴里吮吸。夏天认为，小忆孕后期的节食，让夏小乙的饥饿感延续了下来，而且之后很长时间，她只要见到好吃的，都会露出渴望的眼神，并配合咽口水的动作。所谓识"食物"者，为俊杰也。

因为对美食的敏感，夏小乙很小就在烹制美食方面展现出极高天赋，不到九岁时烘焙的饼干和蛋糕就火遍邻居群，她按需定制，一夜之间，一举创收近500大洋，挣了人生第一桶金，这是后话。

满月时的夏小乙，脸部轮廓清晰饱满，脑袋上的小黄毛，也开始呈茂密之势。每次给她换尿包，两条腿都会兴奋地来回踢蹬，好像要展示自己的运动天赋。有一次夏天刚想凑近她闻闻香不香，她的佛山无影脚突然启动，飞起的小脚丫，竟给夏天踢了一个酸鼻儿。

之后的日子，夏小乙遵循吃饱了睡，睡足了吃的原则，一直长势喜人，身高始终超过同龄孩子标准的高线，让夏天有一种老农民看着地里的庄稼节节拔苗的感觉，满心都是对丰收的期待。因为有全家人尤其是小忆的精心呵护，夏小乙过得懵懂无知，无忧无虑，每日里总是情绪高涨，特别配合大人的逗趣，动不动就嘎嘎地乐。她尤其喜欢听纸尿包塑料外包装被揉搓的声音，这种声音一起，她立马乐得跟机器娃娃般停不下来，从而鼓励逗她的大人更加奋力地揉搓纸尿包。她这种乐法，也不知道是大人在逗她，还是她在逗大人。

因为有年龄差的缘故，夏小甲并没有因为爸爸妈妈忽然把注意力更多地集中夏小乙身上而产生过多的失落感。相反，每天放学回家，她总是自觉地先把手洗干净，然后开始陪妹妹玩。她会学着换尿包，抢着用奶瓶给妹妹喂奶，像小大人一样边拍边喂哄妹妹睡觉。她抱着妹妹的时候，总是不停地叨叨："叫姐姐，叫姐姐……"

最后果真如夏小甲所愿，夏小乙9个月时学会的第一个词就是姐姐，10个月才会叫妈妈，叫爸爸时已经是11个月了。

夏小乙的出生让夏天的生活习惯发生了巨大改变。他把社交活动压缩到了极致，一切非必要的应酬他都会想办法推掉，而不得不出的差，他也会尽量压缩行程，归心似箭地往回赶。

回家抱着满身奶香柔软娇嫩的小宝宝，似乎能治愈一切伤痛和疲惫。尤其是靠在沙发上用双臂把孩子围在胸前，孩子像肉蒲团般软塌塌侧趴着，让自己感受孩子均匀温热的呼吸，让孩子能听到自己的心跳，然后双双沉沉入睡，那是一种恨不得让时光定格的美好。

夏小乙的出生，也让夏天陪伴夏小甲的机会多了起来。原来喜欢黏着妈妈外号小黏豆包的夏小甲，已经聪明地发现娇小无力生活尚不能自理的夏小乙现在比她更需要妈妈，于是，她便接受了只能由爸爸单独带她出去玩耍的现实。夏天也自觉捞到机会，一到假期，就紧锣密鼓规划远游的行程。暑期九寨沟之行，去黄龙途经岷山海拔 4100 米垭口时的高原反应，让夏小甲至今印象深刻且心有余悸。她总结道，喝旅游大巴上导游兜售的 100 元一瓶的防高原反应含氧水是她高原反应加重的最重要原因，本来就头疼想吐，再喝一大瓶水，不吐得更厉害才怪呢。

夏天和夏小甲平时最常规的节目，则是看电影。作为一个爱皱着眉头想问题的小女孩，夏小甲看完电影后的发问也常常会让夏天陷入沉思。在看完《盗梦空间》后，夏小甲便问，梦的第三层是不是可以折叠过来呢？而在看完《少年派的漂流》后，她会问，不同的宗教是不是就像不同的房子，在不同的房子都住住，是不是也挺好？

"何人最关己？半岁扶床女！"自觉老来得女的夏天有了第二个孩子后，才发现自己完全可以用另外一种心情从另外一个视角，去看待和处理纷繁琐碎甚至狗血的世事。即使在横遭意外的困厄，老廉和芳姐以及众多朋友发起拯救大兵行动时（这又是另外一个故事了），他只要想到孩子天真的笑容和澄澈的眼神，内心便会平静下来，信念也更加坚定，为了孩子，他绝不能倒下，而乌云终将散去，即使它暂时阻挡了阳光……

夏小乙一岁时，已经长得天庭饱满，前奔儿后勺子，加上手长脚长的身高优势，明显比同龄孩子高出一块。周岁抓周时，她毫不犹豫干脆利索选了三样东西：鞋、汽车、信用卡。字面意思解读起来就是：

穿上鞋，开着车，带着钱。

这是要去外地呢，还是只在家附近的郊区转转？满怀忐忑的夏天曾担心夏小甲长大后是否会早早离家出走，跟一个自己很难放心托付女儿终身的人到很难见上一面的远方生活，现在更只能无助地揣测长大以后的夏小乙将往何处去，并在忐忑中静待花开。

时光如水一般流淌，而美好的亲子时光，更如山涧的激流，转瞬便越涧而出，顺山而下，再也不回头。

打从夏小乙会说话开始，夏天便乐此不疲地和她玩一种"闻闻香不香"的游戏。

"今天有件什么事没办呢？"夏天出门前，故意装作忘性特大。

"闻闻香不香！"夏小乙眼睛亮亮的，认真提醒夏天。

"哦，对，闻闻香不香，爸爸怎么又忘了。"夏天拍着脑袋作恍然大悟状。

夏小乙乐得嘎嘎的，好像在笑话夏天，瞧你这个糊涂爸爸。

夏天赶紧搂过夏小乙，在左边脸蛋闻一闻，再亲一口，边亲边赞叹："这边怎么这么香呢！看看另外那边怎么样？"夏小乙开心地又赶紧把另外一边脸蛋送上。

夏天继续亲，继续惊呼："这边怎么也这么香啊！"

"闻闻香不香"这个游戏，让夏天每天的出门都充满仪式感，仿佛闻完香不香，新的一天就会元气满满，神清气爽。而随着夏小乙一天天长大，"闻闻香不香"这个游戏能不能玩，就得看她的心情了。直到有一天，她忽然用奇怪的眼神看着夏天，一针见血地指出："爸爸，你怎么老是假装记不住闻闻香不香？"

夏小乙这个问题一出，夏天意识到，"闻闻香不香"这个游戏从此岌岌可危，离取消已经不远了。但他心里依然偷着乐，毕竟，他已经闻了好几年，即使有时候夏小乙因为运动完没洗澡满脑袋都是汗味儿，他也认为自己亲闺女就是最香的……

第七十九章　和浩然的城固一日和华阳之夜

随着夏小乙一点点长大，国信通也加速了发展步伐，同时，资本的力量渐渐凸显。在 VC 投资人的强烈干预下，公司组织架构进行了调整，成立了负责日常经营和决策的三人委员会。夏天作为三人委员会成员之一兼副董事长，开始全职在国信通上班，分管经营工作。董事会给团队的任务是，尽快扭转因前期投入过大形成的亏损局面，达成现金流平衡并实现盈利，为公司最终上市打下基础。

这是公司发展过程中不得已的转变，也是夏天职业生涯中面临的一次挑战，他在国信通的角色，从之前指手画脚的天使投资人，变成了背负业绩压力的打工人。自此，国信通的高光时刻和如过山车般的风云激荡拉开了帷幕，当然，这是后话。

在这几年，夏天大学同学中最铁的几个哥们儿也都各自有了新发展。浩然几年前就上任长安晚报总经理，在竞争激烈的西安媒体市场奋力拼杀，成为当地媒体圈响当当的一号人物。但因为《长安晚报》官媒的身份，和新崛起的市场化程度比较高的华商系媒体相比，浩然所有的努力算是带着镣铐的舞蹈。老廉加入一家大型金融企业后，被派到西安这个西部中心城市坐镇一方，肩负开拓西部市场的重任，也因此可以经常和浩然厮混。两个铁哥们儿都在西安，夏天自然有了频繁进出西安的动力和理由。

因平时各自百忙，他们哥仨欢聚的模式是周末紧凑型的。周五夏天飞到西安跟他们会合，开着越野车出发，周日返程。因西安周边对他们已无太大吸引力，浩然推荐的主要越野线路是穿越前几年开通的秦岭隧道，直扑保留了许多原生态的汉中一带。

他们第一次穿越秦岭，去的是西安以南230公里地属汉中的城固，也是汉博望侯张骞的故乡。此时的浩然，仍有些意气风发的味道，说到了他的地盘，自然是他来开车，因此，夏天这一路上，只是陪着聊天，心安理得地坐享其成。

他们聊起各自近况，浩然说，他正在酝酿一些大动作，想一举解决报社职工住房改善的问题。夏天深以为然，认为解决了住房问题，就可以留住人才，实现报社长治久安，实在是善莫大焉的一件事，期望他早日功成。夏天还感慨，这几十年浩然以报社为家，把最宝贵的青春都献给了报社，简直就是从一而终的典范，报社和浩然能有今天，也算是互相成就。

沿包茂高速一路向南，有15分钟时间，他们是在全长超过18公里的秦岭终南山隧道行驶，这是我国第一、世界第二长的公路隧道，在隧道没开通前，这段路要走大半天。如今，这条公路隧道也像一条时光隧道，一下就把他们带到保留了老街的城固县城，这座时光凝固的南方小城。

穿过古老的石头城门，他们来到老街。眼前完全是七八十年代的即视感，冬日暖阳下，老人们在街边喝茶、闲聊、玩纸牌……他们脸上的皱纹，如被时光雕刻了一般，深刻、粗放，却透着恬淡、平静。

他们哥仨在老街上溜达，有种时光倒流的感觉，不自觉就想起大学期间哥几个一对眼神就偷摸溜出校园到处东游西窜的日子。在这个小城，几个偷得浮生一日闲的中青年人，似乎找到了当年逃学的快乐。

老街上的一切，都透着老派。

唯一的理发店，是老年夫妻档，两把铁铸的理发椅，汉江牌的，看着就像老电影的物件，据说已经有40多个年头了，尽管这条街几乎所有人都向他们低过头，但老夫妻的表情依然是那么淳朴、敦厚。

老街上电路明显老旧，枝枝蔓蔓的电线如蛛网般穿街过巷，每户的电表，都在露天栉风沐雨；一家鹊桥中介所也很有年代感，征婚启事居然是毛笔手写的，一张张像大字报般挂在街边供人围观，但不得不说，宣传效果应该是杠杠的。

老街中心位置，有一家朱红门楣但漆面斑驳的老店，据说是这条街上唯一的国营商店。商店门头白底黑字的木质牌匾上，镌刻着城固县国营药材公司大西街经营部的字样，其中，药材两字已经模糊难辨，所以，这个店现在主营的是五金器材。而国营的营字下面那个口也早已不翼而飞，让人忍俊不禁，想到这个店不仅老掉了牙，连嘴都老没了。

老街虽然老旧，但丝毫不影响它的烟火气息。

2元超市里，各种小商品五花八门，品类齐全，门外小喇叭一直在喊：所有商品，一律2元。音像店里的光碟，既有二人转和秦腔，也有好莱坞大片，还有香港的鬼故事。

老街上小吃店也是鳞次栉比，浩然介绍，有两家店是必须打卡的。

一家是卖凉皮的，当地有云：天下凉皮在陕西，陕西凉皮在汉中，汉中凉皮在城固，城固凉皮在老王家——老王家就是街口这家没有招牌的凉皮店。或许是为了保持老城的古老风貌，老王家凉皮店的店墙居然是干打垒的，远远看去，完全是一副年久失修的样子，但却丝毫不影响食客的络绎不绝。在老王家凉皮店，夏天先要了一碗，想想又要了一碗，可还是说不出为什么那么好吃。

另一家店是老字号四郎庙胡家祖传元宵店，曾经上过《舌尖上的中国》。店内最引人注目的，是那口满是包浆的铜锅，据说已经传了100多年，锅内煮的是手工元宵，5毛一个。这元宵个头圆大，外皮软糯弹滑，内馅香甜不腻，几个元宵下去，肚子饱了，眼睛兀自盯着，只恨自己眼大肚子小。

老街上一家叫舞莲面粉的轧面厂也是一处风景，刚轧好晾在竹竿上的细长的面条遮蔽了附近半边街，Q弹雪白的面条从高处垂挂下来，像一排排玉色的珠帘，又如坚韧的柳丝，在风中轻舞飞扬。一个疑似舞莲的小姑娘面对排队的人群忙得不亦乐乎，现轧、现晾、现收、现卖，便是舞莲面粉最佳的打开方式。

老街上更亮丽的风景，是街上的姑娘小媳妇们。城虽老，姑娘小媳妇却爱俏，黑丝长靴仿佛是标配，和古老的街景形成强烈反差，也因此产生巨大的视觉冲击力，让夏天他们哥仨直呼辣眼睛。

让夏天有些意外的是，在古老街景和恋恋烟火色的街边拐角处，居然有一座安静简朴却规模不小的天主堂，仿佛一下子就让信众们在尘凡中有了寄托。看得出来，这家天主堂也很有些年头，早就和这座古城融为了一体。天主堂门前的青砖墙上，贴着各式用毛笔字书写的宣传标语，非常接地气地融合了当地文化："热烈庆祝耶稣光荣复活"，是典型的热烈光荣体标语口号；"人生活不止靠饼，也靠天主口中的一切话"，一个饼字，就把话说到了老百姓的心坎里。

这条街上让夏天印象最深的，是一家私酒店，自酿现卖，每斤2元至24元不等。私酒店没有一张酒桌，却仿佛集合了这条老街大部分好酒的老汉，他们人挤人在小板凳上排排坐，各自抱一个老式大搪瓷缸安静地对着干喝，没有喧哗，也没有下酒菜，简直就是文明喝酒的典范。这些身心都沉浸在酒里的老汉一个个满面红光，看到夏天他们进来，眼神根本聚不上焦，憨憨一笑之后，仍是自顾自喝着，东倒西歪瘫坐着，从头到脚都透着幸福的迷惘。

他们哥仨要了几种品尝，立马就有上头的感觉，它们各有原生态风味，甜辣劲爽，一言难尽，却又让人意犹未尽。因不便携带，又不想跟老汉们挤坐小板凳，他们浅尝辄止，然后放下10元，悄然退走。都走出半条街了，酒店老板急急追上来，硬要把钱塞还，老板满脸诚恳和认真道："品酒是绝对不能收钱的！"

这个老板浓眉大眼，一副大气磅礴的样子，同样是满面红光。夏天想，央视要街头采访什么是幸福，到这儿来，就一定会找到答案。

他们离开城固前，来到城边的五门堰。这座建于元，距今700年的水利工程，依然在造福乡里，原理如同都江堰。五门堰周边，是一片风景迷人的湿地，因尚未旅游开发，外地游客罕至，所以依然保留着珍贵的原生态。

游完五门堰，天已近黄昏，他们在五门堰前的落日余晖中告别城固，告别湿地上空精灵般翩飞的夜鸟，仿佛从时光隧道中又穿越回来，带着那些古老却并未远去的故事。

城固一日，就像半个世纪前旧日时光的重温，城固，也成为记忆中凝固的美好。而这份美好，是他和老廉跟浩然一起经历的。因此，当浩然突然离开时，想起这份美好，会让他们更加心痛和心碎……

他们再一次穿越秦岭，是第二年初秋，经西汉高速，取傥骆道，跨酉水河，直奔洋县北部深山的华阳古镇。对他们哥仨来说，这又是一次难忘的聚首，因为这次相聚，正赶上夏天和老廉只相差两天的生日。

此时的夏天，刚从东南亚四国驾车越野归来，经过金三角盘山路和柬埔寨弹坑路的洗礼，自觉驾驶技术已经成熟许多，于是，自告奋勇承担了主驾的任务，尤其是经傥骆道开始进山的时候。

他们下午从西安出发，原计划在天黑前赶到古镇。西汉高速穿越秦岭隧道这段基本顺利，但一进洋县境内，天就黑沉下来，临近傥骆道，已经是山雨欲来了，而他们前方，是将近80公里的山路。

开始进山时，狂风突然发出啸叫，随后铜钱大的雨点就砸下来，车顶窗前，爆豆一般，视线一片模糊。车身被山谷侧风吹得似乎随时要跑偏，落叶和枯枝满地，不断有碎山石滚落，他们开车在越来越黑的山间行驶，犹如盲人骑瞎马。而随着山路越来越颠簸，雨也越下越大，这台车，更似汪洋中的一条船。

照理说，此情此景，应该让人感到害怕和恓惶，可恰恰相反，他们哥仨却有一种莫名的兴奋，似乎又找到了当年他们在学校互相掩护偷食堂大白菜的感觉。他们都瞪大眼睛，互相提醒着，也互相打着气。

610

狂风暴雨中，几乎看不到别的车，他们这台车的灯光，很轻易地就被暴雨和黑暗吞噬，变得非常微弱，但他们依然如潜行山林的野兽，孤独坚定地前行。这台车，就像青春的战马，激发了他们无知无畏一往无前的精神，纵使山高路险夜黑，也挡不住老夫聊发少年狂。

在紧张兴奋中，他们穿过重重雨幕和暗夜中崎岖的山路，很晚才抵达秦岭南麓群山环绕的华阳古镇。入住古镇大秦岭酒店时，骤雨初歇，乌云散尽，如洗的夜空，星光璀璨。夏天上次看见如此耀眼的星光，还是在内蒙古草原，而此时雨后山顶的星光似乎离自己更近了，仿佛伸手可摘。

华阳古镇建于秦汉、盛于唐宋，至今已有2000多年，是历史上有名的傥骆古道驿站，也是军事要冲和经济政治重镇。古镇现存的房子大多建于明清时期，短短五六百米的街道上，住着一百多户人家，门前小巷深幽，屋后古树老藤，环镇酉水潺潺。

此时的古镇格外安静，大部分居民都已进入梦乡，唯有城门头一家名叫水车小吃的酒馆依然亮着灯。

浩然领夏天老廉进小酒馆，马上有一个干部模样的人过来热情地跟浩然打招呼。原来，上这吃饭是浩然通过当地朋友提前安排的，不然，这家酒馆也早就打烊了，这让夏天再一次体会了浩然的细致周到。

整个酒馆就他们一桌，酒菜早已备妥，白水羊头、金丝腊肉、宁强麻辣鸡、西乡粉蒸肉、菜豆腐、米皮、浆水面，都是汉中特色美食，另外，还有洋县本地的黑米饭和谢村黄酒。

据说，黑米还是2000多年前张骞尚未出仕时在洋县一带的河畔发现的，历来都是贡品。而谢村黄酒号称与绍兴黄酒齐名，人云"南有绍兴加饭，北有谢村黄酒"，唐朝时便驰名长安。"不喝谢村酒，空往洋州走"，是外地人对谢村黄酒的赞美。

既来之，则喝之。他们哥几个烫了一大壶谢村老酒，就着满桌土菜和漫天璀璨的星光，在大山深处，一直喝到深夜。这天前一天，是夏天生日，这天第二天，是老廉生日，因此，这场酒，也算是一次别开生面的庆生会，在夏天心中留下了弥足珍贵的回忆。但很快，他就知道，此情此境，永远都不可再。

这天晚上，夏天和浩然同住一个双人间，老廉则善解人意地住到另外一个房间，他说，他在西安和浩然经常见，夏天可以借这机会跟浩然好好单独聊聊。

照例是睡前的卧谈会，毕业后，浩然和夏天每次见面都是这种模式，都要挤在一个屋，天南地北地聊，聊到眼皮实在睁不开才沉沉睡去。这天浩然话不多，也没再提为职工盖房子那件事。但他提到，报社从上级机关新派来一个社长，令他尴尬的是，前任社长到站离休时，他还找这位新社长请教过如何争取由自己接任社长的问题，而这位新社长貌似一本正经地给他出了不少主意。

浩然以前跟夏天聊起报社的事，向来是意气风发报喜不报忧，但这一次，语气明显黯淡了许多，尤其是这件尴尬事，居然和盘托出，没有一点隐晦。

夏天没来由心里一紧，借着窗外的星光，点燃一根香烟，而他，已经戒烟很久了……

他们第二天的行程，是去长青自然保护区鸳鸯河线的金猴谷看野生金丝猴。

秦岭被誉为中国的中央公园，长青自然保护区内，有原始森林、冰川遗址、高山草甸，不同海拔，气候差异明显，"一山有四季，十里不同天"便是其真实写照。这种气候条件造就了生物的多样性，其中，40种国家重点保护动物和被誉为"秦岭四宝"的朱鹮、大熊猫、金丝猴、羚牛，都在同一区域栖息繁衍。

他们顺着鸳鸯河水道，来到金猴谷，首先映入眼帘的，是一座光秃秃陡峭的荒山，几乎寸草不生，也没有任何生物活动的迹象，和荒山周边盎然的绿意形成巨大反差。但在荒山下，一群人却正翘首以待，仿佛将有大事发生。

守山员一声吆喝，山顶开始有了一点动静，隐隐约约能看见几只猴子探头探脑，渐渐地，越聚越多，密密麻麻挤满了山顶沿线。而随着守山员敲击木桶的声音响起，这些猴子如同听到冲锋号般，从山顶飞扑而下，像一股汹涌的金色浪潮，一瞬间便冲到山脚，抢食守山员从木桶倒出来的食物。

抢食完木桶里的食物，这群数量达几百只皮色金黄的猴子就挤到山下河道边的人群中，眼巴巴向众人乞讨，完全没有怕生和不好意思的感觉，这是夏天第一次如此近距离和国宝级秦岭金丝猴亲密接触。这些金丝猴都是从荒山后面的树林跑出来的，看起来性情温顺，眼神却机警，也许是有人投喂营养太好的缘故，一个个皮毛光滑，身体滚圆，并非典型的瘦猴样。尤其是一只貌似猴王的雄猴，更是膘肥体壮，肩披一尺多长的金色黄毛，在阳光下闪闪发光，犹如金色斗篷，"金丝猴"的美称确是实至名归。

如今，人猴混杂在一起，人在猴群中看猴，猴也在人群看人，人争先恐后巴结着给猴送吃食，猴却挑三拣四吃一半扔一半暴殄天物，也不知道是人在逗猴，还是猴在逗人。但不管怎样，山脚河谷里，都是一派人猴和谐相处的美好景象。

浩然事先有所准备，从随身背的书包掏出一大袋盐炒花生，在各分一些给夏天和老廉后，开始沉浸式投喂这些淘气的金丝猴。夏天发现，金丝猴们和浩然似乎有种天然的亲近，它们从浩然手里不慌不忙接过花生，浩然可以顺手摸摸它们后颈。那只貌似猴王的雄猴，还像模像样跟浩然握了握手。夏天把他们哥俩好的样子拍了下来，心里老觉得浩然和这只猴王什么地方有些像。但到底什么地方像呢？是因为浩然年轻时曾经瘦得像猴，还是因为发胖的猴王像瘦的时候的浩然，又或者是因为他们都是那么珍贵……

在回西安路上，浩然一直念叨，这个地方他还没带自己宝贝闺女可可来过呢，下次一定要补上。此时，夏天做梦也没想到，已经没有下次了。

第八十章　浩然之死

　　夏天最后见浩然，是在这年年底班里组织的相识三十周年跨年晚会上。他们在学校旁边的友谊宾馆租了一个宴会厅并包了半层楼客房，来自国内外的三十多位同学济济一堂，规模几乎可以和毕业二十年聚会媲美。

　　夏天就聚会的想法事先征求浩然意见时，他很痛快就答应了，说本来就想看看那些好久不见的同学，也顺便回学校看看。

　　浩然来时，扛了两箱二十年西凤，阿朗从新疆挂职归来，贡献了一箱伊犁老窖，从上海赶来的李婳，也隆重地抱着一瓶特大号两升装澳洲干白进门，一下就把喝酒的气氛搞起来了。加上北京同学各自奉献的五花八门的酱酒、洋酒和夏天用来打底的两箱加州红酒、四箱燕京纯生，一看就是集体喝高的节奏。

　　这次聚会是班里同学毕业这么多年一起喝酒喝得最惨烈的一回。大部分同学自觉不老，在单位又正值当打之年，几杯老酒下肚，意气风发的感觉立马螺旋式飞升。因此，各种比拼愈演愈烈，互相揭秘或揭短更是毫不留情，到最后几个喝高的甚至拼出了三昧真火，差点把桌子都掀了。

　　夏天后来回忆，即使在大家喝酒喝得火星四溅的时候，浩然也都保持着超然的状态。他喝酒不多，基本随大溜，很少主动挑起话题，

614

浅淡的笑容里透着敷衍的味道。事后夏天翻看当时同学抓拍的照片，发现在各种起哄架秧子的热闹镜头里浩然基本没露过脸，在一张全体同学合影中，他的表情也是若即若离的感觉。

夏天当时并没有深想，只是想当然地认为，经过这么多年领导岗位的磨炼，浩然已变得成熟稳健、波澜不惊了，况且，他年轻时就经常是这种神游天外的样子。

第二天上午宿醉未消，夏天、老廉、老马几个在京的常住人口陪着从外地来的陈若珊、黄婧、浩然、江驴儿，以及长居上海偶尔回北京的李姻等人回学校转悠，他们分别在紫藤园、一勺池和校门口合影留念，然后到附近的燕兰楼吃醒酒面，大家忍不住热议昨天晚上的激烈场面，浩然除了一声轻哼，几乎不置一词。

吃完面浩然说下午有朋友开车过来接他，因为他计划让他夫人小菲到北京参加一段时间的培训，请这位朋友帮忙找了一套出租房准备去看看。

夏天听了颇为高兴，说他夫人到北京，他也能经常过来了。最好再让闺女考一个北京的大学，他可以考虑将来举家迁到北京，这样他们就能常见常聚，也算是殊途同归了。

浩然很认真地说，这其实也是他一直以来的心愿，可惜以前错过了不少机会。他还说，如果他一时半会儿过不来，他夫人还请夏天适当关照。此时的夏天，并没有注意到浩然欲言又止的神情。

离开燕兰楼，夏天和浩然就此别过。但他没想到，这一次，是永别。

这年国庆假期最后一天的晚上，夏天突然接到浩然电话，电话里没有往常一样的寒暄，上来就是语调铿锵郑重其事的味道："夏天，我想跟你说三句话：第一句话，我这辈子最大的遗憾，就是没机会跟你并肩战斗。第二句话，我最荣幸的，是有你这样的朋友。第三句话，我最后悔的，就是当年离开北京。"

夏天猛一听，以为浩然是在哪儿喝高了，想起跟自己吐露心声，因为他知道，以浩然的个性，很少会这么直白地表达感情，他和浩然的关系，一直都是一切尽在不言中。但他既然开了头，自己也不要拘着了。

于是，他同样郑重其事地回答道："我也想跟你说三句话：第一句话，我最大的遗憾，也是没能创造机会跟你并肩战斗。第二句话，我最荣幸的，也是有你这样的朋友。第三句话，我最后悔的，就是当年没能说服你留在北京。"

说完这三句话，夏天又隐隐觉得浩然突然对自己说这些，且上升到这辈子的高度，着实有些奇怪，即使是在喝高的情况下，便话锋一转道："这辈子还长，咱哥俩一定会找到并肩战斗的机会，将来也一定会长相聚在北京。"

电话那头的浩然没有回应夏天，而是问："你有我夫人小菲和我闺女的电话吗？没有我发给你，还要请你适当照顾她们。"

浩然这句话，让夏天脑袋嗡的一下，一种强烈不安的感觉从心底涌了上来，这简直就是托孤的节奏啊，到底什么情况？

夏天急切地问："浩然，你不会有什么难事吧？有什么事你说出来咱们一起想办法解决。我安排一下马上到西安看你去，咱哥俩好好聊聊。"此时的夏天恨不得马上飞到西安，甚至开始胡思乱想，这些年媒体圈因经济问题落马的广告部领导多如过江之鲫，而浩然在报社又一直统管经营。他虽然相信浩然的操守，但人在河边走，要想不湿鞋又谈何容易呢？他还想，即使浩然惹上牢狱之灾，他也会一直认他这个哥们，也一定会帮他走过这艰难的一段路。

浩然没有正面回答，只是说："她们娘俩拜托了，适当照顾，适当照顾就行。"

"浩然，你一定要坚强！等我过来见面聊。"夏天急得嗓子都有些嘶哑了，但此时，浩然那头已经把电话挂了。

夏天再把电话打过去，浩然没有接，却把夫人小菲和闺女的电话号码用短信发给了夏天。

夏天赶紧给小菲打电话问浩然情况，小菲说浩然最近从报社调出来了，在一个远郊区当常委兼宣传部部长，情绪比较低落，你们老同学能不能好好劝劝他。小菲听起来也很着急，但似乎又无计可施。

夏天一听并非自己想象的所谓经济问题，反而更紧张了，又给老廉打电话，老廉也预感不好，但他这几个月被派到重庆整顿那边的业务市场，已经好久没见到浩然了，不知道最近到底发生了什么。

一夜无眠，夏天设想着各种可能性，同时绞尽脑汁思索稳住浩然的办法，内心的恐惧感越来越强烈。

第二天夏天继续打电话，浩然终于接了。夏天说："我马上买机票飞过来，同时公司在西安有些业务上的事需要你帮忙，到时候见面好好聊聊。"

所谓公司业务上的事，其实是夏天昨晚想出来的缓兵之计，借谈业务合作，他和浩然的见面就显得自然一些。而且，他也想好了，如果浩然是因为工作上的事导致不开心，他就把国信通在西安的业务都交给浩然，干好了，收入会很可观，也就不用受某些鸟人的鸟气了。

浩然接电话时，似乎恢复了平时的冷静："好，明白了，但你先缓一缓，这段时间要去郊县出差，等过些天再请你过来。"

听浩然说话的语气，夏天感觉似乎又没有什么异样了，心里稍微松了一口气，想着出完早就安排好的山东的那趟差，见上江驴儿，再一起打个电话跟浩然唠唠。但他没想到，浩然所谓的去郊区出差，同样是缓兵之计，而过些天请他过来，居然是那样一种请法。

到了济南，夏天见到江驴儿，说了浩然的情况，江驴儿也很担心，便一起给浩然打电话。浩然许久才接电话，声音显得很疲惫，仿佛是从深谷传来的回响，又像溺水的人突然从水里冒头揪了一口气，这让他们的心一下又揪了起来。浩然解释，新买了一辆车给他夫人小菲，刚才正鼓捣后备厢，没听见电话。

听到浩然还有心思买车，夏天和江驴儿的心情像过山车般一下又放松很多，心存侥幸地认为浩然不过是情绪波动，过些日子也许就缓过来了。他没想到，那台车，并不是他们心情放松的理由，那台车，是浩然送给他夫人小菲最后的生日礼物。

但夏天还是下定决心，不管浩然让不让去，从济南回北京后，就立刻去趟西安。

从济南回北京的那天晚上，机场高速狂堵，厚重的雾霾还是熟悉的配方、熟悉的味道，让人感觉无法呼吸，无处可逃。被堵在路上的夏天突然接到小菲的电话，甚至在没接通电话之前，他就心脏狂跳，有一种不祥的预感。

小菲抽泣着说："浩然没了！"

"什么？"夏天以为自己没听清，其实是不敢相信或不愿相信。

"浩然死了！"小菲大声喊，哭得哇哇的。

第二天最早一趟班机，夏天飞到西安。老廉、阿辉、浩然同宿舍的阿宝，也陆陆续续往这边赶。来机场接夏天的，是浩然一个小兄弟大奎，以前每次夏天到西安，浩然都是安排他来接机，如今浩然不在了，他依然自告奋勇过来。

去浩然家的路上，大奎说，前些天浩然还跟他们哥几个一起吃饭，说了很多感激和勉励的话，其间还特别提到夏天，说如果夏天到西安，即使他不在，这些小兄弟也要像从前一样，一切听从夏天的安排。只是他们没想到，浩然说的不在，是真的永远不在了。

曾经的西安，有浩然的江湖，浩然俨然就是这些小兄弟的江湖大哥。在浩然的江湖里，夏天一直是如鱼得水，说话跟浩然一样好使。可如今，这个没有浩然的江湖，对夏天来说，又有什么意义呢？

夏天问大奎，浩然到底是怎么死的？原因是什么？大奎说，具体细节不太清楚，但应该是自我了断，至于为什么，他们也说不明白。他现在能想起来的，就是前些天他们一起吃饭时，浩然说他要让大家听个响，至于怎么个响法，没有吐露半个字。

浩然的死，确实引起了轰动，尤其是在当地媒体圈。毕竟，在这个圈子里，浩然一直是一个响当当的名字。但他死后，又是如此寂静，浩然要让大家听个响的想法，并没有实现。夏天通过搜索网络新闻发现，在本地舆论场上，没有这件事的任何响动，几家外地媒体通过记者个人微博的披露，也是语焉不详，与实际出入较大。

浩然没有死在报社任上，而是死在刚上任十几天的区里的岗位上，因此，夏天赶到浩然家时，区里的几位班子成员都在。浩然生前跟他们共事时间并不长，夏天认为，浩然的死，跟他们并没有太大关系，而且对他们来说，也算是飞来横祸。但看到他们忙前忙后尽心尽力为浩然布置灵堂操持后事时，夏天心里五味杂陈。

到西安后，综合各方面情况，夏天了解了浩然去世的全过程。这是一次蓄谋已久、准备充分、细节周到的对自己的谋杀。

夏天看到了浩然赴死前的一段酒店监控录像。

他开车来到准备了断自己的酒店，把车停在酒店停车场，然后拖着一个行李箱进了酒店。看他不紧不慢从容不迫的步态，不像是要谋杀自己，倒像是赴老朋友的一场约会。

在酒店办完入住，并确认了一间带浴缸的客房，他从酒店出来，把那辆车开回了家里的地下车库，然后又打车回到酒店，走进预订的客房，再也没有出来。

在他拖进酒店的行李箱里，有两套干净的秋衣，还有谋杀自己的刀片。

事后，通过公安部门的调查，确认他购买刀片的时间是在两周前，也就是他给夏天打完那个托孤电话的第二天。

在最后的两周时间里，他约见了不少老朋友，这些老朋友以为浩然是要跟他们把酒话旧，而实际情况是浩然在跟他们一一告别。

浩然悲痛欲绝六神无主的妻女根本无力承受这突如其来的打击，因此，所有的善后包括抚恤金的谈判都由夏天、老廉、阿辉、阿宝四个同学代为操持，他们身后，是如遭雷击惊慌失措愤懑不解的同学群，他们都在问，为什么？到底是为什么？！

他们在医院太平间看到已经冻僵的浩然，依然保留着死前最后挣扎的样子，是那么决绝刚猛，让他们永生难忘。他们四个把他接到殡仪馆，火化时，又合力抬着灵柩送到焚尸炉前。最后，他们把烧化的白骨一块块捣碎，一捧捧收进了骨灰盒。

追悼会是在西安新殡仪馆鸣犊区仰至厅举行，大厅摆放的浩然遗照是年初刚刚拍摄的、夏天从没见过浩然这么一本正经的免冠标准照。但即便如此，夏天依然从他貌似端严的表情中，看到了自己熟悉的不屑和嘲讽，以及一种无所畏惧其奈我何的漠然。他仿佛听到浩然说，抱歉兄弟，我先走了，这个世界太烂，我就不奉陪了，烂摊子交给你了。

夏天也在心里默默跟他对话，本来想说你丫太不勇敢，后来又觉得你丫太勇敢了，以后别让我见着你丫的，见一回，打一会，把你丫腿打折了看你丫往哪里逃……夏天发现自己在说"你丫"的时候特别解气也特别得劲儿，好像悲伤也能跟着一点点逃跑。

大厅广播里，一遍遍循环播放着浩然最爱的歌曲《生如夏花》："我是这耀眼的瞬间，是划过天边的刹那火焰，我为你来爱我不顾一切，我将熄灭永不能再回来。……惊鸿一般短暂，如夏花一样绚烂，这是一个多美丽又遗憾的世界……"

惊鸿一般短暂，如夏花一样绚烂，夏天认为，对浩然来说，这确实是一个又美丽又遗憾又残酷的世界。

追悼会上，区里的四套班子全部到齐，加上自发来的亲朋好友无数，从形式上看，浩然也算是极尽哀荣。区领导宣读的生平和悼词对他给予了高度评价并表达了深切哀悼，可以说是严格遵循了死者为大的原则。

夏天在代表全体亲友和家属宣读他头天深夜撰写的悼词时，还是止不住眼泪，哽咽难以成句：

各位浩然的朋友们，各位浩然的领导同事们，各位深爱浩然的人们和浩然深爱的人们：

今天，我们在此沉痛哀悼一个英灵的远去，深切痛惜一颗明星的陨落。我们失去了一位好同学、好同事、好朋友、好兄弟，浩然的家庭也失去了一个深爱父母、妻子、女儿和妹妹的至亲骨肉。

浩然自学生时代就勤学善思，忠良正直，侠肝义胆，深得同学爱戴。浩然的去世，让他的同学们痛彻肺腑，思念如潮。

浩然参加工作以来，二十七年如一日，以报社为家，和报社同呼吸，共命运，奉献自己的才华、智慧和青春，为报业集团在西安报业市场的竞争中抢得了身位，赢得了口碑，也获得众多西安传媒界朋友及报社同事的拥趸，是西安传媒界不可多得的人才。

在近年报业转型中，浩然勇于探索，开拓创新，已初见成果。而今，他的英年早逝，让人扼腕叹息。

浩然的去世牵动了众多亲朋好友、同学、同事的心。在此，我谨代表浩然亲属，向所有关心、帮助过浩然的朋友表示衷心的感谢。向所有在此次患难中毫不犹豫伸出援手的浩然的兄弟们表达诚挚的敬意，我相信，你们以后也同样会成为我的兄弟。

我也要向此次后事处理中，给予真诚人道关怀的各级领导，尤其是区里领导表示感激，同时也要替浩然说声抱歉，还没有来得及为区里做出贡献，就给你们添麻烦了。

最后，我也要跟浩然说一声，安息吧！你的所有牵挂和未了的心愿一定会有人帮你达成！相信我，相信你的朋友们！永别如重归！今日的永别就是要开启你重新归来的旅程……

再见！浩然！再见！我的朋友！

第八十一章　浩然之死之意难平

安葬了浩然，举行完告别仪式后，大家依旧是意难平。浩然为什么要选择这条路？这段时间他到底经历了什么？这是大家都迫切希望打开的问号。

夏天他们哥几个汇总了各方面信息，虽然很难完全还原事实真相，但还是可以发现一些让人如鲠在喉的重要因素。

他们在浩然书房被收拾得一尘不染的书桌上，看到了放在显眼位置的两份文稿。一份是报业集团以"严于律己"为主题的对照检查材料，一份是他旧时的诗作。

那份对照检查材料的标题是：严于律己，做廉洁上的干净人。浩然从敬、戒、慎、省、守五个方面，对自己进行深刻剖析，他认为，"心存敬畏、手握戒尺、慎独慎微、勤于自省，遵纪守法，做到为政清廉"是对严于律己的深刻诠释。尤其是在集团改制、纸媒转型的大趋势下，作为党员干部更要以此为准绳，自觉做廉洁上的"干净人"。

他还提到，数次报社的民主评议，自己一直名列前茅，得到了大多数群众的肯定。今年住院养病期间，也做到拒探视，严格按照八项规定要求自己。但近年，有一些迷茫和困惑的地方，甚至对报业前途有些悲观情绪。这都是自我学习不够，要求不高，原则性不强的具体表现，也是近期需要加强提高的关键所在。

夏天知道，浩然把这份材料放在书桌上，一定是有他的用意。联想到他曾经雄心勃勃的职工住房集资改善计划，和自己到西安后了解到的因房地产市场变化造成计划流产给他带来的压力，夏天感觉自己似乎摸到了一些头绪。事实上，通过跟浩然一些老同事的交流，夏天了解到，因为这件事，他们去年从华阳古镇回来后，浩然就承受了一些莫须有的流言和无法为外人道的掣肘。他把这份材料放在桌面，显然是想表达什么。

夏天在帮小菲盘点浩然的遗产时才得知，浩然辛辛苦苦二十七年，家里所有存款加起来只有二十万出头，作为报社分管经营的总经理，这不是廉洁是什么？那些莫须有的流言和淌着脏水的权谋掣肘亏心不亏心啊？！想到这，他的心里顿时充满愤怒。他清楚意识到，自己这个哥们满心委屈，却有苦说不出。

而最让夏天愤怒的，是一个多月前一次蹊跷的人事变动，他认为，这次人事变动，给了浩然最致命的一击。虽然几年后，随着我们国家反腐斗争的深入和主政西安五年的大老虎的落马，这次人事变动背后的真相终于浮出水面。但此时，浩然斯人已去，只留下他的朋友们无限唏嘘。

在这次人事变动中，作为报社二把手，在历次民主评议中都名列前茅且年富力强的浩然非但没有再进一步，也没有平调到和他资历能力相当且本人有意愿的其他政府部门岗位，而是和一个郊区的宣传部部长进行了位置对调。这个安排对这位从来没有媒体从业经验以前总是求着浩然帮忙发稿的宣传部部长而言，自然是跨越了一大步。但对浩然来说，简直就是奇耻大辱。科班出身，市属机关报总经理，西安媒体圈响当当的人物，却要到郊区当一个不起眼的宣传部部长，最要命的，还是和一个能力资历远逊于自己的人直接对调，以浩然骄傲的个性，是无法理解，也断不能接受的。

夏天虽然不赞同浩然的决绝，但一想到浩然面对这个对调任命时的心情，也是目眦尽裂。这是有多大的仇啊？这种羞辱简直就是杀人诛心啊！

几年后媒体曝光的真相揭示，西安那个酷爱聚敛字画的大老虎案发后，牵出了系列窝案，在这个窝案当中，那位和浩然对调的宣传部部长便是当事人之一，他为了挪动位置更进一步，攀附上大老虎的白手套，在曲意奉承多次贿赂后，终于得偿所愿。

这次恶毒的人事任命，毫无公平公正可言，体现了大老虎的贪婪无耻任性妄为，而浩然则成了这场权钱交易的牺牲品。虽然天道轮回，报应不爽，行贿者最终落马，浩然却因此付出了生命的代价。夏天心里叹浩然傻且不值，但他知道，这就是浩然，宁为玉碎，不为瓦全，他从来就不是一个能够苟活的人。他唯一遗憾的，就是没有早点把浩然从西安抓到北京，有兄弟们的互相依靠，浩然也许能走得更远一些，但生命中，又哪有那么多的也许……

浩然故意放在书桌上的旧诗稿，则体现了他对死亡的态度。他没有任何遗嘱，这些诗作写于1989年，却可以看作是他离开时给朋友们的留言，也是他对这个世界最后的告别：

"再见了朋友，既然我们不能长相聚首，那就让我们平静地分手。"

"我仍盼望与你相逢，在记忆弥留的目光里，仰承你甜蜜安详的一吻，永别如重归。"

在处理完后事离开西安的那个下午，萧瑟的秋雨中，浩然家门口，小菲母女俩含着眼泪送别最后离开的夏天和老廉。

不甘、不服、后悔、愤懑、痛惜……各种情绪交错，让夏天心里千回百转，一步三回头，眼泪也渐渐模糊了双眼。从此，西安便成了他的伤心地，再也没有踏足半步。

他们班里这段时间，也一直沉浸在哀痛中，关于浩然的事情，刷爆了班级微信群。他们一起追思这些年跟浩然见面时的点点滴滴。

广东的阿蓉虽然和浩然相隔遥远，却是跟浩然见面比较多的同学，因此，她写了一篇长长的纪念文章《想念浩然》：

今天，2015年10月23日，早上，南京阿靖的电话将我吵醒。"看昨晚微信了吗？"

"没有。"听老靖的语气，心里立即有了不祥的感觉，"别吓我，什么事？"

"浩然没了！"

"啊？浩然？！"一个早上，呆呆的，早饭也没吃，眼前回放着与浩然交往的画面。接近中午，眼泪下来了。

我和浩然的交往不算多，但心里一直将他当朋友，好朋友。

大学期间，有关浩然的记忆只有一次：一个晚上，我在校园闲逛，遇上浩然，他和我说了很多话，我只记得他说很崇拜鲁迅。多年后在西安再见，浩然说他在大学期间没有荒废时间，读了大量的书。当然，也说了跟夏天一起偷西瓜差点被抓的"英雄事迹"。对于工作，他说，他本应是一个副刊编辑，结果被逼成了总经理。

大学毕业后不久，他到广州出差，在那个没有手机和个人固话的年代，他一个同学都没找到。中秋节那天，他终于找到我了，晚上我将他领回家吃"团圆"饭。

过几天我到宾馆找他，我推着自行车和他在珠江边漫步，在一个小摊吃炒田螺、喝啤酒。

下次相逢已是本世纪的 2008 年。毕业二十周年的"香山之约"结束后，我带老妈去西安。浩然亲自或派人照顾有加，老妈挣足了面子。在鼓楼吃饭时，我随口说了一句西凤酒的包装不错，浩然就将没喝完的酒连瓶带外包装塞进我的背囊里。这一年，我最深刻的体会之一，就是同学们包括浩然已经往前走了二十年，而我还停留在学生时代。

2013 年的某天，手机显示浩然来电，我开口便说，今天吹什么风啊？却未见回应，我疑惑地小声问，你是浩然吗？果然是他。他说，他想知道我有没有存他的号码，前一天晚上，他梦见我了。梦见什么了？他说，想知道内容，来西安。行！不久，我果然飞到西安。不过，浩然不太相信我真的是专程去西安听他"讲梦"。

浩然虽然很忙，还是抽时间陪我吃了几次饭，其中一次是"家宴"。那天傍晚，我从陕博出来，放眼一望，只见约好来接我的浩然正站在人行道的一个小石柱上，生怕我看不见他。他和太太小菲请我在一个特色餐厅吃了晚饭。

饭毕到张宅参观，一楼居家，同样面积的半地下室是工作室兼茶室。一楼明显感觉"欠收拾"，想来这两口子一定很忙。

之后，我和浩然去沐足。在等待工作人员的时候，我施展"业余初段"的手法，为浩然捏了一下肩膊，算是给他做了半套按摩。

今年元旦，相识三十周年在北京友谊宾馆聚会。浩然也来了，印象中他不太热衷同学会，所以他的出现让我觉得有点小意外。跨年酒席散后，没走的同学围成一桌，继续夜话，各人都说了一下自己的感想，浩然说，想见见同学们……

聚散总匆匆，浩然说走就走，永远，永远，永远地走了。我欠他的"半套按摩"以及曾经邀约过的终南山之行，永远，永远，永远都无法实现了。

有的同学文字虽然简短，也同样寄托了哀思。

广西的阿萍："有时候，一别，便是一生。浩然，自毕业后，就没再见过，却多次想起。一次，见到他们报社副总，问起他；数次，计划去西安旅游，想到去找他；毕业三十年聚会，他没来；相识三十年聚会，我没去……这样，就是一生了！"

湖南的阿勇："虽然只同学四年，却是一生的手足，不思量，自难忘！十年前，单位组团到西安学习，我打电话给他，七八个人拥到他办公室，正巧他同一堆广告客户在谈合作。他赶紧招呼手下安排我们到会议室坐，泡茶，开空调。我心想浩然这个忙呀，搞媒体的咋都是辛苦命！后来他请我们吃饭，提早催走了客户，我们一边走一边聊，亲切得似许久未见的兄弟。饭后，我们全体邀他来长沙，他说一定，同去美女被他的帅气健谈征服，还私聊起来。总以为说不定他什么时候就来湖南了，总以为还有很多见面机会，浩然兄还会拍着我的肩膊，爽朗地聊，爽朗地笑……"

加拿大的赵靓青："1989 年我去西安出差，和浩然一起游大雁塔小雁塔，吃百饺宴羊肉泡馍，音容笑貌犹在。"

美国的大个儿："我 1986 年去西安，浩然陪我去潼关，游大雁塔、碑林，2001 年我带孩子回扶风老家，浩然把他的座驾借给我们用，说好了有空他带一家人来洛杉矶玩迪士尼。此情此景犹在眼前，却与兄弟阴阳两隔。"

广州的阿祥："浩然和大拇指：记得有次在宿舍聊天，浩然说现在什么都自动化，将来自动化程度会更高，要什么只要用手指一按就行了。我们说那人的其他功能都退化了，你就剩下一个大拇指了。三十年过去，很多人已经变成拇指族了，浩然的预言基本实现。"

平时能说会道妙语连珠的陈若珊却是无语凝噎："浩然，不想告别……"

更多的是痛定思痛，浩然的去世，让大家更团结了，也更珍惜彼此。

"以后同学们只要有机会，就要见面、相聚，无论在哪里。要好好活着，有事说话……"新疆阿成的话引起了大家的共鸣，大家纷纷点赞并复制粘贴。

"经过了这许多，希望各位同学自我珍惜，同时愈加珍惜你的家人，跟他们相比，其他一切都算个鸟毛。"阿宝的话直白解气。

"这几天，一直处在极度慌乱、悲痛和不解之中，不知道做什么能够表达，感谢去西安的同学为浩然做的一切。有时候疼痛也让人警醒，同学们让我感受到了从未有过的温暖和力量，让我知道你们在，我不怕。每个人都好好的，每个人……"阿朗说写这段话时脑袋一直痛。

李婳在看了夏天宣读的悼词之后，也少见地发表了一大通感慨："辛苦了，老廉、阿辉、阿宝、夏天。谢谢你们！悼辞写得真好。但我仍然无法理解浩然的最终决定。我无法想象那是怎样的绝望、孤独与无助。我们不是好兄弟好姐妹吗？有什么不能和你的手足倾诉来共同化解的呢？四年同窗虽然不长，但那是我们彼此见证从少年走向成熟的一段难忘路程。心的青春是献给太阳的祭礼，这是浩然在我的毕业留言本上写下的。这样的情谊是永恒的，是没有办法超越的。经历了这次生离死别，请大家承诺将彼此作为自己的朋友手足，在需要时让彼此有机会用也许不那么强壮的肩膀一起分担一起面对，而不是让生者留下这样终身的叹息和遗憾。人生也许无常，但我们还有彼此。请大家各自且行且珍惜。也让兄弟姐妹们有机会互相扶助，走好接下来的人生。"这段话让夏天心中感慨，岁月的沉淀让当年的小姑娘有了更多成熟的韵味，但却依然是性情中人，唯愿她此生平安喜乐，一切顺遂。

夏天在到西安的前两天，一直忙于处理浩然的后事，同时又感觉无法厘清同学们的关切和疑问，所以在同学群里一直沉默着，很多事情都是老廉和阿辉代为解答。直到回北京后，才试着做出一些回应。

"刚刚回到北京，请原谅在西安时没有回答各位同学的@，因为在那样的情景中，心情无以言表。浩然的死因如此错综复杂，请给我时间整理，我会试着讲讲最后的浩然，那个我试图救，但没有救回来的浩然。"他没想到，这番整理，经过了好几年，直到写出他第一部小说《芳华处处》。而浩然的死，更是他写这部小说续集《漫长的春天》的重要动力之一。

夏天在班级群里还说出了自己的肺腑之言："这几天，虽然只有我们哥几个身在西安，但我们能感受到全班同学的心都跟我们在一起，都在牵挂着浩然和他的家人。这都给了我们底气和力量为浩然及家人多做一些，为孩子和老人多争取一些。真的不希望因为浩然的去世让他的妻儿卑微到尘埃里。"

不希望因为浩然的去世让他妻儿卑微到尘埃里，也是他们全班同学的共识。因此，班级同学群迅速发起了一个自愿捐款的行动，为保证浩然的女儿顺利读完大学筹措了一笔资金。浩然女儿本科毕业后，离开了西安，在珠三角的陈若珊、老石、老王又接力为她保驾护航，继续在名校的医学院硕博连读，即将成为当地一流三甲医院的医师。

夏天想，如果浩然泉下有知，是满怀欣慰，还是顿足后悔呢？

之后很长一段时间，追思浩然都是他们班同学见面的主题，他们寻找或者创造各种机会相聚，一起疗伤，一起回忆，就像祭奠他们即将逝去的青春。

第八十二章　不是结尾的结尾

　　除了大学同学，夏天的中学同学们经过若干年的风风雨雨也都有了不同的人生际遇。

　　他的发小刘纯，国家科学院研究生毕业后，加入了计算所，逐渐成长为机器翻译方面的顶尖科学家，蜚声海内外。后来更是加盟了国为公司，成为国为方舟实验室的领军人物，并努力打造算力底座，为人工智能时代的大国竞争锤炼国之重器。

　　和他一起坐绿皮火车进京的王飞鸣，燕大毕业后扎根深圳，从毛绒玩具做起，挣得人生若干桶金，后来和一位很厉害的大叔一起，深度参与国企股份制改造，中间虽有波折惊险，但最终有惊无险，让更多桶金安全落袋。手握重金的他真正开启了自己金碧辉煌的人生，他组建了自己的投资公司，在投资市场纵横捭阖，其中中大基因就是他成功的投资案例之一。

　　现在，他和所有的成功人士一样，努力保持着神秘低调，在朋友圈除了偶尔晒一下投资排行榜，其余都是大力宣传自己旗下基金会参与的公益活动，让人感觉爱山爱水爱山区孩子，就是他下半辈子的光荣使命。

　　在震旦大学因国际大专辩论赛而声名鹊起的徐刚，早年在一场风波之后陷入沉寂，但是金子总会发光。仕途夭折后，他转战广告行业，把大霸王系列的广告做得风生水起，跟夏天也算是殊途同归。之后他转战美股，抄底巴黎的房地产，在商场上屡有斩获。但夏天知道，他其实志不在此，想起他机敏凌厉一直让自己钦佩的文字和曾经无与伦比的政治嗅觉，夏天时常扼腕叹息。夏天最近一次见他，是在深圳，他专门开了个别克 GL8 送夏天去机场，在酒店楼下等夏天的几分钟里，他已经接连抽了好几根烟……

贸大毕业的刘胖子毕业离开北京后，兜兜转转在上海落了户，高中同班的窝边草对他的人生像施了魔咒一般，让他的爱情生活充满可歌可泣的文青气息和极限拉扯之后的蓦然回首或者说幡然醒悟。自从他一脑门子扎进医疗进出口贸易后，发现救死扶伤的伟大事业中居然有那么多不为人知的商机。现如今，他的财富积累和体重一样蓬勃向上，让他成为中学上海校友会响当当的一哥，他跟外地中学同学基本没什么话可唠，车轱辘就一句：来上海，必须找我，吃饭！

不得不说的还有夏天的两个同桌。

他高中同桌曹非凡自从和高中同班的柳静波一起考上赣江大学新闻系并修成正果之后，人生便如开了挂一般。他先去东瀛学成归来，然后毅然挺进深圳，并在深圳和南昌之间内引外联，如鱼得水。他做成了多大的事夏天其实一无所知，只知道他在东航空姐群中声名显赫，有一次夏天坐东航从北京回南昌，被曹非凡事先得知，于是得到了飞机上空姐们无微不至的关怀。夏天几次口头表示感谢，空姐们都表情热烈异口同声地回答：这是我们应该做的！

曹非凡在当地媒体圈也有非凡的影响力。一次夏天市郊的农村亲戚在一个环境整治项目中遭到不公平待遇，夏天鞭长莫及，只好求助曹非凡。他一个电话，就安排了当地主要媒体的现场实地采访，让事情得到妥善合理解决，也让夏天对地头蛇这个词有了全新的理解。

如今，曹非凡摇身一变，成为在深圳一家著名央企的投资总监，时不时哭着喊着让夏天给他介绍靠谱的投资项目，但夏天知道，真正靠谱的项目其实也是可遇不可求。

夏天另一个同桌是初中的同桌和高中同班同学唐群，从小就是一个充满活力热心直爽的淘气包，人送外号"糖包子"。和曹非凡同样在赣江大学毕业后，以一个钢铁直男的性格加入了南昌的一家钢铁企业，却走上一条曲折的人生道路。在钢铁行业低迷三角债横行的年代，负责销售的他在酒桌上消耗了太多生命力，直到有一天因重度糖尿病导致肾衰竭和肝昏迷。同学们辗转南昌和上海的接力救援和捐助虽然把他从死亡线上暂时救了下来，但终究是天不假年。

夏天依然记得唐群去世前几个月他和唐群在南昌最后一次见面时的情形，已经罹患重度糖尿病的他一如既往地陪着几个国庆节回南昌的外地同学喝了顿大酒，而夏天他们对他的病并不知情。酒后，他和班里另外一个同学涂坚强坚持亲自打车把夏天送回家，他们在漆黑的夜色中告别，告别时，唐群使劲握住了夏天的手，欲言又止。

至今，夏天似乎依然能感觉到他手上的余温……

这些年，和夏天交往最多的中学同学还是那些一起坐绿皮火车进京然后留下来的同学。他们中，有理想1加1电脑的创始人魏俊博，如今功成身退成为一个网红拍鸟博主。有在中移动运营商肩负重任并成为同学聚会黏合剂的刘滨伉俪，还有在航空、铁路、银行、部队甚至体育等各行业都成为骨干力量的其他同学。

何卫任职校领导的水木大学是他们经常聚会的据点，文理兼备的何卫在水木大学建筑系毕业留校后，逐步成长为分管宣传的校主要领导，于是，水木大学的工字厅时不时成了他们周末假装开会的地方。因为各自的专业背景不同，不时的交流让他们的思想更发散开放，对各个行业也有了更多了解。他们聚在一起，即使没什么主题，一壶四特或李渡老酒和没有太多机会操练的乡音也能在一定程度上缓解他们的乡愁……

经过若干年，夏天和兄弟伙伴们一起打拼的国信通成长为大数据行业知名企业，在上市审批中获国家证券管理部门无条件过会，公司发展即将进入新的轨道。

同年，他的小说处女作《芳华处处》出版，正赶上大学毕业三十周年庆典，在不少同学中引起了共鸣，同学们有的笑，有的泪。

这年秋天，他踌躇满志，和几个同事一起飞到地中海边的以色列首都特拉维夫，对数个高科技项目进行考察，准备为国信通拓展更新的发展空间。抵达特拉维夫的那天，反以色列武装的导弹雨刚刚飘过，地中海边海风和煦，阳光灿烂。

结束业务考察，他们转道三教圣地耶路撒冷，在哭墙和圣殿山盘桓，他第一次知道，在希伯来语中，耶路撒冷意为"和平之城"。

之后他们又打卡了戈兰高地和死海。

在戈兰高地，他们品尝了用滴灌方式种植的葡萄酿的红酒，口感清新微涩，有一种阳光和旷野的味道。

在死海中游泳，漂在水面载浮载沉，可以从容不迫地品尝新摘的椰枣，有一种想死都死不了的感觉，被死海泥浸泡过的身体，像鱼儿一样滑溜。

此时的夏天并不知道，回到北京后，一场意料之外的风波陡然间掀起了巨浪……

夏天依然怀念他们生如夏花的青春，一路春光，一路荆棘；一边绽放，一边凋零。就像节日夜空的礼花，明时即灭，盛时即衰，虽然好景不长，却焕发过夺目光彩。他们的青春，虽然渐行渐远，可他们的内心，依然是那个坐绿皮火车的少年。他们走了很多路，过了无数座桥，他们的脸上，悄悄挂上了秋天的泪痕。

人到中年，感慨万千的夏天，写下了一首《桥上的秋风》，作为这段岁月的纪念：

车窗

撕裂了

桥上的风

风

吹乱了头发

如远方的云

云
映红了天际
如你的脸
脸上
秋天沉醉
笑中有泪

初稿完成于 2024 年 4 月 4 日清明
第二稿完成于 2024 年 5 月 28 日
删节稿完成于 2024 年 8 月 19 日